Knaur.

Im Knaur Taschenbuch Verlag sind bereits folgende Bücher der Autorin erschienen:

Wo das Meer den Himmel umarmt
Wo die Sterne zu Hause sind
Wo Träume im Wind verwehen
Wo die Sehnsucht das Herz berührt
Schilf im Sommerwind
Sternstunde der Liebe
Sommerglück
Tanz im Mondlicht
Wege im Sand
Wolken über dem Meer
Zeit der Rosenblüte
Die geheime Stunde
Wie Sand in meinen Händen
Wenn du mir vertraust

Über die Autorin:

Luanne Rice hat in den USA zahlreiche Romane veröffentlicht und ist eine Bestsellerautorin. Sie stammt aus Connecticut und lebt heute mit ihrem Mann in New York City.

Luanne Rice

Eine Frage des Herzens

Roman

Aus dem Amerikanischen von
Ursula Bischoff

Knaur Taschenbuch Verlag

Die amerikanische Originalausgabe erschien 2007
unter dem Titel »What Matters Most« bei Bantam Books, New York

Besuchen Sie uns im Internet:
www.knaur.de

FSC
www.fsc.org
MIX
Papier aus verantwortungsvollen Quellen
FSC® C014496

Deutsche Erstausgabe 2011

Umschlaggestaltung: ZERO Werbeagentur, München
Umschlagabbildung: Gettyimages / Marc Adamus
Satz: Adobe InDesign im Verlag
Druck und Bindung: GGP Media GmbH, Pößneck
Printed in Germany
ISBN 978-3-426-50141-2

4 5 3

Für Irwyn Applebaum
in Liebe und Dankbarkeit

Prolog

Alle dachten nur noch an das bevorstehende Picknick am Strand, das jeden Sommer stattfand, und in der Küche des Kinderheims herrschte Hochbetrieb. Ein Schinken brutzelte im Backofen, der in dünne Scheiben geschnitten und kalt gegessen werden sollte, Garnelen aus der Dublin Bay, das Geschenk eines Wohltäters von St. Augustine's, lagen im großen Kühlschrank bereit, frisch gebackenes Brot kühlte auf dem Gitterrost ab, und die Kekse waren schon in den Körben verstaut.

Die dreizehnjährige Kathleen Murphy stand an dem langen Arbeitstisch aus Edelstahl und schälte Kartoffeln für den Kartoffelsalat. Ihre Finger gingen so flink zu Werke, dass ein Zuschauer die Bewegungen nur noch verschwommen wahrgenommen hätte. Die langen Haare zum Pferdeschwanz zusammengebunden, trug sie eine gestärkte grüne Schürze, um ihre Kleidung zu schützen. Mit einem Auge behielt sie ihre Arbeit und mit dem anderen die Seitentür im Blick. Schwester Anastasia würde in fünf Minuten zurückkehren, und wenn James Sullivan bis dahin nicht aufgetaucht war, würde die Hölle los sein.

Sie lenkte sich ab, indem sie sich die exquisiten Gerichte vorstellte, die sie viel lieber zubereitet hätte als die einfachen Speisen, mit denen sie nun beschäftigt war. Obwohl sie genau wie alle anderen Küchenlehrlinge von Schwester

Theresa gelernt hatte, Kantinenessen für die Gemeinschaft zuzubereiten, träumte sie davon, Gourmetmahlzeiten zu kreieren, wie sie in den ausgefallenen Kochbüchern von Schwester Theresa beschrieben wurden: Artischocken-Rucola-Salat, Marseiller Bouillabaisse, Lammrippe, gebratener Thunfisch, Pilzrisotto …

Als die Tür aufging und James hereinstürmte, als gälte es, ans andere Ende eines Footballfeldes zu gelangen, atmete Kathleen endlich auf und hielt ihm die Strafpredigt, die er dringend brauchte.

»Um Himmels willen, was hast du dir dabei gedacht? Willst du uns alle in Teufels Küche bringen? Und das Picknick ruinieren? Du weißt, wenn sie sauer wird, bläst sie die ganze Sache ab. Wir freuen uns auf das Sommerfest, und du versuchst uns den Spaß zu verderben. Das ist mal wieder typisch für dich, James. Ganz und gar …«

»Jetzt hör schon auf, Kathleen.« Grinsend fing er das Geschirrtuch auf, das sie ihm zuwarf. »Du weißt, dass Schwester Anastasia das Picknick nicht absagen würde. Sie freut sich genauso darauf wie du.«

»Wo hast du überhaupt gesteckt?«, fragte Kathleen misstrauisch. James war für den Abwasch zuständig und in dieser Woche jeden Tag zu spät gekommen. Normalerweise erzählte er ihr alles. Sie wohnten in getrennten Unterkünften, er im Jungen- und sie im Mädchenflügel, aber sie hatten dafür gesorgt, dass sie dieselben Unterrichtsstunden besuchten, ihre Freizeit miteinander verbringen konnten und von den Schwestern Arbeiten in unmittelbarer Nähe zugewiesen bekamen.

»Hast du heute mehr Geschirr beim Kochen benutzt?« Er beäugte den Stapel im Spülbecken.

»Mach mir ja keinen Ärger«, warnte sie ihn. »Ich habe dich

bei Schwester Theresa gedeckt. Sie wollte wissen, wo du steckst, und ich habe ihr erzählt, dass du hinten im Hof bist und den Lieferwagen des Großhändlers ausládst. Wenn sie deinen Sonnenbrand und die vielen neuen Sommersprossen sieht, weiß sie, dass es eine Lüge war und du dich irgendwo in der Sonne herumgetrieben hast. Wo warst du? Jetzt sag schon, James.«

»Mach ich.« Er nahm das Geschirr in Angriff. »Versprochen. Aber lass mich zuerst diesen Berg hier wegschaffen.« Er sah sie an und warf ihr ein übermütiges Lächeln zu, das sie dahinschmelzen ließ. Das gelang ihm jedes Mal aufs Neue. Seine Haare waren feuerrot, er hatte jede Menge Sommersprossen und abstehende Ohren, doch sein Anblick ließ Kathleens Herz höherschlagen – er war herzensgut, zuverlässig wie ein Fels in der Brandung und immer guter Dinge.

In seinem Beisein arbeitete sie doppelt so schnell, schnitt die Kartoffeln zu perfekten Würfeln und mischte sie in der großen Edelstahlschüssel unter den Salat. Sie kannte James von Geburt an. Sie waren im selben Krankenhaus zur Welt gekommen, und ihre Mütter hatten beschlossen – aus welchen Gründen, wussten nur Gott, die Nonnen und ihre Mütter selbst –, sie unverzüglich in die Obhut des Kinderheims St. Augustine's zu geben, einer kirchlichen Institution, die sich in einem roten Backsteingebäude in einer ruhigen Seitenstraße eines Dubliner Wohnviertels befand. Auf Nimmerwiedersehen, Kinder.

Kathleen sah noch heute die Säuglingsabteilung von St. Augustine's vor sich, in der sie zusammen mit James gelandet war. Sie konnte sich genau daran erinnern, ungelogen, und wenn jemand behauptete, das sei unmöglich, das sei viel zu lange her, pflegte sie auf die Barrikaden zu gehen. Es war ihre älteste und nachhaltigste Erinnerung, die sie mit aller

Macht verteidigte. Ihre Kinderbetten hatten nebeneinandergestanden. Wenn sie nachts weinte und sich zu ihm umdrehte, hatte er sie mit seinen großen, blauen Augen angeschaut. Ungeachtet, wie spät es war, er war hellwach, wachte über sie. Er war immer da, an ihrer Seite.

Säuglinge und Kinder waren bis zum vierten Lebensjahr in denselben Schlafsälen untergebracht, unabhängig von der Geschlechtszugehörigkeit. Je hübscher ein Baby, desto schneller die Adoption. Vielleicht war es der Ruf der Schlaflosigkeit, der James anhaftete und eine Vermittlung während des ersten Lebensjahres verhinderte; und vermutlich war es Kathleens Neigung, sich Tag und Nacht die Augen auszuweinen, die ihre Chance auf ein neues Leben zunichtemachte. Beide wurden jedenfalls nicht adoptiert, aus welchen Gründen auch immer, und verbrachten das erste Lebensjahr zusammen.

Noch bevor sie sprechen lernten, flüsterten und lachten sie miteinander in ihrem eigenen Kauderwelsch. Sie spielten Fangen im Kleinkindertrakt, zunächst kriechend, dann mit den ersten unsicheren Schritten. James' Lieblingsspielzeug war ein Lamm aus Kordsamt und Kathleens eine Babypuppe mit roten Haaren.

Im Alter von zwei Jahren nahm eine Familie James zur Probe auf. Kathleen erinnerte sich so deutlich daran, als wäre es gestern gewesen, an das Gefühl, als hätte man ihr den rechten Arm abgehackt. Statt zu weinen, hörte sie schlagartig auf, auch nur eine Träne zu vergießen – aber sie weigerte sich auch, zu reden, zu lachen und zu essen, und litt unter Schlafstörungen. Und wenn sie schlief, hatte sie die rothaarige Puppe an sich gepresst.

Eines Nachts hatte sie durch die Gitterstäbe des Kinderbetts gegriffen, um James' Bett näher heranzuziehen, auch wenn er nicht mehr darin lag, sondern ein plumper, kahlköpfiger kleiner Junge namens Bartholomew seinen Platz eingenommen hatte. Sie wollte nur die Matratze berühren, auf der James geschlafen hatte, oder einen Zipfel seines Kopfkissens. Doch der arme Bartholomew war zu Tode erschrocken, da er nicht wusste, was sie im Sinn hatte, und hatte sich bei dem Versuch, über das Gitter zu klettern und die Flucht zu ergreifen, den Arm gebrochen.

Die Adoption auf Probe war für James nicht gut verlaufen. Er kehrte nach St. Augustine's zurück. Obwohl die offizielle Begründung lautete, er habe nachts alle Bewohner des Hauses mit einer verblüffenden Imitation der Dubliner Krähen wach gehalten, wusste Kathleen es besser. Er hatte »Kah, Kah, Kah!« gerufen. Für einige glichen die Laute denjenigen der großen Vögel, die in den Bäumen an der Serpentinenstraße nach St. Stephen's Green nisteten. Doch in Wirklichkeit bedeutete »Kah« Kathleen. Es war das erste Wort, das er gesprochen hatte.

Mit drei kam Kathleen zu einem Ehepaar, das in einem Haus in Dun Laoghaire unweit des Hafens lebte. Die beiden waren schon älter, vom Leben und ihrer Unfähigkeit enttäuscht, ein eigenes Kind zu empfangen. Im Zuge des administrativen Prozesses hatten sie gestanden, dass ihnen der Priester ihres Sprengels zu der Adoption geraten hatte, um die Ehe zu retten. Sie rochen nach Kohl und Zigarettenrauch. Das Haus war im Gegensatz zu den weitläufigen, zugigen Räumlichkeiten des Kinderheims klein und beengt.

Kathleens Herz war schwer, sie vermisste James. Nachts weinte sie leise vor sich hin, die rothaarige Puppe dicht an ihrem Gesicht. Wenn sie sich mit aller Kraft konzentrierte, konnte sie seine Gegenwart spüren, sah seine blauen Augen durch die Gitterstäbe ihres Kinderbetts. Ihr Kummer war so

groß, dass sie Fieber bekam und die Laken mit Schweiß und Tränen tränkte.
»Sie steckt voller Bakterien«, befand das Ehepaar und riss ihr die abgenutzte kleine Puppe aus den Armen. »Im Heim gibt es Krankheiten, und dieses grässliche Ding muss weg.« Sie warfen sie in den Mülleimer.
In jener Nacht kletterte Kathleen, nachdem das Ehepaar schlafen gegangen war, aus ihrem Gitterbett, tappte durch den dunklen engen Korridor und kroch rückwärts die steile Treppe hinunter. Ihr Herz war gebrochen, und obwohl sie erst drei Jahre alt war, wusste sie, dass sie nichts zu verlieren hatte. Sie öffnete den Schrank unter dem Spülbecken, wo sich der randvolle Mülleimer mit den Küchenabfällen befand. Ein Schluchzen unterdrückend, streckte sie die Arme nach oben und versuchte, mit ihren kleinen Händen hineinzugreifen, um ihre Puppe herauszuholen.
Plötzlich kippte der Mülleimer um, und Nudeln, die vor Butter trieften, Kohlblätter, Teebeutel und Zigarettenkippen regneten auf sie herab. Doch sie hatte ihre Puppe wieder und drückte sie an ihr klopfendes Herz. Vom Lärm aufgeweckt, kam das Ehepaar die Treppe heruntergelaufen. Sie schrien empört auf und versuchten, ihr die Puppe aus den Händen zu reißen. Sie war sich nicht sicher, wen von beiden sie biss – sie grub ihre Zähne mit voller Wucht in die nächstbeste Hand –, und es war ihr ehrlich gestanden egal. »James!«, schluchzte sie. »James.«
Sie war mit Abfall bedeckt, aber die beiden machten sich nicht einmal die Mühe, sie zu baden, bevor sie ins Kinderheim zurückgebracht wurde.
Mit vier wurde James in den Jungen- und Kathleen in den Mädchenflügel verlegt. Die Eingewöhnungsphase war schwierig, aber sie fanden zahlreiche Möglichkeiten, in jeder

freien Minute zusammen zu sein. Das Kinderheim war ein weitläufiger, U-förmiger Bau, und jeden Abend vor dem Zubettgehen winkten sie sich vom Fenster ihres jeweiligen Schlaftrakts aus zu. Wenn Kathleen nicht schlafen konnte, eilte sie ans Fenster, und oft stand James auf der anderen Seite des Innenhofs und wachte über sie.

Jahre vergingen. Da sie Mathematik und Naturwissenschaften hasste, erledigte er die Hausaufgaben für sie. Als sie ein Weihnachtsspiel aufführten, studierte er mit ihr die Rolle der Maria ein. Als sie Läuse bekam und die Nonnen darauf bestanden, ihr die langen, dunklen Haare abzuschneiden, nahm er sie in die Arme, während sie herzergreifend schluchzte, und tröstete sie mit den Worten, sie sei das hübscheste Mädchen der Welt. Als Schwester Anastasia ihr den heißbegehrten Ausbildungsplatz als Küchenlehrling gab, übernahm er freiwillig die gleichermaßen verhasste, bis dahin tunlichst gemiedene Arbeit des Geschirrspülers.

Manchmal, wenn der Ostwind wehte und der Geruch des Meeres über die Dächer von Dublin driftete, standen sie im geteerten Innenhof und unterhielten sich über den Ausflug an den Strand, den die Nonnen mit den Kindern unternahmen. Er fand einmal im Jahr statt, im Sommer, und stellte für Kathleen und James die schönste Zeit des Lebens dar. Die Füße im Sand, durften sie nach Herzenslust schwimmen, den ganzen Tag spielen und sich so glücklich wie nur irgendein Mensch auf der Welt fühlen.

Auch wenn alle, die im Kinderheim arbeiteten, sagten, sie seien wie Bruder und Schwester, wusste Kathleen, dass sie sich täuschten. Was sie für James empfand, ging erheblich tiefer. Zugegeben, er war ihre Familie, aber ihr fehlten die unbedarften, naiven Gefühle, die Kinder und Heranwachsende ihren Geschwistern entgegenbrachten. Sie hatte

Geschwister kennengelernt, die ins Heim kamen, nachdem die Eltern bei einem Autounfall ums Leben gekommen, dem Alkohol verfallen oder bei einem Brand obdachlos geworden waren. Sie hielten wie Pech und Schwefel zusammen, beschützten sich gegenseitig, neckten sich. Sie hatte gesehen, dass sie ein Herz und eine Seele sein konnten, aber bisweilen auch zu Gleichgültigkeit, unvorstellbarer Grausamkeit und unerbittlicher Rivalität imstande waren.

Solche Empfindungen waren ihr in Bezug auf James fremd. Sie liebte ihn über alle Maßen. Es gab Augenblicke, in denen sie in seiner Gegenwart nichts als Wohlbehagen empfand, doch im Lauf der Zeit machte dieses Gefühl einer tiefen namenlosen Sehnsucht Platz, die sie mit Leib und Seele ergriff.

Manchmal liehen die Nonnen Videofilme für die Jugendlichen aus, und wenn sie in Liebesszenen sah, wie ein Mädchen einen Jungen küsste, dachte sie an James. Wenn sie nachts im Bett lag, stellte sie sich vor, dass er sie küsste wie im Film. Letzten Winter, an einem eiskalten Abend, als alle warm eingemummt in ihren Betten lagen, hatten sie den Traum verwirklicht. Sie hatten sich im warmen Heizungsraum geküsst, und als Kathleen spürte, wie er sie scheu in die Arme nahm, hatte sie gewusst, was wahre, höchste Glückseligkeit bedeutete: unverfälschte Nähe zu einem anderen menschlichen Wesen.

»Was glaubst du, wie lange wir noch im Heim bleiben werden?«, hatte sie eines Tages im letzten Frühjahr bei einem Gruppenausflug nach Glencree in den Wicklow Hills gefragt, kurz nach dem Besuch einer Nonne, der James den Spitznamen Schwester Nemesis gegeben hatte. Sie waren an einem Fluss entlanggegangen, und als sie ein schattiges Plätzchen unter einer Trauerweide entdeckten, setzten sie sich.

»Bis wir volljährig sind, nehme ich an«, erwiderte er. »Wie lange bleiben andere Jugendliche im Elternhaus?«

Zu diesem Zeitpunkt hatten beide aufgehört, zu hoffen und zu fürchten, adoptiert zu werden. Sie waren ein Teil des Kinderheims. Die Nonnen behandelten sie liebevoll und gewährten den Schützlingen, die am längsten da waren – Kathleen, James und fünf oder sechs weitere Jugendliche –, zahlreiche Vergünstigungen. Bei einer Nonne genoss James gleichwohl besondere Aufmerksamkeit.

Sie lebte nicht in St. Augustine's, gehörte aber demselben Orden an wie die Schwestern, die das Heim leiteten. Manchmal kam sie allein, manchmal in Begleitung einer sehr beleibten Nonne. Streng und unnahbar, stellte sie James Fragen, legte ihm Intelligenztests vor oder fühlte ihm in ähnlicher Weise auf den Zahn. Jedes Mal, wenn sie auftauchte, geriet Kathleen in Panik und befürchtete, die Schwester würde ihm mitteilen, dass sie ein Zuhause für ihn gefunden habe. Doch das geschah nie.

»Denkst du jemals darüber nach, woher wir kommen?«, fragte Kathleen, zerrupfte ein Weidenblatt und starrte ins Wasser.

»Was meinst du damit?«

»Ich rede von deinem Vater und deiner Mutter. Deinen Eltern. Denkst du jemals an sie?«

Er schüttelte den Kopf. Sie betrachtete ihn, und sein Blick jagte ihr Angst ein. »Nie. Sie wollten mich nicht. Haben mich weggegeben. Warum sollte ich auch nur einen Gedanken an sie verschwenden?«

»Ich weiß nicht. Es kommt mir einfach natürlich vor. Du könntest die Schwester nach ihnen fragen. Die immer kommt, um dich auszuquetschen.«

»Schwester Nemesis? Oder Schwester Butterfass? Was sollten die mir schon erzählen können?«

»Nun, aus irgendeinem Grund interessieren sie sich für dich. Vielleicht wissen sie etwas über deine Herkunft und würden es dir sagen, wenn du fragst – dir den Namen deiner Eltern verraten.«
»Warum? Damit ich mich persönlich dafür bedanken kann, dass sie mich ins Heim abgeschoben haben?«
»Du denkst also doch manchmal an deine Eltern.«
»An diese lausigen Typen, die keinen Wert darauf gelegt haben, ihren eigenen Sohn kennenzulernen? Ha! Vergiss es, Kat. Und sag mir nicht, dass du an deine Eltern denkst.«
Kathleen zuckte mit den Schultern. Sie wollte nicht zugeben, dass sie sogar oft an sie dachte und sich bisweilen ausmalte, dass sie gemeinsam im Heim auftauchen würden, in einer Luxuslimousine mit auffallenden silbernen Rädern. Sie würden die Treppe emporsteigen, ihre Mutter in einem kostbaren Pelzmantel, ihr Vater im Nadelstreifenanzug – wie die Adoptionsanwälte, die manchmal auf der Bildfläche erschienen und Ärger wegen des Papierkrams machten –, und erklären, dass sie zu Kathleen Murphy wollten.
Sie würden sie natürlich auf den ersten Blick ins Herz schließen. Sie würde sich in ihre Arme stürzen und aus ihrem Mund erfahren, dass alles ein schreckliches Missverständnis war. Sie hatten nie vorgehabt, sie in ein Heim zu geben … An dieser Stelle geriet ihre Phantasie ins Stocken, doch sie konnte sich vorstellen, dass ein Gedächtnisverlust, eine finanzielle Notlage oder eine beinahe tödlich verlaufende Krankheit die Ursache war. Ihre Eltern würden ihr eröffnen, dass sie gekommen waren, um sie nach Hause zu holen, und sie würde darum bitten, James mitnehmen zu dürfen. Da ihre Eltern sie über alles liebten und ihr nichts abschlagen konnten, würden sie sofort einverstanden sein.
»Nein, ich denke nie an sie«, sagte sie nun zu James, unfähig,

die Wahrheit einzugestehen, weil sie wusste, dass er es als Verrat auffassen würde.
»Gut.« Er nahm ihre Hand. »Wir sind in dieser Welt ganz auf uns alleine gestellt, Kat, vergiss das nicht.«
»Aber was ...«, begann sie bedächtig. Sie wünschte, sie könnte ihn für den Gedanken erwärmen, dass ihre Eltern möglicherweise wunderbare Menschen waren, so dass er vielleicht eher bereit sein würde, mitzukommen, wenn sie endlich erschienen, um sie abzuholen. »Was ist, wenn sie nett sind? Wenn sie uns wirklich geliebt haben, uns aber nicht behalten konnten?«
»Kathleen.« Sein Gesicht war ganz nahe, und er sah ihr so eindringlich in die Augen wie damals, als sie klein waren und ihre Betten nebeneinanderstanden. Und nun, seit jenem Kuss im Heizungsraum, ergriff ein sehnsuchtsvoller, alles andere als kindlicher Schauer ihren Körper. »Wir sind ihnen völlig egal«, fuhr er fort. »Sie haben uns weggegeben. Wir waren unerwünscht. Sie wollten uns nicht.«
»Ich will dich.« Sie drückte seine Hand, ohne genau zu wissen, was sie damit gemeint hatte oder warum ihre Kehle bei diesen Worten wie zugeschnürt war.
»Und ich will dich.« Er erwiderte den Druck. »Du gehörst zu mir und ich zu dir. So ist es nun mal, und so wird es immer sein. Deshalb wurden wir nie adoptiert – weil es uns bestimmt ist, zusammenzubleiben.«
»Und was ist, wenn wir erwachsen sind und das Heim verlassen?«
Er schüttelte den Kopf. »Mach dir darüber keine Gedanken. Ich werde für dich da sein, Kathleen. War ich das nicht immer?«
»Ja, das stimmt.«
»Du gehörst zu mir und ich zu dir«, wiederholte James, und

die Art, wie sich seine Hand über ihr Handgelenk und den nackten Arm hinauf bewegte, löste ein Prickeln im ganzen Körper aus. Sein Blick erinnerte sie an die Liebesszenen aus den Videofilmen und den Kuss in besagter Dezembernacht, von dem sie geträumt hatte; bei dem Gedanken daran verging sie beinahe vor Sehnsucht.

Doch dann war es Zeit, zurückzukehren. Schwester Lucia hatte alle zum Einsteigen aufgefordert, und der Augenblick war vorüber. Kathleen hatte oft an jenen Kuss im Winter gedacht und sich seither mehr gewünscht, mehr und mehr. James hatte zahlreiche Gelegenheiten gehabt, sie im Heim zu küssen, aber er hatte sie nie ergriffen. Nicht, weil er damit gegen die Regeln verstoßen hätte – die waren ihm egal –, sondern weil es in seinen Augen unromantisch gewesen wäre. Er wünschte sich, dass der erste Kuss des Sommers von einem romantischen Zauber umgeben sein sollte.

Sie wusste, dass er auf den Strandausflug wartete. Dann würde er sie küssen. Ihre Träume würden sich an dem weißen Gestade und dem blauen Meer, das ringsum glitzerte, erfüllen. Während sie hellwach im Mädchenflügel lag, wichen die Phantasien von den leiblichen Eltern, die sie abholen kamen, ihrer Vorstellung von dem Augenblick, in dem James sie in die Arme nahm.

Dieser Traum verlieh ihr die Kraft, durchzuhalten. Sie befand sich gerade in einer schwierigen Phase. Es war nicht leicht, dreizehn zu sein. Vor allem, wenn man mit »normalen« Jugendlichen zur Schule ging, die eine richtige Familie hatten, Eltern, die ihnen schöne Kleider kauften und sie herumkutschierten, zu Footballspielen, ins Kino und zu Partys. Nicht, dass Kathleen, James und die anderen Bewohner des Heims ausgegrenzt wurden oder die Nonnen sich nicht zu vergewissern suchten, dass sie alles hatten, was sie brauchten – aber es war trotzdem schwierig. Kathleen trug die abgelegte Garderobe von Schwester Clare Joseph, einer Novizin, die letzten Herbst in den Orden eingetreten war und keine Verwendung mehr für Jeans, Pullover und die grässlichsten T-Shirts hatte, die Kathleen jemals zu sehen bekam.

Am Tag des Picknicks waren alle in Hochstimmung. Schwester Anastasia eilte in die Küche, lobte Kathleens Kochkünste und half ihr, alles in Kühlboxen und Körben zu verstauen, wobei sie James' Sonnenbrand und seine Abwesenheit in der letzten Stunde geflissentlich ignorierte.

»Kathleen, du bist ein Geschenk des Himmels«, erklärte sie und nahm eine Kostprobe von dem Schinken, den Kathleen nach einem Rezept der berühmten Köchin und Kochbuchautorin Julia Child zubereitet und gewürzt hatte. »Was für ein Segen, dass wir eine derart talentierte Küchenchefin haben, stimmt's, James?«

»Finde ich auch«, erwiderte er und schrubbte die Pfannen.

»Vielleicht wirst du eines Tages eine Meisterschule für Köche besuchen. Und ein eigenes Restaurant eröffnen. Du kannst sicher sein, dass wir dann alle Stammgäste werden.«

»Danke, Schwester.« Kathleen glühte vor Stolz.

»Ein Restaurant«, meinte James, als Schwester Anastasia mit einer Ladung Proviant für das Picknick zu einem der beiden Vans hinauseilte, die vor der Tür parkten.

»Vielleicht koche ich aber auch nur für meine Familie.« Sie blickten sich über das Seifenwasser hinweg an, und ihr lief ein Schauer über den Rücken. Ob James den Wink mit dem Zaunpfahl verstanden hatte?

»Ja.« Seine glänzenden Augen verrieten, dass er begriffen hatte.

»Alle herkommen, auf zum Strand!«, rief Schwester Anastasia und läutete die Glocke. Die Kinder stürmten aus den

Zimmern, wobei die älteren die jüngsten trugen. Einige hatten bereits ihre Badesachen angezogen. Sie hatten es offenbar nicht mehr erwarten können, dass der heißersehnte Tag begann, ungeachtet der Ermahnungen der Nonnen, sich erst nach der Ankunft umzuziehen.
Die Fahrt nach Courtown in der Grafschaft Wexford war lang und schien ewig zu dauern. Die Mädchen saßen in dem einen Kleintransporter, die Jungen in dem anderen. Schwester Lucia fuhr den Wagen mit den Mädchen, hatte einen Musiksender im Radio eingeschaltet, und alle sangen mit. Kathleen saß in der letzten Reihe. Sie drehte sich fortwährend um und spähte aus dem Rückfenster, nach James Ausschau haltend.
Am North Beach angekommen, stiegen alle in Reih und Glied aus. Decken wurden auf dem heißen Sand ausgebreitet, Wasserbälle aufgeblasen, und einige Kinder rannten unverzüglich ins Wasser. Als Kathleen T-Shirt und Shorts auszog, sah sie, wie James ihren blauen Badeanzug verstohlen musterte. Sie errötete und hoffte, dass er nichts merkte, sondern glaubte, die Hitze sei die Ursache.
»Erzählst du mir jetzt, warum du zu spät zum Küchendienst gekommen bist?«, fragte sie, als sie zum Wasser hinuntergingen und sie überlegte, wann er ihre Hand ergreifen, sie hinter die Dünen ziehen und küssen würde. »Du hast es versprochen.«
»Stimmt.« Er sah sich um, vergewisserte sich, dass sich die Nonnen außer Hörweite befanden.
»Und?« Sie war aufgeregt, aber angesichts seines Blicks war ihr auch ein wenig bang zumute.
»Ich habe zufällig etwas gehört, als ich vor dem Büro der Mutter Oberin stand.«
»Was denn, James?«

»Ich habe gehört, dass deine Eltern angerufen haben. Deine leiblichen Eltern, Kathleen. Sie wollen dich nach Hause holen.«

»Sie wollen was?« Sie blieb wie angewurzelt stehen.

»Es ist wahr.« Er ergriff ihre Hand. »Ich wollte es dir im Heim nicht sagen, weil ich wusste, dass es ein Schock für dich sein würde, Kathleen. Aber keine Angst, ich lasse nicht zu, dass sie dich mitnehmen. Was immer auch geschieht, du kannst dich auf mich verlassen.«

»Aber James …«

»Ich bin zu spät zur Arbeit erschienen, weil ich gewisse Vorkehrungen treffen musste. Ich war hinten im Hof und habe ein paar Sachen aus der Kapelle und aus dem Schuppen geholt und im Gebüsch versteckt. Sachen, die wir mitnehmen können, wenn wir abhauen, Kathleen.«

»Abhauen?«

»Ja«. Er nickte heftig. »Lebensmittel, Geld, ein paar Dinge, die wir verkaufen können.«

»Verkaufen? Was redest du da?« Sie wich zurück. Sie konnte keinen klaren Gedanken fassen – das brennende Verlangen nach einem Kuss von James, die Phantasie von ihren leiblichen Eltern und der Vorschlag, gemeinsam zu fliehen, gingen über ihr Begriffsvermögen. »Hast du etwas gestohlen?«

»Na und? Wir müssen uns schließlich irgendwie durchschlagen. Die Nonnen ziehen ernsthaft in Erwägung, dich zu deinen Eltern zurückzuschicken, man stelle sich das vor! Ich werde alles tun, um das zu verhindern. Du weißt, dass ich für dich durchs Feuer gehen würde, oder?«

»Aber vielleicht sind sie ganz nett.« Sie ergriff seine Hand. »Vielleicht erlauben sie, dass du mitkommst.«

»Das darf doch nicht wahr sein!« James schüttelte sie. »Sie wollten dich nicht. Und nach dreizehn Jahren tauchen sie plötzlich auf. Wo waren sie denn die ganze Zeit? Kathleen! Vergiss es. Ich habe die Sachen, die ich für uns organisiert habe, in den Van geschmuggelt. Sie sind in meiner Tasche. Wir warten bis nach dem Mittagessen, wenn alle ruhen, dann schleichen wir uns davon. Du bist eine erstklassige Köchin, wie Schwester Anastasia sagte. Und ich erledige den Abwasch. Wir können irgendwann ein eigenes Restaurant eröffnen. Herrgott, ich wäre fast gestorben, als du sagtest, du würdest für deine Familie kochen.«

»Ich dachte dabei an dich«, flüsterte sie.

»Ich weiß. Und deshalb müssen wir weg.«

Kathleen war entsetzt. Davonlaufen? Vor den Nonnen? Aus dem Heim? Ausgerechnet in dem Augenblick, in dem ihre Eltern endlich kommen würden, um sie abzuholen? Tränen brannten in ihren Augen, und sie entzog sich James' Griff.

»Nein«, sagte sie. »Ich laufe nicht weg.«

»Kathleen ...«

»Und du auch nicht. Wir müssen die Sachen zurückbringen. Es ist mir egal, um was es sich handelt, aber du bist kein Dieb und wirst auch jetzt nicht mit Stehlen anfangen. Bring die Sachen zurück, James.«

Er stand reglos da, die Arme vor der knochigen nackten Brust verschränkt, und starrte sie an. Seine Augen waren hart, bestürzt, verletzt und so blau wie das Meer, das sie beim Blick über seine Schulter erspähte.

»Wenn die Nonnen das herausfinden ...« Panik ergriff sie. »Du weißt, eines würden sie niemals dulden, und das ist stehlen. Wir können nur beten, dass sie noch nicht entdeckt haben, was du getan hast.«

»Du würdest mit ihnen gehen? Mit deinen Eltern?«

Es war, als hätte er ihr überhaupt nicht zugehört, als würde er keinen Gedanken an die gestohlenen Sachen verschwenden, an die Möglichkeit, dass ihn die Nonnen der Polizei übergeben und er zu einer Jugendstrafe verurteilt werden könnte, je nachdem, was er entwendet hatte. Sie dachte an einen der älteren Jungen im Heim zurück, der vor einigen Jahren einen goldenen Abendmahlskelch gestohlen und verkauft hatte, um sich Drogen zu beschaffen. Er war im Gefängnis gelandet.

»Sag mir, Kathleen, wenn du zwischen ihnen und mir wählen müsstest, wie würdest du dich entscheiden?«

Ihr Herz klopfte so sehr, dass sie fürchtete, er könne es durch den Badeanzug sehen. Sie fühlte sich benommen, ihr Mund war trocken. Sie wünschte, sie könnte ihn belügen, um ihn nicht zu verletzen, doch dazu liebte sie ihn zu sehr. Sie schuldete James alles, insbesondere aber die Wahrheit.

»Das sind meine Eltern«, flüsterte sie. Sie hätte nicht einmal genau sagen können, was sie damit meinte. Die Leute waren ihr fremd, aber verdienten sie nicht eine Chance? Mehr hatte sie damit nicht sagen wollen – dachte sie zumindest rückblickend. Die Wahrheit war, dass sie nicht einmal jetzt sicher war, für wen sie sich entschieden hätte. Sie konnte sich nicht vorstellen, mit wem sie gehen und wen sie zurücklassen würde, wenn sie direkt vor ihr standen, ihre Eltern und James.

Aber für James war die Entscheidung gefallen. In jenem Augenblick sah sie, wie sein Herz brach. Seine Augen füllten sich mit Tränen. Sie hatte ihn nie zuvor weinen sehen und schmolz dahin. Sie griff nach seiner Hand.

Doch er wandte ihr abrupt den Rücken zu und eilte davon, den Strand entlang. Sie wollte ihm nachlaufen, doch dann rief Schwester Anastasia mit so strenger Stimme seinen Namen, dass Kathleen wusste, was die Uhr geschlagen hatte, noch bevor sie sich umdrehte.

»James! Komm her! Ich möchte mit dir reden!«
Doch James ging einfach weiter. Er rannte nicht, aber er blickte kein einziges Mal zurück. Vielleicht rechnete er damit oder wünschte sich, dass sie ihm nachkam, ihn einholte, um mit ihm gemeinsam wegzugehen oder ihn zur Rückkehr zu überreden.
Sie tat weder das eine noch das andere. Und ihre leiblichen Eltern warteten bereits auf sie, als sie an jenem Tag vom Strandausflug zurückkamen, und sie nahmen sie mit nach Hause.

TEIL I

1

Schwester Bernadette Ignatius und Tom Kelly saßen auf dem Rücksitz eines schwarzen Taxis und fuhren vom Dubliner Flughafen in die Stadt. Sie litt unter einem Jetlag nach dem langen Flug von Boston und all den wetterbedingten Verspätungen, doch sie war gespannt auf das, was sie herausfinden würde. Obwohl sie seit über zwanzig Jahren nicht mehr in Dublin gewesen war, wirkte die Stadt vertraut – die schmucken georgianischen Häuser und farbenfrohen Türen, die Steinbrücken, die sich über den Liffey-Fluss spannten, die Säulenfassaden vor den imposanten Regierungsgebäuden.

»Schau mal«, sagte Tom und beugte sich über den Sitz, um auf ein hübsches Backsteingebäude mit leuchtend rosa Petunien zu deuten, die aus den glänzenden schwarzen Blumenkästen vor den Fenstern quollen. »O'Malley's Pub. Den gibt es immer noch. Erinnerst du dich? Unser ureigenes, persönliches *Tir na Nog*. Dort haben wir …«

»Manche Dinge ändern sich nie«, unterbrach sie ihn rasch. »Ich wüsste gerne, ob Mr. O'Malley immer noch hinter dem Tresen steht.«

»Und ich wüsste gerne, was er denken würde, wenn er Bernie Sullivan im Habit einer Ordensfrau sehen würde.«

»Da sich der Konvent gleich um die Ecke befindet, wird ihn der Anblick einer Nonne kaum aus der Fassung bringen.«

»Nein. Aber du bist ja keine x-beliebige Nonne.«
»Tom Kelly«, erwiderte sie tadelnd. »Wir können uns das Leben angesichts der Aufgabe, die vor uns liegt, schwer oder leicht machen; ich plädiere für den leichten Weg.«
»Du bist der Boss, Schwester Bernadette. Dein Wort sei mir Befehl. Wie immer.«
Sie nickte. In diesem Punkt hatte er recht, sie war seine Dienstherrin. Tom war Agrarwirt und Verwalter der Star of the Sea Academy in Black Hall, Connecticut, und Bernadette Äbtissin des Klosters, das den Mittelpunkt des weitläufigen Anwesens bildete. Er und seine Mannschaft waren für Hege und Pflege der Rasenflächen, der blühenden Gärten, des ertragreichen Weinbergs, der alten Steinmauern – die das Land nach irischem Brauch in Parzellen unterteilten – und der Gebäude zuständig. Er hatte ein begründetes Interesse am Erhalt der Domäne; der einstige Herrensitz hatte zu den Liegenschaften seines Urgroßvaters väterlicherseits gehört, Francis X. Kelly, namhafter Industrieller und Philanthrop.
Bernadette warf Tom einen verstohlenen Blick zu und sah, dass er aus dem Taxifenster starrte. Sie versuchte seine Miene zu ergründen. Sie kannte ihn seit Ewigkeiten oder zumindest den größten Teil ihres Lebens. Sie waren sich zum ersten Mal im Star of the Sea begegnet, bei den Sommerpicknicks am Strand, zu denen seine Familie ihre Angehörigen einzuladen pflegte. Francis X. Kelly hatte ihren Großvater Cormac Sullivan beauftragt, die Steinmauern auf dem Grundstück zu errichten. Ihre Familien konnten auf eine lange gemeinsame Geschichte verweisen, genau wie Bernadette und Tom.
Tom hatte den Reichtum seiner Familie in den Wind geschrieben, um mit seiner Hände Arbeit das Land zu bestellen. Er setzte sich leidenschaftlich für soziale Belange und

Gerechtigkeit ein, fühlte sich dem Vermächtnis seiner Vorfahren verpflichtet, das aus Armut, Hunger und Kampfgeist bestand. Er hatte teure Privatschulen besucht, doch danach einem Leben, das Luxus und Bequemlichkeit verhieß, den Rücken gekehrt. Er zog es vor, sich die Hände schmutzig zu machen, mit beiden Füßen fest auf dem Boden zu stehen. Dafür liebte Bernie ihn. Sie bezweifelte, dass sie einen besseren Verwalter finden würde, und wusste, dass sie sich keinen besseren Freund wünschen konnte.

Er sieht müde aus, dachte sie. Die Reise war für ihn vielleicht noch belastender als für sie, was einiges hieß. Sie wusste, dass er große Hoffnungen in Hinblick auf das Ergebnis hegte. Und sie wusste, noch bevor sie mit der eigentlichen Suche begannen, dass er enttäuscht sein würde.

»Wir sind da«, erklärte der Taxifahrer mit breitem irischem Akzent. »Der Konvent Notre Dame des Victoires.«

»Dreimal dürfen Sie raten, wer von uns beiden hier absteigt«, sagte Tom, an ihn gewandt.

»Sehr witzig«, entgegnete Bernadette, als der Taxifahrer grinste.

Obwohl der Taxifahrer Anstalten machte, ihr Gepäck auszuladen, übernahm Tom die Aufgabe. Er griff in den Kofferraum und hob ihren Koffer heraus. Sie benutzte ihn kaum, denn sie verließ nur selten das Star of the Sea, mit Ausnahme der gelegentlichen Synoden der Ordensgemeinschaften oder Klausuren, zu denen sie sich in ein anderes Kloster zurückzog. Da ihre Familie – ihr Bruder John, seine Frau Honor und deren drei Töchter – auf dem Gelände der Academy lebte, verbrachte sie auch ihre einwöchige Urlaubszeit in der Regel zu Hause.

Sie hatte im letzten Jahr um ein Sabbatjahr gebeten, in der Hoffnung, nach Florenz zu reisen und sich dort intensiv mit den Werken ihres geliebten Fra Angelico zu beschäftigen, aber nie die Zeit gefunden, ihr Vorhaben in die Tat umzusetzen. Die Academy schien sie fortwährend zu brauchen – um die Schule zu leiten, Entscheidungen im Konvent zu treffen, die Ertragskraft des Weinbergs zu sichern.

Die Reise nach Dublin fiel in die Kategorie »persönliche Auszeit«. Als Äbtissin des Klosters hatte sie diese Auszeit Mitschwestern gewährt, die kranke Geschwister oder Eltern betreuen, an Beerdigungen teilnehmen oder bei Notfällen ihre Familien unterstützen wollten. Für ihre eigene Abwesenheit hatte sie rasch alle nötigen Vorkehrungen getroffen und Schwester Ursula zu ihrer Stellvertreterin ernannt, ihr die gesamte Verantwortung übertragen, den hektischen Beginn des neuen Schuljahres eingeschlossen. Keine ihrer Nonnen hatte sich jemals einer Herausforderung der Art gegenübergesehen, mit der sie nun konfrontiert war, und der Gedanke jagte ihr einen Schauer über den Rücken.

»Ist dir kalt, Bernie?« Tom sah, wie sie zitternd in der Haltebucht stand.

»Nein, keine Sorge. Alles in Ordnung.«

»Brütest du etwas aus?«

Sie schüttelte den Kopf und blickte an ihm vorbei auf die geschlossenen Vorhänge an den Fenstern des Konvents. Sie meinte zu sehen, wie sich der Stoff bewegte und ein Schatten hinter der Glasscheibe vorüberglitt.

»Ich bin dann im Haus«, sagte er. »Du hast meine Telefonnummer. Falls sie keinen Orangensaft haben oder du Aspirin oder irgendetwas anderes brauchst, weißt du ja, wen du anrufen kannst.«

»Ich bin sicher, dass sie alles haben, was ich brauche«, entgegnete sie und ließ die Hände in die Ärmel ihres Habits gleiten.

»Andernfalls wirst du es besorgen, wie ich dich kenne. Organisationstalent war schon immer deine Stärke, keine Frage.« Mit zusammengekniffenen Augen musterte er den Konvent, als würde er das Mauerwerk begutachten. »Der Verputz bröckelt, der müsste neu verfugt werden«, meinte er, auf die Treppe zum Vordereingang deutend. Vermutlich war das eine äußerst wirksame Strategie, die Erinnerung an das letzte Mal zu löschen, als er sie an dieser Adresse abgeliefert hatte.

»Nicht jedes Kloster hat das Glück, einen Experten wie dich zur Belegschaft zählen zu dürfen.«

Er sah sie an, die Augen immer noch zusammengekniffen. Sie wartete auf ein Lächeln, doch es blieb aus. Was hatte sie gedacht? Dass er sich für das Kompliment bedankte? Unwahrscheinlich, das war nicht Tom Kellys Art. Angesichts der Umstände klang das Lob für ihn bestenfalls dürftig.

»Zumindest haust dort kein Vandale.« Er sah sie mit einem raschen, mutwilligen Lächeln an. »Wie lautete gleich die Botschaft, die in Stein gemeißelt wurde?« Er hielt inne, schien zu überlegen, obwohl sie sicher war, dass er die Worte auswendig kannte. Sie spürte, wie Hitze in ihr aufwallte, und schüttelte den Kopf. Sie hätte nie für möglich gehalten, dass Tom so gemein sein konnte. »Hilf mir auf die Sprünge, Bernie. Ich meine die Worte, die zuerst auftauchten, zu Beginn des Sommers …«

»›Ich schlief, doch mein Herz wachte‹«, murmelte sie.

Er nickte. »Stimmt.« Er hob den Koffer hoch und trug ihn den Gehsteig hinauf. »Wie konnte ich das nur vergessen?«

»Von vergessen kann keine Rede sein«, entgegnete sie kühl und schob den Riegel der schmiedeeisernen Pforte am Fuß der Vordertreppe zurück.

Als sie die Stufen hinaufstiegen, schienen die Jahre von ihr abzufallen; ihr war, als würde sie den Konvent zum ersten Mal betreten, sich auf ihren Eintritt in den Orden vorbereiten. Ihr Mund war trocken, und sie wurde von Kleinmut erfasst, der Angst, die falsche Entscheidung zu treffen.

»Bist du sicher, dass du das Richtige tust?«, fragte Tom, genau wie vor dreiundzwanzig Jahren.

»Die Entscheidung ist bereits gefallen«, erwiderte Bernie, ihre damalige Antwort wiederholend.

In diesem Augenblick öffnete sich die Tür, und eine Nonne stand auf der Schwelle, mit einem strahlenden Lächeln und warmen grüngoldenen Augen. Sie war groß und hager und sah noch genauso aus, wie Bernie sie in Erinnerung hatte, vor vielen Jahren, als sie beide Novizinnen gewesen waren.

»Schwester Bernadette Ignatius!«, rief die Nonne mit einem breiten irischen Akzent, der typisch für die Grafschaft Kerry war.

»Schwester Anne-Marie.«

Tom stellte den Koffer in der Eingangshalle ab und hielt sich im Hintergrund, als sich die Freundinnen umarmten und Bernie mit den Tränen kämpfte.

»Täusche ich mich, oder ist das Tom Kelly?« Schwester Anne-Marie strahlte.

»Klar, wer sonst. Wie geht es dir, Annie?«

»Es geht mir gut.« Sie fiel ihm in die Arme. Bernie sah die Zuneigung auf den Gesichtern der beiden und bemühte sich, eine ausdruckslose Miene aufzusetzen. Sie wusste, ihre Aufgabe würde nicht leicht werden, und es galt, die Gefühle so gut wie möglich unter Kontrolle zu halten.

»Jetzt muss ich aber los«, sagte Tom. »Sie haben meine Telefonnummer, Schwester Bernadette. Wir sehen uns morgen. Passen Sie gut auf sie auf, Schwester Anne-Marie.«

»Das werde ich, wie du weißt«, erwiderte sie mit gespielter

Strenge, hakte Bernie unter, zog sie in das innere Sanktuarium und schloss die Tür hinter sich.
Bernies Herz klopfte. Sie blickte sich in der Eingangshalle um und entdeckte die anmutige Marmorstatue der Muttergottes in der Nische. Der Duft köstlicher Speisen erfüllte den Raum, und sie nahm einen Hauch Weihrauch aus der Kapelle nebenan wahr. Erinnerungen überfluteten sie mit solcher Intensität, dass ihr beinahe schwindelte. Sie hörte eine Autotür zufallen, und als sie durch einen Spalt des Vorhangs nach draußen spähte, sah sie, wie Tom aus dem Fenster blickte, als der Taxifahrer losfuhr.
»Es kommt mir so vor, als würde sich die ganze Geschichte wiederholen«, sagte sie leise.
»Tut es aber nicht«, erwiderte Schwester Anne-Marie, die unmittelbar hinter ihr stand.
»Ich bin mir nicht einmal sicher, warum ich überhaupt gekommen bin. Die Geschichte wurde bereits geschrieben. Bis zum ›Ende‹.«
»Eine erfreulichere Perspektive wäre, dass die Geschichte gerade erst beginnt«, sagte Schwester Anne-Marie; ihr sanfter Ton bewirkte, dass sich Bernies Augen mit Tränen füllten, als die Freundin sie liebevoll umdrehte und ihre Hand ergriff. ›Es war einmal …‹«
Bernie öffnete den Mund, um etwas zu sagen, doch in diesem Moment vernahm sie schwere Schritte, die das Sprechzimmer durchquerten – den Raum, in dem sie den Schatten hinter dem Vorhang erspäht hatte. Und sie wusste, ohne sich umzudrehen, dass sie der Frau gehörten, vor deren Anblick ihr mehr als alles in der Welt graute.

Merrion Square gehörte unzweifelhaft zu den ersten Adressen in Dublin, und dorthin dirigierte Tom Kelly den Taxifahrer. Der weitläufige georgianische Platz war von Museen und Stadthäusern aus Backstein mit schmiedeeisernen Balkonen gesäumt; Efeu rankte sich am Mauerwerk empor, die farbigen Eingangstüren waren von fächerförmig unterteilten Lünetten gekrönt und mit gebieterisch wirkenden Türklopfern aus Messing versehen. Hier residierten die begüterten Dubliner, seit John Ensor den öffentlichen Platz 1762 entworfen hatte; die Kellys waren ein Vierteljahrhundert später in diese noble Gegend gezogen.

Drei Stadthäuser an der Nordseite des Platzes bildeten die Hochburg des Dubliner Kelly-Clans. Die Türklopfer wiesen ausnahmslos die Gestalt einer Seeschlange auf – ein Fabeltier, das auch in Toms goldenem Siegelring eingraviert war. Das Meeresungeheuer war der Legende zufolge aus den Tiefen des Meeres aufgetaucht, um Tadhg Mor O'Kelly zu schützen, Toms verwegenen Vorfahren, der wie »ein Wolfshund kämpfte« und fiel, als er Irland 1014 in der Schlacht von Clontarf gegen die Wikinger verteidigte.

Tom schüttelte den Kopf. Kaum eine Stunde in Dublin, und schon war er in historische Begebenheiten aus einem anderen Jahrtausend verstrickt. Genauer gesagt, einer anderen Dekade. Die Treppe des mittleren Hauses erklimmend, das sich durch eine hellrote Tür auszeichnete, spürte er, wie erschöpft er von der Reise war. Auf sein Klopfen hin wurde ihm von einem Hausmädchen geöffnet, während Elizabeth Kelly, die Frau seines Cousins William, die Treppe hinuntereilte.

»Tommy, du bist ja schon da!«, rief sie. »Billy wird außer sich sein. Warum hast du uns die Ankunftszeit deines Fluges nicht mitgeteilt, dann hätten wir dir einen Wagen geschickt.«

»Hallo, Liza. Ich wollte euch keine Umstände machen.« Er schloss sie in die Arme.

»Dein erster Besuch nach dreiundzwanzig Jahren, und du glaubst, wir hätten dich nicht liebend gerne willkommen geheißen, wie es einem Kelly gebührt?«

»Du kennst mich doch.« Er lächelte angesichts des herzlichen Empfangs und war glücklich, sie wiederzusehen. »Ich mag es schlicht.«

»Stimmt. Ich erinnere mich. Kein Hauch von Überheblichkeit, ganz im Gegensatz zu deinen Cousins Billy und Sixtus, Niall und Chris und dem Rest der Familie. Du hast dir den Bericht über den neuen Mercedes im Fuhrpark erspart, wenngleich nicht für lange. Billy kommt bald nach Hause, dann wird er dir seine Spielsachen zeigen. Clara, bringen Sie bitte das Gepäck nach oben ins Gästezimmer.«

Tom warf dem jungen Hausmädchen einen raschen Blick zu und schüttelte den Kopf, um ihm zu bedeuten, dass er es selbst hinauftrage. Liza schien den Wink nicht zu bemerken oder hatte beschlossen, ihn zu ignorieren.

»Wo ist Bernie?«, erkundigte sie sich.

»Sie wohnt im Konvent.«

»Das darf doch nicht wahr sein.« Liza machte ein enttäuschtes Gesicht. »Selbst im Urlaub zwingt man sie, sich im Kloster einzuquartieren?«

Tom nickte. Er brachte es nicht übers Herz, ihr zu erklären, dass Bernie keinen Urlaub zu machen pflegte und der Aufenthalt in Irland alles andere als eine Vergnügungsreise war.

»Und ich wollte sie von vorn bis hinten verwöhnen, um mich für den letzten Besuch im Star of the Sea zu revanchieren, wo sie uns verwöhnt hat. Ich träume immer noch von unserem Bett mit Blick über den Weinberg bis zum Sund. Und die frischen Blumen, die sie jeden Tag brachte … Sie hat ein richtiges Schmuckkästchen daraus gemacht. Dein Urgroßvater wäre sehr zufrieden mit ihr.«

»Ja, mit Sicherheit«, erwiderte Tom, obwohl er sich dessen keineswegs sicher war.

»Wir haben uns so gefreut, dass ihr beide kommt«, sagte Liza mit glänzenden Augen. »Unsäglich. Wir alle, Sixtus und Emer, Niall und Isobel und Billy und ich. Emer dachte ... Sie war ein bisschen durcheinander.«

»Weswegen?«

»Weil ihr die Reise gemeinsam angetreten habt. Sie meinte, Nonnen sei es nicht gestattet, mit Männern zu verreisen, aber vermutlich habt ihr eine Sondergenehmigung erwirkt, weil ihr euch so lange kennt und du für sie arbeitest. Deshalb sind wir davon ausgegangen, dass Bernie hier wohnt.«

»Aha.« Er hätte wissen müssen, dass die Gerüchteküche der Familie auf Hochtouren arbeitete. Er schüttelte den Kopf und hoffte, dass die gedämpfte Beleuchtung in der Eingangshalle die Röte verbarg, die sich, wie er spürte, auf Hals und Gesicht ausbreitete.

»Emer muss etwas missverstanden haben, das ist alles. Tommy, du bist bestimmt todmüde. Clara, wo steckst du?« Sie musterte seine Reisetasche, die mitten auf dem Fußboden stand, dann hielt sie mit einem Anflug von Panik nach ihrem Hausmädchen Ausschau. Doch Tom ergriff ihr Handgelenk, um sie aufzuhalten.

»Ist gut, Liza, ich mach das schon. Dasselbe Gästezimmer? Im zweiten Stock?«

»Ja, Tom. Das Blaue Zimmer, wie es immer noch heißt.«

Er küsste sie auf die Wange und eilte die Treppe hinauf, bevor sie ihn auf den eingebauten Lift aufmerksam machen konnte. Die schmalen Stadthäuser waren hoch und die Stiegen steil, und es gab nur zwei Räume pro Stockwerk. Die Stockwerke waren anders benannt als in den Staaten. In Irland wurde der erste Stock als Erdgeschoss, der zweite Stock als erste Etage und der dritte Stock als zweite Etage bezeichnet und so weiter. Wie auch immer, als er die zweite Etage erreichte, brannten seine Oberschenkel von den vielen Stufen, ein Gefühl, das er genoss. Sein Körper schien bereit, vor aufgestauter Energie zu bersten.

Als er am Wäscheraum vorbeikam, nahm er mit einem Lächeln das Laufband neben dem Bügelbrett zur Kenntnis. Tom und seine Cousins waren in einem Alter, in dem sie auf das Kelly-Herz achten mussten – vor allem wenn man zur Völlerei neigte, wie sie es taten. Da er in der Academy eher spartanisch lebte und ständig im Freien arbeitete, hatte er immer ausreichend Bewegung.

Er schloss die Tür des Blauen Zimmers hinter sich, dann ging er zum Fenster und blickte auf den Platz hinab. Der Konvent von Notre Dame des Victoires war nicht auszumachen. Er war einige Straßenblocks entfernt, doch Tom sah ihn in Gedanken vor sich. Er hätte gerne gewusst, was Bernie gerade tat, ob sie beschlossen hatte, sich Schwester Anne-Marie anzuvertrauen. Er fragte sich, ob sie der Mutter Oberin bereits begegnet war, und wenn ja, ob sie es geschafft hatte, ihre Gefühle unter Kontrolle zu halten.

Er schloss die Augen und presste seine Stirn gegen die kühle Fensterscheibe. Wenn er reglos dastand, konnte er Dublin ausblenden und die Worte vor sich sehen, eingemeißelt in den Stein der Blauen Grotte, zu Hause, auf dem Gelände der Academy. *Ich schlief, doch mein Herz wachte.*

Seufzend schüttelte er den Kopf.

»Bernie«, murmelte er.

Dann streifte er, erschöpft vom Flug und dem übrigen Trubel, die Schuhe von den Füßen, legte sich auf die blaue Bettdecke und versuchte zu schlafen.

2

Aus der administrativen Warte gab es interessante Unterschiede zwischen einem Stadtkloster und einem ländlichen Konvent wie Star of the Sea. Das schmale Gebäude war wesentlich kleiner. Es bestand aus drei Stockwerken, die von fünfundzwanzig Nonnen bewohnt wurden. Die Ordensgemeinschaft besaß keine Ländereien, die der Erwähnung oder Bearbeitung wert gewesen wären, nur einen kleinen dunklen Garten an der Rückseite des Hauses mit zwei Bänken, einem Kiesweg, der durch dichtes Gebüsch führte, und einem schmalen mit Efeu überwachsenen Heiligenschrein, der an der Mauer stand.

Zu Hause in Connecticut begann Bernie den Tag oft mit einem langen Spaziergang durch den Weinberg zum Strand, um zu beten, die Kümmernisse und Träume der Nacht zu sammeln und sie dem Meer und den verblassenden Sternen anheimzugeben.

Hier hatte sie die Nachtgeräusche von Dublin im Ohr – Lastwagen, die rumpelnd über die Kais fuhren, Menschen, die auf dem Heimweg von irgendwo lachten und plauderten. Mitten in der Nacht wurde sie vom Streit eines Pärchens unten auf der Straße geweckt; die Frau schluchzte laut, und der Mann fuhr sie an: »Schluss jetzt. Mir reicht's. Hör endlich auf damit.«

Danach war sie hellwach und versuchte gar nicht erst wieder

einzuschlafen. Ihre Zelle lag an der Vorderseite des Hauses und war ähnlich karg eingerichtet wie im Star of the Sea – eine schmale Pritsche, Schreibtisch und Stuhl, eine Kommode, ein Kreuz an der Wand. Sie schob den Stuhl ans Fenster, saß im Dunkeln und blickte auf Dublin hinaus.

Die Stadt war lebendig und vibrierend, aber auf andere Weise als Star of the Sea. Zu Hause gingen um diese Zeit Füchse, Eulen, Waschbären, Rotwild und gelegentlich Kojoten auf die Jagd. Nachts war die Bucht still, doch unter der Oberfläche tummelten sich Blaufische, Streifenfische, Flundern, Krebse und selten einmal ein Hai. Sterne zogen am Firmament ihre Bahn, und der Mond breitete sein goldenes Licht über das Meer, den Strand und den mehrere Hektar umfassenden Weinberg. Wenn sie nachts aus einem Traum oder vom Schrei einer Eule erwachte, pflegte sie aus dem Fenster zu blicken und einen bestimmten Stern zu suchen, seinen Stern. Und dann sprach sie ein Gebet für ihn.

Hier spürte sie ihn überall. Sie konnte seinen Stern nicht ausmachen, weil die Lichter der Großstadt den Nachthimmel verschleierten. Und sie konnte nicht für ihn beten, weil es ihr unangemessen erschien. Ein Gebet, des Nachts in einen Abgrund gesprochen – wozu auch, nach all den Jahren? Zu Hause hatte er in ihrer Vorstellung einen festen Platz. Er war eine ferne Erinnerung, eine glühende Hoffnung, ein Stern in der Wiege des Firmaments.

Hier war er in dem Blut, das durch ihre Adern strömte. Er war in jedem Atemzug. Jede Stimme, die sie auf der Straße hörte, war seine. Er war der Mann, der die Frau angebrüllt hatte, und die Frau, die in ihrer Not weinte.

Bernie saß auf dem Stuhl mit der geraden Lehne und starrte auf die dunkle Straße hinaus, innerlich zitternd. Ihr Körper schmerzte, ihre Haut brannte. Plötzlich kam es ihr vor, als hätte sie all die Jahre ein oberflächliches Leben geführt. Die Leitung des Konvents und der Schule erforderte ihre ganze Energie und Kraft, sie hatte immer zu viel zu tun und zu erledigen gehabt, um lange nachzudenken. Ihre Haut hatte sich in einen Panzer verwandelt, der die Gefahr ausschloss und sie einschloss.

Die Glocke läutete zur Vigil – ein schneller elektrischer Klingelton. Zu Hause bediente Schwester Gabrielle von Hand eine alte Messingglocke. Glockengeläut mittels Knopfdruck – das war eine Annehmlichkeit des Stadtlebens. Bernie blickte auf ihre Uhr – drei Uhr fünfzehn. Sie kleidete sich im Dunkeln an, darin geübt – Unterwäsche, Strümpfe, Habit, Schleier.

Zu Hause lag ihre Zelle im hinteren Teil des Klosters – auf dem weitläufigen Landsitz, den Toms Urgroßvater errichten ließ –, und sie brauchte zehn Minuten, um in die Kapelle zu gelangen. Hier musste sie nur auf den Gang hinaustreten und eine Treppe hinuntergehen. Ihr blieb noch genug Zeit, um am Fenster zu stehen und auf die Straße hinabzuschauen.

Jeder einzelne Passant konnte …

Sie entdeckte ein Pärchen, das des Weges kam; sie sahen aus, als hätten sie beide das richtige Alter. Sie lachten, und die junge Frau stolperte. Im Schein der Straßenlaterne sah Bernie, wie er sie in seinen Armen auffing. Er küsste sie, bis sie ihr Gleichgewicht wiedergefunden hatte, dann gingen sie weiter. Bernie schaute ihnen nach, bis sie aus dem Lichtkreis verschwanden und um die Ecke der Seitenstraße bogen.

Es klopfte leise an der Tür. Sie öffnete, sah Schwester Anne-Marie auf dem Gang stehen und bedeutete ihr, einzutreten.

»Guten Morgen, Schwester«, sagte Bernie.

»Dir auch einen guten Morgen. Hast du gut geschlafen?«

»Ich bin nicht an das Stadtleben gewöhnt.«
»O weh. Wir befinden uns an einer der Hauptverkehrsstraßen zwischen Temple Bar und Parnell College.«
»Temple Bar?«
»Der Stadtteil am Fluss, immer noch allabendlicher Treffpunkt der jungen Leute«, sagte Anne-Marie. »Überall Bars und Clubs. Erinnerst du dich, auch wenn es Ewigkeiten her ist? Ich hoffe, sie haben dich nicht die ganze Nacht wach gehalten.« Sie sah ihre Freundin lange und aufmerksam an, als wüsste sie, dass der Lärm nicht die Hauptursache ihrer Schlaflosigkeit war.
»Ich werde mich daran gewöhnen.« Bernie drückte rasch ihre Hand.
»Ich konnte nicht umhin zu bemerken, dass Schwester Eleanor gestern weder zum Abendessen noch zur Komplet aufgetaucht ist«, sagte Anne-Marie. »Hat sie dich aufgesucht?«
Bernie schüttelte den Kopf. »Als ich Schwester Theodore beim Abendessen entdeckte, war ich sicher, Eleanor würde ebenfalls erscheinen. Gibt es die Notre-Dame-Mafia noch?«
Anne-Marie kicherte. »Und wie! Schwester Eleanor ist mit der Leitung des Konvents offenbar so ausgelastet, dass ihr die Zeit für den Chordienst fehlt. Deshalb hast du sie gestern Abend nicht zu Gesicht bekommen. Schwester Theodore ist Eleanors *Consigliere,* genauso gewieft wie die Rechtsberater der Ehrenwerten Gesellschaft. Sie wird dir ein Angebot machen, das du nicht ablehnen kannst.«
»Das hat sie schon«, erwiderte Bernie ruhig.
»Nun, ich bin sicher, dass Eleanor dich heute sehen will.«
Bernie nickte und stand reglos da, trotz des Schauers, der ihr über den Rücken lief. »Ich auch«, pflichtete sie ihr bei.
Sie gingen in die Kapelle und schlossen sich den Schwestern im stillen Gebet an. Bernie kniete im Chorgestühl nieder,

das ihr gestern Abend zugewiesen worden war. Sie beugte den Kopf, stellte sich seinen Stern vor und sprach stumm das Gebet, das sie zu Hause gesprochen hätte. Gleich darauf, als alle versammelt waren, stimmten sie die Psalmodie, den Wechselgesang zwischen Chor und Vorsängerin, an. Bernie hatte das Gefühl, ihren Platz in der Gemeinschaft nie verloren zu haben – sie befanden sich auf der gleichen Wellenlänge wie im Star of the Sea.
Die irischen Stimmen klangen so wunderbar und melodiös, dass ihr leicht ums Herz wurde, und sie konnte eine Aufmunterung brauchen. Sie war aus einem Grund nach Irland gekommen, der abwegig schien. Jeder, der einigermaßen bei Verstand war, würde versuchen, sie von ihrem Vorhaben abzubringen. Sie glaubte an den Heiligen Geist, an die Sakramente, an die göttliche Bestimmung, die den Menschen auf dem Weg durchs Leben zu seinen eigenen Problemlösungen und Wohltaten führte. Viele Jahre lang hatte sie ihn der Gnade Gottes anvertraut – des Vaters, des Sohnes und des Heiligen Geistes. Und Maria, der sie sich besonders verbunden fühlte.
All die Jahre hatte sie darauf vertraut, dass Gottes Liebe ihn beschützen würde. Doch wenn ihr Glaube so unerschütterlich war, warum war sie dann hier? Warum hatte sie den Drang verspürt, herzukommen, ausgerechnet jetzt, da er erwachsen war, sein eigenes Leben führte? Welchen Grund könnte es dafür geben?
Der Sommer war reich an Ereignissen gewesen, die sich als Geschenk des Himmels erwiesen. Ihr Bruder John war zu seiner Familie nach Connecticut zurückgekehrt, ihre Schwägerin Honor hatte ihr Herz geöffnet, hatte ihm verziehen, ihn verstanden und wieder aufgenommen. Ihre Nichten – kapriziös, problembeladen, kämpferisch und Engel, alle

drei – hatten auf unterschiedlichen Wegen Heilung von traumatischen Erfahrungen gefunden. Und Brendan McCarthy – der rothaarige Krankenpfleger, der ihre Nichte Agnes betreut hatte – war zu einer Kammer in Bernies Herzen vorgedrungen, die lange im Dunkeln verborgen war.

Schwere, dröhnende Geräusche ließen die Halle erzittern. Ba-bum, ba-bum. Schwester Theodores Schritte waren unverkennbar, und ihre Stimme, die beim Näherkommen den Psalm rezitierte, klang ohrenbetäubend; beides hatte eine Wirkung, die zwischen dem Jüngsten Gericht und Hannibals Alpenüberquerung mit den Elefanten rangierte. Und wo Schwester Theodore war, konnte Schwester Eleanor Marie nicht weit sein.

Schwester Theodore erschien auf der Türschwelle der Kapelle. Üppige Fettpolster quollen aus dem weißen Kopftuch, das ihr Gesicht einhüllte. Ihr Atem ging schwer, aber sie hatte sich die kraftvolle Stimme einer Opernsängerin bewahrt. Sie harmonisierte perfekt mit den leisen, sanften Tönen ihrer Mitschwestern, die dadurch gleichsam auf die Ebene der Engel und der Kunst erhoben wurden. Ihre Augen waren ausdruckslos, als würde die Schönheit in ihrer Seele nur für einen Bereich ausreichen – ihre Stimme.

Ein Schatten fiel über die Tür, als Schwester Theodore beiseitetrat, um der Mutter Oberin von Notre Dame des Victoires den Vortritt einzuräumen.

Beim Betreten der Kapelle sah die Äbtissin nach links und rechts, einen Anflug von Spott in den durchdringenden Augen, als hätte sie den Nonnen bis auf den Grund ihrer Seele geblickt und festgestellt, dass dort vieles im Argen lag. Sie war annähernd eins siebzig groß, hager und strotzte vor Bewegungsdrang. Sie sang nicht mit. Ihr Mund war ein schmaler Strich. Ihre Augen schweiften über das Chorgestühl und fanden ihr Ziel. Die Blicke von Schwester Eleanor Marie und Schwester Bernadette Ignatius trafen sich, zum ersten Mal seit dreiundzwanzig Jahren.

Eleanor kam schnurstracks auf sie zu und reichte ihr einen Zettel. Bernie nickte und fuhr mit der Rezitation fort. Sie sah das Papier erst an, als Eleanor durch die Hintertür der Kapelle verschwand. Niemand wusste besser als sie, wie schwer die reibungslose Führung eines Konvents war, aber sie hatte stets Wert darauf gelegt, keinen einzigen Chordienst zu verpassen.

Der Gedanke wirkte beruhigend und zentrierend, erinnerte sie an ihre Bindung an die Erde und ihre Sehnsucht nach dem Paradies. Die Psalmen waren von Freude und Kummer, Leidenschaft und Verlangen erfüllt, von tief empfundenem Bedauern über die erforschten und unerforschten Wege des Menschen. Es waren Lieder, die von Liebe und Verzweiflung kündeten, die um himmlischen Beistand baten. Bernie hatte immer gewusst, dass sie dieses Beistands bedurfte.

Wahrscheinlich in noch größerem Maß als die meisten Leute.

In gewisser Hinsicht tat ihr Eleanor leid, die sich diese Zeit versagte, die Gelegenheit, sich den Kummer von der Seele und das Herz aus dem Leib zu singen. Doch Eleanor hatte auch nicht solche Fehler wie Bernie begangen.

Sie faltete den Zettel auseinander und las: »Ich erwarte Dich nach dem Frühstück in meinem Büro.«

Bernie starrte die Worte an. Sie hätten von einer gestrengen Schulmeisterin stammen können, an eine Schutzbefohlene gerichtet, deren Benehmen zu wünschen übrig ließ. Das schien sie in Eleanors Augen noch immer zu sein. Und nun war sie zu ihr zitiert worden. Aber war sie nicht genau deshalb hier? Sie legte den Zettel in ihr Gebetbuch und sang weiter.

Das Greencastle Hotel befand sich an der Bannondale Road, im Ballsbridge-Viertel von Dublin. Die mächtigsten und einflussreichsten Gäste aus den Vereinigten Staaten, Europa und England stiegen hier ab. Sie betraten eiligen Schrittes das Nobelhotel aus hellem Mauerstein, hielten am Tisch des Pförtners, um sich nach Eintrittskarten für die Abtei oder das Gate Theatre zu erkundigen oder Ausflüge nach Glendalough oder Powerscout zu buchen – bisweilen auch bis ans andere Ende Irlands auf die Dingle-Halbinsel oder die Cliffs of Moher. Und hier kam Seamus ins Spiel. Im schwarzen Anzug neben dem silberfarbenen Mercedes des Hotels stehend, hielt er sich bereit, die Reichen an jeden beliebigen Ort zu fahren. Auch wenn es nur zum Flughafen war.

Heute Morgen beispielsweise. Obwohl es erst kurz nach sieben war, hatte er schon einen Gast zum Flughafen gebracht, der einen Flug nach London gebucht hatte, war ins Hotel zurückgekehrt und wartete auf den nächsten Auftrag. Die Morgenluft war frisch, der Himmel klar. Wahrscheinlich würde man ihm einen Geschäftsmann als Fahrgast zuteilen, der zu den Four Courts wollte, anschließend zum Lunch in die Dawson Street, danach zu einem der Bürogebäude im Stadtzentrum und zurück zum Hotel. An einem Tag wie diesem hoffte er in seinem tiefsten Innern gleichwohl auf ein Paar, eine Familie oder jemanden, der die Sehenswürdigkeiten besuchen wollte.

In diesem Augenblick fuhr eine brandneue schwarze Limousine, ein Mercedes-Benz S-Klasse, vor, und die Türsteher eilten herbei, um die Türen aufzureißen. Seamus wusste instinktiv, dass der Kelly-Clan erschienen war. Ein solches Ausmaß an Aufmerksamkeit ließ man hier nur wenigen Einheimischen zuteil werden, abgesehen von Popgrößen wie Bono oder The Edge von der irischen Band U2, der

Folksängerin Enya, der Politgröße Mary Robinson oder Footballstars wie Dessie Farrell und Colin Moran.

Sixtus Kelly war ein prominenter Barrister, der vor einem Gerichtshof plädierte, Prozessschriften und andere gerichtsrelevante Schriftstücke entwarf. Niall war Richter und William Politiker. Seamus träumte davon, eines Tages am King's Inn Rechtswissenschaften zu studieren und selber Anwalt zu werden, und deshalb interessierten ihn die Kellys brennend. Er hoffte, eines Tages in einer Kanzlei für ähnlich namhafte Juristen zu arbeiten. Darum ging es schließlich bei diesem Beruf: genug Geld verdienen und Verbindungen knüpfen.

Während er beobachtete, wie die drei Kelly-Brüder lachend und plaudernd unter dem Portikus standen, bemerkte er, dass sie sich in Begleitung eines weiteren Mannes befanden. Er war hochgewachsen und hager, besaß aber keinerlei Ähnlichkeit mit den Kellys. Seine Kleidung war ländlich angehaucht, ordentlich, aber ein wenig abgetragen – Tweedjackett, schwarze Jeans, abgewetzte Stiefel. Er sah aus wie ein Farmer, offen gestanden. Was die Kellys mit ihm zu schaffen hatten, ging über sein Vorstellungsvermögen hinaus. Der Mann machte den Eindruck, als gehörte er in die Stallungen eines der hiesigen Landsitze.

Als der Kelly-Clan im Hotel verschwand, kam John, der Erste Hausdiener, heraus, um ihm einen Fahrgast zu bringen, eine Amerikanerin, Ende vierzig, die eine Tour in die Wicklow-Berge unternehmen wollte. Seamus' Gedanken arbeiteten auf Hochtouren. Er würde ihr unterwegs Dalkey, Powerscourt, Enniskerry und die Heerstraße zeigen und den Vormittag in der Klostersiedlung Glendalough beschließen.

»Guten Morgen, Madam.« Er hielt ihr den Schlag auf.

Als sie die Bannondale Road hinter sich ließen, begann seine Tour. Er fuhr mit ihr durch die Straße, die von den prachtvollsten Häusern Dublins gesäumt war; viele beherbergten Botschaften, aber einige befanden sich noch im Privatbesitz alteingesessener Familien. Hier residierten die restlichen Kellys, die nicht am Merrion Square wohnten.

»Das ist der Postzustellbezirk 4 in Dublin.« Er sah sich stolz um, in dem Wissen, dass er eines Tages, wenn er Rechtsanwalt war und seine große Liebe gefunden hatte, hierherziehen würde. »Die allerbeste Adresse. Von der jeder träumt. Wer es im Leben zu etwas gebracht hat, lässt sich in der Shrewsbury Road nieder ...«

»Das verstehe ich«, erwiderte die Frau. »Wunderschön, diese Häuser.«

»Ein erstklassiges Wohnviertel.« Während Seamus die Fahrt gen Süden fortsetzte, fragte er sich, wie lange es dauern würde, bis er sie fand, seine große Liebe, wie sie jetzt aussehen mochte und ob sie sich überhaupt wiedererkennen würden. Er träumte davon, dass sie eines Tages im Greencastle auftauchen und in seinen Wagen steigen würde. Oder er würde sie zufällig bei einer seiner Fahrten entdecken, in irgendeiner Straße, die sie entlangging.

Sollte das der Fall sein, würde er sie auf der Stelle mitnehmen. Pech für seinen Fahrgast, sollte er sich doch ein anderes Transportmittel für die Rückfahrt nach Ballsbridge suchen. Er würde einfach mit ihr wegfahren, ohne anzuhalten.

Er würde sie nie mehr gehen lassen, nie wieder.

Das Wasser der Dublin Bay glitzerte zur Linken, und sein Fahrgast öffnete das Fenster, so dass der Wagen von der salzigen Luft überflutet wurde. Der Geruch des Meeres erfüllte ihn mit Sehnsucht – tief und unergründlich, erinnerte er ihn

stets an den Strand, an dem er leichtfertig alles weggeworfen hatte, was ihm wichtig war.
Aber er setzte die Besichtigungstour mit der Amerikanerin fort. Er wies sie auf den Yachthafen in Dun Laoghaire und den Martello-Turm in Sandycove hin, wo James Joyce einen Teil seines Weltbestsellers *Ulysses* geschrieben hatte, machte sie auf das Forty Foot aufmerksam, ein Freibad, in dem Männer nackt zu schwimmen pflegten, das nun aber Besuchern beiderlei Geschlechts zugänglich war. Die Meeresbrise wehte durch den Wagen, und sein Herz drohte vor Sehnsucht zu zerspringen.

Im Speisesaal des Greencastle war ein opulentes Frühstücksbüfett angerichtet. Die langen Tische bogen sich unter der Last der Schüsseln und Platten mit Eiergerichten, French Toast, knusprig gebratenem Speck, Würstchen, Räucherlachs, frischen Himbeeren, Ananas, Gebäck, Croissants, irischem Sodabrot und Krügen mit verschiedenen Säften. Tom ging die Reihe entlang, füllte seinen Teller und fragte sich, was für ein Frühstück Bernie im Konvent zu sich nehmen mochte.
Als er zum Tisch der Kellys zurückkehrte – genau in der Mitte des eleganten Raums, der beste von allen –, zog ein Ober dienstwillig seinen Stuhl zurück und reichte ihm seine Stoffserviette. Er bat um Kaffee, obwohl seine Cousins ausnahmslos Tee tranken, und der Ober füllte die hauchdünne Porzellantasse.
Sixtus, Niall und Billy, die dunkle Anzüge trugen, ihre Arbeitskluft, hatten bereits Platz genommen, betrachteten ihn mit einem Lächeln und erinnerten ihn daran, wie sehr sich die Kelly-Männer glichen – alle waren blauäugige, aufsässige Teufelskerle, die keinem Spaß abgeneigt schienen. Einige

hatten dunkle, andere rote Haare, doch die Familienähnlichkeit offenbarte sich in den hellwachen, lebendigen Augen.

»Großer Gott.« Tom blickte sich um. »Habt ihr noch nie jemanden frühstücken sehen?«

»Geben sie dir in Amerika nichts zu essen?«, fragte Sixtus und deutete auf Toms Teller.

»Mann, deine Hände sind so zart, als hättest du vergessen, was arbeiten heißt«, konterte Tom. »Arbeit regt den Appetit an, wie du vielleicht weißt.«

»Schon wieder die alte Leier?«, warf Niall scheinbar resigniert ein. »Dass wir unsere Seele verkauft haben, um den ganzen Tag in einem Büro zu hocken, während du der einzige wahre Nachfahre von Tadhg Mor O'Kelly bist?«

»Was du vor dir siehst, sind lauter beinharte Burschen«, erklärte Sixtus und häufte Spiegeleier mit Speck auf eine Scheibe gebutterten Toast.

»Oh, beinhart ist Tom nicht«, entgegnete Billy. »Ich habe gesehen, wie er klammheimlich einen Blick über den Platz in Richtung Rutland Fountain geworfen hat.«

Tom errötete, überrascht, dass es Billy aufgefallen war. Es stimmte, an der Geschichte des Merrion Square interessierte ihn am meisten der Springbrunnen, der 1791 für die Armen in Dublin erbaut worden war.

»Der kleine Junge mit dem großen Herzen, wie Bernie ihn einmal genannt hat«, stöhnte Sixtus. »Sie ist hoffnungslos romantisch, abgesehen davon, dass sie Nonne ist. Für den Rest der Menschheit bist du einfach ein bisschen übergeschnappt.«

»Ein großes Herz ist eine Sache«, erklärte Billy. »Ich hoffe nur, dass dir das Kelly-Herz erspart geblieben ist.«

»Jetzt hör aber auf«, meinte Sixtus. »Deine Bypass-Operation war doch ein voller Erfolg. Tom, achte während deines

Besuchs bitte darauf, dass Billy jeden Morgen auf dem Laufband trainiert, ja?«
»Mal im Ernst, Billy, ist alles in Ordnung mit dir?«, fragte Tom.
»Abgesehen von einem gebrochenen Herzen wegen meiner grausamen Brüder geht es mir hervorragend.«
Tom schüttelte lachend den Kopf. Da er in den Staaten lebte, war er nicht mehr an die Frotzeleien seiner irischen Cousins gewöhnt. Obwohl sie sich gegenseitig nur alle paar Jahre besuchten, machten die Begegnungen mit ihm und Chris Kelly und dem Rest der amerikanischen Verwandtschaft, die stets von Scherzen und Gelächter erfüllt waren – der typisch irische Humor mit seinen Ecken und Kanten –, einen nachhaltigen Eindruck auf ihn.
»Was führt euch eigentlich hierher?«, erkundigte sich Niall.
»Dich und Schwester Bernadette.«
»Braucht sie inzwischen einen Leibwächter?«, fragte Billy.
»Das wäre die einzige Erklärung, die Sinn macht. Was ist nur aus dem Ordensleben geworden, wenn man eine Nonne mit einem Typen wie dir den Atlantik überqueren lässt?«
»Oder überhaupt mit einem männlichen Wesen, nebenbei bemerkt«, meinte Niall. »Zu meiner Zeit waren solche Fraternisierungsversuche undenkbar.«
Sixtus gab dem Ober ein Zeichen, ihm Tee einzuschenken, und sah Tom mit blitzenden Augen an. »Ich glaube, Bernie ist gekommen, um mir zu der erstklassigen Leistung als Verteidiger von Regis Sullivan zu gratulieren. Mein Plädoyer war einsame Spitze. Ihr hättet sehen sollen, wie ich vor dem Richter …«
»Welcher hatte denn den Vorsitz?«, fragte Niall.
»Hanrahan«, sagte Sixtus, und Niall verdrehte die Augen. »Egal, es war ein Gedicht, wie ich Regis Sullivans Fall darge-

legt habe. Sie ist keine Mörderin, ihr Vater ist kein Mörder, und Irland sollte sich schämen für das, was es dieser Familie angetan hat. Wenn John und Honor die Kellys sechs Jahre früher eingeschaltet hätten, wäre es gar nicht erst so weit gekommen. Aber die gute Nachricht ist, dass Regis aus dem Schneider und der Rest der Familie wieder zu Hause ist.«

»Nochmals vielen Dank, Sixtus«, sagte Tom stellvertretend für Bernies Familie. Kaum zu glauben, dass sich ihre Wege erst vorgestern gekreuzt hatten, als Bernie und er am Flughafen von Dublin John, Honor und den Mädchen begegnet waren. Johns Heimkehr nach sechs Jahren Haft hatte in diesem Sommer eine Lawine von Ereignissen losgetreten, einschließlich Regis' Erinnerung an den vermeintlichen Mord, und Tom und Bernie letztlich zu dieser Reise bewogen.

Sixtus nickte majestätisch und trank einen Schluck Tee. Seine Brust war stolzgeschwellt; genau wie Tom hielt er sich einiges auf seine Arbeit zugute. Toms Arbeit war lediglich anderer Art; er hatte auf das Kelly-Vermögen verzichtet, weil es ihn daran hinderte, zu den Wurzeln seiner Familie zurückzukehren, die für ihr Land gekämpft und die Felder bestellt hatte.

»Jetzt aber im Ernst«, sagte Sixtus. »Du wohnst bei Billy und Liza, und so kennen die beiden vermutlich den Grund. Aber verrate Niall und mir doch mal, was dich hierherführt.«

»Schwester Bernadette ist hier, um eine dringende Angelegenheit zu erledigen«, erwiderte Tom und präsentierte seinen Cousins die Antwort, auf die er sich mit Bernie geeinigt hatte. »Und ich fand, es sei viel zu lange her, seit meine Füße das letzte Mal Dubliner Boden berührt haben.«

Er bemühte sich, nicht auf seine Uhr zu blicken. Bernie hatte ihn vor einer Stunde angerufen und gesagt, ihr Gespräch mit Schwester Eleanor Marie werde unmittelbar nach dem Frühstück stattfinden. Sie hoffte, die Informationen zu erhalten, die sie brauchten, um mit der Suche zu beginnen, und er hatte vorgeschlagen, sich in O'Malley's Pub an der in Schlangenlinien verlaufenden Straße in St. Stephen's Green zu treffen – einem ihrer bevorzugten Treffpunkte vor langer Zeit –, und zwar um elf Uhr, damit beide genug Zeit hatten, sich von ihren Verpflichtungen loszueisen.

»Was für eine Angelegenheit?« Sixtus' Augen verengten sich.

»Hat es mit dem Konvent zu tun, mit dem Orden?«, fragte Niall.

»Oder mit Urgroßvater Kellys Land?« Sixtus kniff die Augen noch mehr zusammen.

»Das Land gehört nicht mehr den Kellys, sondern der Ordensgemeinschaft Notre Dame des Victoires und der Star of the Sea Academy.«

»Die reinste Verschwendung.« Sixtus schüttelte den Kopf. »Einen so prachtvollen Landsitz an eine Schar religiöser Asketen zu verschenken, die weder die Steinskulpturen noch den italienischen Marmor, geschweige denn die Parkettfußböden, die großen Glastüren, die Bronzestatuen, die Messingwaren oder die erstklassige Bibliothek zu schätzen wissen …«

»Ich glaube, die jungen Damen, die die Schule besuchen, wissen das alles sehr wohl zu schätzen«, entgegnete Tom. »Und die Nonnen vermutlich auch.«

»Ein solcher Grundbesitz am Long Island Sound würde ein nettes Sümmchen einbringen«, meinte Niall sinnend. »Wenn wir ihn verkaufen, teilen und Luxusvillen darauf errichten könnten – plus Golfplatz.«

»Teilen kommt nicht in Frage!«, warf Sixtus ein. »Ich würde es nie in fremde Hände geben. Ich kann mir vorstellen, wie unser Cousin Chrysogonus jedes Mal mit den Zähnen knirscht, wenn er in die Auffahrt einbiegt, um sich mit den rechtlichen Angelegenheiten des Ordens zu befassen, und sich wünscht, Francis X. hätte die Voraussicht gehabt, das Anwesen an seine Familie zu vererben. Das muss Chris maßlos ärgern. Wozu soll es gut sein, die erfolgreichste Familie in Connecticut zu werden, wenn keine Möglichkeit besteht, das beste Anwesen im ganzen Staat in ihren Besitz zu bringen?«

»Religiöse Ordensgemeinschaften zahlen keine Steuern«, sagte Billy düster. »Ihr solltet mal meinen jährlichen Steuerbescheid sehen.«

»Vielleicht solltest du gemeinsam mit Liza eine eigene Glaubensgemeinschaft gründen«, schlug Sixtus vor. »Du mit Kollar und die Mädchen mit einem schwarzen Schleier. Das dürfte dein Steuerproblem lösen.«

Billy winkte ab, doch Niall lachte angesichts der Vorstellung. Für Sixtus war die Zeit des Scherzens vorbei.

»Also, Tom. Wenn es nichts ist, was das Land betrifft, was führt Schwester Bernadette dann nach Dublin? Sie war in jungen Jahren hier, oder? Zur selben Zeit wie du, als du auf der Suche nach den Wurzeln der Familie warst, richtig?«

»Stimmt«, bestätigte Billy. »Das hatte ich ganz vergessen. Das Jahr, in dem du diese Wohnung am Liffey gemietet hast, wo dich niemand besuchen durfte. Wir dachten, du wärst hier, um der IRA beizutreten.«

»Woher wollen wir wissen, dass er das nicht gemacht hat, unser amerikanischer Cousin, der größte Revolutionär in unseren Reihen?«, gab Sixtus zu bedenken. »Unter dem Bann der Überlieferungen von Elend und Armut unserer Familie, von der Großen Hungersnot, dem Kampf gegen die herrschende Klasse, oder, Tom?«

»So ungefähr«, bestätigte Tom.
»Ich weiß nur, dass du dich damals ziemlich abgeschottet hast. Mit Bernie Sullivan. Die Familie dachte, ihr beide lebt zusammen – bis auf meine Mutter, die den Gedanken entrüstet von sich wies. ›Er würde niemals in Sünde leben, nicht Tom Kelly‹, sagte sie.«
»Isobel dachte, ihr beide wärt durchgebrannt und hättet heimlich geheiratet«, erinnerte sich Niall.
»Weit gefehlt«, sagte Tom. »Sie wollte mich nicht heiraten.«
»Habt ihr zusammengelebt?«, fragte Billy. »Komm schon, nach so langer Zeit kannst du es uns ruhig erzählen. Du hast niemanden von der Familie zu dir eingeladen, und das lag gewiss nicht daran, dass du uns den Anblick deiner Junggesellenbude ersparen wolltest. Wir waren damals alle Single!«
»Andererseits sah man euch beide ab einem bestimmten Zeitpunkt überhaupt nicht mehr zusammen«, überlegte Niall laut. »Hat sie früher mit dir Schluss gemacht, als wir dachten? Ja, irgendwann haben wir Bernie überhaupt nicht mehr zu Gesicht bekommen! Mutter lud sie ein, Weihnachten bei uns zu verbringen, doch sie gab den Nonnen den Vorzug. Schätze, sie wusste damals schon, dass sie ins Kloster gehen wollte.«
»Die reinste Verschwendung«, sagte Sixtus abermals. »So ein hübsches Mädchen! Du hast den Kürzeren gezogen, Tom. Und dem Image der Kelly-Männer einen Schlag versetzt. Der Tag, an dem ein Mädchen es vorzieht, die ewigen Gelübde abzulegen, statt einem Kelly vor dem Traualtar ewige Treue zu schwören, ist ein rabenschwarzer Tag.«
»Ich bin ganz deiner Meinung«, erwiderte Tom.
»Aha. Also, ein letztes Mal. Was für eine Angelegenheit hat sie hier in Dublin zu erledigen?« Sixtus bedeutete dem Ober, Tee nachzuschenken.

Toms Herz klopfte. Er würde seinen Cousins mit Sicherheit kein Wort über Bernies wahren Grund verraten und wünschte, sie würden endlich Ruhe geben. Deshalb beschloss er, auf ihre Lieblingsstrategie zurückzugreifen, Scherze, um einem Gespräch über wichtige Belange aus dem Weg zu gehen.

»Überlassen Sie das mir.« Tom nahm dem Ober die silberne Teekanne aus der Hand und verbrannte sich an dem heißen Henkel. »Brauchst du jemanden, der dir morgens den Tee einschenkt? Erzähl mir ja nicht, dass dich die arme Emer auf diese Weise bedienen muss ... Herrgott, Six, du bist verweichlicht. Was würde Tadhg Mor O'Kelly dazu sagen?«

»Jetzt hat er es dir aber gegeben.« Niall grinste und sah zu Sixtus hinüber.

Und dann stürzten sich seine Cousins in Familienmythen, Legenden und die Kunst, den anderen stets um eine Nasenlänge voraus zu sein, und Tom wusste, er hatte soeben ein wenig Zeit gewonnen.

3

Das Treffen mit Schwester Eleanor Marie war an diesem Tag zweimal verschoben worden, zuerst auf die Zeit unmittelbar nach dem Mittagessen und danach auf den Nachmittag. Beide Male hatte Schwester Bernadette Eleanors Büro aufgesucht und draußen auf dem Stuhl Platz genommen, nur um sich von Schwester Theodore, die mit schweren Schritten durch den Gang stapfte, sagen zu lassen, Schwester Eleanor Marie führe ein Telefonat und ob sie bitte zu einem späteren Zeitpunkt wiederkommen könne.

Das Schlimmste war, dass Tom auf sie wartete. Sie hatten verabredet, sich in O'Malley's Pub zu treffen. Doch dann wurde das Gespräch verschoben, und sie konnte ihn nicht erreichen. Amerikanische Handys funktionierten in Irland nicht, aber das merkte sie erst, als sie zehnmal seine Nummer gewählt und sich vorgestellt hatte, wie er dort wartete, unweit von St. Stephen's Green, alleine und ungeduldig.

Sie hatte gespürt, wie bereits nach der ersten Absage ein leiser Groll in ihr aufstieg oder sich neu entfachte, der sich nun vertiefte. Sie saß auf dem Lehnstuhl, den Blick auf die geschlossene Tür gerichtet, und hatte das Gefühl, das alles schon einmal erlebt zu haben. Eine Marienstatue stand in einer kleinen, erlesen gestalteten Wandnische. Bernie wandte sich ihr zu und bat um Erleuchtung, was sie tun, was sie sagen sollte, wenn es so weit war. Sie hatte schon immer

Marias Liebe und leitende Hand gespürt, doch der Aufruhr der Gefühle hinderte sie im Augenblick daran, ihre Antworten zu vernehmen.

Als Schritte im Büro erklangen, richtete sie sich kerzengerade auf. Die Tür wurde aufgestoßen. Schwester Eleanor Marie stand auf der Schwelle, groß und hager, die dunklen Augen funkelnd hinter dem silbernen Brillengestell. Sie blickte Bernie durchdringend an. Bernie hatte das Gefühl, als würde sie mit Röntgenaugen begutachtet, ihr Innerstes nach außen gekehrt. Sie erhob sich und war dankbar, dass Eleanor Marie keine Anstalten machte, sie zu umarmen.

»Willkommen in Dublin, Schwester Bernadette Ignatius«, begrüßte sie Schwester Eleanor Marie mit ihrem Bostoner Akzent. »Willst du nicht eintreten?«

Sie nahmen einander gegenüber am Schreibtisch Platz. Bernie musterte das Büro mit raschem Blick – Bücher, aufgereiht in Bücherschränken mit Glasfront, ein schlichter Mahagonischreibtisch, leer bis auf eine Schreibunterlage, Stifte, Schreibblock und eine laut tickende Messinguhr, ein Kreuz an einer Wand, ein Marienbildnis an einer anderen Wand, Aktenschränke aus Holz, durch die schmiedeeisernen Gitterstäbe einer Rundbogentür hinter dem Schreibtisch sichtbar.

Der Anblick der Aktenschränke löste ein Prickeln in Bernie aus. Sie wusste aus ihrer eigenen Erfahrung als Äbtissin von Star of the Sea, dass die Geheimnisse im Leben aller Ordensschwestern in einem Dossier enthalten waren, das über jede einzelne angelegt wurde. Für Bernie waren sie kostbar – die Biographien ihrer Mitschwestern, die Informationen über die Familien, die sie in der Welt zurückgelassen hatten, über die säkularen Hoffnungen und Träume, die sie nach reiflicher Überlegung gegen ein Leben des Gebets, der Kontemplation und der unermüdlichen Arbeit im Dienste des Herrn eingetauscht hatten.

»Nun, Schwester, was führt dich nach Irland zurück?«, sagte Schwester Eleanor Marie, hochaufgerichtet hinter ihrem Schreibtisch sitzend.

»Ich bin aus einem sehr persönlichen Grund hier.«

Schwester Eleanor Maries Augen funkelten hinter den Brillengläsern, doch ihr Lächeln wirkte aufgesetzt. »Die Bindung zu deinem persönlichen Leben war schon immer sehr stark. Zu deiner Familie. Hast du selbst nach so vielen Jahren noch nicht gelernt, dass menschliche Beziehungen durch die Trennung geläutert werden?«

»Das ist eine Erfahrung, die ich jeden Tag mache«, erwiderte Bernie, insgeheim kochend.

Wieder das schnelle, harte Lächeln. »Wirklich? In einem Konvent, in dessen Geschichte du als junge Frau in solchem Maß eingebunden warst? Mit deinem Bruder und seiner Familie auf demselben Anwesen? Dann musst du stärker sein als ich. Ich musste meine Trugbilder vom Selbst mit aller Macht verbannen, Schwester. Und bin in unser Ordenshaus in Dublin eingetreten, weit von meiner Heimatstadt Boston entfernt. *Ex umbris et imaginibus in veritatem.*«

»›Von den Schatten und Vorstellungsbildern zur Wahrheit‹«, übersetzte Bernie. »Meine Wahrheit war stets die Liebe.«

»Zu deinem eigenen Schaden, wage ich zu behaupten.«

Bernie starrte sie über den Schreibtisch hinweg an.

»Behaupte, was du willst, Eleanor. Wir beide sind jetzt gleichrangig. Als wir uns das erste Mal begegneten, warst du Novizenmeisterin. Du hast mich durch das erste Jahr im Kloster geleitet. Nun stehen wir beide einer Ordensgemeinschaft vor. Ich bin nicht als Bittstellerin gekommen, sondern als Amtsgenossin.«

Eleanor Marie starrte sie an, und Bernie erbebte bis ins Mark. Was hatte diese Nonne an sich, das sie stets an einen Teufel erinnerte? Unmittelbar hinter der glatten Fassade schien sie von unterdrückter Wut erfüllt zu sein. Bernie erinnerte sich an das erste Jahr im Orden, als sie sich jeden Tag ihrem Kummer anheimgegeben hatte. Während die anderen Novizinnen sie getröstet und ihr auf dem Weg beigestanden hatten, der vom Schatten zum Licht führte, hatte es den Anschein, als würde sich Eleanor Marie an ihrem Schmerz weiden.

»Das war eine klare Aussage, Schwester«, erwiderte sie nun und lächelte mit zusammengebissenen Zähnen. »Was kann ich für dich tun?«

»Ich möchte wissen, wo er ist.«

»Er?«

»Mein Sohn«, sagte Bernie.

»Du hast keinen Sohn.«

»Wie kannst du es wagen!«

In Eleanor Maries Brillengläsern spiegelte sich der Lampenschein, ihre Augen glichen Kohlen auf dem Feuerrost eines Ofens, ein Inbegriff geballter Energie, brennend. »Du hast deine Wahl getroffen und auf ihn verzichtet. Niemand hat dich unter Druck gesetzt. Niemand hat dich gezwungen, ihn wegzugeben. Wenn ich mich recht erinnere, warst du sogar sehr darauf bedacht. Du hattest schließlich eine *Vision*.«

Bernie kämpfte gegen den Wunsch an, ihr das Gesicht zu zerkratzen. Sie würde ihr nicht die Genugtuung gönnen zu beobachten, wie sie zu dem Marienbild hinüberblickte. Die Einzelheiten der Vision waren allen Mitgliedern der Ordensgemeinschaft bekannt; sie waren von keinem Geringeren als dem »Wunder-Ermittler« unter die Lupe genommen worden, einem Fachmann für Marienerscheinungen aus Rom.

»Von dem Augenblick an, als du deinen Sohn zur Adoption freigegeben hast, hast du jedes Recht auf ihn verwirkt.« Eleanor Marie hielt inne, ihr Lächeln wurde härter und breiter. »Ich muss sagen, ich habe seit zwei Jahrzehnten mit diesem Besuch gerechnet. Ich dachte mir schon, dass sie sich im Lauf der Zeit wieder offenbart.«

»Sie?«

»Deine Schwäche. Mir war schon bei unserer ersten Begegnung klar, dass du für das Klosterleben nicht stark genug bist. Von allen Nonnen, die ich durch ihre achtjährige Prüfungsphase als Novizin und Postulantin begleitet und deren Ringen mit den Härten der Ordensregeln, dem Einfügen in die Gemeinschaft und dem Loslassen irdischer Bindungen ich beobachtet habe, warst du der Außenwelt am meisten verhaftet. Ehrlich gesagt, seit du Irland verlassen hast, um in unser Ordenshaus in Connecticut einzutreten, habe ich damit gerechnet, dass du irgendwann durch die Tür trittst und mir diese Frage stellst.«

»Hast du mich deshalb den ganzen Tag warten lassen?«

»Den ganzen Tag?«, wiederholte Eleanor Marie kalt. »Was ist schon ein ganzer Tag? Wir beide führen ein Leben, das auf die Ewigkeit ausgerichtet ist. Asche zu Asche, Staub zu Staub. Das Leid der Prüfungen, die uns Tag für Tag auferlegt werden, bringt uns Ihm und der Ewigkeit näher.«

»Erspar mir deine Predigt. Mein spirituelles Leben geht dich nichts an, das ist eine Sache zwischen Gott und mir. Ich brauche den Namen meines Sohnes.«

»Sein Name ist männlicher Säugling X.«

»Ich möchte meine Akte einsehen.«

»Deine Akte ist Eigentum der Kirche. Du hast kein Anrecht

darauf. Zu deinem eigenen Schutz, dem des Ordens und – was noch wichtiger ist, da dein Ego so groß zu sein scheint, dass du blind dafür bist – zum Wohl des Kindes.«

»Was soll das heißen?«

»Hast du *jemals* an ihn gedacht? An den jungen Mann, den du einen Tag nach der Geburt weggegeben hast? Du hast dich aus seinem Leben verabschiedet und dreiundzwanzig Jahre keinen einzigen Gedanken an ihn verschwendet. Ich sehe mich verpflichtet, seine Interessen zu schützen.«

»Seine Interessen schützen ...« Einen Augenblick lang nahm Bernie die Aussage wörtlich. War Schwester Eleanor zum gesetzlichen Vormund ihres Kindes bestimmt worden? Sie wusste, dass der Orden ein Waisenhaus und mehrere Kinderheime in Irland unterhielt. In den ersten vierundzwanzig Stunden nach der Geburt hatte sie Höllenqualen gelitten und zu entscheiden versucht, was sie tun sollte.

Eleanor Marie und – beruhigender – eine Nonne aus dem Krankenhaus, eine der Pflegeschwestern des Ordens, hatten ihr versprochen, dass sie sich persönlich um ihn kümmern würden. Er würde umsorgt werden, als wäre er ihr eigenes Kind, und umgehend, binnen weniger Tage, in einer wundervollen Familie untergebracht werden. Es gab eine lange Warteliste mit katholischen Paaren, die sich verzweifelt ein Baby wünschten und für eine Adoption in Frage kamen. Er würde in einer Familie aufwachsen, die ihn liebte, als wäre er ihr leiblicher Sohn.

»Das kann nicht sein«, stammelte Bernie. »Er hat eine Familie, keinen gesetzlichen Vormund. Ihr, *du* hast es mir versprochen, damals in der Klinik. Er würde in eine gute Familie aufgenommen, geliebt und umsorgt werden ...«

»Ich meinte damit, dass ich mich verpflichtet fühle, sein Privatleben zu schützen«, erwiderte Schwester Eleanor Marie scharf. »Deine Akte befindet sich unter Verschluss, genau wie seine. Ich habe nur sein Interesse im Auge, Schwester. Was man von dir nicht behaupten kann.«

»Ich handle ausschließlich in seinem Interesse!« Bernie hieb mit der Faust auf den Tisch. »Er ist inzwischen dreiundzwanzig. Ich habe mich all die Jahre zurückgehalten und ihm ermöglicht, ungestört in seiner Familie aufzuwachsen, von seinen Eltern geliebt zu werden. Damit meine ich das Paar, das ihn adoptiert hat. Sie sind meiner Auffassung nach seine Eltern. Ich habe nicht einmal entschieden, ob ich mich ihm überhaupt zu erkennen geben soll. Ich möchte nur wissen, wie er sich entwickelt hat und ob er ein gutes Leben hatte.«

»*Du* entscheidest, *du* möchtest«, entgegnete Eleanor Marie höhnisch. »Du solltest dich hören, Schwester. Was ist mit Gott? Was hat der Herr mit dem jungen Mann im Sinn? Glaubst du, es sei ihm bestimmt, dass du nach so langer Zeit auftauchst und Chaos in einem Leben anrichtest, dem du den Rücken gekehrt hast? Kannst du dir die Verwirrung und die Seelenqualen vorstellen, in die du ihn stürzen könntest? Vielleicht hätte dein Eingreifen zur Folge, dass er sich von der Kirche abwendet.«

»Was willst du damit sagen?«

»Vielleicht ist er angefüllt mit Hass und Groll auf dich – eine Ordensfrau! Und das könnte sich rasch und tiefgreifend ausbreiten; es könnte seinen Glauben vergiften. Das kann und werde ich nicht riskieren. Ich fühle mich verpflichtet, über sein Seelenheil zu wachen.«

»Dazu besteht kein Anlass!«

»Bist du nicht mit Thomas Kelly nach Dublin gekommen? Schwester Theodore hat gesehen, wie er dich gestern herbrachte. Ich weiß, dass er dein Verwalter ist. Doch diese Verbindung hat etwas Sündhaftes, Schwester. Ich glaube, das treibt dich um, und nicht die Sorge um das Kind.«

Bernie blickte sie aufgebracht an, als Toms Name fiel. Von allen Vorwürfen, die Schwester Eleanor Marie ihr gemacht hatte, war das der niederträchtigste. Sie sah die Bosheit im Blick der Nonne. Sie versuchte sich vor Augen zu halten, dass Eleanor auch nur ein Mensch war, mit einer schwierigen Lebensgeschichte, dass sie Kummer und Leid aus eigener Erfahrung kannte.

Schwester Eleanor Marie hatte sie des Mangels an Selbstlosigkeit bezichtigt, aber Bernie wusste, diese Sache war persönlich, reichte in die Anfangszeit zurück, als sie in den Orden aufgenommen worden war. Sie erinnerte sich an die erste Begegnung mit der Novizenmeisterin, und trotz ihres Bedürfnisses, Mitleid mit Eleanor zu empfinden, gefror ihr das Blut in den Adern. Der Bewusstseinswandel bewirkte, dass sie ruhiger wurde, denn plötzlich war ihr klar, worum es hier wirklich ging.

»Dann werde ich eben über deinen Kopf hinweg handeln«, sagte Bernie. »Ich werde eine Eingabe an deine Generaloberin machen, die Hochehrwürdige Mutter. Sie wird mir die Akte überlassen.«

Sichtlich erschüttert, beugte sich Eleanor Marie vor. »Du drohst mir?«

»Sie ist freundlich und einfühlsam. Unser Orden wurde auf grenzenloser Liebe gegründet, Schwester. Ich habe gelernt, Angst durch Hoffnung und Liebe zu ersetzen. Ich bin sicher, deine Hochehrwürdige Mutter hält sich an das gleiche Credo. Sie wird wissen, dass ich meinem Sohn keinen Schaden zufügen will. Ich empfinde nichts als Liebe für ihn. Das werde ich ihr sagen, und sie wird mir meine Akte aushändigen.«

Schwester Eleanor Marie starrte sie mit erloschenen Augen an. Doch allmählich begannen sich die Kohlen wieder zu erwärmen und zu glühen. Sie öffnete die Schreibtischschublade und entnahm ihr einen Bund mit mehreren Schlüsseln. Sie betastend, musterte sie Bernie. Dann warf sie die Schlüssel auf die Schreibunterlage.

»Nur zu. Schau hinein.«

Bernie ergriff den Schlüsselbund und ging um den Schreibtisch herum zu der schmiedeeisernen Rundbogentür. Dort, im inneren Sanktuarium, befanden sich mehrere Reihen Aktenschränke, alphabetisch geordnet. Nach einigen Versuchen hatte sie schließlich den Schlüssel, der ins Schloss passte. Sie öffnete die Tür und betrat den Raum.

Da war er, der Schrank mit dem Buchstaben *S* für Sullivan; sie hatte als Bernadette Sullivan ihre Gelübde abgelegt und wusste, dass der Orden die Akten auf der Grundlage des ursprünglichen Namens der Schwestern führte. Der Schrank mit dem *S* war der niedrigste, und so kniete sich Bernie auf den Boden, um einen Schlüssel nach dem anderen auszuprobieren. Schwester Eleanor Marie hätte ihr dabei helfen können, doch stattdessen saß sie reglos auf ihrem Stuhl und beobachtete sie.

Der letzte Schlüssel war der richtige, und Bernies Herz klopfte, als das Schloss aufsprang. Ihre Hände waren so schweißnass, dass es ihr nur mit Mühe gelang, den Schrank zu öffnen. Doch endlich ging er auf, und sie überflog die Manila-Ordner. Stephens, Stevens, Stires, Strand, Sullivan. Sie riss den Ordner aus dem Schrank und blätterte die Dokumente durch.

Kopien ihrer Geburts- und Taufurkunde, Nachweis der Firmung, Einzelheiten aus ihrem Leben vor Eintritt ins Kloster, ein dickes Bündel Papiere mit dem Gutachten Roms über ihre Vision, das auch einen dicken, mit einem roten Wachssiegel versehenen Umschlag enthielt, Berichte über ihre Fortschritte als Novizin im ersten Jahr und Anmerkungen und Ausschnitte aus dem Rundschreiben des Ordens, die ihren Aufstieg im Star of the Sea schilderten. Aber nichts, kein einziges Blatt Papier, das sich auf die Geburt ihres Sohnes bezog.

»Wo sind die Unterlagen?« Sie drehte sich um, unfähig, die Panik zu verbergen, die sie in sich aufsteigen spürte.

Schwester Eleanor Marie saß reglos da und musterte sie. Der Blick ihrer Augen hinter den Brillengläsern zeugte von Selbstgerechtigkeit.

»Was hast du damit gemacht?« Bernie sprang auf, packte die Armlehnen ihres Stuhls und beugte sich vor, ihr Gesicht dem Eleanors bedrohlich nahe. In diesem Moment hätte sie die Wahrheit am liebsten aus ihr herausgeprügelt, doch die Nonne lächelte nur.

»Ich habe sie vernichtet.«

»Wie bitte?« Bernie spürte, wie das Blut aus ihrem Gesicht wich.

»Wie ich bereits sagte, habe ich diesen Tag seit Jahren erwartet«, erwiderte Schwester Eleanor Marie mit ausdrucksloser Miene und erstarrtem Lächeln. »Ich habe seine Akte verbrannt, um den Jungen zu schützen. Hier findet sich keinerlei Nachweis mehr, dass er überhaupt jemals existiert hat. Ich wollte, dass du dich selbst davon überzeugst. Für dich ist er gestorben, Schwester Bernadette Ignatius.«

Bernie drehte sich um und verließ den Raum. Sie ging wortlos an Schwester Theodore vorbei, die sich im Vorraum des Büros aufhielt und auf Bernies offensichtlichen Kummer und Zorn mit Bestürzung reagierte, bereit, ihrer Äbtissin zu Hilfe zu eilen. Bernies Hände zitterten und ihr Herz klopfte,

als sie an der Statue der Muttergottes in der Nische vorbeieilte, die ihre Arme ausstreckte. Bernie würdigte sie keines Blickes.
Sie durchquerte mit weit ausholenden Schritten den Kapitelsaal, vorbei an Schwester Anne-Marie, die darauf gewartet hatte zu erfahren, wie das Gespräch verlaufen war, und ihre Freundin mit großen mitfühlenden Augen betrachtete. Bernie nahm sie kaum wahr. Ihr Herz war gebrochen, alle Hoffnungen waren zunichtegemacht. Sie öffnete die Vordertür des Konvents und ging die Straße entlang.
Der Himmel über Dublin hatte eine graue Färbung angenommen, die Wolken hingen so tief, dass sie das Kreuz auf dem Dach des Konvents zu berühren schienen. Dicht und schwarz trieben sie über den Bäumen dahin, über den Schieferdächern, den Schornsteinen, den Statuen im Park. Sie kam am O'Malley's vorüber, warf einen flüchtigen Blick hinter die bunten Blumenkästen und hoffte beinahe, dass Tom noch auf sie wartete. Natürlich war er längst weg. Sie ging die Grafton Street entlang, an den Geschäften und Cafés vorbei zu den Brücken, die über den Liffey führten. Sie lenkte ihre Schritte zum Fluss. Er strömte durch die Stadt, vorbei an den Gebäuden, in denen unzählige Menschen lebten, und unter den Brücken hindurch, die zahllose Menschen überquert hatten.
Vielleicht ging ihr Sohn durch diese Straßen, überquerte eine der Brücken, wohnte in einem der Häuser. Sie musste nur das richtige Fenster finden, dann würde sie hindurchschauen können und sein Gesicht erkennen. Er war irgendwo in dieser Stadt und wartete auf sie.
Und auf Tom.
Bei diesem Gedanken füllten sich Bernies Augen mit heißen Tränen. Sie würde Tom sagen müssen, dass sie ihren Sohn

ein für alle Mal verloren hatten. Dass sie ihn nie mehr finden würden. Während sie durch Dublin ging, sah sie, wie sich die Wolken verdunkelten. Es begann zu regnen. Sie spürte, wie Tränen über ihre Wangen liefen, wieder und wieder, während sie ziellos durch die Stadt der Schatten irrte, in der ihr Kind das Licht der Welt erblickt hatte.

4

Was ist schon dabei, du borgst dir ein Auto. Mehr nicht«, sagte Billy, als Tom kurz vor dem Abendessen sein Jackett anzog und sich anschickte, das Haus zu verlassen.

»Ich nehme ein Taxi. Oder gehe zu Fuß.«

»Du bist offensichtlich in Eile. Keine Ahnung, worum es bei dem Telefonat ging, aber du wirkst besorgt. Kann ich irgendetwas für dich tun?«

Tom zögerte. Bernie hatte sich endlich gemeldet. Sie hatte eine Telefonkarte gekauft und ihn aus einer Telefonzelle in der Nähe des Trinity College angerufen. Sie brauchte ihn, und der schnellste Weg, zu ihr zu gelangen, bestand darin, Billys Angebot anzunehmen.

»Also gut, wenn du dir sicher bist, nehme ich das Auto.«

Billy reichte ihm die Schlüssel. »Er steht auf dem Parkplatz, und du kannst für die Dauer deines Aufenthalts darüber verfügen.«

»Nur dieses Mal.«

»Hör zu, Tom.« Billy sah ihn an. »Ich weiß nicht, warum du hier bist, aber es liegt auf der Hand, dass da irgendetwas läuft. Keiner von uns weiß, was er für dich tun kann. Du lässt dir ja nie helfen. Behalte den Wagen, solange du hier bist, ja? Dann habe *ich* ein besseres Gefühl.«

»In Ordnung, Billy. Danke.« Tom eilte zur Tür hinaus.

Er fand den Wagen, ein schnittiges silbernes BMW-6er-

Coupé, brandneu und Welten entfernt von dem alten Transporter, den er in Connecticut fuhr. Er sprang mit einem satten Schnurren an, und Tom fädelte sich in den Verkehr ein. Er fühlte sich unbehaglich hinter dem Steuer eines neuen, auffallenden Sportwagens, und dafür gab es mehr Gründe, als er aufzuzählen vermochte. Doch gleichzeitig war er tief berührt von der großzügigen Geste seines Cousins.

Das Phantastische an einem großen Familienclan war, dass er wie Pech und Schwefel zusammenhielt. Doch Tom war nicht besonders gut darin, sich auf andere zu verlassen. Er verstand sich hervorragend darauf zu erklären, alles sei in bester Ordnung und er brauche keine Hilfe, er schaffe das schon alleine. Während er durch die Straßen fuhr, dachte er an seinen Sohn. Obwohl er nach Möglichkeit jede Unterstützung abzulehnen pflegte, stellte er fest, dass der irische Teil der Kelly-Verwandtschaft ihn beschäftigte.

Der Vater seiner Cousins war mit vierzig gestorben – an einem Herzanfall, unverhofft und viel zu jung. Sie hatten gelernt, zusammenzuhalten, zu einer Sippe zusammengeschweißt, in der sich jeder um den anderen kümmerte. Sixtus, der Älteste, war so etwas wie ein Vaterersatz für seine jüngeren Brüder gewesen. Tom wusste, dass alle seine Kelly-Cousins seinen Sohn mit offenen Armen empfangen und ihn liebend gerne durch das Leben in Dublin geleitet hätten, in jeder erdenklichen Weise.

Tom hatte sich geschworen, Bernie niemals die Schuld zu geben. Es war ihr nicht gelungen, über den eigenen Schatten zu springen. Sie konnte ihn nicht heiraten, konnte keine Familie gründen. Ihre Berufung hatte sich als zu stark erwiesen. Sie war von der Muttergottes selbst an sie ergangen, in der Blauen Grotte von Star of the Sea. Immer, wenn er dort arbeitete, lose Steine ersetzte oder das Moos vom Mauer-

werk entfernte, war er ernsthaft versucht, die Grotte zuzumauern.
Denn das war der Ort, an dem Bernies »Wunder« geschehen war. Er hatte sich lange seine eigenen Gedanken über die Ereignisse in der Steinkammer am südwestlichen Zipfel des Academy-Landes gemacht, auf der anderen Seite des Hügels und hinter dem Weinberg, zwischen Kapelle und Strand. Sein irisch-katholisches Erbe war noch stark genug, um zu glauben, dass Bernie tatsächlich eine Erscheinung gehabt hatte, aber er deutete die Botschaft anders.
Als er nun durch Dublin fuhr, klopfte sein Herz. Er hatte sie nie so erlebt, die Stimme zitternd und angsterfüllt. Irgendetwas Schreckliches musste bei dem Gespräch mit der Werwolf-Nonne geschehen sein, denn Bernie war außerstande gewesen, am Telefon darüber zu reden.
Tom kannte Bernie nur als einen Menschen, der stark war wie ein Fels in der Brandung. Sie leitete Star of the Sea mit eiserner Hand. Sie war fürsorglich und gutherzig, aber wenn man sich ihr widersetzte, war Gefahr in Verzug. Sie arbeitete unermüdlich von Sonnenaufgang bis Sonnenuntergang, führte das Kloster wie ein hochkarätiger Konzernchef. Schwester Bernadette Ignatius war ein Workaholic erster Güte und hatte Möglichkeiten gefunden, ihre Gefühle zu verbergen, sie so tief in sich zu vergraben, dass er sich bisweilen fragte, ob sie überhaupt noch welche besaß.
Als er jetzt auf den Parkplatz fuhr, händigte er dem Parkplatzwächter den Autoschlüssel aus und ließ sich von ihm den Weg erklären. Er ging durch den Haupteingang des Trinity College in Richtung Kampanile, der sich auf dem zentralen Platz befand. Er blickte sich suchend um, konnte sie aber nirgends entdecken. Erinnerungen überfluteten ihn. Bernie hatte ihn während ihrer Schwangerschaft hierherge-

lotst. Sie hatten den Long Room in der Alten Bibliothek besichtigt – der seinen Urgroßvater zum Bau der Bibliothek im Star of the Sea inspiriert hatte –, und Tom hatte sich ausgemalt, dass ihr Sohn hier irgendwann studieren würde.
Plötzlich entdeckte er sie. Schmal und dunkel in ihrem schwarzen Habit, wartete sie hinter dem hohen Glockenturm auf ihn. Sie betrachtete die Skulptur von Henry Moore; der glatte Stein stellte zwei Menschen dar, die sich umarmten. Die Linien waren weich und rund, die Körper schienen miteinander zu verschmelzen. Er blieb stehen und fragte sich, welche Botschaft darin enthalten sein mochte. Als er seinen Herzschlag wieder unter Kontrolle hatte, setzte er seinen Weg fort.
Bernie hörte ihn nicht kommen. Er ließ sich Zeit, betrachtete sie. Annähernd einen Meter sechzig groß, gertenschlank, aber dennoch geballte Kraft. Selbst in ihrem schwarzen Habit und Schleier machte sie gewöhnlich den Eindruck, als wäre sie gerüstet, der Welt die Stirn zu bieten, ein Faktor zu sein, mit dem es zu rechnen galt. Doch nicht heute. Ihre Schultern bebten, ihre Wangen waren tränenüberströmt.
»Schwester Bernadette.«
Sie sah ihn mit großen, kummervollen Augen an. »Wir können abreisen.«
»Was redest du da?«
»Lass uns heimfliegen, Tom. Zurück nach Connecticut.«
»Herrgott, Bernie«, erwiderte er, einer Panik nahe. Hatte sie ihre Meinung so schnell geändert? Er dachte nicht daran, das gemeinsame Vorhaben aufzugeben, hatte es seit dem Tag im Sinn gehabt, als sie Dublin verlassen hatten. Sein Körper verlangte danach, den aufgestauten Gefühlen und der Energie, die er all die Jahre in Schach gehalten hatte, endlich freien Lauf zu lassen. »Wir sind aus einem bestimmten Grund

hier, und wir kehren erst dann nach Hause zurück, wenn wir ihn gefunden haben. Es ist mir egal, was du sagst, Bernie. Ich werde nicht zulassen, dass du kneifst, einen Rückzieher machst. Wir bringen es zu Ende. Wir suchen ihn.«

»Das ist unmöglich!« Ihre Stimme wurde vor Verzweiflung lauter. »Du verstehst nicht!«

»Da hast du verdammt recht.« Sein Blick war hitzig. »Dann erklär es mir.«

»Wir werden ihn nicht finden.« Sie schlug die Hände vors Gesicht. »Dafür haben sie gesorgt.«

»Was sagst du da?« Ihre Worte waren wie ein Schlag in die Magengrube.

»Sie hat die Unterlagen vernichtet, Schwester Eleanor Marie. Damit wir ihn nicht finden. Wir haben keine Chance.«

Toms Puls raste. Er sah das Gesicht der alten Hexe wieder vor sich. Er erinnerte sich an den Streit mit ihr auf den Stufen des Konvents, vor dreiundzwanzig Jahren, als sie die Polizei gerufen hatte, an die Genugtuung und den Triumph in ihren schwarzen Augen, als er festgenommen und abgeführt wurde.

»Das kann nicht sein. Unmöglich.«

»Die Unterlagen sind weg, Tom.«

»Unser Sohn ist eine Person, ein lebender, atmender Mensch. Seine Geburt ist amtlich, Bernie. Wir sind seine leiblichen Eltern. Sie kann seine Geburtsurkunde nicht einfach vernichtet haben!«

»Aber die Dokumente sind nicht da«, erwiderte Bernie unter Tränen. »Sie hat mir den Schlüssel zu den Aktenschränken überlassen, damit ich mich selbst davon überzeugen konnte. Natürlich kann es keinen Zweifel daran geben, dass er existiert – sie hat nur die Papiere beseitigt, die uns helfen könnten, ihn aufzuspüren.«

»Beseitigt?«
»Verbrannt, behauptet sie.«
»Um zu verhindern, dass wir ihn finden?«, brüllte Tom.
»Ja, genau das hat sie getan!«, schrie sie zurück.
»Ich habe dir gleich gesagt, wir hätten früher herkommen sollen. Wir hätten ihn gar nicht erst weggeben sollen. Großer Gott, Bernie!« Er packte sie an den Schultern und rüttelte sie. In seinem Blick spiegelte sich ungezähmte Wut. Bernie wich erschrocken zurück. Studenten blieben stehen und starrten sie an. Er ergriff ihren Arm und führte sie weg von der Skulptur, am Kampanile vorbei, über den Platz und auf die Straße hinaus. Die Passanten sahen fassungslos zu, wie er eine Nonne mit Gewalt abführte.
Sie riss sich los und eilte ihm voraus zum Fluss hinunter. Der schwarze Schleier flatterte über ihren Schultern. Er hätte gerne die Hand nach ihr ausgestreckt, doch er hielt sich zurück. Sie gingen am Liffey entlang, und Tom richtete seinen Blick auf das Wasser, um sich zu beruhigen. Der Regen hatte aufgehört, doch die Wolken spiegelten sich in den schwarzen Wellen. Er stellte sich vor, wie der Fluss in die Dublin Bay mündete, sich mit dem Meer vereinigte.
Sie gelangten an die gusseiserne Fußgängerbrücke und überquerten sie. Die Straßenlaternen, in regelmäßigen Abständen aufgestellt, gingen flackernd an. Seine Wut brannte in ihm, doch er unterdrückte sie. Als sie ihn endlich anschaute, sah er, dass sie am Boden zerstört war. Ihre blauen Augen waren flehentlich auf ihn gerichtet, baten um ein freundliches Wort oder vielleicht um Vergebung und erweichten ihn. Er stand da, mit klopfendem Herzen, und sah sie an. Ein paar rote Haarsträhnen hatten sich aus dem Schleier gelöst, und er steckte sie geistesabwesend zurück.
»Und was machen wir jetzt?«, sagte er.

»Wir könnten es im Krankenhaus versuchen. Dort müssen sie seine Geburtsunterlagen haben.«

Er biss die Zähne zusammen. Hielt sie das ernsthaft für eine Lösung? Er war nahe daran, abermals zu explodieren, aber ihre kummervollen Augen hielten ihn im Zaum. Er würde sich zurückhalten. Hatte sie die Auseinandersetzungen vergessen, die sie im neunten Schwangerschaftsmonat gehabt hatten? Sie hatte auf einer Adoption bestanden. Er hatte ihr die Stirn geboten, doch da er auf verlorenem Posten kämpfte, hatte er sie zu überreden versucht, wenigstens die Kelly-Anwaltsfirma in die Abwicklung des Verfahrens einzuschalten.

Sie hätten ein Mitspracherecht bei der Auswahl der Familie gehabt, in die sein Sohn aufgenommen würde, und seinen Werdegang im Auge behalten können. Doch Bernie hatte ihn daran gehindert, seine Verwandten einzuweihen, und alle Vorbereitungen mit der Kirche getroffen – unter der Leitung der Novizenmeisterin des Ordens, in den sie einzutreten beabsichtigte.

»Bernie, du hast im Gethsemani entbunden.« Er versuchte so ruhig und beherrscht wie möglich zu sprechen. »Glaubst du nicht, dass Eleanor Marie einen Weg gefunden hat, sich auch die Unterlagen der Klinik zu beschaffen?«

»Das wissen wir erst, wenn wir es versucht haben.« Ein Hauch ihres alten Widerspruchsgeistes kehrte zurück, ihrer typischen Art, die Fronten abzustecken – gleich auf welchem Schlachtfeld. Normalerweise brachte ihn das schier um den Verstand, doch jetzt war er beinahe froh darüber.

»Du hast recht.« Er blickte in ihre Augen, gegen das Bedürfnis ankämpfend, die widerspenstigen roten Haarsträhnen ein weiteres Mal festzustecken.

»Dann sind wir uns ja einig!« Sie warf einen raschen Blick

auf die Uhr. Die Straßenlaternen am Ufer des Liffey brannten, und überall in der Stadt flammten die Lichter in den Häusern auf. »Aber heute ist es zu spät.«

»Ich hole dich morgen früh ab«, sagte er, »gleich nach dem Frühstück. Wir machen uns zeitig auf den Weg.«

»Und wir werden ihn finden, Tom.«

Er nickte, obwohl er insgeheim seine Zweifel hatte. Seine Gedanken überschlugen sich, er reagierte wie ein Kelly. Es würde ausreichen, Chris oder Sixtus die ganze Sache zu erklären, Niall zu bitten, eine richterliche Anordnung auszustellen und Bernies Orden zu zwingen, Akteneinsicht zu gewähren.

Doch Schwester Bernadette Ignatius hatte mit dem Ablegen der Gelübde ihre Wahl getroffen – und sogar noch vorher. Sie war durch Ereignisse an diesen Platz im Leben geführt worden, die manchen wie ein Wunder erschienen. Sie war in der Rangordnung des Ordens Notre Dame des Victoires aufgestiegen, hatte es zur Äbtissin von Star of the Sea gebracht. Das musste er respektieren, und so zerrissen, wie sich beide im Augenblick fühlten, verbot es sich, Maßnahmen einzuleiten, die ihre Stellung gefährden könnten.

»Eines möchte ich von dir wissen«, sagte er. »Warum tun wir das alles?«

Sie blickte ihn verständnislos an, als wäre ihr die Frage ein Rätsel.

»Du bist Nonne. Du wirst mich nie heiraten. Ja, das ist sogar mir inzwischen klargeworden.« Ein Lächeln zuckte um ihren Mund. Sein Herz war weit offen und nahm es wahr, doch seine Miene blieb steinhart. »Er ist erwachsen. Er braucht uns nicht mehr, falls er das je getan hat. Also im Ernst, Schwester. Welchen Unterschied macht es, ob wir ihn finden oder nicht?«

Bernie sah ihn an. Die letzten Stunden hatten ihr zugesetzt, die gewohnt glatte Fassade aufgelöst, die Kanten der Dominanz und Kontrolle abgeschliffen. Sie wirkte weich, geläutert durch das Tränenbad und den Regen. Und sehr jung.
»Das weiß ich nicht.«
»Wirklich?«
»Ich möchte ihn einfach nur sehen«, flüsterte sie. »Ist das so schlimm? Nur einen Blick auf ihn werfen, mir ein Bild von ihm machen, mich überzeugen, dass es ihm gutgeht.«
»Woher wollen wir das wissen, Bernie?«
»Wir reden mit ihm.«
»Sollen wir ihm sagen, wer wir sind?«
Sie schaute ihn bekümmert an, als hätte sie endlich die Tatsache akzeptiert, dass er schwer von Begriff war. Sie hatten über dieses Thema bereits im Star of the Sea diskutiert und im Flugzeug.
»Wir improvisieren. Wir werden darauf achten, wie er reagiert. Falls wir ihn jemals finden.«
»Wir werden ihn finden«, beteuerte Tom.
»Du hast mich wiederholt gefragt, warum das alles so wichtig ist, nach so langer Zeit. Es ist wichtig, weil er unser Sohn ist.« Sie berührte Toms Wange. »Und weil wir es wissen müssen.«
Tom nickte. Er schloss für einen Moment die Augen und schmiegte sich in ihre Hand. Dann löste sie sich von ihm. Sie überquerten die Brücke und gingen am Fluss entlang, auf dessen dunklem Wasser Lichtreflexe tanzten. Er fand den Parkplatz, auf dem der Wagen stand, und sie stiegen ein. Während der Fahrt durch die Stadt musste er sich darauf konzentrieren, auf der linken Straßenseite zu bleiben. Das hielt ihn davon ab, seine Gedanken in eine Richtung schweifen zu lassen, die tabu war.

Am Konvent angekommen, hielt er am Bordstein. Er sah, dass sich der Vorhang am Fenster bewegte, und nahm einen Schatten wahr. Man wartete bereits auf sie. Sie sah den Ausdruck in seinen Augen; er versuchte nicht einmal zu verbergen, was er empfand.

»Wir sehen uns morgen«, sagte sie.

»Gut.«

»Bis dann.« Sie zögerte, die Hand an der Türklinke. Er hatte den Eindruck, als wollte sie nicht wirklich aussteigen. Aber sie tat es.

Er wartete, um sicherzugehen, dass man sie ins Haus einließ. Sie drehte sich um und winkte. Er winkte nicht zurück, sondern saß reglos da, bis die Tür geöffnet wurde und hinter ihr ins Schloss fiel.

Die Leere im Wagen war trostlos, genau wie die Leere in seinem Inneren. Er kannte das Gefühl gut, obwohl er es seit Jahren in Schach gehalten hatte. Es hatte in dem Augenblick eingesetzt, als sie sein Gesicht berührte. Die Wärme ihrer Hand und der leichte Druck hatte seinen Körper bis ins Mark durchdrungen, jeden Zentimeter seiner Haut. Als sie ihre Hand von ihm löste, kehrte die Kälte zurück. Und die Leere, die er jedes Mal empfand, wenn Bernie ihm nahm, was sie gegeben hatte.

Nach dem Abendessen und der Komplet ging Bernie nach oben. Eleanor Marie und Theodore beobachteten sie auf Schritt und Tritt, aber das war ihr im Moment egal. Anne-Marie sah sie fragend an und umarmte sie, als würde sie ahnen, dass Bernie Zuwendung brauchen konnte. Doch was sie im Augenblick am allermeisten brauchte, war Alleinsein.

In der friedlichen Atmosphäre ihrer Zelle zog sie die Decke von ihrer Pritsche, wickelte sich darin ein und setzte sich auf den Stuhl am Fenster. Eine sonderbare Zwangsvorstellung hatte Besitz von ihr ergriffen. Sie war überzeugt, dass sie, wenn sie die Straße beobachtete, ihren Sohn entdecken und erkennen würde. Dokumente konnte man verbrennen, doch sie spürte seine Gegenwart mit einer Glut, die jedes Feuer in den Schatten stellte.

Es hatte im Sommer angefangen, in Connecticut, mit Brendan McCarthy. Der Anblick des rothaarigen, blauäugigen jungen Mannes hatte ein tiefes Bedürfnis und unermessliche Sehnsucht nach ihrem Sohn ausgelöst, die sie in sich verschlossen glaubte. Tom war es ähnlich ergangen. Ein einziger Blick auf Brendan – den Freund ihrer Nichte – hatte genügt, um das Kartenhaus zum Einsturz zu bringen.

Sie hatte gespürt, wie die Mauern gesprengt wurden, die sie rund um die Geburt ihres Kindes errichtet hatte. Die Mauern waren hoch und dick, sie hatte sie für undurchdringlich, für unzerstörbar gehalten. Doch das war ein Trugschluss. Selbst jetzt, auf ihrem Stuhl kauernd, spürte sie, wie die Wände unter der Wucht der Schläge zusammenkrachten. Nach dreiundzwanzig Jahren, in denen sie sich von ihren Gefühlen abgeschottet und ihr Herz in eine uneinnehmbare Festung verwandelt hatte, war die Zerstörung umso nachhaltiger.

Sie fragte sich, wie es Tom gehen mochte. Hatte er die gleichen Empfindungen, vielleicht sogar von Anfang an, gehabt? Sie wusste, wie sehr er sich gewünscht hatte, das Kind zu behalten. Und dass er ihre Vision in der Blauen Grotte für alles verantwortlich machte, was danach geschah – und ihren anschließenden brennenden Wunsch, Marias Ruf zu folgen und ins Kloster einzutreten.

Doch Tom kannte nicht alle Einzelheiten der Geschichte. Da sie noch nie mit Verwirrung umzugehen vermochte, hatte sie diese vor ihm geheim gehalten. Es gab einen Punkt in ihrer Entscheidung, das Kind zur Adoption freizugeben, der nur zwei Menschen auf der Welt bekannt war – und Tom gehörte nicht dazu.

Sie saß am Fenster und beobachtete die Leute unten auf der Straße. Schmiedeeiserne Straßenlaternen beleuchteten den Gehweg, doch die hohen Bäume warfen Schatten und verwischten die Gesichtszüge der Passanten. Jedes Mal, wenn sie jemanden mit roten oder rötlichen Haaren entdeckte oder wenn es schien, als könnte er Sommersprossen haben, drohte ihr Herz auszusetzen. So war es nicht immer gewesen. Im Lauf der Jahre hatte sie unzählige rothaarige junge Männer zu Gesicht bekommen, ohne einen solchen Wirrwarr der Gefühle zu erleben oder das Bedürfnis zu verspüren, in irgendeiner Weise in ihr Leben einzudringen.

Warum ausgerechnet jetzt? Bernie betete um Erleuchtung. Sosehr Tom ihre Entscheidung auch für einen Fehler hielt, sie hatte ihr Gelübde niemals in Frage gestellt. Das Gute an einer Vision war, dass sie in den eigenen Augen unstreitig war. Sobald man sie als Wahrheit akzeptiert und die Realität der wundersamen Erscheinung verinnerlicht hatte, waren die Reaktionen mehr oder weniger vorherbestimmt.

Sie wickelte sich enger in die Decke ein. Warum hatte sie nie darüber nachgedacht, dass sie die Vision *vor* Beginn der Schwangerschaft gehabt hatte?

Wenn Maria wirklich gewollt hatte, dass sie ins Kloster eintrat, wieso war sie dann überhaupt schwanger geworden? Sie wandte den Blick vom Fenster ab und betrachtete die kleine Marienstatue aus Keramik, die auf dem schlichten Schreibpult stand.

»Wolltest du, dass ich Mutter werde?«, fragte sie, doch plötzlich kam ihr die Frage absurd vor.

Denn sie *war* Mutter geworden. Sie war damals mit Tom nach Irland gekommen, auf den Spuren der Geschichte seiner Familie. Im Mai waren sie an die Westküste gereist, zu den Klippen von Moher, einem Ort, der sie ungemein inspiriert hatte. Annähernd neun Monate später, an einem kalten Januartag, hatte sie in einer Dubliner Klinik entbunden. Durch das Prisma dieser Tatsache betrachtet, schien der Rest ihres Lebens plötzlich zusammenzubrechen.

Das Gethsemani Hospital. Es wurde von Nonnen geleitet, die ihre geliebten Schwestern werden sollten, und sie hätte sich die Geburt nirgendwo anders vorstellen können. Sie erinnerte sich, wie Tom sie angefleht hatte, seinen Tanten und Cousins von ihrer Schwangerschaft zu erzählen, weil die Kellys wussten, wo die beste medizinische Betreuung für Mutter und Kind gewährleistet war.

Aber sie hatte niemanden hineinziehen wollen – oder vielleicht lag es daran, dass sie ihm nicht genug vertraut hatte. Sie war damals noch sehr jung gewesen und hatte sich geschämt. Vor der Ehe schwanger zu werden war das Schlimmste, was einem anständigen katholischen Mädchen passieren konnte. Was würde seine Familie von ihr halten, wenn sie davon erfuhr? Ganz zu schweigen von ihrer eigenen?

Deshalb hatte sie sich für das Gethsemani Hospital entschieden. Er war bei der Geburt dabei gewesen. Sie hatte es sich nie, kein einziges Mal gestattet, sich diesen Tag ins Gedächtnis zurückzurufen. Es hatte ihn gegeben, doch die Erinnerung daran hatte sie hinter die dicke Schutzmauer verbannt, die nun zerfiel. Auf der spirituellen Ebene hatte sie damit ihren Frieden geschlossen, indem sie sich einer höheren Macht fügte: »Dein Wille geschehe.« Jeden Tag schlossen ihre Gebete Dankbarkeit für die Geburt ihres Sohnes, für

Tom Kellys Freundschaft und die Liebe ein, die sie für beide empfand.
Die Einzelheiten der Entbindung standen auf einem anderen Blatt. Die Wehen, die annähernd einen Monat vor dem errechneten Geburtstermin einsetzten, die geplatzte Fruchtblase, die Schmerzen, die sie zu zerreißen drohten, als sich das Kind für die Geburt rüstete, der Druck von Toms Hand, der ihre Hand hielt, die qualvolle Enge in der Brust, als ihr Herz brach, wieder und wieder, das graue Licht des Winters, das durch die Fenster des Krankenhauses fiel, das Gefühl, als ob die Zeit stillstünde, die aufsteigende Panik, als ihr bewusst wurde, dass sie ihre Einstellung trotz allem noch ändern, dass sie Tom heiraten und das Kind behalten konnte, dass es noch nicht zu spät war.
Es wäre noch nicht zu spät gewesen …
Doch jetzt war es zu spät.
Dieses Gefühl hatte sie, als sie nun die Decke festhielt, die sie um ihre Schultern gewickelt hatte, sich auf dem Stuhl mit der geraden Rückenlehne hin und her wiegte und die namenlosen Gesichter der Passanten musterte, die unten auf der Straße vorübergingen. Ein anderes Gesicht erschien in ihrer Erinnerung. Es gehörte der Frau, die am Tag nach der Geburt ihres Sohnes im Krankenhaus aufgetaucht war, ein Gesicht mit brennenden Augen hinter einer Brille mit einem silbernen Drahtgestell.
»Lass es nicht zu spät sein«, flüsterte sie. Sie war nahe daran, den Verstand zu verlieren, als sie auf die Straße hinuntersah, zitternd in ihrer Decke, und sich fragte, ob man sich so fühlte, wenn man seinen Glauben verlor.

5

Am Bordstein haltend, kam sich Tom wie ein ungehobelter Klotz vor, der bei einem Rendezvous auf seine Angebetete im Auto wartete, statt sie an der Haustür abzuholen. Aber er wollte Bernie nicht noch mehr unter Druck setzen oder sich Ärger mit der Werwolf-Nonne einhandeln, indem er an die Tür des Konvents klopfte. Er saß in Billys silberfarbenem BMW, der auf Neutral oder Leerlauf geschaltet war, und musterte das Fenster des Sprechzimmers. Eleanor Maries schwergewichtige Handlangerin spähte hinter dem weißen Vorhang hervor. Das war ein unheilvolles Omen, und obwohl es noch nicht einmal neun Uhr morgens war, hatte er eine dunkle Ahnung, wie der Tag enden würde. Höchstwahrscheinlich würde es nicht ohne Gewalt gehen.

Er hatte die ganze Nacht damit verbracht, sich einen Plan zurechtzulegen. Schlaflos an die Decke starrend, hatte er sämtliche Möglichkeiten durchdacht – Plan A funktionierte nicht, deshalb brauchten sie Plan B. Er hoffte, dass er ihn nicht hinter Gitter bringen würde, aber im Grunde war ihm selbst das egal. Jetlag, Schlafmangel und eine unbändige Wut hatten ihn hochgradig reizbar gemacht, so dass er fürchten musste, beim kleinsten Anlass zu explodieren. Als Bernie auf den Gehweg hinaustrat und auf ihn zukam, klopfte sein Herz.

»Guten Morgen, Tom.« Sie stieg ein.

»Guten Morgen, Schwester.«
Ihr Gesicht war bleich, sie hatte violette Ringe unter den Augen. Sie war im wahrsten Sinne des Wortes dünnhäutig; als junges Mädchen hatte man ihr die jeweilige Stimmung immer am Gesicht ablesen können. Er sah sie an, und ihr Anblick löste Alarmglocken in ihm aus.
»Was ist passiert?«
»Lass uns ins Krankenhaus fahren.«
Sein Rücken versteifte sich. Er schaltete auf *Drive* und fuhr los. Wenn sie beschlossen hatte, etwas für sich zu behalten, brachte man kein Wort aus ihr heraus. So war sie schon immer gewesen. Er schüttelte den Kopf, wütend auf sich selbst. Hatte er ernsthaft geglaubt, sie würde heute Morgen aus dem Haus treten und ihm eröffnen, jetzt sei Schluss mit dem gottgeweihten Leben, dies sei die letzte Chance auf einen Neubeginn, und von jetzt an gehöre sie nur noch ihm? Er sah zu ihr hinüber, wie sie dasaß in ihrem Habit aus leichter schwarzer Wolle, stellte sie sich in Jeans und Pullover vor und seufzte.
»Wie haben wir das nur geschafft, all die Jahre miteinander zu arbeiten?«, sagte er. »Es gab doch nie Probleme, zumindest keine vergleichbaren.«
»Wir haben sie unter Verschluss gehalten. Und das werden wir wieder tun. Sobald das hier vorbei ist.«
»Was heißt ›vorbei‹?«
»Vorbei heißt, nachdem wir im Krankenhaus waren. Was immer wir in den Unterlagen finden werden oder auch nicht, damit endet unser Weg. Wenn wir die Information erhalten, gut. Wenn nicht, soll es wohl so sein. So oder so, wir fliegen nach Hause.«
»Aha. Ist das so?«
»Ja.«

»Dein Wunsch sei mir Befehl, Schwester. Du bist der Boss.«
Seine Bemerkung klang eher bestätigend als sarkastisch. Aber er war alles andere als überzeugt. Er spürte die Energie, die von ihr ausging, und wusste, dass sie weit davon entfernt war, Frieden mit der geschilderten Vorgehensweise zu schließen. Beunruhigt durch ihre Blässe und das Beben in ihrer Stimme, sah er erneut zu ihr hinüber und bemerkte, dass ihre Hände zitterten. Er kämpfte gegen den Drang an, sie zu ergreifen, seine Finger mit ihren zu verschränken und ihr zu versichern, dass alles gut werden würde.
Sie fuhren am Fluss entlang, durch ein Industriegebiet und ein Wohnviertel, sahen das Gethsemani Hospital zwischen den Häusern aufragen. Die Backsteinfassade färbte sich rosarot, als die Wolken aufrissen und die Sonne durchbrach. Tom parkte den Wagen und wartete darauf, dass Bernie etwas sagte. Doch sie blieb stumm, und so stiegen sie aus.
Sie betraten das Krankenhaus durch den Haupteingang, wie an dem Tag, als ihr Sohn geboren wurde. Tom warf Bernie einen verstohlenen Blick zu und fragte sich, ob sie das Gleiche dachte. Er erinnerte sich an den ersten gemeinsamen Aufenthalt in Irland. Sie hatte ihn begleitet, als er das Bedürfnis verspürt hatte, die Geschichte seiner Familie an ihren Wurzeln zu erforschen.
Dublin war ihre Ausgangsbasis gewesen. Hier hatten sie sich auf Anhieb wohl gefühlt, hatten sich in die Stadt und die irische Lebensart verliebt. Die Kellys hatten sie wie erwartet mit offenen Armen empfangen – sie vielleicht ein wenig zu sehr vereinnahmt, denn im Verlauf ihres Aufenthalts wünschte sich Tom immer mehr, Bernie für sich alleine zu haben. Knapp dreißig Tage nach ihrer Ankunft in Irland hatte Tom gewusst, dass ein Tapetenwechsel angebracht war.

Anfang Mai – der Marienmonat, wie Bernie ihm später erklärte – hatte er sie überredet, eine Auszeit von den Nachforschungen und der Familie zu nehmen, und sie waren in die Grafschaft Clare an der Westküste gereist. Sie hatten eine Frühstückspension in Doolin gefunden, einem kleinen Fischerdorf am Atlantik. Berühmt für seine traditionelle Musik, wirkte es wie verzaubert, ein Paradies, eigens für sie geschaffen.

Die Unterkunft war preiswert. Sie hatten getrennte Zimmer auf derselben Etage. Wenn er sie vor ihre Tür begleitete, fühlte er sich jedes Mal innerlich zerrissen, aber er kämpfte gegen sein Verlangen. Statt zu tun, was er sich sehnlichst wünschte, hatten sie die Zeit damit verbracht, das gute Essen zu genießen, irische Musik zu hören, durch die schmalen Straßen zu schlendern und miteinander zu lachen.

Sie hatten in der Pension Fahrräder ausgeliehen und die zerklüftete Küste erkundet, die spektakuläre und gespenstische Karstlandschaft des Burren. Sie fuhren über die Küstenstraße zu den Cliffs of Moher. Jung und gut in Form, waren sie gerade rechtzeitig zum Sonnenuntergang angekommen.

Der Ausblick war atemberaubend. Die Klippen, mehr als zweihundert Meter hoch, ragten nahezu senkrecht aus dem Meer empor, die nackten Felswände schimmerten meilenweit im Sonnenlicht. Bernie hatte sich an ihn geschmiegt.

»Ich kann nicht glauben, dass wir tatsächlich hier sind«, hatte sie geflüstert.

»Ich bin glücklich, dass ich diesen Anblick mit dir zusammen genießen kann.«

»Tom, denk an unsere Vorfahren, die hier standen und über das Meer in Richtung Amerika geblickt haben. Stell dir ihre Träume vor …«

»Sie träumten von einem besseren Leben.« Er schlang die Arme um sie. »Von einer eigenen Familie und einer Liebe, die nie vergeht.«
»Wie meine Liebe zu dir«, hatte sie gesagt.
»Und meine zu dir, seit jeher«, hatte er erwidert.
Sie hatten sich geküsst, zärtlich und voller Leidenschaft. Ihre Lippen hatten nach Salz geschmeckt, und er hatte gezittert, weil er nie zuvor etwas Ähnliches empfunden hatte. Die Arme umeinandergeschlungen, hatten sie den ausgetretenen Saumpfad verlassen und ein verborgenes Fleckchen mit hohem Seegras und Wildblumen entdeckt. Die Frühlingsluft in Irland war noch kalt. Eine kühle Brise wehte vom Wasser herüber, hielt die Touristen fern und bewirkte, dass sich Bernie und Tom aneinanderpressten, als sie sich in aller Eile ihrer Kleider entledigten, die nackte Haut erhitzt.
Sie hatten ihr Kind auf dem Dach der Alten Welt gezeugt, wo sie ganz alleine waren. Am Rande der Klippen von Moher, an der Peripherie Irlands, mit Blick auf Amerika. Die Welt ringsum versank. Tom und Bernie waren eins, spürten, dass sie zusammengehörten, den Grundstein für eine neue Familie gelegt hatten.
Der Sommer verging, und der Herbst. Und dann hatten gleich nach Beginn des neuen Jahres, nach allem, was in der Zwischenzeit geschehen war, bei Bernie die Wehen eingesetzt, Schlag auf Schlag. Sie betraten Neuland, heimtückischer als die Klippen an der Westküste Irlands. Er hatte sie gestützt, die Arme um sie geschlungen, und befürchtet, das Kind könnte kommen, bevor sie den Kreißsaal erreichten.
Noch heute, viele Jahre später, sah er, als er an der Seite von Schwester Bernadette Ignatius das Krankenhaus betrat, ihre langen, roten Haare vor sich, die schmalen Schultern, den Bauch, der sich unter ihrem aufgeknöpften grünen Mantel

wölbte. Er sah ihr Gesicht, schmerzverzerrt, jedoch voll auf das Geschehen konzentriert.
»Alles in Ordnung?«, fragte er nun, als sie in der Eingangshalle standen.
»Ja«, antwortete sie. »Ich möchte es zumindest versuchen.«
»Dann komm.« Ärzte, Besucher und Nonnen eilten an ihnen vorüber. Tom hatte damit gerechnet, dass Bernie eine von ihnen erkannte, doch sie waren ihr fremd. Sie gingen zur Rezeption. Er erkundigte sich nach dem Weg zum Verwaltungstrakt und wurde auf ein Stockwerk tiefer verwiesen.
»Es befindet sich im Untergeschoss«, erklärte er Bernie.
Sie nickte. Sie gingen zu den Fahrstühlen, doch als alle vier aufwärts fuhren, sah sie ihn an. Sie dachten das Gleiche, eilten zur Treppe und liefen zu Fuß nach unten.
Sie kamen durch einen langen, olivgrün gestrichenen Korridor, erhellt von einer fluoreszierenden Deckenbeleuchtung. Als sie das Verwaltungsbüro erreichten, legte Bernie die Hand auf seinen Arm. Als sie ihn mit ihren großen blauen Augen ansah, wusste er, worum sie ihn bitten würde.
»Vergiss es, Schwester«, sagte er.
»Tom, ich bin überzeugt, dass es besser ist, wenn ich alleine hineingehe.«
Er schüttelte den Kopf. Das Herz schlug ihm bis zum Hals. Musste er sie erst darauf hinweisen, wie schlimm das alles für ihn war? Merkte sie das nicht? »Ich musste dich schon alleine zu Eleanor Marie gehen lassen, Bernie. Aber hier begleite ich dich in die Höhle des Löwen. Er ist auch mein Sohn. Ich komme mit.«
Sie blickte ihn an. Vielleicht glaubte sie, vor den Nonnen, die hier arbeiteten, das Gesicht wahren zu müssen oder ohne ihn überzeugender zu wirken, aber Tom war über den Punkt hinaus, einen Rückzieher zu machen.

»Was ist, gehen wir hinein oder nicht?«, fragte er.
»Aber ich übernehme das Reden.«
Tom nickte, als er die schwere Tür für Bernie aufhielt und sie den Raum betraten. Ein hoher Empfangsschalter trennte einen kleinen Wartebereich vom Arbeitsbereich, in dem zwei Schreibtische standen. Hinter einem saß eine Nonne, ungefähr in Bernies Alter, über den Bildschirm eines Computers gebeugt. Eine zweite, jüngere Nonne hielt sich weiter hinten im Archiv auf, zwischen Gestellen mit Aktenordnern, die wie Regale in einer Bibliothek angeordnet waren, eine Reihe nach der anderen.
»Entschuldigen Sie, Schwester«, sagte Tom.
Bernie warf ihm einen durchdringenden finsteren Blick zu. Er überließ ihr das Kommando, als die ältere Nonne an den Schalter kam. Sie war klein und hübsch, mit warmen braunen Augen und einem offenen Lächeln. Er sah, dass sie Bernie anblickte, ohne sie zu erkennen, aber den Habit und das Kreuz wahrnahm, die sie als Angehörige desselben Ordens auswiesen.
»Guten Morgen, Schwester«, sagte sie, dann fügte sie an Tom gewandt hinzu: »Und Ihnen auch.«
»Guten Morgen«, erwiderte Tom.
»Was kann ich für Sie tun?«, fragte sie mit einem weichen Akzent.
»Schwester, wir hätten gerne eine Auskunft.« Bernies Stimme klang fest, befehlsgewohnt. Nur Tom war in der Lage, das tief verborgene Zittern darin zu entdecken.
»Natürlich. Der Aussprache nach zu urteilen kommen Sie beide von weit her. Amerika?«
»Ja, Connecticut«, antwortete Bernie lächelnd.
»Ah! Ich habe Verwandtschaft in Hartford und New Briton. Und einige Cousins und Cousinen in Springfield, Massa-

chusetts. Ich hoffe sie eines Tages zu besuchen, vielleicht in meinem Sabbatjahr.«
»Sie sind im Star of the Sea, unserem Konvent in Black Hall, jederzeit herzlich willkommen, Schwester«, sagte Bernie. »Ich bin dort Äbtissin.«
Hut ab, Bernie, dachte Tom. Eine gute Gelegenheit, deine Position in die Waagschale zu werfen.
»Danke, ich würde gerne irgendwann kommen, wenn ich nicht vorher in diesem Untergeschoss an Altersschwäche sterbe, so Gott will«, entgegnete die Nonne lachend. »Übrigens, ich bin Schwester Dymphna. Suchen Sie etwas Bestimmtes?«
»Ja, Informationen über einen Säugling männlichen Geschlechts, am 4. Januar 1983 geboren.«
»Und wie lautet sein Name?«
»Das weiß ich nicht.«
Schwester Dymphna sah sie verwirrt an. Tom spürte, wie Schweißtropfen zwischen seinen Schulterblättern hindurch den Rücken hinabliefen.
»Sein Geburtsname war Thomas Sullivan. Aber er wurde zur Adoption freigegeben«, erklärte Bernie.
Der Blick, den Schwester Dymphna und sie austauschten, verriet, dass keine weitere Erklärung erforderlich war. Die Nonne sah Tom und dann abermals Bernie an, eher mitfühlend als neugierig.
»Wie lautet der Name der Eltern?«, fragte sie.
»Bernadette Sullivan und Thomas Kelly«, antwortete Bernie.
»Informationen über Adoptivkinder dürfen wir nur mit einer Sondergenehmigung erteilen, und die zu erhalten erfordert ziemlich viel Papierarbeit«, erwiderte Schwester Dymphna ruhig.
»Ich verstehe«, sagte Bernie, doch ihr Ton war flehentlich

und ihre Augen ... Tom stellte seit eineinhalb Tagen fest, dass sie einem Zusammenbruch nahe war, und Schwester Dymphna schien genug Einfühlungsvermögen zu besitzen, es ebenfalls zu bemerken.

»Wir möchten nur wissen, wo er sich befindet. Und ob es ihm gutgegangen ist.«

Schwester Dymphna spähte rasch über die Schulter, als wollte sie sich vergewissern, dass sich die jüngere Nonne außer Hörweite befand. Sie hielt sich hinten im Archiv auf und bückte sich, um einen Armvoll Manila-Aktenordner ins Regal zurückzutun.

»Wir stellen nach und nach auf Computer um«, sagte Schwester Dymphna. »Die Unterlagen aus den achtziger Jahren sind noch nicht vollständig erfasst, aber ich werde in unserer Datenbank nachschauen, ob wir die Namen gespeichert haben.« Ihre Finger flogen über die Tastatur, dann betrachtete sie stirnrunzelnd den Bildschirm. »Fehlanzeige.« Sie hob den Blick. »Moment, ich überprüfe kurz etwas anderes.«

Sie ging nach hinten, ins Archiv. Bernie stand dicht neben ihm, an den Schalter gelehnt, als würde sie fürchten, ihre Beine könnten versagen. Tom hätte sie gerne gestützt, aber er hielt sich zurück. Sein Herz klopfte wie verrückt.

Eine Minute später war Schwester Dymphna wieder da. Sie hatte einen großen braunen Umschlag in der Hand, runzelte jedoch die Stirn.

»Was ist, Schwester?«, fragte Bernie.

»Seltsam. Ich habe die Geburtsunterlagen gefunden. Der Junge wurde am 4. Januar um halb acht Uhr morgens geboren, wie Sie sagten. Er wog 3,36 Kilogramm. Sullivan lautete sein Name.«

»Wir haben ihn Thomas genannt. Thomas James Sullivan«,

sagte Bernie, und Tom wagte nicht, sie anzublicken. Thomas nach ihm und James nach ihrem Vater und Sullivan – ihr Familienname, weil sie ihn nicht heiraten und seinen Namen annehmen konnte.

»Darüber befindet sich nichts in der Akte«, sagte Schwester Dymphna. »Und auch keinerlei Informationen über alles Weitere.«

»Was hat das zu bedeuten?«, fragte Bernie.

»Üblicherweise schreibt der Kinderarzt einen Untersuchungsbericht für die Akten, damit das Kind bei einer Agentur registriert werden kann.«

»Einer Agentur?«, fragte Tom.

»Ja. Normalerweise werden die Kinder von einer der Adoptionsagenturen vermittelt, die vom Irish Adoption Board anerkannt und daher vertrauenswürdig sind. Sie arbeiten eng mit den Kinderheimen oder Waisenhäusern zusammen, in deren Obhut die Kinder gelangen. Unser Orden verfügt über mehrere solcher Einrichtungen – St. Thomas Aquinas, St. Maurice und St. Augustine's.« Sie hielt inne und überflog die Dokumente. »Eigentlich müssten die Unterlagen im Umschlag sein, an die Geburtsurkunde geheftet. Aber sie wurden offenbar entfernt.«

»Entfernt?« Bernie griff nach dem Papier. An der oberen linken Ecke waren noch die Einstichlöcher der Heftklammern zu sehen. »Wer könnte das getan haben? Und warum?«

»Ich habe keine Ahnung«, antwortete Schwester Dymphna. »Es gibt keine Möglichkeit zu ermitteln, wer Zugang zu den Unterlagen hatte und wann. Ich arbeite seit vielen Jahren hier, aber ich erinnere mich nicht, dass irgendjemand die Akte angefordert hätte.«

»Es ist also nichts weiter vorhanden? Nichts, woraus man etwas über seinen Verbleib schließen könnte?«

Schwester Dymphna schüttelte den Kopf. »Es sei denn, die Mutter war in einem unserer Heime. Manchmal wohnen die Mütter vor oder nach der Geburt für eine Weile im Konvent. In diesem Fall müsste der Konvent Informationen über das Kind besitzen.«
»Da haben wir es bereits versucht«, sagte Tom.
»Dort gibt es keine entsprechenden Unterlagen«, fügte Bernie hinzu.
»Irgendwo müssen sie aber sein«, entgegnete Schwester Dymphna zunehmend erregt. »Vielleicht liegt der Fehler bei uns. Bei der Übertragung auf die Festplatte des Computers könnten die Daten versehentlich an der falschen Stelle gespeichert worden sein. Das passiert nicht oft, aber es kommt vor. Wir sind schließlich auch nur Menschen.«
Tom blickte krampfhaft auf seine Füße. Er spürte, wie der Druck in seiner Brust wuchs. Er war nahe daran zu explodieren, Bernie zu packen und ihr zu sagen, dass sie nun auf seine Art vorgehen würden. Doch er hatte geschworen, ihr die Möglichkeit zu geben, das Problem auf ihre Weise zu lösen.
»Schwester Brigid?«, rief Schwester Dymphna der jungen Nonne im hinteren Bereich des Raums zu. Langsam, beinahe widerwillig näherte sie sich dem Schalter. »Wissen Sie zufällig etwas über den Verbleib von Urkunden aus dieser Akte? Vielleicht befinden sie sich auf Ihrem Schreibtisch, um in die Datenbank eingegeben zu werden.«
»Nein«, erwiderte Schwester Brigid.
»Nein, bei mir sind sie nicht, oder nein, ich weiß nichts darüber?«, fragte Tom barsch.
»Tom!«, wies Bernie ihn in scharfem Ton zurecht.
»Nein, auf meinem Schreibtisch befinden sie sich nicht«, antwortete Schwester Brigid errötend.

»Schon gut, Schwester«, sagte Schwester Dymphna beschwichtigend. »Das dachte ich mir schon. Aber es hätte ja sein können. Danke.«

Die jüngere Nonne stand unschlüssig da, als wüsste sie nicht, was sie tun sollte. Tom sah, dass sie sich im Zwiespalt befand, und Bernie schien es ebenfalls bemerkt zu haben. Bernie besaß eine Engelsgeduld mit jungen Ordensschwestern, wie er im Lauf der Jahre im Star of the Sea hinlänglich beobachten konnte. Sie behandelte die jungen Frauen, als wären es ihre Töchter – sie liebte sie, wollte das Beste für sie, stand ihnen mit Rat und Tat zur Seite, und wenn sie es mit der Wahrheit einmal nicht so genau nahmen, sah sie es ihnen an der Nasenspitze an. Und das war offenbar bei der jungen Nonne der Fall.

»Schwester Brigid, bitte«, sagte Bernie. Dies hier war für sie ein harter Brocken. Tom sah, wie sie die Gratwanderung zwischen dem Wunsch, Schwester Dymphnas Autorität zu respektieren, und dem Bedürfnis vollzog, der Geschichte auf den Grund zu gehen.

Schwester Brigids Röte vertiefte sich. Ihre Augen irrten zwischen Schwester Dymphna und Bernie hin und her. Sie fühlte sich sichtlich unwohl in ihrer Haut und konnte einem leidtun.

»Eine unserer Mitschwestern rief gestern Abend an«, gestand Schwester Brigid. »Sie erkundigte sich genau nach dieser Akte. Sullivan-Kelly. Sie bat mich, einen Blick hineinzuwerfen und mich zu vergewissern, dass die Vermittlungsunterlagen entfernt wurden.«

»Sie haben sie entfernt?« Schwester Dymphna runzelte die Stirn.

»Nein!« Schwester Brigid schüttelte heftig den Kopf. »Nein, Schwester. Wenn ich sie richtig verstanden habe, waren sie wohl schon lange nicht mehr in der Akte, und die Schwester wollte nur eine Bestätigung. Das war alles. Deshalb habe ich kurz nachgeschaut.«

»Wie lautete ihr Name?«, fragte Bernie.

»Schwester Theodore.«

Bernie bedankte sich bei den beiden Nonnen, tonlos, gleichgültig. Für sie schien alles vorbei zu sein. Tom hielt ihr die Tür auf, und sie gingen die Treppe hinauf. In der Haupthalle angelangt, fühlte Tom sich wie befreit. Voller Energie und Tatkraft, bereit für den nächsten Schachzug.

»Ich hole meine Sachen. Dann können wir abreisen«, sagte Bernie.

»Nein, Bernie, kommt nicht in Frage.«

»Was redest du da? Das war's, Tom.«

Er schüttelte den Kopf und packte sie an den Schultern. Sah sie in seinen Augen, wie es um seine Gefühle bestellt war? Sie versuchte nicht, sich loszureißen, sondern blickte ihn an, scheinbar blind für die Menge, die sich um sie herum drängte.

»In dieser Klinik wurde unser Sohn geboren«, sagte er. »Spürst du ihn?«

»Ich habe ihn gespürt. Aber jetzt nicht mehr.«

»Lass nicht zu, dass sie ihn dir wegnimmt.«

»Sie hat auch die Unterlagen des Krankenhauses in ihren Besitz gebracht. Eleanor Marie. Angeblich, um ihn zu schützen.«

»Sie hat es getan, um dir eins auszuwischen. Genau wie früher.«

»Das ist niederträchtig«, flüsterte Bernie. Es geht nicht um mich, es geht um *ihn* …«

»Um unseren Sohn.«

Bernie nickte.

»Du wirst dir die Unterlagen zurückholen. Und zwar noch heute Nacht. Wir beide.«

»Tom, wir kehren nach Hause zurück ...«

Er hielt sie fest, die Hände auf ihren Schultern, und schüttelte sie sanft. Seine Haut prickelte, als er in ihre Augen blickte. Selbst hier, in der geschäftigen Eingangshalle des Krankenhauses, spürte er den Wind, der vom Atlantik herüberwehte, von den Klippen von Moher, vom anderen Ende Irlands. Er gehörte zum Long Island Sound und war direkt aus dem Weinberg des Star of the Sea gekommen, eine Meeresbrise, angefüllt mit dem Geruch nach Salz und Trauben. Es war ein vertrauter Geruch, der Geruch ihrer Heimat. In die sie erst zurückkehren würden, wenn sie ihr Vorhaben erfolgreich abgeschlossen hatten.

»Sie hat die Unterlagen nicht vernichtet«, erklärte Tom.

»Doch, das hat sie mir selbst gesagt.«

»Und du glaubst ihr? Überleg doch mal, Bernie. Sie versucht etwas zu verbergen, um jeden Preis, so sehr, dass sie ihre Handlangerin bittet, im Krankenhaus anzurufen, um sich Gewissheit zu verschaffen.«

»Was könnte sie verbergen wollen? In Zusammenhang mit unserem Sohn?«

»Keine Ahnung. Aber wir werden es herausfinden.«

»Wie denn?« Bernies Augen begannen wieder zu glänzen.

»Das werde ich dir sagen. Wir haben es auf deine Weise versucht, nun versuchen wir es auf meine. Und zwar heute Nacht.«

6

Der Konvent war dunkel. Alle schliefen. Die rote Kerze im Allerheiligsten flackerte, und Bernie bekreuzigte sich, als sie daran vorüberging. Sie war barfuß. Die Schuhe hatte sie in ihrer Zelle zurückgelassen, damit ihre Schritte nicht im ganzen Haus zu hören waren.

Sie eilte durch die Halle, sie wollte Tom nicht warten lassen. Ein Schatten huschte über die Wand, und sie erschrak, doch es war nur ihr Spiegelbild im Glas eines gerahmten Gemäldes vom heiligen Marie-Joseph, dem Gründer des Ordens. Das Licht der Straßenlaternen fiel durch die hohen Fenster an der Frontseite des Hauses auf die Holzfußböden und fadenscheinigen Orientteppiche.

Als sie das Sprechzimmer betrat, sah sie Schwester Anne-Marie, die auf sie wartete. Schweigend nickten sie sich zu, und Anne-Marie ging zur Alarmanlage hinüber. Bernie hatte sie eingeweiht und sich ihrer Hilfe vergewissert – die Anlage, die vor Einbruch schützen sollte, musste ausgeschaltet werden, um Toms Plan ausführen zu können.

Der Konvent besaß einige wertvolle Gemälde und Möbelstücke, Schenkungen von reichen Gönnern, sowie Kelche und andere religiöse Gegenstände aus Gold und Silber. Hier wurden auch die Unterlagen der irischen Ordensgemeinschaft aufbewahrt. Abgesehen davon lebten nur Frauen im Haus, und sogar im Star of the Sea hatte Bernie Vorkehrungen getroffen, um ihre Schwestern zu schützen. Die Alarmanlage war folglich zu erwarten, und Tom hatte sie daran erinnert, dass sie außer Betrieb gesetzt werden musste.

Auf ein Zeichen von Bernie hin tippte Anne-Marie den Code ein. Ein leiser Glockenton erklang, und Bernie, die die Treppe im Auge behielt, zuckte zusammen. Als niemand auftauchte, zog sie bedächtig die schwere Eingangstür auf. Sie steckte den Kopf nach draußen und atmete tief die Nachtluft von Dublin ein. Sie roch nach Meer. Laub raschelte, der Wind frischte auf und wehte durch die Bäume, die den Häuserblock auf beiden Seiten säumten.

Tom wartete auf der anderen Straßenseite. Als er Bernie sah, kam er im Eilschritt herüber und die Treppenstufen hinauf. Das wellige Haar glänzte im Schein der Straßenlaterne, und auch seine Augen glänzten. Er trug Jeans und einen schwarzen Pullover.

»Alles klar?«, fragte er.

Sie nickte. Ihr Mund war so trocken, dass sie kein Wort über die Lippen brachte.

»Hallo, Tom«, flüsterte Schwester Anne-Marie.

»Hi, Annie. Vielen Dank für alles«, begrüßte er sie.

»Keine Ursache. Ich bin auf eurer Seite.«

Bernie wurde warm ums Herz. Anne-Maries Treue und Freundschaft waren trotz der Jahre, die vergangen waren, unverbrüchlich.

»Dann los«, sagte Tom.

Alle drei stiegen die Treppe empor. Tom trug Stiefel, und als er merkte, dass sie bei jedem Schritt ein Geräusch verursachten, zog er sie aus. Anne-Marie fand es komisch, dass drei Menschen barfuß in geheimer Mission durch den Konvent schlichen, und schlug die Hand vor den Mund, um ein Lachen zu unterdrücken. Bernie liebte ihren Sinn für Humor.

Sie hatten den ganzen Nachmittag zusammengesessen und Pläne geschmiedet, das beste Szenario ausgearbeitet und sich ausgemalt, was Eleanor Marie mit den Unterlagen gemacht haben könnte.
Anne-Marie hatte im Scherz gemeint, vermutlich befänden sie sich unter dem Kopfkissen von Eleanor Marie, und sie müssten ihr den Schädel einschlagen, um die Dokumente an sich zu bringen, doch zuerst gelte es, sich an Schwester Theodore vorbeizumogeln, die in der Zelle nebenan schlief.
»Unser Zerberus«, hatte Anne-Marie gesagt.
»Wozu das denn?«, hatte Bernie gefragt.
»Eleanor Marie hat ein Sicherheitsnetz aufgebaut, gewissermaßen.«
»Und?«
»Was religiöse Dinge betrifft, ist sie ziemlich fanatisch. Sie glaubt mit aller Inbrunst, daran gibt es nichts zu rütteln. Sie hat ausgeprägte Moralvorstellungen und ein Schwarzweißbild von dem, was nach ihrem Empfinden richtig oder falsch ist. Grauzonen existieren nicht für sie, und das kann eine verlockende Einstellung sein. Sie lässt keinen Raum für Zweifel und setzt den fortwährenden Fragen ein Ende.«
»Ich weiß«, hatte Bernie mit finsterer Miene gesagt. Einige Frauen fühlten sich zu einer klösterlichen Gemeinschaft hingezogen, weil sie zu innerer Einkehr neigten oder den Wunsch hatten, tiefer in die Mysterien des Lebens, der Liebe und der Ewigkeit einzudringen. Doch sobald diese Ebene erreicht war, konnte die Stille übermächtig werden. Eine Frage führte zur nächsten, und man konnte sich leicht in diesem Labyrinth verlieren. Einige Nonnen, wie Eleanor Marie, wurden Absolutisten, die überzeugt waren, ihr Glaube sei der allein selig machende.

Die Äbtissin hatte eine leidvolle Kindheit hinter sich. Sie war unehelich geboren und hatte ihren Vater nie kennengelernt. Laut Aussage einer alten Nonne, die sie von Kindesbeinen an gekannt hatte, war ihre Mutter Prostituierte gewesen und hatte ihre Tochter nachts ständig alleine gelassen. Und schlimmer noch, einer der Freier hatte sich an ihr vergangen, und ihre Mutter hatte es versäumt, sie zu beschützen. Bernie konnte verstehen, dass diese traumatischen Erfahrungen Eleanor Maries Herz verhärtet hatten, dass es erstarrt war vor Hass.

»Schwester Theodore ist ihr bedingungslos ergeben. Die meisten anderen nehmen sie in Kauf, genau wie ich. Sie ist sehr ehrgeizig. Ich denke, sie möchte irgendwann in unser Stammhaus nach Rom versetzt werden. Ich hoffe nur, die nächste Äbtissin ist weniger bösartig.«

»Bösartig ist ein starkes Wort«, erklärte Bernie nach längerem Überlegen, denn sie hätte nicht mit Sicherheit sagen können, ob es völlig unzutreffend war. Sie dachte an die junge Eleanor und alles, was sie erlitten hatte.

»Also gut, dann eben starrsinnig.«

Bernie hatte genickt. Das Konzept des Bösen war ein Thema, das den Theologen vorbehalten sein sollte. »Eleanor Marie versucht gerne den Lauf der Dinge – und das Schicksal von Menschen – in die eigenen Hände zu nehmen, sie nach ihrem Bild zu formen. Dieses Ziel hat sie bei mir verfolgt, von dem Tag an, als ich in den Orden eintrat.«

»Sie hat dich veranlasst, das Baby aufzugeben?«

»Du warst dabei, Annie. Du weißt, dass sie meine Entscheidung nachhaltig beeinflusst hat.«

Anne-Marie nickte und ergriff die Hand ihrer Freundin. »Du weißt, wie die Schwestern damals reagiert haben. Wir alle empfanden in deiner Gegenwart eine Art ehrfürchtiger

Scheu. Einige waren ziemlich neidisch – Eleanor Marie beispielsweise. Es hieß …«

Bernie schloss die Augen, sich in die Blaue Grotte zurückversetzt fühlend.

»Es hieß, es sei ein Wunder geschehen. Und dann tauchtest du auf, guter Hoffnung. Einige meinten, du wärst auserwählt, das Kind sei etwas Besonderes, die Wiedergeburt …«

»Er war etwas Besonderes.«

»Eleanor Marie war außer sich vor Wut.« Anne-Maries Blick flackerte, sie hatte ihre Freundin nicht verletzen wollen. Doch Bernie hatte ihr bedeutet, fortzufahren. »Sie wies darauf hin, dass du schwanger geworden warst, ohne dich im heiligen Stand der Ehe zu befinden. Das Kind sei ein ›Wechselbalg‹. Sie ließ sich auf das Übelste über Unzucht, Sünde und Schande aus. Du kannst es dir sicher vorstellen.«

»Und ob.« Bernie dachte daran, in welchem Maß diese Reaktion Eleanors eigene problematische Geschichte widerspiegelte.

»Sie ging auf deine Vision ein – sie hätte dich gerne als Lügnerin bezeichnet, aber sie wagte wohl nicht, das Urteil des Vatikans in Zweifel zu ziehen. Sie sagte, die Jungfrau Maria hätte dich auserwählt aus unseren Reihen und sei dir erschienen, aber du hättest diese Gabe mit Füßen getreten. Sie hätte dich zu einem Leben der Keuschheit und des Gebets berufen, doch du hättest nichts Besseres zu tun gehabt, als dich schwängern zu lassen.«

»Ich habe Tom geliebt.«

»Schwester Eleanor Marie war vom Gedanken der Sünde besessen. Daran hat sich bis heute nichts geändert. Sie sagt, du hättest dem Ruf der Muttergottes den Rücken gekehrt.«

»Ich bin ihrem Ruf gefolgt.«
»Ich weiß. Und ich glaube dir«, hatte Anne-Marie erwidert und ihre Hand ergriffen.
»Ich glaube, ich habe die Botschaft falsch gedeutet«, hatte Bernie geflüstert, mit Schaudern an den Zweifel denkend, der seit Wochen in ihr wuchs, seit sie erstmals Brendan McCarthy und seine roten Haare zu Gesicht bekommen hatte, seit sie ständig an ihren Sohn denken musste und von ihm zu träumen begann.
»Was soll das heißen?«
»Sie ist die Mutter Jesu. Und als ich Mutter wurde, habe ich meinem Kind den Rücken zugekehrt und bin in den Konvent eingetreten …«
»Du meinst, sie wollte, dass du Mutter wirst statt Nonne?«
»Das denke ich manchmal«, hatte Bernie erwidert.
»Glaubst du, Schwester Eleanor Marie wusste von deinen Zweifeln, als du damals zu uns kamst? Und hat dich auf den falschen Weg geführt?«
»Denkbar wäre es. Manchmal bin ich fast davon überzeugt.«
»Sie war neidisch auf dich. Das ist sie noch heute. Du bist einige Jahre jünger als sie, aber innerhalb der Kirche bekleidest du eine gleichermaßen machtvolle Position. Vermutlich hat sie nie damit gerechnet, dass du Äbtissin werden könntest. Wir wissen beide, dass dein Anblick sie an ihre Mutter erinnert hat.«
Eine Prostituierte. Bernie hatte kaum merklich genickt und sich vorgestellt, wie Schwester Eleanor Marie den wahren Sachverhalt verarbeiten würde. Hatte sie gemeint, Bernie habe sich aus Verzweiflung dem erstbesten Mann hingegeben? Damit lag sie völlig falsch. Sie hatte Tom geliebt, über alle Maßen …

»Sie dachte, du würdest reumütig im Kloster Unterschlupf suchen, als Buße für deine unfassbare Sünde«, hatte Anne-Marie gesagt und eine Grimasse geschnitten, um Bernie wissen zu lassen, was sie davon hielt.
»Ich habe Buße getan. Aber nicht für meine Liebe zu Tom. Ich habe Buße getan, weil ich ihn und unseren Sohn verletzt habe. Und mir wurde vergeben.«
»In den Augen von Eleanor Marie sind zwei Sünden unverzeihlich.«
»Welche?«
»Ohne ihre Erlaubnis eine Vision zu haben und das gleiche oder mehr Ansehen in der Kirche zu genießen als sie selbst. Sie könnte einem beinahe leidtun.«
»Beinahe. Sie hat den Bogen überspannt, als sie die Unterlagen meines Sohnes beiseitegeschafft hat. Ich kann mir nicht vorstellen, was sie dazu veranlasst haben mag. Ich bin mir nicht einmal sicher, ob es für mich eine Rolle spielt. Mir geht es nur darum, ihn zu finden.«
»Ich werde dir dabei helfen, Bernie«, hatte Anne-Marie versprochen.
Bernie hatte sie angesehen, lange und eindringlich. Anne-Marie war die Güte in Person, und an ihrer Freundschaft konnte kein Zweifel bestehen. Doch Bernie kannte Toms Plan in groben Zügen und wusste, dass es besser für Anne-Marie war, nicht hineingezogen zu werden.
»Ich möchte nur von dir wissen, ob du den Code für die Alarmanlage an der Eingangstür kennst.«
»Zum Konvent?«, hatte Anne-Marie erschrocken gefragt.
»Ja. Ich muss Tom heute Nacht irgendwie Einlass verschaffen. Er wird mir helfen, hinter das schmiedeeiserne Gitter im Büro zu gelangen, um die Unterlagen unseres Sohnes zu suchen. Das kann ich nicht alleine bewerkstelligen.«

»Du brauchst auch meine Hilfe. Ich kenne den Code, ich lasse Tom ein. Und ich helfe dir, alle Unterlagen zu durchforsten, bis wir die Informationen über deinen Sohn gefunden haben. Bernie, ich habe eine Idee, wo die Akte sein könnte.«

»Unter Eleanor Maries Kopfkissen?«

»Möglich«, erwiderte Anne-Marie schmunzelnd. »Doch wenn sie nicht dort ist, gibt es vielleicht noch ein anderes Versteck. Hinter dem schmiedeeisernen Gitter, wie du sagtest. Aber ich habe keine Schlüssel für den Bereich. Eleanor Marie trägt sie immer bei sich. Niemand von uns gelangt ohne ihre Zustimmung hinein.«

»Wir schon, und zwar heute Nacht. Tom wird uns den Zutritt verschaffen.«

»Aber die Tür ist abgesperrt.«

»Zu Hause im Konvent haben wir uns oft ausgesperrt, haben die Schlüssel im Auto oder im Transporter vergessen. Es gibt kein Schloss, das Tom nicht knackt.«

»Hier kann er durch den Vordereingang hereinmarschieren. Ich werde ihm aufmachen«, hatte Anne-Marie versprochen. Sie hatte ihr Versprechen gehalten, und nun schlichen sie lautlos durch den Korridor zu den Büros. Auch die Tür zu den Büros war durch eine Alarmanlage gesichert, die Anne-Marie mit dem Mastercode ausgeschaltet hatte. Sie besaß jedoch keinen Schlüssel für die schwere Tür und musterte sie mit hilflosem Blick. Tom schob sie beiseite und zog einen Bund mit Dietrichen und ein kleines Stemmeisen aus seiner hinteren Hosentasche. Bernie betrachtete ihn und sah die Konzentration, mit der er zu Werke ging. Sie wunderte sich, wie es Tom gelungen war, nach Irland zu kommen und in Erfahrung zu bringen, wie man in den Besitz von Einbruchswerkzeug gelangte.

Er musste zwei Nachschlüssel ausprobieren, bevor sich das Schloss öffnen ließ; das Ganze dauerte nicht mehr als acht Sekunden. Sie betraten das Büro und zogen die Tür leise hinter sich zu. Bernie wollte gerade das Licht einschalten, aber Anne-Marie hinderte sie daran.

»Das könnte jemand sehen«, flüsterte sie. »Schwester Eleanor Marie und Schwester Theodore schlafen genau auf der anderen Seite des Innenhofs.« Sie lief zum Fenster und ließ die Jalousien herunter. Dennoch befürchtete Bernie, der Lichtschein könne durch die Schlitze sichtbar sein.

»Zerbrich dir darüber nicht den Kopf«, sagte Tom. »Wo ist das Eisengitter, von dem du mir erzählt hast?«

»Da drüben.« Bernie ergriff seine Hand und führte ihn durch den dunklen Raum. Sie prallte gegen Eleanor Maries Schreibtisch und stieß sich die Hüfte an, doch sie biss die Zähne zusammen und gab keinen Laut von sich.

Das schmiedeeiserne Gitter, schwer und hoch, war verschlossen. Bernie ergriff mit beiden Händen die verschnörkelten Elemente und rüttelte kurz und kräftig daran.

»Geduld, Schwester Bernadette Ignatius.« Tom versuchte das Schloss mit einem der Dietriche zu öffnen. Keiner passte. Es war ein altes Schloss, und Bernie erinnerte sich daran, dass man dazu einen Hauptschlüssel brauchte. Sie wollte ihn gerade darauf aufmerksam machen, aber er war bereits zu einer unsanfteren Methode übergegangen. Er klemmte das Stemmeisen, nach unten gerichtet, zwischen Mauerwerk und Gitter. Ein einziger Schlag, und das Schloss sprang mit Getöse heraus. Verputz rieselte auf den Boden hinunter.

»Wir sind drinnen«, sagte er.

»Aber wir können nichts sehen«, erwiderte Bernie, in die Dunkelheit spähend.

»Moment.« Anne-Marie kannte den Weg im Dunkeln, eilte

in den Außenbereich des Büros und kehrte mit einer Handvoll geweihter Kerzen und einer Schachtel Streichhölzer zurück. »Hier«, sagte sie nervös.

Bernie ergriff ihre Hand. »Annie, du hast genug getan. Überlass Tom und mir den Rest.«

»Kommt nicht in Frage«, entgegnete sie. »Ich glaube an die gute Sache, für die wir kämpfen, und ich glaube dir. Ich möchte euch helfen, ihn zu finden.«

»Du hast uns bereits geholfen. Bitte, du musst hier im Konvent leben. Wenn Eleanor Marie herausfindet, was du getan hast, macht sie dir die Hölle heiß. Alles Weitere ist jetzt Toms und meine Sache. Bitte, Annie, geh nach oben. Ich komme zu dir, sobald wir fertig sind.«

»Sie hat recht, bitte geh, Annie«, sagte Tom. Er hatte die Kerze angezündet und sah sie dankbar an. »Das werde ich dir nie vergessen.«

»Also gut«, räumte sie widerwillig ein. »Ich lasse euch nur ungern alleine, aber ich sehe ein, es ist eure Aufgabe. Gott schütze euch.«

»Danke.« Bernie umarmte ihre Freundin. Dann schlüpfte Anne-Marie aus dem Büro, und Bernie schloss hinter ihr die Tür. Sie eilte in das Gewölbe zurück und nahm Tom eine Kerze aus der Hand.

»Wie viel Zeit bleibt uns?«, fragte Tom.

»Zwei Stunden. Es ist kurz vor eins, und die Matutin beginnt um Viertel nach drei.«

»Dann lass uns anfangen.«

Bernie führte ihn die lange Reihe der hölzernen Aktenschränke entlang. Sie kamen an dem Buchstaben *S* vorüber, den sie bereits überprüft hatte. Annie hatte die Idee gehabt, in den Schubladen mit den Ordnern für die Heime der Adoptionsagenturen nachzuschauen – St. Thomas Aquinas,

St. Augustine's und St. Maurice. Der letzte Schrank in diesem Gang trug die Aufschrift »Institutionen«.

Tom betrachtete den Schrank und ließ die Hand über das edle Holz gleiten. Bernie wusste, wie sehr er handwerkliches Geschick schätzte und wie sehr es ihm widerstrebte, etwas zu beschädigen. Doch er setzte bereits das Stemmeisen an, und das Schloss sprang mit einem einzigen Schlag auf. Es war kaum Schaden am Holz entstanden, nur das Schloss war unbrauchbar.

Er hielt die Kerze hoch, und Bernie durchforstete die Akten. Sie zog Ordner heraus und breitete sie auf dem Fußboden aus. Die Unterlagen aus der Zeit vor 1983 schob sie beiseite. Sie konzentrierte sich auf die ersten Monate im Leben ihres Sohnes. Januar, Februar, März, April. Ein Name nach dem anderen: Ardigeen, Bannon, Bower, Charles, Darigan, Geary Howe, Killeen, Mahoney, O'Brien, O'Byrne, O'Malley, Reilly, Sullivan.

Bernies Herz klopfte. Sie schlug den Ordner auf und überflog die ersten Zeilen, während Tom über ihre Schulter spähte.

»Rosaleen«, sagte er. »Falsche Sullivan.«

»Sie muss da sein«, flüsterte sie.

Mai, Juni, Juli …

Weitere Namen, weitere Sullivans. Sie überprüften die Dokumente aller Heime. St. Thomas Aquinas in Blackrock, St. Augustine's in Phibsboro und St. Maurice hinter St. Stephen's Green.

»Phibsboro.« Tom starrte den Ordner an, der Informationen von St. Augustine's enthielt. »Dort haben wir gewohnt, nach den Klippen …«

»Ich weiß«, flüsterte sie.

»Ich hoffe, dass er dorthin kam. Ich hoffe, er war eine Weile in Phibsboro. Um uns zu spüren. Obwohl wir bereits weg waren, war unsere Liebe noch dort, Bernie.«

»Pst, Tom.«

»Hier ist nichts. Kein einziges Dokument mit seinem Namen. Vielleicht bewahrt sie es wirklich unter ihrem Kopfkissen auf. Könnte es in dem Schreibtisch dort drüben sein? Ich werde notfalls jede gottverdammte Schublade aufbrechen.«

»Im Schreibtisch ist kein Platz, um Aktenordner aufzubewahren. Sie hat die Wahrheit gesagt. Sie hat die Dokumente vernichtet.«

Schweigend begannen sie aufzuräumen. Bernie war am Boden zerstört. Sie hatte die ganze Zeit nichts über den Aufenthalt ihres Sohnes gewusst, doch jetzt war das Bedürfnis, etwas über ihn zu erfahren, übermächtig. Sobald es sich eingenistet hatte, wuchs es unaufhörlich. Sie spürte es im ganzen Körper, ein Gefühl der Verzweiflung und Hilflosigkeit. Sie hatte das Empfinden, dass er ganz in der Nähe war, nur eine Armlänge entfernt. Wenn sie bloß wüsste, wo sie mit der Suche beginnen sollte.

Tom legte jede Akte in ihren Ordner zurück, stellte sie wieder in den Schrank und schloss diesen, so gut es ging. Die Holzsplitter rund um das zerbrochene Schloss glänzten im Kerzenschein. Sie gingen den Gang entlang, und Bernie wusste, dass Toms Herz genauso schwer war wie ihres. Sie legte die Hand auf seinen Arm. Ihre Fingerspitzen prickelten, und sie spürte, dass sie ihm etwas sagen musste.

»Was ist?«, fragte er.

Sie fühlte sich benommen. Empfindungen durchfluteten sie, und sie lehnte sich gegen die Wand, die Hand hinter sich, um sich abzustützen. Tom stand vor ihr, die Stirn gerunzelt, Besorgnis in den Augen. Die Jahre schmolzen dahin, und eine

Sekunde lang stellte sie sich vor, wie sie damals gewesen waren, als verliebtes Paar.

»Tom ...«

»Was ist, Bernie?«

Sie erstarrte. Sie hätte nicht sagen können, was sie bewog, genau an dieser Stelle in Eleanor Maries Archiv stehen zu bleiben. Über Toms Schulter hinweg sah sie ein Schubfach in der obersten Reihe und wusste Bescheid. Die Unterlagen ihres Sohnes befanden sich darin.

»Öffne sie«, sagte sie und zeigte darauf.

»Bernie, wovon redest du? Warum?«

»Schau doch, Tom.« Er folgte ihrem Blick.

Die Schublade war mit dem Buchstaben *K* versehen.

»Kelly«, sagte er.

Dieses Mal ließ er jede Vorsicht beiseite. Er rammte das Stemmeisen in das Schubfach, schlug mit dem rechten Handballen darauf, und das weiche Holz zersplitterte. Er riss das Schubfach so heftig auf, dass der gesamte Inhalt zu Boden fiel. Bernies Herz klopfte; sie stand wie angewurzelt da, während sich Tom bückte, um nachzuschauen.

Sullivan. Das war der Name, unter dem man ihn im Krankenhaus registriert hatte. Bernie hatte ihn Thomas genannt, nach seinem Vater. Eleanor Marie hatte ihn als »Wechselbalg« bezeichnet, doch sie konnte seine Zugehörigkeit zur Kelly-Familie nicht leugnen und hatte ein sicheres Versteck für die Unterlagen gefunden.

»Da haben wir ihn«, flüsterte Tom und blätterte langsam die Akte durch. Er hob den Blick und sah Bernie an. »Unseren Sohn. Thomas James Sullivan. Abgelegt unter ›Kelly‹.«

Bernie nickte. Sie wendete den Blick ab, um nicht mit ansehen zu müssen, wie Tränen über Toms Wangen liefen. Er ergriff ihre Hand und zog sich hoch, blies die Kerzen aus und schloss sie in die Arme, die Akte ihres Sohnes zwischen ihnen, und sie ließ es geschehen.

Draußen im Korridor näherten sich Schritte. Schwere Schritte, gefolgt von leichteren. Als die Tür zum Außenbereich des Büros aufgerissen wurde und das Licht aufflammte, hatten sich Bernie und Tom bereits voneinander gelöst, waren über Holzspäne und ein Sammelsurium von Akten gestiegen, hatten die noch rauchenden Kerzen in einen Papierkorb aus Messing geworfen und schickten sich gerade zum Gehen an.

»Was fällt euch ein!«, schrie Schwester Eleanor Marie.

»Wir haben nur das geholt, was uns gehört«, erwiderte Tom.

»Wie könnt ihr es wagen!« Sie stürzte sich auf ihn und versuchte ihm die Akte zu entreißen. Bernie sah, wie er sie auf Armeslänge von sich hielt, die Unterlagen ihrem Zugriff entzog.

»Die Dokumente gehören dem Orden«, ließ sich Schwester Theodore, mit einem Anflug von Panik in der Stimme, aber gleichsam entschuldigend, vernehmen.

»Es geht um unseren Sohn«, entgegnete Bernie.

»Ich hole die Polizei«, keifte Schwester Eleanor Marie. »Und anschließend werde ich Rom von dem Vorfall unterrichten. Das wird dir noch leidtun, Bernadette. Das wirst du bis an dein Lebensende und darüber hinaus bereuen. Deine Tage als Äbtissin sind gezählt. Ich hoffe, das ist dir klar.«

»Wir gehen«, erwiderte Bernie. Ihre Stimme klang erstickt. Ihre Gedanken überschlugen sich, und sie bemerkte weder Toms entschlossene Miene noch den Triumph in Schwester Eleanor Maries Gesicht.

»Du wirst noch von mir hören«, schrie diese. »Du bist eine Betrügerin! Ich habe damals versucht, dir zu helfen, aber ich

habe es dir gleich angesehen. Du hattest von Anfang an deine eigenen verborgenen Ziele, schon damals, vor dreiundzwanzig Jahren, bei deinem Eintritt in den Konvent. Habe ich es nicht gleich gesagt, Theodore?«
Schwester Theodore nickte stumm. Ihr Blick war traurig.
»Du hast hier nur eine Zuflucht gesucht, dich versteckt«, fuhr Schwester Eleanor Marie fort, »um deine Schande zu verbergen. Und welcher Ort wäre besser geeignet, sich nicht anschauen zu müssen, als ein Haus ohne Spiegel? Du hättest tiefer schauen sollen, auf den Grund deiner Seele. Ich betrachte es als mein Versäumnis, dass ich dich nicht dazu gezwungen habe.«
»Bernie, komm.« Tom legte den Arm um ihre Schultern. Sie zitterte und unterdrückte ein Schluchzen.
»Her mit der Akte«, sagte Schwester Eleanor Marie und blockierte die Tür.
»Nur über meine Leiche.« Tom und sie maßen sich mit Blicken.
»Ruf die Polizei«, befahl Schwester Eleanor Marie. Schwester Theodore griff mit bebenden Fingern nach ihrem Handy und beeilte sich, Folge zu leisten. »Ihr werdet das Haus nicht mit den Unterlagen verlassen.«
»Wir werden es nicht ohne sie verlassen«, sagte Tom. Er wollte sich umdrehen und gehen, doch Schwester Eleanor Marie trat zwischen ihn und Bernie.
»Du Hure«, zischte sie und blickte Bernie in die Augen.
Bernie wurde von einer Welle der Wut und Verzweiflung erfasst, doch bevor sie auch nur ein Wort über die Lippen brachte, blieb Tom stehen, wirbelte herum, starrte Eleanor Marie an, machte einen Satz nach vorn und stürzte sich auf sie wie eine Welle aus der Tiefe des Ozeans.
»Wie können Sie es wagen!«, brüllte er und packte Schwes-

ter Eleanor Marie an der Gurgel. Bernie sah die Genugtuung in ihren Augen, als hätte sie ihn nur provoziert, damit er sein wahres Gesicht zeigte, die Gewaltbereitschaft, die ihrer Meinung nach eine grundlegende männliche Eigenschaft war.
»Nein, Tom!«, schrie Bernie und zerrte ihn von Eleanor weg. »Das ist die Sache nicht wert!«
Seine Augen flackerten, offenbar hatte er sie gehört. Er trat zurück, doch dabei – als könnte er es sich nicht verkneifen – versetzte er Eleanor Marie einen Stoß, fegte sie beiseite wie eine lästige Fliege. Sie taumelte, fiel zu Boden und schrie dabei in einer Art masochistischem Triumph auf.
Tom stützte Bernie, während er sie an der auf dem Boden liegenden Nonne vorbeiführte. Sie spürte, wie er zitterte, als er sich bückte, um seine Stiefel aufzuheben, die er ausgezogen hatte.
Bernie sah sich um. Das war ihr Zuhause – nicht das Gebäude, sondern die Ordensgemeinschaft. Sie hatte beinahe ihr ganzes Erwachsenenleben bei den Schwestern von Notre Dame des Victoires verbracht. Das Kloster war ihr Sanktuarium, ihr Refugium, ihr Leben. Sie hatte geglaubt, von der Jungfrau Maria berufen zu sein, und stand nun vor der kleinen Alabasterstatue. Ihr Herz klopfte. Sie hielt nach einem Zeichen Ausschau, ganz gleich welches, Hauptsache, ein Hinweis, was sie nun tun sollte.
Doch sie sah nur den weißen Marmor, den lieblichen Gesichtsausdruck und offene Arme, geschnitzt von einem Künstler in einem anderen Jahrhundert. Tom verstärkte den Druck seines Arms und murmelte ihren Namen. Bernie blickte die Treppe hinauf und sah Schwester Anne-Marie auf dem Absatz stehen. Hinter ihr forderte Schwester Eleanor Marie Theodore abermals mit lauter Stimme auf, endlich die Polizei zu verständigen.

»Annie!«, rief Bernie.
»Ich liebe dich, Bernie«, rief Annie mit tränenerstickter Stimme zurück.
»Wir müssen weg«, mahnte Tom.
Bernie wandte sich von ihrer Freundin ab, sah Tom in die Augen, riss sich den Schleier vom Kopf und ließ ihn zu Boden fallen. Sie berührte den Ordner in seiner Hand und folgte ihm durch den Vordereingang nach draußen, die Steintreppe hinunter, durch das Eisentor, und verließ den Konvent.

TEIL II

7

Oakhurst war klein, verglichen mit den Landsitzen in Newport, aber davon durfte man gegenüber der Familie natürlich nichts verlauten lassen. Für sie war es ein hochherrschaftliches Anwesen wie The Breakers oder Marble House. Zugegeben, die Adresse war nobel, direkt an der Bellevue Avenue. Obgleich es am falschen Ende der Straße lag – in der Nähe des Einkaufszentrums mit Supermarkt und Brooks Drugs statt am Ocean Drive oder Bailey's Beach. Und es war ein mit weißen Schindeln verkleidetes Haus, kein Gebäude aus Kalkstein, dem Baumaterial, das von den Vanderbilts, Astors und der Mehrzahl der Räuberbarone, die etwas auf sich hielten, bevorzugt wurde.

Das weiße Haus bestand aus acht Schlafzimmern, einem formalen Wohn- und Esszimmer, Salon, Bibliothek und einem Raum, der früher eigens für die kunstvolle Zusammenstellung des Blumenschmucks genutzt wurde. Die Küche befand sich im rückwärtigen Teil, mit einem riesigen Ofen und Kühlschrank für die zahlreichen Gäste der Familie. Sie erinnerten Kathleen an eine Großküche oder Kantine, eine Einrichtung, mit der sie hinlänglich vertraut war. Hier gab es einen riesigen Hackblock zum Zerkleinern und einen Tisch in der Mitte mit sechs Hockern, obwohl nur wenige Leute jemals darauf Platz genommen hatten. Vom Küchenfenster aus blickte man auf die frühere Remise, in der nun der Rolls-

Royce, der Mercedes-Kombi und die einander gleichenden Porsche der beiden Söhne standen.

Das Wohnhaus war auf einem kleinen Grundstück errichtet – ungefähr ein Viertel Hektar groß – und füllte jede Handbreit aus, so dass es nur zwei Rasenflächen gab, eine vor dem Haus an der Avenue, die andere an der Rückseite, zwischen Küchentür und Remise. Die Eiche, die dem Anwesen ihren Namen verliehen hatte, wuchs im hinteren Garten, überschattete das Spitzdach und sorgte für Kühle in den unteren Räumen, so dass die Klimaanlage nur selten eingeschaltet werden musste.

Das Personal war im Dachgeschoss untergebracht, unter den steilen Dachrinnen. Hier oben gab es keine Klimaanlage. Selbst wenn alle Fenster weit offen standen, war die Hitze erdrückend. Kathleen hatte ihre eigene Kammer und einen Ventilator gekauft, der fast die ganze Zeit lief. Die Hitze setzte ihr schrecklich zu. Die hohe Luftfeuchtigkeit war ungewohnt, in Dublin gab es nichts dergleichen. Sie hatte einen mit Latten zugenagelten Bereich im Dachgeschoss bemerkt, am anderen Ende des Gangs. Manchmal malte sie sich aus, wie sie die Tür aufstemmte und die Fenster im Innern des Raums aufriss, um Durchzug zu machen.

Als Köchin und Zimmermädchen der Familie hatte sie eine Sonderstellung unter dem Personal. In der Dienstleistungshierarchie stand sie an erster Stelle. Zu den übrigen Dienstboten gehörten Beth, eine ortsansässige junge Frau, die ausschließlich dafür zuständig war, Besucher an der Eingangstür in Empfang zu nehmen, Miss Langley, die Nanny von Wendys Kindern, Samantha, die Junes Kinder hütete, und Bobby, der Chauffeur. Das Personal teilte sich ein Badezimmer mit einer Standdusche, deren Wasser nie richtig heiß wurde.

Kathleen sorgte für die täglichen Mahlzeiten und die Verköstigung bei Festen, die von der Familie ausgerichtet wurden. Sie lebte für die Abende, an denen Gäste kamen, wenn sie Hummer mit Porridge und schwarzen Trüffeln, in Zimt geschmorte Rippchen, Kartoffelsoufflé oder Bruschetta mit Ricottakäse und marinierten Trauben zubereiten durfte. Für die Familie zu kochen stand auf einem anderen Blatt. »Einfach« war ein Begriff, der noch zu gewagt klang, um ihre kulinarischen Vorlieben zu beschreiben.

An ihrem ersten Arbeitstag hatte Mrs. Wells sie beiseitegenommen und ihr erklärt, was man von ihr erwartete. »Die Arbeitsvermittlungsagentur meinte, Sie wären eine sehr gute Köchin, und deshalb haben wir Sie eingestellt – für Feste. Wir möchten, dass man unsere Küche rühmt.«

»Ich werde mein Bestes tun«, hatte Kathleen stolz versprochen.

»Wenn wir unter uns sind, mögen wir es schlichter.«

»Ganz wie Sie meinen. Ich kann alles kochen.«

»Wir essen nur Rindfleisch. Roastbeef, Steak und Hamburger. Und jeden Abend Kartoffelbrei, mit gemischtem Gemüse als Beilage. Wir bevorzugen Birds Eye.«

»Entschuldigung?«

»Birds-Eye-Gemüse.«

»Aber das ist Tiefkühlkost«, hatte Kathleen erwidert und geglaubt, etwas missverstanden zu haben.

»Ich weiß. Wir bevorzugen die milde Geschmacksrichtung. Auch bei den Tütensoßen.«

»Ich kann jede Soße zubereiten, die Sie wünschen. Béchamel, Hollandaise, Mornay …«

»Wir lieben Tütensoßen«, hatte Mrs. Wells beharrlich erwidert. »Und was die Kartoffeln betrifft …«

Kathleen hatte höflich zugehört, wenngleich mit wachsendem Unbehagen, als ihr Mrs. Wells erklärte, wie sie die Kartoffeln zubereiten sollte. »Benutzen Sie Instantpüree. Aber nicht das Pulver, sondern die Flocken. Und nehmen Sie reichlich Butter, halb und halb. Keine Milch, verstanden?«

»Es macht mir nichts aus, richtige Kartoffeln zu schälen«, hatte sich Kathleen erboten, bemüht, ihre Betroffenheit über diesen Vorschlag zu verbergen.

»Die schmecken auch nicht besser«, hatte Mrs. Wells entgegnet. Zierlich, von der Sonne gebräunt, mit kunstvoll frisierten blonden Haaren und, wie in ihren Kreisen üblich, mit Diamanten behängt, klang sie, als wäre sie ihrer Sache völlig sicher.

Kathleen war nahe daran gewesen, das Weite zu suchen. Tiefkühlgemüse und Tütensoßen? Während der Woche Tag für Tag Rindfleisch? Das war seltsam genug, aber zu behaupten, Instantkartoffelbrei schmecke genauso gut wie echter? Das ging über ihr Begriffsvermögen hinaus. Die Frau schien unter Wahnvorstellungen zu leiden. Welche absonderlichen Gedanken mochten ihr sonst noch im Kopf herumspuken?

»Und schälen ist viel zu zeitaufwendig. Achten Sie nur darauf, das Püree mit Butter zu verfeinern, halb und halb – einfach köstlich. So, und jetzt werde ich Sie in die Hausarbeiten einweisen, für die Zeit, wenn Sie nicht mit Kochen beschäftigt sind. Es gehört zu Ihren Aufgaben, nach dem Frühstück die Betten zu machen. Ich brauche Beth unten, damit sie eventuelle Besucher in Empfang nimmt.«

Kathleen hatte genickt. In der Familie drehte sich alles um den äußeren Schein. Gott behüte, dass ein Besucher auftauchte, während sich Beth gerade oben befand und die Betten frisch bezog. Sie musste sich irgendwo im vorderen Teil des Hauses zur Verfügung halten und sich mit ihrem Staubwedel nützlich machen, in schwarzer Tracht und weißer Schürze. Da Kathleens Domäne hinter den Kulissen war, trug sie schlichte weiße, weniger formelle Arbeitskleidung. Die Söhne des Hauses nahmen dennoch Notiz von ihr. Es waren zwei, Andrew und Pierce, einunddreißig und neunundzwanzig Jahre alt. Sie waren Playboys, zwei der meistbegehrten Junggesellen in Newport. Wenn sie nachts von einer Party nach Hause kamen, entbrannte meistens ein heftiger Streit, wer als Erster im Social Register nachschlagen durfte, ob die Frauen, die sie kennengelernt hatten, Rang und Namen besaßen und es sich lohnte, sich wieder mit ihnen in Verbindung zu setzen.

Mit Andrew stimmte etwas nicht. Zum einen trank er zu viel. Unter seiner Sonnenbräune hatte seine Haut einen grünlich gelben Stich, ein Anzeichen dafür, dass seine Leber kränkelte. Er schmuggelte Alkohol aus der Küche, wenn er sich unbeobachtet glaubte, und warf die leeren Flaschen nachts in den Müll. Er war überheblich, zugegeben, aber er hatte auch etwas Zurückhaltendes, Weichherziges an sich. Andrew war geschieden; Patricia, seine Ex-Frau, lebte mit dem gemeinsamen Sohn, den Andy nie zu Gesicht bekam, in New York. Die Gründe für die Scheidung wurden nie erwähnt, ebenso wenig wie darüber gesprochen wurde, weshalb er seinen Sohn nie besuchte.

Er saß oft an der Küchentheke, rauchte und trank einen Gin Tonic nach dem anderen, wenn Kathleen arbeitete. Es störte sie nicht – er tat ihr leid. Er erzählte ihr vom Golfkrieg und seinem Einsatz bei der ersten Operation, Desert Storm. Als Kathleen nachrechnete, stellte sie jedoch fest, dass er log. Er war zu dem Zeitpunkt viel zu jung, um in den Krieg zu ziehen. Zu den weiteren offensichtlichen Lügen gehörte auch die Behauptung, er besitze etliche Patente auf Erfindungen,

die ihm Millionen einbringen würden – wesentlich mehr Geld, als Patricias Familie besaß. Ihr Vater hatte nur ein einziges Patent auf eine Schlauchschelle und dreihundertzwanzig.
Dreihundertzwanzig Millionen Dollar, wohlgemerkt. Geld war das Hauptthema der Familie Wells. Einige ihrer illustren Bekannten besaßen vierzig, andere nur elf Millionen und wieder andere über hundert Millionen. Dass Andy mit einer Frau verheiratet gewesen war, deren Familie dreihundertzwanzig Millionen schwer war – und die ihm dann den Laufpass gegeben hatte –, galt als grenzenlose Familientragödie und Skandal.
Deshalb duldete ihn Kathleen in der Küche, gestattete ihm, ihr Gesellschaft zu leisten, wenn sie die Mahlzeiten für seine Familie zubereitete. Er benahm sich immer tadellos. Er respektierte die unsichtbare Grenze zwischen ihnen, versuchte nie, sich an sie heranzumachen oder eine zweideutige Bemerkung fallenzulassen. Wie in früheren Stellungen und bei anderen Familien, für die Kathleen gearbeitet hatte, kam sie sich bisweilen wie eine Therapeutin vor, die schweigend zuhört, wenn sich der Patient eine Last von der Seele redet. In diesem Fall konzentrierte sich das Gespräch hauptsächlich darauf, dass Andys drei Geschwister von den Eltern bevorzugt wurden, mehr Aufmerksamkeit – und Geld – bekamen. Alle erhielten höhere monatliche Zuwendungen als er; sein Vater würde ihm nie verzeihen, dass er geschieden war.
Diese Grenze hätte Andy an einem Nachmittag im August um ein Haar überschritten. Kathleen hatte ihre Pause draußen gemacht, unter der Eiche, und einen Brief geschrieben, den sie nie abschicken würde. Das war für sie eine Überlebensstrategie – Briefe an einen jungen Mann zu schreiben, den sie das letzte Mal vor zehn Jahren gesehen hatte. Sie

schüttete ihm ihr Herz aus, wohl wissend, dass keiner sie so gut verstanden hatte wie er. Sie vertraute ihm ihre geheimsten Ängste, Kümmernisse, Träume und Wünsche an. Die Tränen begannen zu fließen, als sie an ihn dachte und sich fragte, wo er jetzt wohl sein mochte, und sie barg das Gesicht in den Händen.

Andy hatte es offenbar gesehen. Kurz vor dem Abendessen suchte er sie in der Küche auf.

»Ich sah Sie auf dem Boden sitzen«, sagte er, »im Schneidersitz, vornübergebeugt. Sie schrieben etwas, völlig versunken ... Die Sonne schien durch die Blätter der Bäume, auf Ihren Wangen glitzerten Tränen ... Sie sahen so traurig aus. Ach Kathleen ...«

»Es ist alles in Ordnung«, entgegnete sie und runzelte die Stirn, während sie das Fleisch für die Hamburger formte.

»Ich fühle mich Ihnen zutiefst verbunden«, hatte Andy geflüstert.

»Verbunden?«

»Sie wissen, wie es ist, wenn man sich verloren fühlt. Verloren und traurig. Ich werde den Anblick nie vergessen ... werde mich immer daran erinnern.«

»Welchen Anblick?«

»Sie, Kathleen. Wie Sie in Ihrer weißen Tracht dasaßen, die Sonne, die in Ihren Haaren schimmerte. Die Tränen in Ihren Augen. Sie sahen wunderschön aus ... geheimnisvoll ... Ich wünschte, ich wäre der Mann, dem Sie geschrieben haben ...«

»Ach Andy, ich bin Köchin und Zimmermädchen. Ich stehe nicht im Social Register. Ich bin keine gute Partie, bin nichts für Sie ...«

»Ich wünschte, Sie wären es«, hatte er leidenschaftlich erwidert, die wässrigen braunen Augen gequält.

»So etwas gibt es nur im Märchen.« Sie hatte traurig gelächelt.
»Das hat meine Schwester auch behauptet.« Andys Kinnlade klappte vor Schreck herunter, als hätte ihn Kathleen gerade auf das Jüngste Gericht hingewiesen.
»Ihre Schwester? Welche denn, Wendy oder June?« Kathleen war nie Frauen begegnet, die weniger Sinn für Romantik und Märchen hatten als diese beiden.
»Weder noch, Louise.«
»Louise?« Warum hatte sie noch nie etwas von ihr gehört?
»Wir sprechen nicht über sie. Über meine Schwester, die an Märchen glaubte …«
»Genau wie ich.« Kathleen dachte an St. Augustine's zurück, wo sie James angeschaut und sich ihre gemeinsame Zukunft vorgestellt hatte. »Doch das war einmal. Märchen werden nicht wahr, Andy.«
Sie hatte ihn mit gerunzelter Stirn angelächelt, trotz Kummer und Elend. Er hatte etwas entdeckt, was sie zu verbergen trachtete, und sie ermahnte sich, künftig nicht mehr im Freien, für jedermann sichtbar, zu schreiben. Er verstummte, saß da, trank und rauchte, verloren in Gedanken, die seinen Augen einen düsteren, gequälten Ausdruck verliehen. Vielleicht dachte er an seine Schwester Louise, von der niemand sprach.
Draußen bog Pierce in die Auffahrt ein, parkte seinen Porsche hinter dem von Andy und blockierte ihn so. Es war eine Metapher für ihre Beziehung. Pierce nahm sich stets den besten Parkplatz. Und alles andere, was sein Herz begehrte.
Pierce war groß, dunkelhaarig und ungeheuer attraktiv. Er hatte eine dunkle Bailey's-Beach-Sonnenbräune, braune, glatt zurückgekämmte Haare und grüne Augen, die seinem Namen alle Ehre machten – sie waren durchdringend wie

die eines Hais. Abends trug er Kleidung von Prada und Schuhe von Bottega Veneta. Tagsüber bevorzugte er ein bonbonfarbenes Outfit, wobei jedes Hemd mehr kostete, als Kathleen in einem ganzen Monat verdiente. Pink- und pfirsichfarbenes Florgarn, weicher als Rosenblätter, gelbes Leinen, vor Stärke knisternd, mehr noch als das Briefpapier seiner Mutter mit Monogramm.

Wenn er in die Küche kam, hatte er sich zur Gewohnheit gemacht, Kathleen mit halb geschlossenen Augen anzuschauen und zu sagen: »Bleib anständig, Baby.« Dann ging er wieder. Bei seiner Rückkehr pflegte er die Autoschlüssel in den Korb neben der Tür zu werfen, stehen zu bleiben, um sie abermals eingehend zu mustern, wobei sein Blick auf der Vorderseite der weißen Tracht verweilte, wo sich der Stoff über den Brüsten spannte, und zu sagen: »Irgendwann …«

Kathleen hatte gehört, wie sich seine Schwestern über ihn unterhielten. Sie wusste, dass er auf Schritt und Tritt eine Spur gebrochener Herzen hinterließ, von Spouting Rock bis zum Clambake Club. Er war der aufgehende Stern in der kleinen Brokerfirma seines Vaters. Er gehörte mehreren exklusiven Clubs in New York an, besaß ein Apartment in der Upper East Side und einen Porsche.

Pierce Wells war mit Madison Weatherby aus Palm Beach verlobt gewesen, hatte die Verlobung jedoch gelöst, als er Paulette Lander aus Greenwich begegnete. Dann hatte Paulette ihn mit Lisa Davis aus Locust Valley im Bett erwischt, und die Beziehung war ebenfalls in die Brüche gegangen. Kathleen malte sich aus, wie Pierce durch die Straßen schritt, die mit weggeworfenen Diamantringen gepflastert waren.

Seine Augen waren durchdringend, aber ausdruckslos, als nähme er die Menschen kaum wahr, die er ansah. Manchmal kam er in die Küche, wenn sie kochte, und beobachtete sie schweigend. Sein Blick rief eine Gänsehaut bei ihr hervor, erregte sie aber zugleich. Während er Saft aus einer Flasche trank, sah er sie auf eine Weise an, die ihr sagte, dass er sie begehrte. Das verlieh ihr ein Gefühl der Macht, das sie weder schätzte noch verstand.

»Sie haben einen irischen Akzent. Was hat Sie bewogen, Irland zu verlassen?«, hatte er eines Tages gefragt.

»Meine Eltern brachten mich hierher, als ich vierzehn war.«

»Sind Ihre Eltern Amerikaner?«

Sie beugte sich über den Salat, den sie zubereitete, und stellte sich taub.

»Sind *Sie* Amerikanerin?«

Glaubst du, ich würde Kartoffelpüree aus der Tüte machen und hinter deiner Familie herräumen, wenn ich Amerikanerin wäre und auch nur die Hälfte der Privilegien besäße wie du?, hätte sie am liebsten geantwortet, doch sich wohlweislich zurückgehalten. Sie hatte nur aufgehört, Salatblätter zu zerrupfen, und nach einem Messer gegriffen, um Tomaten für den Salat zu schneiden.

»Zwei Arten von Mädchen machen mich an.« Er rückte näher. »Mädchen mit dunklem Teint und Mädchen mit irischem Akzent.«

»Von beiden findet man in Newport nicht viele.«

»Es sei denn, man weiß, wo man suchen muss.«

»Zum Beispiel in der Küche?«

»Sie sind ganz schön kess.« Er tätschelte ihren Po, und sie fuhr herum.

Sie richtete das Messer auf ihn, von dem noch der Tomatensaft tropfte. »Machen Sie das nie wieder!«

»Oder was? Erstechen Sie mich dann? Sollte ich Angst haben?« Ein begehrlicher Ausdruck huschte über sein Gesicht und verlieh seinen kalten, grünen Augen einen Hauch Wärme. Sein Mund verzog sich langsam zu einem Lächeln, und sie legte das Messer beiseite.

»Fassen Sie mich nie wieder an!«

»Wenn ich dich das nächste Mal anfasse, dann nur, weil du darum bettelst.« Er warf ihr die Worte über die Schulter zu, ohne sich auch nur die Mühe zu machen, sie anzuschauen. »Irgendwann«, hörte sie ihn murmeln.

Kathleen hasste ihn wegen seiner Überheblichkeit, aber noch mehr verachtete sie sich selbst. Seine harte Stimme und seine kalten Augen blieben nicht ohne Wirkung, und sie ertappte sich insgeheim bei dem Wunsch, er möge zurückkommen.

Sein Vater fuhr sie jeden Montagmorgen in seinem Rolls-Royce Silver Cloud ins Almac's, den Supermarkt. Die Luxuslimousine hatte rote Ledersitze, und sie saß vorne, neben Mr. Wells. In ihrer weißen Tracht betrat sie den Supermarkt. Manchmal schob Mr. Wells den Einkaufswagen für sie.

Kathleen hätte ihn gerne nach Louise gefragt. Wo lebte sie? Doch sie war in einer Welt aufgewachsen, in der Eltern ihre Kinder in Heime wie das St. Augustine's verbannten; sie hätte nur nie gedacht, dass so etwas auch in Kreisen üblich war, in denen die Wells verkehrten. Wenn solche Eltern ihre Kinder loswerden wollten, überließen sie sie der Obhut von Bediensteten. Wie auch immer, Kathleen und Mr. Wells sprachen während der Einkaufsfahrten kein Wort miteinander – kein einziges Wort.

Er war schwergewichtig und weißhaarig – wesentlich älter als seine Frau, die sich zu dieser Zeit am Strand aufhielt. Kathleen wusste, dass Mrs. Wells glaubte, Bobby, der Chauffeur, würde sie zum Supermarkt fahren, nachdem er die Familie am Ocean Drive abgesetzt hatte. Kathleen hatte keine Ahnung, was zwischen den Wells vorging, warum es

Mr. Wells Spaß machte, den Einkaufswagen zu schieben, und Mrs. Wells ihn nie bat, sie an den Strand zu begleiten. Wenn sie nach ihrer Rückkehr die Lebensmittel einräumte, stand Mr. Wells reglos und stumm in der Küche. Er starrte ihre Brüste an, genau wie Pierce. Doch Mr. Wells' Blick war traurig und hoffnungslos. Er machte sie nervös, aber sie empfand Mitleid mit ihm. Sie wusste, wie es war, wenn man sich nach etwas sehnte, was man nicht haben konnte. Sie wünschte, es gäbe einen Menschen, dem sie sich anvertrauen könnte, doch Beth war ihr fremd geblieben. Miss Langley war Engländerin und misstraute Kathleen aufgrund ihrer irischen Herkunft. Und Samantha war einfach zu jung.

Eines Tages bestrafte Miss Langley den siebenjährigen Jackie, weil er sich am Bailey's Beach ungebührlich betragen hatte – er hatte der Enkelin von Jean Trevor, Grande Dame der gehobenen Gesellschaft von Newport, die Zunge rausgestreckt. Miss Langley erteilte Jackie Hausarrest; er musste den ganzen Tag in der Küche bei Kathleen verbringen. Kathleen beobachtete den kleinen zerbrechlichen blonden Jungen, der unruhig auf dem Hocker am Küchentresen herumrutschte, Bilder ausmalte und sich bemühte, nicht in Tränen auszubrechen. Sie versuchte, sich mit ihm zu unterhalten, bat ihn, ihr ein Lied vorzusingen, doch er sagte, Miss Langley habe ihm jeden Spaß verboten.

»Aber du bist ein kleiner Junge. In deinem Alter sollte man Spaß haben.«

»Sie hat gesagt, das sei verboten.«

»Du brauchst Freunde«, meinte Kathleen, »die solche Despoten verstehen.«

»Wen?«

»Menschen, die dich herumkommandieren und dir sagen, dass du keinen Spaß haben darfst.«

»Was meinst du damit?«

»Dass du immer Spaß haben kannst, Jackie.« Sie dachte an die gute alte Zeit in St. Augustine's zurück. »Immer dann, wenn du willst. Das kann dir niemand nehmen.«

»Aber ich darf nicht mit den anderen Kindern an den Strand, im Sand und in den Wellen spielen … Eis essen.«

»Manchmal hat man mehr Spaß an einem Ort, an dem niemand sein möchte.« Sie dachte an den Innenhof des Kinderheims, umgeben von einem hohen Maschendrahtzaun, und das Unkraut, das in den Ritzen des Asphalts wuchs. Wie viel Spaß hatten James und sie dort gehabt … Ganz zu schweigen von den Jahren, als sie in Phantasievorstellungen von ihren leiblichen Eltern schwelgte, dem wundervollen Leben, das sie führten, dem herrlichen Garten. Sie zitterte, als sie sich an ihre Träume erinnerte.

»Einem Ort wie diesen, meinst du? Statt am Strand?«, fragte er.

»Ja. Ich könnte deine Freundin sein.«

»Aber du bist nur die Köchin.« Er blickte sie kalt an. »Ich darf mich nicht mit der Köchin anfreunden.«

Das versetzte ihr einen Stich, wenn auch einen kleinen. Kathleen hatte Schlimmeres erlebt. Sie lächelte den Jungen an und brachte ihm eine Kugel Eiscreme. Er schob die Schale beiseite und erklärte, Miss Langley habe gesagt, keine Süßigkeiten. Eine Stunde vor dem Abendessen, als Miss Langley mit Jackies Schwester Phillippa vom Strand heimkehrte, beobachtete Kathleen sein Gesicht.

Die Küchentür ging auf. Miss Langley watschelte herein – sie war nicht so dick wie Schwester Theodore, die immer unangemeldet im Heim aufgetaucht war, um sich nach James' Befinden zu erkundigen, aber stämmig und mürrisch, und sie erinnerte Kathleen an die beleibte Nonne. Ihr Gesicht

war humorlos, wenngleich nicht grausam. Bei ihrem Anblick sprang Jackie vom Hocker und warf sich schluchzend in ihre Arme.
»Es tut mir so leid, Nanny! Es tut mir leid, dass ich so böse war. Bitte sei wieder lieb zu mir,« rief er unter Tränen.
»Schon gut, Jackie, du weißt ja, ich liebe dich«, sagte Miss Langley, wobei ihre Stimme mit dem englischen Akzent brach. Kathleen spürte, dass sie es so meinte, und dachte an die Nonnen, die sich nach besten Kräften der Kinder anderer Leute annahmen. Miss Langley war Jackies Kinderfrau und hatte bereits seinen Vater großgezogen.
Kathleens Augen füllten sich mit Tränen, und sie drehte sich um, damit Miss Langley und Jackie nichts merkten. Erinnerungen gingen ihr durch den Kopf – an den Ort, wo sie aufgewachsen war, und den Ort, an den sie mit dreizehn gezogen war, an die Menschen, die sie zu lieben vorgaben, im Gegensatz zu denen, die sie wirklich liebten, an die bunt zusammengewürfelte Heimfamilie, verglichen mit Blutsverwandten. Ihr Herz ging auf, wie so oft, wenn sie an James dachte. Wohin war er verschwunden an jenem Sommertag, als sie ihn das letzte Mal am Strand gesehen hatte?
O nein, dachte sie. Das würde ein James-Tag werden. Sie versuchte dagegen anzukämpfen, doch es war zu spät. Sobald er auf diese Weise in ihr Bewusstsein eindrang, begannen sich Kummer und Bedauern Bahn zu brechen, und dann war es aus und vorbei. Die Seelenqualen waren so groß und überwältigend, als wären alle Menschen, die sie jemals gekannt oder geliebt hatte, gerade gestorben. Ihr Herz war schwer, ihre Knie fühlten sich weich an. Der Schmerz rollte heran, einer riesigen Welle gleich, und schlug über ihr zusammen.
Kathleen hatte in den letzten zehn Jahren unterschiedliche

Methoden angewendet, um den Kummer zu vertreiben. In dieser Nacht lag sie auf dem Rücken in ihrem Mansardenzimmer, schwitzend und bei weit geöffnetem Fenster. Eichenblätter raschelten im Wind, und Grillen zirpten im Garten, zwei Stockwerke tiefer.

Als unten die Uhr Mitternacht schlug, stand sie auf. Die Wells schliefen bereits, die Töchter und Junes Mann besuchten eine Party auf irgendeiner Yacht und die Söhne eine Party auf der Hammersmith Farm. Bald würden Andy und Pierce nach Hause zurückkehren und sich um das Social Register streiten.

Nackt unter ihrem weißen Bademantel, tappte sie barfuß durch den Flur und die rückwärtige Treppe hinunter. Lautlos schlich sie durch den Korridor im zweiten Stock, an der geschlossenen Schlafzimmertür der Eltern vorbei. Mrs. Wells schnarchte laut und anhaltend.

Als sie das Badezimmer von Pierce erreichte, trat sie ein, schloss die Tür hinter sich und betrachtete sich im Spiegel. Ihr Gesicht war gerötet von der Hitze. Ihre Augen glänzten – nur James wusste, dass der Kummer schuld daran war und das Licht von den Eissplittern in ihrem Herzen stammte, die sich in ihrem Blick spiegelten. Jemand anders hätte Glück, Aufregung oder leidenschaftliches Verlangen darin gesehen. Doch James wusste, worum es sich handelte, denn er kannte sie aus eigener Erfahrung.

Das Badezimmer war aus Marmor, und der Stein fühlte sich kühl unter ihren bloßen Füßen an. Sie setzte sich auf den Rand der Wanne und drehte den Wasserhahn auf, und die Wanne füllte sich langsam. Sie spitzte die Ohren, auf Motorengeräusche in der Einfahrt lauschend. Erst als sie das leise Summen der Porsches hörte, das die Ankunft der Brüder anzeigte, zündete sie eine Votivkerze an.

Die Flamme beleuchtete ihr Gesicht im Spiegel. Sie betrachtete ihre Augen. Sieht so ein Zombie aus?, fragte sie sich. Hinter den Funken, die sie versprühten, erblickte sie den Tod, als hätte ihre Seele den Körper bereits verlassen. Ihre Lebensgeister waren dahin. Was blieb, war das Fleisch, das danach verlangte, berührt zu werden. Daher wusste sie, dass sie trotz allem noch ein Mensch war, denn sie sehnte sich hin und wieder nach jemandem, der sie in die Arme nahm.

Schritte und Stimmen drangen aus dem Salon im Erdgeschoss zu ihr herauf – Pierce und Andy stritten, wer als Erster einen Blick ins Social Register werfen durfte. Dann hörte sie, wie Andy in die Küche ging, um sich einen Schlummertrunk zu holen, und Pierce die Treppe heraufkam.

Sie ließ ihren Bademantel zu Boden gleiten, stellte die Kerze auf den Rand der Wanne und glitt in das kühle Wasser. Sie tat ein wenig Badeöl, aus Mrs. Wells' Badezimmer ausgeliehen, in die Wanne. Sich zurücklehnend, schloss sie die Augen und stellte sich vor, Schauspielerin zu sein. Ihre Aufgabe bestand darin, eine erschöpfte junge Bedienstete zu spielen, die sich in die Badewanne ihres Herrn stahl, weil die Dusche im Dachgeschoss defekt war. Dass diese Situation der Realität entsprach, machte es ihr nicht leichter, die Szene nachzuvollziehen.

Die Badezimmertür ging auf. Pierce trat ein – und erschrak.

»Jesus!«

»Oh, es tut mir leid!«, rief Kathleen und spielte die Schamhafte, die ihre Blöße zu bedecken suchte. Sie war verzweifelt, einsam und hatte gesehen, wie er sie betrachtete. Sie wusste ihren Körper zu benutzen und hasste sich dafür, doch ihre Haut schmerzte vor Verlangen, jede Handbreit ihres Körpers sehnte sich danach, berührt und umarmt zu werden. »Es war so heiß oben, und ich hatte nicht damit gerechnet, dass Sie so früh nach Hause kommen. Bitte verzeihen Sie mir …«

Pierce war bereits dabei, sich in fieberhafter Eile zu entkleiden. Er ließ seine Sachen auf den Fußboden fallen und zog sie hoch. Er küsste sie so grob, dass ihre Lippe blutete. Als sie aus der Wanne stieg und seine Arme sie umfingen, hörte sie, wie Wasser auf den Boden platschte. Seine Hände waren überall auf ihrem Körper, berührten ihre Brüste, glitten zwischen ihre Beine. Handtücher, auf den Boden geworfen, die Badematte, ihr Bademantel …

Draußen auf dem Korridor hörte sie Andrew in sein Zimmer wanken. Ihr Magen verkrampfte sich, als der nette Bruder, der seine Phantomschwester Louise erwähnt und draußen unter dem Baum einen Teil von Kathleens wahrem Selbst entdeckt hatte – ihre weiße Tracht im Sonnenlicht, hatte er gesagt –, vorüberging. Ihre Augen füllten sich mit Tränen. Mit den Netten konnte sie nichts anfangen. Es musste Pierce sein, der eiskalte Bruder mit den Haifischaugen – der schien für sie wie geschaffen.

Pierce drang in sie ein, auf dem harten kalten Steinboden des Badezimmers. Er machte keinerlei Anstalten, sie in sein Bett mitzunehmen, doch es war ihr egal. Sie hatte die Arme um ihn geschlungen, spürte die Lippen eines Mannes auf ihrem Mund, spürte ihn in sich, sie ausfüllend, und hörte ihn flüstern, er habe von Anfang an gewusst, dass sie genau das wollte, sie habe ihm keine einzige Minute etwas vormachen können.

8

Bevor er zur Arbeit ging, kochte Seamus Tee. Er nahm am Küchentisch Platz und las die *Irish Times.* Das Apartment war klein, aber er bewohnte es allein. Er musste an allen Ecken und Enden sparen, um es sich leisten zu können. Bevor Kevin um Eileens Hand angehalten hatte, hatte er Seamus in den Ohren gelegen, eine Wohnung mit ihm zu teilen. »Dir auf Schritt und Tritt bei der Arbeit zu begegnen ist schon schlimm genug«, hatte Seamus ihn aufgezogen. »Meinst du, ich möchte auch noch meine ganze Freizeit mit dir verbringen? Das glaubst du doch selber nicht.« Jemand anders hätte sich vielleicht einen Mitbewohner gewünscht, aber nicht Seamus. Nachdem er die ersten dreizehn Jahre seines Lebens in einem Heim verbracht hatte, wo alles in Gruppen stattfand, schätzte er seine Privatsphäre und hatte keinerlei Bedürfnis, seinen Wohnraum mit jemandem zu teilen.

Draußen vor dem Fenster lag Dublin noch in tiefem Schlaf. Er musste los, um den Bus zur Arbeit zu erwischen. Ende August herrschte im Hotel Hochbetrieb. Viele Touristen kamen aus Amerika, um hier Urlaub zu machen, und etliche wollten die ländliche Umgebung besichtigen. Er hoffte, dass heute jemand dabei war, der Lust hatte, ans Meer zu fahren. In seiner Arbeitskleidung, schwarzer Anzug und Krawatte, putzte er seine Brogue-Schuhe mit den Lochverzierungen auf der Kappe. Dann blickte er in den Spiegel und kämmte seine roten Haare. Er legte Wert darauf, einen professionellen Eindruck zu machen, als gehörte er hinter das Lenkrad einer Luxuslimousine, in der er betuchte Fahrgäste chauffierte.

Er trat aus der Tür und sperrte hinter sich zu, die Zeitung unter den Arm geklemmt. Das Abonnement kostete ihn eine Stange Geld, doch das war es ihm wert. Er fand es wichtig, gut informiert zu sein, um auf seine Fahrgäste einen intelligenten Eindruck zu machen. Abgesehen davon wollte er eines Tages Anwalt werden, da musste er sich über Rechtsfälle auf dem Laufenden halten, sowohl in Irland als auch auf internationaler Ebene.

Er erwischte den Bus, nahm ungefähr in der Mitte Platz und schlug die Zeitung auf. Er las immer die erste Seite und warf einen Blick auf die Football-Ergebnisse. Das war ein weiterer Grund, die *Times* zu abonnieren. Seit Kevin und Eileen verlobt waren, las er die Nachrichten noch eifriger, überflog alle Meldungen, egal in welcher Rubrik, ob sie ihn interessierten oder nicht, auf der Suche nach ihrem Namen.

Im Lauf der Jahre hatte er den Namen Kathleen mehrmals gesehen, und auch Murphy. Aber zusammen hatte er die beiden Namen nur dreimal entdeckt. Die erste Kathleen Murphy besuchte die Highschool in Meath und hatte den Preis für Naturwissenschaften ihrer Schule gewonnen; bei der zweiten handelte es sich um eine Bankerin, die an einem internationalen Gipfeltreffen in Genf teilgenommen hatte; und die dritte war Großmutter, hatte zwanzig Enkelkinder und mit zweiundneunzig Jahren das Zeitliche gesegnet.

Seamus war sich nicht einmal sicher, ob Kathleen Murphy überhaupt noch so hieß. Vielleicht hatten ihre Eltern sie auf einen anderen Vornamen getauft, als sie sie nach Hause holten. Und ihr richtiger Name lautete vielleicht gar nicht

Murphy, sondern wurde nur in St. Augustine's verwendet. Namen waren Schall und Rauch, wenn man in einem Heim aufwuchs. Auf seiner Geburtsurkunde stand »Thomas James Sullivan«, aber in St. Augustine's hatte man ihn James genannt – dort gab es bereits zwei Jungen namens Tom.
Nun nannte er sich Seamus, die irische Version von James. Er hatte kein Interesse an seinem Geburtsnamen, geschweige denn an den Leuten, von denen er stammte. Wer machte sich schon die Mühe, einem Baby einen Namen zu geben und es dann in ein Heim abzuschieben? Das machte für ihn keinen Sinn.
Während der Busfahrt zur Arbeit überflog er die Zeitung – er gab die Hoffnung nicht auf. Irgendwo musste sie doch sein. Was würde er tun, falls er ihren Namen tatsächlich entdeckte? Allein der Gedanke erfüllte ihn mit Energie, erwies sich jeden Tag aufs Neue als Antriebskraft.
Kevin und Eileen so glücklich zu sehen, im Begriff, ein neues gemeinsames Leben zu beginnen, hatte ihn nachdenklich gestimmt. Manchmal, wenn er sich mutlos fühlte und fürchtete, Kathleen nie wiederzusehen, sagte er sich, die Suche nach ihrem Namen sei lediglich ein Zeitvertreib, ein Spiel, das er ersonnen hatte, genau wie andere Leute Kreuzworträtsel lösten. Doch das war eine Lüge, die er sich bis zu ihrem Wiedersehen einzureden versuchte.
Er musste wissen, dass sie glücklich und wohlauf war. Er stellte sich vor, dass ihre Eltern ihr am Ende doch noch ein harmonisches Familienleben geboten hatten. Zumindest war sie nie mehr nach St. Augustine's zurückgekehrt. Er wusste es, weil er sich dort nach ihr erkundigt hatte.
Mit vierzehn, ein Jahr nachdem er bei besagtem Strandausflug auf Nimmerwiedersehen verschwunden war, war er schnurstracks zur Tür hereinmarschiert. Schwester Anasta-

sia wäre beinahe in Ohnmacht gefallen und hatte ihn unter Tränen umarmt.

»O James, mein lieber Junge, wir dachten, wir würden dich nie wiedersehen.«

»Jetzt bin ich hier, Schwester.«

»Gott sei Dank, James. Wo warst du? Sag nicht, du hast auf der Straße …«

Er brachte es nicht über sich, sie zu belügen, und so antwortete er nicht. Sie umarmte ihn abermals, setzte ihm eine warme Mahlzeit vor, hielt seine Hand und strich ihm die langen schmutzigen roten Haare aus den Augen. Er wusste, dass sie ihn gerne unter die Dusche gestellt hätte. Der Gedanke an den eigentlichen Grund seines Kommens ließ ihn erzittern.

»Schwester, ich brauche Kathleens Adresse.«

»Die kann ich dir nicht geben, James.« Seine Bitte erschütterte und schmerzte sie. »Du weißt, solche Informationen sind streng vertraulich.«

»Vielleicht braucht sie mich«, sagte James, der nicht zugeben wollte, dass er unlängst schlecht geträumt hatte. Kathleen hatte weinend am Fenster gestanden, in einen Raum eingesperrt, aus dem es kein Entrinnen gab.

»Sie lebt jetzt bei ihrer Familie«, hatte Schwester Anastasia freundlich erwidert. »Ich weiß, wie nahe ihr euch beide standet, wie sehr ihr euch umeinander gekümmert habt. Ich liebe Kathleen auch und vermisse sie sehr – genau wie du. Aber wir müssen sie ihren Weg gehen lassen, James. Wir müssen akzeptieren, dass sie bei ihren Eltern ist und ein neues Leben im Schoß ihrer Familie begonnen hat.«

Ich bin ihre Familie, hätte James am liebsten gesagt, von Gefühlen überwältigt.

»Ich ertrage die Ungewissheit nicht, Schwester. Keinen einzigen Tag mehr, keine einzige Minute. Ich verspreche, dass ich sie nicht belästigen oder mich in ihr neues Leben drängen werde. Ich möchte sie nur sehen, mich vergewissern, dass es ihr gutgeht. Bitte geben Sie mir die Adresse. Ich schwöre, ich werde keinen Ärger machen ...« Er war zusammengebrochen und schämte sich deswegen. Er versuchte hart zu sein, sein Leben selbst in die Hand zu nehmen, und hielt sich etwas darauf zugute, dass er nie weinte. Doch hier, in seinem früheren Zuhause, in Gegenwart der Nonne, die ihn großgezogen hatte, gewannen seine Gefühle die Oberhand.

Schwester Anastasia hatte seine Hand gehalten. Er hatte sie ihr nicht entzogen. Seine Worte hatten sie offensichtlich angerührt. Als er sich wieder gefangen hatte, sah er die Besorgnis in ihren Augen.

»Ihre Eltern waren sehr beharrlich«, sagte sie. »Sie haben verlangt, dass sie jegliche Verbindung zum Heim abbricht.«

»Was soll das bedeuten? Woher wissen Sie das?«

»Als sie noch einmal herkam, waren sie sehr wütend«, erwiderte Schwester Anastasia ruhig.

»Sie kam noch einmal her?« James' Herz klopfte zum Zerspringen. »Weshalb?«

»Um sich nach dir zu erkundigen.«

James konnte seine Gefühle kaum im Zaum halten. »Was hat sie gesagt?«

»Sie wollte wissen, was passiert ist, nachdem du weggelaufen warst, ob du vielleicht zurückgekommen bist und wieder bei uns lebst. Oder ob ich etwas von dir gehört habe.«

James nickte und wartete.

»Natürlich bist du nicht zurückgekommen. Aber komm jetzt nach Hause, James. Bitte. Ich mache mir schreckliche Sorgen um dich.«

»Schwester, was hat sie sonst noch gesagt?«

»Nichts, James. Sie war sehr entmutigt, als sie erfuhr, dass du nicht zurückgekehrt warst.«
»Hat sie eine Nachricht, eine Botschaft für mich hinterlassen?«
»Das hat sie. Doch dann kam ihr Vater zu mir und verlangte sie zurück.«
James' Herz war schwer. Tränen brannten in seinen Augen. Er stellte sich vor, dass die Worte, die sie geschrieben hatte, nur für ihn bestimmt waren, Worte, die er nie lesen würde.
»Wie lautete sie?«, flüsterte er.
»Ich habe sie nicht gelesen.«
»Dann sagen Sie mir, wo sie ist, Schwester. Ich schwöre, dass ich keinen Ärger machen werde. Sie wissen, wie viel sie mir bedeutet. Ich würde nie etwas tun, was ihr schadet ...«
James sah, wie die Nonne die Augen schloss, um eine Entscheidung zu treffen. Er begriff, dass er in den Augen der Kirche, des Kinderheims und der Welt kein Anrecht darauf hatte, etwas über Kathleens Verbleib zu erfahren. Aber er hatte auf andere Weise an Schwester Anastasia appelliert – an ihr großes Herz. Sie kannte das Leben im St. Augustine's, sie hatte James und Kathleen zusammen aufwachsen sehen.
»Gut, ich gebe dir die Adresse«, sagte sie schließlich. »Unter einer Bedingung. Dass du ins Heim zurückkommst. Und hierbleibst, bis du achtzehn bist.«
James' Hände hatten zu zittern begonnen. Er dachte an die Widrigkeiten, denen er sich gegenübersah, an die Brücken, unter denen er schlief, an die Bosheit der Menschen, gegen die er sich zur Wehr setzen musste. Er dachte an die schlaflosen Nächte, den leeren Bauch, die furchtbare Einsamkeit. Er wusste, nach seiner Rückkehr ins St. Augustine's ohne Kathleen würde die Einsamkeit zehnmal schlimmer sein,

aber er hatte es satt, zu frieren und Hunger zu leiden, ums Überleben zu kämpfen. Er nickte.
»Einverstanden.«
»Hier.« Schwester Anastasia schrieb die Adresse auf ein Blatt Papier und schob es über den Tisch.
James ergriff es und steckte es in die Tasche. Er gelobte feierlich, dass er am Abend zurück sein würde, sobald er Kathleen gefunden hatte.
Als er jetzt mit dem Bus durch Dublin fuhr, blickte er von seiner Zeitung hoch und sah aus dem Fenster. Im Osten brach der Tag an, eine schmale goldene Linie am Fuß der Dunkelheit über der Dublin Bay.
Er war zu der Adresse gegangen, die Schwester Anastasia ihm gegeben hatte. Sie befand sich am Rande von Blackrock, einer eilends errichteten Bungalowsiedlung im Süden von Dublin, wo die Bauträger wie die Heuschrecken in die ländliche Idylle eingefallen waren und sie dem Erdboden gleichgemacht hatten. Die Häuser glichen sich wie ein Ei dem anderen. James war so aufgeregt, Kathleen wiederzusehen, dass er keinen Blick für die Umgebung übrig hatte.
Er stieg die Stufen hinauf und läutete an der Tür. Eine Frau öffnete – groß, dünn, keinerlei Ähnlichkeit mit Kathleen. James räusperte sich.
»Ich suche Kathleen Murphy«, sagte er.
»Wen?«
»Äh … Kathleen …«, wiederholte er, für den Fall, dass sich ihr Familienname geändert hatte.
»Oh, ungefähr in deinem Alter?«
»Ja. Vierzehn.«
»Sie muss zu der Familie gehört haben, die hier früher wohnte – die hatten ein Mädchen im Teenageralter. Sie sind vor ein paar Monaten ausgezogen.«

»Aber das ist die Adresse, die ich habe.« James wies auf das Papier hin, als wäre es eine Steintafel, die das Haus als Wohnort von Kathleen auswies.
»Aha. Doch wie ich bereits sagte, sie sind weggezogen.«
»Und wohin?« James' Stimme wurde lauter und schriller. »Wohin?«
»Sie haben keine Nachsendeadresse hinterlassen«, sagte die Frau. »Eine Schande, weil wir immer noch Kataloge und Rechnungen bekommen, die für sie bestimmt sind.«
James hatte sich umgedreht und war wortlos gegangen. Er hatte Schwester Anastasia ein Versprechen gegeben, und er hielt es und kehrte nach St. Augustine's zurück. Als sie wissen wollte, ob er Kathleen gefunden hatte, schüttelte er nur den Kopf. Jedes Wort erübrigte sich; sie sah die Verzweiflung in seinen Augen. Sie behandelte ihn liebevoll, übertrug ihm die Aufgabe, bei der Betreuung der jüngeren Kinder zu helfen und stundenweise im Büro zu arbeiten. An manchen Vormittagen hatte er Telefondienst und hörte nie auf zu hoffen, dass Kathleen anrufen und fragen würde, ob sie zurückkommen dürfe.
Doch das geschah nie. Und er blieb nur ein paar Monate dort. Ohne Kathleen war St. Augustine's ein Heim, aber kein Zuhause.
Nun hielt der Bus an der Bannondale Road. Er stieg aus und ging die Straße entlang zum Greencastle. Er trat ein, warf einen Blick auf seine Anweisungen für den Tag und begab sich in die Tiefgarage, um den blitzsauberen silbernen Mercedes zu holen.
Als er in den Innenhof fuhr, sah er Kevin. Er stand neben seinem Mercedes, ebenfalls frisch gewaschen, und wischte mit einem Fensterleder ein paar verirrte Wassertropfen weg. Die Freunde grinsten und begrüßten sich mit Handschlag.

»Was liegt heute bei dir an?«, fragte Seamus.
»Ich muss zwei Geschäftsleute aus Belfast in der Stadt herumkutschieren. Die sagen mir, wohin. Und du?«
»Ich habe ein Pärchen, das Urlaub macht.« Seamus überflog noch einmal seinen Tagesplan. »Die beiden wollen Powerscourt besichtigen.«
»Schön«, sagte Kevin. »Eileen findet es da herrlich. Die japanischen Gärten, den Tierfriedhof. Sie mag vor allem die alte Kuh, die dort ihre letzte Ruhe gefunden hat, nachdem sie vierhundertfünfzigtausend Liter Milch produziert hat.«
»Eine sagenhafte Kuh, wem würde die nicht gefallen?«, erwiderte Seamus lächelnd. Es war schön, den Tag mit Kevin scherzend zu beginnen. »Wie wird das Wetter heute?«
»Ein wenig unbeständig, würde ich sagen.« Kevin blickte zum Himmel empor, der grau und bedeckt war. »Wenn wir bis Mittag warten, wissen wir es genau. Mein Großvater ist fest überzeugt, wenn das Wetter bis Mittag unbeständig ist, bleibt es für den Rest des Tages wechselhaft.«
Seamus nickte und fragte sich, wie es sein mochte, einen weisen Großvater zu haben. Er musste sich auf Wetterberichte und seine eigenen Mutmaßungen verlassen, und er speicherte die geborgten Informationsbruchteile sorgfältig in seinem Gedächtnis – wie das Wissen, das er sich von Kevin aneignete –, um sie irgendwann seinen eigenen Kindern zugutekommen zu lassen. Er verabschiedete sich von seinem Freund mit Handschlag und begrüßte Mr. und Mrs. Whelan, seine Fahrgäste.
Noch bevor er Dalkey erreichte, hatten sie ihm erzählt, dass sie aus Waterford stammten und die viertägige Reise nach Dublin von ihren Kindern zum fünfundzwanzigsten Hochzeitstag geschenkt bekommen hatten. Seamus betrachtete sie im Rückspiegel. Er schätzte sie auf Anfang fünfzig. Sie saßen

dicht nebeneinander und hielten sich an den Händen. Auf ihren Gesichtern spiegelte sich ein schwacher Abglanz ihrer Zuneigung wider. Sein Herz verkrampfte sich, als er seinen Blick erneut auf die Straße richtete.

Sie haben bestimmt eine glückliche Familie, dachte er. Kinder, die ihnen ein solches Geschenk machen – der Aufenthalt im Greencastle war nicht billig. Seine Eltern müssten ungefähr im gleichen Alter sein. Seine Eltern und die Kathleens. Es gab Wege im Leben, die einem versagt blieben, wie Seamus wusste. Er hatte die Abfahrt verpasst, die zum Familienleben führte. Als er dem Paar auf dem Rücksitz zuhörte, das miteinander scherzte, lachte und beschloss, die Kinder vom Handy aus anzurufen, um ihnen vom bisherigen Verlauf der Reise zu erzählen, hatte er das Gefühl, Menschen vor sich zu haben, die eine fremde Sprache sprachen.

Wie machten das die Leute? Dass sie zusammenfanden und zusammenblieben? Seit frühester Kindheit hatte er gedacht, dass Kathleen und er gemeinsam durchs Leben gehen würden. Als sie getrennt wurden, hatte er seine Bindung zur Liebe verloren und gewissermaßen auch die Verbindung zum Rest der Menschheit. Er war auf sich allein gestellt im Leben, wurde nur von dem Traum angetrieben, Kathleen eines Tages wiederzufinden. Während er dem Langzeitpaar auf dem Rücksitz lauschte, fühlte er sich wie ein Besucher von einem anderen Stern, der den Sinn in einer Welt suchte, die alle anderen von Geburt an kannten.

»Seamus, sind Sie eigentlich verheiratet?«, fragte der Mann.

»Nein, Sir.«

»Liebling, er ist viel zu jung«, sagte die Frau. »Aber ich wette, er hat eine Freundin. Stimmt's, Seamus?«

»Derzeit nicht, Ma'am.«

»Das kommt schon noch«, erwiderte sie. »Und wenn es

ernst wird, hoffe ich, dass Sie genauso glücklich werden wie Frank und ich. Fünfundzwanzig Jahre sind wir zusammen …«

»Herzlichen Glückwunsch«, sagte Seamus höflich mit Blick in den Rückspiegel.

»Woher stammt Ihre Familie?«, erkundigte sich der Mann.

»Aus Dublin«, antwortete Seamus, obwohl er es nicht wusste. Doch Dublin war immer sein Zuhause gewesen.

»Aha, eine Großstadtpflanze. Wir leben in einer Kleinstadt, aber das spielt keine Rolle. Wenn man jemanden liebt, folgt man ihm bis ans Ende der Welt. So sollte es zumindest sein. Und so habe ich es mit Sheila gehalten.«

»Sehr gut, Sir.«

»Diese Lektion habe ich auch meinen Söhnen weitergegeben. Drei an der Zahl, alle verheiratet.«

»Wir haben vier Enkelkinder«, sagte die Frau. »Sie sind das Beste, was uns im Leben passieren konnte. Bestimmt hoffen auch Ihre Eltern, dass Sie eines Tages ein nettes Mädchen heiraten und Kinder in die Welt setzen, ihnen Enkel schenken …«

Seamus nickte stumm. Kevin und Eileen würden heiraten, Kinder haben, ihre Eltern zu glücklichen Großeltern machen. Er wandte seine Aufmerksamkeit der Straße zu. Seine Gedanken schweiften zu seinen Eltern ab. Waren sie überhaupt jemals zusammen gewesen, als Paar? Oder hatte sein Vater lediglich ein Mädchen geschwängert und sitzenlassen, wie die vielen Frauen, die ihre Kinder ins St. Augustine's abschoben?

Oder waren sie zu jung gewesen, um ihn großzuziehen, hatten ihn weggegeben, waren aber zusammengeblieben? Vielleicht hatten sie noch weitere Kinder bekommen und behalten. Vielleicht hatte er Brüder und Schwestern. Er wusste es nicht, und es war ihm auch egal. Kathleen und die Nonnen waren seine einzige Familie gewesen – und er hielt an seiner Überzeugung fest, dass Kathleen irgendwann wieder seine Familie sein würde.

Während er in Richtung Süden fuhr und sich auf die Straße konzentrierte, hörte Seamus dem Paar im Fond mit einem Ohr zu. Er wollte beobachten, wie sie miteinander sprachen, wie sie miteinander umgingen. Sobald er Kathleen wiedergefunden hatte, würden sie sich verloben, genau wie Kevin und Eileen, und er musste wissen, wie er dabei vorzugehen hatte.

»Sie sind ein guter Fahrer, junger Mann.«

»Danke, Sir.« Seamus glühte vor Stolz.

Das Paar auf dem Rücksitz würde nie wissen – genauso wenig wie seine anderen Fahrgäste –, wie viel ihm dieses Lob bedeutete. Er betrachtete die Worte als Ermutigung, und in mancher, ja, sogar in vieler Hinsicht hatte er das Gefühl, von den Schwestern des Ordens Notre Dame des Victoires eine Menge gelernt zu haben, genau wie von Fahrgästen, die im gleichen Alter wie seine Eltern waren und die er im Auftrag des Greencastle in Dublin in einem silbernen Mercedes herumkutschierte. Es war wichtig für ihn zu wissen, wie er handeln, wie er *sein* sollte – für Kathleen.

Als es vorbei war und Kathleen wieder in ihrem Bett lag, versuchte sie mit einer Erinnerung an James ihre innere Ruhe wiederzufinden. Sie waren fast dreizehn. Es war Winter, Weihnachten nahte. Alle hatten mitgeholfen, das Heim mit Kiefernzweigen, roten Bändern und mehreren Kartons Christbaumschmuck, die einer ihrer Wohltäter gestiftet hatte, festlich herzurichten. Freudige Erwartung lag in der Luft.

James war eine Forschernatur, und es hatte ihm Spaß gemacht, auf den Dachboden von St. Augustine's zu klettern und die Lagerräume zu erkunden, sogar das unheimliche Kellergeschoss. Als Kinder hatten sie dort viele Abenteuer erlebt und getan, als wären sie Spione oder Schatzsucher.

In jenem Jahr hatte sich James einen Zugang zum wärmsten Teil von St. Augustine's verschafft, einen Raum in der Nähe des Heizungskellers, in dem der Brennofen stand. Er hatte sie die Treppe hinuntergeführt. Ihr Herz klopfte zum Zerspringen wegen der üblichen Ängste, die sie bei solchen Forschungsaktivitäten überkamen – Angst, gegen ein Spinnennetz zu stoßen, eine Maus aufzuscheuchen oder von den Nonnen erwischt zu werden. Doch dieses Mal klopfte ihr Herz auf andere Weise.

»Wohin gehen wir?«, hatte sie geflüstert.

»In ein verwunschenes Reich«, hatte er zurückgeflüstert.

Solche Worte waren aus James' Mund weder ungewohnt noch überraschend, doch sein Blick und die Art, ihre Hand zu halten, waren neu. Sie hatte ein flaues Gefühl im Magen, als sie sich durch den dunklen Korridor tasteten, während die Heizungsrohre an der Decke von der Hitze klirrten, die durch sie hindurchströmte, und James sich an sie presste, als er sie immer tiefer in das Labyrinth des Kellergeschosses führte.

Dort unten gab es kaum Licht – sie hatten keine Taschenlampen mitgenommen, und James wollte es nicht riskieren, die fluoreszierende Deckenbeleuchtung einzuschalten. Sie hielten sich an den Händen, und jeder Schritt hatte zur Folge, dass sie noch enger zusammenrückten. Sie hatte seinen warmen Atem an ihrem Hals gespürt, und ihr Körper prickelte von Kopf bis Fuß.

Als sie den letzten Raum erreichten, stemmte James mit dem ganzen Gewicht seines Körpers die schwere Tür auf. Der Brennofen röhrte in der Ecke. Im Innern züngelte eine kleine Flamme empor und tauchte den Raum in ein warmes orangefarbenes Licht. James führte sie auf die andere Seite hinüber, hinter den Brennofen. Es roch nach Schimmel, Heizöl und Staub. Sie merkte es kaum. Sie blickte in James' Augen.

»Ist das hier das verwunschene Reich?«, fragte sie.

»Richtig.«

»Ich dachte, wir sind hier, um ein Abenteuer zu erleben.«

»Das werden wir.«

»Sind wir nicht inzwischen zu alt für Abenteuer?«

Er schüttelte den Kopf, und seine blauen Augen glänzten im Feuerschein. »Keineswegs.«

Sie erschauerte, als käme von irgendwoher kühle Zugluft. Doch in jenem Raum im Kellergeschoss konnte von Kühle keine Rede sein. Ihr war glühend heiß, vom Brennofen und ihren Gefühlen, sie sich in Aufruhr befanden. James sah ihr in die Augen und küsste sie zart auf den Mund. Das hatten sie schon ein- oder zweimal vorher gemacht – es reichte aus, um den Unterschied zu den unschuldigen Kleinkinderküssen von früher zu spüren.

James' Kuss war sanft und zögernd, aber die Berührung seiner Lippen und Zunge löste in ihr das Gefühl aus, gleich zu explodieren. Sie hatte die Arme um ihn geschlungen, und ihr Herz pochte so stark, dass es beinahe schmerzte.

Er holte ein paar alte Decken und Kissen aus einem Regal – die benutzt wurden, um Möbelstücke einzuhüllen und zu verschieben, ebenfalls ein Geschenk von ihren wohlhabenden Gönnern – und breitete sie auf dem Zementfußboden aus. Die Reinigungsmannschaft bewahrte hier Besen und

Mopps auf, die James nun beiseiteschob. Kathleens Hand haltend, zog er sie auf das improvisierte Bett hinab.

Ihr Herz schlug so schnell, dass ihr schwindelte und sie fürchtete, ohnmächtig zu werden. Ihr ganzer Körper schmerzte, und instinktiv wusste sie, dass dieses Gefühl auf die Sehnsucht nach James' Berührung zurückzuführen war. Es machte sie nahezu verrückt.

»Wir sind die besten Freunde«, flüsterte sie, als er ihr Gesicht mit seiner Hand liebkoste.

»Für immer und ewig.«

»Wie kann dann so etwas geschehen?«

»So empfinde ich nun mal für dich«, flüsterte er. »Ich kann es nicht erklären. Ich weiß nur, dass ich bei dir sein muss, Kathleen …«

»Das, was wir tun, ist doch nicht falsch, oder?«

»Nein, Kathleen. Es ist richtig. Spürst du das nicht?«

Sie nickte; ja, sie spürte es. Abends, alleine in ihrem Zimmer, dachte sie nur an James. Sie stand am Fenster, winkte ihm zu, bevor sie zu Bett gingen, und malte sich den Tag aus, an dem sie alt genug sein würden, um zu heiraten.

Er küsste sie abermals, immer noch ein wenig zögerlich. Doch mit einem Mal war sie sich absolut sicher. Sie legte sich auf den Rücken und zog ihn an sich. Sie wollte sein Gewicht auf sich spüren, seinen Körper, der sich an sie drängte, und ihr war beinahe, als könnte sie ihn in ihr innerstes Sein hineinziehen.

Sie behielten ihre Kleider an; sie umarmten und küssten sich, wollten mehr, wussten aber nicht, wie sie es anfangen sollten. Ihre Seelen verschmolzen in jener Nacht, in der stickigen Wärme des Heizungskellers von St. Augustine's. Sie hielt James und James hielt sie umfangen.

Das war die Nacht, in der sie erwachsen zu werden begannen. Als sie später in ihr Zimmer zurückkehrte, um am Fenster zu stehen und über den Innenhof hinweg einen Blick auf ihn zu erhaschen, wusste sie, dass sie sich verändert hatte, dass sie kein Kind mehr war.

Während sie James in der Dunkelheit zuwinkte, hatte sich ein Teil von ihr leer gefühlt. Ihr Körper sehnte sich nach seinen Armen, doch insgeheim hatte sie ein nagendes Gefühl verspürt. Wie mochte es mit ihnen weitergehen? Würde es mehr Abenteuer geben, würden sie den Körper des anderen sowie neue Verstecke und Küsse erkunden?

Sie wollte James' Familie sein, und er die ihre. Andere Mädchen in ihrem Alter hatten Mütter, die ihnen zeigten, wie man das machte, das Erwachsenwerden. Sie sah sie bisweilen in der Kirche oder in der Schule, Mütter und Töchter, die sich nahestanden. Kathleen hatte die Mädchen aus solchen Familien nie um ihre schönen Kleider oder guten Schuhe, ihre Ohrringe und hübschen Halsketten beneidet – nein, sie neidete ihnen nur die Mütter, die ihnen etwas über das Leben und die Liebe beibringen konnten.

Schon mit zwölf hatte sie über die Zukunft nachgedacht. Sie wollte wissen, wie sie sein, wie sie sich verhalten sollte. Sie war einer Panik nahe, als sie merkte, dass sie sich in James verliebt hatte. Sie hatten ihre Kindheit verloren, wussten aber nicht, wie sie den Eintritt in die Welt der Erwachsenen bewerkstelligen sollten.

An jenem Abend, als sie am Fenster stand, hatte sie über die Schornsteine von St. Augustine's hinweg zum Himmel emporgeblickt, eine Sternschnuppe entdeckt und sich gewünscht, ihre Mutter möge kommen und sie holen. Es war ein abwegiger Wunsch in Anbetracht ihrer tiefen Gefühle für James. Vielleicht war es das – vielleicht machte ihr eben diese Tiefe Angst.

Wie auch immer, ihr Wunsch war in Erfüllung gegangen.
Im nächsten Sommer tauchte ihre Mutter aus den Schatten der Vergangenheit auf und holte Kathleen aus dem St. Augustine's. Sie hatte es sich beim Anblick der Sternschnuppe gewünscht, und es hatte geklappt.
Als sie nun in ihrem Bett im Dachgeschoss von Oakhurst lag, dachte sie an alles, was sie von ihren Eltern gelernt hatte. Sie hatten dafür gesorgt, dass sie inzwischen meilenweit von James und der unschuldigen Liebe entfernt war, die zu erkunden sie damals gerade begonnen hatten. Kathleen schlang die Arme, so fest sie konnte, um sich und weinte in ihr Kopfkissen, das bereits tränennass war.

9

Das Gästeapartment befand sich im vierten Stock, nur über die Treppe zu erreichen, in einem Gebäude, das vornehmlich von Studenten bewohnt wurde. Die graue Steinfassade spiegelte sich im Liffey-Fluss wider, und durch die Fenster blickte man auf eine Reihe von Backsteinhäusern am anderen Ufer und auf Kuppeln und Kirchturmspitzen der dahinter befindlichen Stadt.

Das Apartmenthaus gehörte der Organisation Loyola Manhattan und war als Unterkunft für Studenten in Irland gedacht, die das erste Studienjahr im Ausland verbrachten. Nach Verlassen des Konvents hatte Bernie einen alten Freund angerufen, einen Jesuiten, der manchmal zu Klausuren ins Star of the Sea kam und an der New Yorker Universität Philosophie unterrichtete. Er hatte einen Anruf getätigt und die Erlaubnis für sie erwirkt, ein Apartment zu beziehen, das normalerweise Gastdozenten vorbehalten war.

Schwester Anne-Marie war mit dem Bus gekommen, der vom Konvent abging, um sie zu besuchen. Bernie betätigte den Drücker, öffnete die Wohnungstür einen Spaltbreit und wartete mit klopfendem Herzen, bis ihre Freundin die Stufen heraufgekommen war.

»Bernie!« Anne-Marie stand im Flur und blickte sie forschend an. Sie war verdutzt, sie ohne Habit zu sehen. Bernie versuchte mit hocherhobenem Kopf dazustehen, um zu zeigen, dass sie stark war und ihre Gefühle unter Kontrolle hatte, doch als Anne-Marie die Arme ausbreitete, stürzte sie sich hinein.

»Ach Bernie. Alles wird gut … Gott segne dich, Bernie.«

»Ich konnte nicht in den Konvent zurück.«

»Das verstehe ich. Die meisten von uns würden Eleanor am liebsten den Kragen umdrehen.«

»Hat sie die Polizei benachrichtigt?«

»Natürlich nicht! Sie hat mit Sicherheit kein Interesse daran, dass herauskommt, was sie getan hat.«

»Wie hat sie dann reagiert?« Bernie trocknete ihre Tränen und hielt die Tür weit auf, um Anne-Marie eintreten zu lassen. Sie führte sie durch die enge Küche des kleinen Apartments ins Wohnzimmer. Sie nahmen einander gegenüber in den verschlissenen Armsesseln Platz, während die Lichter der Stadt, die sich im Fluss spiegelten, an der abblätternden Decke auf und ab hüpften.

»Sie hat das Chaos beseitigt«, sagte Anne-Marie. »Und Schwester Theodore befohlen, den Schaden so weit wie möglich zu begrenzen. Was bedeutet hat, mit uns allen zu reden, um herauszufinden, wo du stecken könntest.«

»Hast du es ihr gesagt?«

»Natürlich nicht.«

»Warum nimmt sie die ganze Sache so persönlich? Was geht es sie an, ob Tom und ich unseren Sohn finden oder nicht?« Anne-Marie neigte den Kopf und wartete darauf, dass Bernie von alleine darauf kam. Doch Bernie war so benommen und erschöpft, dass sie sich überhaupt nichts mehr zusammenreimen konnte. Die hohen Fenster voller Regentropfen gingen auf den Fluss hinaus, der dem Meer entgegenströmte. Bernie blickte zum Himmel empor, der grau und bedeckt war, und fror.

»Du weißt, dass unsere Gemeinschaft ein Mikrokosmos des Lebens ist«, sagte Anne-Marie nach einer Weile. »Nur weil wir Ordensschwestern sind, müssen wir nicht perfekt sein oder auch nur annähernd vollkommen. Du weißt am besten, dass wir nicht auf alles eine Antwort haben.«

»Ja«, erwiderte Bernie leise.

»Sie ist eifersüchtig auf deine Frömmigkeit, auf dein Ansehen in der Kirche. Und ob du es glaubst oder nicht, sie ist fest davon überzeugt, das Richtige zu tun, indem sie ihn vor dir versteckt, seine Anonymität wahrt …«

»Aber warum?«

»Weil sie ledige Mütter hasst.«

»Ich bin Nonne«, entgegnete Bernie.

»Vielleicht glaubt sie deinen Sohn vor dir schützen zu müssen. Wenn jemand sie damals ihrer Mutter weggenommen hätte, wäre ihr Leben vielleicht besser verlaufen …«

»Diese Situation ist völlig anders«, murmelte Bernie und schüttelte den Kopf, dann sah sie ihre Freundin an. »Wusstest du, wo er war, Annie?«

Anne-Marie schüttelte den Kopf. »Ich hatte nicht die geringste Ahnung. Ich habe nie in einem der Kinderheime gearbeitet, sondern immer in den Schulen unseres Ordens unterrichtet. Es wurde nie über ihn gesprochen, nachdem du Irland verlassen hattest, um in den Konvent in Connecticut einzutreten. In meinen Augen war das ein Schutz für euch beide. Nur wenige Eingeweihte wussten, dass du ein Kind hattest …«

»Schwester Eleanor Marie, Schwester Theodore und du. Ich bin erst vier Wochen vor der Entbindung auf den Stufen des Konvents aufgetaucht.«

»Ja, doch das taten viele Mädchen. Die wenigsten treten in den Orden ein. Wir – die Schwestern, die ihm damals angehörten – waren selber noch sehr jung und auf unsere eigene Berufung konzentriert. Kaum jemand nahm nach deiner Rückkehr als Novizin Notiz davon, dass du einen Monat vorher als Hochschwangere bei uns aufgetaucht warst. Abgesehen davon …«

»Was, Annie?«

Sie blickte Bernie an. »Nun, alle kannten dich als Mitschwester, die eine Marienerscheinung gehabt hatte.«

»Ein und derselbe Mensch, aber zwei unterschiedliche Leben.«

»Was meinst du damit?«

Bernie schloss die Augen. Damals, in jungen Jahren, hatte es nur Tom gegeben. Sie waren miteinander aufgewachsen, hatten am Strand und auf den grünen Wiesen und Feldern von Star of the Sea gespielt. Er war einer ihrer engsten Freunde und ihre erste Liebe, aber sie hatte gespürt, dass es sie gleichzeitig in eine andere Richtung zog.

Der Konvent in Black Hall, Connecticut, unmittelbar an der malerischen Küste gelegen, war für sie immer ein Sanktuarium gewesen. Sie fühlte sich zu den Nonnen hingezogen, hatte in Erfahrung bringen wollen, wie ihr Leben beschaffen sein mochte. An manchen Tagen verspürte sie den inneren Drang, sich ihnen anzuschließen, einem weltlichen Leben zu entsagen und in den Orden einzutreten.

Sie hatte davon geträumt, Nonne zu werden, in Gebet und Andacht niederzuknien, ihr Herz dem Heiligen Geist und der allumfassenden Liebe Gottes zu öffnen. Sie hatte sich ausgemalt, einen Habit zu tragen. Sie hatte heimlich das schwarze Kleid ihrer Mutter angezogen, mit dem hohen Kragen und dem Seidenfutter, und einen schwarzen Schleier in ihren Haaren befestigt.

Doch dann hatte sie den Schleier heruntergerissen und war

nach draußen geeilt, weil sie mit ihrem Freund Tom verabredet war. Sie hatten viel Spaß – sie lachten miteinander, gingen schwimmen, stibitzten Trauben im Weinberg. In ihrer Kindheit und Jugend schienen sich ihre beiden innigsten Wünsche zu ergänzen – die Liebe zu Gott und die Liebe zu Tom. Doch als sie älter wurde, nach Abschluss des College, als sie erkannte, dass die religiösen Gelöbnisse eine ernste Angelegenheit waren, begann sie die ganze Tragweite der Entscheidung zu begreifen, der sie sich gegenübersah.

Um das eine Leben zu wählen, musste sie das andere aufgeben.

Tom hatte angefangen eine Reise nach Irland in Erwägung zu ziehen, und er wollte unbedingt, dass sie ihn begleitete. Sein irisches Erbe war ungemein wichtig für ihn – seit jeher, wie Bernie wusste.

In dem Sommer vor Antritt der geplanten Reise hatte Bernie einen Spaziergang im Star of the Sea gemacht. Sie hatte die Blaue Grotte betreten und sich auf den Boden gekniet. Vor der Marienstatue um Erleuchtung betend, hatte sie gesehen, wie sich der Stein in Fleisch und Blut verwandelte und Maria vom Sockel herabstieg, um ihr liebevoll über die Stirn zu streichen.

Visionen, Erscheinungen waren in der Kirche umstritten. Viele glaubten, es handle sich um reine Einbildung, Auswüchse der Phantasie eines gestörten Menschen – eine psychologische Lösung für ein tief verwurzeltes persönliches Problem. Die Kirche war seit jeher bemüht, solche Dinge in aller Stille zu klären – und das hatte Bernie getan. Sie hatte ihrem Beichtvater davon erzählt, und anschließend war eine Untersuchung eingeleitet worden. Es dauerte nicht lange, bis Gerüchte über die Blaue Grotte in Umlauf waren. Man flüsterte sich hinter vorgehaltener Hand zu, Bernie sei auserwählt. Doch dann war sie mit Tom nach Irland geflogen, hatte die Klippen von Moher besucht, und damit hatte sich alles geändert.

»Ich habe Eleanor Marie einweihen müssen, weil sie die Novizenmeisterin war«, sagte Bernie.

»Du hast richtig gehandelt«, bestätigte Anne-Marie.

»Und sie sagte, meine Vision bedeute, ich sei zur Ordensfrau berufen. Sie war so beharrlich.« Bernies Hand glitt zu ihrem Bauch; sie erinnerte sich daran, wie es sich angefühlt hatte, ihren Sohn unter dem Herzen zu tragen. »Die Sache ist die, dass ich mir damals keinesfalls sicher war. Ich wusste nicht, was ich tun sollte.«

»Du hast eine gute Wahl getroffen. Du leitest eine Schule und einen Konvent, hast den Geist vieler junger Mädchen geformt, ihnen eine wunderbare Ausbildung zuteilwerden lassen.«

»Und was ist mit dem Jungen, mit meinem Jungen?«

Schwester Anne-Marie beugte sich vor und ergriff Bernies Hand. »Du musst darauf vertrauen, dass es ihm gutgegangen ist, dass er von Liebe und Fürsorge umgeben war.«

Bernie nickte. Sie wollte es so gerne glauben.

»Bernie.« Anne-Marie musterte Bernies Straßenkleidung. »Ich muss dich das fragen. Was hat das zu bedeuten?«

Bernie betrachtete die Jeans und den dicken weißen Pullover. Die Schranktür stand einen Spaltbreit offen, der schwarze Habit hing auf einem Bügel. Der Orden war sehr großzügig, was die Kleidung während der persönlichen Auszeiten betraf. Bernie hatte oft inkognito an kurzen Gebetswochenenden außer Haus teilgenommen. Wenn sie sich in der Abtei von Gethsemani in Kentucky aufhielt, dem Kloster, in dem sie ihre alljährliche Klausur verbrachte, war sie in Jeans und Turnschuhen durch das Rispengras gewandert und in dem alten Aran-Pullover mit dem irischen Muster, den Tom ihr in jener Woche in Doolin gekauft hatte.

»Bernie?«, wiederholte Anne-Marie mit Nachdruck.

Tränen stiegen in Bernies Augen. Dieses Mal war ihr Herz nicht nur von Zweifeln, sondern auch von Zorn erfüllt. Sie hatte das Gefühl, in einer Sackgasse gelandet zu sein. Schmerz und ein Anflug von Panik lösten ein Gefühl der Enge in ihrer Brust aus. Heute Morgen hatte sie ihre Gebete wie Steine empfunden, die in den Liffey fielen. Schwer, hart und fühllos, ohne Leben oder Hoffnung waren sie auf den Grund gesunken, in den Morast des Flusses.

»Sag mir nicht, dass du den Orden verlässt.«

Bernie betrachtete schweigend den blassen grauen Himmel.

»Nimm dir Bedenkzeit. Gib dir selber die Chance, in Ruhe zu überlegen. Triff keine übereilten Entscheidungen«, riet Anne-Marie.

Bernie saß reglos da, sich der besorgten Blicke ihrer Freundin bewusst. Doch sie war unfähig, sich zu rühren oder zu antworten.

»Sag mir eines. Sind das alte Zweifel, die auf die Zeit der Vision zurückgehen? Oder wurzeln sie in Eleanor Maries Verhalten?«

»Beides«, gelang es Bernie zu erwidern.

»Die Akte befindet sich aber jetzt in eurem Besitz, oder?«

»Ja. Tom kommt gleich, und dann beginnen wir mit der Suche.«

»Bitte lass mich wissen, was ihr findet«, sagte Anne-Marie und stand auf. Sie griff in ihren schwarzen Rucksack und holte ein Päckchen heraus, fein säuberlich in braunes Papier eingewickelt.

»Was ist das?« Bernie nahm das Päckchen entgegen und

öffnete es. Sie erkannte das zusammengefaltete schwarze Stoffquadrat auf Anhieb.
»Dein Schleier. Du hast ihn neulich vergessen. Ich dachte, du solltest ihn haben, für den Fall, dass du entscheidest, ihn wieder anzulegen.«
»Danke.« Bernie umarmte ihre Freundin. Dann legte sie den Schleier in das oberste Regal des Bücherschranks aus Eiche, der eine Glasfront besaß, und begleitete Schwester Anne-Marie zur Tür. Als sie hörte, wie die Schritte im Treppenhaus verklangen, kehrte sie ins Wohnzimmer zurück.
Bernie lehnte die Stirn gegen das kühle Glas des Fensters und blickte auf den Fluss hinaus. Flüsse erinnerten sie an zu Hause, an Star of the Sea, das genau an der Stelle lag, wo der Connecticut River in den Long Island Sound mündete. Sie hatte immer einen tiefen inneren Frieden im Gleichmaß des dahinströmenden Wassers gefunden. Doch jetzt, als sie auf den Liffey hinuntersah, fühlte sie sich aus der Bahn geworfen und unsicher, wohin ihr Weg führte.
Sie wandte sich vom Fenster ab, schloss die Augen und betete, es bald herauszufinden.

Tom hatte am Kai geparkt, saß in seinem Auto und blickte zu Bernies Fenster hinauf. Er fühlte sich so entkräftet und aufgerieben, als hätte er an einem Marathonlauf teilgenommen. Sein Herz raste, und ihm ging der Gedanke durch den Kopf, dass er vielleicht zu einem Arzt gehen und sich gründlich untersuchen lassen sollte. Die Sache war nur die, er tat nichts anderes als stillhalten. Bernie hatte sich so tief in sich selbst zurückgezogen, dass es ihm unmöglich war, sie zu erreichen. Seine Knochen und Muskeln schmerzten von der Anspannung, sich zurückzuhalten. Er hatte die Akte in der Hand und brannte darauf, endlich loszulegen.

In dem Moment, als er aus dem Wagen stieg, ging die Eingangstür des Gebäudes auf, in dem sie Unterschlupf gefunden hatte. In der Erwartung, einen Studenten herauskommen zu sehen, erschrak er, als er Schwester Anne-Marie erkannte. Er eilte über das Kopfsteinpflaster des Kais, spürte, wie der Wind auffrischte, senkte den Kopf und stemmte sich ihm entgegen. Auf hoher See braute sich offenbar ein Unwetter zusammen und die Atmosphäre schien geladen.

»Tom!«, rief sie, als sie ihn entdeckte.

»Hallo, Schwester. Wie geht es ihr?«

Schwester Anne-Marie zuckte mit den Schultern und legte den Kopf in den Nacken, um zu Bernies Fenstern hochzusehen. »Sie macht sich Sorgen.«

»Sie hat kein Wort mit mir gewechselt. Ich habe die Akte beschafft und wurde um ein Haar verhaftet, als ich sie in meinen Besitz brachte, aber sie hat keinen einzigen Blick hineingeworfen.«

»Hab Geduld mit ihr, Tom.« Anne-Marie sah beunruhigt aus. »Sie macht gerade eine schwierige Phase durch. Sie zweifelt an sich selbst hinsichtlich ihrer Entscheidungen und Optionen, ja, sogar, was das Ordensleben betrifft.«

»Was soll das heißen?«

»Das wirst du schon sehen, wenn du oben bist. Der Standardausdruck für das, was sie gerade durchmacht, ist Selbstfindungsprozess. Aber ich glaube, es geht viel tiefer. Hier handelt es sich um ein klassisches Beispiel für die ›dunkle Nacht der Seele‹.«

»Lass das Bernie nicht hören. Im Star of the Sea hat sie oft gesagt, der Begriff sei in der Kirche am meisten überstrapaziert worden – ganz gleich, ob Jugendliche mit geistesabwesendem Blick oder Reiche, die eine Pechsträhne im Markt haben, alle würden ihn benutzen, um zu beschreiben, dass sie sich schlecht fühlen.«

»Sie hat natürlich recht«, erwiderte Anne-Marie mit ihrem weichen Kerry-Akzent. »Bernie gehört nicht zu denen, die jeden verhätscheln, der ein bisschen Angst hat. Aber ich kenne sie, und ich sehe es ihren Augen an. Irgendetwas quält sie. Und außerdem sollte man daran denken ...«

Ein Lastwagen rumpelte vorüber, die Fenster geöffnet, das Radio laut aufgedreht, Stützen und Achsen holperten über das Kopfsteinpflaster.

»Woran denken?«

»Dass die ursprüngliche ›dunkle Nacht der Seele‹ vom heiligen Johannes vom Kreuz beschrieben wurde ... einem Mystiker.«

»Willst du damit sagen, Bernie sei eine verkappte Mystikerin?«

»So würde sie sich nie bezeichnen. Aber sie ist hellsichtiger und feinfühliger als die meisten von uns. Der heilige Johannes schrieb über eine Nacht der Kontemplation, die angefüllt war mit düsteren Visionen, Leid und Läuterung, mit Bildern von dem schrecklichen Elend, das einen Menschen in diesem Zustand überkommt.«

»Ich kann den Gedanken nicht ertragen, dass sie sich elend fühlt.«

Anne-Marie drückte seine Hand. »Vergiss nicht, der heilige Johannes hat auch gesagt, dass die Nacht den Geist in Dunkelheit hüllt, um ihm am Ende Erleuchtung zu bringen und ihn mit Licht zu erfüllen. Bernie wird es schaffen, auf die andere Seite des finsteren Tunnels zu gelangen, und dabei neue Erkenntnisse gewinnen.«

»Ich hoffentlich auch«, sagte Tom.

Anne-Marie lächelte. »Natürlich. In vieler Hinsicht bist du

schon jetzt für Bernie das Licht. Du gehst jetzt besser zu ihr …«
»Mache ich. Danke, Annie. Wenn du eine Minute wartest, fahre ich dich zurück.«
Sie schüttelte den Kopf und überquerte bereits den Kai. »Ich liebe den Bus. Das kommt mir so vor, als würde ich ins Kino gehen und zuschauen, wie sich die Geschichte des Lebens auf dem Sitz unmittelbar vor mir entfaltet.«
Tom sah ihr nach, dann drückte er auf die Klingel von Apartment 4B. Bernie hatte den Vorschlag abgelehnt, im Haus eines seiner Cousins am Merrion Square zu wohnen. Tom hatte ihr begreiflich zu machen versucht, dass sie sich nicht bei Billy, unter demselben Dach wie er, einquartieren müsse, sie könne auch bei Sixtus oder Niall wohnen. Doch sie wollte nichts davon hören, sie wollte nicht, dass er seinen Cousins etwas erzählte. Sie war verschlossen und daran gewöhnt, ihre Entscheidungen im Star of the Sea im Alleingang zu treffen. Er hatte sie zu überreden versucht, ihn ins O'Malley's zu begleiten, vielleicht ein Glas Guinness zu trinken und das weitere Vorgehen zu besprechen, aber sie hatte abgelehnt.
Als er auf der Treppe vor dem Haus stand und sich zurücklehnte, um zu ihrem Fenster hinaufzublicken, begann er sich Sorgen zu machen. Warum öffnete sie ihm nicht? Als Schwester Anne-Marie von der »dunklen Nacht der Seele« gesprochen hatte, hatte er eine Gänsehaut bekommen. Das klang sowohl nach einem unguten Hang zur Pop-Psychologie als auch zum Mystizismus, und beides behagte ihm nicht.
Er blickte auf die Eingangstür und inspizierte das Schloss. Den Bund mit den Dietrichen, den er in den Konvent mitgenommen hatte, hatte er in seinem Zimmer gelassen, in der Annahme, er brauche ihn nicht mehr. Als er mit den Fingern über das Eisen strich, wusste er, dass er den Türrahmen mit

einem einzigen kräftigen Stoß seiner Schulter sprengen konnte.
In diesem Augenblick ging die Tür auf, und eine schöne rothaarige Frau stand vor ihm. Sie war groß und schlank und trug einen dicken weißen Pullover und Jeans. Selbst im grauen Licht des Tages schimmerten goldene Strähnen in ihren roten Haaren. Sie umrahmten ihr zartes blasses Gesicht, unterstrichen die Traurigkeit, aber auch die Entschlossenheit, die in ihrem Blick lag.
»Bernie!«
»Hallo, Tom.«
»Ich bin gerade erst gekommen.«
»Ich weiß. Ich habe vom Fenster aus gesehen, wie du dich mit Anne-Marie unterhalten hast.«
»Sie macht sich Sorgen um dich. Und ich auch.«
»Das ist unnötig«, erwiderte Bernie hitzig, wobei sie wieder so energiegeladen wie die Äbtissin von Star of the Sea klang, die er kannte und liebte. »Hast du die Adresse?«
»Vom Kinderheim? Ja, habe ich.«
»Worauf warten wir dann noch? Lass uns endlich fahren.«
»Ganz wie Sie meinen, Schwester Bernadette Ignatius.« Er blickte sie an, in der Hoffnung zu hören, sie habe den Namen abgelegt. Ein Schauder lief über seinen Rücken. Er sehnte sich immer noch nach den Worten, von denen er seit jeher träumte – dass Bernie sagte, sie habe einen Fehler gemacht, dass ihr nach all den Jahren klargeworden sei, dass sie füreinander bestimmt waren.
Doch sie blickte ihn nur an und schwieg. Dann überquerte sie, nachdem die erste Verkehrswelle verebbt war, vor ihm die Straße und blieb neben dem BMW stehen und wartete auf ihn.
»Hast du schon etwas gegessen?«, fragte er.

Sie schüttelte den Kopf.
»Dann halten wir unterwegs irgendwo an.«
Bernie war zu aufgewühlt, um sich mit ihm zu streiten. Er fuhr mit ihr an einen Ort, den sie gut kannte – O'Malley's Pub. Während der Schwangerschaft hatten sie das Lokal oft besucht. Es erschien ihr passend, jetzt abermals hier zu sein.
Sie nahmen in einer Holznische voller Kratzer und Schrammen im hinteren Teil des Raums Platz, am Ende der langen Theke, und Tom bestellte für beide Shepherd's Pie, einen Auflauf aus Hackfleisch und Kartoffelbrei. Er trank dazu ein Guinness, aber Bernie lehnte ab.
Eingangstür und Fenster des Pubs gingen auf die Straße hinaus. Sie waren weit geöffnet, und vom Innern des dunklen Raums aus entdeckte Tom mit Fuchsien bepflanzte Blumenkästen. Eine wahre Farbexplosion. Er tippte Bernie an, um sie darauf aufmerksam zu machen.
Sie nickte, blickte hinaus und nahm die Blumenpracht zur Kenntnis. Sie redeten kaum, doch das war für Tom in Ordnung. Er wollte nur, dass sie etwas zu sich nahm, damit sie wieder zu Kräften kam. Hatte sie in dieser Umgebung das gleiche Gefühl der Vertrautheit wie er? Dachte sie an die Zeit vor dreiundzwanzig Jahren, als sie hier oft mit ihm gesessen und er versucht hatte, sie dazu zu bewegen, etwas zu essen?
»Auf unser persönliches Tir na Nog«, sagte er. »Erinnerst du dich?«
Sie nickte. »Das war unser Sanktuarium.«
»Es hat sich überhaupt nicht verändert.«
»Die Shepherd's Pie ist noch genauso gut wie früher.«
»Dass es auf Tir na Nog, der Insel der Gesegneten, eine gute Shepherd's Pie gibt, ist nur recht und billig«, erwiderte er.
Lächelnd hob sie die Gabel zum Mund und aß weiter. Er hatte das Gefühl, als müsste er sie mit List und Tücke dazu

bringen, einen Bissen nach dem anderen zu sich zu nehmen, wie ein Kind, das nicht essen wollte.
»Danke, Tom. Das war köstlich«, sagte sie, als sie fertig war.
»Finde ich auch.« Er trank sein Guinness aus. Dann ließ er sie kurz am Tisch sitzen und ging zur Theke, um zu zahlen. Sein Herz klopfte bei dem Gedanken an das, was sie nun vorhatten. Als er zum Tisch zurückkehrte und Bernie die Hand reichte, um ihr aufzuhelfen, fing er den Blick des Mannes am Nachbartisch auf, der dort mit seiner Frau saß.
Tom spürte, dass er ihn für seinesgleichen hielt – einen Mann, der wie viele andere mit seiner Frau zum Mittagessen ging –, was ihm einen Stich versetzte. Es führte ihm abermals klar vor Augen, dass Bernie und er hier waren, um zu vergessen, dass sie nicht wie andere Paare waren.
Noch nicht.
Dem Mann am Nachbartisch freundlich zunickend, legte Tom behutsam den Arm um Bernies Schultern und geleitete sie zur Tür hinaus und zum Wagen. Es war Zeit, sich auf die Suche nach ihrem Sohn zu machen.

10

In diesem Teil von Dublin sah man überall hübsche Häuser und hohe Bäume, kleine Gärten, Kombiwägen und Minivans. Eine Wohngegend, in der Familien lebten. Bernie verinnerlichte die Eindrücke und überlegte, was die Kinder von St. Augustine's davon halten mochten. Fragten sie sich beim Anblick dieser Häuser auf dem Rückweg von der Schule oder vom Park, warum sie nicht in einem von ihnen wohnten?

Tom fuhr schweigend die Straße entlang. Bernie hielt die Dokumente in der Hand, die schweißnass war. Ihre Kehle war wie zugeschnürt. Wenn sie jetzt ihrem Sohn gegenüberstünde, würde sie kein Wort über die Lippen bringen.

Sie fuhren an dem Schild vorbei, auf dem es in kalten schwarzen schmiedeeisernen Lettern hieß: *Kinderheim St. Augustine's.* Über eine kreisförmige Auffahrt gelangten sie zur Frontseite eines großen Backsteingebäudes, schmucklos, ohne Fensterläden oder Säulen. Obwohl die Fenster des Wagens offen waren und Bernie die Ohren spitzte, konnte sie keinerlei Geräusche ausmachen, die auf spielende Kinder hinwiesen.

Sie verschränkte die Hände im Schoß, um zu verhindern, dass sie zitterten. Laut Unterlagen war das der richtige Ort. Das Baby Sullivan, männlichen Geschlechts, war aus dem Gethsemani Hospital in dieses Kinderheim überstellt wor-

den, am selben Tag, als sie die Adoptionspapiere unterzeichnet hatte.
Sie betrachtete die Fenster an der Vorderseite des Hauses und fragte sich, wer ihn hergebracht haben mochte. Schwester Eleanor Marie? Schwester Theodore? Hatte er sich mit seinen winzigen Händchen an sie geklammert, um nicht zurückgelassen zu werden? Bernie erinnerte sich, wie er mit den Armen um sich geschlagen hatte, wenn er hungrig war.
»Lass uns gehen«, sagte sie zu Tom und öffnete die Tür. Sie zwang sich, die Worte auszusprechen, um sich nicht an das Weinen ihres Sohnes erinnern zu müssen.
»Schwester Eleanor Marie hatte genug Zeit, um die Heimleitung vor unserer Ankunft zu warnen«, erwiderte Tom ruhig, als müsste er sie darauf aufmerksam machen.
»Das spielt keine Rolle. Unser Sohn wurde zunächst hierhergebracht. Das ist eine Tatsache, die man nicht auslöschen kann. Und jetzt ist er mit Sicherheit nicht mehr im Heim. Komm, lass uns hineingehen.«
Tom stieg aus, während Bernie die breite Granittreppe bereits zur Hälfte hinaufgegangen war. Sie schaute über ihre Schulter und wartete auf ihn. Sein Blick ging ihr durch Mark und Bein. Die Jahre schienen von ihm abzufallen, er war wieder der junge Mann, in den sie sich verliebt hatte. Sie erbebte, von Gefühlen überwältigt. Fürsorglich legte er den Arm um ihre Schultern.
Als sie die Stufen hinaufstiegen, zitterte sie innerlich. Sie wusste, dass ihr nicht nur der Gedanke zusetzte, was vor ihnen, sondern auch der, was hinter ihnen lag. Als ihr Kind zur Welt kam, war sie im Begriff gewesen, in den Orden einzutreten. Sie hatten sich nie die Chance gegeben, eine Familie zu sein, hatten dem Kind nie eine Chance gegeben, ihr Sohn zu sein. Es war ein sonderbares Gefühl, in Straßen-

kleidung das Heim zu betreten, doch als sie sich morgens angezogen hatte, hatte sie es nicht über sich gebracht, in den Habit zu schlüpfen. Im O'Malley's hatte sie bemerkt, wie das Paar am Nachbartisch Tom und sie angeschaut hatte, als gehörten sie zusammen.

In der Eingangshalle war alles still. Direkt vor ihnen befand sich ein Büro. Durch die Glastüren sah Bernie Nonnen am Schreibtisch, am Telefon oder geschäftig hin und her eilen. Sie stand reglos da und lauschte. Von links drangen entferntes Gelächter und Zurufe zu ihnen herüber, beinahe wie aus einem Hallraum. Der Gedanke, dass man ihren Sohn in einer so stillen sterilen Umgebung untergebracht hatte, machte ihr Angst.

»Hörst du das?«, fragte sie Tom.

»Nein. Was denn?«

»Wo sind die Kinder? Ich sehe keine, und das einzige Lachen, das ich höre, kommt vom anderen Ende des Ganges. Sperren sie die Kinder weg?«

»Beruhige dich, Bernie. Wir werden es gleich erfahren.«

Und dann übernahm er die Führung. Er hielt ihr die Glastür auf, und sie betrat das Büro. Er stand am hüfthohen Formica-Rezeptionstisch, der seltsamerweise dem im Archiv des Krankenhauses glich, als hätte der Orden einen Mengenrabatt auf Büromöbel erhalten, und räusperte sich. »Entschuldigung«, sagte er laut.

»Hallo«, rief ihnen eine Nonne von der anderen Seite des Raums zu und beendete ihren Eintrag in den gelben Notizblock, bevor sie zu ihnen trat. »Willkommen in St. Augustine's.«

»Danke«, sagte Bernie.

»Danke«, sagte auch Tom. »Wir …«

»Warum sind hier keine Kinder?«, fragte Bernie mit zitternder Stimme.

»Sie machen einen Tagesausflug an den Strand.« Die Nonne lächelte. »Wir versuchen ihnen mindestens zweimal im Sommer die Möglichkeit zu bieten. Im August hat es viel geregnet, doch heute war es endlich so weit, auch wenn wir schon September haben.«
»Aber was sind das für Stimmen?« Bernie deutete auf den Gang.
»Da drüben befindet sich unsere Krankenstation. Einige unserer Kinder haben eine schlimme Grippe hinter sich. Der Arzt hielt es für das Beste, dass sie dieses Mal nicht am Ausflug teilnehmen. Aber keine Sorge, wir lassen uns etwas anderes für sie einfallen.«
Tom blickte Bernie stirnrunzelnd an, als wollte er sagen: Siehst du? Sie schenkte ihm keine Beachtung, war aber beruhigt. Seit sie durch die Eingangstür gegangen waren, hatte sie das Gefühl, unter Hochspannung zu stehen und das Heim genau unter die Lupe nehmen zu müssen.
»Wir sind gekommen, um etwas über einen Jungen zu erfahren, der hier untergebracht war. Unseren Sohn«, sagte Tom.
»Aha.« Die Nonne stand reglos da. Sie war Anfang dreißig, schlank und drahtig, mit einem freundlichen Blick und einem unerschütterlichen Lächeln. Sie öffnete eine Schublade und holte einige Blätter heraus. »Bitte füllen Sie die Formulare aus. Es ist ein zeitaufwendiger Prozess, aber Sie können ihn heute in die Wege leiten. Beginnen Sie mit seinem Geburtsdatum und ...«
»Er ist am 4. Januar 1983 geboren«, sagte Tom.
Die junge Nonne nickte. »Ich bin sicher, Sie wissen, dass wir mit der Weitergabe von Informationen über unsere Zöglinge sehr vorsichtig sein müssen. Tatsache ist ...«
»Schwester Felicity«, rief eine ältere Nonne aus dem rückwärtigen Teil des Büros.

Als sie ihren Namen hörte, drehte sich die junge Nonne um. »Ja, Schwester Anastasia?«

»Ich weiß, wer die Leute sind«, sagte diese und eilte herbei. Sie war groß, leicht gebeugt, mit zerfurchtem Gesicht und wachen grauen Augen. Als sie das Büro durchquerte, sah sie an Schwester Felicity und Tom vorbei auf Bernie. Als Bernie den Blick der Nonne spürte, überlief sie ein Schauer. Sie berührte den Rezeptionstisch, um sich abzustützen.

»Hat Schwester Eleanor Marie Sie vor uns gewarnt?«, fragte Tom und stellte sich zwischen Bernie und Schwester Anastasia. »Macht nichts. Wir sind aus Amerika hierhergekommen, und ich schwöre Ihnen, wir werden ...« Bernie nahm den Gesichtsausdruck der älteren Nonne wahr, sah die Liebe und Warmherzigkeit in ihren Augen und legte Tom beschwichtigend die Hand auf den Arm.

»Niemand musste mich vor Ihnen warnen, Thomas«, erwiderte Schwester Anastasia freundlich. »Oder vor Ihnen, liebe Bernadette ... Ich habe Sie beide erwartet. Bitte folgen Sie mir.«

Sie eilte um den Rezeptionstisch herum und ergriff Bernies Hand. Und Bernie, blind vor Tränen, wie ein verirrtes Kind, das endlich, nach unerträglich langer Zeit, den Weg nach Hause gefunden hatte, ließ sich von Schwester Anastasia durch den langen gelben Korridor führen, während Tom dicht hinter ihr ging.

Das Büro war groß, wobei die eine Hälfte von einem Schreibtisch, Stuhl und Sofa und die andere Hälfte von einer Puppenstube, Spielzeug und einem Kindertisch mit Stühlen in bunten Farben eingenommen wurde. Jede Handbreit der Wandflächen war mit Bildern bedeckt – Fingermalereien, Zeichnungen und ausgemalte Bilder von Kindern aller

Altersgruppen. Und nicht zu vergessen die Fotografien – Schulporträts, Gruppenbilder und Schnappschüsse von Kindern am Strand.

Tom sah, wie sich Bernie verstohlen über die Augen wischte und mit verschwommenem Blick die Wand betrachtete. Fragte sie sich, ob sich auch ein Bild von ihrem Sohn darunter befand? Tom wartete, bis sie auf dem Sofa Platz genommen hatte, dann setzte er sich neben sie. Schwester Anastasia reichte ihr eine Schachtel mit Papiertüchern und nahm ihren angestammten Platz hinter dem Schreibtisch ein.

»Was haben Sie damit gemeint, als Sie sagten, Sie hätten uns erwartet?«, fragte Tom mit einem schützenden Blick auf Bernie. »Das haben wir seit unserer Ankunft in Irland schon oft zu hören bekommen.«

»Mehrere Dinge«, erwiderte Schwester Anastasia. »Erstens, Sie hatten recht, Schwester Eleanor Marie hat tatsächlich angerufen, um mir mitzuteilen, dass Sie James' Akte in Ihren Besitz gebracht haben.«

»James?« Bernies Stimme versagte.

»Ja. Ihr Sohn.«

»Wir haben ihn Thomas genannt«, flüsterte Bernie.

»Ich weiß«, sagte Schwester Anastasia. »Aber es gab hier bereits mehrere Jungen namens Tom und Tommy. Wir haben uns für seinen mittleren Namen entschieden, um ihm die Suche nach der eigenen Identität zu erleichtern.«

Tom sah, wie Bernie die Information aufnahm. Es berührte ihn zutiefst, dass der Name ihr noch heute so viel bedeutete.

»Was für eine Rolle spielte es, wie viele Toms es hier gab?«, fragte Bernie. »Sobald er seine Adoptivfamilie hatte, war er doch der Einzige …«

»Theoretisch ja«, erwiderte Schwester Anastasia bedächtig.

»Theoretisch?«

»Sie gehen davon aus, dass er adoptiert wurde, meine Liebe.«
»Er …« Bernie verstummte bestürzt. »Er wurde nicht adoptiert?«
Schwester Anastasia schüttelte den Kopf, und Bernie schrie auf. Die Wahrheit brach in Wellen über Tom herein, und er sah, dass Bernie wie erstarrt dasaß, während Schwester Anastasia sie mit unerschütterlicher Liebe und Mitleid betrachtete.
»Warum haben Sie uns sonst erwartet?«, gelang es Tom schließlich zu fragen. »Sie sagten, es gebe noch andere Gründe.«
»Ich habe im Lauf der Zeit einiges über Bernadette in Erfahrung gebracht. Ihre Identität wurde weitgehend geheim gehalten, solange sich James in unserer Obhut befand, aber nach zahlreichen Besuchen von Schwester Theodore stellte ich Fragen. Und erfuhr, wer Schwester Bernadette ist und wie sie in den Konvent kam. Eine Weile war ich überzeugt, dass die himmlischen Mächte, die sie in unseren Orden geführt hatten, sie schließlich auch hierherführen würden, auf der Suche nach James.«
Tom schwieg eine Weile und beobachtete Bernie. Sie war kreidebleich, die Augen voller Pein und Entsetzen.
»War etwas nicht in Ordnung mit ihm? Stimmt etwas nicht? Dachten Sie, deshalb hätte sie den Drang verspüren müssen, nach ihm zu suchen?«
Schwester Anastasia stand auf. Die Hände hinter dem Rücken verschränkt, umrundete sie den Schreibtisch und blickte aus dem Fenster in den Innenhof. Er war asphaltiert, Unkraut wuchs zwischen den Rissen, und an beiden Enden waren Basketballkörbe angebracht. Zwei große Plastikdreiräder standen linker Hand, und etliche Bälle lagen verstreut herum. Die Erkenntnis, dass die Kinder in diesem trostlosen

Geviert spielten, traf Tom wie ein Schlag in die Magengrube.

»Was ich zu sagen habe, ist für alle Eltern schwer«, erwiderte Schwester Anastasia, ohne sich umzudrehen. »Sie haben die bestmögliche Entscheidung getroffen, das bezweifelt hier niemand. Aber ein Heim ist kein idealer Ort zum Aufwachsen. Sosehr wir jedes einzelne Kind lieben, es gibt nicht annähernd genug Betreuerinnen. Selbst wenn auf jeden unserer Zöglinge eine käme, was weit von der Realität entfernt ist, hätten die Kinder von St. Augustine's unerfüllbare Bedürfnisse. Sie haben viel verloren, noch vor dem Schritt ins Leben.«

»Es war hart für James?«, fragte Tom.

Schwester Anastasia nickte. »Ja, das war es.«

»O nein.« Bernies mühsam bewahrte Fassung brach zusammen. Sie saß auf dem Sofa, barg das Gesicht in den Händen und schluchzte. Tom hätte sie gerne getröstet, sie in die Arme genommen, doch er war wie erstarrt. Er blickte auf den asphaltierten Spielplatz hinaus und war den Tränen nahe.

»Wie hat er es verkraftet?«, fragte Tom harsch. Er sah, dass Bernie bereits am Boden zerstört war – keine Antwort konnte schlimmer sein als die Vorstellungen, die ihr nun durch den Kopf gehen mochten.

»Er wurde und wird geliebt. Er ist sehr intelligent. Er schloss leicht Freundschaften. Er hat Charakter, war immer gutgelaunt, immer zu Streichen aufgelegt.«

»Er hatte gute Freunde?«, fragte Tom.

Schwester Anastasia nickte. »O ja, gewiss.«

Tom zuckte bei ihrem Ton zusammen und sah sie fragend an. Bernie war auf die Sofakante vorgerutscht, hatte den Blick auf Schwester Anastasia gerichtet und hing an ihren Lippen.

»Er war vor allem mit einem unserer Zöglinge befreundet. Von Kindesbeinen an.«
»Wie heißt er?«
»Es ist eine sie«, erwiderte Schwester Anastasia. »Kathleen Murphy. Die beiden waren unzertrennlich. Ihre Betten standen im Schlafsaal nebeneinander, und sie fühlten sich auf Anhieb zueinander hingezogen. Sie waren im selben Alter, besuchten dieselbe Klasse, hatten dieselben Interessen …«
»Hielt die Freundschaft?«, fragte Tom.
»Ja, lange.« Schwester Anastasia verstummte und kehrte zum Fenster zurück.
»Er hat hier seine ganze Kindheit verbracht?«, gelang es Bernie nach einer Weile zu fragen.
»Bis zum dreizehnten Lebensjahr«, antwortete Schwester Anastasia.
»Was geschah dann?«, wollte Tom wissen.
»Kathleen wurde von ihren leiblichen Eltern nach Hause geholt. James … nun, er konnte es nicht ertragen, ohne sie hier zu sein. Er verschwand.«
»Er lief weg?« Bernies Stimme klang hohl.
»Ja, meine Liebe.«
»Wohin?«
Schwester Anastasia schüttelte den Kopf. »Er hat es mir nie erzählt. Er kam wieder, in der Hoffnung, dass wir wüssten, wo Kathleen lebte. Ich gab ihm ihre Adresse, doch die Familie war weggezogen. James kehrte nach St. Augustine's zurück – er hielt sich an ein Versprechen, das er mir gegeben hatte. Aber sein Aufenthalt war nicht von langer Dauer.« Sie hielt inne und sah Bernie an.
»Warum haben Sie mich nicht benachrichtigt?« Bernie stand auf.

»Ich habe daran gedacht, glauben Sie mir«, entgegnete Schwester Anastasia.

»Aber Sie haben es nicht getan.«

»Ich hatte von höherer Stelle die Weisung, es zu unterlassen. Wie ich bereits sagte, wurde Ihre Identität zuerst strikt geheim gehalten. Doch je häufiger Schwester Theodore kam, um nach James zu sehen, desto mehr wurde mir klar, dass seine Familie in irgendeiner Verbindung zur Kirche stehen musste oder zu unserem Orden. Eines Tages ist ihr der Name entschlüpft, und ich wusste natürlich, wer Sie sind.«

»Ja?«

Schwester Anastasia nickte. »Wir waren stolz auf Sie, Schwester Bernadette. Sie wurden Leiterin einer Schule in den Vereinigten Staaten, die einen hervorragenden Ruf genießt, und viele von uns träumten davon, eines Tages mit eigenen Augen die Blaue Grotte zu sehen, wo Ihnen die Muttergottes erschienen ist.«

»Die Grotte steht noch«, sagte Tom und dachte daran, wie hart er in den vergangenen Jahren gearbeitet hatte, um sie instand zu halten, wie er das Mauerwerk ausgebessert und immer wieder das Moos von den überschatteten Steinwänden entfernt hatte. Er dachte an die Worte, die Bernie in diesem Sommer in den Stein gemeißelt hatte, ein Zeichen, das sie schlussendlich zum Hier und Jetzt geführt hatte.

»Warum haben Sie mich nicht informiert«, fragte Bernie, »sobald Sie wussten, wer ich bin?«

»Schwester Eleanor Marie war, wie wir von Schwester Theodore erfuhren, sehr beharrlich, sehr überzeugend. Theodore erklärte, das wäre zum Nachteil aller Beteiligten. Sie waren außerstande, rechtliche Ansprüche auf Ihren Sohn zu erheben. Er war unserer Obhut anvertraut, und wir taten unser Bestes. Niemand konnte ahnen, dass sich keine Adoption ergeben würde.«

»Glauben Sie, dass Eleanor Marie es verhindert hat?«

Schwester Anastasia schüttelte den Kopf. »Nein, meine Liebe, das glaube ich nicht. Ich bin überzeugt, es lag an James selbst.«

»James? Aber er war noch ein Kind! Wie ...«

»Seine Liebe zu Kathleen«, erwiderte Schwester Anastasia. Sie sah alt und zerbrechlich aus, aber ihre Stimme war kräftig, erfüllt von Wärme.

»Er brachte es nicht über sich, sie alleine zu lassen«, sagte Tom. Er kannte dieses Gefühl durch und durch. Aus all den Jahren, in denen er in der Academy Seite an Seite mit Bernie gearbeitet hatte. Und die Gelegenheit verpasst hatte zu heiraten, weitere Kinder zu haben, eine Familie zu gründen. Alles, was für ihn jemals gezählt hatte, war das Bedürfnis, Bernie nahe zu sein, so nahe wie möglich, auch wenn keine Chance bestand, dass mehr daraus würde.

Bernie wandte sich um und sah ihn an, und Schwester Anastasia musterte ihn ebenfalls mit ihren klaren, strahlenden Augen, als könnte sie geradewegs auf den Grund seiner Seele blicken.

»Genau«, flüsterte Schwester Anastasia. »Ganz genau, Thomas.«

»So sehr liebte er sie«, fügte Tom hinzu.

»Und daran hat sich bis heute nichts geändert, nehme ich an«, sagte Schwester Anastasia.

»Wo ist er, Schwester?«, fragte Bernie. »Wir werden ihn suchen.«

Tom erschrak, als Schwester Anastasia in die Tasche ihres Habits griff und einen zusammengefalteten Zettel herauszog. »Dort werden Sie ihn finden. Er arbeitet als Chauffeur, jeden Tag.«

»Das Greencastle Hotel?« Bernies Hände zitterten, als sie den Namen auf dem Zettel las.

»Ja, meine Liebe.«

»Wie erkennen wir ihn?«, fragte Tom.

Schwester Anastasia ging zur Bilderwand, überflog sie, bis sie ein bestimmtes Foto entdeckte, und entfernte die Reißzwecke. Dann nahm sie auch das daneben herunter.

Sie reichte Bernie eines der beiden Fotos, die es Tom hinhielt, so dass sie es gemeinsam anschauen konnten. Es war unverkennbar ihr Sohn, Thomas James Sullivan. Das Foto war vermutlich aufgenommen worden, als er ungefähr zwölf war. Er hatte die roten Haare seiner Mutter und Toms dunkelblaue Augen. Sein Gesicht war schmal, die Wangenknochen ausgeprägt wie die Bernies, er hatte Sommersprossen auf Nase und Wangen, warmherzige Augen und ein verspieltes Lächeln um die Lippen. Tom konnte den Blick nicht abwenden, und bei Bernie flossen wieder die Tränen.

»Hier ist noch eins, das Sie mitnehmen sollten.« Schwester Anastasia händigte Tom ein Foto von einem hübschen jungen Mädchen mit langen braunen Haaren aus, die ihm, zu einem Zopf geflochten, über die linke Schulter hingen; es hatte große Augen, die Tom an ein Reh denken ließen, das vom Scheinwerferlicht eines Autos geblendet wird.

»Kathleen?«, fragte er.

»Ja.«

Tom betrachtete das Bild des Mädchens, das sein Sohn seit Urzeiten geliebt hatte, und spürte eine enge Verbindung zu ihm. Die immerwährende Liebe zu einer Frau, in dem Wissen, sie niemals haben zu können, die Bereitschaft, das

eigene Leben zu opfern, auch wenn sie nichts davon ahnte – das hatte Tom mit seinem Sohn gemein.
»Ich habe eine Postkarte von ihr erhalten.« Schwester Anastasia öffnete eine Schreibtischschublade und holte eine Karte heraus. »Ihre Familie wanderte in die Vereinigten Staaten aus. Dort lebt sie heute, auf einem hochherrschaftlichen Anwesen in Newport, Rhode Island. Sie hat nach ihm gefragt.«
»Wann kam sie?«, erkundigte sich Tom und nahm die Postkarte, die ihm Schwester Anastasia entgegenhielt.
»Vor zwei Wochen«, sagte Schwester Anastasia. »Am Jahrestag von James' Flucht aus St. Augustine's. Ich wollte mich eigentlich selber auf den Weg zum Greencastle machen, um ihm Bescheid zu geben. Aber irgendetwas veranlasste mich zu warten.«
»Sie ahnten, dass wir kommen.« Tom hielt die Karte in der Hand, während er die freundliche Nonne betrachtete. Bernie schien nichts gehört zu haben. Sie saß reglos da und starrte das Bild ihres Sohnes an, als wollte sie sich jedes Merkmal einprägen.
»Es gibt verschiedene Arten von Visionen«, flüsterte Schwester Anastasia.
Tom nickte. Bernie sagte nichts. Tom machte Anstalten, Schwester Anastasia die Postkarte zurückzugeben, doch sie schüttelte den Kopf. Er begriff und steckte sie in die Tasche.
Bernie hatte ihre Augen unverwandt auf das Bild ihres Sohnes gerichtet. Schwester Anastasias Lippen bewegten sich, und Tom wusste, dass die betagte Ordensfrau sie lautlos segnete – Tom, Bernie und den Jungen, der St. Augustine's sein Zuhause genannt hatte.

11

Seamus bog auf den Parkplatz des Greencastle ein, aufgekratzt nach einem langen Tag unterwegs. Er hatte mit seinen Fahrgästen, einer Liedermacherin aus Nashville mit ihrer Managerin, die in Dublin ein restlos ausverkauftes Konzert im Temple Bar Music Center geben würde, eine Tour entlang der Küste nach Newgrange und Bru na Boinne gemacht – zum »Palast des Boyne«, einer prähistorischen Kultstätte in einem Flusstal, die als Wiege der irischen Zivilisation galt.

Er war nicht nur der Fahrer, sondern auch – wenn er es sich eingestand – ein erstklassiger Fremdenführer. Nachdem er St. Augustine's endgültig verlassen hatte, hatte er viel Zeit unterwegs verbracht und eine Menge von Irland gesehen. Ganz gleich, wo er auch hinkam, er stellte sich vor, mit Kathleen zurückzukehren – ihr die herrlichsten Sehenswürdigkeiten zu zeigen, Orte, von deren Existenz jenseits der Mauern von St. Augustine's sie nicht einmal geträumt hatten. Und so hatte er im Lauf der Jahre ein buntes Sammelsurium historischer Fakten und irischer Legenden und Sagen in seinem Gedächtnis gespeichert.

Solche Dinge hatte er von sich aus gelernt, und darauf war er stolz. Hätte er Eltern gehabt, die an den Wochenenden Ausflüge mit ihm unternahmen, hätten sie ihm etwas über Newgrange erzählt – eine Ganggräber-Anlage aus der Jungsteinzeit, die fünfhundert Jahre vor den Pyramiden in Ägypten errichtet wurde. Sie hätten mit ihm die Roof Box besichtigt, eine von Steinblöcken umrahmte Öffnung direkt oberhalb des Eingangs, die so plaziert war, dass sie die Strahlen der aufgehenden Sonne am 21. Dezember – am Tag der Wintersonnenwende – einfing und zwanzig Minuten bewahrte.

Seamus hatte schon vor langer Zeit beschlossen, sich nicht von seinem begrenzten biographischen Hintergrund einengen zu lassen. Er hatte alles gelernt, was es Wissenswertes über Ringwallanlagen und Kultstätten gab, Informationen, die er seinen Fahrgästen weitergeben konnte. Manchmal träumte er davon, seinen eigenen Kindern solche Dinge zu erzählen, doch im Moment musste er sich damit begnügen, dass sich seine Studien ausgezahlt und ihn zu einem der begehrtesten Fahrer des Greencastle gemacht hätten.

Die Sängerin war Ende zwanzig, eine hübsche blonde Amerikanerin aus Nashville, die Jeans und Cowboystiefel trug und wegen ihres Konzerts in Irland war, aber auch, um ihren irischen Wurzeln nachzuspüren. Die Managerin war ihre Tante, schätzungsweise über vierzig. Sie hatte Seamus auf Empfehlung eines anderen Stars aus Nashville gebucht – Mark Riley, der im vergangenen Herbst zu Auftritten nach Irland gekommen war, aber auch, weil er Nachforschungen über die Herkunft seiner Familie anstellen wollte. »Viele Hillbillys haben ihren Ursprung in Irland«, hatte Mark Riley ihm erklärt. »Deshalb gibt es so viele Fiedel-Passagen im Bluegrass-Genre der Countrymusic. Da schlagen unsere keltischen Wurzeln durch.«

»Das ist ein ideales Thema für einen Song«, hatte die Liedermacherin Randi-Lu O'Byrne ausgerufen, als sie die neolithischen Ganggräber besichtigte und Seamus' Erzählungen

lauschte. »Ich werde ihn ›Roof Box‹ nennen und Ihnen widmen, Seamus.«
»Das macht sie, da können Sie sicher sein«, bestätigte ihre Tante. »Sie hat ihre Gitarre oben im Zimmer, und ich wette, dass sie das Lied schon bei ihrer Show an diesem Wochenende spielt.«
»Ich würde mich freuen, wenn Sie zu meinem Konzert kommen«, sagte Randi-Lu. »Ich lasse an der Abendkasse zwei Karten auf Ihren Namen hinterlegen.«
»Vielen Dank, Ma'am.«
»*Ma'am?* Mein Gott, was glauben Sie, wie alt ich bin?«, erwiderte sie lachend.
»Randi-Lu, ich gehe schon mal zum Parkplatz, ich muss noch ein paar Anrufe erledigen«, verkündete die Tante und ließ sie alleine.
»Haben Sie eine Freundin, Seamus?«, erkundigte sich Randi-Lu, als sie durch den Schatten der historischen Grabanlagen schlenderten.
Er dachte an Kathleen und zögerte, so dass Randi-Lu grinste und ihm aufmunternd die Schulter tätschelte.
»Sie haben eine, stimmt's?«
»Nun, es gab da jemanden …«
»Na also. Und wo ist sie jetzt?«
»Ich weiß es nicht. Ich habe sie vor langer Zeit aus den Augen verloren, an einem Strand.«
»Das klingt nach Stoff für einen weiteren Song. Sie inspirieren mich. Erst ›Roof Box‹, und nun ›Verloren am Strand‹. In E-Dur. Wie heißt sie?«
»Kathleen.«
»Wenn Sie zu meinem Konzert kommen, werde ich Seamus und Kathleen einen Song widmen. Wir schicken sie ins Universum, eure Namen, beide gleichzeitig. Darum geht es bei

meiner Musik ... um Liebe und Bindung. *Die Große Liebe,* Seamus. Mit einem großen ›G‹ und einem großen ›L‹. Keine Romanze, die vorübergeht, stirbt, verblasst. Ich spreche über die wahre Liebe zwischen zwei Menschen, die füreinander bestimmt sind. Das ist das Thema meiner letzten Single.«

»Die Große Liebe«, wiederholte er.

»Liebe, die man in der Seele bewahrt.« Sie musterte ihn mit ihren durchdringenden grünen Augen.

»Ja.« Ein Schauder lief über seinen Rücken, als er Kathleens Gesicht wieder vor sich sah.

»Es gibt nicht viele Männer, die wissen, was ich mit diesen Worten meine.« Sie trat einen Schritt näher. Sie standen im Schatten eines Steinzeit-Megalithen, und ihre Zehen berührten sich beinahe. Sie sah aus wie achtundzwanzig, nicht viel älter als er. »Sie sagten, dass Sie das Mädchen verloren haben.«

»Das stimmt.«

»Ich habe auch jemanden verloren. Er ist ebenfalls Sänger und lebt in Nashville. Wir gingen oft miteinander auf Tournee und hatten geplant, gemeinsam ein Konzert in Irland zu geben.«

»Daraus wurde nichts?«

Randi-Lu schüttelte den Kopf. »Er hat mich wegen einer anderen verlassen. Sie leben jetzt zusammen, haben ein Baby und alles, was sonst noch dazugehört. Ist mit Kathleen und Ihnen das Gleiche passiert?«

»Nein. So weit kam es nie, wir hatten keine Chance. Aber das ist eine lange Geschichte.«

»Ich bin Country-Sängerin.« Randi-Lu rückte noch näher. »Ich liebe lange Geschichten.«

Seamus spürte ihre enorme Anziehungskraft und wusste,

dass sie mit ihm anzubändeln versuchte. Das war ihm schon häufiger mit weiblichen Fahrgästen passiert, die geschäftlich oder aus familiären Gründen in Irland waren, weit weg von zu Hause. Er hatte nie reagiert und beabsichtigte auch jetzt nicht, sich darauf einzulassen.

»Die Geschichte ist zu lang«, erwiderte er sanft, um ihre Gefühle nicht zu verletzen.

»Aha, die große Liebe«. Sie wich lächelnd zurück. »Es scheint Sie ja ziemlich schlimm erwischt zu haben.«

»Ja, ich denke schon.«

»Nun, wo immer Kathleen auch stecken mag, ich hoffe, sie weiß, dass Sie es kaum erwarten können, sie zu finden.«

»Danke«, sagte Seamus. Und dann kam Randi-Lus Tante, die ihre Telefonate erledigt hatte, und meinte, es sei an der Zeit, nach Dublin zurückzukehren. Seamus öffnete den Schlag, und die beiden stiegen ein und nahmen auf dem Rücksitz des Mercedes 600 Platz. Randi-Lu reichte ihm eine ihrer neuesten CDs, und er legte sie ein.

Der erste Song hieß »Big Love«, und Seamus hörte aufmerksam zu. Es ging dabei um die große Liebe zu dem Mann, von dem sie ihm gerade erzählt hatte.

»Sie ist größer als das Leben, größer als das Firmament,
größer als ewig und die Frage nach dem Warum …«

Sie lauschten, niemand sprach während der ganzen Rückfahrt zum Hotel. Die Musik traf Seamus mitten ins Herz, das seit jeher Kathleen gehört hatte. Als er in die Auffahrt des Greencastle einbog, sah er Kevin im Schatten stehen und mit seinem Handy telefonieren.

Als er den hinteren Schlag öffnete, blickte Randi-Lu ihm in die Augen.

»Danke für die Fahrt«, sagte sie. »Und für das Gespräch.«

»Keine Ursache. Und was Ihr Konzert betrifft …«

»Ich lasse Plätze für Sie reservieren. Vorne, in der Mitte.«
»Ich kann nicht ohne Kathleen kommen«, sagte er.
»Nein?« Sie schien nicht wirklich überrascht.
Er schüttelte den Kopf und deutete auf Kevin. »Es gibt aber ein anderes Paar, das sich schrecklich darüber freuen würde.«
»Kein Problem. Wir reservieren für Kathleen und Sie einen Platz in einem anderen Konzert, irgendwann später. Einverstanden?«
»Danke. Wir werden gerne kommen. Das ist ein Versprechen. Der Mann …«
Randi-Lu sah ihn abwartend an.
»… mit dem Sie nach Irland wollten. Er hat etwas verpasst, weil er nicht mit Ihnen gekommen ist. Er hatte offenbar keine Ahnung, was für ein Glückspilz er war. Hat sich die Chance seines Lebens entgehen lassen.«
»Noch ein Song.« Randi-Lu grinste. »›Das Glück erkennst du erst dann, wenn es dir einen Tritt versetzt.‹ Bei dieser Besichtigungstour habe ich reiche Ausbeute gemacht, Ideen für neue Songs, die vermutlich für eine ganze CD reichen. Nochmals danke, Seamus. Grüßen Sie Kathleen von mir, wenn Sie sie finden.«
»Mache ich.« Seamus reichte ihr zum Abschied die Hand.
Dann eilte er zu Kevin, um ihm von den Freikarten zu erzählen, als sein Blick auf ein Paar fiel, das auf der anderen Seite des Innenhofs stand. Sie beobachteten ihn, und zuerst dachte er, es könnte sich um seine nächsten Fahrgäste handeln. Vielleicht hatte das Greencastle ihn am Nachmittag für mehrere Touren gebucht. Die Frau hatte rote Haare, genauso leuchtend wie seine eigenen, und warme blaue Augen, die aufgeregt wirkten. Den Mann erkannte er auf Anhieb. Er trug noch dasselbe abgewetzte Tweedjackett wie vor ein paar

Tagen, als er mit den Kellys zum Frühstück ins Hotel gekommen war.

Seamus überlegte, ob er zu ihnen gehen sollte. Aus ihren Blicken und der eindringlichen Art, mit der sie ihn beobachteten, folgerte er, dass sie ihn vielleicht als Fahrer engagieren wollten. Doch dann rief ihn Kevin, und Seamus konnte es kaum erwarten, ihm von den Konzertkarten zu erzählen. Als er sich umdrehte, war das Paar verschwunden.

Sie waren ins Auto gestiegen, und Tom war losgefahren, um die Ecke des Hotels. Der Anblick ihres Sohnes hatte sie beide aus der Fassung gebracht. Ganz gleich, wie oft sich Tom diesen Moment auch ausgemalt hatte, die Wirklichkeit war tausendmal überwältigender. Er beugte sich zum Beifahrersitz hinüber und schloss Bernie in die Arme. Tränen brannten in seinen Augen. Sie hatten ihren Sohn wiedergefunden, und die Ähnlichkeit mit seiner Mutter war unverkennbar. Unfassbar, wie erwachsen er war. Die Jahre zu zählen war eine Sache, mit eigenen Augen zu sehen, wie die Zeit verging, eine andere. Als sie ihn das letzte Mal gesehen hatten, war er ein Baby; nun war er ein erwachsener Mann. Tom hatte beobachtet, wie er den Wagen unter den Portikus gefahren und den Schlag für seine Fahrgäste geöffnet hatte – eine Geste der Höflichkeit, mit Geschick und Würde ausgeführt. Tom hielt sich etwas auf seine Menschenkenntnis zugute und erkannte auf den ersten Blick, dass sein Sohn wohlgeraten war – an kleinen Dingen. Wie er beispielsweise im Schritttempo die Auffahrt hinaufgefahren war, um einen anderen Fahrer, der das Hotel verließ, per Handzeichen vorbeizulassen, verbunden mit einem freundlichen Gruß. Oder wie er den Schlag geöffnet und den Fahrgästen auf dem Rücksitz mit einem strahlenden Lächeln beim Aussteigen geholfen hatte – einem echten Lächeln, nicht aufgesetzt, um ein dickes Trinkgeld zu erhalten.

Tom hatte gesehen, wie das Lächeln sein Gesicht erhellte. Sein Fahrgast – eine attraktive junge Frau – hatte etwas zu ihm gesagt, das ihn bewog, sich zu ihr zu beugen und zu nicken. Dann hatte er auf einen der anderen Fahrer gedeutet, ungefähr in seinem Alter, der auf der gegenüberliegenden Seite des Innenhofs stand und mit seinem Handy telefonierte.

Tom hatte dicht neben Bernie gestanden. Sie zitterte vor Anspannung, und er wusste, dass sie am liebsten zu ihrem Sohn gelaufen wäre, um ihn in die Arme zu schließen. Er hatte sie noch nie so gesehen oder erlebt – etwas Ungezähmtes in ihrem Inneren brach sich seine Bahn, das ihn beinahe erschreckte. In den letzten dreiundzwanzig Jahren war sie Schwester Bernadette Ignatius gewesen, Äbtissin von Star of the Sea, stark wie ein Fels in der Brandung. In Dublin verwandelte sie sich wieder in Bernie Sullivan, eine zarte, verletzliche Frau, in die er sich unsterblich verliebt hatte, die ihren gemeinsamen Sohn zur Welt gebracht und zur Adoption freigegeben hatte.

»Bernie«, sagte er nun, sein Mund an ihrem Haar, ihr Kopf an seine Brust gepresst.

»Hast du ihn gesehen?«, fragte sie mit tränenerstickter Stimme. »Er war es, er war es wirklich ...«

»Ja. Kein Zweifel.«

»Sein Freund nannte ihn Seamus.«

»Das ist irisch für James.«

»Wir müssen zu ihm. Warum hast du mich zurückgehalten?«

»Was sollen wir ihm denn sagen?«

»Das weißt du doch.«

»Nein, ich weiß es nicht. Ich habe keinen blassen Schimmer.«
Sie blickte ihn an, fast mitleidig. Ihr Gesicht wirkte energiegeladen, lebendig. Er hätte gerne gewusst, was hinter ihrer Stirn vorging – eine Welt für sich, in der sich die Gedanken überschlugen. Ohne den schwarzen Schleier, ohne das steife Weiß des Kopftuchs, das ihr Gesicht umrahmte, sah sie völlig verändert aus. Sie hatte mit keiner Silbe erwähnt, warum sie den Habit abgelegt hatte, aber es war ihm auch egal. Er sehnte sich danach, ihre Wange, ihre Haare zu berühren, sie in die Arme zu nehmen und zu küssen.
»Er ist unser Sohn«, sagte Bernie. »Wir werden die richtigen Worte finden, wenn es so weit ist. So etwas lässt sich nicht vorausplanen.«
»Aber wir wollen ihn nicht aus der Fassung bringen, ihm einen Schrecken einjagen …«
Bernie blinzelte, ihre Augen waren gerötet. Langsam kehrte die Farbe in ihr Gesicht zurück, die Sommersprossen bildeten einen weniger krassen Kontrast zur Blässe. Sie wischte die Tränen weg und ergriff Toms Hand.
»Komm, lass uns fahren.«
»Jetzt gleich? Sollten wir nicht …«
»Keine Angst, Tom. Deswegen sind wir doch hergekommen, Tausende von Meilen. Er wartet auf uns.«
»Bist du sicher, dass du für die Begegnung gerüstet bist, Bernie?«
»Bin ich«, flüsterte sie. Als sie über seine Schulter an ihm vorbei zum Innenhof des Greencastle Hotels blickte, wusste Tom, dass sie in der Tat zu allem entschlossen war.

Bernie zog den weißen Pullover über ihre Hüften hinunter und stand neben dem Wagen, nach Atem ringend. In norma-

ler Straßenkleidung – Jeans und Pullover, den Kopf unbedeckt – hatte sie das Gefühl, sich auf dem Präsentierteller zu befinden. Doch die Aufmachung war beabsichtigt. Sie wollte sich angesichts dessen, was sie ihrem Sohn zu sagen hatte, nicht hinter Habit und Schleier verstecken.
Als sie neben Tom herging, spürte sie, dass er gerne ihre Hand genommen hätte. So verführerisch der Gedanke auch sein mochte, sie ließ es nicht zu. Sie wollte keine falschen Signale übermitteln – weder ihm noch ihrem Sohn.
Seit Schwester Anastasia Auskunft über den Verbleib ihres Sohnes gegeben hatte, waren einige Stunden verstrichen, in denen Bernie die verschiedensten Szenarien durch den Kopf gegangen waren. Tom und sie hätten ihn als Fahrer engagieren und sich ihm irgendwo unterwegs zu erkennen geben können. Doch sie hatte die Idee verworfen – sie erschien ihr zu unehrlich. Manipulationen dieser Art waren ihr zuwider.
Sie sahen, wie er sich von seinem Freund verabschiedete und dann den Innenhof in Richtung Straße überquerte. Seine Arbeit für den heutigen Tag war beendet, vermutlich wollte er nach Hause. Bernie spürte, wie Tom neben ihr jeden Muskel anspannte, als wollte er zum Sprung ansetzen und ihn abfangen.
»James!«, hörte Bernie sich sagen.
Der junge Mann blieb wie angewurzelt mitten auf dem Bürgersteig stehen und blickte sie unvermittelt an.
»Reden Sie mit mir?«, fragte er.
»Ja«, antwortete sie.
»Mein Name ist Seamus.«
»Thomas James Sullivan.«
»Wie bitte?« Er sah sie erschrocken an.
»So lautet dein Name«, erklärte Bernie.

»Ich heiße Seamus Sullivan.« Sein Blick huschte zwischen Tom und Bernie hin und her.
»Aber früher wurdest du James genannt, oder?«, schaltete sich Tom ein.
»Woher wissen Sie das?«
»Wir haben gerade ... mit Schwester Anastasia gesprochen«, sagte Bernie.
»Im St. Augustine's? Sind Sie mit ihr befreundet?«
»Wir haben sie heute erst kennengelernt«, antwortete Tom.
»Wie kommt sie dazu, Ihnen etwas über mich zu erzählen?«, fragte er lachend. Plötzlich wurde sein Blick besorgt. »Ist alles in Ordnung mit ihr? Ist ihr etwas passiert?«
»Nein«, beeilte sich Bernie zu erwidern, gerührt von der Besorgnis, die in seinen Augen und in seiner Stimme zu erkennen war. »Es geht ihr gut. Sie hat uns auch nur ... mitgeteilt, wo wir dich finden.«
»Tut mir leid, dass wir dich James genannt haben«, ließ sich Tom vernehmen. »Wir wussten nicht, dass du den Namen Seamus bevorzugst.«
»Er ist mir lieber. Ich habe es allerdings noch nicht geschafft, Schwester Anastasia davon zu erzählen. Von ihr stammt der Name James. Das ist nicht mein Geburtsname, aber so hat sie mich genannt. Es könnte undankbar erscheinen, wenn sie erfährt, dass ich ihn geändert habe. Ich sehe sie nicht oft ... Gut, dass Sie mich daran erinnert haben, sie häufiger zu besuchen.«
Er stand reglos da, und alle schwiegen. Bernies Herz klopfte zum Zerspringen. Er lachte nervös. »Keine Ahnung, warum ich Ihnen das erzähle«, sagte er schließlich.
»Ich glaube, ich weiß, warum«, erwiderte Bernie sanft.
Seamus sah sie verdutzt an, hob die Hände, die Innenflächen nach oben gekehrt, und schüttelte den Kopf. »Was soll das heißen?«

»Schau uns an. Errätst du nicht, wer wir sind? Ich wusste es vom ersten Augenblick an …«

»Ich kann Ihnen leider nicht ganz folgen.«

»Als du geboren wurdest, habe ich dir den Namen Thomas gegeben, nach deinem Vater.«

Hohe, ausladende Bäume wölbten sich über ihren Köpfen, und die Blätter raschelten im Wind. Das Geräusch war erschreckend laut in der Stille. Sie sah, dass er einer Panik nahe war und sich dagegen sträubte, mehr zu erfahren.

»Es gab bereits etliche Toms in St. Augustine's«, fuhr sie fort. »Deshalb beschloss Schwester Anastasia, dich bei deinem zweiten Vornamen zu nennen – James.«

»Woher wissen Sie das?«

»Du kennst die Antwort«, flüsterte Bernie. »Wir haben lange gebraucht, um herzukommen, James … Seamus. Aber wir haben jeden Tag an dich gedacht.«

»An mich gedacht? Sie kennen mich doch gar nicht. Wer sind Sie?«

Die Worte blieben Bernie im Hals stecken. Sie sah Tom an, der wie erstarrt wirkte, seinem Sohn so nahe zu sein, betroffen von der Leidenschaft in den Augen und der Stimme des jungen Mannes. Doch plötzlich trat Tom einen Schritt vor.

»Wir sind deine Eltern.«

»Nein«, sagte Seamus. Und dann fügte er hitzig hinzu: »Ich habe Sie hier neulich mit den Kellys gesehen. Das sind wichtige Leute, Rechtsanwälte, sie residieren am Merrion Square.«

»Meine Cousins«, erklärte Tom. »Ich heiße Tom Kelly. Ich bin dein Vater, Seamus.«

Bernies Augen füllten sich mit Tränen, als sie die Worte aus Toms Mund hörte. Seamus blickte ihn fassungslos an und schüttelte heftig den Kopf.

»Nein. Ich glaube Ihnen nicht.«

»Und das ist deine Mutter, Bernadette Sullivan. Schau sie an, Seamus … Die Ähnlichkeit ist unverkennbar.«
Der junge Mann wandte sich ihr zu, und sie schmolz dahin unter seinem Blick, jede Handbreit ihres Schutzpanzers fiel von ihr ab. Haare und Haut hatte er von ihr, die Augen von Tom, und sie sah, dass er die Übereinstimmungen wahrnahm. Er musterte sie, jede Einzelheit und jeden Gesichtszug, dann sah er Tom an.
»Meine Eltern?« Er rang sich jedes Wort mühsam ab. »Ist das wahr?«
»Ja, Seamus«, antwortete sie.
»Ihr seid zusammen? Dreiundzwanzig Jahre, und ihr seid noch zusammen?«
»Nicht ganz«, sagte Bernadette. »Es ist kompliziert … Wir würden gerne mit dir darüber reden.«
»Für mich ist es keineswegs kompliziert«, entgegnete Seamus schneidend und mit brennenden Augen. »Es ist sogar verdammt einfach. Ich habe keinerlei Interesse, mehr darüber zu erfahren. Ich will nichts mit euch zu tun haben.«
»Seamus.« Tom streckte die Hand aus und ergriff seinen Arm. Doch Seamus fuhr herum und versetzte Tom einen Faustschlag aufs Handgelenk.
»Haut ab, lasst mich in Ruhe! Ich schwöre bei Gott, ich will nur eines – in Ruhe gelassen werden. Andere Kinder in St. Augustine's haben davon geträumt, dass ihre Eltern auftauchen, haben dem Augenblick entgegengefiebert. Ich nicht. Das interessiert mich nicht, ihr interessiert mich nicht …«
»Bitte.« Bernie stand reglos da, von Kopf bis Fuß zitternd, und sah ihn an, Tränen in den Augen. »Ich verstehe dich, Seamus. Wirklich, ich verstehe dich. Aber bitte, lass uns ein paar Minuten miteinander reden. Wir wollen nur mit dir reden …«

»Ihr versteht mich? Wie denn! Für mich existiert ihr nicht. Das habt ihr nie!«

»Hör zu, Seamus«, bat Tom mit versagender Stimme, und Bernie war wie gelähmt.

»Glaubt ihr etwa, ich brauche euch? Ich komme ganz gut alleine zurecht. Ich habe Pläne, die nichts mit euch zu tun haben. Ich will Rechtsanwalt werden, genau wie die Kellys. Und ein noch besserer! Ich habe mein eigenes Leben!«

»Das wissen wir«, sagte Bernie. »Ach Seamus ...«

Doch Seamus hatte sich bereits umgedreht und eilte davon. Die Sohlen seiner Schuhe klapperten auf dem Gehsteig, als er die Straße entlangrannte, um die Ecke bog und ihrer Sicht entschwand, während Bernie und Tom dastanden, mit gebrochenen Herzen und so vielen Dingen, die sie ihm noch sagen wollten.

12

Am nächsten Morgen, auf dem Weg zur Sechs-Uhr-Messe in St. Malachy, sah Bernie die Welt mit anderen Augen. Das Wetter mochte grau und regnerisch sein, aber Dublin war in Licht getaucht. Jeder Stein, jeder Ziegel, jedes Gebäude, jeder Kirchturm wirkte wie neu – strahlend, leuchtend, glühend vor Hoffnung –, weil sie ihren Sohn gefunden hatten. Es regnete ohne Unterlass, die Tropfen prallten von ihrem Regenschirm ab.

Als sie in der Kirche niederkniete, wusste sie, dass sie nie zuvor etwas Ähnliches erlebt hatte – Freude, weil sie Seamus begegnet war, aber auch unsägliches Leid, weil sie seine Wut und Zurückweisung spürte und sich schmerzlich an den Anfang erinnerte. Sie senkte den Kopf und schloss die Augen, während Schockwellen ihren Körper ergriffen. Noch jetzt, zwölf Stunden nach dem Zusammentreffen, sah sie ihn so deutlich vor sich, als stünde er unmittelbar vor ihr.

Sein Blick hatte ihr einiges über den Mann verraten, zu dem er herangewachsen war – groß, stark, aufrichtig –, und sie sah ihn wieder vor sich, wie er damals gewesen war, als Baby, vor zwei Jahrzehnten und einem Wimpernschlag. Der Gedanke, dass er beim letzten Mal, als sie ihn im Arm gehalten hatte, wenig mehr als dreieinhalb Kilo wog, war überwältigend.

Sie hatte ihn nach der Geburt im Arm gehalten. Er war zu

früh auf die Welt gekommen, aber kerngesund. Die Schwestern im Krankenhaus staunten über seine Größe. Er hatte wie am Spieß geschrien, und sie hatte ihn gefüttert und ihm zugeflüstert, dass sie ihn liebe. Die Schwestern hatten sie mit ihm allein gelassen. Sie hatte ihn in ihrem Klinikbett an sich gepresst, sein Köpfchen umfasst, jeden Finger und Zeh berührt, ihn gewiegt.

Sie erinnerte sich, wie laut er geschrien hatte. Kaum zu glauben, dass ein solcher Winzling so viel Lärm machen konnte, und es war ihr durch und durch gegangen. Sie war überzeugt, dass er wusste, was ihn erwartete.

»Bestimmt merkt er, dass etwas nicht in Ordnung ist«, hatte sie zu der Krankenschwester gesagt, die Dienst hatte. »Er spürt, dass ich ihn weggeben werde …«

»Nein, er hat nur Hunger«, hatte die Schwester erwidert und ihr eine Flasche mit Säuglingsmilch gereicht. »Geben Sie ihm die, dann beruhigt er sich.«

Bernie hatte gewartet, bis sie den Raum verließ. Dann hatte sie ihr Nachthemd heruntergezogen und ihrem Sohn die Brust gegeben. Das Gefühl der Liebe, das sie dabei empfand, war unbeschreiblich, intensiver als alles, was sie jemals verspürt hatte. Sie hatte das Kind geboren, ihren und Toms Sohn, und nun stillte sie ihn. Es war, als würde jedes Quentchen Liebe, das sie in sich hatte, ihm zufließen, und in diesem Moment gelangte sie zu dem Schluss, dass sie ihn nicht weggeben konnte.

Als sie nun in der Kirche kniete und auf die Wandlung wartete, erinnerte sie sich, wie er sich in die Beuge ihres Armes geschmiegt hatte, die wie geschaffen für ihn war, wie er mit seinen winzigen Händen ihre Brust getätschelt hatte, mit geschlossenen Augen und seliger Miene, satt und zufrieden. Sie fühlte sich eins mit ihrem Baby – Tom, ihr Sohn und sie würden eine Familie gründen. Sie konnten in Irland bleiben oder nach Connecticut zurückkehren. Es war egal, wo sie lebten, solange sie zusammen waren.

In jenem Augenblick hatte sie ihren Entschluss gefasst – das gestand sie sich nun insgeheim ein. Es spielte keine Rolle, dass sie die Papiere bereits unterschrieben und sich einverstanden erklärt hatte, ihn zur Adoption freizugeben. Tom liebte sie, wollte sie heiraten und hatte sie angefleht, ihre Entscheidung rückgängig zu machen.

Nun, in der Mitte der Messe, erhoben sich alle von ihren Plätzen. Sie stimmten das Vaterunser an, und Bernie betete laut mit. Ihr Blick fiel auf eine Statue der Jungfrau Maria, und ihr Herz begann zu klopfen. Sie erinnerte sich, wie Schwester Eleanor Marie sie im Krankenhaus aufgesucht hatte. Sie hatte das Baby auf den Arm genommen und versprochen, ein gutes Zuhause für den Jungen zu finden.

»Ich habe meine Meinung geändert«, hatte Bernie gesagt und die hochgewachsene, strenge Nonne angesehen.

»Was soll das heißen?«

»Schwester, meine Entscheidung war falsch. Ich kann dem Orden nicht beitreten …«

»Aber der Prozess ist bereits in vollem Gang«, hatte Schwester Eleanor Marie erwidert. »Du bist als Novizin angenommen worden. Auf dich wartet ein Platz in unseren Reihen. Und was den Kleinen angeht, auf ihn wartet eine gute katholische Familie, die ihn adoptiert. Das willst du doch gewiss nicht vereiteln, oder? Ihm die Chance verbauen, in einer richtigen Familie aufzuwachsen, bei einem verheirateten Paar, das ihm alles bieten kann, was er braucht.«

»Ich weiß. Ich fühle mich schrecklich, weil ich den Leuten Hoffnung gemacht habe. Aber ich konnte ja nicht wissen, was ich für ihn empfinde. Ich liebe ihn über alle Maßen,

Schwester. Ich hatte keine Ahnung, dass man so viel Liebe für jemanden empfinden kann – für Tom, ja, aber diese Gefühle sind anders.«

»Die Hormone spielen verrückt, das ist ganz normal nach der Geburt«, hatte Schwester Eleanor Marie erklärt. »Ist es wahr, was die Schwestern mir berichtet haben, dass du ihn stillst?«

Bernie nickte und begriff nicht, warum die Frage der Nonne Schuldgefühle in ihr auslöste. Sie spürte, wie sie errötete, und konnte dem Blick von Schwester Eleanor Marie kaum standhalten.

»Das war töricht, Bernadette. Und es ist gegen die Vorschriften, die dem Schutz von Mutter und Kind dienen. Mit deinem eigenmächtigen Verhalten hast du eine Bindung geschaffen, die euch beiden schadet.«

»Wie kann sie uns beiden schaden? Ich bin seine Mutter«, flüsterte Bernie.

»Hör auf, in solchen Begriffen zu denken. Du hast ihn zur Welt gebracht, doch nun ist es an der Zeit, das Richtige zu tun, dein Versprechen zu halten.«

»Schwester, bitte geben Sie ihn mir.« Bernie streckte die Arme nach ihrem Sohn aus.

Doch Schwester Eleanor Marie hatte ihn mit beiden Armen an sich gepresst, ihn mit den schwarzen Ärmeln ihres Habits umfangen und Bernie über seinen Kopf hinweg mit kalten, zornigen Augen angesehen. »Für die Muttergottes ist das ein Schlag ins Gesicht, das ist dir hoffentlich klar.«

»Wie bitte?« Bernie erschrak. Sie hatte an Maria und Jesus gedacht – zum ersten Mal glaubte sie wirklich ermessen zu können, wie das Leben der beiden verlaufen war, hatte die Tiefe der Liebe und Bindung zwischen Mutter und Sohn nachempfinden können.

»Sie ist dir erschienen, hat dich auserwählt unter all den Menschen auf dieser Erde. Bevor du nach Irland kamst, bevor du deinen Leib befleckt hast. Die Muttergottes ist von ihrem Sockel herabgestiegen, um deine Tränen zu trocknen. Sie hat dir das Zeichen gegeben, um das du gebetet hattest – sie wollte, dass du ins Kloster gehst, dem Orden Notre Dame des Victoires beitrittst.«

»Notre Dame«, murmelte Bernie. »Die Muttergottes …«

»Aber du bist ihrem Ruf nicht gefolgt, bist mit diesem Mann nach Irland gereist und hast dich ihm anheimgegeben statt Gott. Jetzt hast du eine letzte Chance, deinen Fehler wiedergutzumachen.«

»Was soll das heißen?«

»Maria ist dir aus einem bestimmten Grund erschienen.«

»Aber Schwester …« Bernie streckte erneut die Hände nach ihrem Sohn aus; sie sehnte sich mit jeder Faser ihres Körpers danach, ihn zu halten. »Da hatte ich mein Baby noch nicht. Ich ahnte ja nicht, was für ein Gefühl das ist. Sie würde nicht wollen, dass ich ihn aufgebe. Das kann sie nicht wollen.«

»Das will sie sehr wohl«, entgegnete Schwester Eleanor Marie kühl. »Hat sie dir das nicht gesagt?«

»Ich weiß nicht, was sie mit ihren Worten meinte.« Bernie war verwirrt, kam sich verloren vor in einem Labyrinth der Gefühle, war benommen vom Schmerz der Wehen, der Geburt und dem Wissen um die unerbittlich tickende Uhr. Morgen sollte sie entlassen werden und Abschied von ihrem Sohn nehmen.

»Du weißt es nicht, weil du es nicht mehr wissen willst«, sagte Schwester Eleanor Marie. »Bernadette, als gläubige Katholikin weißt du, dass du dich damit von der Erscheinung in Connecticut lossagst. Du hast die Wahl – entweder gibst du deinen Zweifeln nach oder folgst deiner Berufung.«

»Ich will mein Baby.« Bernie konnte keinen klaren Gedanken mehr fassen.
»Eine Berufung ist eine Gabe Gottes.«
»Ein Kind ist eine Gabe Gottes!«, schrie Bernie auf, sprang aus dem Bett und entriss ihren Sohn Schwester Eleanor Maries Armen, wobei sie versehentlich mit den Nägeln über die Hand der Nonne kratzte.
»Schwester!«, rief Schwester Eleanor Marie und eilte zur Tür. »Schwester!«
Bernie kauerte sich hin und schützte ihren Sohn mit dem ganzen Körper. Er hatte zu weinen begonnen, genau wie sie. Tränenüberströmt barg sie ihr Gesicht an seinem Gesicht. Als sie Schritte vernahm, duckte sie sich und drückte ihn noch fester an sich.
»Sie ist völlig hysterisch!«, rief Schwester Eleanor Marie. »Schauen Sie, was sie getan hat!«
»Oh, Sie bluten ja«, sagte die Krankenschwester, die das Zimmer betreten hatte.
»Ihn hat sie auch gekratzt.«
Bernie schreckte hoch. Sie musterte das Gesicht ihres Sohnes – o Gott, es stimmte. Als sie ihn Eleanor Marie entrissen hatte, hatte sie mit den Nägeln seine Wange gestreift. Es war nur ein kleiner Kratzer, aber ein paar Blutstropfen hafteten daran. Er schrie nun, und plötzlich wurde ihr bewusst, dass sie ihn verletzt hatte.
»Es tut mir so leid«, flüsterte sie. »Thomas, mein Schatz, das wollte ich nicht.«
»Natürlich nicht«, sagte die Schwester und ging neben den beiden in die Hocke.
»Ich liebe dich, Thomas«, flüsterte Bernie, als wären die Schwester und Eleanor Marie nicht vorhanden. »Mehr, als ich jemals einen Menschen geliebt habe.«

»Geben Sie ihn mir«, sagte die Schwester freundlich. »Ich versorge nur kurz die Kratzwunde, dann bringe ich ihn zurück.«

»Ich muss ihn füttern.«

»Natürlich. Gleich …«

Die Schwester hatte Thomas weggebracht. Bernie war in ihr Bett zurückgekehrt und hatte sich die Augen aus dem Kopf geweint. Schwester Eleanor Marie hatte den Raum verlassen. Bernie hoffte, sie nie wiederzusehen.

Als man ihr Thomas zurückbrachte, hatten sie ihn bereits gefüttert. Sie hatten ihm die Flasche gegeben. Er war friedlich, schläfrig. Der Kratzer auf seiner Wange war klein, aber rot und aufgequollen. Bernie hielt ihn in den Armen, bemüht, ihrem Zorn auf die Schwestern Herr zu werden, die ihn gefüttert hatten. Sie spürte, dass sie kochte vor Wut – auf die Krankenschwestern, auf Schwester Eleanor Marie, sogar auf die Jungfrau Maria.

Wie hatte sie in eine solche Lage geraten können? Warum war sie überhaupt in die Blaue Grotte gegangen? Doch wenn sie es nicht getan hätte, hätte sie keine Vision gehabt. Maria war unendlich liebevoll gewesen – sie hatte ihre Tränen getrocknet, die sie vergossen hatte, weil sie sich innerlich zerrissen fühlte, weil sie einerseits Tom liebte und andererseits das Bedürfnis verspürte, ein gottgeweihtes Leben zu führen.

Die Muttergottes schien von innen zu leuchten. Ihr blaues Gewand glich gesponnenem Silber, das im Dämmerlicht der Grotte schimmerte. Als sie Bernies Gesicht berührte, waren die Tränen auf Anhieb getrocknet. Bei den Worten, die sie ihr ins Ohr flüsterte, klopfte ihr Herz zum Zerspringen.

»Liebe meinen Sohn«, hatte sie gesagt.

Natürlich hatte sie sich auf Jesus bezogen …

Selbst im Krankenhaus, als sie ihr schlafendes Baby im Arm hielt, hatte Bernie tief in ihrem Inneren gewusst, was damit gemeint war. Maria hatte sie aufgefordert, Jesus zu lieben, Ihm zu dienen. Der Gemeindepriester, dem sie sich anvertraut hatte, und der Ermittler des Vatikans hatten von einer unmittelbaren Berufung gesprochen, die nicht klarer sein konnte. Es sei ihr bestimmt, Nonne zu werden.

Doch sie hatte Tom bereits versprochen, ihn auf seiner Reise zu begleiten – bevor sie in den Orden eintrat, sich hinter Klostermauern zurückzog, hatte sie ihrem Freund aus Kindertagen versprochen, den Spuren der Familien Sullivan und Kelly zu folgen. Sie waren nach Irland gereist, nach Dublin – und hatten sich Hals über Kopf ineinander verliebt. Bernie wusste, dass zwischen ihnen schon immer eine tiefe Zuneigung bestanden hatte, doch seit der Ankunft in Irland hatten sich die Gefühle gewandelt. Es war, als wären sie, weit von zu Hause entfernt, gemeinsam und doch auf unterschiedliche Weise mit einem Schlag erwachsen geworden.

Der Kelly-Clan hatte sie in Dublin mit Beschlag belegt, weshalb sie sich eine Woche Auszeit genommen hatten. Sie waren an die Westküste gefahren, in die Grafschaft Clare. Bernie wollte schon immer die Cliffs of Moher sehen. Sie kannte die atemberaubende Landschaft von Bildern und war überzeugt, dass sie, wenn sie auf den Klippen stehen würde, das Gesicht Amerika zugewandt, sich leichter von einem alten Traum verabschieden und Tom würde sagen können, dass ihr Entschluss endgültig feststand.

Doch als der Zeitpunkt da war, brachte sie es nicht übers Herz. Tom hatte die Arme um sie gelegt, als sie auf den Klippen hoch über dem Meer standen. An jenem ersten Tag im Mai war die Luft noch frisch. Zitternd in seinen Armen erkannte sie, dass es nichts gab, was sie sich in diesem Augenblick mehr gewünscht hätte. Sie war nicht blind in ihr Unglück gestolpert, sondern wusste genau, was sie tat. Sie hatte seine Hand gehalten, als sie gemeinsam den Saumpfad verließen und eine Wiese entdeckten, auf der zahlreiche Blumen blühten.

Sie hatten sich in das hohe Gras gelegt, sich gegenseitig entkleidet und sich zum ersten Mal geliebt. Sie hatte sich ihm entgegengewölbt, als er in sie eindrang, und er hatte sie angeschaut, als könnte er auf den Grund ihres Herzens sehen. Er war immer an ihrer Seite gewesen. Ihr Herz gehörte ihm, seit jenem Augenblick, ihm und ihrem gemeinsamen Sohn. Sie waren nach Dublin zurückgekehrt. Sie hatte das Zimmer aufgegeben, das sie gemietet hatte, und mit Tom ein kleines Apartment in Phibsboro bezogen. Bei den Ladeninhabern in der Nachbarschaft und den Bedienungen im O'Malley's – den einzigen Leuten, zu denen sie Kontakt hatten – hatten sie vorgegeben, verheiratet zu sein. Tom war seinen Kelly-Cousins aus dem Weg gegangen, was nicht leicht war, wenn man bedachte, wie bekannt sie in Dublin waren. Bernie hatte die Nonnen bis zum Schluss gemieden, bis zum achten Monat ihrer Schwangerschaft – als sie ein Krankenhaus für die Entbindung brauchte und entscheiden musste, was mit ihrem Kind geschehen sollte.

Als sie nach der Geburt in ihrem Bett lag, das Licht gedämpft und Thomas leise atmend an ihrer Brust, hatte sie beide Erfahrungen noch einmal Revue passieren lassen – die göttliche Gabe der Marienerscheinung und das menschliche Wunder der Geburt ihres Sohnes. Ihre Augen hatten sich mit Tränen gefüllt. Warum wurde sie auf diese Weise geprüft? Wie konnte man erwarten, dass sie die richtige Wahl traf, wenn beide Optionen so verlockend und so erschreckend zugleich waren?

Sie schloss die Augen und betete um ein Zeichen. Sie hatte leise zu weinen begonnen. Wenn Maria doch erscheinen und ihr sagen würde, was sie tun sollte. Sie erinnerte sich an Schwester Eleanor Maries Worte über die Pflicht, ihrem Sohn ein richtiges Zuhause zu geben, mit Eltern, die sich im Stand der Ehe befanden, und einer Mutter, die nicht von dem glühenden Verlangen beseelt war, Nonne zu werden. Sie hatte ihre eigene Mutter erwähnt, die das Wohl ihres Kindes den eigenen Interessen geopfert hatte. Wollte Bernie so werden wie sie?

»Bitte, lieber Gott«, hatte sie gebetet, »hilf mir, das Richtige zu tun, weise mir den Weg, erhöre mich durch die Fürbitte der gebenedeiten Jungfrau Maria.«

Sie war eingeschlafen und hatte von Tom geträumt. Sie befanden sich in einem Ruderboot auf dem Connecticut River, unweit des Anwesens von Star of the Sea. Der Himmel war bleiern, und Tom ruderte sie an Land. Bernie senkte den Blick – sie hielt ihr Kind im Arm. Plötzlich zerriss ein ohrenbetäubender Donner die Stille, und Blitze zuckten am Firmament. Silbernes Licht floss herab, als wäre der dunkle Himmel ein Vorhang, der in zwei Hälften zerriss. Es fiel auf eine schmale Bucht hinter einer Reihe von Binsen, überzog die Oberfläche des Wassers mit seinem hellen Schein.

Tom ruderte näher ans Ufer. Bernie begann zu weinen – sowohl im Traum als auch in Wirklichkeit. Tränen rannen aus ihren Augen auf das Baby, das sie in den Armen hielt. Toms Ruder teilten das Wasser, das leise plätscherte. Als sie sich dem Sumpfgras näherten, verschmolz der Fluss mit dem silbernen Licht. Es blendete – war zu grell, um es mit bloßem Auge zu betrachten.

Als sie das Ufer erreichten, sprang Tom an Land und vertäute das Boot. Er streckte die Arme nach seinem Sohn aus, und

Bernie küsste ihn, wohl wissend, dass es ein Abschied war. Ihre Tränen tropften auf seine Wangen; er lächelte. Tom legte ihn in ein winziges Boot, das in den Binsen verborgen war. Er versetzte ihm einen leichten Stoß, und das Boot driftete davon.

Bernie wachte auf. Graues Licht fiel durch die Fenster des Krankenhauses und erfüllte den Raum. Sie weinte noch immer, doch als sie ihr Gesicht berührte, spürte sie etwas Körniges unter ihren Fingern. Ihre Tränen hatten sich in Salzkristalle verwandelt. Sie waren ihre Wangen hinab auf das Gesicht ihres Sohnes gefallen. Als sie ihn anblickte, sah sie, dass der Kratzer verheilt war. Er war verschwunden, spurlos. Kein einziger Blutstropfen, nicht die geringste Schwellung war zurückgeblieben. Thomas' Wange war glatt und völlig unversehrt. Bernie schnappte nach Luft und starrte ihn ungläubig an. Sie hatte um ein Zeichen gebeten, doch nicht um dieses …

Verheiratete Paare, Eltern, die unter einem Dach lebten, die Blaue Grotte, *Liebe meinen Sohn,* Tränen, die sich in Kristalle verwandelten, zu Eissplittern erstarrten, die geheilte Wunde – in ihrem Kopf überschlugen sich die Botschaften. Doch ihr Herz wusste nur eines – dass sie ihr Kind liebte, mehr als ihr eigenes Leben. Wenn es ihr bestimmt war, ihn aufzugeben, wenn es für ihn das Beste war, musste sie sich von ihm trennen.

»Schwester!«, rief sie. »Bitte helfen Sie mir.«

Binnen Sekunden war sie von Krankenschwestern umringt, die fragten, was geschehen sei, sie trösteten, ihr Thomas abnahmen. Zitternd küsste sie ihn. Sie streckte die Arme nach ihm aus, aber sie würde ihn ja wiedersehen. Tom und sie würden noch einmal die Gelegenheit haben, ihn zu küssen und im Arm zu halten, ihm für immer Lebewohl zu sagen.

Doch als sie an all das zurückdachte, was folgte, wusste sie, dass sie sich in jenem Augenblick von ihrem Sohn verabschiedet hatte, als sie aus ihrem Traum vom silbernen Wasser erwachte.

»Der Gottesdienst ist vorüber. Gehet hin in Frieden«, sagte der Priester nun, Ewigkeiten später. »Um Gott und die Menschen zu lieben und einander zu dienen.«

»Amen«, antworteten die Gläubigen.

»Amen«, erwiderte Bernie, bekreuzigte sich und stand auf. Sie reihte sich in die Schlange ein, die zum rückwärtigen Ausgang der Kirche strebte. Der Priester stand draußen vor der Tür, auf dem Gehsteig, und schüttelte Hände. Bernie nickte ihm zu, ihm für die Messe dankend. Sie ging einige Blocks weit durch das Viertel, dann bog sie ab, um den Rest des Weges am Fluss zurückzulegen.

Sie fragte sich, wo Seamus wohl wohnte, ob er jeden Tag den Liffey sah, und blickte nach Osten, zu der Stelle, wo der Fluss ins Meer mündete. Die Morgensonne hatte die Wolken durchbrochen. Silbernes Licht ergoss sich auf die Erde, spiegelte sich in der Oberfläche des Wassers.

Der Fluss glänzte wie geschmolzenes Silber. Sie starrte ihn an, und ihre Nackenhaare sträubten sich. Sie fragte sich, ob es Binsen in den Sumpfgebieten des Liffey gab, einen sicheren Hafen für ein kleines vorbeidriftendes Boot. Sie dachte an Moses, und sie dachte an ihren Sohn.

Der Glaube war ein echtes Mysterium. An guten Tagen schienen sich alle Bausteine des Lebens nahtlos zusammenzufügen. Sie wachte morgens auf und hatte ein klares Bild vor Augen. Bei bestimmten Entscheidungen war das Ergebnis vorhersehbar. Ängste und Zweifel wurden durch ihr Wissen um die Liebe Gottes beschwichtigt.

An schlechten Tagen hatte sie das Gefühl, sich im Nebel verirrt zu haben. Sie wusste nicht, woher sie gekommen war, geschweige denn, wohin der Weg führte. Was immer hinter der nächsten Biegung liegen mochte, konnte sie oder die Menschen verletzen, die sie am meisten liebte. Die Dämonen lagen auf der Lauer – mit an Sicherheit grenzender Wahrscheinlichkeit.

An schlechten Tagen brauchte sie ihre Lieblingszeile aus dem Glaubensbekenntnis, um die Krise zu überstehen – den Glauben an das Sichtbare und Unsichtbare. Normalerweise war es das Unsichtbare, das ihr Angst einflößte. Heute war es das Sichtbare.

Sie sah das silberne Licht und konnte nicht aufhören, an Seamus' Blick zu denken. Nur sie wusste, was er zu bedeuten hatte. Sie bezweifelte, dass er sich selbst darüber im Klaren war. Sie war es, die diese grenzenlose Wut, Verletzung und Erbitterung in seinen Augen verursacht hatte.

Ihr Sohn hatte sie geliebt. Sie wusste es, mit jeder Faser ihres Seins. Sie hatte diese Liebe gespürt, als er in ihr wuchs, hatte sie gesehen, als er in ihren Armen lag und sie anblickte. Die Liebe zwischen Mutter und Kind. Sie hatten nur zwei Tage miteinander verbracht, doch das reichte aus. Schwester Eleanor Marie hatte recht gehabt, es war eine emotionale Bindung entstanden.

Und sie hatte diese Liebe verraten.

Ungewollt, doch genau das war geschehen, als sie ihn weggab. Fremde hatten ihn den Armen seiner Mutter entrissen. Sie hatte geahnt, dass sie ihn nicht wiedersehen würde, aber er war zu klein, um zu begreifen, dass es ein Abschied war.

In all den Jahren als Ordensschwester, bis zu dieser Reise nach Dublin, war sie der festen Überzeugung gewesen, dass ihr Sohn in einer harmonischen Familie aufgewachsen war, doch das hatte sich als Irrglaube erwiesen. Wäre der Schmerz

in seinen Augen so offenkundig gewesen, wenn er eine richtige Familie gehabt hätte? Sie würde es nie erfahren.
»Thomas James Sullivan«, sagte sie laut und betrachtete das silberne Band des Lichtes, das sich über die Mündung des Liffey breitete.

Als Tom an diesem Morgen Bernie abholte, stieg er mit klopfendem Herzen die Treppe zu ihrem Apartment hinauf. Seine Gedanken überschlugen sich. Er hatte zahlreiche Pläne und Möglichkeiten ersonnen, die Situation zu verbessern. Bis Mitternacht hatte er in seinem Zimmer mit Blick auf den Merrion Square wach gelegen. Als offensichtlich war, dass er kein Auge zutun würde, war er aufgestanden und hatte einen Spaziergang gemacht.
Er streifte durch die Straßen von Dublin, suchte die Orte auf, an denen er mit Bernie gewesen war, auf Klarheit hoffend. Vorbei an Trinity College, Custom House, O'Connell Street und zurück über den Liffey, die Grafton Street entlang bis O'Malley's Pub. Er war um diese Zeit natürlich geschlossen, aber er hätte ein Glas gebrauchen können.
Als er St. Stephen's Green durchquerte, an den Obdachlosen vorbei, die auf den Parkbänken schliefen, blieb er stehen. Einige von ihnen waren kaum den Kinderschuhen entwachsen. Tom erspähte einen rothaarigen jungen Mann und betete, dass Seamus nie zu ihnen gehört hatte. Sein Sohn hatte etwas aus seinem Leben gemacht, und Tom war stolz, wenn er nur daran dachte.
Bernie quälte sich mit Schuldgefühlen in Anbetracht dessen, was Seamus durchgemacht hatte, was Tom gut verstehen konnte. Bisweilen erging es ihm ähnlich, weil es ihm nicht gelungen war, ihr die Entscheidung auszureden, zu der sie gelangt war. Doch statt jetzt am Boden zerstört zu sein, weil

Seamus sie zurückgewiesen hatte, fühlte sich Tom besser als seit Jahren.

Der junge Mann besaß ein großes Herz und innere Stärke, den Glauben an sich selbst, an seine eigenen Überzeugungen. Er hatte einen guten Job als Fahrer des Greencastle und ehrgeizige Träume, wollte Jura studieren. Tom hatte beinahe zeitlebens hart gearbeitet und wusste, dass ihm diese ausgeprägte Arbeitsmoral den Weg durchs Leben geebnet hatte. Bernie besaß die gleiche Einstellung. Seamus hatte diese Eigenschaft offenbar von seinen Eltern geerbt, und Tom hoffte, dass ihm die Arbeit die gleiche Befriedigung bot, die er daraus zog.

Seamus hatte allen Grund, seinen Eltern mit Ablehnung, ja, sogar mit Hass zu begegnen. Tom hatte gesehen, wie Bernie seine Wange gemustert hatte, auf der Suche nach diesem gottverdammten Kratzer. Er hatte ihr schon damals klarzumachen versucht, dass es vermutlich nur eine winzige Hautabschürfung von ihrem Fingernagel war, nichts Ernstes. Wenn sie in der Zeit verschwunden war, die sie für ihren Traum von der ›Wunderheilung‹ brauchte, hatte es sich um eine Lappalie gehandelt.

Dieser verdammte Kratzer und Bernies Traum von ihrem Sohn in dem winzigen Boot. Moses, wie er leibt und lebt, hatte Tom damals gesagt. Herrgott noch mal, das bedeutete doch wohl nicht, dass sie ihn auf dem Meer aussetzen sollten.

Und nun, dreiundzwanzig Jahre später, war Bernie endlich ein Licht aufgegangen. Das Licht der Erkenntnis, getragen von der Liebe und nicht von der Religion. Schwester Eleanor Marie hatte ihr wahres Gesicht gezeigt, als sie die Dokumente versteckte, die mit Seamus' Geburt und der Unterbringung in St. Augustine's in Zusammenhang standen. Was

dort vorgegangen war, um eine Adoption zu verhindern, konnte sich Tom nur vorstellen.
Bernie machte sich vermutlich ihre eigenen Gedanken. Er erinnerte sich, was Schwester Anastasia über Kathleen gesagt hatte, wie sehr ihr Sohn an dem Mädchen gehangen hatte, dass er um jeden Preis bei ihr bleiben wollte. Er kannte die Macht der Liebe und war überzeugt, dass sein Sohn trotz seiner jungen Jahre zu einem so großen Gefühl fähig war.
Doch er hoffte vor allem, dass Bernies Herz endlich für neue Möglichkeiten offen war. Vielleicht fühlte sie sich von Schwester Eleanor Marie verraten und in einem solchen Maß von der Liebe zu Seamus erfüllt, dass sie ihre Gelübde überdenken würde.
Als er die Stufen zu ihrem Apartment hinaufstieg, hörte er, wie sie die Tür öffnete. Sie stand auf der Schwelle und wartete auf ihn, als er den Treppenabsatz erreichte. Sie trug Jeans und ein weiches grau-grünes T-Shirt, das einen wunderbaren Kontrast zu ihrem Haar und ihrer hellen Haut bildete.
»Hast du geschlafen?«, fragte er, als er vor ihr stand.
»Nicht wirklich. Und du?«
»Ich auch nicht.«
Sie standen wie angewurzelt da. Sie blickte ihn an, und er kämpfte gegen das Verlangen an, sie zu berühren, sie in die Arme zu schließen. Das hatte er sich die ganze Nacht gewünscht. Nach allem, was geschehen war, fühlte er sich ihr näher als je zuvor.
»Was jetzt?«, fragte sie nach ein paar Minuten.
»Wir werden versuchen, noch einmal mit ihm zu reden.«
»Sollen wir wieder zum Hotel fahren? Ich möchte ihn nicht vor seinen Kollegen aus der Fassung bringen.«
»Wohin sonst? Wir wissen doch nicht, wo er wohnt.«
»Du hast recht.«

Sie blickten sich an, und es fiel Tom zunehmend schwer, sich zu beherrschen. Sie war wunderschön. Sie in normaler Kleidung vor sich zu sehen, war, als würde sich ein Schalter in seinem Inneren umlegen. Er hatte sich jahrelang mustergültig verhalten, wenn er ihr Tag für Tag begegnete, mit ihrem schwarzen Habit, dem Schleier und dem Rosenkranz, der von ihrem Gürtel herabhing und ihn daran erinnerte, dass sie ihr Leben Gott geweiht hatte und für ihn unerreichbar war.

»Wir könnten im Hotel anrufen und uns nach seiner Telefonnummer erkundigen«, sagte sie.

»Die dürfen sie uns von Rechts wegen nicht geben. Ich könnte Sixtus oder Niall bitten, einen Ermittler einzuschalten.«

»Ermittler?«

Tom nickte. »Anwälte nehmen ihre Dienste häufig in Anspruch, um Recherchen durchzuführen.«

»Wir ziehen doch nicht etwa in Erwägung, deine Cousins einzuweihen, oder?«

»Ich möchte, dass sie es erfahren, Bernie. Das wollte ich von Anfang an.«

»Was erfahren?« Sie runzelte die Stirn.

»Dass wir einen Sohn haben. Dass wir uns geliebt haben … dass ich dich noch immer liebe.«

»Tom.« Sie wich zurück.

Er konnte nicht dagegen an. Er ergriff ihre Hand, sah ihr in die Augen und meinte bis auf den Grund ihrer Seele blicken zu können. Ihre Gefühle lagen blank, strömten aus ihr heraus, doch er konnte sich keinen Reim darauf machen.

Obwohl er sie seit Kindesbeinen kannte, war sie immer noch ein Rätsel für ihn. Sie hatte stets einen Großteil ihrer Persönlichkeit verborgen; selbst die Aspekte, die sie offenbarte, waren für ihn zu kompliziert, um sie zu verstehen. Er hatte sich oft gewünscht, sie möge ihm einen Blick oder einen Ausdruck um ihren Mund »übersetzen«, erklären. Doch sie dachte nicht daran – das war der springende Punkt. Bernie blieb für ihn ein Buch mit sieben Siegeln – vielleicht sogar für sich selbst, wie er stark vermutete.

»Bernadette.« Er nahm ihren Kopf in seine Hände.

Sie schloss die Augen und schmiegte sich an ihn. Er sah, dass sie mit sich kämpfte. Sie runzelte die Stirn, und ihre Augen bewegten sich hinter den Lidern wie bei jemandem, der einen schlimmen Traum hatte. Er beugte den Kopf und streifte ihre Lippen mit seinem Mund. Sie wich nicht zurück, und ihm war, als hätte er einen elektrischen Schlag erhalten, der im ganzen Körper spürbar war.

»Ich liebe dich, Tom.« Ihre Stimme war kaum mehr als ein Flüstern.

»Bernie …«

Sie versteifte sich, trat einen Schritt zurück. Ihre roten Haare waren zerzaust. Er fragte sich, wie sie die Mähne unter dem Schleier gebändigt hatte. Sein Herz klopfte, und er umklammerte ihre Hand für einige Sekunden, bis sie sich ihm entzog.

Plötzlich verließ ihn der Mut. Sie hatte schon oft von Liebe gesprochen. Bei den Nonnen herrschte kein Mangel daran, und Bernie war da keine Ausnahme. Die Sache war nur, dass sie nicht den »Nonnenliebe-Ton« angeschlagen hatte wie bei ihren Schülerinnen, Novizinnen und Mitschwestern im Star of the Sea oder bei Toms Hilfskräften. Dieses Mal war der Ton anders, tiefgründiger, schwermütiger.

»Was versuchst du mir zu sagen, Bernie?«, fragte er.

»Wir befinden uns in einer Umbruchsituation. Wir haben gerade unseren Sohn gefunden, Tom. Wir sind beide aufgewühlt und auf Vermutungen angewiesen, was seine Gefühle betrifft.«

»Meine Gefühle kenne ich, ich möchte mit dir zusammen sein. Das wollte ich schon immer, aber jetzt ist mir dieser Wunsch stärker bewusst als je zuvor.«

»Bitte hör auf damit, Tom. Die Situation ist auch so schon verwirrend genug.«

»Dann lass uns den Wirrwarr auflösen. Bringen wir es auf einen einfachen Nenner. Ich liebe dich, Bernie. Ich möchte mit dir zusammen sein wie Mann und Frau.«

»Ich bin Nonne.«

»Das sieht man dir aber nicht an«, brach es aus ihm hervor. Er deutete auf ihre Jeans, das T-Shirt und die roten Haare, die ihr über ihre schmalen Schultern fielen.

»Ich versuche mir über einiges klarzuwerden. Und ich wollte bei meiner ersten Begegnung mit ihm nicht im Habit erscheinen. Ich wollte vermeiden, dass irgendetwas zwischen uns steht – Beschönigungen oder Symbole, alles, was ihn davon ablenken würde, seine Mutter in mir zu sehen.«

»Jetzt ist er doch gar nicht hier, und du trägst trotzdem keinen Habit. Du stellst dein ewiges Gelübde in Frage, Bernie. Das liegt auf der Hand. Ich weiß es seit dem Abend im Konvent, als du deinen Schleier auf den Boden geworfen hast.« Er sah, wie sie zitterte und zurückwich. Sie kehrte ihm den Rücken zu und starrte aus dem Fenster, hinunter auf den Fluss, der dunkel und unerbittlich am Kai vorüberfloss. Weiter draußen, im Dublin Harbor, nahm er eine silberne Schattierung an, spiegelte die bleierne Morgendämmerung wider.

»Lassen wir das Thema fürs Erste«, sagte sie, bemüht, ruhig zu bleiben. »Wir müssen Seamus finden, mit ihm reden. Er ist bestimmt außer sich, Tom. Die unverhoffte Begegnung mit uns muss ein Schock für ihn gewesen sein.«

Tom wusste, dass sie damit auch auf sich selbst anspielte. Für sie war das Wiedersehen mit ihrem Sohn gleichermaßen schwer zu verkraften. Auch wenn sie bisweilen ein Rätsel für ihn war, glaubte er sie besser zu kennen als sie sich selbst. Er wusste, wie sie all die Jahre gelitten hatte, kannte die Buße, die sie sich Tag für Tag und Nacht für Nacht auferlegt hatte, weil sie ihr Kind weggegeben hatte.

Tom hatte den Schmerz in ihren Augen gesehen, hatte die Botschaft gelesen, die sie heimlich in den Stein der Grotte in Connecticut gemeißelt hatte: *Ich schlief, doch mein Herz wachte.* Der Spruch stammte aus der Bibel, aus dem Hohelied Salomos, von dem Bernie immer gesagt hatte, es sei in Wirklichkeit ein Liebeslied.

»Bernie.« Er stand hinter ihr, die Hand auf ihrer Schulter.

»Nicht, Tom«, flüsterte sie.

»Ich dränge dich nicht, ich werde warten, bis du bereit bist.«

»Du verstehst nicht.« Ihre Stimme wurde so leise, dass er sie kaum hören konnte.

»Ich glaube, ich verstehe sehr wohl. Besser als jeder andere. ›Ich schlief, doch mein Herz wachte.‹«

»O Gott«, stöhnte sie.

»Komm, Bernie.« Er rüttelte sie sanft an der Schulter. »Lass uns Seamus suchen.«

Sie drehte sich um und holte, seinen Blick meidend, ihre Jacke. Seine Hände kribbelten, als er sie ihr hinhielt, damit sie hineinschlüpfen konnte. Dann sperrte sie die Tür hinter sich zu und ging vor ihm die Treppe hinunter. Sie stiegen in den Wagen seines Cousins und fuhren zum Hotel.

13

»Er ist nicht da«, sagte der Portier an der Eingangstür des Greencastle, als Bernadette und Tom sich nach Seamus erkundigten. »Er hat sich heute krankgemeldet.«

»Ist alles in Ordnung mit ihm?«, fragte Bernie.

Doch bevor er antworten konnte, fuhr ein Taxi unter dem Portikus vor, und der Portier warf Bernie und Tom einen entschuldigenden Blick zu, öffnete den Schlag und half den Insassen beim Aussteigen und Ausladen des Gepäcks.

Bernie trat beiseite, unsicher, wie sie weiter vorgehen sollten. Sie hatte Tom hart zugesetzt, und er war ungewöhnlich schweigsam und wartete offenbar darauf, dass sie das Wort ergriff.

»Was denkst du?«, fragte sie nach einer Weile.

Er zuckte mit den Schultern. »Keine Ahnung. Vielleicht ist er wirklich krank und erscheint morgen wieder zur Arbeit.«

»Er geht uns aus dem Weg. Das ist der Grund. Meinst du nicht?«

Tom schwieg. An der Mauer auf der anderen Seite des Innenhofs parkte eine Reihe silberner Mercedes-Limousinen. Der junge Mann, der gestern seinen Wagen poliert und sich mit Seamus unterhalten hatte, war nirgends zu sehen. Bernie wünschte, er wäre da, so dass sie mit ihm reden und herausfinden konnten, ob es Seamus gutging.

In diesem Augenblick ertönte eine Hupe, und Bernie zuckte zusammen. Tom legte schützend den Arm um sie und zog sie beiseite. Vermutlich ein aggressiver Fahrer, der in Eile war, doch als sie durch die Windschutzscheibe des Wagens spähte, entdeckte sie zwei bekannte Gesichter, die sie anlachten.

»Das hat uns gerade noch gefehlt«, murmelte Tom. »Die Kellys sind da.«

»Schau einer an, wen haben wir denn da!«, rief Sixtus, öffnete die Tür auf der Fahrerseite und warf dem Hausdiener den Autoschlüssel zu. »Cousin Thomas und Schwester Bernadette. Wie geht's, Bernie?« Er eilte um den Wagen herum und schloss sie in die Arme.

»Gut, Sixtus, danke. Ich freue mich, Sie zu sehen … und Sie auch, Billy. Hallo, alle miteinander!«

»Schwester Bernadette, wie schön, dass wir uns hier treffen«, sagte Billy. »Tom hat uns erzählt, dass Sie geschäftlich in Irland sind, aber dieser Starrkopf weigert sich partout, Sie zum Essen mitzubringen. Liza ist äußerst ungehalten.«

»Tut mir leid«, erwiderte Bernie lächelnd. Nichts vermochte sie so aufzuheitern wie die ungestümen Kellys, die ihre düsteren Gedanken vertrieben. »Ich hatte alle Hände voll zu tun.«

»Reisen Sie inkognito?«, fragte Sixtus stirnrunzelnd, als er ihre Straßenkleidung bemerkte.

»Hör auf, Schwester Bernadette ins Kreuzverhör zu nehmen«, ermahnte ihn Tom.

»Ach Gott, das hatte ich ganz vergessen. Du bist ja ihr Leibwächter. Doch egal, was Sie tragen, Schwester, es ist schön, Sie wiederzusehen.«

»Danke für alles, was Sie für meine Nichte getan haben«, sagte Bernie, rasch das Thema wechselnd, und spielte auf das

Gerichtsverfahren an, das ihre Familie vor wenigen Wochen nach Irland geführt hatte.

»Regis Sullivan – ein hübsches Mädchen. Ihr Vater hat den Ärger nicht verdient, den er sich wegen dieser leidigen Geschichte in Ballincastle eingehandelt hat, genauso wenig wie die Kleine. Ich war froh, dass ich den Fall vors Jugendgericht bringen konnte. Der Richter war richtig erleichtert, sie freisprechen zu können.«

»Wie auch immer, wir sind Ihnen sehr dankbar.« Bernie zitterte; sie wusste, dass die Rückkehr ihres Bruders nach Connecticut nach sechs Jahren Haft in einem irischen Gefängnis für ein Verbrechen, das er nicht begangen hatte, und das Wiedersehen mit seinen Kindern in Tom und ihr die Sehnsucht nach ihrem eigenen Sohn geweckt hatten. Familien waren eine erstaunliche Institution mit all ihren Geheimnissen, Bindungen und gegenwärtigen Begebenheiten, die ein Widerhall der Vergangenheit waren. Die Geschichte ihrer Familie hatte sich weitgehend an der Westküste Irlands abgespielt.

»Es ist sehr befriedigend, einem jungen Menschen helfen zu können. Ihre Nichte persönlich kennenzulernen, meinen Beitrag zu leisten, das Trauma zu überwinden, die tragischen Ereignisse in Ballincastle hinter sich zu lassen und ein normales Leben zu führen, das ist mehr wert als alles Geld der Welt.«

Bernie lauschte seinen Worten, unfähig, Tom anzuschauen. Dachte er an Seamus, genau wie sie? Ein silberfarbener Mercedes, Teil der Hotelflotte, bog langsam in das Rondell ein. Bernies Herz drohte auszusetzen. War er es? Doch ein anderer Fahrer, wesentlich älter und mit dunklen Haaren, stieg aus und begrüßte die Fahrgäste, die unter der Markise des Hotels warteten. Ihr wurde bange ums Herz.

»Kommt mit, wir frühstücken zusammen«, schlug Sixtus vor. »Ja, und keine Widerrede«, erklärte Billy mit Nachdruck. »Wie Tom weiß, sind wir hier Stammgäste, und ehrlich gesagt langweilen wir uns, wenn wir beide alleine sind. Bernie, Sie müssen uns unbedingt erzählen, was Sie in Irland machen und wie es im Star of the Sea läuft.«

»Für mich ist der Besuch der Academy immer ein Lichtblick«, sagte Sixtus. »Unfassbar, was für ein prachtvolles Anwesen Urgroßvater Kelly geschaffen hat. Angesichts all der Auszeiten, die wir bei euch verbringen durften, und der sagenhaften Gastfreundschaft gegenüber den Kellys ist es höchste Zeit, dass wir uns revanchieren.«

»Es tut mir leid, aber es geht nicht«, erwiderte Bernie. »Wir wollten uns gerade auf den Weg machen. Wir haben noch etwas zu erledigen, etwas Wichtiges ...«

»Was machen Sie überhaupt in diesem Nobelhotel?« Billy feixte. »Erzählen Sie mir ja nicht, dass der Vatikan Ordensfrauen neuerdings im Greencastle einquartiert. Ich wusste gleich, dass ich bei der Kollekte in der Sonntagsmesse zu großzügig war ...«

»Wir haben nach einem alten Bekannten Ausschau gehalten«, entgegnete Tom rasch. »Er arbeitet hier. Das ist alles.« Die Lüge kam mühelos über seine Lippen, und Bernie warf ihm einen Blick ungetrübter Dankbarkeit zu. »Aber jetzt müssen wir wirklich los, die nächste Etappe wartet.«

»Das ist außerordentlich frustrierend.« Sixtus runzelte die Stirn in gespieltem Missfallen. »Eine solche Abfuhr lässt sich nur wiedergutmachen, wenn Sie sich einverstanden erklären, heute Abend zum Essen zu kommen, Schwester Bernadette Ignatius. Emer wäre zutiefst gekränkt, wenn sie erfährt, dass ihr in Dublin seid und unsere Gastfreundschaft ablehnt. Also, was ist?«

»Gut, wir kommen«, versprach Tom, bevor Bernie antworten konnte.
»Ausgezeichnet!«, erwiderten Sixtus und Billy wie aus einem Mund. Sie umarmten Bernie und reichten Tom die Hand und schärften ihnen ein, um Punkt acht Uhr zum Abendessen zu erscheinen.
»Warum hast du zugesagt?«, fragte Bernie, als Toms Cousins im Hotel verschwanden.
»Weil ich weiß, wie sehr sie sich freuen, dich zu sehen. Sie lieben dich.« Er sah sie an. »Begreifst du das nicht, Bernie?«
Sie stand mit klopfendem Herzen da.
»Das solltest du doch am besten verstehen. Schließlich hast du dich für ein Leben als Nonne entschieden. Geht es dabei nicht um die Liebe zu Gott? Falls du es vergessen hast, es gibt auch noch die Liebe zu den Menschen. Sie ist genauso machtvoll. Die Kellys lieben dich, du bedeutest ihnen viel. Und da du jetzt in Dublin bist, möchten sie sich bei dir für die wunderbaren Zeiten im Star of the Sea revanchieren.«
»Das ist nicht nötig. Sie waren herzlich willkommen, ich habe mich über ihren Besuch gefreut …«
Tom musterte sie lange und eindringlich. Seine Augen blitzten, und um seinen Mund spielte die Andeutung eines Lächelns. Sie sah, dass er ein Lachen unterdrückte, und etwas anderes.
»Was ist daran so komisch?«, fragte sie.
»Ich habe dich immer für so klug gehalten. Für den klügsten Menschen, den ich kenne. Du bist auf zahlreichen Gebieten bewandert – Philosophie, Theologie, Literatur, doch wenn es um das menschliche Herz geht, Bernie …« Er schüttelte den Kopf und grinste. »Aber keine Bange, halt dich nur an mich. Ich zeig dir, wo's langgeht.«
Seine gute Laune wirkte ansteckend. Bernie lächelte, und sie

verspürte den Wunsch, sich mitreißen zu lassen. Tom kam aus einer großen Familie, die wie Pech und Schwefel zusammenhielt, und sie sah, wie stolz er war, ein Teil von ihr zu sein. Bernie erging es ähnlich, was ihren Bruder, ihre Schwägerin und ihre Nichten in Connecticut betraf. Lange Zeit hatte sie das Gefühl gehabt, die Schwestern von Notre Dame des Victoires wären ihre erweiterte Familie. Doch nun begann ein neues Gefühl Gestalt anzunehmen. Sie blickte in Toms Augen und sah Seamus darin gespiegelt. Diese wunderbaren Männer, die Kellys, waren mit ihrem Sohn verwandt. Bernie zitterte bei dem Gedanken, wie es sein mochte, Seamus in die Familie einzuführen. Ihn in die Vereinigten Staaten mitzunehmen, damit er seine dortige Verwandtschaft kennenlernte.

»Tom«, sagte sie und nahm seine Hand. Sie spürte, wie eine Welle der Liebe und Hoffnung sie ergriff – ungeachtet dessen, was Seamus gestern Abend gesagt hatte. Sobald er den Schock überwunden und erkannt hatte, dass sie ihn ohne Vorbehalt oder Erwartungen liebten, würde er aufgeschlossener reagieren. Auch wenn dieser Prozess langsam vonstattengehen und viel Zeit in Anspruch nehmen würde.

»Wir essen heute am Merrion Square zu Abend«, sagte Tom, »und morgen kommen wir zum Hotel zurück, immer wieder, bis Seamus auftaucht.«

»Gut«, flüsterte sie, von einer tiefen inneren Wärme erfüllt. Sie war so überwältigt, dass sie den Wagen kaum wahrnahm, der in die Auffahrt einbog. Er gehörte zu den Hotelfahrzeugen, und der Fahrer parkte ihn neben den anderen an der Mauer, stieg aus und begann das Rondell zu überqueren.

»Und weißt du, was wir noch machen werden?«, sagte Tom.

»Was?«

»Wir fahren nach Doolin.« Er ergriff ihre Hand. »Wir besuchen noch einmal die Klippen von Moher, Bernie. Einverstanden?«
Sie war im Begriff, ja zu sagen, als Tom über ihre Schulter spähte und ihre Hand losließ.
»Schau doch, da ist sein Freund.«
Bernie drehte sich um und sah, wie der junge Mann mit dem schwarzen Anzug und den schwarzen Schuhen, mit dem sich Seamus gestern unterhalten hatte, auf den Personaleingang des Hotels zuging.
»He! Halt!«, rief Tom.
Der junge Mann blieb abrupt stehen, das schmale Gesicht überrascht.
»Ja, bitte? Kann ich etwas für Sie tun?«, fragte er.
»Es geht um Ihren Freund Seamus Sullivan«, erwiderte Tom.
»Oh.« Der junge Mann lächelte. »Er hat mir erzählt, dass Sie möglicherweise Ausschau nach ihm halten.«
»Tatsächlich?«, fragte Bernie. Nun war es an ihr, überrascht zu sein. »Was hat er gesagt?«
»Nun, wenn irgendjemand auftaucht und nach ihm fragt, soll ich ihm etwas geben. Moment.« Er eilte zum Wagen zurück.
»Was mag das sein?« Bernie sah Tom fragend an.
»Immer mit der Ruhe, Bernie. Nicht die Nerven verlieren.« Tom legte seine Hand auf ihren Arm, was sie erschauern ließ. Sie war nervös und aufgeregt, als stünde sie an der Schwelle zu einem neuen Leben. Ihre Gedanken überschlugen sich, ihr Herz war zum Bersten voll. Ihr Glaube war nie erschüttert worden, auch jetzt nicht, doch während der letzten Tage hatte die Liebe die größte Rolle darin gespielt. Eine tiefere Liebe, als sie jemals empfunden hatte. Plötzlich

wünschte sie sich nichts sehnlicher, als mit Tom auf den Klippen zu stehen und ihm ihre Gefühle zu offenbaren.

»Übrigens, mein Name ist Tom Kelly.« Tom reichte dem jungen Mann die Hand, als er im Laufschritt zurückkam.

»Kevin Daly.«

»Und das ist Bernadette Sullivan«, sagte Tom, die Hand auf ihrer Schulter.

»Hallo, Kevin.«

»Sullivan?« Kevin schüttelte ihre Hand. »Wie Seamus?«

»Ja.« Bernie verkniff sich jede weitere Bemerkung und richtete ihren Blick auf den weißen Umschlag in Kevins Hand.

»Man könnte meinen, dass Sie verschollene Verwandte sind«, sagte Kevin grinsend. »Aber ich weiß, er hat keine Angehörigen.«

»Woher wollen Sie das wissen?«, fragte Tom.

»Nun, weil er im St. Augustine's aufgewachsen ist. Er ist der beste Mensch der Welt, und dabei hatte er eine lausige Kindheit. Er wurde ins Heim abgeschoben. Man würde es ihm nie anmerken. Er ist so lebensbejahend und positiv. Eileen und ich haben ihn gebeten, bei unserer Hochzeit Trauzeuge zu sein. Wir könnten uns keinen besseren vorstellen.«

»Er scheint ein außergewöhnlicher Mensch zu sein«, murmelte Bernie, tief berührt von Kevins Worten.

»Wie auch immer«, sagte Kevin, »seltsamer Zufall, dass Sie beide Sullivan heißen. Das hat er mir nicht erzählt, aber Sie müssen die Leute sein, von denen er sprach. Sonst hat niemand nach ihm gefragt.« Er reichte ihnen den Umschlag. Bernies Hände zitterten, und sie überließ es Tom, ihn entgegenzunehmen.

»Wann arbeitet er denn wieder?«

Kevin zuckte mit den Schultern. »Keine Ahnung. Er war noch nie krank, das ist das erste Mal. Gestern hat er Eileen und mir seine Eintrittskarten für ein Konzert geschenkt, das Freitagabend stattfindet – heute Abend. Vielleicht brütet er irgendetwas aus.«

»Sah er krank aus, als er Ihnen das gegeben hat?«, fragte Tom und tippte auf den Umschlag.

»Er wirkte ein bisschen blass und müde, aber nichts Ernstes«, antwortete Kevin. »Er bat mich, bei ihm vorbeizukommen und den Umschlag abzuholen. Er sei für das Paar bestimmt, das vor dem Hotel auftauchen und sich nach ihm erkundigen würde. Es sei dringend. Aber keine Sorge, er ist nie krank. Vermutlich nur eine Erkältung. Sind Sie Freunde von ihm?«

»Ja«, antwortete Bernie, »wir sind Freunde.«

Kevin nickte lächelnd. »Gut zu wissen. Die kann er brauchen. Freunde, meine ich. Manchmal habe ich das Gefühl, dass ich der einzige bin. Er kapselt sich ziemlich ab …«

»Wirklich?«, fragte Tom.

»Ja. Er arbeitet die ganze Zeit, um Geld für seine Ausbildung zu sparen. Er denkt nur an seine Zukunft.«

»Seine Zukunft?« Bernie konnte es kaum erwarten, den Umschlag zu öffnen, aber sie war auch begierig, von seinem Freund so viele Einzelheiten wie möglich über das Leben ihres Sohnes zu erfahren.

»Er will Rechtsanwalt werden, soweit ich weiß«, sagte Tom.

Kevin lachte. »Ja, das klingt ganz nach Seamus. Er ist sehr ehrgeizig. Sie wissen natürlich, warum …«

»Warum?«

»Nun, wegen Kathleen. Er redet fortwährend von ihr. Was er tun wird, sobald er Kathleen gefunden hat, über das Leben, das er ihr bieten möchte. Er hat Träume, die er mit ihr verwirklichen möchte – genau wie Eily und ich.«

»Er liebt sie offenbar«, sagte Bernie.

»Sie haben sich vor langer Zeit aus den Augen verloren. Aber er wird sie wiederfinden. Davon bin ich fest überzeugt«, erklärte Kevin gutgelaunt. »Seamus gehört zu den Menschen, die ihr Ziel unbeirrt verfolgen. Er würde ans andere Ende der Welt reisen, um Kathleen zu suchen. Er hat mich inspiriert, mir Gedanken über berufliche Alternativen zu machen.«

»Berufliche Alternativen?«, sagte Tom.

»Etwas anderes als Fahren, meine ich. Die Arbeit ist gut und ehrenwert, keine Frage. Aber Seamus hat mich dazu gebracht zu träumen, genau wie er. Mir fehlt das Zeug, um Jura zu studieren, aber es gibt andere Möglichkeiten. Wir lernen hier viele einflussreiche Leute kennen. Vielleicht ist jemand darunter, der einen Job für mich hat.«

»Wir wünschen Ihnen alles Gute.« Bernie schüttelte ihm die Hand. Sie hatte in ihrer Schule viele junge Frauen ausgebildet, war nie müde geworden, sich ihre Träume anzuhören oder den Glanz in ihren Augen zu sehen, wenn sie sich ihre Zukunft ausmalten. Der Gedanke, dass Seamus seinen Freund angespornt hatte, sich hochgesteckte Ziele zu setzen, in seinen Träumen nach den Sternen zu greifen, ging ihr zu Herzen.

»Ja, viel Glück«, sagte Tom. »Und danke dafür«, fügte er hinzu, auf den Umschlag deutend. Beim Anblick des Briefes geriet Bernies Blut in Wallung. Vielleicht hatte Seamus es sich überlegt und wollte sie doch sehen, mit ihnen reden. Zugegeben, die Begegnung mit seinen leiblichen Eltern in Dublin war ein Schock gewesen, aber er schien ein aufgeschlossener junger Mann zu sein, und bestimmt interessierte es ihn, was sie zu sagen hatten.

»Keine Ursache«, erwiderte Kevin Daly, winkte ihnen noch einmal zu und verschwand durch den Personaleingang.

»Komm, Tom.« Bernie ergriff seine Hand und zog ihn zum Auto. Seamus hatte ihnen sicherlich seine Adresse mitgeteilt, und sie würden unverzüglich hinfahren und den Tag miteinander verbringen. Das Abendessen mit den Kellys mussten sie verschieben – oder vielleicht hatte Seamus Lust, mitzukommen. Ob das zu viel für ihn wäre? Es war zu viel und gleichzeitig nicht genug.
Tom hielt ihr die Tür auf, und sie stieg ein. Bernie sah zu, wie er um den Wagen herum zur Fahrerseite ging, und fragte sich, was seine düstere, verschlossene Miene bedeuten mochte. Normalerweise war er ein unverbesserlicher Optimist. Konnte er sich nicht vorstellen, dass Seamus das Ganze überschlafen hatte und zu dem Schluss gelangt war, sich heute mit ihnen zu treffen? Oder morgen …
»Gib mir bitte den Brief, ich möchte ihn lesen«, sagte sie, sobald Tom eingestiegen war.
»Bist du sicher, Bernie?« Er behielt den Umschlag in der Hand.
»Willst du nicht, dass ich ihn lese?«
»Ich … ich möchte verhindern, dass du verletzt wirst.«
»Wie kann er mich verletzen? Er ist mein Sohn. Ganz egal, was er auch sagt …«
Tom warf ihr einen langen, beinahe mitleidigen Blick zu, als wüsste er, wie sehr sie sich irrte. Wie hatte er ein solches Gespür entwickelt? Sie war seit Jahren auf der Hut gewesen, hatte ihren Habit wie eine Rüstung getragen. Doch nun schien der Schutzpanzer, die dicke Haut, die sie sich zulegt hatte, von ihr abgefallen. Sie saß auf dem Beifahrersitz, streckte die Hand aus und verlangte wortlos den Brief.
»Bitte lass mich zuerst einen Blick hineinwerfen.«
Widerstrebend nickte sie. Toms Hände zitterten, als er den Daumen unter die Lasche schob und den Umschlag aufriss.

Er überflog die Worte schweigend. Bernie war nahe daran, vor Ungeduld den Verstand zu verlieren.
»Warum liest du den Brief nicht laut vor?«
»Ich kann nicht.« Er starrte die Seite an, eine kleine Weile, die ihr wie eine Ewigkeit vorkam.
»Was soll das heißen?«
Er wandte sich ihr zu und sah sie mit solcher Liebe und Verzweiflung an, dass ihr das Herz brach.
»Ich kann dir den Brief nicht vorlesen. Ich bringe es nicht fertig.« Er ließ zu, dass sie ihm das Blatt Papier aus der Hand nahm. Sie legte es auf ihren Schoß und las, was Seamus geschrieben hatte.

Sehr geehrter Mr. Kelly, sehr geehrte Ms. Sullivan,

Ihr Besuch gestern hat mich überrascht, gelinde gesagt. Ich kann nicht behaupten, ich hätte nicht gewusst, wer Sie sind, von der Minute an, als ich Sie im Hof stehen sah. Wie Sie bereits erwähnten, ist die Ähnlichkeit unverkennbar – die roten Haare, die blauen Augen. Doch das ist auch alles – eine oberflächliche Entsprechung physischer Merkmale. Sie wollen mir sicher nicht erzählen, dass rote Haare und Sommersprossen Menschen zu einer Familie zusammenschweißen. Denn das ist ein Trugschluss, wie ich aus eigener Erfahrung weiß.
Ich habe viele Erfahrungen gemacht, von denen Sie keine Ahnung haben. Schließlich habe ich mein ganzes Leben ohne Sie verbracht. Sie sagten, Sie hätten »jeden Tag an mich gedacht«. Ich kann nur sagen, das ist für mich ein schwacher Trost, wenn ich beispielsweise an die Zeit denke, als ich Windpocken hatte, genau wie alle anderen in St. Augustine's. Ich habe mir die Haut

blutig gekratzt, und die Nonnen hatten so viel mit der Pflege der erkrankten Kinder zu tun, dass sie mich nicht daran hindern konnten. Oder an die Zeit, als ich dauernd von Ungeheuern träumte, die durch die Lichtschächte an der Decke eindrangen, um alle Kinder im Heim zu töten. Oder an die Weihnachtsessen … Sie können sich sicher vorstellen, was ich meine.
Tatsache ist, dass Sie mich damals nicht wollten, und jetzt will ich Sie nicht mehr. Sie laufen etwas hinterher, was nicht existiert. Ich kann mir nicht vorstellen, warum Sie es überhaupt für eine gute Idee hielten, mich ausfindig zu machen. Vielleicht dachten Sie, ich müsse dankbar sein, dass Sie mir das Leben geschenkt haben. In diesem Sinne kann ich »danke« sagen. Danke, dass Sie mir das Leben geschenkt haben.
Wie ich über den Rest denke, wollen Sie bestimmt nicht wissen. Oder was ich darüber sagen könnte. Es ist kein bisschen kompliziert, sondern lässt sich ganz einfach zusammenfassen: Lassen Sie mich in Ruhe.
Wenn Sie den Brief lesen, wissen Sie, dass ich heute nicht zur Arbeit erschienen bin. Ich garantiere Ihnen, ich würde notfalls für den Rest meines Lebens blaumachen, um eine erneute Begegnung mit Ihnen zu vermeiden. Kehren Sie nach Amerika zurück, in Ihr schönes Zuhause, zu Ihren anderen Kindern, falls vorhanden, und dem Leben, das Sie in den letzten dreiundzwanzig Jahren ohne mich geführt haben.
Sie haben mich offensichtlich nicht gebraucht, und ich brauche Sie nicht. Wenn Sie wieder nach mir suchen, verschwinde ich. Es wäre nicht das erste Mal.
Leben Sie wohl.
Seamus Sullivan

Bernie las den Brief abermals, dann faltete sie ihn zusammen und steckte ihn in den Umschlag zurück. Sie spürte Toms Augen, die auf ihr ruhten, aber sie wusste, dass er keinen Kommentar von ihr erwartete. Sie hätte auch kein Wort über die Lippen gebracht, selbst wenn ihr Leben davon abhängig gewesen wäre. Sie hatte das Gefühl, als wäre sie vom Rand der Klippen an der Westküste des Atlantiks in die Tiefe gestürzt. Sie saß reglos da, hielt den Brief in den Händen und war Tom dankbar, dass er sie nicht darauf hinwies, wie sehr sie sich geirrt hatte, als sie behauptet hatte, ihr Sohn könne sie nicht verletzen.

Ihre Augen brannten, Tränen liefen über ihre Wangen, doch nicht, weil sie verletzt war. Sie weinte nicht um sich selbst. Sie weinte um den hochgewachsenen, mageren jungen Mann mit ihren roten Haaren und Toms blauen Augen. Ihr Herz war gebrochen. Um seinetwillen.

14

Tom hatte keine Ahnung, was ihn erwartete, was er vorfinden würde. Er hatte Bernie vor ihrem Apartment abgesetzt, nachdem sie Seamus' Brief gelesen hatten – nicht, weil er wollte, sondern weil sie kein Wort über die Lippen brachte, unfähig schien, die Gefühle und Gedanken zu offenbaren, die ihr im Kopf herumgingen, genau wie in seinem. Alles, was sie ruhig und mit kaum hörbarer Stimme geäußert hatte, war: »Ich möchte nach Hause.«

»Nach Hause?« Es widerstrebte ihm, sie in das Apartment zurückzufahren, die kleine, sterile Studentenunterkunft ohne Aufzug am anderen Ufer des Liffey. Er stellte sich vor, wie die künftigen Bewohner dort nach und nach eintrudelten. Das Herbsttrimester begann, gespannte Erwartung lag in der Luft. Die Stimmen der jungen Erwachsenen zu hören war nicht gerade das, was Bernie jetzt brauchte.

Sie nickte, den Blick starr auf die Windschutzscheibe geheftet, weder nach rechts noch nach links sehend, als wäre sie außerstande, mehr als eine Information aufzunehmen.

»Wenn du sicher bist, Bernie«, sagte er. »Aber warum fahren wir nicht ins O'Malley's? Wir reden … oder schweigen, wenn es dir lieber ist. Wir können ein bisschen Tir na Nog brauchen, findest du nicht? Dann vergeht die Zeit schneller, bis wir zu Sixtus zum Essen fahren.«

»Ich kann nicht.«

Er sah sie an. »Komm schon, Bernie. Es würde dir guttun. Uns beiden. Wir rücken die Dinge in die richtige Perspektive und fangen morgen wieder von vorne an. Wenn du unbedingt nach Hause möchtest, um dich auszuruhen oder nachzudenken, in Ordnung. Ich bringe dich zum Apartment zurück …«

»Nicht ins Apartment.«

»Nach Doolin?« Sein Herz klopfte. »Genau, das machen wir! Wir fahren an die Westküste, zu den Klippen. Bernie, ich bin bei dir. Es wird alles gut. Wir suchen unsere alte Frühstückspension und …«

»Du hast mich nicht verstanden, Tom. Ich möchte nach Hause.«

»In den Konvent?« Sein Herz drohte auszusetzen. Großer Gott, nein. Er wollte mit ihr zu den Klippen von Moher, ihr beweisen, wie sehr er sie liebte. Alles, nur nicht das Kloster. Er hatte nie aufgehört, davon zu träumen, zu beten, dass sie sich eines Tages für ihn entscheiden würde. »Bitte, Bernie, verlange nicht, dass ich dich dorthin bringe.«

»Nein, nicht dorthin. Nach Hause … ins Star of the Sea.«

»Bernie, was redest du da?«

Bernie wandte sich ab und blickte aus dem Fenster. Tom hätte sie am liebsten an der Schulter gepackt und gerüttelt, damit sie ihm zuhörte. Doch er sah, wie sie sich in ihr Schneckenhaus zurückzog, und wusste, dass sie eine Phase durchmachte, die nicht einmal er verstand.

Er konnte nur eines tun, sie zum Apartment zurückfahren. Er sah zu, wie sie ausstieg und den Brief von Seamus mitnahm. Bevor sie die Tür schloss, beugte sie sich zum Vordersitz hinunter.

»Du weißt, dass ich nicht mit dir nach Doolin fahren kann«, sagte sie.

Er brachte keinen Ton heraus.
»Oder heute Abend zum Essen«, fügte sie leise hinzu.
Er nickte. Seine Stimme versagte.
»Es tut mir leid.«
»Mir auch«, gelang es ihm zu sagen.
»Richte Sixtus meinen Dank aus.«
»Mache ich.« Glaubte sie etwa, er würde ohne sie gehen? Er würde eine Stunde herumfahren, zurückkehren und sehen, wie es ihr ging. Ob sie sich besser fühlte.
Vielleicht musste sie sich nur ein wenig hinlegen, um einen klaren Kopf zu bekommen. Oder beten. Bernie hatte im Gebet seit jeher Klarheit gewonnen. Unzählige Male hatte er sie in der Kapelle von Star of the Sea, in der Blauen Grotte oder vor dem Altar unter freiem Himmel, an dem der Bischof Ostern die Frühmesse zu lesen pflegte, kniend vorgefunden.
Er kehrte zum Apartment zurück – er hatte ihr nicht eine, sondern zwei Stunden Zeit gelassen. Er läutete, aber sie reagierte nicht. Vor der Eingangstür stehend, blickte er auf den Fluss hinaus, auf das Wasser, das dem Meer zuströmte, und die Wolken, die sich in der dunklen Oberfläche spiegelten.
Bernie öffnete nicht, aber zwei Studenten traten aus dem Haus. Tom bekam die Tür zu fassen, ehe sie ins Schloss fiel. Er ging die Treppe hinauf, doch bevor er den ersten Absatz erreichte, begann er zu laufen, zwei Stufen auf einmal nehmend.
Als er im vierten Stock ankam, schlug sein Herz zum Zerspringen. Er klopfte leise an die Tür, für den Fall, dass sie schlief und den Summer nicht gehört hatte. Als keine Reaktion erfolgte, hämmerte er laut gegen die Tür.
»Bernie? Hallo, ich bin's.«

Keine Antwort. Tom stand auf dem Flur, Schweiß rann ihm über den Rücken. Beim Hinuntergehen nahm er drei Stufen auf einmal, dann drehte er sich um und stand wieder vor ihrer Tür. Vielleicht hatte sie einen Spaziergang gemacht. Zur Kirche, zum St. Stephen's Green, dem Trinity College, zu O'Malley's oder zurück zum Greencastle.

Vielleicht war sie im St. Augustine's. Aber warum hatte sie ihn nicht angerufen? Und abgesehen davon, was hoffte sie dort zu erreichen? Inzwischen hatten seine Gedanken aufgehört, sich im Kreis zu drehen, sein Kopf fühlte sich bleischwer an, und sein Mund war trocken wie Watte. In seine Tasche greifend, wusste er, was er zu tun hatte.

Er war noch nie gewaltsam in ihr Leben eingedrungen, hatte ihre Privatsphäre immer respektiert, hatte ihr das Schweigen oder den Freiraum zugestanden, den sie brauchte. Sie arbeiteten Seite an Seite in der Academy – sie in Schule und Konvent, er als Verwalter des Anwesens. In den letzten dreiundzwanzig Jahren war kein einziger Tag vergangen, an dem er sich nicht gewünscht hätte, Zutritt zu ihrem Leben, zu ihrem Herzen, zu ihren geheimsten Gedanken zu erhalten. Doch er hatte stets ihr Bedürfnis respektiert, sich zurückzuziehen, sich hinter den geschlossenen Türen des Klosters abzuschotten.

Doch nun holte er seine Geldbörse aus der Tasche. Er nahm eine Kreditkarte heraus, schob sie zwischen Tür und Rahmen und ließ sie zum Schloss hinuntergleiten. Er spürte, wie sich der Schnäpper bewegte, nachgab, und er war drinnen.

»Bernie!«, rief er. Das Blut rauschte in seinen Adern. Sie war weder im Wohnzimmer noch in der Küche. Was hatte er erwartet? Er wusste es nicht, aber er hatte in seinem ganzen Leben noch nie so große Angst verspürt wie jetzt, als er die Schlafzimmertür öffnete.

Der Raum war leer.
Die Kleidung, die sie getragen hatte, lag auf dem Stuhl neben dem Bett, ordentlich zusammengelegt, ihre Jeans, das grüne T-Shirt, der weiße Pullover. Tom trat näher, nahm die Sachen und drückte sie an sich, als hielte er Bernie im Arm. Er öffnete die Tür des Kleiderschranks, aber er wusste bereits, was er vorfinden würde.
Ihr Habit war verschwunden. Er sah den leeren Bügel, auf dem er, das wusste er mit absoluter Gewissheit, gehangen hatte. Er legte die Kleider auf den Stuhl zurück und ging ins Wohnzimmer.
Die Einrichtung war noch genauso undefinierbar wie am ersten Tag – ein schmuddeliges, grünes Tweedsofa, ein Sessel mit kariertem Bezug, ein Tisch mit zwei Stühlen. Ihre Bibel und ihr Gebetbuch lagen auf dem Tisch, zusammen mit Seamus' Brief.
Was fehlte, war das zusammengefaltete schwarze Stoffquadrat. Tom hatte es auf dem Tisch gesehen, als er Bernie gestern abgeholt hatte. Sie hatte kein Wort darüber verlauten lassen, und er scheute sich zu fragen. Er war einfach nur froh gewesen, den Schleier auf dem Tisch statt auf ihrem Kopf zu sehen.
Bernie trug wieder ihren Habit.
Er musste alle Hoffnungen und Pläne, die ihn beflügelt hatten, seit sie den Konvent mit den Informationen über ihren Sohn verlassen hatten, begraben. Sie wirbelten umher und zerstoben wie Sandkörner in einem letzten Windstoß.
Bernie wollte nach Hause zurückkehren, ins Star of the Sea. Er konnte sie nicht aufhalten, selbst wenn er gewusst hätte, wie. Wo immer sie sich gerade aufhalten mochte, es hatte nichts mit ihm zu tun. Er begann allmählich zu erkennen, dass es in ihrem Leben nur wenig gab, was mit ihm zu tun hatte.

Doch eine Sache hatte er noch zu erledigen, bevor er mit Schwester Bernadette Ignatius nach Connecticut zurückkehrte. Er steckte Seamus' Brief in die Jackentasche, blickte sich ein letztes Mal um und schloss die Tür hinter sich. Seine Schritte hallten im Treppenhaus wider, als er hinunterging und auf die Straße hinaustrat. Er hatte den Brief, das Bild und die Postkarte von Kathleen dabei, und er wusste, was er zu tun hatte. Er war sich in seinem ganzen Leben nie sicherer gewesen, und er war überzeugt, dass das Leben von zwei Menschen davon abhing.

Nachdem Tom Bernie vor dem Apartment abgesetzt hatte, war sie die Treppe hinaufgegangen; jeder Schritt forderte seinen Tribut, ihre Beine waren bleischwer. Doch als sie den dritten Absatz erreicht hatte und das Telefon läuten hörte, begann sie zu rennen. Sie wusste, dass es verrückt war, aber vielleicht war es Seamus, vielleicht hatte er sie aufgespürt, seine Meinung geändert und beschlossen, sich noch einmal mit Tom und ihr zu treffen.
Zitternd steckte sie den Schlüssel ins Schloss, stieß die Tür auf, lief ans Telefon und hätte es um ein Haar fallen lassen, als sie den Hörer packte und ans Ohr hielt.
»Hallo?«
»Bernie«, meldete sich eine Frauenstimme.
»Honor?« Ihr Herz sank. Sie liebte ihre Schwägerin, aber es war nicht Seamus.
»Ja, ich bin's. Wie geht es dir, Bernie? Habt ihr ihn gefunden?«
»Ach Honor ...« Bernies Stimme brach. »Wir haben ihn gefunden. Es war unglaublich. Aber er will nichts mit mir zu tun haben – mit uns.«
»Bernie, es tut mir so leid.« Honor verstummte, als Bernie

leise zu schluchzen begann. »Wie nimmt Tom es auf?«, fragte sie schließlich.

»Du kennst Tom. Er bemüht sich, meinetwegen stark zu sein, doch das macht es nur schlimmer. Ich sehe ihm an, dass er sich zusammenreißt, es zumindest versucht.«

»Für ihn war die Reise die Erfüllung eines Traums, das weißt du. Der Höhepunkt lebenslanger Träume, genauer gesagt …«

»Ich weiß. Wenn ich ihn anschaue, sehe ich, wie diese Träume in seinem Kopf herumspuken.«

»Er kann sie nicht verbergen, am wenigsten vor dir. Vermutlich würdest du das auch gar nicht wollen.«

»Was diesen Punkt angeht, bin ich mir nicht sicher«, erwiderte Bernie leise. Sie sah seine Augen vor sich, voller Leidenschaft und Hoffnung. »Wie geht es John? Und den Mädchen?«

»Uns geht es bestens. Wir denken sehr oft an dich – an dich, Tom und euren Sohn.«

»Sein Name ist Seamus. So möchte er genannt werden.«

»Nun, er hat drei Cousinen, die ihn liebend gerne kennenlernen würden. Du weißt, ein einziges Wort von dir genügt, und Regis, Agnes und Cece fliegen rüber und sagen ihm, wo's langgeht.«

»Das kann ich mir lebhaft vorstellen.« Bernie dachte an ihre drei unerbittlichen Nichten. »Wir sind heute Sixtus Kelly über den Weg gelaufen.«

»Herzliche Grüße, ja? Wie er sich um Regis gekümmert hat, das war einmalig. Er hat sie in allen Einzelheiten beraten und ermutigt, dem Richter genau zu erzählen, was passiert ist. Es geht ihr inzwischen richtig gut, Bernie. Tom kann stolz auf seine Cousins sein.«

»Tom und ich sind heute zum Abendessen bei ihnen eingeladen, aber ich kann nicht, ich muss immerzu an Seamus denken …«

»Ich weiß, Bernie. Mir würde es genauso gehen. Du musst das tun, was du für richtig hältst, okay?«

»Danke, Honor.«

»So, und jetzt muss ich Schluss machen. Ich habe nur angerufen, um dir zu sagen, dass ich dich liebe – wir alle. Wir halten dir fest die Daumen, Bernie. Gib die Hoffnung nicht auf …«

»Wir sind bald wieder zu Hause, Tom und ich.«

»Sag Tom alles Liebe von uns.«

»Mach ich.« Kaum hatte Bernie aufgelegt, läutete das Telefon erneut. Sie nahm ab und meldete sich.

»Bernie.« Wieder eine Frauenstimme, dieses Mal mit irischem Akzent.

»Annie?«

»Ja, ich bin's. Wie geht es dir?«

»Ach Annie«, Bernies Stimme zitterte, »frag lieber nicht.«

»Ich habe eine Überraschung für dich. Eine unerfreuliche, genau genommen.«

»Ja?«

»Jemand hat mich gebeten, ein Treffen mit dir zu arrangieren. Für ein Gespräch unter vier Augen. Streng vertraulich.«

»Wer denn?«, fragte Bernie skeptisch.

»Schwester Theodore. Ich musste ihr versprechen, Eleanor Marie kein Wort zu verraten. Sie will alleine mir dir reden, aber nicht im Konvent.«

»Und worüber?« Bernie fühlte sich ausgebrannt.

»Ich glaube, du solltest sie anhören«, sagte Schwester Anne-Marie. »Es klang so, als ginge es um etwas Wichtiges.«

Bernie zögerte. Sie umklammerte den Hörer. Spärliches graues Licht fiel durch das große Fenster, brach durch die

Regenwolken über Dublin, riffelte die Oberfläche des Flusses. Bernie hielt nach einem Silberstreifen Ausschau, doch im Augenblick war alles grau in grau.
»Also gut. Wo?«
»Das überlässt sie dir.«
»Dann im St. Augustine's. In dem Heim, ich dem mein Sohn seine Kindheit verbracht hat. Sag ihr, dass wir uns dort treffen.«
Eine Stunde nachdem Bernie die Straßenkleidung abgelegt und den Habit wieder angezogen hatte – den sie all die Jahre getragen hatte, der sie innerlich und äußerlich definierte, sie an ihre Wahl erinnerte –, kniete sie vor dem Fenster nieder und betete um Erleuchtung. Den Habit auszuziehen war ein wohlüberlegter Entschluss gewesen, der mit der ersten Begegnung mit ihrem Sohn zu tun hatte. Und er hatte – auch wenn sie es sich ungern eingestand – mit Tom zu tun. Ihn wieder zu tragen war keine leichte Entscheidung, und sie betete, das Richtige zu tun. Sie bekreuzigte sich und verließ die Wohnung. In ihrem schwarzen Habit und Schleier eilte sie durch die Straßen der Stadt in nördliche Richtung.
Ordensschwestern waren in Dublin kein ungewöhnlicher Anblick, aber eine Nonne, die mit grimmiger Miene den Gehsteig entlanghastete und aussah, als gälte es, in die Schlacht zu ziehen, veranlasste die Passanten, einen großen Bogen um sie zu machen.
Als sie St. Augustine's erreichte, erstarrte sie. Die Kinder, die bei ihrem Besuch mit Tom einen Ausflug an den Strand gemacht hatten, waren nun da. Sie hielten sich im Innenhof auf, spielten Basketball, malten mit Kreide auf den Asphalt, und zwei Kinder rempelten sich gegenseitig an, während eine Nonne versuchte, die Streithähne zu trennen.

Sie hielt nach Schwester Anastasia Ausschau, konnte sie aber nirgends entdecken. Eine Büroangestellte – eine weltliche, kaum älter als Seamus – drückte ihr ein Formular in die Hand, das sie unterschreiben sollte. Da sie Angehörige des Ordens Notre Dame des Victoires war, verzichtete man darauf, ihr die sonst üblichen Fragen zu stellen. Man ging stillschweigend davon aus, dass sie einen Grund für ihren Besuch hatte. Bernie ließ den Blick über den Innenhof gleiten und fragte sich, was Seamus am liebsten gespielt hatte.

»Schwester Bernadette.«

Bernie war so abgelenkt, dass sie nicht reagierte. Sie beobachtete die Kinder, hörte sie miteinander reden, war mit ihren Gedanken bei Seamus.

»Schwester Bernadette!«

Dieses Mal reagierte sie. Sie drehte sich um und sah, wie sich Schwester Theodore mit schweren Schritten näherte. Sie war extrem übergewichtig, doch hier im Kinderheim, weit weg vom heimischen Revier des Konvents, wirkte sie beinahe zerbrechlich. Ihre wässrigen braunen Augen schweiften unruhig hin und her. Bernie sah, dass sie ihre Energie eingebüßt hatte, und hörte ihren pfeifenden Atem, als fiele ihr jeder Schritt schwer.

»Schwester Theodore!«, rief sie, bestürzt über den Anblick der Nonne. Sie deutete auf eine Bank im Schatten am Rand des Spielplatzes und half ihr, Platz zu nehmen, besorgt wegen der Blässe und des Schweißfilms auf Gesicht und Hals.

Bernie atmete tief durch und riss sich zusammen. Sie war innerlich wie versteinert. Sie machte ihre Stellung als Äbtissin, als Vorgesetzte geltend und musterte Schwester Theodore mit dem kältesten Blick, den sie zustande brachte. Wenn sie im Star of the Sea Probleme in Angriff nehmen musste, pflegte sie hochaufgerichtet dazusitzen, die Hände im Schoß gefaltet, und darauf zu warten, dass ihre Mitschwester zu reden begann, damit sie wusste, worum es ging. Doch Schwester Theodores Gesundheit bereitete ihr Kopfzerbrechen.

»Ist alles in Ordnung mit Ihnen?«, fragte sie.

»Bitte machen Sie sich meinetwegen keine Sorgen«, sagte Schwester Theodore.

Doch Bernie war besorgt und reichte ihr ein Taschentuch. Schwester Theodore nahm es dankbar an, trocknete sich damit das Gesicht, zerknüllte es nervös in der Hand und versuchte zu Atem zu kommen.

»Warum wollten Sie mich sehen?«, fragte Bernie, nachdem sich Schwester Theodore beruhigt hatte.

»Um Ihnen etwas zu sagen. Der Vorschlag, uns hier zu treffen, war klug. Das ist genau der richtige Ort für dieses Gespräch.«

»Was soll das heißen?«

»Hier in St. Augustine's ist Thomas aufgewachsen ...«

»Er nennt sich jetzt Seamus. Offensichtlich möchte er nicht an den Namen erinnert werden, den sein Vater und ich ihm gegeben haben.«

»Schwester, ich muss Ihnen etwas beichten.«

»Ich bin kein Priester. Sie sollten zur Beichte gehen, wenn Sie Vergebung erlangen wollen.«

»Sie sind der einzige Mensch, der mir vergeben kann.« Schwester Theodore ergriff Bernies Hand. Bernie zuckte bei der Berührung zusammen, zwang sich aber stillzuhalten.

»Schauen Sie sich um«, erwiderte Bernie ruhig. »Bitte, Schwester Theodore. Der zerbrochene Asphalt, das Unkraut, das überall wächst, die Kinder, sie haben einen ungezügelten Blick, finden Sie nicht? Ich habe sie beobachtet und überlegt, wie sie sich fühlen müssen. Verlassen von Gott und der Welt.«

»Ich weiß, Schwester.«
»Die Entscheidung, die ich treffen musste, war grausam. Ich wollte meinen Sohn nicht aufgeben. Doch gleichzeitig fühlte ich mich zum Eintritt ins Kloster berufen. Der Zwiespalt, in dem ich mich befand, war eine Tortur, so dramatisch es auch klingen mag. Ich hatte mich nach einem Leben des Gebets und der Kontemplation gesehnt. Doch dann unterlief mir ein, wie ich glaubte, schrecklicher Fehler. Ich wurde schwanger.«
»Das passiert vielen Mädchen«, flüsterte Schwester Theodore. »Und viele Babys kommen hierher in das Kinderheim von St. Augustine's. Sie werden in ein wundervolles neues Zuhause vermittelt.«
»Mein Kind nicht.«
»Nein.« Schwester Theodore schüttelte den Kopf. Ihr Atem ging schwer und pfeifend. Ihre Augen schwammen in Tränen, offenbar von Gefühlen überwältigt.
»Hatten Sie deshalb das Bedürfnis, mich zu treffen? Um mir etwas darüber zu erzählen?«
Schwester Theodore nickte.
»Bitte, Schwester, worum geht es?«
»Thomas, Ihr Sohn. Er war der netteste, sanfteste Junge, den ich kenne. Ich kam oft her, um nach ihm zu schauen. Schwester Eleanor Marie bat mich darum, um sicherzugehen, dass er zurechtkam. Ich dachte, es läge daran, dass Sie eine von uns waren, eine Ordensfrau ... und obendrein keine gewöhnliche. Eine Auserwählte, der die Jungfrau Maria erschienen war. Ich dachte, dass Ihrem Sohn aus diesem Grund eine Sonderbehandlung zuteil würde.«
»Doch das war nicht so?«
Schwester Theodore schüttelte den Kopf. »Nein.«
»Bitte reden Sie weiter, Schwester ...«

»Da war ein junges Mädchen. Ihr Sohn und sie waren unzertrennlich. Ein erfreulicher Anblick, die beiden. Ich kam oft her, saß auf dieser Bank …« Ihr Blick schweifte über den Spielplatz, und Bernie erschauerte, als sie sich ausmalte, wie Kathleen und ihr Sohn hier gespielt hatten.

»Hieß das Mädchen Kathleen?«

»Ja, Kathleen Murphy.« Schwester Theodore war offensichtlich verwirrt, dass Bernie von dem Mädchen wusste.

»Schwester Anastasia hat uns von ihr erzählt«, erklärte Bernie. »Sie sagte, Seamus und Kathleen hätten alles getan, um zusammenzubleiben, sogar Adoptionsversuche torpediert.«

»Nicht jeden Versuch«, erwiderte Schwester Theodore leise.

»Was soll das heißen?«

»Es gab da eine Familie, die sie beide adoptieren wollte – damit sie zusammenbleiben konnten.«

»Wie bitte?« Bernie war, als hätte sie einen Schlag in die Magengrube erhalten.

»Ein Ehepaar, das aus Connemara nach Dublin kam. Er war Dichter und sie Bühnenautorin. Sie waren nett. Und sie erkannten sofort die enge Bindung zwischen Thomas – ich meine Seamus – und Kathleen. Sie hatten ein großes Herz und genug Phantasie, um sich vorzustellen, wie nahe sich die Kinder standen. Sie wollten beide adoptieren, ihnen ermöglichen, zusammenzubleiben.«

»Warum wurde nichts daraus?«

»Weil Schwester Eleanor Marie eingriff.«

»Aber warum? Aus welchem Grund? Ich dachte, Seamus sei nur deshalb nicht adoptiert worden, weil er sich weigerte, Kathleen zu verlassen.«

»Er hat nie etwas von diesem Paar erfahren. Es kam gar nicht erst zum Gespräch. Als Schwester Catherine Laboure,

Schwester Anastasias Generaloberin, von der geplanten Adoption hörte, war sie überglücklich und setzte sich sofort mit Schwester Eleanor Marie in Verbindung. Und Schwester Eleanor Marie …«

»Wie reagierte sie?«

»Sie wies mich an, den Leuten auf den Zahn zu fühlen. Ich rief im Kirchensprengel des Paares in Westport an. Der Pfarrer erzählte, der Mann habe vor ein paar Jahren ein Alkoholproblem gehabt, aber er schien es überwunden zu haben. Die Frau war verwitwet und hatte ein Kind aus erster Ehe. Und bei diesem Kind hatte man Verhaltensauffälligkeiten in der Schule festgestellt.«

»Und Schwester Eleanor Marie verwendete diese Informationen gegen sie?«

»Ja, alle, das Problem mit dem Alkohol, mit dem älteren Kind … Sie legte Schwester Catherine dar, wie schwierig die Situation werden könnte, wenn sie nicht nur ein Kind, sondern gleich zwei aufnehmen würden. Das sei in ihren Augen für alle Beteiligten in dieser speziellen Familie eine zu große Belastung …«

»War das wirklich ihre Überzeugung?«

Schwester Theodore zögerte und schürzte die Lippen. Dann schüttelte sie den Kopf. »Nein. Ich wünschte, es wäre so, aber ehrlich gesagt, ich glaube nicht.«

»Warum erzählen Sie mir das alles?«

»Weil Sie nach Irland gekommen sind, um Antworten zu erhalten.« Schwester Theodore verstummte.

»Sie haben Schwester Eleanor Marie jahrelang geholfen, die Wahrheit zu vertuschen.« Bernie erhob sich und ging um die Bank herum, den Blick unentwegt auf Schwester Theodore gerichtet. »Tom Kelly und ich mussten uns gewaltsam Zutritt zu ihrem Büro verschaffen, um an die Unterlagen unseres

Sohnes zu kommen. Sie hat sich große Mühe gegeben, den Fall unter Verschluss zu halten, und Sie haben sie dabei auf Schritt und Tritt unterstützt.«

»Ich weiß. Ich habe sie gedeckt.«

»Wenn es wirklich stimmt, was Sie mir erzählt haben, dann ist sie die Boshaftigkeit in Person. Ich wollte es bisher nicht glauben. Ich weiß, dass sie eine schwere Kindheit hatte, aber so zu handeln ...«

»Sie ist krank«, warf Schwester Theodore ein. »Davon bin ich fest überzeugt, Schwester. Nicht boshaft. Sie wissen, was mit ihrer Mutter los war? Sie pflegte Männer mit nach Hause zu bringen. Die kleine Eleanor hörte sie Nacht für Nacht. Auf dem Weg ins Bad musste sie am Zimmer ihrer Mutter vorüber und sah, was sich dort abspielte. Als sie dreizehn war, kam einer der Männer an ihr Bett, tat ihr Gewalt an; ein Wunder, dass sie nicht schwanger wurde.«

»Schwester, es tut mir leid, was Eleanor in ihrer Kindheit durchmachen musste. Doch sie hat die Chance meines Sohnes, zusammen mit Kathleen in einer liebevollen Familie aufgenommen zu werden, zunichte gemacht, sie hat sein Glück zerstört.«

Die ältere Nonne senkte den Kopf. Tränen liefen über ihre schwammigen Wangen.

»Sie ist neidisch. Weil es schien, als hätten Sie alles, was man sich nur wünschen kann. Die Berufung ... nicht nur im Herzen, sondern durch Maria. Und ein Kind. Eleanor Marie fühlt sich von aller Welt, von Maria, von Gott verlassen. Sie haben sich Ihre Sünden verziehen – ihr gelingt es nicht, sich selbst zu vergeben.«

»Was für Sünden? Sie war damals doch noch ein Kind!«

»Wie ich bereits sagte, sie ist krank. Ihr Verstand ist durch die traumatischen Erfahrungen getrübt. Als gläubige Katholikinnen haben wir es besonders schwer. Sobald Sex ins Spiel kommt, lassen die Schuldgefühle nicht lange auf sich warten. In diesem Bereich haben wir noch einen weiten Weg vor uns.«

Amen, hätte Bernie gerne gesagt, überrascht, dass Schwester Theodore einen so fortschrittlichen Standpunkt vertrat.

»Dass Sie in Amerika zur Äbtissin unserer dortigen Ordensgemeinschaft ernannt wurden, war für Eleanor Marie zu viel. Sehen Sie nicht, wie gestört sie ist? Bitte, Sie sind so ein guter Mensch, Schwester Bernadette Ignatius.«

»Was erwarten Sie von mir?«

»Dass Sie ihr verzeihen. Ich werde unserer Generaloberin Bericht erstatten. Noch heute. Schwester Bernadette, für Schwester Eleanor Marie wird eine Welt zusammenbrechen, obwohl ich aus Liebe handle. Ich kann nicht mit der Schuld leben, die ich auf mich geladen habe, und ich glaube, sie kann es auch nicht.«

»Der Gedanke an das, was sie getan hat, quält sie?«

Schwester Theodore nickte tränenüberströmt. »Es verfolgt sie Tag und Nacht. Bestimmt wollte sie deshalb verhindern, dass Sie Seamus finden. Die Schuldgefühle haben sie innerlich aufgerieben. Sie hat die Unterlagen versteckt, weil sie es nicht ertragen konnte, dass Sie erfahren, was wir ihm angetan haben. Oder Kathleen ...«

»Wo ist Kathleen jetzt?« Sie erinnerte sich an die Postkarte aus Amerika, die Schwester Anastasia Tom gegeben hatte. Hatte sich darauf ein Hinweis auf die Adresse befunden?

Schwester Theodore schüttelte den Kopf. »Kathleen Murphys Werdegang im Auge zu behalten war zweitrangig, es ging vor allem um Thomas James Sullivan. Es tut mir leid, Schwester Bernadette. Bitte verzeihen Sie uns.«

»Es ist nicht an mir zu verzeihen, sondern an ihnen«, flüster-

te Bernie, den Blick auf den Innenhof gerichtet, auf die verlassenen Kinder, die im Schatten von St. Augustine's spielten. Sie stellte sich vor, wie Seamus und Kathleen durch dick und dünn miteinander gegangen waren. Und wie sich die Trennung auf die beiden ausgewirkt hatte. Sie dachte an Seamus' Blick und die Worte in seinem Brief, in denen sich die gleiche Wut Bahn brach.
»An ihnen?«, sagte Schwester Theodore.
»An meinem Sohn und Kathleen. Es ist an ihnen zu verzeihen. Uns allen.«

15

An dem Tag, nachdem das Paar aufgetaucht war, meldete sich Seamus krank, was er noch nie gemacht hatte. Er genoss einen tadellosen Ruf im Greencastle, niemand würde ihn verdächtigen, sich vor der Arbeit zu drücken. Er galt als vertrauenswürdiger Mitarbeiter, als aufrichtiger Mensch. Seine Vorgesetzten wären mit Sicherheit schockiert, wenn sie wüssten, dass er vollkommen gesund war und sich lediglich auf Tauchstation befand. Kevin, sein bester Freund, hatte ihn mitfühlend angesehen, als er vorbeigekommen war, um den Brief abzuholen.

Das Paar hatte ihn dazu gezwungen – Seamus weigerte sich, sie als seine Eltern zu bezeichnen. Wie hießen sie gleich wieder? Ach ja, Thomas Kelly und Bernadette Sullivan. Daher stammte also sein Nachname. Sie waren offenbar nicht verheiratet. Er war unehelich geboren. Doch wen interessierte das schon, und was für eine Rolle spielte das? Ob verheiratet oder nicht, sie hatten ihn nicht gewollt.

Er war inzwischen erwachsen, führte sein eigenes Leben und kam gut zurecht. Warum zerbrach er sich überhaupt deswegen den Kopf? Sie waren gekommen, um ihn kennenzulernen – na toll! Er hatte die Herausforderungen und Kümmernisse im St. Augustine's längst hinter sich gelassen. Meistens fand er sogar, er habe es dort ziemlich gut gehabt im Vergleich zu anderen Institutionen.

Nein, was ihm einen Schock versetzt hatte, war seine Reaktion auf das Paar. Es war ähnlich, als würde man von einer Biene gestochen, ohne zu wissen, dass man allergisch ist. Man geht davon aus, dass der Stich ein wenig schmerzt, da es sich nur um ein Insekt handelt. Doch plötzlich tritt ein anaphylaktischer Schock ein, mit Schwellungen am ganzen Körper, akuter Atemnot und Schwindel. Es kommt zum Atem- und Kreislaufstillstand, und dann ist man tot.

Dieses Gefühl hatte Seamus, als er in seinem Armsessel saß und an die Begegnung mit dem Paar dachte. Im Lauf der Jahre – nicht so häufig wie andere Kinder in St. Augustine's, aber öfter, als er sich eingestehen mochte – hatte er sich vorgestellt, was er tun würde, wenn jemand nach ihm suchte. Eine Frau, die erklärte, sie sei seine Mutter, ein Mann, der behauptete, sein Vater zu sein, oder beide zusammen.

Für diesen Fall hatte er sich eine Rede ausgedacht, die es in sich hatte. Einmal hatte er sogar davon geträumt, ihnen in hohem Bogen auf die Schuhe zu spucken. Ein gutes Gefühl. Er hatte auch überlegt, ob er ihnen die Klassenfotos zeigen sollte – alle bis zur achten Klasse. Auch wenn er fand, dass er lächerlich darauf aussah, wie ein zerrupfter Vogel. Zu knochig, zu groß, die Ärmel zu kurz oder zu lang, und die roten Haare standen büschelweise in alle Himmelsrichtungen.

Er hatte eine Schule besucht, in die sowohl Kinder aus dem Heim als auch aus einem normalen Elternhaus gingen. Schon damals hatte er genau unterscheiden können, welche seiner Mitschüler eine Mutter hatten und welche nicht.

Mütter kämmten ihren Kindern die Haare. Sie achteten darauf, dass sie sich das Gesicht wuschen und keine Schlafkörnchen in den Augen hatten. Sie rückten ihnen an den Tagen, an denen Schulfotos gemacht wurden, die Krawatten oder Krägen der Schuluniform zurecht. Sie überprüften die Länge

der Ärmel, und wenn sie aus einem T-Shirt herausgewachsen waren, hoben sie es für die jüngeren Geschwister auf und holten ein anderes aus dem Schrank.
Für die mutterlosen Mädchen war es noch schlimmer. Sie standen entweder ständig vor dem Spiegel oder gaben sich überhaupt keine Mühe mit ihrem Äußeren. Die älteren trugen manchmal eine extra dicke Schicht Make-up auf, als glaubten sie die Unsicherheit in ihrem Verhalten, ihrem Auftreten hinter einer Maske verbergen zu können.
Kathleen war das genaue Gegenteil gewesen. Sie besaß eine natürliche Schönheit, hatte keiner Schminke bedurft. Ihre Haut war rosig, und ihre dunklen Haare schimmerten wie Seide. Doch er hatte sie immer daran erinnern müssen, ihre Haare zu bürsten, den Pullover ohne das Loch im Ärmelaufschlag anzuziehen und Socken, deren Gummi nicht ausgeleiert war, die ihr nicht über die Schuhe rutschten.
Ja, er hatte sich oft ausgemalt, seinen sogenannten Eltern diese alten Schulfotos zu zeigen und sie darauf hinzuweisen, wie armselig er im Vergleich zu seinen Klassenkameraden ausgesehen hatte. Er holte sie nun heraus, aus der Schachtel unter seinem Bett, in der er wichtige Dinge aufbewahrte. An die Fotos heranzukommen war nicht leicht gewesen. Als er mit dreizehn aus dem St. Augustine's ausgerissen war, konnte er sie logischerweise nicht mitnehmen.
Doch nach seiner Rückkehr im darauffolgenden Jahr, als er Kathleen gesucht und Schwester Anastasia ihn überredet hatte, noch eine Weile im Heim zu bleiben, hatte sie ihn unterstützt. Sie hatten sämtliche Jahrbücher der Schule durchforstet, die Bilder von Kathleen und ihm gefunden, Briefe an das Fotoatelier geschrieben, das sie gemacht hatte, und um Kopien gebeten. Die Fotos waren ursprünglich kostenlos – für jeden Schüler eines, der Preis war im Schulgeld

enthalten –, doch die Kopien hatten Geld gekostet. Schwester Anastasia hatte es ausgelegt, und Seamus musste seine Schulden abarbeiten, indem er die Fenster in der Schule und im Konvent putzte, zusätzlich zu seinen regulären Pflichten.

Seamus fragte sich, was das Paar wohl von seinen Kinderbildern halten würde. Er breitete die Klassenfotos auf dem Bett aus und versuchte sie aus der Warte der beiden zu betrachten. Seine Augen sahen immer zu groß und zu wild darauf aus, als hätte das Blitzlicht sie geblendet. Tief in seinem Inneren erinnerte er sich jedoch, dass er sich damals vor allem gefürchtet, sich unsicher und aus dem Tritt gefühlt, sich ständig den Kopf zerbrochen hatte, wie es weitergehen sollte.

Er betrachtete Kathleen. Sie hatten gemeinsam die Grammar School besucht, aber in der sechsten Klasse wurden sie auf getrenntgeschlechtliche Schulen geschickt. Das war üblich in St. Augustine's; doch als er sich jetzt die Fotos ansah, erinnerte er sich, wie qualvoll es gewesen war, den ganzen Tag voneinander getrennt zu sein. Und am Abend, nach Schulschluss, war er in den Jungen- und sie in den Mädchenflügel verbannt. Ihre Aufgabe bestand darin zu kochen, er war fürs Putzen zuständig. An manchen Tagen konnten sie nur vor Schulbeginn ein paar Worte miteinander wechseln, wenn sie zum Bus gingen, oder in der Küche, nach den Mahlzeiten, wenn sie sich vor Müdigkeit kaum noch auf den Beinen zu halten vermochte.

An manchen Tagen klemmte er ihr auf dem Weg zum Bus die widerspenstigen Haare hinter den Ohren fest. Oder sie gab ihm ein Papiertaschentuch, damit er noch schnell seine Schuhe putzen konnte. Am schönsten war es, wenn sie ihn morgens bat, ihr die Haare zu flechten. Sie blieben ein Stück

hinter den anderen zurück, während er sich an den Strähnen ihrer langen, weichen Haare zu schaffen machte, die nach Shampoo dufteten, und am liebsten nie mehr aufgehört hätte.
Er warf einen Blick auf das Foto mit dem dicken Zopf, der ihr vorne über die Schulter hing, so lang, dass er das Schulemblem auf dem grünen Blazer beinahe unkenntlich machte. Er ließ seine Finger über ihr Gesicht gleiten, betrachtete ihre großen Augen und entdeckte darin denselben erschrockenen Ausdruck wie in seinen eigenen. Er hätte gerne gewusst, wie sie jetzt aussah, wo sie lebte. Hatte sie noch ihre langen, dunklen Haare? Gab es jemand anderen, der sie ihr flocht?
Als es an der Tür klopfte, hob Seamus den Blick. Wer mochte das sein? Kevin nicht, so viel war gewiss. Es war schon spät und seine Schicht vorbei. Er musste längst zu Hause sein, duschen, sich umziehen und sich auf den Weg machen, um Eily zum Konzert von Randi-Lu O'Byrne abzuholen.
Seamus ließ die Fotos auf dem Bett liegen und durchquerte den Raum. Seine Apartment war so klein, dass er dazu nur wenige Schritte brauchte. Was war, wenn sein Chef aus dem Greencastle vor der Tür stand, um zu überprüfen, ob er wirklich krank war? Er würde es darauf ankommen lassen müssen und öffnete die Tür.
Tom Kelly stand auf der Schwelle.
Seamus wich fassungslos zurück.
»Wie haben Sie mich gefunden?«
»Ich muss mit dir reden. Es ist wichtig.«
»Und wer hat Ihnen gesagt, wo ich wohne?«, fragte Seamus feindselig.
»Ich bin ein Kelly, falls du das vergessen hast. Ich habe meine Beziehungen spielen lassen.«

Seamus musterte ihn aus zusammengekniffenen Augen. Er wusste, dass die Kellys mächtig waren. Sie waren Teil einer Welt, die sein Vorstellungsvermögen überstieg. Er fuhr häufig Leute wie Sixtus Kelly. Er stellte sich taub, bekam aber ganz genau mit, was auf dem Rücksitz vor sich ging. Er hatte alles Mögliche zu hören bekommen, Staatsgeheimnisse, finstere Machenschaften, die Einzelheiten gefährlicher Liebschaften. Er wusste, dass solche Leute Zugang zu allem hatten, was ihr Herz begehrte – Detektive, Agenten, alles außer Zauberern.

»Aha, Sie haben also jemanden bezahlt, um mich aufzuspüren.«

»Es spielt keine Rolle, wie ich es bewerkstelligt habe. Darf ich hereinkommen?«

Seamus machte Anstalten, ihm die Tür vor der Nase zuzuknallen, doch Toms Hand schoss blitzschnell vor und fing die volle Wucht des Schlages ab. Es krachte, aber er verzog keine Miene, obwohl Handfläche und Handgelenk höllisch schmerzen mussten.

Tom trat unaufgefordert ein und schloss leise die Tür hinter sich. Seamus blickte ihn zornig an, sein Herz klopfte. Er hätte sich am liebsten auf ihn gestürzt. Wie kam dieser Mann dazu, in sein Apartment einzudringen! Doch der Ausdruck in seinen Augen hielt ihn zurück, eine Mischung aus Traurigkeit und Resignation, die er gestern nicht bemerkt hatte. Als wäre Tom Kelly über Nacht gealtert.

»Reiche Leute wie die Kellys erledigen die Dinge offenbar auf ihre eigene Weise«, sagte Seamus sarkastisch. »Sie machen, was sie wollen. Und kommen immer ans Ziel.«

»So ist es.«

Seamus deutete auf Toms Tweedjackett. Es sah alt und ziemlich verschlissen aus, als wäre es häufig draußen im Regen getragen worden. Aufschläge und Taschen waren ausgefranst, die Schultern nach unten gesackt, die Ellbogen mit Flicken verstärkt. Es glich den schäbigen Kleidungsstücken, die Seamus auf den Schulfotos trug.

»Wieso laufen Sie so herum, wenn Sie so reich sind?«, fragte Seamus.

»Wer hat behauptet, dass ich reich bin?«

»Sie sind ein Kelly. Sie sagten doch gerade …«

»Tu mir einen Gefallen, Seamus. Zieh keine voreiligen Schlüsse, was meine Person betrifft, dann halte ich es mit dir genauso. Meine Cousins sind reich, ich nicht.«

Seamus war sprachlos. Ihm war, als hätte man ihm eine Ohrfeige versetzt. Toms Augen wirkten hart und zugleich verletzt. Sie erinnerten an die Jugendlichen von St. Augustine's, die wie er selbst am längsten dort waren und am meisten durchgemacht hatten. War Tom in einer ähnlichen Institution aufgewachsen?«

»Haben Sie Ihre Kindheit in einem Heim verbracht?«, hörte sich Seamus plötzlich zu seiner eigenen Überraschung fragen.

Tom schüttelte den Kopf. »Nein, ich bin in einem großen Haus aufgewachsen. Einem Herrenhaus, genauer gesagt. Mit viel Land, Dienstboten, großen Autos. Ich habe die besten und teuersten Schulen in Connecticut besucht. Ich hätte in Yale studieren können, wenn ich mir mehr Mühe gegeben hätte. Meine Familie gehörte zu den Förderern der Universität, sie hat ihr ein Wissenschaftsgebäude und eine Sporthalle gestiftet. Aber ich habe ihnen die Tour vermasselt.«

»Weil Sie keine Lust hatten, hart zu arbeiten?«

»Ich habe hart gearbeitet, aber nicht in der Schule. Ich liebe die Natur. Erde, Felsen, Bäume, Gärten. So in der Art. Mir gefällt es, bei Wind und Wetter an der frischen Luft zu sein.

Auch wenn die Sonne nicht scheint, bin ich gerne draußen. Schnee, Hagel, ich nehme es, wie es gerade kommt.«
»Aha, Sie kümmern sich also um die Pflege Ihrer Ländereien.« Seamus versuchte nicht im Geringsten, seinen Spott zu verbergen.
Tom schüttelte den Kopf. »Ich besitze keine Ländereien.«
»Aber Sie sagten doch gerade ...«
»Ich habe auf das Familienvermögen der Kellys verzichtet. Es bedeutet mir nichts. Imposante Häuser, Luxuskarossen wie der Mercedes, den du fährst – das interessiert mich alles nicht. Ich habe eine große Verwandtschaft, die sich freut, meinen Anteil zu bekommen. Weißt du, wohin ich gerne gehe, wenn ich in Dublin bin?«
»Ins Greencastle?« Ein weiterer Seitenhieb.
Tom schüttelte erneut den Kopf. »Nichts dergleichen. Zum Rutland Fountain.«
»Am Merrion Square? Dort wohnen die Kellys – in den georgianischen Häusern an der Nordseite des Platzes. Ich weiß es, weil ich Leute zu Abendeinladungen oder Geschäftsbesprechungen hingefahren habe.«
»Stimmt, sie wohnen dort. Sie machen sich über mich lustig, weil mir der Rutland Fountain so wichtig ist. Kennst du die Geschichte des Springbrunnens, Seamus?«
»Natürlich. Ich mache mit den Hotelgästen Besichtigungstouren durch Dublin.«
»Dann sag mir doch mal, was du deinen Fahrgästen erzählst.« Toms Stimme hatte einen drohenden Unterton, als würde er kein Nein als Entgegnung gelten lassen. Seamus erinnerte sich an das Krachen der Tür, als sich Tom den Eintritt erzwungen hatte, und seine Gedanken rasten. Er hasste es, wenn man ihn in die Ecke drängte und zwang, wie ein dressierter Affe Kunststücke vorzuführen. Andererseits hat-

te er keine Lust, sich mit jemandem anzulegen, der so in Rage war.

»Ich erzähle ihnen, dass der Merrion Square nicht immer ein solches Schmuckstück war, sondern früher eine schreckliche Funktion hatte – während der Großen Hungersnot befand sich dort eine Suppenküche. Überall in Irland hungerten die Menschen, starben wie die Fliegen. Das Leiden war unermesslich. So sah es damals am Merrion Square aus – kein Ort, an dem Leute wie die Kellys ein Leben in Saus und Braus führten.«

»Und Rutland Fountain?«

Seamus war verwirrt. Tom stellte ihn offenbar auf die Probe, und das missfiel ihm. Er spürte, wie tief in seinem Inneren Groll aufstieg. »Das war vor der Großen Hungersnot. Der Brunnen wurde 1791 errichtet, für die Armen von Dublin.«

Tom nickte. »Deshalb gehe ich bei jedem Irlandbesuch dorthin. Er erinnert mich an etwas.«

»Woran könnte er jemanden wie Sie erinnern? Sie sagten doch gerade, dass Sie Eliteschulen besucht haben und in einem Herrenhaus aufgewachsen sind.«

»Er erinnert mich an Wasser«, erwiderte Tom ruhig, als hätte ihn jegliche Streitlust mit einem Schlag verlassen.

»Wasser. Aha.«

»Menschen brauchen Wasser, um zu überleben. Es stillt den größten Durst, und man muss nicht reich sein, um in den Genuss zu kommen. Es gibt nichts Besseres als kaltes Wasser …«

Seamus starrte ihn an. Genau das hatte Kathleen früher oft zu ihm gesagt. Er hatte nach dem Abendessen im Heim das Geschirr abgewaschen – Stapel verkrusteter Pfannen, schmutzige Teller und schmierige Gläser. Wenn er Durst und die Arme bis zu den Ellbogen im schaumigen Spülwasser hatte, hatte sie ein Glas mit frischem Wasser für ihn gefüllt und an seine Lippen gehalten. Er spürte noch heute den Druck ihrer Hand, mit der sie seinen Kopf umfangen hatte, während sie mit der anderen das Glas schräg hielt, damit er trinken konnte.

»Wie nett, die Armen zu verklären, wenn man selber nicht zu ihnen gehört. Sie benötigen eine Menge Wasser für Ihre Gärten, oder? Ach ja, richtig, Sie sagten ja, Sie besäßen keine Ländereien.«

»Du hast trotzdem recht. Ich verbrauche viel Wasser – für die Bewässerung der Gartenanlagen, Rasenflächen und den Weingarten. Auf einem riesigen Anwesen in Connecticut, an der Stelle, wo der Fluss in den Sund mündet. Es befand sich früher im Besitz deines Ururgroßvaters, Seamus, Francis X. Kelly.«

»Seien Sie still!« Seamus wich zurück. »Er ist nicht mein Urur… egal, was. Warum erzählen Sie mir das? Ich will es nicht wissen.«

»Der Name des Anwesens ist Star of the Sea Academy. Francis X. vermachte die Ländereien und Gebäude dem Orden Notre Dame des Victoires …«

Seamus horchte auf. Die Nonnen, die ihn großgezogen hatten. Doch er starrte Tom mit aller Feindseligkeit an, die er aufzubieten vermochte. Tom reagierte nicht auf den provozierenden Blick. Er fuhr ungerührt fort.

»Das Anwesen wird von einer Ordensfrau geleitet. Sie ist der Grund dafür, dass ich auf das Familienvermögen der Kellys verzichtet habe. Aber verrate ihr das bitte nicht.«

»Wie sollte ich? Ich kenne sie ja überhaupt nicht. Und ich habe nicht die geringste Absicht, ihr einen Besuch abzustatten, darauf können Sie Gift nehmen.«

»Sie gehört zu den Menschen, die zu gut sind für diese Welt.

Beinahe zu gut, um wahr zu sein. Fürsorglich, bescheiden, geben nichts auf Äußerlichkeiten wie Kleidung oder das Auto, das jemand fährt. Ihr Lebenssinn besteht darin, anderen zu helfen. Weißt du, was ich meine?«

Seamus antwortete nicht, aber er wusste es genau. Er dachte an Schwester Anastasia und einige der anderen Nonnen in St. Augustine's. Dennoch, er würde Tom nicht die Genugtuung gönnen, die Frage zu bejahen, sich mit ihm gemein zu machen. Deshalb starrte er ihn schweigend an.

»Diese Frau. Als wir jung waren, bevor sie in den Orden eintrat, war sie mein Ein und Alles. Trotz des Reichtums meiner Familie war ich nie einem Menschen begegnet, der so glücklich und zufrieden war wie sie. Als würde sie aus einer eigenen Kraftquelle schöpfen, Seamus. Kühles, klares Wasser, den ganzen Tag. Und das hatte nichts mit Geld zu tun.«

»Sie haben beschlossen, einer Frau zuliebe auf das Familienvermögen zu verzichten?«, fragte Seamus ironisch.

»Richtig.« Tom ignorierte Seamus' Ton. »Sie ist ein wunderbarer Mensch, zu gut für diese Welt. Beinahe ein Engel.«

»Es gibt nicht viele Menschen auf Erden, die sich mit Engeln messen könnten«, konterte Seamus. »Die Nonnen im St. Augustine's vielleicht. Das sind schon fast Heilige, die mitten unter uns leben.«

»Diese Frau ... sie hatte eine Vision.«

»Eine was? Sie meinen, wie in Lourdes?«

»Genau wie in Lourdes. Die Jungfrau Maria erschien ihr in der Blauen Grotte im Star of the Sea.«

Die Worte klangen in Seamus' Ohren nach. Plötzlich erinnerte er sich – Geschichten, die die Runde gemacht hatten, vom Konvent bis zum Kinderheim. Von einer Nonne, einer der Schwestern von Notre Dame des Victoires, die in Amerika eine Vision gehabt hatte, bevor sie in den Orden eintrat.

Irgendein Mysterium war damit verbunden, und das war auch der Grund, warum sie ins Kloster ging. Kathleen hatte die Geschichte geliebt. Sie hatte immer gebetet, Maria möge auch ihr erscheinen.
»Warum erzählen Sie mir das?«, fragte Seamus.
»Weil ich die Dinge in die richtige Perspektive rücken möchte. Damit du verstehst.«
»Was soll ich verstehen? Warum ihr mich nicht wolltet? Es ist mir egal. Mein Leben ist in bester Ordnung, war es immer. Star of the Sea interessiert mich nicht, oder das Familienvermögen, das Sie in den Wind geschossen haben, oder warum Sie Rutland Fountain besuchen. Kapiert?«
»Durchaus.« Tom stand da und nickte. Er hatte wieder den harten Blick, als ob er in Wirklichkeit überhaupt nichts mit ihm zu tun haben wollte, als ob er nicht gekommen wäre, um sich als Vater aufzuspielen und den Kontakt zu einem Sohn zu suchen, auf den er früher dankend verzichtet hatte. Nein, da schien noch etwas anderes zu sein.
»Warum gehen Sie nicht endlich?«, stieß Seamus hervor.
Tom atmete tief durch. Er griff in die Innentasche seiner alten Tweedjacke. »Ich bin schon weg«, sagte er. »Aber zuerst möchte ich dir noch etwas geben.«
Seamus hatte nicht vor, irgendetwas von ihm anzunehmen, rein gar nichts. Er erwartete halb, dass Tom ein dickes Bündel Geldscheine hervorholte. Trotz all der schönen Worte über den Verzicht auf das Familienvermögen, Wasser und Durst glaubte er vielleicht, er könne seine Schuld mit Blutgeld tilgen.
Aber es war kein Geld. Tom hielt ihm ein Foto von Kathleen entgegen.
Seamus griff danach. Es war ein Schulfoto, kein Gruppenbild, sondern eine individuelle Porträtaufnahme aus dem

Jahr, als Kathleen und er getrennt wurden. Sie lächelte in die Kamera – mit einer Wildheit und Unsicherheit in den Augen, die Seamus nur zu gut kannte. Ihre Wangen waren rosig, ihre Haut makellos. Und sie trug einen Zopf – lang, dick und dunkel baumelte er über ihrer linken Schulter. Seamus hatte ihn an jenem Morgen geflochten. Er sah die kleine Ausbuchtung, wo er eine der Haarsträhnen nicht genug festgezogen hatte.

»Woher haben Sie das?«

»Von Schwester Anastasia. Wir waren im St. Augustine's, als wir nach dir suchten.«

Seamus sah das winzige Loch am oberen weißen Rand, wo die Schwester das Foto mit einer Reißzwecke an der Wand befestigt hatte. Er fuhr mit dem Daumen über die Einstichstelle.

»Warum hat sie es Ihnen überlassen?«

»Ich wollte wissen, wie Kathleen aussieht, weil sie dir so wichtig ist.«

»Nun, sie ist spurlos verschwunden«, sagte Seamus barsch. »Ich habe sie aus den Augen verloren. Es spielt also keine Rolle mehr.«

»Schwester Anastasia hat mir noch etwas für dich gegeben.« Tom griff abermals in seine Tasche und zog eine Postkarte heraus. Er reichte sie Seamus, der instinktiv wusste, von wem sie stammte, noch bevor er sie entgegennahm. Es war, als ginge ein elektrischer Schlag durch seinen Körper, als er die Postkarte in der Hand hielt, die Kathleen berührt, geschrieben und abgeschickt hatte.

Auf der Vorderseite befand sich eine Luftaufnahme von einer Küste – hohe Wellen brandeten gegen schroffe Felsen, und eine Reihe imposanter Herrenhäuser ragte über einem zerklüfteten Pfad auf, der hoch droben entlang einer Kaimauer verlief. *Cliff Walk, Newport, Rhode Island* war oben in weißer Schrift über einem strahlend blauen Himmel zu lesen. Seamus versuchte das Zittern seiner Hände zu unterdrücken. Er drehte die Karte um, und richtig, das war ihre Handschrift. Eine winzige Schrift, bemüht, so viele Worte wie möglich auf der Karte unterzubringen. Er strich mit dem Daumen über ihren Namen und merkte, wie die Buchstaben vor seinen Augen verschwammen, so dass es ihm schwerfiel, den Text zu lesen.

Liebe Schwester Anastasia,

hier lebe ich jetzt, bei einer Familie, in einem Haus wie abgebildet. Ich bin Köchin! Wer hätte gedacht, dass sich all die Jahre in der Küche von St. A. irgendwann bezahlt machen? Ich liebe meine Arbeit, war nie glücklicher. Wie Sie vielleicht erfahren haben, bin ich mit meinen Eltern nach Amerika ausgewandert und geblieben. Ich denke oft an Sie und die Schwestern. Und an James. Hören Sie ab und zu etwas von ihm? Wenn ja, würden Sie ihm bitte herzliche Grüße ausrichten?
Alles Liebe und Gottes Segen
Kathleen Murphy

Seamus las die Worte immer wieder. Er hatte sich Kathleen seit zehn Jahren nicht mehr so nahe gefühlt. In der Abbildung auf der Postkarte, in ihren Worten und in der Erwähnung ihrer Eltern steckten viele verschlüsselte Informationen. Seamus wünschte sich nichts sehnlicher, als alleine zu sein. Er hätte Tom Kelly am liebsten rausgeworfen, sich in seinen Sessel gesetzt und sich in Kathleens Postkarte vertieft.

»Sie hat sich nach dir erkundigt«, sagte Tom.
Seamus starrte die Schrift an. Es war ihm egal, dass Tom sich die Mühe gemacht hatte, ihm die Karte zu bringen. Er wollte nur noch eines, ihn zum Schweigen bringen, ihn verdammt noch mal loswerden, um Kathleens Präsenz bis ins Mark spüren zu können.
»Sie kennt dich nicht unter dem Namen Seamus. Sie weiß nicht, wo du lebst, wo du arbeitest.«
»Richtig«, erwiderte Seamus bissig. »Und ich weiß nicht, wo sie lebt und arbeitet. Außer, dass sie sich an einem Ort namens Newport, Rhode Island, befindet, und das ist weit, weit weg.«
»Nur eine Flugreise entfernt.«
Seamus musterte ihn mit funkelnden Augen. Er würde Tom nicht die Genugtuung gönnen, sich anmerken zu lassen, dass er noch nie geflogen war, ja, nicht einmal einen Reisepass besaß.
»Sie nennt dich James. Offensichtlich hat sie keine Ahnung, dass du jetzt Seamus genannt wirst. Macht dir das nichts aus?«
»Herrgott, sie kennt mich.« Seamus warf ihm einen wütenden Blick zu. »Namen spielen bei uns keine Rolle. Sie haben offenbar keinen blassen Schimmer, was wir durchgemacht haben. Was uns verbindet, geht über Namen, Worte, Postkarten und Fotos hinaus.«
»Verbindungen brechen manchmal ab«, erwiderte Tom schroff. »Lass dir das gesagt sein. Ungeachtet dessen, wie eng sie nach deinem Dafürhalten sind. Wenn du sie nicht pflegst, gehen sie irgendwann verloren.«
»Was wissen Sie denn darüber? *Sie* sind doch derjenige, der die Verbindungen zu Menschen abzubrechen pflegt. Wo ist denn die Frau mit der Vision? Sie haben Ihr Vermögen für

sie geopfert, und was ist daraus geworden? Und was ist mit Ihrer Familie? Den Kellys? Interessieren Sie sich nicht dafür, was ihnen wichtig ist? Und was ist mit mir?«

»Seamus, deshalb bin ich hier.« Toms Stimme zitterte. »Deinetwegen. Weil ich nicht möchte, dass du den gleichen Fehler machst wie ich. Kämpf um deine Liebe, Seamus. Kämpf um Kathleen.«

»Ich muss nicht um sie kämpfen! Ich habe sie im Herzen. Wir haben einander. Sie wollen mir etwas über Engel erzählen? Über die Frau mit der Vision? Für die Sie angeblich alles aufgegeben haben? Kathleen ist mehr als das für mich. Doch das könnten Sie nie verstehen.«

»Und ob ich das kann, zum Teufel. Es gibt einen Menschen, den ich auf die gleiche Weise liebe.«

»Die Liebe kann aber nicht so groß sein wie bei Kathleen und mir«, entgegnete Seamus hartnäckig.

»Größer«, erwiderte Tom.

Jetzt reichte es. Seamus spürte eine unbändige Wut in sich aufsteigen, wie heiße Lava. Er stieß Tom mit voller Wucht gegen die Wand. Wie konnte er es wagen zu behaupten, seine Liebe sei größer als die Liebe zwischen Kathleen und ihm?

»Sie haben doch überhaupt keine Ahnung, was Liebe ist!«, brüllte Seamus und versetzte Tom einen Fausthieb ins Gesicht. Ein Blutschwall schoss aus seiner Nase und ergoss sich auf das Tweedjackett. Tom war entschlossen, sich nicht auf einen Kampf einzulassen, aber Seamus wollte ihm offenbar keine andere Wahl lassen. Er holte wieder und wieder zum Schlag aus. »Sie bedeutet mir alles! Die Liebe, die uns verbindet, ist Ihnen völlig fremd!« Seamus' Faust traf ein weiteres Mal, Knochen prallte auf Knochen. Tom versuchte ihn mit ausgestreckten Armen auf Abstand zu halten, das zerschundene Gesicht zur Grimasse verzogen.

»Sie ist mir nicht fremd, ich empfinde das Gleiche für deine Mutter.« Tom duckte sich, als Seamus auf ihn eindrosch.

»Sie lügen, Sie machen sich selbst etwas vor.« Seamus stieß Tom erneut gegen die Wand. »Wenn Sie sie geliebt hätten, hätten Sie sie geheiratet. Und hätten mich behalten! Verdammter Mistkerl, behaupten Sie nie wieder, Sie würden sie so lieben wie ich Kathleen!«

»Seamus.« Tom gelang es, dem nächsten Schlag auszuweichen, und Seamus' Faust krachte mit voller Wucht gegen die Wand, so dass der Putz abbröckelte.

»Erzählen Sie mir nicht, was Liebe ist«, brüllte Seamus. Seine Hand sah aus, als wäre sie gebrochen, doch das war ihm egal. Er holte abermals aus. »Zuerst behaupten Sie, die Frau mit der Vision zu lieben, und jetzt heißt es, Sie lieben meine Mutter, Sie verdammter Mistkerl!« Er bot seine ganze Kraft auf, um Tom ein für alle Mal zum Schweigen zu bringen, doch Tom fing den Schlag ab und versetzte ihm einen Boxhieb. Seamus wankte und begann zu würgen.

»Die beiden Frauen sind ein und dieselbe Person«, keuchte Tom, fing Seamus in seinen Armen auf und drückte ihn an sich. Blut lief aus seiner Nase und von Seamus' Knöcheln.

»Was sagen Sie da?« Ihm schwindelte.

»Deine Mutter.« Tom hielt ihn fest. Tränen vermischten sich mit dem Blut auf seinem Gesicht. »Ich habe sie geliebt, seit ich denken kann. Sie war die Frau mit der Vision. Sie ist Nonne, Seamus.«

»Nein ... Ich habe sie doch gesehen ... Bernadette Sullivan.«

»Schwester Bernadette. Schwester Bernadette Ignatius.«

»Das versteh ich nicht.« Seamus zitterte am ganzen Körper.

»Sie trat ins Kloster ein. Darum ging es in der Vision – sie musste ihre Wahl treffen. Ich habe sie gewähren lassen,

Seamus. Das wollte ich damit sagen – ich habe nicht hart genug um sie gekämpft. Als du zur Welt gekommen bist, stand ihr Entschluss bereits fest.«
»Sie wurde Nonne? Meine Mutter?«
Tom nickte. Er ging zum Spülbecken und ließ kaltes Wasser über ein Geschirrtuch laufen. Dann ging er zum Tiefkühlschrank und füllte es mit Eiswürfeln. Als er sie gegen Seamus' Schläfe presste, sah er ihm in die Augen. Er erschrak; sie waren blau, von der gleichen Farbe und Eindringlichkeit, die er morgens im Spiegel wahrnahm, wenn er sich rasierte.
»Ich wollte dir nicht weh tun«, sagte Tom. »Aber du hast einen höllischen Schlag. Ich dachte, du würdest mich umbringen.«
»Die Pferde sind mit mir durchgegangen«, murmelte Seamus.
»O nein!« Toms Blick war auf Kathleens Postkarte gefallen. Überall waren Blutspritzer. Seamus griff danach und begann sie abzuwischen. Das Handgemenge, die Neuigkeit, dass seine Mutter eine Nonne war und Kathleen sich in Amerika aufhielt – das alles setzte ihm nicht so zu wie der Anblick der Blutstropfen, die Kathleens Worte verwischten. Verzweifelt senkte er den Kopf, damit Tom seine Tränen nicht bemerkte.
»Seamus«, sagte Tom, die Hand auf seiner Schulter, »es tut mir leid.«
»Das ist alles, was ich von ihr habe«, erwiderte Seamus mit tränenerstickter Stimme.
»Das stimmt nicht. Du hast gerade gesagt, dass du sie liebst. Ich kenne niemanden, der so tief mit einem anderen Menschen verbunden ist.«
Seamus hielt die Karte mit geschlossenen Augen in der Hand und versuchte Kathleens Gegenwart zu erspüren. Es spielte

keine Rolle, ob sie auf der anderen Seite des Atlantiks oder in Dublin lebte – Fakt war, dass er sie vor annähernd zehn Jahren das letzte Mal gesehen hatte. Sie nannte ihn immer noch James. Ihre Verbindung war abgerissen, vermutlich in dem Augenblick, als er sie beim Strandausflug zurückgelassen hatte, kurz bevor ihre Eltern kamen, um sie aus dem Heim zu holen.

»Das ist nicht real. Ich habe mir selbst etwas vorgemacht«, erklärte Seamus.

»Es ist real. Um dir das zu sagen, bin ich gekommen. Lass sie dir nicht entgleiten, Seamus. Mach nicht den gleichen Fehler wie ich. Wenn du sie so sehr liebst, wie du sagst, dann begib dich auf die Suche nach ihr.«

Seamus starrte stumm die Blutspritzer auf der Postkarte an.

»Ob du es hören willst oder nicht«, fuhr Tom fort, den Eisbeutel immer noch an Seamus' Kopf gedrückt. »Deshalb haben deine Mutter und ich uns auf die Suche nach dir begeben. Weil wir dich lieben. Wir haben die Sache so gründlich versiebt, wie zwei Menschen es nur können, aber wir mussten dich suchen und es dir sagen.«

»Das ist nicht das Gleiche«, flüsterte Seamus. »Sie waren nicht Teil meines Lebens, Kathleen schon. Sie bedeutet mir alles. Wir waren alles füreinander ...«

»Du hast recht, es ist wirklich nicht das Gleiche.«

Seamus nickte; er zitterte am ganzen Körper und wollte endlich allein sein. Als hätte Tom es gespürt, drückte er Seamus den Eisbeutel in die Hand.

»Du solltest ins Krankenhaus fahren, deine Hand versorgen lassen. Ich bringe dich hin, wenn du möchtest ...«

»Nein danke. Das mache ich schon.«

»Dann gehe ich jetzt. Wir fliegen heute am späten Abend nach Connecticut zurück, deine Mutter und ich.« Er verstummte, und Seamus war außerstande, ihn anzusehen. Er spürte, dass sich Tom zurückhielt, sich jede weitere Bemerkung in diesem Zusammenhang verkniff. »Ich bin jedenfalls sehr froh, dich kennengelernt zu haben«, fügte er abschließend hinzu.

Seamus schwieg.

»Es gibt nichts, was mir jemals wichtiger war. Nichts.«

»Ja. Also dann …«

Tom ging zur Tür. Erst als er den Raum durchquert hatte, wagte Seamus seinen Vater anzuschauen. Ihre Blicke trafen sich. Toms Augen waren blau und klar und spiegelten ein Gefühl wider, das Seamus fremd war, das er nicht einmal zu benennen wusste.

»Such sie.« Toms Miene veränderte sich, wurde härter.

»Ich werde darüber nachdenken.«

»Ich lass dir das hier.« Tom griff abermals in seine Tasche und legte eine Karte auf die Konsole neben der Tür. »Das ist die Visitenkarte meines Cousins. Er kann dir über Nacht einen Reisepass besorgen. Wie du bereits sagtest, die Reichen finden immer einen Weg, an ihr Ziel zu gelangen.«

»Ich bin nicht reich. Ich könnte ihn nicht bezahlen.«

»Er würde kein Geld von dir nehmen. Wenn wir heute Abend abfliegen, weiß Sixtus Bescheid. Er wird deinen Anruf erwarten. Tu es, Seamus. Begib dich nach Newport auf die Suche nach Kathleen.«

»Was ist das?«, fragte Seamus, als er sah, wie Tom eine weitere Visitenkarte auf die Konsole legte.

»Das ist die Adresse von Star of the Sea. Die Telefonnummer gehört zu meinem Handy. Von Irland aus funktioniert das nicht, aber in den Vereinigten Staaten, sobald du dort bist. Ich bin dran, wenn du anrufst. Ich werde dir helfen, Kathleen zu finden.«

Das war's. Tom ging noch mal zu ihm und reichte ihm zum Abschied die Hand. Seamus sah ihn an, und ihm fielen plötzlich tausend Dinge ein, die er ihm noch sagen wollte. Er hasste den Mann, der ihn nach der Geburt im Stich gelassen hatte, aber er verstand den Mann, der sich jetzt ihm gegenüber befand – er sah aus wie der Geist eines Menschen, der geliebt hatte, der eine Frau so sehr geliebt hatte, dass er bereit war, auf alles zu verzichten.

»Auf Wiedersehen, Seamus. Denk daran, deine Hand versorgen zu lassen.« Dann ging er zur Tür hinaus und verschwand.

Seamus hörte, wie er die Treppe hinunterlief, wie seine Schritte verklangen. Seltsamerweise ertappte er sich bei dem Gedanken, dass es schön gewesen wäre, von Tom ins Krankenhaus gefahren zu werden. Doch es war nur ein flüchtiger Gedanke, den er rasch verdrängte. Er war immer bestens alleine zurechtgekommen. Dennoch, es wäre schön gewesen, jemanden an seiner Seite zu haben, jemanden, der sich um ihn sorgte.

Kathleens Postkarte in der Hand haltend, lehnte er sich zurück und schloss die Augen. Die gebrochene Hand pochte. Er zitterte noch immer am ganzen Körper nach dem Kampf, doch seine Wut war verraucht. Auf der anderen Seite des Raums, im Bücherregal neben seinem Bett, befand sich ein Atlas. Er konnte jederzeit einen Blick hineinwerfen und Newport, Rhode Island, suchen. Kathleen suchen. Doch er blieb reglos sitzen. Zu wissen, dass die Postkarte von ihr stammte, war beinahe mehr, als er verkraften konnte.

16

Tom sagte unter einem Vorwand das Abendessen ab, und die Kellys hatten Verständnis für die unverhoffte Änderung der Pläne. Zumindest war es das, was Tom Bernie erzählte, bevor er sich in Schweigen hüllte. Sie saßen am Flughafen neben dem Gate, und warteten darauf, dass ihr Flug aufgerufen wurde. Bernie trug ihren schwarzen Habit nebst Schleier, der Rosenkranz hing an ihrem Gürtel. Tom hatte sie oben an der Wohnungstür abgeholt, ihr einen angewiderten Blick zugeworfen und das Gepäck hinuntergetragen.

»Tom! Was ist passiert?« Sie streckte die Hand aus, um sein Gesicht zu berühren. Er hatte ein blaues Auge, Schürfwunden an der Wange und offensichtlich eine gebrochene Nase.

»Nichts. Bist du fertig?«

»Nein, bin ich nicht! Wir können so nicht fliegen. Du musst ins Krankenhaus.«

»Die legen auch nur einen Eisbeutel drauf. Komm jetzt, lass uns gehen.«

»Die Nase ist gebrochen!« Daran konnte kein Zweifel bestehen. Er hatte schon immer eine Adlernase, zurückzuführen auf einen Bruch, den er sich als Kind beim Herumalbern mit John zugezogen hatte, doch nun war der Höcker noch ausgeprägter, aufgeschürft und rot. Auf seinem Jackett befanden sich eingetrocknete Blutspritzer.

»Na und? Hör zu, es ist mir gelungen, die beiden letzten

freien Plätze für den Nachtflug zu ergattern. Wenn feststeht, dass wir abreisen, sollten wir die Maschine erwischen.«
»Es überrascht mich, dass du es so eilig hast.« Sie sah ihn an.
»Du hast gesagt, dass du nach Hause willst, Bernie. Ich pflege deine Wünsche ernst zu nehmen. Du wolltest nicht nach Doolin zurück, also lassen wir das.«
»Tom ...« Sie berührte seinen Arm. Doch er zuckte zusammen, wich aus und schnappte sich ihr Gepäck.
Sie hatte den Schlüssel beim Loyola-Studienberater abgegeben, der im Haus wohnte, und stieg in das wartende Auto. Sie hatte befürchtet, einer der Kellys würde vor der Tür stehen, um sie zum Flughafen zu fahren, doch ihre Sorge erwies sich als unbegründet. Tom, dem genauso wenig daran gelegen war wie ihr, lange Erklärungen abzugeben, hatte ein Taxi organisiert. Vorsorglich und anonym.
Am Flughafen angekommen, gingen ihr unzählige Fragen durch den Kopf. Vor allem brannte sie darauf zu erfahren, was mit Tom passiert war, aber sie hatte Angst, ihn erneut darauf anzusprechen. Er war in den Waschraum gegangen und hatte Jackett und Hemd gegen ein blaues T-Shirt und eine schwarze Windjacke ausgetauscht. Als er zurückkam, sah sie, dass die Schwellung um Auge und Wange nach oben gewandert war; das Auge war beinahe geschlossen.
»Mit wem hast du dich geprügelt?«, fragte sie mit Nachdruck.
»Was spielt das für eine Rolle?«
»Mit Seamus? Du bist zu ihm gefahren, stimmt's?«
»Ja, bin ich.«
»Warum hast du mich nicht mitgenommen?«
Tom warf ihr einen langen kühlen Blick zu. Wie sie zu ihrem Unbehagen feststellte, behandelte er sie neuerdings, als wäre

sie Luft. »Weil ich mit ihm unter vier Augen reden musste«, erwiderte er ruhig. »Von Vater zu Sohn.«
»Wie hat er reagiert?«
Tom antwortete nicht, aber er runzelte die Stirn. Sein geschundenes Gesicht sprach Bände, und Bernie errötete.
»Hat er dich so zugerichtet?«
»Wir hatten eine kleine Meinungsverschiedenheit.«
»Warum?«
Sie sah, wie er um Fassung rang. Sie kannte Tom so lange und so gut, dass sie seine jeweilige Stimmung und oft auch seine Gedanken erriet, bevor er sie aussprechen konnte. Als sie merkte, wie sehr er sich bemühte, seine Gefühle unter Kontrolle zu halten, und ihr Blick wieder auf die Kratz- und Schürfwunden fiel, die Seamus ihm beigebracht hatte, senkte sie den Kopf und wartete bang auf seine Antwort.
»Warum? Weil er wütend ist. Er kann uns nicht verzeihen, was wir ihm angetan haben. Das ist doch verständlich, oder? Zur Adoption freigeben, ihn in ein Heim stecken, in dem er seine ganze Kindheit verbringen muss.«
»Aber das konnten wir doch nicht ahnen«, flüsterte Bernie. »Das war nie unsere Absicht. Wir haben uns ein Leben in einer liebevollen Familie für ihn gewünscht …«
»Das ist ihm versagt geblieben«, erwiderte Tom brüsk.
»Ich weiß.« Bernie dachte an das Treffen mit Schwester Theodore. Sie schilderte Tom in groben Zügen, was sie dabei erfahren hatte. »Inzwischen wird Schwester Theodore vermutlich die Generaloberin des Ordens verständigt und ihr gebeichtet haben, was Eleanor Marie ihm und Kathleen angetan hat.«
»Glaubst du wirklich, Bernie, das würde auch nur den geringsten Unterschied machen? Die Generaloberin weiß also Bescheid, na und? Was glaubst du, was sie tun wird? Eleanor

Marie ihres Amtes entheben? Sie in eine Therapie schicken, damit sie das Trauma ihrer verkorksten Kindheit überwindet? Wen interessiert das schon, Bernie?«
»Tom.« Bernie war entsetzt über seinen Ton.
»Zwei Menschenleben wurden zerstört, Kathleens und das unseres Sohnes.«
»Ich weiß«, flüsterte sie.
»Ich habe ihm Kathleens Postkarte gebracht. Eine Postkarte, Bernie. Die Kindheit kann ihnen niemand zurückbringen, und es gibt auch keine zweite Chance, in einer Familie aufzuwachsen«, sagte Tom und starrte dann ins Leere. Sah er seinen Sohn als kleinen Jungen vor sich, wie er Basketball spielte, einen Angelausflug machte oder am Strand spazieren ging? Bernie kniff die Augen zusammen und sah die gleichen Bilder vor sich.
»Ich weiß.« Ihre Kehle war wie zugeschnürt. In ihrem Kopf drehte sich alles. Tom hatte sie unverzüglich ins Taxi verfrachtet, aber sich einverstanden erklärt, einen Abstecher zum Hotel zu machen, in dem Seamus arbeitete. Sie war ausgestiegen, zur Rezeption gegangen und hatte nach ihm gefragt.
Er war wie zu erwarten nicht da, und so hatte sie ihm eine Nachricht hinterlassen, von der sie jedoch nicht wusste, ob er sie annehmen würde, wenn er sah, dass sie von ihr stammte. Und Tom hatte ihr gerade erst erzählt, was passiert war. Was mochte er gedacht haben, als er sie am Empfangstisch stehen sah, wie sie mit leerem Blick die Reihe der Hotelfahrzeuge musterte? Mit klopfendem Herzen hatte sie an all die Fahrten ihres Sohnes gedacht, an all die Leute, die er zu Besichtigungstouren durch Irland mitgenommen hatte – und sie reiste ab, ohne ihm Lebewohl sagen zu können.

Sie sah Tom an und fragte sich, wie es so weit hatte kommen können – die Reihe der Verletzungen schien kein Ende zu nehmen, vielleicht unbeabsichtigt zugefügt, aber sie gingen ihr durch Mark und Bein. Sie hatte weinend im Hotel gestanden, und jetzt saß sie am Flughafen, stumm und ausgebrannt.

In diesem Augenblick knisterte es im Lautsprecher, und der Flug wurde aufgerufen. Ihre Sitze befanden sich hinten, im Heckbereich der Maschine. Sie reihten sich in die Schlange der Passagiere ein. Bernie fühlte sich wie betäubt, als sie sich schrittweise den Gang zum Flugzeug entlangbewegten. Sie zeigte Bordkarte und Reisepass vor und sah, wie Tom das Gleiche tat.

»Sir, alles in Ordnung mit Ihnen?«, fragte eine der Stewardessen beunruhigt. Toms Gesicht sah verheerend aus, er schwankte leicht, als wäre er immer noch benommen von den Schlägen, und hielt die Augen gesenkt, um nicht in die neugierigen Gesichter blicken zu müssen, als sie sich den Weg zum rückwärtigen Teil der Maschine bahnten.

Bernie sah, wie die Leute auf ihren Habit reagierten. Es war immer das Gleiche, wenn sie mit dem Flugzeug unterwegs war. Wildfremde sprachen sie an, baten sie, ihre Kinder zu segnen oder den Flug. Andere starrten sie an, einer Panik nahe; sie wusste, dass manche in der Anwesenheit einer Nonne ein unheilvolles Omen sahen. Als sie durch den schmalen Gang eilte, versuchte sie eine heitere, gelassene Miene aufzusetzen, um den Wirrwarr der Gefühle zu kaschieren, der in ihrem Innern herrschte. Sie war so aufgewühlt, dass sie einen Moment lang in Erwägung zog, wieder auszusteigen. Ihr Herz klopfte zum Zerspringen. Wenn die Leute sich doch klarmachen würden, dass Nonnen auch nur Menschen waren. Sie besaßen nicht mehr Antworten oder

Kräfte als jeder andere, zeichneten sich nicht einmal durch größere Frömmigkeit aus. Als sie ihren Sitz in der letzten Reihe erreichte, war sie völlig am Ende und konnte Tom nur noch mit flehenden Augen ansehen.

»Warum fliegen wir zurück?«, fragte sie.

»Eine bessere Frage wäre: Warum sind wir überhaupt gekommen?« Er verstaute das Handgepäck in der Ablage über ihren Köpfen.

Sie saßen nebeneinander, Bernie auf dem Fensterplatz, Tom in der Mitte der Reihe. Der Platz am Gang war ebenfalls belegt. Der Mann, der ihn eingenommen hatte, nickte ihnen kurz zu und setzte dann eine Schlafmaske auf. Bernie sah Tom an, hochgewachsen, schlank und auf dem Mittelsitz eingequetscht.

»Möchtest du den Platz tauschen?«, fragte sie.

»Du schaust doch gerne aus dem Fenster«, antwortete er.

Sie nickte dankbar. Während sie darauf warteten, dass die Maschine vom Flugsteig zurückrollte, beobachtete sie Tanklaster, Gepäckwagen, Transporter mit Bordverpflegung und Reinigungsmannschaften. Auf dem Vorfeld herrschte rege Geschäftigkeit, die Leute gingen ihrer Arbeit nach. Sie presste die Stirn gegen das kühle Glas. In wenigen Minuten würden sie starten. Sie würde auf Dublin hinunterschauen, wie vor einer Woche bei ihrer Ankunft.

Jetzt ist alles anders, dachte sie. Sowohl besser als auch schlechter.

»Sagtest du, du fragst dich, warum wir hergekommen sind?«

»Ja.«

»Um unseren Sohn zu suchen. Und wir haben ihn gefunden.«

»Das ist nur zum Teil richtig.«

»Abschied nehmen ist unsäglich schwer. Das hätte ich nicht gedacht.«
Er hörte zu, die Lippen geschürzt, und sah mit seinem unverletzten Auge zum Fenster hinaus. Das andere Auge war beinahe zugeschwollen und feuerrot.
»Das liegt daran, dass du abgeschottet hinter Klostermauern lebst.«
»Was soll das heißen?«
»Du willst doch gar nicht wissen, was in dieser Welt vor sich geht.«
»Doch, Tom. Sag es mir.«
»Du hast dir damals ein Leben gewünscht, das Gebet und Meditation gewidmet ist, oder? Nun, genau das hast du bekommen. Du und der Heilige Geist. Der Rest der Menschheit, der hier auf der Erde lebt, muss sich durchkämpfen, Bernie. Dass du nicht geahnt hast, wie schwer dir der Abschied fallen könnte, liegt daran, dass du immer in der Lage warst, die Menschen, die du liebst, Gottes Schutz anzuvertrauen.«
Sie hörte schweigend zu, wissend, dass er recht hatte.
»Wir gemeinen Sterblichen haben dieses Privileg nicht. Wir sind aus Fleisch und Blut, für uns heißt es, fressen oder gefressen werden. Für mich bedeutet lieben jemanden stützen, hegen und halten, wenn er sich fürchtet. Gott mag dort oben sein«, er legte den Kopf in den Nacken und deutete zur Decke, »im Himmel, aber ich bin in der Erde verwurzelt.«
»Das sind wir alle.« Ein Ruck ging durch die Maschine, dann begann sie rückwärts zu rollen. Eine Drehung, und sie fädelte sich langsam und holpernd in den Flugverkehr ein, der auf die Starterlaubnis wartete. »Wir sind Menschen wie jeder andere, Tom.«

»Da irrst du dich.« Er schüttelte den Kopf. Seine Stimme klang bitter, und er sah erschöpft aus.
»Doch«, erwiderte sie beharrlich.
»Bernie, weißt du noch, was ich über Eleanor Marie gesagt habe, die Menschenleben zerstört hat?«
»Kathleens Leben und das unseres Sohnes.«
Tom sah sie düster an. »Und nicht zu vergessen unser Leben.«
»Nein«, flüsterte Bernie. »Wir hatten ein gutes Leben ...«
»Rede dir das nur ein. Vielleicht glaubst du es am Ende sogar.«
»Tom!«
»Wir waren füreinander bestimmt, Bernadette. Von dem Tag an, als wir uns das erste Mal begegnet sind. Du hattest eine Vision? Ich auch. Zu meiner Vision gehörte ein kleines Cottage mit einem hübschen Garten. Und wir beide, du und ich, und die Kinder, die wir großziehen. Ich habe mir ausgemalt, wie ich das Land der Academy bestelle und du unterrichtest – du wolltest ja schon immer Lehrerin werden.«
Bernie schloss die Augen. Die Stewardess näherte sich dem rückwärtigen Teil des Flugzeugs. Sie reichte Tom einen Eisbeutel, dann ging sie den Gang entlang und überprüfte rechts und links, ob die Passagiere angeschnallt waren. Tom hatte recht, es war seit jeher ihr Wunsch gewesen, Lehrerin zu werden. Sie hatte ihre Fähigkeiten erstmals bei ihrem jüngeren Bruder John erprobt, ungefähr zu der Zeit, als sie Tom Kelly bei einem Sommerpicknick im Star of the Sea begegnet war.
Die Flugbegleiter nahmen ihre Plätze ein, der Kapitän begrüßte die Passagiere über Lautsprecher und teilte ihnen mit, dass sie die Starterlaubnis erhalten hatten und als Nächste an der Reihe waren. Bernie bekreuzigte sich. Sie saß mit geschlossenen Augen da. Das Flugzeug rollte die Startbahn

entlang, dann beschleunigte es, und sie spürte die Schubkraft im Kreuz. Sie war immer gerne geflogen, doch dieses Mal war ihr Herz schwer.

Die Maschine hob ab und gewann langsam an Höhe, während sie über die Dublin Bay flogen. Die gerade untergehende Sonne tauchte die Stadt und die umliegenden Felder und Wiesen in ein weiches goldenes Licht. Bernie suchte den Boden nach dem Liffey ab. Da war er, floss an dem Apartmenthaus aus Backstein vorbei, in dem sie während der letzten Woche gewohnt hatte. Sie kniff die Augen zusammen und hielt nach dem Merrion Square im Südosten von Dublin und dem Konvent Ausschau. Sie erhaschte einen Blick auf ein Hausdach, das möglicherweise zu O'Malley's Pub gehörte – Tir na Nog ...

»Wo ist er?«, flüsterte sie.

»Wie bitte?«

»Zeig es mir.« Sie wandte sich Tom zu. »Bevor wir auf Nimmerwiedersehen verschwinden. Wo wohnt er? Ich möchte mir ein Bild machen, auf der Straßenkarte nachsehen können.«

»Ich kann nicht«, erwiderte Tom. Vielleicht meinte er, weil sein Auge zugeschwollen war, vielleicht aber auch aus einem anderen Grund.

Wie auch immer, Bernies Augen füllten sich mit Tränen. Sie blickte auf Dublin hinab, als das Flugzeug nach Westen abdrehte und Irland überquerte, auf dem Weg nach Amerika. Sie ließ ihren Sohn zurück, genau wie damals.

Die Erkenntnis rief ein Gefühl der Kälte hervor, und sie zitterte. Worüber hatten Tom und er geredet?

»Glaubst du, dass er jemals nach Amerika kommen wird?«, flüsterte sie. »Um Kathleen zu suchen?«

»Da bin ich ziemlich sicher.«

»Hat er das gesagt?«
»Das war nicht nötig. Er hat gar keine andere Wahl. Er liebt sie mehr als alles in der Welt.«
Bernie presste abermals ihr Gesicht ans Fenster. Dublin entschwand ihrer Sicht, die flackernden Lichter der Stadt blieben zurück, als das Flugzeug immer höher stieg, eine Wolkenschicht nach der anderen durchdrang. Bernie warf einen Blick auf ihren Habit. Sie hatte ihn abgelegt und wieder angelegt. Sie machte sich keine Illusionen über die Wirkung, die ihre Unschlüssigkeit auf Tom haben musste. Sie hätte ihm gerne gestanden, dass die Entscheidung, ihn wieder zu tragen, zu den schwersten in ihrem Leben gehört hatte, aber sie brachte es nicht über sich.
»Tom.« Sie wandte sich ihm zu und sah ihn an. Er hatte die Sitzlehne nach hinten gekippt und drückte den Eisbeutel auf das verletzte Auge. So wie er dasaß, konnte er sie nicht sehen, und darüber war sie froh. Sie streckte die Hand aus, um sein Gesicht zu berühren. In diesem Augenblick nahm er den Eisbeutel herunter, und sie zog ihre Hand zurück.
»Ich muss dir etwas sagen«, erklärte er.
»Ja?«
»Ich habe schon eine Weile darüber nachgedacht.«
»Manchmal braucht man Zeit, um Klarheit über seine Gedanken zu gewinnen.«
»Das kann nur eine Nonne sagen.« Er warf ihr ein belustigtes Lächeln zu.
Sie erwiderte es, erleichtert, dass Tom Kelly wieder zu Scherzen aufgelegt war. Doch das Lächeln wich ebenso schnell, wie es gekommen war.
»Ich verlasse die Academy.«
Einen Moment lang war sie verwirrt, glaubte, sich verhört zu haben. »Verlassen?«

»Ja. Ich verlasse Star of the Sea.«

»Aber Tom.« Sie war einer Panik nahe. »Das ist dein Zuhause … Du lebst dort … Wir brauchen dich.«

»Ich bin nur der Verwalter. Davon gibt es viele.«

»Aber du kennst dich dort aus. Du kennst uns.« Sie schluckte. »Tom, du kennst *mich.*«

Er schüttelte den Kopf, und eine Träne entschlüpfte seinem verletzten geschwollenen Auge. Es dauerte geraume Zeit, bis er sprechen konnte, und als es ihm endlich gelang, vermochte sie ihn kaum zu verstehen.

»Das dachte ich auch«, flüsterte er, ohne sie anzusehen. »Und ich hätte es mir gewünscht, mehr denn je. Aber dem ist nicht so, Schwester Bernadette Ignatius. Und daran wird sich nie etwas ändern.«

»Tom, sag so was nicht«, erwiderte sie flehentlich. »Ich weiß, dass du außer dir bist, aber du wirst deine Meinung ändern.«

Er schüttelte den Kopf. »Ich bin müde. Lass mich schlafen, ja?«

Sie konnte den Blick nicht von ihm abwenden. Sie nahm das kleine Kissen, das sie neben ihre Hüfte geklemmt hatte, und schob es ihm unter den Kopf. Er ließ es einen Moment dort liegen, doch vielleicht war es unbequem oder er wollte nichts berühren, was an sie erinnerte – er zog es vorsichtig heraus und verstaute es in der Tasche des Sitzes vor ihm.

Die Maschine flog nach Westen, der Dunkelheit voraus, brachte die Nacht mit sich, zog die Schwärze, die Wolken und Millionen Sterne hinter sich her, auch diejenigen, die Bernie nach Tom und ihrem Sohn benannt hatte, am Firmament von Irland, über den Klippen von Moher, die hoch über dem offenen Meer aufragten. Der Blick aus dem Fenster eines Flugzeugs hatte sie immer fasziniert, doch heute zog sie das Plastikrollo herunter, schloss die Sterne und malerischen Klippen aus, mit denen alles angefangen hatte.

Sie betete für Seamus und Kathleen, für Tom und sich selbst – vier Menschenleben, die nach Toms Ansicht zerstört waren. Sie hatte ihm nicht geglaubt, als er zum ersten Mal davon sprach, doch nun tat sie es, als sie nach Hause flogen, von Irland über den Atlantik, durch eine Nacht ohne Sterne.

TEIL III

17

Was für ein Mensch ist Seamus, Tante Bernie?«, fragte Agnes.

»Kommt er bald nach Connecticut?«, erkundigte sich Cece.

»Hast du Fotos von ihm?«, wollte Regis wissen und hatte hinzugefügt: »Was ist denn mit deinem Auge passiert, Onkel Tom?«

»Ich bin gegen eine Tür gelaufen«, hatte er erwidert. Die ganze Familie bedauerte ihn lautstark, außer John, der auf der anderen Seite des Tisches saß und ihn schweigend, mit schwindendem Mitleid ansah, weil ihm keine bessere Ausrede eingefallen war.

Die Familie hatte sich im Haus der Sullivans eingefunden, an der Strandseite des Campus von Star of the Sea, um Bernie und Tom nach ihrer Irlandreise willkommen zu heißen. Sie waren auf dem Logan Airport in Boston gelandet und in Toms Transporter, den sie in der Langzeit-Parkgarage abgestellt hatten, nach Black Hall gefahren. Sein Auge wies immer noch eine schwarzblaue Verfärbung auf, aber die Schwellung war zurückgegangen.

Honor hatte das Abendessen zubereitet und John zur Feier des Tages eine gute Flasche Wein geöffnet. Regis war mit dem Zug aus Boston gekommen, obwohl sie ihr Studium am dortigen College erst vor eineinhalb Wochen wiederaufgenommen hatte. Cece hörte mit großen Augen zu, begierig, jede Einzelheit über Seamus zu erfahren. Agnes hatte neben Brendan McCarthy, ihrem Freund, Platz genommen. Und Schwester Bernadette saß zwischen Honor und Tom, zitternd und zerbrechlich. Doch außer Honor und ihm schien es niemand zu bemerken.

»Erzähl uns von ihm«, forderte Regis ihn auf.

»Wir sterben vor Neugierde«, sagte Cece.

»Mädchen«, mahnte Honor sanft, »lasst eure Tante und Tom doch erst mal zur Ruhe kommen. Sie müssen völlig erledigt sein nach dieser Reise.« Sie blickte Bernie mitfühlend an, und Tom wurde klar, dass sie einen Teil der Geschichte kannte. Aber ihre Töchter würden nicht nachgeben, es lag in ihrer Natur, Familienangehörige mit bedingungsloser Liebe und Begeisterung zu überschütten. Sie konnten es kaum erwarten, mehr zu erfahren, und rutschten auf den Stühlen hin und her.

»Er ist groß«, erklärte Bernie, sichtlich mitgenommen. »Und sieht phantastisch aus.«

»Phantastisch, aha!«, meinte Regis grinsend.

»Er hat rote Haare, genau wie Bernie«, sagte Tom.

»Und strahlend blaue Augen wie Tom«, fügte Bernie hinzu. Ihre Worte versetzten ihm einen Stich. Er spürte, dass ihre Augen auf ihm ruhten, aber er wagte nicht, sie anzuschauen. In seinem Inneren war ein Damm gebrochen, seine Gefühle glichen einem reißenden Strom, und selbst ein flüchtiger Blick hätte sie vielleicht mitgerissen – auf den Strand, aufs Meer hinaus.

»Was macht er beruflich?«, erkundigte sich Agnes.

»Er ist Fahrer«, antwortete Bernie. »Für das Greencastle Hotel. Er möchte aber Jura studieren.«

»Das klingt ganz nach Kelly-Clan«, sagte Regis lachend. »Das heißt, Tom ausgenommen.«

»Leute, die das Land bestellen, sind genauso wichtig wie Rechtsanwälte«, meinte Brendan.
Tom lächelte ihm dankbar zu. Brendan hatte Ähnlichkeit mit Seamus, was die roten Haare, die Sommersprossen und die blauen Augen betraf. Die Art, wie er sich bewegte und lachte, die Veränderungen in seinem Ton, der verletzte Blick, den er zu verbergen trachtete, erinnerten ihn an Seamus – doch Seamus war in St. Augustine's aufgewachsen und Brendan von einem Paar in Connecticut adoptiert worden.
Die Begegnung mit Brendan im August war der Katalysator, der Tom und Bernie zur Reise nach Dublin und zur Suche nach ihrem Sohn bewogen hatte. Bei seinem Anblick verkrampfte sich Toms Magen. Er hatte Brendan einen Job in der Gartenbaumannschaft versprochen, zusätzlich zu seiner Tätigkeit im Krankenhaus, um Geld für das Medizinstudium zu sparen. Doch er hatte während des Heimflugs noch eine weitere Ankündigung gemacht, und sich daran zu halten würde die Trennung von Star of the Sea mit sich bringen.
»Hat Seamus eigentlich eine Freundin?«, fragte Agnes, die Hand in Hand neben Brendan saß.
Diese Frage beantwortete Tom bereitwillig. »Da gibt es ein Mädchen, das er liebt, Kathleen Murphy.«
»Oh, Kathleen«, sagte Regis.
»Wohnt sie in Dublin?«, wollte Agnes wissen.
»In Newport, Rhode Island.«
»Sie ist Amerikanerin? Toll!«, rief Regis aus. »Dann kommt er von Irland herüber, um sie zu besuchen, und wir laden die beiden hierher ein und lernen sie kennen.«
»Tom, stimmt etwas nicht?«, fragte Brendan.
Tom schüttelte beschwichtigend den Kopf, wie er es bei seinem eigenen Sohn getan hätte. Brendan war immer sehr

bemüht, aber auch ein wenig unsicher. Er war zutiefst enttäuscht gewesen, als sich herausstellte, dass er nicht Bernies und Toms Sohn war – ihr Kind war zwar im gleichen Alter, jedoch in Irland geboren. Er hatte noch nicht richtig begriffen, dass ihm Bernie dennoch zur Seite stand. Sie liebte ihn und war entschlossen, ihm bei der Suche nach seinen leiblichen Eltern zu helfen. Das hatte Tom ebenfalls beabsichtigt …

»Keine Sorge, es ist alles bestens«, erwiderte Tom.

»Ich hatte während Ihrer Abwesenheit meinen ersten Arbeitstag«, sagte Brendan. »Meine neuen Kollegen sind sehr nett.«

»Das freut mich«, meinte Tom.

»Und dank Tom auch erstklassig ausgebildet.« Bernie sah Tom mit einem zögernden, hoffnungsvollen Blick an. »Er hat eine ganz besondere Art, die hier anfallenden Arbeiten zu erledigen.«

»Die Kellys und die Sullivans toben sich im Star of the Sea so richtig aus.« John klopfte Tom anerkennend auf die Schulter. »Das hat seit langem Tradition.«

»Ja, hatte es«, erklärte Tom.

Alle horchten auf und sahen ihn an. Sie hatten die Vergangenheitsform bemerkt. Tom spürte, wie ihm das Blut ins Gesicht stieg. Bernies Lächeln wurde unsicher und erstarb. John schloss daraus, dass Tom dringend Hilfe benötigte. Er war Bernies Bruder, aber auch Toms bester Freund.

»Ach Tom, könntest du mal kurz mit nach draußen kommen?« John erhob sich. »Ich habe festgestellt, dass ein paar Rohre undicht sind. Ich würde sie dir gerne zeigen, bevor ich es vergesse.«

Sie traten zur Küchentür hinaus, während alle anderen ihnen verwundert nachblickten. Es dunkelte bereits. Das Dämmerlicht verlieh der Silhouette der Hügel kraftvolle Konturen, und die ersten Sterne gingen auf. Tom atmete tief die salzhaltige Luft ein und versuchte sich zu beruhigen. John lotste ihn vom Haus weg, die erste Anhöhe hinauf, in Richtung der alten Steinmauer.

»Hier oben gibt es keine undichten Rohre«, erklärte Tom.

»Ich weiß.« John blieb auf dem Kamm des Hügels stehen. Sie lehnten sich an die Mauer und blickten auf den Strand hinunter, wo die Gischt aufschäumte und, weißer Spitze gleich, vom Wind verweht wurde. »Wie Brendan bereits sagte, stimmt etwas nicht?«

»Ich weiß nicht.« Tom starrte aufs Meer hinaus. Im Osten, auf der anderen Seite des Sunds, ungefähr sieben Meilen entfernt, sah er die Lichter des Leuchtturms von Orient Point auf der North Fork blinken, einer Halbinsel, die der nordöstlichen Spitze von Long Island vorgelagert war. Danach kam South Fork und angrenzend der Atlantische Ozean. Und dahinter befanden sich Irland und Seamus. »Ich habe meinen Sohn kennengelernt.«

»Ich weiß. Mann, das freut mich für dich.«

»Er wollte nichts mit uns zu tun haben.«

»Das tut mir leid.«

Tom zuckte mit den Schultern. »Ich kann es ihm nicht verdenken. Die Vorstellung, mit der wir all die Jahre gelebt haben, dass er in einer liebevollen irischen Familie aufwachsen durfte, hat sich als Trugbild erwiesen.«

»Was soll das heißen?«

»Er hat seine ganze Kindheit in einem Heim verbracht.«

John starrte ihn fassungslos an. Tom spürte, wie ihn bei diesen Worten der Kummer übermannte.

»Wie konnte das geschehen?«

»Ich weiß es nicht. Eine Verkettung unglücklicher Umstände – eine fehlgeleitete Nonne und ein starrköpfiger Junge, ob du es glaubst oder nicht. Die Nonne war Bernies Novizenmeisterin, als sie in den Orden eintrat. Der starrköpfige Junge …«

»Lass mich raten. Dein Sprössling.«

»Ich habe es nicht verdient, ihn so zu nennen.«

Die Sommerluft war kühl, der Herbst begann. Die Konstellationen, die im August am Himmel zu sehen waren, hatten den im September vorherrschenden Platz gemacht, und die Sterne standen tief am dunkelblauen Firmament. Fledermäuse flogen über den Weinberg, auf der Jagd nach den letzten Käfern. Bald würde sich alles verändern. Die Temperaturen würden stetig fallen. Enten und Streifenbarsche würden nach Süden ziehen, auf ihrer Route durch Luft und Meer. Die Weinlese stand bevor und das Absterben der Rebstöcke.

»Was hat dein starrköpfiger Sohn gemacht?«, fragte John.

»Er hat sich verliebt«, erwiderte Tom leise.

»Das Gefühl kennen wir beide aus eigener Erfahrung.«

»Du sagst es.«

»Kathleen Murphy?«

»Aus Newport, Rhode Island. Ich habe ihm eine Postkarte gebracht, die sie Schwester Anastasia im Kinderheim geschickt hatte, und man hätte meinen können, es sei der Heilige Gral. Und dann habe ich sie versehentlich mit meinen Blutspritzern unleserlich gemacht.«

»Diese vermaledeiten Türen.«

»Ich bin nicht gegen eine Tür gelaufen, wie du vorhin schon ganz richtig vermutet hast.«

»Was hast du gemacht – dir vor seinen Augen die Pulsadern aufgeschnitten?«

Tom schüttelte den Kopf. »Es gab ein kleines Handgemenge, weil er nicht sonderlich begeistert war, als seine Mutter und ich auftauchten, und er mit Nachdruck darauf bestand, dass wir ihn in Ruhe lassen.«

»Dachte ich mir doch, dass deine Nase krummer aussieht als nach dem letzten Bruch.« Johns Blick durchdrang die einsetzende Dunkelheit. »Und dein Auge befindet sich ebenfalls in einem beklagenswerten Zustand. Der Bursche hat offensichtlich ein paar astreine Treffer gelandet.«

Tom nickte. »Er hat, wie es scheint, gelernt, sich im Straßenkampf zu behaupten.«

»Das kann nur jemand sagen, der Erfahrung hat.«

»Stimmt, und nicht zu knapp. Er hat nicht gerade den leichten Weg gewählt.«

»Auch dazu kann ich nur sagen: Der Apfel fällt nicht weit vom Stamm.«

»Er hat zeitweise auf der Straße geschlafen.«

»Ich weiß, dass man es nicht vergleichen kann, aber du auch.«

Tom nickte. John hatte miterlebt, wie er gegen die Bastion aufbegehrte, in der sich die Kellys verschanzt hatten – das Leben im teuren Internat, das Debütanten-Gehabe, die rauschenden Ballnächte, die Country-Club-Schickeria. Er hatte das Weite gesucht, war per Anhalter durchs Land gereist, alles andere als auf Rosen gebettet. Unterwegs war er mehrmals in Wirtshausschlägereien verwickelt worden.

»Was sagt Bernie dazu?«, fragte John.

Ihren Namen zu hören, sie im Flugzeug oder am Tisch mit ihrer Familie sitzen zu sehen, als wäre sie kurz davor, zusammenzubrechen – was sie jedoch niemals zulassen würde –, raubte ihm fast den Verstand.

»Du hättest deine Schwester nicht wiedererkannt«, sagte Tom. »Zum einen hat sie Beihilfe zum Einbruch geleistet, als ich in Irland an ein Geheimfach in einem verschlossenen

Raum des Konvents herankommen musste. Und zum anderen hat sie ihren Schleier heruntergerissen und zu Boden geworfen.«

»Meine Schwester?«

»Was wundert dich? Ihre Beteiligung an einem Einbruch oder dass sie ihren Schleier abgelegt hat?«

»Beides, ehrlich gesagt. Obwohl, so erstaunlich ist es im Grunde nicht. Ich habe seit vielen Jahren mehr oder weniger damit gerechnet, dass sie irgendwann aus dem Kloster austritt. Ich weiß, dass sie sich infolge der Vision für ein gottgeweihtes Leben entschieden hat. Aber ich sehe auch, wie eng ihr Verhältnis zu meinen Kindern ist. Und zu ihren Schülerinnen. Sie war eine phantastische ältere Schwester. Und ich bin sicher, sie wäre eine großartige Mutter. Und nicht zu vergessen die Geschichte mit dir.«

»Was ist damit?«

John zuckte mit den Schultern. Tom sah auf die weitläufige dunkle Fläche des Wassers hinaus, das unter den hellen Herbststernen glänzte. Es bewegte sich langsam und geheimnisvoll, und es hatte etwas an sich, das ihn schaudern ließ. Er wusste, was immer John ihm zu sagen hatte, würde alles nur noch schwerer machen und ihn nicht umstimmen, sondern in dem Entschluss bestärken, den er im Flugzeug gefasst hatte.

»Ich habe nie verstanden, warum Gott ihr eine solche Prüfung auferlegt hat«, erwiderte John ruhig, in die gleiche Richtung blickend.

»Was für eine Prüfung?«

»Sie ist ein herzensguter Mensch. Voller Liebe. Sie hätte in jedem anderen Bereich ganze Arbeit geleistet, egal, ob als Nonne oder im Rahmen ihrer Familie. Warum in drei Teufels Namen hat Gott sie auf diese Weise geprüft?« Er wandte

sich Tom zu und rang sich ein Lächeln ab. »Und dich auch. Warum hat er euch das alles abverlangt?«
»Da fragst du besser einen Theologen. Ich komme zu keinem Schluss. Und ich muss aufhören, mir den Kopf darüber zu zerbrechen.« Er schickte sich zum Gehen an – nicht zum Haus der Sullivans, wo das Abendessen noch in vollem Gang war, sondern in die entgegengesetzte Richtung, dem Fluss zu, wo sich sein eigenes Cottage befand. »Tu mir einen Gefallen«, fügte er hinzu. »Sag, dass ich das Leck im Rohr ausbessern muss. Ich gehe nach Hause.«
»Ach komm, Tom! Die Mädchen haben sich so gefreut, dich zu sehen. Und Brendan auch. Er ist glücklich, dass er hier mit dir arbeiten darf. Pass auf, dass er seine Meinung nicht ändert und beschließt, Agrarwirtschaft statt Medizin zu studieren.«
»Brendan täte besser daran, sich ein anderes Vorbild zu suchen. Ich gehe.«
»Na gut. Dann schwänzt du eben das Abendessen. Aber …«
»Du hast mich nicht richtig verstanden. Ich verlasse Star of the Sea.«
»Tom!«
»Brendan wird seinen Weg auch ohne mich finden. Du weißt, dass Bernie alles für ihn tun wird, was in ihrer Macht steht.«
»Ich rede nicht von Brendan, ich rede von dir.«
Tom schüttelte den Kopf und ging von dannen. Er wusste, dass John ihm nicht folgen würde. Er würde später Zeit für eine eingehende Erklärung finden und für die Bitte um Unterstützung. Tom hatte Pläne, was seine nächsten Schritte betraf, aber er konnte nicht alles hinter sich lassen, ohne zu wissen, dass sich Brendan und die Academy in guten Händen befanden.

Und Bernie. Er würde nicht ohne die Zusicherung ihres Bruders gehen, sich um sie zu kümmern. Sie war überzeugt, sich in Gottes Hand zu befinden, was gut und schön war. Doch Tom war ein Mann und dachte in menschlichen Begriffen. Deshalb musste er sich vergewissern, dass sie sich jederzeit an John wenden konnte, wenn er Star of the Sea verlassen hatte. Nicht um ihres, sondern um seines eigenen Seelenfriedens willen.

An der Rezeption des Greencastle herrschte Hochbetrieb. Die Gäste wollten einen Tisch im Restaurant reservieren und Eintrittskarten für das Abbey oder Gate Theater bestellen, doch Seamus bahnte sich einen Weg zum hinteren Empfangsbereich und loggte sich umgehend in den Computer ein. Das Hotel hatte nichts dagegen, wenn er ihn für seine E-Mails oder eine kurze Recherche im Internet benutzte, und er brannte darauf, Nachforschungen anzustellen, seit Tom Kelly sein Apartment verlassen hatte.

»Seamus, was ist mit deiner Hand passiert?«, fragte Matthew Killian, der Chefportier, in einer kurzen Verschnaufpause vom Ansturm der Gäste.

»Ich hab die Autotür zu früh zugeschlagen«, antwortete er. Er hatte sich die Geschichte seit dem Besuch im Krankenhaus zurechtgelegt.

»Und ich dachte schon, du wärst in eine Rauferei verwickelt gewesen«, erwiderte Matthew scherzhaft.

»Großer Gott, nein! Nur hautnaher Kontakt mit dem Mercedes.«

»Gib auf dich acht«, sagte Matthew. »Du bist mein bester Fahrer. Ich möchte dich nicht wegen einer Unachtsamkeit oder wegen dieser schweren deutschen Autotüren verlieren.«

Seamus errötete. Er wollte auf keinen Fall den Anschein erwecken, dass es ihm an Dankbarkeit oder Loyalität mangelte, denn das Greencastle hatte sich ihm gegenüber stets als großzügig erwiesen. Doch als er nun auf den Bildschirm des Computers blickte und mit seiner unverletzten Hand langsam die Tastatur bediente, wusste er, dass seine Tage im Hotel gezählt waren.

Tom Kelly war er nichts schuldig, aber er hatte ihm die Postkarte gebracht. Seamus gab »Newport«, »Cliff Walk« und »Kathleen Murphy« in die Google-Suchmaschine ein und erzielte mehrere hundert Treffer. Als er Google Earth anklickte, entdeckte er, dass es Bildmaterial über Newport gab. Er lud es auf den Monitor herunter, vergrößerte es und stellte es scharf ein.

Er kam sich vor wie ein Raumfahrer, der den Erdball umkreist. Er sah, wie die Erde näher rückte, wie er von Irland aus den Atlantischen Ozean überquerte. Da war er, Rhode Island, der kleinste Staat der USA, im Nordosten zwischen New York und Boston gelegen.

In diesen beiden Städten lebten zahlreiche Iren. Viele seiner älteren Freunde waren ausgewandert und hatten Arbeit als Gärtner oder Dienstboten gefunden. Dank der guten Wirtschaftslage, die derzeit in Irland herrschte, konnten die Leute mehr Geld zurücklegen und sich an einem College oder für ein Graduiertenstudium in Amerika bewerben. Die Großstädte waren angefüllt mit Iren, die »Hibernia« verlassen und dort eine neue Heimat gefunden hatten.

Newport vielleicht auch. Als Google Earth klarer wurde und näher an das Zielobjekt heranrückte, erkannte er das Meer, das sich vor ihm ausbreitete, und die Landspitzen, die ebenso felsenreich und zerklüftet waren wie in Kerry, als wären sie durch die Eiszeit auseinandergerissen worden.

Plötzlich erschien eine Ansicht von Newport auf dem Monitor, gestochen scharf, beinahe identisch mit der Abbildung auf Kathleens Postkarte.
»Was schaust du dir da an?«, fragte Matthew.
»Newport, Rhode Island«, antwortete Seamus.
»Aha. Ein Eldorado der Reichen.«
»Glauben Sie, dass es dort ein Greencastle gibt?«
»Nein, aber ganz sicher andere Luxushotels. Warum, Seamus? Trägst du dich mit dem Gedanken, nach Amerika auszuwandern?«
»Dort lebt eine Bekannte von mir«, erwiderte Seamus, der weder lügen noch mehr preisgeben wollte.
»Eine Bekannte, aha.«
In diesem Augenblick kam Kevin herein, um Seamus Bescheid zu sagen, dass sein Auto blitzblank sei und er seinen Fahrgast jetzt am Flughafen abholen könne. Seamus loggte sich geschwind aus und bedankte sich bei Matthew dafür, dass er den Computer benutzen durfte. Kevin hatte den letzten Teil der Unterhaltung mit angehört und grinste, als sie nun gemeinsam durch die Eingangstür des Hotels traten und auf die in Reih und Glied geparkten Autos zustrebten.
»Was gibt es da zu grinsen?«, fragte Seamus finster dreinblickend.
»Eily hat mit mir gewettet, dass du Kathleen noch vor unserer Hochzeit ausfindig gemacht hast.«
»Schön wär's.«
»Nun, vielleicht hilft dir die Postkarte weiter. Auch wenn du nichts Besseres zu tun hattest, als sie mit Blut zu verschmieren.«
»Er war das, nicht ich.«
»Ich fand ihn nett. Alle beide. Als ich ihnen sagte, dass du eine Nachricht für sie hinterlassen hast, sahen sie richtig

glücklich aus. Überglücklich. Man hätte meinen können, du hättest ihnen statt mir die Freikarten für das Konzert von Randi-Lu O'Byrne geschenkt.«
»Aha.« Seamus' Hand pochte. Der Gedanke, dass Tom Kelly und Bernadette Sullivan glücklich, ja, sogar überglücklich aussahen, bevor sie seinen Brief gelesen hatten, setzte ihm zu. Sie hatten nicht geahnt, was sich in dem Umschlag befand, sondern sich Hoffnungen gemacht. Er hatte sie zerstört. Na und? Er hatte deswegen nicht einmal ein schlechtes Gewissen.
Kein besonders schlechtes, genauer gesagt. Sie hatten es sich selber zuzuschreiben. Warum waren sie auch auf die Idee gekommen, ihn zu suchen? Was hatten sie denn erwartet? Dass es ihm rundum gutging? Seine Situation war schwierig, bestenfalls. Daran konnte es keinen Zweifel geben. Die Nonne – er brachte es nicht über sich, sie als seine Mutter zu bezeichnen –, diese Schwester Bernadette hatte ihm vor ihrer Abreise eine Nachricht hinterlassen. Sie lag in seinem Fach im Hotel, und er hatte sie umgehend gelesen. »Lieber Seamus«, hatte sie geschrieben. »Ich hoffe von ganzem Herzen, dass es Dir gutgehen möge im Leben. Du sollst wissen, dass Du geliebt wirst. Immer. Bernadette.« *Geliebt*. Er hatte die Nachricht in seine Brieftasche gesteckt, obwohl er sie eigentlich wegwerfen sollte.
Er griff mit der unverletzten Hand in seine Tasche und spürte den Rand von Kathleens Postkarte. Sie war es wert, gelesen zu werden. Tom Kelly hatte sie ihm gegeben. Wenigstens dafür war er ihm dankbar. Er hatte das Gefühl, den beiden etwas zu schulden. Nicht viel, keinesfalls so etwas wie Zuneigung oder den Wunsch, einander besser kennenzulernen oder sich an diesem Ort in Connecticut, den er erwähnt hatte – Star of the Sea? – zu treffen. Richtig, so lautete er, der

Name dieses Anwesens, wo seine Mutter – o Gott, auch das noch! – wo seine Mutter als Nonne lebte.

»Kannst du mit der Hand überhaupt fahren?«, erkundigte sich Kevin.

»Klar. Kein Problem.«

»Nochmals danke für die Freikarten. Eily war begeistert von dem Konzert. Sie möchte die Flitterwochen unbedingt in Nashville verbringen, um Randi-Lu noch einmal auf der Bühne zu sehen. Für sie ist es unfassbar, dass sie hier im Hotel abgestiegen ist und du sie fahren durftest.«

»Sie war sehr nett.« Seamus dachte an das Lied auf ihrer CD, »Große Liebe«.

»Also dann, bis später«, sagte Kevin. »Wie wär's, wenn wir nach Feierabend ein Glas zusammen trinken?«

»Gute Idee«, erwiderte Seamus und eilte zu seinem Wagen. Er stieg ein, legte Randi-Lus CD in den CD-Spieler ein und spulte, die ersten beiden Titel überspringend, zu »Große Liebe« vor. Als er den Parkplatz verließ, entdeckte er Sixtus und Billy Kelly, die gerade vorfuhren.

Die Cousins seines Vaters. Um ein Haar wäre Seamus von der Straße abgekommen. Sein Herz klopfte, er musste sich zusammenreißen. Was hatte Tom gesagt? Wenn er einen Reisepass benötige, solle er sich an Sixtus wenden, er erwarte seinen Anruf.

Newport, Rhode Island, dachte Seamus, als er losfuhr und die Kellys im Rückspiegel beobachtete. Dort lebte Kathleen.

Welten entfernt, doch wie Tom gesagt hatte, musste er lediglich in ein Flugzeug steigen. Seamus' Herz klopfte, als »Große Liebe« in Stereo erklang.

18

Die Granitgebäude, gotisch, was Architekturstil und geistiges Format betraf, lagen eng zusammengedrängt am Ende des langen Kiesweges, der von der Route 156 abzweigte und zwischen zwei imposanten steinernen Torpfosten hindurchführte, von denen einer das Schild *Star of the Sea Academy* trug.

Francis X. Kelly hatte das Anwesen dem Orden Notre Dame des Victoires vermacht, so dass der ehemalige Speisesaal der Familie den Nonnen nun als Refektorium diente. Die Kinderzimmer wurden als Unterkunft für die Internatsschülerinnen genutzt; in dem Flügel, in dem einst zahlreiche Feste und Familientreffen stattgefunden hatten, befand sich nun die Klausur, ein abgegrenzter Bereich für diejenigen Nonnen, die ein streng kontemplatives Leben führten. Als gläubiger Katholik hatte Francis X. Kelly eine Kapelle für seine Familie errichten lassen. Sie war klein und intim, angefüllt mit mehreren Kirchenbankreihen aus Eichenholz und sehr dunkel. Das einzige Licht fiel durch die blaugrundigen Buntglasfenster, die ein Meister seines Fachs aus der französischen Stadt Rouen entworfen hatte. Ein Kreuz krönte den schlichten Kirchturm. Nun wurde die Kapelle für die tägliche Messe und für die Gebete der Nonnen und der Internatsschülerinnen genutzt.

Das Anwesen schmiegte sich in die Talsohle des Connecticut

River Valley, genau an der Stelle, wo der mächtige Strom in den Long Island Sound mündete. Die Flussseite wurde von Sumpfland gesäumt, ein Paradies für Wasservögel. Entlang dem Sund verlief ein nahezu unberührter weißer Sandstrand, umspült von sanften Wellen und umtost vom Meereswind. Überall auf dem Land der Academy wurde Wein angebaut. Ungefähr achttausend Hektar waren der Rebsorte Chardonnay, zweitausend Hektar dem Merlot und mehr als tausend dem Pinot Noir vorbehalten. Die Nonnen unterrichteten und arbeiteten im Weinberg. Im Frühjahr banden sie die Weinreben an Spalieren fest, »erzogen sie«, wie es in der Fachsprache hieß. Es bildeten sich Knospen und winzige Trauben. Der Sommer war der Aufgabe gewidmet, die Weinreben an den Drähten neu zu positionieren, die Rebstöcke zu stutzen und auszulichten, damit sie eine optimale Form erhielten, und für eine ausreichende Bewässerung zu sorgen. Ende September, wenn die Luft vom würzigen Duft der reifen Trauben erfüllt war, rüsteten sich die Nonnen für die Weinlese.

Die sanften Hügel, die zu den Ländereien der Academy gehörten, waren kreuz und quer von malerischen, kunstvollen Steinmauern durchzogen, errichtet von Arbeitern, die von den Kellys Ende des 18. Jahrhunderts aus Irland herübergeholt worden waren. Zu ihnen gehörte auch Cormac Sullivan, Urgroßvater von Schwester Bernadette Ignatius, seit Jahren Leiterin des Internats.

An diesem Nachmittag Ende September waren die Hügel von Star of the Sea in karamellfarbenes Sonnenlicht getaucht. Es breitete sich über die Heuwiesen und den Weinberg, das Sumpfland und die Nebenarme des Flusses aus, und es verlieh den Steinmauern Glanz. Die Luft war frisch, und ein schneidender Wind wehte vom Sund herüber. Mädchen in

Schuluniform, marineblaue Blazer und karierte Röcke, liefen zwischen den Gebäuden hin und her, auf dem Weg zum Unterricht oder Sport.

Schwester Bernadette Ignatius trat aus ihrem Büro in den hellen Sonnenschein. Sie kniff die Augen zusammen und ließ ihren Blick schweifen. Zwei Viertklässlerinnen flitzten an ihr vorbei und winkten. »Hallo!«, riefen sie. Eine ihrer Nichten, Cecilia Sullivan, beeilte sich, sie einzuholen.

Bernie winkte den drei Mädchen zu und ging durch den Innenhof in Richtung Strand. Die Leitung des Anwesens erforderte ihre ungeteilte Aufmerksamkeit; eigentlich hätte der Tag doppelt so viele Stunden haben müssen, nur um auf dem Laufenden zu bleiben. Mit Schülerinnen von der ersten bis zur zwölften Klasse, die ihrer Obhut anvertraut waren, Novizinnen, deren Entwicklung es zu beobachten galt, Junglehrerinnen, die ihrer Anleitung bedurften, Noten, die überprüft werden mussten, langjährigen Mitarbeiterinnen, die Rat suchten, und der vielschichtigen physischen Struktur von Star of the Sea hatte sie alle Hände voll zu tun. Und wenn unvorhergesehene Ereignisse eintraten wie jetzt, brauchte sie unverzüglich eine Antwort.

Wo mochte sie stecken – Honor Sullivan, ihre beste Freundin und Schwägerin, die auch den Kunstzweig der Schule leitete? Bernie kannte den Lieblingsplatz, an dem sie sich oft mit ihrem Malkurs aufhielt, und steuerte ihn an. Unterwegs entdeckte sie Hecken, die dringend gestutzt werden mussten, Steine, die von den Mauern heruntergefallen waren, Unkraut, das am Rande des Weges wucherte. Sie schluckte, bemüht, Ruhe zu bewahren.

Auf dem Kamm einer niedrigen Anhöhe angekommen, sah sie Honor und ihre Schülerinnen auf halber Höhe des nächsten Hügels. Bernie folgte der Steinmauer, die talwärts führte. Sie schritt zügig aus, der Schleier wehte hinter ihr her. Honor hatte sie noch nicht bemerkt; sie ging gemächlich zwischen ihren Schülerinnen hin und her und beugte sich gelegentlich vor, um Aquarelle zu bewundern oder Ratschläge zu geben. Bernie sah, wie sich die Mädchen auf ihre Arbeit konzentrierten, den Pinsel in die kleinen Wasserflaschen tauchten und versuchten, die Szenerie auf Leinwand zu bannen.

»Ausgezeichnete Arbeit, Mädchen«, rief Honor. »Nutzen wir die Gelegenheit, uns noch einmal die Lichtqualität im Star of the Sea bewusst zu machen. Ist sie nicht einzigartig? Wenn ihr ebenfalls zu dieser Schlussfolgerung gelangt seid, befindet ihr euch in guter Gesellschaft. Zur Jahrhundertwende, als die Künstlerkolonie Black Hill entstand, fühlten sich viele Maler wegen des Lichts zu dieser Hügellandschaft hingezogen.«

»Die amerikanischen Impressionisten?«, fragte Megan Bailey, die im Schneidersitz dasaß, den Rücken an die Mauer gelehnt.

»Und die Künstler der Barbizon-Schule?«, rief Heather McDonough, die sich weiter oben auf der Anhöhe befand.

»Ja«, erwiderte Honor, »sehr gut. Sie glaubten, das Licht in Black Hall sei ähnlich beschaffen wie das im Umkreis von Fontainebleau oder Barbizon in Frankreich. Es ist einmalig, schwer fassbar, ein Traum für jeden Maler. Wisst ihr auch, warum?«

»Es verleiht der Landschaft Lebendigkeit«, sagte Agnes Sullivan. Bernie blieb stehen und wartete, dass ihre Nichte fortfuhr. Johns und Honors mittlere Tochter war schüchtern und spirituell, eine hochbegabte Künstlerin, die ihren Eltern in nichts nachstand. Sie besuchte den Malunterricht ihrer Mutter und fühlte sich in ihrer häuslichen Umgebung am

wohlsten. Und sie fühlte sich den Küstenbewohnern zutiefst verbunden.
»Lebendigkeit? In welcher Hinsicht?«, fragte Jenny Kilcoman. »Ich sehe nur Felsen, Gras und Rebstöcke.«
Agnes zögerte. Sie scheute sich wie immer, ihre Meinung zu äußern. Doch da ihre Liebe zur Malerei groß war und sie einen Hang zur Mystik hatte, in allem Sein die kosmische Energie wahrnahm, überwand sie ihre Hemmungen. »Das Licht bewegt sich«, erklärte sie. »Es verändert sich fortwährend, je nach Tageszeit und Bewölkung. Es ist zu jeder Jahreszeit anders. Und alles, was es berührt, wandelt sich mit ihm. Wie diese Steinmauer.« Sie deutete darauf. »Sie schimmert wie Silber, wenn die Sonne scheint, wirkt aber schwarz und düster, wenn die Sonne hinter einer Wolke verschwindet.«
Als sich Honor ihrer Staffelei zuwandte, erblickte sie Bernie auf dem Weg. Über Kamelhaarhosen und Pullover trug sie ein abgelegtes Hemd von John als Malkittel, das vorne mit Farbe verschmiert war. Die Ärmel hatte sie hochgekrempelt. Ihre hellbraunen Haare hatte sie zum Pferdeschwanz gebunden und eine Baseballkappe aufgesetzt.
»Hallo!« Honor gesellte sich lächelnd zu ihr.
»Malt ihr heute im Freien?«
»Ja.« Honor blickte sich zufrieden um. »Der Tag ist zu schön, um im Atelier zu bleiben. Ich bin froh, dass du die Gelegenheit ergriffen hast, ein bisschen frische Luft zu schnappen. Ich weiß, dass du voll ausgelastet bist.«
Bernie nickte. »Ja, das Schuljahr hat begonnen, die Weinlese steht bevor, und alles geht den Bach runter.«
»Den Bach runter?«, fragte Honor, um einen unbeteiligten Gesichtsausdruck bemüht.
»Ja. Die Sturmböen am letzten Wochenende haben zwei Äste des Zuckerahornbaums hinter dem Kloster niederge-

rissen. Einer ist direkt über die Mauer gefallen und hätte um ein Haar eine Novizin erschlagen.«

»Alles in Ordnung mit ihr?«

Bernie zuckte mit den Schultern. »Sie sieht darin ein Zeichen, ihr Gelübde zu überdenken. Das Letzte, was ich von ihr gehört habe, war, dass sie mit ihrer Mutter in Norwalk telefoniert hat.«

»Zeichen können sehr machtvoll sein«, erwiderte Honor sanft.

Bernie warf ihr einen scharfen Blick zu, nach einer versteckten Anspielung Ausschau haltend. Doch Honor reagierte nicht. »Wie auch immer«, sagte Bernie, »ich habe dich gesucht, weil ich fragen wollte, ob John und du bei der Weinlese aushelfen könntet. Sie findet dieses Wochenende statt, und es gibt so viel zu tun. Und jetzt, da Tom nicht mehr da ist ... Sie verstummte.

»Natürlich helfen wir mit. Hast du etwas von ihm gehört?«

Bernie schüttelte den Kopf. »Nein, das habe ich auch nicht erwartet. Er ist ja weggegangen, um jegliche Bindung an Star of the Sea zu lösen. Ich dachte, er hätte sich vielleicht bei dir gemeldet.«

»Bei mir nicht. Vielleicht bei John, aber wenn, dann hat er es mit keinem Wort erwähnt.«

»Ich weiß, dass es zum Besten aller Beteiligten ist.« Bernie betrachtete die Hügellandschaft, die mit jungen Malerinnen gesprenkelt war. Sie befanden sich alle außer Hörweite.

»Zum Besten?«, gab Honor sanft zu bedenken. »Tom war hier zu Hause. Er fühlte sich wohl in dieser Umgebung. Er ist seit Ewigkeiten Verwalter. Er hat die Liebe seines Urgroßvaters zur heimischen Scholle geerbt und wollte die Tradition fortsetzen.«

»Mitnichten. Er fand, es sei an der Zeit, seine Zelte abzubrechen, etwas Neues auszuprobieren. Ich bin nur überrascht, dass er Brendan hiergelassen hat. Die beiden standen sich sehr nahe.«

»Vielleicht hat er noch Kontakt zu ihm. Ich bezweifle, dass er ihn einfach im Stich lassen würde, Bernie.«

»Nein, das sähe ihm nicht ähnlich.«

»Du bist am Boden zerstört, weil er weg ist, stimmt's?«

Bernie versuchte den Kopf zu schütteln.

Honor runzelte die Stirn. Sie musterte Bernie lange und fragend und ließ sie so wissen, dass sie ihr das nicht abnahm. Seit ihrer Rückkehr aus Irland hatten sich Tom und Bernie mit der Realität ihrer Beziehung auseinandersetzen müssen. Was sie verband, war Freundschaft – oder vielmehr eine Liebesgeschichte ohne Happy End. Die Beziehung war rein platonisch – so hatten sie es gehalten in all den Jahren, seit Bernie die ewigen Gelübde abgelegt hatte. Oder täuschte sie sich?

»Du kannst meine Frage offensichtlich nicht beantworten«, fuhr Honor fort.

»Ich weiß nicht mehr, was ich empfinden soll. In gewisser Hinsicht bin ich erleichtert, ihm nicht mehr jeden Tag zu begegnen, mit ansehen zu müssen, wie er sich in Arbeit stürzt, und zu wissen, wie enttäuscht er war, dass …«

»Dass er nicht so mit dir zusammen sein kann, wie er es sich gewünscht hätte.«

Bernie nickte. Das Eingeständnis fiel ihr schwer, selbst gegenüber ihrer besten Freundin.

»Und nach Irland, nach Seamus wurde der Wunsch noch stärker«, sagte Honor.

Die Erwähnung seines Namens tat seine Wirkung. Bernie hatte das Gefühl, als würde sich das sanfte goldene Licht – das sich über das Land, den Weinberg und die Mauern breitete – über ihre Haut, ihre Hände und ihr Gesicht ergießen und den Eisblock in ihrem Inneren zum Schmelzen bringen.

»Ja, das ist wahr.« Bernie hielt mühsam die Tränen zurück, damit die Mädchen sie nicht weinen sahen. »Ich bin mir nicht sicher, was ich erwartet habe. Ich habe um Heilung, um inneren Frieden gebetet – für uns drei. Für Tom, Seamus und mich. Ich konnte mir nicht verzeihen, dass ich ein Kind zur Welt gebracht und es dann im Stich gelassen habe. Ein qualvoller Gedanke, von dem ich mich endlich zu befreien hoffte. Ich musste mich mit eigenen Augen überzeugen, dass mein Sohn gesund und glücklich war.«

»Du sagtest doch, Seamus sei gesund und relativ glücklich.«

»Ein erstaunlicher Junge, vor allem in Anbetracht der Hindernisse, die er überwinden musste.«

»Klingt ganz so.«

»Tom war trotzdem völlig fertig. Er ist ein Mensch, der alles strikt voneinander trennt. Das war schon immer so. Er hat es fertig gebracht, auf Star of the Sea zu leben, seiner Arbeit nachzugehen und den Anschein zu erwecken, als ob nie etwas zwischen uns gewesen wäre.«

»Glaubst du wirklich, dass er das konnte … so tun als ob?«, hakte Honor sanft und mit einer Engelsgeduld nach, als wäre Bernie eine begriffsstutzige, fehlgeleitete Schülerin.

»Er hatte ja gar keine andere Wahl«, entgegnete Bernie beharrlich.

»Bernie, du glaubst doch nicht allen Ernstes, es wäre ihm gelungen, sich selbst etwas vorzumachen?«

»Wie hätte er es denn sonst ausgehalten?«, fragte Bernie und hatte das Gefühl, in einen Abgrund zu stürzen.

»Wie hast du es ausgehalten?«

»Durch Beten. Dass wir beide lernen, das Göttliche in unserem Inneren zu lieben und zu akzeptieren. Um Martin Buber zu zitieren: ›Alles wirkliche Leben ist Begegnung.‹ Wie wahr, findest du nicht?«

»Bernie, könntest du bitte Martin Buber aus dem Spiel lassen?«

Bernie blickte sie an, erschrocken über den heftigen Ton. Honor schüttelte verzweifelt den Kopf.

»Da spricht mal wieder die Nonne aus dir.«

»Das hat Tom auch immer gesagt.« Bernies Blick verlor sich in der Ferne. Das goldene Licht schien in der Luft zu verharren, angefüllt mit Staubpartikeln, Pollen und salziger Gischt. Sie hörte, wie sich die Wellen unmittelbar hinter dem Hügel am Strand brachen.

»Womit er den Nagel auf den Kopf getroffen hat«, erklärte Honor. »Manchmal siehst du alles durch das Prisma der geistigen Mächte und des Intellekts. Diese rosarote Brille trennt dich vom wirklichen Leben, von den Grabenkämpfen, die wir gemeinen Sterblichen in diesem irdischen Jammertal ausfechten müssen.«

»Glaub mir, im Moment habe ich das untrügliche Gefühl, mich selber in diesem Jammertal zu befinden.«

»In welcher Hinsicht, Bernie? Du hast kaum über die Reise geredet, seit du wieder zu Hause bist. Meinst du die Begegnung mit deinem Sohn? Oder dass du zwei Tage lang den Habit abgelegt hast?«

»Woher weißt du das?« Bernies Kopf fuhr herum. Sie sah Honor prüfend an.

»Tom hat es John erzählt.«

»Ich dachte, du weißt nicht, wo er steckt.«

»Weiß ich auch nicht. Das war, bevor er fortgegangen ist. Am ersten Tag nach eurer Rückkehr oder so, als er seine Sachen gepackt hat.«

»Was hat er gesagt?«

»John ist zu ihm gegangen, weil er wissen wollte, was los ist. Tom hat ihm von Seamus und St. Augustine's erzählt und von einer Nonne, die er deine Nemesis nannte …«

»Eleanor Marie.«

»Genau. Und er hat gesagt, dass du deinen Habit nicht mehr getragen hast, als es euch endlich gelungen war, Seamus' Akte in euren Besitz zu bringen. Er meinte, er hätte dir angesehen, dass du deine Gelübde in Frage stellst. Mehr nicht. Und dass es dir klargeworden ist.«

»Was soll mir klargeworden sein?«, flüsterte Bernie.

»Dass du mit ihm zusammen sein willst. Mit beiden, genauer gesagt, mit Tom und Seamus.«

Bernie schüttelte den Kopf. »Er hat sich geirrt.«

»In welcher Hinsicht?«

»Es gibt kein Zusammensein mit Seamus. Er ist erwachsen. Er braucht weder Vater noch Mutter, die ihm sagen, wo's langgeht. Das weiß er bereits.«

»Das meinte Tom auch nicht«, erwiderte Honor leise. »Es ging nicht um das, was möglich sein könnte, sondern um das, was du dir wünschst. Das sind zwei Paar Stiefel, Bernie. Begreifst du das nicht?«

Natürlich begriff sie das. Sie verstand nur zu gut den Unterschied zwischen einem tiefen Bedürfnis und der Realität des Lebens. Im Lauf der Jahre, wenn ihre Schülerinnen, Nonnen oder spirituellen Schutzbefohlenen mit einem Problem zu ihr kamen, weil sie sich in einem Dilemma befanden, sich den Kopf über die beängstigenden und wunderbaren Wahlmöglichkeiten im Leben zerbrachen, riet sie ihnen stets, in sich hineinzuhorchen.

Das war ihre Überzeugung, ihre Botschaft als Ordensfrau und Kind Gottes: Es galt, in sich hineinzuhorchen und auf das eigene Herz zu hören. Auf diesem Weg pflegte Gott Verbindung zu den Menschen aufzunehmen. Er sprach in der Tiefe ihres Herzens zu ihnen, und es kam nur selten vor, dass er sich in brennenden Dornbüschen, auf Berggipfeln, in Blauen Grotten oder Marienerscheinungen offenbarte.

Bernies Kehle war wie zugeschnürt, als sie sich daran erinnerte, wie sie am Abend vor seiner Abreise an Toms Cottage vorbeigegangen war. Am anderen Ende des Grundstücks gelegen, blickte man von dort auf die Salzsümpfe und Flussufer hinaus. Die Fenster waren weit geöffnet, und sie war stehen geblieben und hatte gesehen, wie er seine Kleider zusammenfaltete, seine Bücher aus den Regalen nahm, seine Papiere in einem Karton verstaute. Sie hatte gezögert. Sie wusste nicht, was sie ihm sagen, wie sie ihn bitten sollte zu bleiben.

Sie war untröstlich. Vor dreiundzwanzig Jahren, als sie die Entscheidung getroffen hatte, hierherzukommen, um als Novizin in die Ordensgemeinschaft einzutreten, war Tom an ihrer Seite gewesen, als ruhender Pol, hatte sie unterstützt und in dem Glauben bestärkt – auch wenn er ihn vielleicht nicht teilte –, dass sie triftige Gründe dafür hatte.

Nun war er offenbar an seine Grenze gelangt. Die Kraft, die es ihn gekostet haben mochte, in ihrer Nähe zu bleiben und ihr die Möglichkeit zu geben, ihren eigenen Weg zu finden, war erschöpft. Oder er hatte neue Kraft gefunden – in der Überzeugung, es sei an der Zeit, seine Zelte abzubrechen.

»Bernie, Tom hat gesehen, wie du den Habit abgelegt hast, und daraus die Schlussfolgerung gezogen, du hättest endlich erkannt, dass du zu ihm gehörst.«

»Hat er das zu John gesagt?«

»Ja, und das wundert mich nicht. Bernie, ich liebe dich, du bist meine beste Freundin. Ich kenne dich ziemlich gut, also spar dir die Mühe, mir zu erzählen, dass du dir das nicht denken konntest. Oder nicht bemerkt hast, dass er glaubte, du wärst zu diesem Schluss gelangt.«

»Honor, ich habe den Habit abgelegt, weil ich die Begegnung mit meinem Sohn nicht beeinflussen wollte. Er sollte mich nicht als Nonne sehen, bevor ich die Chance hatte, mich ihm als seine Mutter zu erkennen zu geben.«

Honor nickte. Sie ergriff Bernies Hand mit ihren von Farbe verschmierten Händen. »Natürlich glaube ich dir das, und ich kann deine Überlegungen nachvollziehen, aber abgesehen von Seamus – kannst du dir vorstellen, was Tom in dem Moment empfunden haben muss? Und noch etwas, Bernie ... Ich schwöre, ich möchte es dir nicht noch schwerer machen, als es ohnehin schon ist, aber verbarg sich dahinter nicht vielleicht ein eigener Wunsch?«

Bernie schuldete es der langjährigen liebe- und vertrauensvollen Beziehung zu Honor, dass sie sich nicht wortlos umdrehte und ging. »Was soll ich mir denn gewünscht haben?«

»Ein Leben mit Tom. Könnte ich mir vorstellen.«

»Diesen Gedanken habe ich vor langer Zeit aufgegeben.«

Bernie sah Honor eine Weile an und nahm deren Zweifel wahr. Dann warf sie einen Blick auf die Uhr und trat den Rückzug an. »Ich muss los, ich muss mich noch mit der Zulassungsstelle in Princeton in Verbindung setzen. Monique Blaschka möchte sich dort, und nur dort, um einen Studienplatz bewerben. Du weißt ja, diese frühzeitigen Bewerbungen an einer einzigen Universität sind verbindlich, und ich möchte herausfinden, wie ihre Chancen stehen. Also, nochmals danke, dass John und du bei der Weinlese einspringt.«

»Für unsere Bernie doch immer.« Honor umarmte sie.

Als sich Bernie nach ein paar Sekunden löste und zum Hügel

hinüberblickte, sah sie, dass einige Schülerinnen sie beobachteten. Es gab Direktorinnen, die ihre Gefühle niemals vor ihren Schützlingen gezeigt hätten, sondern eine undurchdringliche Mauer zur Abwehr menschlicher Emotionen um sich errichtet hatten. Bernie gehörte nicht zu ihnen. Sie wusste im tiefsten Inneren ihres Seins, dass die Liebe die wichtigste Lektion war, die sie ihren Schülerinnen beibringen konnte – die Fähigkeit, das Herz zu öffnen, für die Welt und füreinander.

Vielleicht ist das Tom Kellys Vermächtnis, dachte sie. Seine Gegenwart in all den Jahren hatte sie daran erinnert, dass Gottes Liebe durch die Menschen spürbar wurde – in der stillen Beredtheit, mit der er seine körperlich anstrengende Arbeit verrichtete, in der Art, wie er ihre Wahl und Entscheidungen respektierte, oder wenn sie jemanden brauchte, bei dem sie Probleme und Kümmernisse abladen konnte, ganz gleich, ob es um Schwierigkeiten mit dem neuen Bewässerungssystem oder eine Schülerin ging, die sich bei einem Fußballspiel verletzt hatte.

»Alles in Ordnung mit dir?«, fragte Honor.

»Alles bestens. Ich bin froh, dass wir miteinander geredet haben. Wo immer Tom auch sein mag, ich bin sicher, er hat die richtige Wahl getroffen. Ich wünsche ihm nur das Beste.«

»Aha.« Honor runzelte abermals die Stirn, bevor sie sich umdrehte und zu ihrer Malklasse zurückkehrte.

Bernie fing Agnes' Blick auf, als sie sich zum Gehen anschickte. Ihre mittlere Nichte stand ihr in mancher Hinsicht am nächsten. Manchmal hatte sie sogar überlegt, ob Agnes vielleicht zur Ordensfrau berufen war. Doch dann war Brendan McCarthy aufgekreuzt, und die Frage hatte sich erübrigt, zumindest vorläufig.

Auch nach Toms Weggang arbeitete Brendan weiter als Mitglied der Gartenbaumannschaft. Bernie bemerkte ihn nun auf der benachbarten Anhöhe, wo er im Weingarten arbeitete. Seine roten Haare glänzten im Sonnenlicht. Sie hatte ein flaues Gefühl in der Magengrube, wie bei einer Talfahrt in der Achterbahn.

Agnes und Brendan hatten offenbar ein System entwickelt, sich über die Entfernung hinweg zu verständigen. Bernie sah, dass Agnes eine silberne Farbdose aufblitzen ließ und Brendan das Signal mit der Klinge seines Taschenmessers erwiderte. Sie dachte daran, wie gut die junge Liebe auf diesen Hügeln gedieh – John und Honor, Bernie und Tom und nun Agnes und Brendan.

Dann dachte sie an einen anderen rothaarigen jungen Mann, in weiter Ferne, jenseits des Meers. Als sie mit schnellen Schritten ihrem Büro zustrebte, versuchte sie tief in sich hineinzuhorchen, auf ihr Herz zu hören, aber sie konnte nur daran denken, wie leer und ausgebrannt sie sich fühlte.

19

Am Abend, als Cece zu Bett gegangen war und Agnes am Küchentisch saß und ihre Englisch-Hausaufgabe erledigte, kochte Honor Kaffee und brachte ihn zu John ins Atelier hinüber. Er saß über seinem Zeichentisch gebeugt und skizzierte Pläne für sein nächstes Projekt. Sisela, die alte weiße Katze, lag, alle viere von sich gestreckt, auf der Tischplatte, und er arbeitete um sie herum.

Honor blieb auf der Schwelle stehen und betrachtete ihn. Er trug schwarze Jeans und ein blaues Chambray-Arbeitshemd, seine dunklen Haare waren kurz und von grauen Fäden durchzogen, und selbst im gedämpften Licht konnte sie die tiefen Furchen in seinem Gesicht erkennen. Er war gealtert während der Jahre, die er im Gefängnis verbracht hatte.

Das galt auch für sie. Jemanden so lange so schrecklich zu vermissen hinterließ tiefe Wunden im Inneren eines Menschen. Das Herz versteinerte, wurde fast unerträglich schwer. Doch als sie ihn nun betrachtete, unendlich dankbar, ihn wieder zu Hause zu haben, hatte sie das Gefühl, als würden sie beide jünger. Ihre Herzen waren wieder aus ihren Fesseln befreit.

»Kaffee?« Sie trat aus dem Schatten heraus.

»Vielen Dank, gerne.« Er hob den Blick. »Habe ich vorhin das Telefon läuten hören?«

»Ja. Das war Regis. Sie möchte übers Wochenende kommen.«

»Frag sie, ob sie nicht ihre Mitbewohnerinnen und Freundinnen mitbringen will. Sie könnten bei der Weinlese helfen.«

»Gute Idee«, sagte Honor. »Aber findest du es nicht merkwürdig, dass sie schon wieder Heimweh hat? Sie ist doch gerade erst ins College zurückgefahren und war bereits anlässlich Bernies und Toms Rückkehr hier ...«

»Ich denke, sie möchte sehen, wie es uns geht.« John streichelte geistesabwesend Sisela. »Möchte sich vergewissern, dass wir noch alle beisammen sind.«

John war Bildhauer und Fotograf, bekannt für Kunstwerke in großem Maßstab. Er arbeitete mit Eisschollen und umgestürzten Bäumen, Canyonwänden und Klippenkanten. Sein letztes Werk war ein Labyrinth, unten am Strand mit den Überresten eines Findlings aus der Eiszeit errichtet, den er eines Nachts in einem Anfall von Erregung und Wut zertrümmert hatte. Die Skulptur davor war eine hochaufragende Kapelle aus Treibholz und Granitschotter mit einem Eisenkreuz gewesen, auf den Klippen von Ballincastle in West Cork, Irland, installiert. Ein Unbekannter hatte sie zu zerstören versucht, als seine Tochter Regis dort stand, und John war zu einer Haftstrafe verurteilt worden, weil er ihn getötet hatte.

Sechs Jahre lang hatte Regis das Geheimnis, das mit jenem verhängnisvollen Tag verbunden war, in sich verschlossen. Sie hatte keiner Menschenseele erzählt, was sich wirklich zugetragen hatte, weil ihr Erinnerungsvermögen versagte. Das Trauma hatte seinen Tribut von der gesamten Familie gefordert, und erst bei der letzten Reise nach Irland, am Ende des Sommers, war Regis in der Lage gewesen, sich dem Gericht und der Wahrheit zu stellen.

Sie hatte die Verlobung mit Peter gelöst und war ans Boston College zurückgekehrt, wo ihr zweites Studienjahr begonnen hatte. Honor wusste, dass die Alpträume, die sich um die Ereignisse in Ballincastle rankten, ihr geholfen hatten, die Vergangenheit zu verarbeiten und sie auf den Weg zu einer neuen Phase des Genesungsprozesses zu geleiten. Doch diese Erfahrung hatte Regis, die wie ihr Vater weder Tod noch Teufel zu fürchten schien, in einen zögerlichen, verunsicherten Menschen verwandelt.

»Machst du dir Sorgen um sie?«, fragte John.

»Nicht wirklich. Sie scheint ganz gut zurechtzukommen. Aber ich denke, du hast recht, was die Gründe für die Heimfahrt betrifft.«

»Um sicherzugehen, dass zu Hause alles in Ordnung ist?«

Honor nickte und trank einen Schluck Kaffee. »Mit uns allen. Weil wir nicht komplett sind.«

»Spielst du auf den fahnenflüchtigen Tom Kelly an?«

»Genau.«

»Vermutlich hatte er schließlich die Nase voll, um meine Schwester herumzuscharwenzeln, in der Hoffnung, dass sie ihr Gelübde bricht.«

»John, aus deinem Mund klingt das so …«

»Absonderlich? Nach einem Hirngespinst?« Er umfasste die Kaffeetasse mit beiden Händen. Die Nächte waren kühl, ein stetiger Wind wehte vom Meer herüber. Die Grillen waren verstummt. Sie wurden abgelöst von den Enten, die mit leisen kehligen Rufen über ihren Köpfen dahinflogen; die Herbstwanderung der Zugvögel hatte begonnen. »Denk doch mal nach. Meine Schwester hat das ewige Gelübde abgelegt, aber Tom lebt genauso zölibatär. Da könnte er ja gleich Priester werden.«

»Wo steckt er überhaupt?«

»Kann ich dir nicht genau sagen.« Nicht nur der Ton, sondern auch die Tatsache, dass er ihren Blick mied, weckte in ihr den Verdacht, dass er ihr auswich.

»Komm schon, ich weiß, dass du mit ihm in Verbindung stehst.«
»Möglich.«
»Mir kannst du es doch erzählen.«
»Ich weiß es nicht, Ehrenwort.« Er zog sie lächelnd an sich. »Er hat mir keine Einzelheiten verraten. Ich weiß nur, dass es irgendwie mit Seamus zu tun hat.«
»Seamus, seinem Sohn? Aber der ist doch in Irland. Bernie hat mir erzählt, dass er jeden weiteren Kontakt mit ihnen ablehnt.«
»Hat er gesagt. Doch seit wann kann ein solcher Tiefschlag wie das Gelübde einer Nonne oder die Forderung eines jungen Mannes, in Ruhe gelassen zu werden, Tom davon abhalten zu hoffen?«
»Er ist aber nicht nach Dublin zurückgeflogen, oder?«
John schüttelte den Kopf. »Nein, so viel steht fest. Er hat gesagt, er wolle Seamus ›den Weg ebnen‹, so in der Art. Keine Ahnung, was genau er damit meinte.«
»Ich schon. Seamus kommt her«, erwiderte Honor strahlend. »Ich würde mich unbändig freuen, ihn kennenzulernen. Kannst du dir vorstellen, wie Bernie reagieren wird, wenn das stimmt?«
»Ich fürchte, ja.«
»Was soll das heißen?«
John wandte seinen Blick dem Zeichentisch zu, der Strichzeichnung von einem mächtigen Findling in einem Gebilde, das einem Kreis aus Weihnachtsbäumen glich. Sisela streckte sich, sprang auf den Boden und sauste davon. John trank einen großen Schluck Kaffee und sah Honor in die Augen. Ihn wieder zu Hause zu haben war ein Glück, das sie manchmal kaum zu fassen vermochte.
»Meine Schwester erweckt den Anschein, als wäre sie unge-

heuer stark«, sagte er, »unerbittlich in ihrem Denken und Handeln. Sie besitzt einen ausgeprägten Sinn für Gerechtigkeit und kämpft für eine gute Sache, für Gott. Das ist der Grund, weshalb sie jeden Morgen aufsteht, das Kommando übernimmt, als wäre die Academy ein Schlachtschiff, und nichts an sich herankommen lässt. Doch *diese* Sache, die geht ihr an die Nieren.«

»Ich weiß.«

»Nicht nur die Begegnung mit Seamus. Ich weiß, sie hatte seit jeher dieses Ziel vor Augen und sucht noch immer nach einer Möglichkeit, eine Beziehung zu ihm aufzubauen. Mit Sicherheit zerbricht sie sich zwischen den Gebeten und dem Bemühen, beharrlich ihren Weg zu gehen, darüber den Kopf. Aber die Geschichte mit Tom steht auf einem anderen Blatt.«

»Das war schon immer so, was Bernie betrifft.«

»Leider. Weil sie unter dem Strich nicht ganz aufrichtig war.«

»Wie kannst so etwas behaupten?« Honor wich zurück, trat einen Schritt beiseite.

Das Atelier war geräumig und dunkel, bis auf den Lichtkreis über Johns Zeichentisch. Hohe Fenster an der Nordwand spiegelten den Lampenschein wider, und draußen wehte der Wind und ließ die Blätter in den Baumkronen rascheln.

»Bernie kann gewisse Dinge nicht einmal sich selbst eingestehen«, erwiderte John.

»Sie ist sich ihrer selbst durchaus bewusst und vollkommen aufrichtig«, entgegnete Honor, loyal gegenüber ihrer besten Freundin.

John schüttelte den Kopf und nahm den Bleistift, um einige Bereiche der Skizze zu schattieren, wobei er die Stirn runzelte, als kämen ihm Gedanken, über die er nicht sprechen wollte.

»Was ist, John?«
»Ich bin mir nicht sicher.«
»Bernie ist deine Schwester, und du liebst sie. Genau wie ich …«
»Ich weiß.« Er sah auf, und ihre Blicke trafen sich. Sie erkannte in seinen Gesichtszügen noch immer den jungen Mann wieder, in den sie sich vor Jahren verliebt hatte, hier im Star of the Sea. Sie waren füreinander bestimmt, genau wie Bernie und Tom. Es hatte Honor tief berührt, wie nahe sich John und seine ältere Schwester standen. »Sie war ein ganz gewöhnliches Mädchen«, sagte er. »Das heißt, für mich war sie natürlich etwas Besonderes, ich blickte zu ihr auf. Sie war die beste Schwester, die man sich nur vorstellen kann. Aber nach außen hin wirkte sie … wie alle anderen eben. Normal, würde ich sagen. Zugegeben, sie betete häufiger als ich und ging regelmäßig zur Messe. Doch meine Kunst war mein Gottesdienst, und deshalb war es keine große Anstrengung …«
Honor nickte. Sie wusste, dass John Gott durch seine Arbeit begegnete. Die Liebe zur Schöpfung, der Aufenthalt in der Natur, den Elementen ausgesetzt, meilenweit von anderen Menschen entfernt, das war seine Welt. In gewisser Hinsicht war seine Spiritualität extremer und unbeugsamer als die seiner Schwester, der Nonne.
»Wir stammen aus einer Familie von Nullachtfünfzehn-Katholiken. Wer stellt sich nicht irgendwann einmal vor, Nonne oder Priester zu werden? In unserer Kindheit war das ein Spiel, das sich großer Beliebtheit erfreute.«
»Bei uns auch. Die Oblaten bei der Kommunion bestanden aus Wonderbread, diesem weichen Weißbrot«, sagte Honor, die sich daran erinnerte, wie sie mit ihren Freundinnen das Gleiche gespielt hatte.

John nickte. »Bernie hat nie mitgemacht. Sie schüttelte nur den Kopf, sie wollte die Sakramente nicht verunglimpfen. Und dabei trat dieser sonderbare Glanz in ihre Augen …«

Honor wusste, was er meinte. Diese klaren durchdringenden Augen, die aussahen, als nähme Bernie mehr wahr als alle anderen. Selbst in Zeiten großer Belastung, als John im Gefängnis war, hatte sie Ruhe und inneren Frieden ausgestrahlt. Honor hatte in diesen Jahren viel Zeit mit ihr verbracht, weil sie ihr das Gefühl vermittelte, dass am Ende doch noch alles gut würde.

»Als sie anfing, mehr für Tom zu empfinden als Freundschaft, war ich überglücklich. Ich dachte, die zwei sind wie geschaffen füreinander. Die werden miteinander alt werden. Ich war fest überzeugt, er würde mein Schwager werden.«

»Das dachte ich auch.« Das Ganze war ihr ein Rätsel. Für sie, deren größter Traum immer darin bestanden hatte, John zu heiraten, Kinder zu haben und zu malen, war Bernies Entscheidung, ins Kloster einzutreten, zunächst ein Schock gewesen.

»Ich bin mir nicht sicher, ob sie in diesem Punkt sich selbst gegenüber ganz aufrichtig war«, sagte John. »Sie ist ins Kloster eingetreten, hat sich aber nie wirklich von Tom gelöst. Und er nicht von ihr.«

»Jetzt hat er die Nabelschnur durchtrennt«, erwiderte Honor betrübt und blickte zu den hohen Fenstern hinüber.

John nahm sie in die Arme und zog sie an sich. Sie küssten sich in dem großen dunklen Atelier, hielten sich umschlungen und spürten, wie nahe sie daran gewesen waren, einander zu verlieren. Liebe war ein tiefes, mächtiges Gefühl, das Paare zu dem Glauben verleiten konnte, sie währe ewig. Doch das Leben hielt zahlreiche Überraschungen bereit, von denen jede einzelne den Menschen aus der Bahn werfen

konnte. Die Zukunft wurde weniger vom Lauf der Ereignisse bestimmt als vielmehr von der Reaktion darauf.
John schaltete das Licht aus und schloss Honor abermals in die Arme. Sein Kuss war feurig, und der Wind, der an den Fenstern der Nordwand rüttelte, war kühl. Sich an den Händen haltend, durchquerten sie gemeinsam die Dunkelheit des Ateliers, tasteten sich den Korridor entlang und betraten ihr Schlafzimmer.
Als die Tür ins Schloss fiel, waren sie alleine. Honor wusste, dass sie nie jemand anderen oder etwas anderes mehr begehrt hatte. Ihr Mann entkleidete sie auf dem Bett, das sie vor ihrer Hochzeit gekauft hatten. Ihr Körper brannte vor Verlangen, seine Hand liebkoste sie. Sie kannte seine Berührung in und auswendig, und doch war sie jedes Mal neu und überraschend.
Die Tatsache, dass sie einander beinahe verloren hätten, machte jede Sekunde umso kostbarer. Sie erinnerte sich jeden Tag daran. Doch nun schwanden Zeit und Raum, ihre Gedanken drifteten davon. Wenn sie sich liebten, waren John und sie eins. Sie hätten nicht zu sagen gewusst, wo die Haut des einen endete und die des anderen begann – so war es immer gewesen und würde es immer sein, wenn sie unter den Decken ihres vertrauten Betts miteinander verschmolzen.

Kathleen Murphy konnte nicht einschlafen. Im Sommer war das Dachgeschoss von Oakhurst heiß und stickig, doch nun drang herbstliche Kühle durch Dach und Wände, die nicht isoliert waren, und durch die Fenster, die dringend einer Abdichtung bedurften. Ein heftiger Wind rüttelte an den Scheiben, so dass sie erschrak und im Bett hochfuhr.
Sie war alleine im obersten Stock. Mit Ausnahme von Beth, die ebenfalls zum Personal gehörte, hatten alle Newport

verlassen, und Beth wohnte nicht im Haus, sondern mit ihrem Freund zusammen in einem Apartment in der Spring Street. Miss Langley, die Kinderfrau, war mit Wendy und ihrer Familie nach Manhattan zurückgekehrt, rechtzeitig zum Schulbeginn, und Samantha mit Kindermädchen June und ihren Sprösslingen wieder nach Rhinebeck, da die kleine India in den Kindergarten kam. Und Bobby, der Chauffeur, war ins Kutschenhaus gezogen, was Kathleen nur recht war. Vor einem Monat war er ins Dachgeschoss gewankt, so volltrunken, dass er sich kaum auf den Beinen halten konnte, und in ihr Zimmer eingedrungen, das er angeblich mit seinem eigenen verwechselt hatte. Sie hatte sich den Kerl problemlos vom Leibe gehalten – mit einer Lampe, die ihn an der Seite des Kopfes traf – und ihm die lüsternen Gedanken ausgetrieben. Er hatte seine Lektion gelernt.
Als sie den Wind pfeifen hörte, der durch den Spalt unter ihrer Tür drang, hatte sie das Gefühl, als riefe jemand ihren Namen. Die »Stimme« kam aus dem Raum hinter der mit Brettern vernagelten Tür am anderen Ende des Korridors. In dieser Kammer hausten die Familiengespenster, wie sie wusste. Sie hatte ein- oder zweimal versucht, einen Blick auf den unheimlichen Ort zu erhaschen. Auf diese Weise war es ihr gelungen, die Wahrheit über Louise zu erfahren. Als sie Pierce nach ihr gefragt hatte, hatte er mit einem kalten Blick reagiert und sie drei Tage lang geflissentlich übersehen. Aber Kathleen hatte an einem freien Nachmittag auf eigene Faust Nachforschungen angestellt. Sie hatte eines der Bretter gelockert, sich durch die Lücke gequetscht und sich somit Zutritt zur geheimen Kammer auf dem Dachboden verschafft …
Doch die Stimme, die sie heute Abend vernahm, gehörte weder Louise noch einem anderen Mitglied der Familie Wells. Es war ein Geist aus ihrer eigenen Vergangenheit. Sie hätte

schwören können, dass es seine Stimme war, die ihren Namen rief, zu ihr getragen vom Wind, der leise pfeifend durch die Risse im Mauerwerk drang. Sie spürte, dass er zu ihr kommen würde – er hatte nie aufgehört, sich nach ihr zu sehnen, so wie sie sich nach ihm. Ihre Nackenhaare sträubten sich, doch statt sich enger in die Decke einzuwickeln, sprang sie aus dem Bett und riss die Zimmertür auf.

»James!«, flüsterte sie. Sie spähte rechts und links den dunklen Korridor entlang, sich ganz sicher, dass sie seine Stimme gehört hatte.

Aber er war nirgends zu sehen. Sie stand reglos da in ihrem weißen Nachthemd, erneut nach rechts und links Ausschau haltend. Ihre Sinne waren geschärft. Das war schon immer so gewesen, seit der Zeit im Kinderheim St. Augustine's. Schwester Anastasia hatte sie oft aus dem Bett genommen und manchmal in den Armen gewiegt. »Warum bist du noch wach, Kind?«, hatte sie in ihr Ohr geflüstert. »Nach wem hältst du Ausschau?«

Schwester Anastasia hatte gesagt, sie sei wachsam. Kathleen wusste, dass sie recht hatte. Sie war stets auf der Hut. Ihr entging nichts. Wenn etwas geschah, dann nur deshalb, weil sie es wollte.

Meistens jedenfalls.

Während sie im zugigen Korridor stand, fragte sie sich, ob Pierce heute Nacht zu ihr kommen würde. Die Familie würde noch ein paar Tage in Newport bleiben, bevor sie nach Palm Beach aufbrach, um dort zu überwintern. Treuhandfonds konnten ein Fluch oder ein Segen sein, je nachdem, aus welcher Warte man es betrachtete. Sie erlaubten ausgewachsenen Männern, für immer und ewig kleine Jungen zu bleiben. Kathleen, die vor Kälte zitterte, wusste, dass es in den unteren Räumen wärmer war – jedes Schlafzimmer besaß eine Heizung, die dafür sorgte, dass es warm und gemütlich war.

Manchmal wünschte sie sich, Pierce würde sie in sein Bett mitnehmen und bei ihm übernachten lassen, in der anheimelnden Wärme des Federbetts, statt hier oben zu frieren. Sie hätte sich leicht noch vor Morgengrauen aus seinem Zimmer stehlen und ins Dachgeschoss zurückkehren können, bevor seine Eltern aufwachten. Doch bis auf das erste Mal waren sie nie in seinem Schlafzimmer zusammen gewesen. Er schlich zu ihr, wann immer er das Bedürfnis verspürte – ohne Sinn und Verstand, ohne Vorausplanung, ohne ein liebevolles Wort. Er tauchte im Schutz der Dunkelheit auf, wälzte sich auf sie, küsste sie mit geschlossenen Augen und erledigte, weswegen er gekommen war.

Als sie in dem schummrigen Korridor stand, hasste sie sich dafür, dass sie immer noch romantische Vorstellungen in Verbindung mit einem solch offensichtlichen Schuft hegte. Doch wie sie Andrew einmal gestanden hatte, glaubte sie an Märchen. Nicht solche, in denen die arme Dienstmagd den Prinzen bezirzte, wenn sie hübsch, klug und sexy war, oder ihm die geheimen Wünsche erfüllte, die seinen Debütantinnen aus dem Social Register nicht einmal im Traum eingefallen wären. Das waren keine Märchen.

Kathleens Märchen rankten sich immer um James, der sie irgendwie finden würde, der nie aufgehört hatte, sie zu suchen, ungeachtet dessen, wie lange er brauchte … Doch ihr Durchhaltevermögen ließ allmählich nach. Ihr Herz versteinerte jedes Mal ein bisschen mehr. Die kalten Nächte in der Mansarde, in denen sie Pierce' Besuche herbeisehnte, wie lieblos sie auch waren, zermürbten sie. Sie verachtete sich wegen ihres Verlangens – nicht nach ihm, sondern nach menschlicher Nähe, nach den Armen um ihre Schultern.

Selbst wenn James sie jetzt ausfindig machen würde, war es vielleicht zu spät.
Vielleicht war sie bereits verloren …
Als sie unten Stimmen hörte, schlich sie zur Treppe, um zu lauschen. Es war der nette Andy, der seiner Mutter eine gute Nacht wünschte.
»Darling, wenn du nur nicht so viel trinken würdest«, sagte Mrs. Wells. »Ich verlange ja nicht, dass du keinen Tropfen mehr anrührst, auch wenn Dr. Malahyde das für eine gute Idee zu halten scheint.«
»Mutter, ich werde mir irgendwann einmal eine neue Leber beschaffen; heute kann man ja alles transplantieren.«
»Das ist nicht komisch, Andrew. Nimm dir ein Beispiel an deinem Bruder. Bei Partys trinkt er nur einen Cocktail, den ersten und zugleich letzten. Das solltest du dir auch angewöhnen.«
»Er ist nicht so empfindsam wie ich«, erwiderte Andrew düster.
»Empfindsam? Was hat Empfindsamkeit damit zu tun?«, fragte seine Mutter, die ihre Ungeduld nicht länger zu zügeln vermochte. »Ich hasse diese Gefühlsduselei, wie du weißt. Die Welt ist nun mal kalt und grausam. Aber sich im eigenen Elend zu suhlen ist dein Untergang. Blase ich vielleicht ständig Trübsal, weil mir die Situation mit deinem Vater missfällt? Nein.«
»Verletzt es dich nicht, dass er jedes Wochenende mit ihr verbringt?«
»Ich denke nicht darüber nach, Andrew. Und du solltest es genauso halten. Männer sind eben so. Du würdest dich wahrscheinlich besser fühlen, wenn du …«
»Ich bin nicht so. Und ich möchte auch nicht so sein. So wie Dad und Pierce, im Umgang mit Frauen …«

»Nein. Du betrinkst dich lieber jeden Abend und schaust dir die x-te Wiederholung irgendwelcher Serien wie *Law & Order* an, während das wirkliche Leben ohne dich stattfindet. Andere junge Leute in deinem Alter tragen Abendkleid und Smoking, gehen aus und amüsieren sich, während du in Trainingshosen auf der Couch herumliegst.«

Kathleen, die oben stand und lauschte, konnte sich lebhaft vorstellen, wie sich Mrs. Wells bei diesen Worten krümmte. In ihrer Welt sollte alles schön, elegant, ohne Chaos, Getue oder Ecken und Kanten sein. Frauen hatten ihre Rolle als Ehefrauen zu erfüllen oder sich dezent im Hintergrund zu halten. Feste dauerten die ganze Nacht; sie fanden in weißen Zelten statt, zu denen mit Fackeln beleuchtete Wege führten, oder unter funkelnden Kristalllüstern in Ballsälen, die im Stil der Belle Époque gehalten waren, oder auf weitläufigen geschwungenen Steinterrassen mit Blick auf das schimmernde Meer. Die Menschen, die ihre Welt bevölkerten, hatten Rang und Namen – Prinzessin, Gräfin und dergleichen.

Und das Gesinde war im Dachgeschoss untergebracht, ohne Heizung, darauf wartend, dass sich der Liebhaber über die Hintertreppe nach oben schlich, sich bediente und auf leisen Sohlen davonmachte. Kathleen kauerte sich auf den Boden, umklammerte das Treppengeländer und sehnte sich nach einem Leben, das es nicht gab.

»Das hast du dir alles selbst zuzuschreiben«, fuhr Mrs. Wells schneidend fort. Ihre Stimme wurde leiser, als sie den Korridor entlang zu ihrem Zimmer ging. »Du hast Patricia gehen lassen. Du hattest sie nicht im Griff, und jetzt ist sie weg.«

»Wir haben uns nie geliebt.« Andrews Stimme schwankte. »Das wusstest du, Mutter. Du hast mich dazu gedrängt, sie zu heiraten, weil es sich gut in den Klatschspalten machte. Als Ausgleich für Louise.«

»Das ist eine niederträchtige Unterstellung, Andrew.«
»Hast du sie jemals vermisst, Mutter?«
»Wie kannst du es wagen, mich so etwas zu fragen! Sie ist für mich gestorben – für die ganze Familie. Ich möchte nie wieder ihren Namen hören. Du bist betrunken, und du weißt, ich lege keinen Wert auf ein Gespräch mit dir, wenn du dich in diesem Zustand befindest.« Damit eilte Mrs. Wells in ihr Zimmer und schlug die Tür hinter sich zu.
Kathleen schloss die Augen. Sie spürte Andys Schmerz, der wie kalte Zugluft zu ihr drang. Sie dachte an ihre Kindheit zurück, an das kleine mutterlose Mädchen, das von einer liebevollen, fürsorglichen Mutter geträumt hatte. Sie hatte sich ausgemalt, wie sie ihr die Haare bürstete, ihr leise vom Leben und von ihren Träumen erzählte, die sie abends zu Bett brachte und ihr etwas vorlas. Ihre Mutter hatte das nicht getan, auch nachdem sie Kathleen zu sich geholt hatte.
Hatte Mrs. Wells ihrer Tochter diese Zuwendung gegeben? Und wenn ja, wie hatte sie aufhören können, sie zu lieben? Oder war ihre Vorstellung von einer guten Mutter nichts weiter als das Produkt ihrer Phantasie? Sie musste es wissen, und zwar bald.
Andy seufzte, dann eilte er die Hintertreppe hinunter zur Küche. Kathleen hörte selbst hier oben Flaschen und Eiswürfel klirren. Zitternd auf der obersten Treppenstufe sitzend, schlang sie die Arme um ihren Körper. Sie schloss die Augen, schickte Andy gute Gedanken und hoffte, dass er sie wahrnehmen konnte.
So hatten James und sie es gehalten. Nicht im Babyalter, als ihre Betten nebeneinanderstanden und sie die Arme durch die Gitterstäbe strecken konnten, bis sich ihre Hände berührten. Nein, später, als er im Jungen- und sie im Mädchenflügel untergebracht wurden. Anfangs war die Trennung

grauenvoll gewesen, ein Gefühl, als hätte man ihr die Arme abgehackt.
Doch im Lauf der Zeit hatten sie eine Lösung gefunden. Sie hatten am Fenster ihres jeweiligen Flügels gestanden und sich über den Innenhof hinweg zugewunken. Kathleen hätte die ganze Nacht dort verharrt, wenn Schwester Anastasia sie nicht sanft weggeführt, ins Bett gebracht und zugedeckt hätte.
»Ich weiß, dass du James liebhast«, hatte sie gesagt und ihr über das Haar gestrichen.
»Ja. Ich vermisse ihn, so sehr, dass es weh tut …«
»Warum denn? Er ist ja immer bei dir.«
»Aber er ist drüben, und ich bin hier!«
»Trotzdem seid ihr zusammen, auf ganz besondere Weise.«
Kathleen hatte geschluckt und sich gewünscht, ihr glauben zu können. Schwester Anastasia würde sie nie belügen. Sie musterte die Nonne, nach Anzeichen Ausschau haltend, dass sie ihr etwas vormachte. Doch das Gesicht von Schwester Anastasia spiegelte so viel Klarheit und Güte wider, dass sie sich unmöglich vorstellen konnte, dass etwas anderes als die reine Wahrheit über ihre Lippen kam.
»Und wie soll das gehen?«, hatte Kathleen gefragt.
»Schließ die Augen und denk ganz fest an ihn«, hatte Schwester Anastasia gesagt. »Stell dir seine Augen vor, seine Sommersprossen, seine karottenroten Haare. Siehst du ihn vor dir?«
»Ja.« Kathleen hatte die Augen zusammengekniffen. Das Bild von James war ungemein lebendig. Er streckte lächelnd die Hand nach ihr aus, und sie hatte das Gefühl, sie ergreifen zu können.
»Gut«, hatte Schwester Anastasia gesagt. »Beim Einschlafen nimmst du James in deine Träume mit. Ich wünsche dir, dass

ihr wunderbare Abenteuer erlebt, Kathleen – am Strand entlanglaufen, im Meer schwimmen gehen, den Croagh Patrick besteigen.«

»Das machen wir«, hatte Kathleen versprochen. Im vergangenen Jahr hatten die Gönner von St. Augustine's den Kindern einen Ausflug zum Croagh Patrick ermöglicht, dem heiligen Berg Irlands. Sie wusste, wie es dort oben auf dem Gipfel war, wenn man bis in die Wolken über der Clew Bay aufstieg, und heute Nacht, in ihren Träumen, konnte sie ihn abermals mit James erklimmen …

»Gib acht, dass du ihn nicht verlierst«, hatte Schwester Anastasia gesagt, sich hinuntergebeugt und Kathleen auf die Stirn geküsst. »Du kannst ihn immer bei dir haben, in deinem Herzen … Wenn du seine Hand loslässt, schließt du einfach die Augen und denkst an ihn. Du kannst ihn jederzeit zurückholen.«

Als Kathleen nun auf der obersten Treppenstufe saß, mit geschlossenen Augen, fragte sie sich, ob Schwester Anastasia James das Gleiche gesagt hatte. Ob sie ihm verraten hatte, wie er an Kathleen festhalten, sie niemals verlieren könne.

Wenn nur ihre Eltern an jenem Sommertag nicht gekommen wären, dachte sie. Wenn James und sie nur zusammengeblieben wären … Dann wäre alles anders gekommen.

Sie war so abgelenkt, dass sie kaum die Schritte vernahm. Pierce kam die Treppe herauf, das Gesicht im Schatten. Kathleens Herz klopfte, jedoch nicht vor Begehren.

»Wartest du auf mich?«, fragte er mit leiser, bedrohlicher Stimme.

Sie antwortete nicht. Ihr fehlten die Worte. In der eisigen Luft zitternd, die Ende September herrschte, stand sie auf und ging ihm in ihre Kammer voraus. Sie litt unter der Kälte, aber noch mehr unter der Einsamkeit. Das schmale Bett quietschte unter ihrem Gewicht. Seine Hände waren weich, als hätte er nie im Leben körperliche Arbeit verrichtet, aber sie berührten sie so grob und gefühllos, als wären sie aus Holz, als würde er nicht spüren, dass sich unter ihrer zarten Haut Knochen und Muskeln befanden.

Er stöhnte auf, küsste sie flüchtig und drang rücksichtslos in sie ein. Sie schrie leise auf; sie war kein bisschen feucht. Das bewog ihn nur, noch härter zuzustoßen. Seine Beine, haarig wie die eines Tieres, zerkratzten ihre Schenkel. Kathleen biss sich auf die Lippe und schloss die Augen, so fest sie konnte.

Es hatte Zeiten in ihrem Leben gegeben, da hatte sie versucht aus der Tiefe ihrer Einsamkeit und Verzweiflung Verbindung mit James aufzunehmen, den Kontakt zu ihm herzustellen, wo immer er auch sein mochte. Doch in solchen Augenblicken tat sie genau das Gegenteil. Sie klammerte ihn bewusst aus ihren Gedanken aus, schlug innerlich eine Eisentür zu, schloss James, Schwester Anastasia und alle Engel und Heiligen aus.

Kathleen löste sich von dem Schmerz, den Pierce' gleichförmiges Stoßen verursachte, vom Geruch seines Eau de Cologne, vom Klappern der Zähne, die aufeinanderschlugen. Sie konzentrierte sich ausschließlich darauf, die Enge des menschlichen Kontakts, die Wärme eines anderen Körpers zu spüren. Sie nahm die nasse Explosion in ihrem Inneren wahr, schlang die Beine um seine Taille und weinte.

Er deutete die Tränen als Ausdruck der Glückseligkeit, was bewirkte, dass er für einen Augenblick zärtlich wurde. Er umarmte und küsste sie, strich ihr die Haare aus der Stirn und flüsterte ihr zu, sie sei phantastisch. Dann küsste er sie auf die Nasenspitze und zog seine Hosen hoch. Es waren keine Trainingshosen, sondern Hosen von Armani. Kathleen würde sie in seinem Schrank aufhängen, wenn sie morgen früh sein Bett machte.

»Nacht, Baby«, murmelte er, schloss die Tür hinter sich, schlich den Flur entlang, damit seine Mutter ihn nicht hörte, und strebte einem wärmeren Ort zu, seinem eigenen Zimmer.

Er hatte nicht bemerkt, dass Kathleen noch immer weinte, heftiger nun, dass sie lautlos schluchzte, ihr Kopfkissen umklammerte und verrückterweise an eine Babypuppe denken musste, die sie gehabt hatte, eine Puppe mit roten Haaren, die ihre Pflegeeltern in den Müll geworfen hatten.

Sie hielt ihr Kopfkissen umschlungen und dachte an die Puppe statt an James, denn obwohl beide rote Haare hatten, war die Puppe die Einzige, die nicht sehen konnte, dass auch ihr Leben nur noch für den Müll taugte.

20

Die Anwaltskanzlei Kelly, Walsh und Fitzpatrick spielte eine wichtige Rolle für die Wiederbelebung der Docklands in Dublin und hatte sich deshalb in einem der exklusivsten Büros im brandneuen Global Financial Center einquartiert. Vor die Wahl gestellt, die Kanzlei hierher oder in das gleichermaßen begehrte Custom House Quay aus dem 19. Jahrhundert zu verlegen, war Sixtus Kelly zu der Ansicht gelangt, dass es für einen Kelly keine echte Konkurrenz zwischen den beiden Standorten gab.
Denn so malerisch und historisch die alten Backsteingebäude auch sein mochten, Sixtus genoss es, ein Büro im obersten Stockwerk dieser kühnen Glasstruktur zu haben. Es hatte Zeiten gegeben, zu denen kein Mensch, der auf sich hielt, auch nur einen Fuß in die Docklands gesetzt hätte. Das heruntergekommene Hafenviertel war dem Verfall preisgegeben, Verbrechen und Lasterhaftigkeit waren an der Tagesordnung. In Ringsend hatten sich Schiffbau-Werften, eine Glasfabrik, die Flaschen für das dunkle Guinness-Bier herstellte, und nach der Großen Hungersnot Getreidemühlen für Import-Weizen angesiedelt.
Andere, unerquicklichere Geschäftsbereiche wuchsen und gediehen. Reihenweise schlossen Firmen, wurden Arbeitsplätze abgebaut. Die Gebäude verfielen oder brannten ab. Dann kam die Regeneration. Sixtus war stolz darauf, seinen

Anteil zur Wiederbelebung des Hafenviertels geleistet zu haben. Sein Büro bot einen Ausblick auf die Dublin Bay, und was für eine Bucht das war! Eine malerische, weitläufige Wasserfläche, umfangen vom Howth und Dun Laoghaire. Im 17. Jahrhundert war sie trügerisch für die Schifffahrt, Stürme fegten über sie hinweg und verursachten zahlreiche Havarien. Den Unwettern des sich nördlich vom Hafen befindenden Stadtteils Clontarf trotzend, lagen die Schiffe dort oft über Wochen fest und warteten darauf, dass der Wind nachließ und es ihnen ermöglichte, die Stadt zu erreichen. Erst 1716 wurde auf der Südseite der Fahrrinne ein Wall errichtet, so dass die Bucht für die Schiffe sicherer wurde.

Die Dublin Bay war eine historische Fundgrube. Und auch der Kelly-Clan war eine historische Fundgrube. Seit seinem Einzug in dieses Büro musste sein Schreibtisch so aufgestellt sein, dass er einen ungehinderten Blick auf den nordöstlichen Bereich der Bucht hatte. Von seinem Schreibtisch aus konnte er Clontarf ausmachen … wo besagte Schiffe einen sicheren Hafen und seine verwegenen Vorfahren den Tod gefunden hatten.

Seine Sprechanlage summte und zeigte ihm an, dass der junge Mann eingetroffen war. Sixtus warf einen raschen Blick auf seine Notizen. Tom hatte ihm die Situation vor einigen Wochen erklärt, unmittelbar vor seiner Abreise mit Schwester Bernadette aus Dublin – an dem Tag, als sie in letzter Minute das Abendessen abgesagt hatten, ziemlich rücksichtslos, vor allem angesichts der Mühe, die sich Emer gegeben hatte. Sie hatte einen Braten zubereitet und alles getan, um Bernie, die sie in der Abgeschiedenheit des Konvents in Connecticut so oft verwöhnt hatte, ein Höchstmaß an Gastfreundschaft zu bieten.

An jenem Tag hatte Tom die Katze aus dem Sack gelassen. Das musste Sixtus ihm zugutehalten, vor allem wenn man den Aufruhr der Gefühle bedachte, in dem er sich befunden haben musste. Er hatte im Büro angerufen und angekündigt, dass er vorbeikommen wolle, Sixtus möge bitte alle Termine streichen. Es war für Sixtus kein Problem gewesen, dass eine Besprechung mit dem Rechtsberater der Schwester des Premierministers anberaumt war. Die Familie ging vor, das Treffen wurde abgesagt.

Tom Kelly hatte Sixtus gegenüber am Schreibtisch Platz genommen und ihm alles erzählt. Bernie und er hatten ein Kind, einen Sohn, dreiundzwanzig Jahre alt, dessen Name Seamus Sullivan lautete. Der junge Mann war im Kinderheim St. Augustine's aufgewachsen und arbeitete nun als Fahrer des Greencastle in der Bannondale Road.

Sixtus war sprachlos gewesen. Sein Cousin hatte einen Sohn, der in einem Kinderheim aufgewachsen war? Emer saß im Aufsichtsrat von St. Augustine's. Ihr Cousin, Father Tim Donnelly, war dort gerade zum Seelsorger ernannt worden. Sixtus wäre Tom am liebsten an die Gurgel gesprungen und hätte ihn gefragt, was Bernie und er sich um Gottes willen dabei gedacht hatten!

Aber es war nicht zu übersehen, dass Tom ohnehin schon am Boden lag. Er sah aus wie der Tod – das Gesicht grün und blau geschlagen, die Nase krumm und schief wie bei einem Preisboxer. Und sein körperlicher Zustand war noch das geringere Übel. Jeglicher Lebensmut schien ihn verlassen zu haben. Seit dem zufälligen Zusammentreffen vor dem Greencastle musste irgendetwas Schlimmes geschehen sein. Er sah aus, als wäre sein Herz gebrochen.

Sixtus Kelly mochte ein mit allen Wassern gewaschener beinharter Anwalt sein, der Söldnerdienste für jeden leistete, der genug dafür zahlen konnte, aber er war auch Ire. Die Kellys hatten von jeher eine romantische Ader besessen. Sie lebten für die Liebe, die Treue und den Sieg, vor allem aber für die Liebe.

»Was zum Teufel hast du dir dabei gedacht?«, hatte Sixtus entrüstet gefragt. »Du wusstest, dass sie schwanger war. Wie konnte Bernie den Eintritt ins Kloster auch nur in Erwägung ziehen?«

»Lass Bernie aus dem Spiel.«

»Mein Gott, sie hätte es besser wissen müssen. Dachte sie allen Ernstes, sie könnte einfach vergessen, dass sie ein Kind hat? Als sie es dir gesagt hat, hat sie da …«

»Ich sagte bereits, lass Bernie aus dem Spiel!«, war ihm Tom mit einem bedrohlichen Unterton ins Wort gefallen. »Sie hat getan, was sie tun musste.«

»Schon gut, Tom«, hatte Sixtus eingelenkt.

»Was geschehen ist, lässt sich nicht mehr rückgängig machen.«

»Ja. Wie kann ich dir helfen?«

»Ich habe eine Bitte an dich«, hatte Tom erwidert. Er hatte alle Informationen notiert und Sixtus gebeten, in Habtachtstellung auf den Anruf des jungen Mannes zu warten. Er hatte ihm das Versprechen abgenommen, weder nach ihm zu suchen noch telefonisch Kontakt zu ihm aufzunehmen oder im Innenhof des Greencastle aufzutauchen, um herauszufinden, welcher der Fahrer Toms Sohn war.

»Einverstanden«, hatte Sixtus erwidert.

Natürlich hatte er sein Wort gehalten. Doch es war eine Schande, dass er nicht einmal mit Emer darüber reden durfte. Und auch nicht mit Niall oder Billy. Tom hatte ihm die Geschichte unter dem Siegel der Verschwiegenheit erzählt, das Sixtus niemals brechen würde. Aber er hatte nicht umhinkönnen, sich darüber Gedanken zu machen, welcher der livrierten Fahrer wohl Seamus war.

Als der junge Mann nun sein Büro betrat, war er daher nicht im mindesten überrascht. Es war der große Rothaarige mit den blauen Augen, der die Hotelgäste mit einem warmen Lächeln und erhobener Hand zu grüßen pflegte. Im Greencastle machte er stets einen freundlichen, beflissenen Eindruck. Doch als er nun eintrat, waren seine Schultern gebeugt, und er wirkte verunsichert und eingeschüchtert.

»Hallo, Seamus.« Sixtus durchquerte das weitläufige Büro, um ihn zu begrüßen.

»Hallo, Mr. Kelly.«

Sie schüttelten sich die Hände, und Sixtus bedeutete ihm, auf dem Stuhl Platz zu nehmen, auf dem Tom vor einigen Wochen gesessen hatte.

»Für dich Sixtus. Schließlich sind wir verwandt. Hast du das Büro auf Anhieb gefunden?«

»O ja, Sir«, erwiderte Seamus, ohne darauf zu reagieren. »Ich habe schon viele Leute hierhergefahren und auch von hier abgeholt.« Er blickte aus dem riesigen Fenster zu seiner Linken auf die Dublin Bay, die im Sonnenlicht schimmerte.

»Ich habe dich im Greencastle gesehen.« Sixtus musterte ihn.

Seamus nickte und wurde rot. Es hatte den Blick starr auf das Fenster geheftet, als wäre er zu verlegen, um Sixtus anzuschauen.

»Gefällt dir die Aussicht?«

»Unglaublich. Unten von der Straße aus würde man ein solches Panorama nie vermuten.«

»Ja. Es ist großartig. Und inspirierend. Weißt du, warum?«

Seamus schüttelte den Kopf. »Nein.«

»Ist dir die Schlacht von Clontarf ein Begriff?«

»Ich bin Ire«, erwiderte Seamus lächelnd.
Aha, das Eis war gebrochen. Sixtus nickte. »Dann weißt du, dass unsere Vorfahren Krieger waren. Damals im Mittelalter befanden sie sich beinahe fortwährend im Kriegszustand. Die einzelnen Clans lieferten sich blutige Fehden, Seamus. Bei den Dublinern galt es als Mutprobe, sich in die Provinz Connaught zu begeben, um einen Mann zu töten. Wenn unsere Vorfahren in die Schlacht zogen, fackelten sie nicht lange. Sie schlugen ihren Feinden die Köpfe ab oder rammten ihnen die Speerspitze zwischen die Zähne, während sie ihre Kapitulationserklärung entgegennahmen. Sie waren wehrhaft und allzeit bereit.«
»Auch als die Dänen unser Land besetzten?«
»Richtig. Im Jahre 1014. Brian Boru war der Hochkönig, doch Tadhg Mor O'Kelly kämpfte bis zum letzten Atemzug für unseren Clan und für Irland. Wir Kellys sind stolz, sagen zu können, dass er den Heldentod erlitt. Siehst du das Wappentier?« Sixtus deutete auf das gerahmte Wappen, das an der Wand hinter seinem Schreibtisch hing.
»Ein Meeresungeheuer.«
»Richtig – das sich aus den Wellen erhebt wie in der Legende. Während der Schlacht, als O'Kelly im Sterben lag, erhob es sich aus dem Meer, um seinen Leichnam vor Marodeuren zu schützen.«
Seamus hörte aufmerksam zu und betrachtete das Familienwappen, während Sixtus ihn musterte und die Familienähnlichkeiten wahrnahm – die klaren, intelligenten Augen, die Konzentrationsfähigkeit, die gerade Nase, den breiten Mund und, der einzige Makel, der das gute Aussehen der Kellys beeinträchtigte, die leicht abstehenden Ohren. Die Sommersprossen und die roten Haare stammten von Bernie.
»Das Ungeheuer soll ihn beschützt haben?«, fragte Seamus.

»Es *hat* ihn beschützt«, verbesserte ihn Sixtus.
»Aber die Wikinger töteten ihn.«
»Seamus«, sagte Sixtus geduldig, »jede Schlacht fordert Menschenleben. Das Meeresungeheuer tat sein Bestes und verhinderte, dass der Leichnam gestohlen wurde, denn das war gang und gäbe bei den Wikingern. Und wer weiß, vielleicht wäre er geschändet worden!« Beim Anblick des jungen Mannes, der mit gerunzelter Stirn das Meeresungeheuer der Kellys betrachtete, begann Sixtus unruhig auf seinem Stuhl hin und her zu rutschen. »Was ist?«, fragte er.
»Nichts.«
»Gut. Schließlich handelt es sich um das Wappen deiner Familie.«
Seamus blickte auf und errötete noch mehr.
»Du bist ein Kelly, mein Junge.«
»Mein Name ist Sullivan.«
»Hör zu, mein Cousin Tom hat mir alles erzählt. Ich weiß, dass du als Thomas James Sullivan zur Welt gekommen bist, und das ist der Name, den wir benutzen, um deinen Reisepass zu beantragen. Deshalb bist du doch hier, oder?«
Seamus nickte.
»Gut. Hast du Passfotos von dir machen lassen?«
»Ja, hier.« Seamus klopfte gegen seine Brusttasche.
»Ausgezeichnet. Unterschreib dieses Papier und bring es in das Verwaltungsamt in der Molesworth Street, Dublin 2. Frag nach Clodagh. Sie erwartet dich und wird dir gleich dort den Reisepass ausstellen.«
»Danke, Sir.« Seamus schob den Stuhl zurück und schickte sich zum Gehen an. Sixtus forderte ihn mit einer Geste auf, wieder Platz zu nehmen.
»Du sagtest, dass du Irland so schnell wie möglich verlassen willst.«

»Ja, so ist es.«
»Sobald du den Pass hast, kannst du fliegen, morgen Abend schon, wenn du möchtest.«
»Genau das habe ich vor«, erwiderte Seamus mit glänzenden Augen. »Ich habe bereits einen Flug bei Aer Lingus gebucht.«
Sixtus atmete tief durch. Ein Kelly, wie er leibt und lebt – entschlussfreudig, zielstrebig, tatkräftig. Er betrachtete ihn und stellte fest, dass die Augen des jungen Mannes ihn aufs Neue verblüfften, diese typischen Kelly-Augen. Ihm war, als würde er in einen Spiegel oder in Toms Gesicht schauen.
»Wegen der Kürze der Zeit wird der Pass auf den Namen Sullivan ausgestellt.«
»Sir?«, fragte Seamus stirnrunzelnd.
»Seamus, du bist ein Kelly.« Sixtus' Kehle war wie zugeschnürt, als er die Worte aussprach, mit denen er den jungen Mann im Schoß der Familie willkommen hieß.
»Mein Geburtsname lautet anders.«
»Du bist Toms Sohn, das reicht mir aus.«
»Ich kenne ihn nicht einmal.«
Sixtus schüttelte ungeduldig den Kopf. »Glaubst du, das sei der entscheidende Punkt? Seamus, was meinst du, warum mein Schreibtisch so aufgestellt wurde, dass ich aus dem Fenster blicken kann? Ich bin ein vielbeschäftigter namhafter Anwalt, mit Fällen überhäuft. Ich habe keine Zeit für ein atemberaubendes Panorama. Das ist nicht der Grund, warum ich zum Fenster hinausblicke.«
»Warum dann?«
»Clontarf.« Sixtus kniff die Augen zusammen, in der Hoffnung, die Tränen zu unterdrücken. Er blickte angestrengt durch das Fenster auf der gegenüberliegenden Seite des Schreibtisches zu den nördlichen Ausläufern der Stadt hin-

über, nach denen die Schlacht benannt wurde. Seamus drehte sich herum, um ebenfalls einen Blick nach draußen zu werfen. »Dort starb unser tapferer Ahnherr bei der Verteidigung Irlands.«
»Tadhg Mor O'Kelly.«
»Richtig.« Sixtus' Herz verkrampfte sich bei dem Gedanken, was Seamus vorhin über das Meeresungeheuer gesagt hatte. Er hoffte, er würde es nicht wiederholen. »Ich halte nach ihm Ausschau.«
»Nach wem?«
»Nach dem Meeresungeheuer«, antwortete Sixtus leise.
»Weil Sie es zu Ihrem Schutz brauchen?«
»Nein, mein Junge. Um ihm zu danken. Für den Beistand, den es einem der Unseren geleistet hat. Das ist bei den Kellys üblich.« Er musterte Seamus, der aussah, als wäre er noch ein kleiner Junge, schmal, mit großen Augen, fassungslos über die unverhoffte Wende, die das Schicksal für ihn bereitgehalten hatte. »Wir kümmern uns um die Mitglieder unserer Familie.«
»Das ist gut«, erwiderte Seamus ruhig.
»Und du bist nun einer von uns.« Sixtus' Stimme brach, auch wenn es ihm missfiel. »Für mich bist du Seamus Kelly, mein Junge. Ich sorge dafür, dass dir der Pass morgen zur Verfügung steht, dann kannst du reisen, wohin immer du willst.«
»Nach Amerika«, flüsterte Seamus.
Sixtus nickte. »Gut. Amerika also. Du hast Toms Nummer. Ich weiß, er rechnet mit deinem Anruf.«
»Ich brauche seine Hilfe nicht.«
»Möglich.« Sixtus sah die Entschlossenheit und den Stolz in seinen Augen. »Das liegt ganz bei dir. Aber melde dich bei mir, sobald du wieder in Dublin bist. Komm zu mir ins Büro,

dann bereite ich die erforderlichen Dokumente vor, um deinen Namen in Seamus Kelly zu ändern.«

»Aber …«

Sixtus hob gebieterisch die Hand. Er war es nicht gewohnt, von Kollegen, Gegnern oder auch nur Familienangehörigen unterbrochen zu werden. »Tom sagte, dass du Rechtsanwalt werden willst.«

»Ja, irgendwann einmal.«

»Wenn du mit dem Studium fertig bist, wartet hier ein Büro auf dich. Das ist alles, was ich dir im Moment versprechen kann. Du wirst zeigen müssen, was du kannst, aber das dürfte kein Problem sein. Schließlich bist du ein Kelly, ob es dir passt oder nicht.«

»Danke, Sir.« Seamus machte ein Gesicht, als hätte er am liebsten die Flucht ergriffen, notfalls mit einem Sprung aus dem Fenster. Sollte es ein Meeresungeheuer geben, das zufällig in der Bucht vorbeischwamm, hätte er sich vermutlich auf seinen Rücken geschwungen und es so weit wie möglich von den Docklands weggelotst.

Doch vielleicht hatte er sich auch getäuscht. Denn Seamus ergriff die für den Reisepass nötigen Dokumente und stand wie angewurzelt da, den Blick auf das Familienwappen gerichtet. Er musterte den sich windenden Leib des Ungeheuers, die feuerroten Augen, die messerscharfen Fangzähne, den grünen Schuppenpanzer. Mit zusammengekniffenen Augen sah er Sixtus an, wie ein kleiner Junge, der sich nicht traut, eine Frage zu stellen.

»Was ist? Schieß los«, forderte Sixtus ihn auf.

»Sie haben gesagt, dass sich die Kellys um die Mitglieder ihrer Familie kümmern …«

Sixtus nickte. Spielte er darauf an, dass Tom und Bernie ihn zu einem Leben im Heim verurteilt hatten? Dass Tom Kelly ihn auf dem Schlachtfeld der menschlichen Existenz zurückgelassen und gezwungen hatte, sich ohne die Unterstützung der Familie durchzukämpfen?

»Das habe ich verpfuscht«, sagte Seamus.

»Du meinst, das hat jemand bei dir verpfuscht?«

»Nein. Ich meine, es gibt da jemanden, den ich als meine Familie betrachte. Ich hatte geschworen, immer für sie da zu sein, mich um sie zu kümmern. Aber ich habe mein Wort gebrochen.«

Tom hatte ihm von Seamus und dem Mädchen von St. Augustine's erzählt, doch das behielt er für sich.

»In welcher Hinsicht?«, fragte er.

»Ich bin abgehauen.«

Sixtus holte tief Luft. Das sah den Kellys überhaupt nicht ähnlich. Das musste er erst einmal verdauen. Als er aus dem Fenster auf die schimmernde Bucht blickte, auf die Stelle, an der er das Ungeheuer zu sehen erwartete, sollte es jemals vom Meeresgrund auftauchen, kam ihm die Erleuchtung. Er räusperte sich.

»Bist du aus freien Stücken auf und davon oder weil du dachtest, dir bliebe keine andere Wahl?«

»Sie sollte von ihren leiblichen Eltern abgeholt werden. Und ohne sie wollte ich nicht ins Heim zurück.«

Sixtus lächelte. Er wusste, dass es immer ein Hintertürchen gab. »Dann hast du sie auch nicht wirklich im Stich gelassen, als du ausgerissen bist. Ihr beide wart Kinder. Du konntest davon ausgehen, dass sie sich in der Obhut der Menschen befinden würde, die sie am meisten liebten – ihre Eltern. Und so war es wahrscheinlich auch.«

»Wahrscheinlich«, pflichtete Seamus ihm bei, aber er klang unsicher.

»Du wirst sie finden«, sagte Sixtus, ohne vertrauliche Informationen von Tom preiszugeben; es stand Seamus ins Gesicht geschrieben.

»Ganz sicher.« Die Worte klangen wie ein Schwur.

»Dann brauchst du einen Talisman.« Sixtus streifte den goldenen Wappenring von seinem Finger und reichte ihn Seamus. Dieser errötete und betrachtete mit gerunzelter Stirn das abgenutzte Oval mit dem Meeresungeheuer, das sich brüllend aus den Wellen erhob, wie auf dem Wappen hinter dem Schreibtisch.

»Das kann ich nicht annehmen«, erklärte Seamus.

»Ich bestehe darauf.« Sixtus lächelte großmütig. Er geleitete Seamus zur Bürotür. »Und nicht vergessen, ruf Tom an, wenn du ihn brauchst.«

»Ich brauche ihn nicht«, erwiderte Seamus, immer noch nach einer Möglichkeit suchend, den Ring zurückzugeben.

Sixtus musste ihn praktisch zur Tür hinausschieben. An den Schreibtisch zurückgekehrt, machte er sich eine Notiz, die nur für seine Augen bestimmt war. Er musste gleich morgen früh bei Columba Jewelers anrufen, um eine weitere Kopie des Ringes zu bestellen. Der Juwelierladen besaß die Gussform. Sixtus hatte im Lauf der Jahre viele Ringe anfertigen lassen, für seine Brüder und ihre Frauen, für seine beiden Söhne, die in Amerika lebten, für seine Nichten und Neffen, deren Ehepartner und sogar für gute Freunde. Ihm gefiel die Vorstellung, dass der Kelly-Clan wuchs und sich mehrte, dass alle den Ring von Tadhg Mor O'Kelly trugen und bereit waren, auf Anhieb für einen der Ihren in die Schlacht zu ziehen.

Er lehnte sich zurück, blickte auf die Bucht hinaus und dachte an Seamus' Reaktion auf den Vorschlag, Tom um Hilfe zu bitten. Er brauche seine Hilfe nicht, hatte er gesagt. Nein, vielleicht nicht, dachte er. Aber Tom brauchte die Chance, ihm helfen zu können.

Er holte tief Luft, dann wählte er die internationale Vorwahl und Toms Telefonnummer. Es läutete mehrmals, bevor Tom ranging.
»Hallo?«
»Tom, ich bin's, Sixtus. Er ist gerade gegangen.«
»Klappt es mit dem Reisepass?«
»Ja. Er kann ihn morgen abholen.«
»Hat er gesagt, wann er fliegt?«
»Er hat morgen Abend einen Flug bei Aer Lingus gebucht. Nach Boston, nehme ich an. Logan Airport ist näher an Newport als JFK. Aber ich werde die Einzelheiten bei meiner Quelle im Passamt in Erfahrung bringen.«
»Sixtus, ich weiß nicht, wie ich dir danken soll.«
»Wage es nicht, Tom. Was Bernie und du im Lauf der Jahre für uns getan habt, können wir nie wiedergutmachen. Hast du drüben noch etwas herausgefunden?«
»Ich weiß, wo sie arbeitet«, erwiderte Tom. Die Verbindung war schlecht. Wahrscheinlich telefonierte er mit dem Handy und war mit dem Auto unterwegs. So klang es jedenfalls, dem Krach nach zu urteilen, der vom anderen Ende der Leitung herüberdrang.
»Tom, bist du noch dran?«, rief Sixtus. »Tom? Richte Bernie meine allerbesten Grüße aus.«
Doch die Verbindung war bereits unterbrochen. Sixtus Kelly legte den Hörer auf und lehnte sich zurück. Seine Mandanten warteten auf ihn, unter anderem der Anwalt der Schwester des Premierministers. Doch zuerst musste er innerlich zur Ruhe kommen. Er blickte auf die Dublin Bay hinaus – einstmals so gefährlich für Schiffe und Kellys, die in die Schlacht zogen – und dachte an seinen Cousin und dessen Sohn, an Liebe, Treue und Sieg.
Im Augenblick brauchten sie alle drei.

21

Regis Sullivan, Absolventin des Boston College im zweiten Studienjahr, litt unter dem, was ihre Tante als Anpassungsprobleme bezeichnet hätte. Bei der Rückkehr nach den Sommerferien hatte sie das Gefühl gehabt, dem Deck eines brennenden Schiffes entronnen zu sein und endlich wieder sicheren, trockenen Boden unter den Füßen zu haben. Nun galt es, in ein normales Leben zurückzufinden. Sie hatte Philosophie als Hauptfach gewählt. Jeden Tag den Unterricht zu besuchen und zu hören, was die Jesuiten über Wahrheit, Mysterien und die Grundvoraussetzungen des Glaubens lehrten, wirkte sich hilfreich auf ihre Orientierung aus.

Ihre Zimmergenossinnen waren phantastisch. Monica, Juliana und Mirande nahmen sie unter ihre Fittiche und sorgten dafür, dass sie nicht ständig über die Rolle nachsann, die sie beim Tod von Gregory White gespielt hatte. Als ihre Kommilitonen vom BC von ihrer Irlandreise hörten, gaben sie ihre eigenen Erlebnisse zum Besten – die Besichtigung von Dublin Castle, ein Drink in den engen Kopfsteinpflaster-Gassen von Temple Bar, ein neu entwickeltes, quicklebendiges Stadtviertel, in dem sich vor allem junge Leute tummelten, der Versuch, Karten für ein U2-Konzert zu ergattern, Besuch der Guinness Brewery, Blarney Stone, um den Stein zu küssen und sich in einen eloquenten Redner zu verwandeln, der Wunsch, für ihre Mom ein Souvenir aus Waterford Kristall zu kaufen, das sich als zu teuer erwies, und ihr stattdessen einen Schal mitzubringen.

Ihre Zimmergenossinnen wussten, dass Regis' Reisen nach Irland anders verlaufen waren. Bei der ersten, die sechs Jahre zurücklag, hatte sie mit ihrem weltberühmten Vater auf den Klippen von Ballincastle gestanden, wo sich eine Skulptur von ihm befand, und mit einem geistig verwirrten Mann um ihr Leben gekämpft. Sechs Jahre lang hatte sie unter einer Amnesie gelitten. Die Erinnerung an den Kampf war wie ausgelöscht. Während des ersten Studienjahres, mussten ihre Zimmergenossinnen damit zurechtkommen, dass sie nachts unter Alpträumen litt, weinte und manchmal aus voller Kehle schrie, wenn Einzelheiten jenes grauenvollen Tages Stück für Stück an die Oberfläche ihres Bewusstseins drangen.

Als ihr Vater aus der Haft entlassen wurde und endlich nach Hause kam, brach der Damm, und sie wurde von Erinnerungen überflutet – der Regen, das Blut, das Geschrei, der dumpfe, tödliche Aufprall. Ihre Familie hatte sie nach Dublin begleitet, wo sie die Möglichkeit erhielt, die Geschichte im Rahmen einer Anhörung aus ihrer eigenen Warte zu schildern. Tom Kellys Vetter Sixtus hatte sie als Anwalt vertreten, und die irischen Ermittlungsbehörden hatten darauf verzichtet, Anklage zu erheben.

Nach all den Aufregungen war nun wieder Schule angesagt. Zumindest waren die Alpträume verschwunden. Stattdessen lag sie im Bett, starrte zur Decke und erkundete die ihr fremde neue Welt der Schlaflosigkeit.

Manchmal warf sie einen Blick zu den anderen hinüber, doch nur Mirande war wach und zeichnete in ihrem Skizzenblock. Da Regis' Eltern beide Künstler waren, hatte sie sich durch das Kratzen der Zeichenkohle auf dem Papier getröstet gefühlt. Mirande war diejenige unter ihren Zimmergenossinnen, der sie am nächsten stand. Auch wegen ihres Namens. Er war cool. Ihre Eltern hatten sie nach dem Ort benannt, an dem sie gezeugt worden war, als sie die Familie ihres Vaters an der Côte d'Azur besucht hatten, einer verborgenen kleinen Bucht mit einem halbmondförmigen Sandstrand.

Mirandes Markenzeichen war ein Barett, das sie nicht einmal im Bett absetzte. Sie hatte langes, kastanienbraunes Haar, eine blasse Haut und ein Lächeln wie Mona Lisa. Sie trug zahlreiche Armbänder. Einige waren von ihrer Mutter aus glänzendem, juwelenfarbenem Stickgarn geknüpft worden, und zwei bestanden aus grünen Glasperlen. Sie stammten von ihrer amerikanischen Tante und waren vor deren Tod vom Dalai Lama gesegnet worden. Ihr Lieblingsgeldbeutel, aus bernsteinfarbener Wolle und mit türkisfarbenem Garn bestickt, war ein Geschenk von einer anderen Tante, die in Aix-en-Provence lebte. Sie trug immer eine Halskette mit einem kleinen goldenen Kreuz von ihrer Großmutter in St. Paul de Vence.

Regis liebte Mirande wegen ihrer künstlerischen Ader, ihrer exzentrischen Eigenschaften und der Verbundenheit mit ihrer Familie. Sie hatte das Gefühl, eine Seelenverwandte in ihr gefunden zu haben, die sich auf der gleichen Wellenlänge befand. Mütterlicherseits von irischen Vorfahren abstammend, war sie stolz auf ihren zweiten Vornamen Grace, nach der furchtlosen irischen Freibeuterin Grace O'Malley. Regis – die seit dem Sommer noch immer ein wenig unter Schock stand – musste ihre Furchtlosigkeit erst wiedergewinnen, und auch deshalb suchte sie Mirandes Nähe.

»Wir sollten mal wieder einen Ausflug machen«, sagte Mirande am Freitagnachmittag, als alle im Zimmer waren und lernten.

»Wir könnten zu mir nach Hause fahren«, schlug Regis vor. »Im Star of the Sea findet dieses Wochenende die Weinlese statt, und ich habe versprochen zu helfen.«
»Dich zieht es aber ziemlich oft nach Hause«, meinte Monica und beugte sich von der oberen Ebene des Etagenbetts hinunter.
»Sie braucht jetzt ihre Familie«, erklärte Mirande und legte den Arm um Regis' Schulter.
»Ich weiß, ich weiß«, erwiderte Monica rasch. »Ich vermisse Regis nur so schrecklich, wenn sie weg ist.«
»Dann komm doch zur Weinlese mit«, forderte Regis sie auf.
»Ich bin jedenfalls mit dabei«, sagte Juliana.
»Klingt gut«, stimmte Monica ihr zu. »Ich war in einem katholischen Internat, und das Einzige, was uns fehlte, war ein Weinberg. Ich fände es cool, mal einen zu sehen.«
»Also gut«, sagte Mirande, das Barett in gefährlicher Schräglage über einem Auge. »Aber nur, wenn wir unterwegs einen kleinen Abstecher machen.«
»Wohin?«, wollte Monica wissen.
»In das Reich der Seebären, Piraten, Räuberbarone, Domestiken, Rolls-Royce-Luxuskarossen und Ausschweifungen – in meine Heimatstadt Newport, Rhode Island!«
»Donnerwetter!«, sagte Juliana.
»Worauf warten wir noch?«, fragte Regis.
Und so packten sie rasch das Nötigste in eine Tasche und stiegen in Mirandes Auto. Der Volvo-Kombi hatte früher ihrer Mutter gehört, und am Rückspiegel hingen Buddha-Perlen, Kreuze und ein Kranz aus blauen, rosafarbenen und gelben Blüten. Sie verließen Chestnut Hill und fuhren auf der I-95 in südliche Richtung. In Providence nahmen sie die Ausfahrt und kurvten auf den gewundenen Landstraßen die

Narragansett Bay entlang, durch Barrington, Bristol und Portsmouth. Das Laub begann sich zu färben, und Regis lehnte sich zurück und ließ die Herbstfarben – Orange, Gelb- und Rottöne sowie nussbraune Schattierungen –, die Balsam für ihre Seele waren, auf sich einwirken. Als sie Newport erreichten, steuerten sie unverzüglich Mirandes Elternhaus an, im Stadtteil Fifth Ward gelegen, zwei Straßen von der Bucht entfernt.

»Bei der Bustour mit den Touristen lassen sie diese Gegend aus«, erklärte Mirande. »Das ist ein typisches Arbeiterviertel, in dem hauptsächlich Iren wohnen.«

»Mir gefällt es.« Regis betrachtete die Straße zu beiden Seiten. Die Häuser wirkten gepflegt, mit Kürbissen auf den Stufen der Außentreppen und blühenden Chrysanthemen in den Gärten. Tom Kelly pflegte zu sagen, die Gartenarbeit liege den Iren im Blut. Unfassbar, dass er Star of the Sea verlassen hatte. Sie konnte sich die Weinlese ohne ihn nicht vorstellen.

»Wie lange könnt ihr bleiben?«, fragte Mrs. St. Florent, die sich über den unangemeldeten Besuch freute. Sie hatte an ihrem Webstuhl gesessen und an einem Wandteppich für ein Mönchskloster in Vermont gearbeitet, doch umgehend alles liegen und stehen lassen, um ihnen Apfelwein und Doughnuts zu bringen.

»Bis morgen früh. Dann fahren wir zu Regis, um bei der Weinlese zu helfen.«

»Ach ja«, sagte Mrs. St. Florent. »Die Schwestern stellen ausgezeichnete Weine her …«

»Es tut mir leid, dass ich Ihre Tochter zu einer solchen Schinderei überredet habe«, sagte Regis. »Aber ich verspreche, als Wiedergutmachung schicken wir Ihnen ein paar Flaschen Chardonnay.«

»Mein Mann und ich bedanken uns schon im Voraus«, entgegnete Mrs. St. Florent. »Ich hoffe nur, dass genug Zeit bleibt, um dich bei Elizabeth blicken zu lassen, bevor ihr weiterfahrt, Mirande.«

»Arbeitet sie immer noch auf Oakhurst?«

»Ja«, antwortete Mrs. St. Florent. »Obwohl sie jetzt mit Jeff zusammenwohnt statt mit den anderen Mädchen in dem kalten Dachgeschoss und die Tage zählt, bis die Familie nach Palm Beach abreist.«

»Wir fahren hin«, versprach Mirande.

Also stiegen sie wieder in den Volvo und fuhren zur Spring Street, um Mirandes älterer Schwester einen Besuch abzustatten. Elegante viktorianische Häuser mit reichverzierten Spitzdächern und umlaufenden Veranden standen hier Seite an Seite in einem Viertel, das völlig zugebaut worden war in dem irrwitzigen Bemühen, die Stadt in ein sommerliches Urlaubsparadies zu verwandeln. Von dort ging es weiter zur Bellevue Avenue, wo jedes Anwesen einem Herrensitz glich. Regis betrachtete mit ehrfürchtigem Staunen die schier endlose Reihe der Kalkstein-Paläste. Die meisten hatten schmiedeeiserne Tore, spektakuläre Steinmauern und perfekt gestutzte Hecken.

»Viele der Bewohner haben mindestens einmal im Leben hier gearbeitet«, erklärte Mirande. »Meine Schwester hat letztes Jahr die Villanova-Universität verlassen und ist nach Newport zurückgegangen, um näher bei ihrem Freund zu sein.«

»Was macht sie jetzt?«, erkundigte sich Regis.

»Sie arbeitet für eine total versnobte Familie. Ihre einzige Aufgabe besteht darin, Besuchern die Tür zu öffnen, in schwarzer Tracht …«

Plötzlich tauchte ein relativ normal aussehendes Haus vor

ihnen auf. Obwohl noch immer sehr groß, war es aus weißen Schindeln statt Kalkstein erbaut, hatte schwarze Fensterläden, eine ringsum mit Fliegengitter versehene Veranda und eine hohe Eiche, die im Garten hinter dem Haus aufragte. Ein silberner Porsche stand in der Auffahrt hinter einem silberfarbenen Rolls-Royce.

»Willkommen auf Oakhurst«, sagte Mirande. »Sieht so aus, als wäre die Familie zu Hause. Besser, wenn wir nicht alle vor der Tür stehen. Ich lauf schnell rüber und sage meiner Schwester hallo, okay?«

Regis blickte ihrer Freundin nach, die aus dem Volvo sprang und über den mit Blaustein gepflasterten Weg zur Eingangstür eilte. Mirande läutete, dann stand sie da und wartete. Monica und Juliana saßen auf der Rückbank des Kombis und sahen zu ihr hinüber. Regis reckte den Hals, den Blick auf den Giebel des Hauses gerichtet. Die hohen Fenster im Erdgeschoss reichten vom Boden bis zur Decke. Im ersten Stock gab es achtfach verglaste Fenster von normaler Größe und im Dachgeschoss kleine quadratische Mansardenfenster. Plötzlich entdeckte sie dort oben ein Gesicht.

Hinter einem der winzigen Mansardenfenster stand eine junge Frau, die zum Himmel blickte. Sie sah so verloren, verzweifelt und sehnsüchtig aus, das Regis beinahe die Tränen kamen. Sie kannte das Gefühl. In den vergangenen sechs Jahren, als sie sich aus dem Labyrinth ihrer düsteren Geheimnisse zu befreien suchte, war es ihr ständiger Begleiter gewesen.

Unten öffnete eine junge Frau die Eingangstür. Es war Mirandes Schwester Elizabeth, in einem schwarzen Kleid mit weißer Schürze. Sie strahlte und winkte den Mädchen von der Tür aus zu. Sie winkten zurück, doch Regis' Aufmerksamkeit wurde wie ein Magnet von der Frau am Mansardenfenster angezogen.

Zwei Minuten später war Mirande wieder da.
»Sie hat um sechs Uhr Feierabend«, sagte sie. »Wir treffen uns mit ihr und Jeff im Black Pearl zum Abendessen.«
»Mirande, wer ist das?« Regis deutete auf das Mansardenfenster. In diesem Moment trafen sich ihre Blicke, und die junge Frau wich in den Raum zurück, nur einen Schatten hinterlassend.
»Sie gehört sicher zu den Dienstboten«, erwiderte Mirande. »Vielleicht die englische Kinderfrau, obwohl ich glaube, Beth sagte, sie sei nach New York City zurückgekehrt. Könnte das irische Mädchen sein.«
»Das irische Mädchen?«
»Ja. Köchin und Stubenmädchen für die obere Etage. Sie reist am Sonntag mit der Familie ab. Sie verbringen den Winter im sonnigen Süden, in Palm Beach. Ohne meine Schwester, wohlgemerkt. Sie bleibt in Newport und setzt ihr Studium nächstes Semester an der Salve Regina fort.«
»Das ist gut«, meinte Juliana.
»Besser als den ganzen Tag zur Tür gehen«, fügte Monica hinzu.
Die Mädchen begannen sich über die schlimmsten Jobs zu unterhalten, die sie jemals hatten, während Mirande rückwärts die Auffahrt hinunterfuhr. Doch Regis konnte den Blick nicht vom Mansardenfenster lösen. Als sich der Volvo in den Verkehr auf der Bellevue Avenue einfädeln wollte, trat Mirande voll auf die Bremse, um einen Zusammenstoß mit einem grünen Pick-up zu vermeiden, der langsam am Haus vorüberfuhr.
»Puh, das war knapp!«, rief sie.
Regis musterte den Wagen. Er war alt und zerbeult, als wäre er für schwere Arbeiten eingesetzt worden. Gartenarbeit vielleicht, nach den Dellen an beiden Seiten der Ladefläche

und dem Ständer zu urteilen, in dem man Rechen, Schaufeln und Hacken aufbewahrte. An den Schmutzfängern hafteten Betonreste, und abgestorbenes Laub klemmte in der Heckbordwand.
Der Fahrer schien nicht bemerkt zu haben, dass er um ein Haar von dem Volvo gerammt worden wäre. Er blickte angestrengt nach oben, nicht zum Himmel, sondern auf ein Fenster im Dachgeschoss des weißen Hauses mit den schwarzen Fensterläden. Er schaute zu der jungen Frau am Mansardenfenster hinauf. Er sah aus, als wäre er völlig in Gedanken versunken – und litte an gebrochenem Herzen, wie Regis binnen zwei Sekunden beim Anblick seiner Augen und seines Mundes feststellte. Das erkannte sie sofort,vor allem, wenn es sich auf dem Gesicht von Tom Kelly widerspiegelte.

Kathleen stand am Fenster und versuchte sich zusammenzureißen. Sie hatte sich nie im Leben so elend gefühlt, und der Gedanke, dass heute Abend alles gepackt sein musste, damit sie morgen Abend nach New York fahren und am Sonntag das Flugzeug nach Palm Beach besteigen konnten, weckte in ihr den Wunsch, umgehend vom Dach zu springen. Allein der Gedanke, von einem imposanten Haus ins nächste überzuwechseln, machte sie krank, weil sie dort das Gleiche erwartete.
Sie arbeitete erst seit dem Frühjahr bei den Wells, hatte aber schon die obligatorische Runde mit anderen Familien gemacht. Man verbrachte den Sommer in East Hampton und den Winter in Boca Raton. Oder in Edgartown und Man-O-War Key. Oder in Northeast Harbor und Naples. Die Häuser waren allesamt beeindruckend, die Anwesen in ihrem ursprünglichen Zustand erhalten. Man hatte einen Rolls-Royce und reiste.

Als Kathleen aus dem Fenster blickte, bog ein Wagen in die Einfahrt ein, mit Mädchen beladen. Sie konnte nichts hören, sah sie aber lachen und reden. Was hätte sie darum gegeben, wenn sie jetzt nach unten laufen, sich auf die Rückbank schwingen und mit ihnen davonbrausen könnte. Was würden die Wells dazu sagen? In Anbetracht der Umstände waren sie vielleicht sogar froh, wenn sie verschwand. Fakt war, dass sie gerade dabei war, ihre Flucht zu planen.

Eines der Mädchen, eine junge Schönheit mit einem eleganten, keck über ein Auge gesetzten schwarzen Barett, lief durch den Vorgarten auf das Haus zu und sprang die Stufen hinauf. Der Anblick entlockte Kathleen ein Lächeln. Dass sie nicht zu den üblichen Besuchern von Oakhurst zählte, war offenkundig. Sie erkannte Beth' Schwester. Wie war gleich ihr Name? Klang irgendwie seltsam, hatte sie an den Strand erinnert.

Beth hatte ein Bild von ihr auf ihre Kommode gestellt, bevor sie zu neuen Ufern aufgebrochen und mit ihrem Freund zusammengezogen war. Kathleen gefiel die Geschichte, warum ihre kleine Schwester niemals das Barett abnahm. Es war das letzte Weihnachtsgeschenk ihrer Tante, bevor sie starb. Die Tante war Amerikanerin und hatte in Newport gelebt, ihr aber ein Barett geschenkt, weil sie ihre Liebe zu allen Dingen kannte, die als typisch französisch galten. Sie hatte ihre Nichte verstanden, und Kathleen wusste, dass Verständnis ein unermessliches Geschenk war.

Die Geschichte von Beth' Schwester und ihrem Barett hatte Kathleens Seele durchdrungen. Sie verstand die Macht der Talismane, das Bedürfnis, die Verbindung zu einem geliebten Menschen aufrechtzuerhalten, koste es, was es wolle. Im Beisein dieses Menschen, Seite an Seite und Hand in Hand, war das Verlangen weniger schmerzlich. Doch sobald er fort war – durch Tod oder Trennung oder weil er auf dem festgefügten Sand eines irischen Strandes die Flucht ergriffen hatte –, brauchte man jeden Talisman, dessen man habhaft werden konnte.

Kathleen wünschte, sie hätte etwas von James, woran sie festhalten könnte. Das Einzige, was sie an ihn erinnerte, war die rothaarige Puppe. Sie hatte sie während all der Jahre in St. Augustine's begleitet und in den ersten Monaten bei ihren leiblichen Eltern. Es war ihr egal, dass sie fast vierzehn war, eigentlich zu alt für eine Puppe. Ihr Vater hatte sie damit gehänselt und sie mehrmals vor ihr versteckt.

Er hatte gelacht, wenn sie einer Panik nahe war. Sie hatte versucht, sich nicht anmerken zu lassen, wie verzweifelt sie war, weil sie ihre zerlumpte, schmutzige, zu Tode umarmte rothaarige Puppe nicht finden konnte. Sie hatte gehofft, dass er, wenn sie so tat, als wäre es ihr egal, aufhören würde, sie zu verstecken.

Doch eines Tages, nach dem Umzug von Blackrock nach Cork City, am Tag bevor sie das nötige Geld für den Flug nach Boston beschafft hatten, hatte sie die Wohnung auf der Suche nach ihrer Puppe auf den Kopf gestellt.

»Wo ist er?«, hatte sie gefragt und befürchtet, den Verstand zu verlieren.

»Er?«, hatte ihr Vater mit anzüglichem Blick erwidert. »Es ist eine Puppe. Eine *Sie*.«

»Lass sie in Ruhe«, hatte ihre Mutter gesagt, die das Theater offensichtlich satthatte.

»Dann eben sie«, hatte Kathleen entgegnet, da sie weder Lust auf einen Streit noch den Wunsch hatte, ihre Eltern zu überzeugen. Sie hatte bereits gelernt, dass es besser war, im Zweifelsfall nur an das eigene Wohl zu denken, wenn man überleben wollte, keine Widerworte zu geben und auf jeden Versuch der Selbstbehauptung zu verzichten.

»In Ruhe lassen?«, brüllte ihr Vater und ging auf ihre Mutter los. »Zum Teufel noch mal, was fällt dir ein, mir vorzuschreiben, dass ich sie in Ruhe lassen soll? Es war schließlich deine Idee, sie aus dem Heim zu holen. Ein weiteres Maul zu stopfen, Ballast, den wir mit uns herumschleppen, und was tut sie, dieses undankbare Gör? Jammert uns die Ohren voll wegen einer gottverdammten Puppe, obwohl sie weiß, unter welchem Druck ich stehe!«

»Du hast ja recht, Clement«, hatte ihre Mutter rasch erwidert, um ihn zu beschwichtigen, bevor der Streit ausuferte. »Wir wissen beide, wie belastend es für dich ist, das Geld für die Reise zusammenzubekommen und auch noch die nötigen Vorkehrungen zu treffen. Das wissen wir, nicht wahr, Kathleen?«

»Ja«, hatte sie geantwortet, bemüht, ihr zitterndes Kinn und ihre Angst in den Griff zu bekommen. Nicht wegen der Reise nach Amerika oder weil ihre Eltern planten, sich zu später Stunde in die Hotelbar zu begeben und irgendeinen betuchten Mann betrunken zu machen, damit sie seine Brieftasche mitgehen lassen konnten – sein Bargeld und die Kreditkarten. Nein, es ging nur darum, dass ihr Vater ihre Puppe hatte, und die brauchte sie. Brauchte sie, um sich an James zu erinnern, sich bewusst zu machen, dass er immer bei ihr war. Für immer und ewig.

»Diese gottverdammte stinkende, verlauste, hässliche Puppe«, hatte ihr Vater getobt und sie vom obersten Regalbrett im Schrank heruntergezerrt, an das Kathleen nicht heranreichte, weil es zu hoch war. Sie hatte sich zurückgehalten, denn sie wusste, wenn sie danach griff oder zu eifrig wirkte, hätte ihr Vater sie erneut versteckt und vielleicht nicht mehr zurückgegeben, bevor sie nach Boston flogen. Und sie brauchte ihn, brauchte ihre Puppe.

Das Wissen, dass ihre Eltern Diebe waren, machte ihr zu schaffen. Manchmal nahmen sie Kathleen mit, wenn sie in Bars auf Beutezug gingen, wo sie lachen, tanzen und die Leute ablenken sollte, so dass sie ihren Brieftaschen, Geldbörsen oder Handtaschen weniger Aufmerksamkeit schenkten. Bisweilen fragte sie sich, ob die beiden sie nur deshalb aus dem Heim geholt hatten, damit sie ihnen beim Stehlen half. Irgendwie war es ihr gelungen, sich damit abzufinden. Sie musste nur an James denken. Denk an James, sagte sie sich immer wieder. Er war bei ihr, flüsterte ihr zu, dass alles gut werden würde. Sie würden so bald wie möglich wieder zusammen sein. Die rothaarige Puppe war für sie unverzichtbar. Sie erinnerte sie jeden Tag aufs Neue daran, dass James an ihrer Seite war, dass er immer bei ihr war.

Deshalb liebte Kathleen Beth' kleine Schwester mit dem schwarzen Barett. Sie lehnte sich gegen die Fensterscheibe und blickte zum Himmel, als könnte sie in weiter Ferne Irland erkennen. Sie wusste, Beth' Schwester würde eines Tages lernen, dass Dinge, die an etwas erinnerten, letztendlich unwichtig waren. Sie konnten einen nicht retten, auch wenn man es sich noch so sehr wünschte. Ihr Vater hatte die Puppe an jenem Tag verbrannt, mit der Begründung, sie sei schmutzig und lenke sie von der Arbeit ab. Dieses Feuer hatte nie aufgehört zu brennen. Es hatte all die Jahre in ihrer Umgebung gelodert.

Doch sie hatte es überlebt, hatte ohne Puppe zu leben gelernt. Sie dachte an den Tag zurück, als sie endlich begriffen hatte, dass es so nicht weiterging, dass sie von ihren Eltern genug hatte. Der Himmel war strahlend blau gewesen. Der Wind wehte. Kathleen packte die wenigen Dinge ein, die

wichtig für sie waren, und marschierte los. Sie hatte sich damals gefragt, wann sie ihre Abwesenheit bemerken würden. Sie würden vermutlich außer sich sein, aber aus den falschen Gründen, Gründen, die nichts mit Liebe zu tun hatten.
Kathleen wusste, dass Beth' kleine Schwester auch ohne ihr Barett zurechtkommen würde; sie hoffte nur, zu einem Zeitpunkt, an dem sie bereit war, sich von ihm zu trennen. Als sie auf das Auto hinunterschaute, sah sie, dass eines der Mädchen zu ihr hinaufstarrte. Ihre Blicke trafen sich – und Kathleen wich zurück.
Es war ihr peinlich, gesehen zu werden. Oben im Dachgeschoss, zu elend, um zu arbeiten, um fertig zu packen. Morgen Abend würden alle nach New York fahren und das Gepäck im Apartment an der Fifth Avenue unterstellen, bevor sie am Sonntag in das sonnige Palm Beach flogen – es sei denn, sie würde die Energie aufbringen, sich einen Fluchtplan zurechtzulegen.
Nette Mädchen, besuchten sicher ein College. Ihnen würde niemals etwas Derartiges widerfahren. Sie wünschte es ihnen jedenfalls von ganzem Herzen. Sie sah, wie der Volvo rückwärts die Einfahrt hinunterfuhr, auf die Bellevue Avenue, wo er um ein Haar mit einem grünen Pick-up zusammengestoßen wäre. Sie hämmerte gegen die Fensterscheibe und öffnete den Mund, um ihnen zuzurufen, dass sie achtgeben sollten.
Doch ihre Stimme versagte. Nur ein leises Stöhnen drang über ihre Lippen.
»James«, flüsterte sie.
Gott steh mir bei, dachte sie, aber da war er, wirklich und wahrhaftig. Ihr geliebter James, der gelobt hatte, immer bei ihr zu sein. Seine blauen Augen blitzten, als er zu ihr emporsah, mit einem Blick, der so stark war wie eine Rettungs-

leine, der sie zu retten, aus dem Feuer zu erlösen versprach, auch ohne Worte.

»James«, murmelte sie abermals, die Hand auf dem kalten Glas des Fensters.

Der Mann sah sie und dachte wohl, sie würde ihm zuwinken. Er hob die Hand, als wollte er sie beruhigen, sie bitten, sich zu gedulden, er werde zurückkommen und sie holen.

Sie sah dem grünen Pick-up nach, bis er ihrer Sicht entschwand, und versank in abgrundtiefer Verzweiflung.

Sie wusste, dass sie nahe daran war, den Verstand zu verlieren. Eine andere Erklärung fiel ihr nicht ein. Der Mann war ein Fremder und, davon abgesehen, nicht im richtigen Alter. Er musste doppelt so alt sein wie James, mindestens fünfundvierzig. Seine Haare waren dunkelbraun und wurden grau, ohne den geringsten Rotschimmer. Doch die blauen Augen, diese leuchtenden blauen Augen. Vielleicht war er ein Geist. Vielleicht litt sie schon unter Halluzinationen, verlor den Verstand, weil sie das Kind eines Mannes in sich trug, der ein Narr war.

Sie lehnte die Stirn ans Fenster und blickte auf die Straße hinab und betete, wie sie es immer tat, diese blauen Augen wiederzusehen. Doch die Worte blieben ihr im Hals stecken. Es war zu spät.

22

Die Mädchen parkten am Bannister's Wharf, und Tom entdeckte eine Parklücke in derselben Reihe, nur wenige Autos hinter ihnen. In seinem Kopf drehte sich alles. Er musste mit Regis sprechen und herausfinden, was sie in dem Volvo machte, der aus der Einfahrt von Oakhurst gekommen war. Er parkte ein und beeilte sich, um Bernies Nichte und ihre Freundinnen auf dem Weg ins Black Pearl einzuholen.

»Regis!«, rief er.

»Onkel Tom!« Sie fuhr herum. »Dachte ich mir doch, dass du das vorhin warst. Was tust du hier?«

»Ich habe … eine Familienangelegenheit zu erledigen.«

Sie warf ihm einen sonderbaren Blick zu. Was wusste sie über seine Beweggründe, die Academy zu verlassen? Er erinnerte sich an das Essen mit Bernie und ihrer Familie im Star of the Sea, am ersten Abend ihrer Rückkehr. Die drei Schwestern waren begeistert gewesen und brannten darauf, alles über Seamus zu erfahren.

»Tante Bernie?«, fragte Regis.

»Ja, indirekt«, antwortete er.

Regis machte ihn mit Mirande, Juliana und Monica bekannt.

»Ich freue mich, euch kennenzulernen«, sagte er. »Als ich die Bellevue Avenue entlangfuhr, sah ich euch aus der Einfahrt von Oakhurst kommen. Wohnt eines von euch Mädchen dort?«

Juliana lachte. »Schön wär's! Was für ein phantastisches Haus …«

»Meine Schwester arbeitet dort«, erklärte Mirande. »Sie ist eigentlich nur dafür zuständig, die Tür zu öffnen, wenn Gäste kommen, erledigt aber auch alle möglichen anderen Dinge. Die Wells haben keinen blassen Schimmer, dass sie eine Künstlerin von Weltrang in ihrer Mitte haben. Beth ist absolute Spitze auf dem Webstuhl unserer Mutter.«

»Deshalb mag ich sie so sehr«, sagte Regis, legte den Arm um Mirandes Schultern und zog ihr das Barett über die grünen Augen. »Sie stammt aus einer verrückten Künstlerfamilie, genau wie unsere.« Tom sah Regis, die ihm so nahestand, als wäre sie seine eigene Nichte, mit einem liebevollen Lächeln an.

»Gott sei Dank fliegt Beth nicht mit dieser grässlichen Familie nach Florida«, sagte Mirande.

»Florida?«

»Ja, sie verbringen den Sommer in Newport und den Winter in Palm Beach.«

»Man höre und staune!«, meinte Monica.

Tom hatte mit einem Mal ein flaues Gefühl im Magen. »Wann reisen sie ab?«

»Sie fliegen Sonntag in den Süden«, antwortete Mirande. »Beth zählt die Tage, bis sie erlöst ist.«

»Kennt Beth Kathleen Murphy, die Köchin der Familie?«

»Oh, meinen Sie das irische Mädchen? Beth sagte, sie sei ziemlich still und in sich gekehrt. Sehr nett, aber ein bisschen verschlossen. Immer für sich. Außer …« Mirande hielt inne. »Nun, Beth hat den Verdacht, dass zwischen ihr und einem der Wells-Söhne etwas sein könnte.«

»Vielleicht heiratet sie ihn und ist glücklich bis ans Ende ihrer Tage, wie eine Prinzessin«, meinte Juliana. »Dann hat sie zur Abwechslung mal jemanden, der für sie kocht statt andersherum.«

»Ich glaube nicht, dass sie ihn liebt«, sagte Regis.

»Woher willst du das wissen?«, fragte Tom.

Regis zögerte. Ihr Blick verlor sich einen Moment in der Ferne. »Ich habe sie gesehen, oben am Mansardenfenster. Sie schaute zum Himmel hoch, und ich dachte ...«

Tom hielt den Atem an. Er hatte das Gleiche beobachtet und sich seine eigenen Gedanken gemacht. Kathleens geistesabwesender Blick war ihm vertraut, er hatte sich selbst darin gesehen, seine Sehnsucht nach Bernie. Er hatte beobachtet, wie die junge Frau kummervoll ins Leere starrte, und die Seelenverwandtschaft gespürt, die sie miteinander verband. Sie sehnte sich nach seinem Sohn, und er sehnte sich nach der Mutter seines Sohnes.

»Ich fand, sie hatte Ähnlichkeit mit mir«, fuhr Regis fort. »Im letzten Sommer, als ich versuchte, in einer Welt Fuß zu fassen, die nicht real war. Ich war mit Peter verlobt und wünschte mir, auf diesem Weg Heilung zu finden, Ballincastle aus meinem Gedächtnis zu verbannen.«

»Das alles hast du gesehen, als du zum Fenster hinaufgeschaut hast?«, fragte Monica skeptisch.

Regis nickte. Tom schwieg, aber er kannte Regis. Er war überzeugt, dass ihre Wahrnehmung sie nicht getäuscht hatte. Sie verfügte genau wie ihre Tante über die Gabe der Einfühlsamkeit und des Scharfblicks. Toms Mut sank, als ihm klarwurde, dass ihm nur noch wenig Zeit blieb.

»Was sagtest du, wann sie abreisen? Nach Palm Beach?«

»Das Flugzeug geht Sonntagmorgen«, antwortete Mirande. »Aber Newport verlassen sie schon morgen.«

»Morgen?«, fragte Tom bestürzt. »Um welche Zeit?«
»Keine Ahnung. Beth erwähnte eine Einladung zum Brunch. Ich vermute, dass sie zuerst dorthin fahren, während Beth und Kathleen für sie packen, und anschließend geht es weiter nach New York. Dort übernachten sie und fliegen Sonntag los. Soweit meine Schwester weiß …«
»Onkel Tom, kommst du mit uns ins Star of the Sea?«, fragte Regis mit großen flehenden Augen. »Zur Weinlese? Ich weiß, wie sehr sich Tante Bernie freuen würde … Es würde ihr sehr viel bedeuten.«
Obwohl Tom angesichts dieser neuen Information erschrak, sah er Regis ruhig an. Sie war Bernies Patenkind, beinahe wie eine Tochter für sie. Er war unendlich froh, dass sie die schwere Zeit, die hinter ihr lag, einigermaßen überstanden hatte. Er wusste, dass sich John und Honor immer noch um sie sorgten und dass sie emotional zerbrechlich gewesen war.
Tom hoffte, dass sie ihm die Bitte erfüllen konnte, die er an sie hatte. Er verspürte ein Gefühl der Enge in der Brust, als würde ein zentnerschwerer Amboss darauf lasten. Er fühlte sich benommen, als er den Zeitplan noch einmal überdachte, und versuchte die neue Information einzubeziehen. Es konnte klappen, trotz alldem …
»Komm schon, Onkel Tom. Was ist jetzt mit der Weinlese?«
»Es geht nicht, Regis. Ich habe etwas Wichtiges in Newport zu erledigen. Und ich brauche deine Hilfe …«
»Natürlich. Worum geht es denn?«
»Ich erkläre dir alles. Wir müssen uns jedoch zügig ans Werk machen, uns bleibt nur ein Tag. Das Ganze muss morgen über die Bühne gehen …«
Als sich Regis und ihre Freundinnen um ihn scharten, aufmerksam lauschend, weihte Tom sie in seinen Plan ein.

Der nächste Morgen – ein Samstag – brach an, ein klarer wolkenloser Tag mit dem für Oktober typischen goldenen Herbstlicht, das sich über Hügel und Felder breitete. Der Sonnenaufgang war die friedvollste Zeit für Schwester Bernadette, und sie versuchte stets den Tag mit einem Gebet und Dankbarkeit zu begrüßen, während sie über das Anwesen der Academy schlenderte.

Die Sonne ging über dem Long Island Sound auf, erhellte die sich kräuselnden Wellen, den Strand und die Steinmauer, die sich den Weinberg hinaufschlängelte. Bernie stand auf dem Gipfel der Anhöhe und blickte auf das Wasser hinaus. Sie hatte heute, genau wie immer, sehr viele Anliegen, die sie in ihr Gebet einschließen wollte. Sie bat inständig und von ganzem Herzen um Erleuchtung durch den Heiligen Geist, um das göttliche Licht Christi, des Erlösers, und um Frieden für alle Menschen, die sie liebte, für die ganze Welt. Vor allem aber für Tom und Seamus.

Als sie aufs Wasser hinausblickte, sah sie, wie die Oberfläche sich veränderte, von Orange zu Hellblau wechselte. Der Herbst hatte begonnen, und ein Wetterumschwung lag in der Luft. Die vom Meer herüberdriftende Kühle erinnerte sie an einen Spaziergang auf den Klippen im Mai, als Tom und sie ihren Sohn gezeugt hatten.

Während sie die beiden in ihr Gebet einschloss, dachte sie an die Liebe, die sie seit jeher mit Tom verband. Sie wusste, dass die Reise nach Dublin alte Wunden aufgerissen hatte und er nun litt. Sie betete, dass seine Entscheidung, Star of the Sea zu verlassen, ein erster Schritt zur Heilung war und dass er, wo immer er sich auch befinden mochte, Fortschritte auf diesem Weg machte.

Sie seufzte, bekreuzigte sich und kehrte zum Kloster zurück, um sich auf die Weinlese vorzubereiten. Das Land war eine

Gottesgabe. Hier war ihr Maria erschienen und ein Wunder geschehen. Wie hatte sie jemals daran zweifeln oder sich beklagen können? Star of the Sea war ein Sanktuarium für die müden Wanderer auf dieser Erde, ein Zufluchtsort für die Einsamen, eine Heimstatt für die Verlorenen. Gottes Liebe und Gegenwart waren allzeit spürbar, und die heutige Weinlese war ein perfektes Symbol für die Fülle des Lebens, die allen zuteil wurde.

An einem so herrlichen Morgen hatte Bernie ein schlechtes Gewissen wegen des Gefühlswirrwarrs, das in ihrem Inneren herrschte. Die letzten Tage waren hart gewesen. Das Wissen, dass Tom fort war und sie keine Gelegenheit mehr hatte, ihn mit seiner Schubkarre auf dem Hügel oder in einer der Talsenken zu sehen, erfüllte sie mit Kummer. Sosehr sie sein Bedürfnis auch verstand, eine räumliche Trennung zu vollziehen, spürte sie, dass sie mit aller Macht dagegen ankämpfte. Er gehörte hierher – Star of the Sea war in gleichem Maße sein Zuhause wie ihres.

Die einer Nonne mit Sicherheit nicht geziemende Wahrheit war, dass sie nicht wusste, wie sie ohne ihn weiterleben sollte. Sie war vor dreiundzwanzig Jahren ins Kloster eingetreten, unmittelbar nachdem sie ihren Sohn zur Adoption freigegeben hatte. Im Anschluss an das Noviziat in Dublin war sie hierhergekommen, ins Star of the Sea. Sie hatte das erste Jahr in Klausur verbracht und im Lauf des nächsten Jahres als Postulantin den Entschluss gefasst, die abgeschiedene Welt hinter den Klostermauern zu verlassen und sich der größeren Gemeinschaft anzuschließen.

Schwester Bernadette Ignatius hatte hier im Star of the Sea sechs Jahre später ihre feierliche Profess abgelegt, das Gelübde, das sie auf Lebenszeit an den Orden band. Blaugetönte Buntglasfenster, dunkles, geöltes Holz und der Marmoraltar bildeten einen würdigen Rahmen für die Zeremonie. Der Erzbischof hatte das Pontifikalamt gehalten, als sieben Frauen dem Orden Notre Dame des Victoires beitraten. Jede erhielt einen silbernen, von ihm gesegneten Professring, der Keuschheit symbolisierte, das Siegel des Heiligen Geistes. Durch diesen Ring war jede Ordensfrau mit Jesus Christus vermählt.

Bernies Familie war vollzählig anwesend, und Tom. Er hatte es längst aufgegeben, sie überzeugen zu wollen, dass sie einen Fehler beging. Ihren Sohn zur Welt zu bringen und ihn in Irland zurückzulassen war die schwerste Prüfung, die ihr jemals auferlegt wurde. Und die zweitschwerste war, wie sie nach Ablegen der ewigen Gelübde den Gang entlanggeschritten war und Honor und John mit Regis und Agnes gesehen hatte, lächelnd; Cece war noch nicht geboren. Und Tom, der in der Reihe hinter ihnen saß, mit nassen Wangen. In jenem Augenblick schien ihm die Endgültigkeit ihrer Entscheidung klargeworden zu sein. Sie wusste, dass sein Herz gebrochen war, als die Orgel nach der Kommunion verstummte und die Türen der Kapelle aufgingen. Ihre eigene Freude, dass sie endlich das ewige Gelübde abgelegt hatte, war groß; doch als sie die Tränen auf Toms Gesicht sah, wäre sie beinahe ins Wanken geraten.

Danach hatte sie ihn tagelang nicht gesehen. Obwohl er seit Jahren auf dem Anwesen arbeitete, lange bevor sie beschlossen hatte, ins Kloster zu gehen, machte er sich rar. Und dann war sie ihm in der Blauen Grotte begegnet, die sie aufgesucht hatte, um zu beten. Er arbeitete jedoch nicht, sondern saß vor der Marienstatue.

»Entschuldigung«, hatte sie gesagt und sich zurückziehen wollen, um ihn nicht zu stören, falls er betete. »Ich lasse dich allein.«

»Schon gut. Schwester«, hatte er hinzugefügt.
Sie nahm die kurze Pause wahr und den verhohlenen Sarkasmus, der darauf folgte.
»Wie geht es dir, Tom? Ich habe dich lange nicht mehr gesehen.«
»Das Gelände ist ziemlich groß, Tunnel, Aquädukte, Sumpfgebiete … Da verläuft man sich leicht.«
»Wohin hast du dich verlaufen?«
Er stand auf. Sie erinnerte sich, wie er sich langsam aus der Bank erhob und sich zu voller Größe aufrichtete. Seine Schultern waren breit, sie füllten beinahe den kleinen Raum. Obwohl noch jung, war sein Gesicht zerfurcht, von Wind und Wetter gegerbt. Der wellige braune Haarschopf fiel über seine blauen Augen. Selbst im gedämpften Licht der Grotte sah sie das Feuer in seinem Blick und erinnerte sich an den Tag auf den Klippen von Moher. Wie sie in dem hohen Gras hinter dem Saumpfad gelegen hatten, hoch über dem Atlantik. Wie sie ihn angesehen, die Hand ausgestreckt und ihm die Haare aus den Augen gestrichen hatte. Und wie er ihr Handgelenk gepackt, sie leidenschaftlich geküsst und ihr seine Liebe gestanden hatte.
»Wohin hast du dich verlaufen?«, wiederholte sie flüsternd.
»Das kann dir doch egal sein.«
»Es wird mir nie egal sein.«
»Ich bemühe mich, dir aus dem Weg zu gehen«, hatte er gesagt, mit bedrohlich leiser Stimme, auch wenn er näher an sie herangerückt war. »Das willst du doch, oder?«
»Ich weiß nicht«, hatte sie geflüstert.
Er hatte so dicht vor ihr gestanden, dass sie den Geruch nach Schweiß und frisch gemähtem Gras wahrnahm. Er beugte sich zu ihr, schob den Schleier von ihrem Gesicht und liebkoste ihre Wangen mit seinen Knöcheln. Bernie schloss die

Augen. Sie spürte, wie er noch näher kam, ihren Mund mit seinen Lippen streifte. Ein kühler Wind wehte vom Meer herüber, genau wie damals, an jenem Tag Anfang Mai an der Westküste Irlands. Und dann war er gegangen.

Bernie stand wie angewurzelt da, mit weichen Knien. In der Blauen Grotte, in der die Jungfrau Maria sie vor acht Jahren getröstet hatte. Die Wände waren dunkel und feucht vom Moos. Sie hatte auf der Bank Platz genommen, auf der Tom gesessen hatte. Ihre Lippen prickelten von seinem Kuss.

Und heute Morgen, am Tag der Weinlese, bog Bernie auf den Pfad ab, der in die Senke hinter dem Weinberg führte, zur Blauen Grotte. Zuerst ging sie langsam, dann begann sie zu laufen. Tom war seit Tagen fort, doch ein Teil von ihr konnte immer noch nicht fassen, dass er Star of the Sea verlassen hatte. Bestimmt würde sie ihn in der Grotte vorfinden, wo alles begonnen und geendet hatte.

Doch er war nicht da. Sie war allein in dem kalten Sanktuarium. Die Worte, die sie in das Mauerwerk geritzt hatte, wirkten düster und unzugänglich: Ich schlief, doch mein Herz wachte. Und: Du sollst mich wie ein Siegel an dein Herz pressen, wie einen Siegelring an deinem Arm. Denn die Liebe ist stark wie der Tod. Sie wurden nur durch das Moos abgemildert, das fortwährend wuchs und jede Handbreit des Gesteins in dem dumpfigen Schatten der Grotte überwucherte. Tom hatte es vor der Irlandreise nicht entfernt, und seither hatte sich niemand die Mühe gemacht. Bernie sah sich um. Seine Abwesenheit wurde ihr schmerzlich bewusst, nicht nur beim Anblick des Moosbewuchses, sondern auch andernorts.

Als sie die Steinbank abwischte und im Begriff war, Platz zu nehmen, hob sie den Blick zur Madonna. Und hielt den Atem an.

Die Marienstatue war blitzsauber, schimmerte im Sonnenlicht. Die Sonne fiel durch einen Spalt in der Ostmauer, die der Morgendämmerung, dem Meer und Irland zugewandt war. Bernie trat näher. Nirgendwo auf der Statue war auch nur ein Fingerbreit Moos zu entdecken. War das schon immer so gewesen? Hatte Tom die Oberfläche mit einem chemischen Mittel behandelt? Oder hatte Brendan oder einer der anderen Gärtner die Statue gesäubert, aber nicht den Rest der Grotte?
Die Sonne wurde mit einem Mal gleißender und blendete sie. Die Strahlen schienen lebendig zu werden. Sie schwirrten wie Kolibris durch den kleinen geschlossenen Raum. Bernie schirmte ihre Augen ab und blinzelte im Sonnenlicht. Dann schien die Sonne kaum merklich weitergewandert zu sein, denn das Licht wirkte wieder normal. Bernie hielt den Atem an und starrte auf die Statue.
Sie schimmerte wie Alabaster im Morgenlicht. Bernie liebte alle Marienabbildungen, doch diese war etwas Besonderes. Francis X. Kelly hatte die Statue aus einem Männerkloster unweit von Clontarf mitgebracht. Sie war ein Bindeglied zu seiner Familie in Irland; Bernie hatte das Gefühl, dass sie auch ein Bindeglied zu ihrer Familie war – Tom und Seamus.
Sie betrachtete die zart schimmernde Statue, die Falten des drapierten Gewandes, die Schlange unter ihren bloßen Füßen, die ausgestreckten Arme – als wollte Maria sie, Star of the Sea und die ganze Welt umarmen. Als sie in das Gesicht der Muttergottes blickte, kehrte die Sonne zurück, stärker als zuvor. Sie überflutete die Grotte mit sengendem Licht, und Bernie schrie auf.
»Heilige Muttergottes …«
Obwohl das Licht in ihren Augen brannte, konnte sie den Blick nicht von Marias Antlitz abwenden. Sie sah, wie sich

ihre Lippen bewegten, hörte die Worte, unendlich sanft und liebevoll: »Mein Kind ...«
Bernie fiel auf die Knie, faltete die Hände vor der Brust und begann zu beten.

Bienen, die von den reifen Trauben angezogen wurden, buchstäblich trunken vom Nektar, flogen im Weinberg hin und her, doch niemand wurde gestochen. Es herrschte aber auch noch ein geschäftiges Treiben anderer Art. Alle Nonnen und Schülerinnen, John, Honor, Agnes und Cece, sämtliche Gärtner einschließlich Brendan, einige seiner Kollegen aus dem Krankenhaus, seiner zweiten Arbeitsstelle, freiwillige Helfer aus Black Hall und der Kellermeister – ein Mann, der von den Benediktinern wegen seiner Kenntnisse und der Fähigkeit, das Beste aus den Trauben herauszuholen, wärmstens empfohlen worden war – arbeiteten unermüdlich.
Sie schwärmten aus, steckten ihr Arbeitsgebiet ab, teilten jede Rebstockreihe in drei oder vier Abschnitte auf und wetteiferten, wer am schnellsten die Körbe füllen konnte. Honor blieb dicht bei John, überglücklich, ihm nahe zu sein. Es war seine erste Weinlese seit sechs Jahren, und er schien sie aus vollem Herzen zu genießen. Es machte ihm sichtlich Spaß, die Trauben zu pflücken, die trockenen Stiele abzubrechen und die dichten Büschel über Honors Mund zu halten, die eine nach der anderen aß.
»Regis hat keine Ahnung, was sie versäumt«, sagte er und ging am Spalier entlang zum nächsten Rebstock.
»Ich weiß. Dabei schien sie es gar nicht mehr erwarten zu können, ihre Freundinnen mitzubringen, aber wahrscheinlich sind sie in Newport aufgehalten worden.«
»Wie nett von Mirandes Mutter, dass sie übers Wochenende bleiben durften.«

»Finde ich auch.« Sie hatte gestern Abend ein leises Unbehagen verspürt, als Regis angerufen und ihr mitgeteilt hatte, dass sie ihre Pläne ändern müssten. Obwohl sie glücklich, ja, sogar aufgeregt klang, hatte Honor das Gefühl, als würde sie ihr ausweichen. Vor einem halben Jahr hatte sie sich Sorgen gemacht, dass Regis etwas Waghalsiges, Gefährliches unternehmen könnte – eine steile Schlucht wie Tuckerman's Ravine erklimmen, mit dem Kajak nach Martha's Vineyard fahren oder sich eine ähnliche Herausforderung suchen –, um Ballincastle und die Trennung von Peter zu vergessen.
Jetzt wusste sie nicht mehr, was sie denken sollte. Regis schien seit dem Sommer erheblich ängstlicher geworden zu sein. Als hätten die Erinnerungen an Ballincastle die Wahrnehmung von Leben und Tod, das Bewusstsein ihrer eigenen Sterblichkeit geschärft. Doch heute Morgen hatten sich Anzeichen der früheren Regis bemerkbar gemacht – ihre Vorliebe für Geheimnisse und Überraschungen. Honor hatte sie gefragt, ob alles in Ordnung sei, und Regis hatte das bejaht, aber dennoch war sich Honor nicht sicher …
»Wo steckt eigentlich Bernie?«, erkundigte sich John.
»Keine Ahnung. Vielleicht ist sie einfach überfordert.«
»Weil Tom nicht mehr hier ist?«
»Ja.«
»Ich weiß, sie ist die Äbtissin und er der Verwalter, aber die beiden kommen mir wie ein altes Ehepaar vor. Ich kann mir den einen nicht ohne den anderen vorstellen.«
»Vielleicht kommt er ja zurück«, meinte Honor. Doch ein Blick in die Augen ihres Mannes verriet ihr, dass er es besser wusste. »Hast du eine Ahnung, wo er steckt?«
»Er sagte, er hätte etwas in Rhode Island zu erledigen, in

Newport. Er hat sich mit Chris Kelly in Verbindung gesetzt, der ihm helfen sollte, irgendein irisches Mädchen ausfindig zu machen.«

»Glaubst du, das hat mit der Reise nach Dublin zu tun? Mit Seamus?«

»Darüber hat er kein Wort verlauten lassen.« John knipste weitere Traubenbüschel ab und ließ sie in den Weidenkorb fallen. »Aber vorstellen könnte ich es mir. Er hat mir erzählt, sie sei irische Staatsbürgerin und er habe jemanden aus Chris' Kanzlei gebeten, einen Blick auf ihre Greencard zu werfen, um herauszufinden, wo sie arbeitet.«

»Kathleen«, flüsterte Honor und ließ den Korb fallen.

»Wer?«

»Erinnerst du dich an den ersten Abend mit Tom und Bernie, nach ihrer Rückkehr? Sie haben gesagt, Seamus' große Liebe sei ein Mädchen, das jetzt in den Staaten lebt. Hat er nicht sogar Newport erwähnt?«

»Ja, stimmt.« John nahm sie bei den Schultern und sah ihr in die Augen. Die Sonne blendete, und Honor blinzelte. Sie wusste, dass Tom Kelly ein weiches Herz hatte. Wenn er Bernie schon nicht zur Frau haben konnte, wollte er wenigstens seinem Sohn helfen, Kathleen zu finden.

»Aha …«, sagte Honor.

»Was ist?«

»Deshalb ist Regis in Newport geblieben. Frag mich nicht, woher ich das weiß oder was sie dort treibt, aber es muss mit Kathleen und Seamus zu tun haben. Bestimmt ist Tom ihr dort über den Weg gelaufen …«

Johns Augen glänzten, und er küsste sie überschwenglich bei dem Gedanken, dass sie recht haben könnte. Doch plötzlich ertönte ein mörderischer Lärm. Ein Transporter rumpelte über den Acker und wühlte mit seinen Reifen das Erd-

reich auf, und John verrenkte sich den Hals, um über die Rebstöcke hinweg zu schauen.
»In dem Punkt könnten wir uns irren«, entgegnete John. »Thomas Kelly ist nämlich gerade im Anmarsch.«
Er war es, wirklich und wahrhaftig. John und Honor eilten an einer Rebstockreihe entlang, die kräftig in die Höhe geschossen war, und gelangten gerade noch rechtzeitig an das Ende, um zu sehen, wie Tom über die Wiese raste. Plötzlich blieb der Pick-up stehen, die Tür wurde aufgerissen, und Tom stand in der Öffnung und ließ den Blick suchend über die mit Weinreben bedeckten Spaliere schweifen. Im Weinberg wimmelte es von Menschen, aber die Person, nach der er Ausschau hielt, konnte er nirgends entdecken.
»John, Honor, wo ist Bernie?«, brüllte er.
»Keine Ahnung, wir haben sie nicht gesehen«, rief John und eilte zu ihm.
Honor wollte ihm gerade folgen, als sie eine schwarze Gestalt auf dem Kamm des Hügels bemerkte, die auf den Weinberg hinunterschaute, wo ihre fleißigen Helfer mit der Lese beschäftigt waren, und irgendwie verloren wirkte. Honors Kehle war wie zugeschnürt bei ihrem Anblick, und sie eilte den Hügel hinauf zu ihrer Freundin.
Tom entdeckte sie im gleichen Moment. Er sprang vom Pick-up und rannte an Honor und John vorbei die mit Gras bewachsene Anhöhe hinauf. Honor folgte ihm dicht auf den Fersen. Irgendetwas war geschehen, das wusste sie in dem Augenblick, als sie Bernie sah. Tom einholend, nahm sie Bernies Blick wahr, klar, aber völlig fassungslos, beinahe so, als wäre sie aus dem Tiefschlaf erwacht, aus einem Traum.
»Bernie«, hörte Honor Tom sagen, »komm, schnell, wir müssen uns beeilen.«

»Nein«, erwiderte Bernie ruhig. »Wir sollten langsamer machen. Bitte, Tom …«

»Du verstehst nicht. Jetzt muss alles ganz schnell gehen. Wenn wir nicht sofort losfahren, könnten wir unsere letzte Chance verpassen.«

»Was redest du da?«

»Bernie, komm mit. Es ist wichtig. Ich erzähle dir alles unterwegs. Beeil dich, uns bleibt nicht mehr viel Zeit.«

Honor sah ihrer Freundin und Schwägerin nach, die Tom Kellys Hand ergriff, den Hügel hinunterlief, mit wehendem schwarzem Habit und Schleier, und in den alten grünen Transporter kletterte. Die Sonne ließ die braungelben Felder, die grünen und goldenen Blätter der Rebstöcke und die blassgrünen Früchte aufleuchten. Die Räder drehten sich wie wild, als Tom den Rückwärtsgang einlegte, umkehrte und abermals durch die Wiese raste, Staub hinter sich aufwirbelnd. Als der Pick-up das Tor der Academy passierte und den Blicken entschwand, sah John Honor an.

»Was war denn das?«

»Ehrlich gesagt, ich weiß es nicht«, erwiderte Honor, aber sie hatte eine leise Ahnung. Ihr Herz klopfte. Obwohl Tom mit Neuigkeiten über Seamus aufgetaucht war, hatte sie das Gefühl, dass Bernie gerade eine eigene Offenbarung hatte.

23

Es herrschte dichter Verkehr auf der I-95. Tom umklammerte das Lenkrad und versuchte sich auf die Straße zu konzentrieren, aber es fiel ihm nicht leicht mit Bernie auf dem Beifahrersitz. Er hatte sie seit über drei Wochen nicht mehr gesehen. Er konnte sich nicht erinnern, wann sie jemals in ihrem Leben so lange voneinander getrennt waren.

Manchmal begab sie sich in Klausur. Einmal im Jahr zog sie sich ins Gethsemani zurück, ein Trappistenkloster in Kentucky, um sieben Tage in Schweigen und Gebet zu verharren. Thomas Merton, ein christlicher Mystiker des 20. Jahrhunderts, hatte dort gelebt und geschrieben, und sie pflegte während ihres Aufenthalts in die Bibliothek zu gehen und eines seiner Bücher zu lesen.

Nach ihrer Rückkehr erzählte sie Tom von dem Rispengras, den Mönchen und der wundervollen Musik, die Bruder Lukas während der Sonntagsmesse auf der Letourneau-Orgel spielte. Das Kloster hatte denselben Namen wie das Krankenhaus in Dublin, wo sie entbunden hatte, so dass sie der Musik lauschen und der Liebe zu ihrem Sohn nachspüren konnte.

Oder sie fuhr nach Montreal oder Washington D. C. zu Konferenzen oder Planungssitzungen des Ordens.

Gelegentlich fuhr er weg, jedoch immer nur für wenige Tage. Er ging mit seinen Cousins in Mad River Ski fahren oder machte mit John eine Trekking-Tour, wenn dieser für eine seiner Installationen einen geeigneten Standort in Neufundland oder Manitoba suchte. Einmal hatte Chris Kelly versucht, ihn zu einem zweiwöchigen Tauchurlaub auf den Bahamas zu überreden, aber schon nach drei Minuten das Handtuch geworfen.

»Du trennst dich wohl nicht gerne von Star of the Sea«, hatte er grinsend gesagt. »Offenbar denkst du, ohne dich würde der ganze Laden zum Stillstand kommen und den Bach runtergehen.«

»Genau«, hatte Tom lachend erwidert, seinen Cousin in dem Glauben lassend, weil es einfacher war, als die Wahrheit einzugestehen, nämlich dass ihm die Trennung von Bernie schwerfiel.

Deshalb waren ihm die letzten drei Wochen unwirklich vorgekommen, wie ein Leben im Windkanal – nichts, woran man sich festhalten konnte, und ein tiefgreifendes Gefühl der Leere. Nun, auf der Fahrt nach Norden in Richtung Boston, versuchte er sich auf die Straße zu konzentrieren und überholte fortwährend, um Zeit zu gewinnen, statt zu Bernie hinüberzublicken, um sich zu vergewissern, dass sie wirklich an seiner Seite war.

»Erzählst du mir jetzt, wohin wir fahren?«, sagte sie.

»Ich bin erstaunt, dass du nicht gleich beim Einsteigen gefragt hast.«

Sie schwieg. Er warf ihr einen raschen Blick zu und sah, dass es ihr nicht gutzugehen schien. Ihr Gesicht war bleich, ihre Miene verriet Erschöpfung. Er verspürte einen Anflug von Panik. War sie krank?

»Alles in Ordnung, Bernie?«

Sie wollte schon nicken, doch dann schüttelte sie den Kopf und legte die Hand an die Stirn. »Ich bin mir nicht sicher.« Ihre Finger zitterten.

»Soll ich anhalten?« Sein Blick huschte zwischen ihr und der Straße hin und her.
»Nein, das ist nicht nötig.« Sie verstummte und schloss die Augen. Ihre Lippen waren trocken. Tom holte eine Flasche Wasser aus der Türablage.
»Hier.«
Bernie nickte dankbar, öffnete die Flasche und trank. Langsam kehrte die Farbe in ihr Gesicht zurück. Sie nahm abermals einen Schluck, dann schraubte sie den Verschluss zu und gab Tom die Flasche zurück.
»Danke.«
»Besser? Hattest du Durst?«
Sie schüttelte stumm den Kopf und ließ ihn damit wissen, dass sie jetzt nicht darüber reden wollte. Im Lauf der Jahre hatte Tom wie kein anderer gelernt, ihre Körpersprache zu verstehen. Sie arbeiteten eng zusammen. Abgesehen von der persönlichen Geschichte, die sie verband, sorgten sie gemeinsam dafür, dass in Star of the Sea alles reibungslos lief – und das war keine leichte Aufgabe.
Bernie war für den menschlichen Aspekt verantwortlich, für den Konvent mit allen Nonnen und für das Internat mit den Schülerinnen. Tom kümmerte sich um den Rest. Er beauftragte Installateure und Elektriker, Dachdecker und Zimmerleute, die die alten Gebäude in Schuss hielten, er beschäftigte eine Gruppe von Vollzeit-Landschaftsgärtnern, die Rasen mähten, Bäume stutzten und auslaubten, Unkraut hackten und Ausbesserungsarbeiten am Mauerwerk durchführten. Und er hatte einen Önologen eingestellt, einen Wissenschaftler und Künstler, der an der University of Connecticut Agrarwirtschaft studiert hatte und elf Jahre Berufserfahrung in den Weingärten von Long Island und Napa Valley mitbrachte.

Trotz dieser Aufgabenverteilung machte sich Tom keine Illusionen, wer der Boss war. Er stand auf Schwester Bernadette Ignatius' Gehaltsliste, sie war seine Arbeitgeberin, sie hatte die Leitung von Star of the Sea inne. Sie war eine vielbeschäftigte Frau. Doch darüber hinaus war sie auch seine Bernie, rätselhaft und kompliziert. Deshalb hatte Tom großes Geschick darin entwickelt, zwischen den Zeilen zu lesen. Im Moment blickte sie mit großen Augen zur Windschutzscheibe hinaus, schien über etwas Wichtiges nachzudenken und würde kein Wort verlauten lassen, bevor sie nicht dazu bereit war.

Schweigend fuhren sie weiter, etwa dreißig Kilometer in nördliche Richtung. Er hätte auf die 395 überwechseln können, eine alternative Route, doch dort schien der Verkehr noch dichter zu sein. Wahrscheinlich machten viele Leute einen Ausflug aufs Land auf der Suche nach dem Farbenspiel der herbstlichen Laubbäume, nach Apfelmostereien und Kürbisfeldern. Deshalb blieb er auf der I-95, wo er schließlich die Autoschlange hinter sich ließ und Zeit wettmachen konnte.

»Du hast gefragt, wohin wir fahren«, ergriff Tom nach einer Weile das Wort.

»Ja. Aber du hast es mir ja nicht gesagt.«

»Willst du es nicht wissen?«

»Natürlich, sonst hätte ich ja nicht gefragt.« Sie blickte ihn mit einem strahlenden Lächeln an, das ihn mitten ins Herz traf. Er war überwältigt von der Weichheit in ihren Augen und der unverhofften Wärme in ihrem Ton. »Ich vertraue dir blind, Tom. Ich weiß, wenn du mich bittest, mitzukommen, muss es dafür einen wichtigen Grund geben.«

»Ich war mir nicht sicher, ob du das noch tust.«

»Du bist derjenige, der gegangen ist, Tom«, erinnerte sie ihn sanft.

»Ich habe es für dich getan, Bernie.«
»Pscht.« Sie legte den Finger an die Lippen, als wäre sie zu erschöpft, um sich mit weiteren Vorhaltungen auseinanderzusetzen. »Also, wohin fahren wir?«
»Nach Boston. Logan Airport.«
»Zum Flughafen?«, fragte sie erschrocken. »Aber ich kann jetzt nicht weg. Du willst doch nicht etwa, dass wir wieder nach Irland fliegen? Nicht jetzt ...«
»Keine Angst, Bernie.« Er streckte den Arm aus und berührte ihre Hand, um sie zu beschwichtigen. Die Haut fühlte sich heiß an, und er ließ seine Hand, wo sie war, unfähig, sie zurückzuziehen. »Wir fliegen nirgendwohin.«
»Was machen wir dann am Flughafen?«
»Jemanden abholen.«
»Wen? Von wem redest du?«
»Von Seamus. Er befindet sich in der Aer-Lingus-Maschine, Flugnummer 124, die um vierzehn Uhr dreißig landet.«
Bernie schnappte nach Luft, Tränen in den Augen. Da seine Hand ohnehin auf ihrer lag, ergriff er sie und hielt sie fest, um sie zu beruhigen.
»Hat er dich angerufen?«, flüsterte sie. »Hat er gesagt, dass er uns sehen möchte?«
»Nein, Bernie. Sixtus hat mich auf dem Laufenden gehalten. Er hat Seamus geholfen, einen Reisepass zu bekommen, und um den Vorgang zu beschleunigen, musste er auf dem Passamt ein Formular ausfüllen, das Auskunft über die Reisedaten verlangt. Und dank seiner Beziehungen zu den Behörden ist Sixtus in den Besitz der Informationen gelangt.«
»Ach Tom.« Sie schloss die Augen. »Was ist dir da nur wieder eingefallen!«
»Ihn am Flughafen abzuholen.«
»Aber begreifst du nicht? Er möchte nicht von uns abgeholt

werden, sonst hätte er dich angerufen. Er versucht das Ganze alleine auf die Reihe zu bringen und wird es uns vermutlich nie verzeihen, wenn wir uns jetzt schon wieder in sein Leben einmischen.«

»Bernie, du bist diejenige, die nicht versteht.«

»Doch, ich verstehe sehr gut. Bitte kehr um. Bring uns ins Star of the Sea zurück.«

»Nein.«

Mit einem Ruck wandte sie sich ihm zu und sah ihn fassungslos an. Sie war es nicht gewohnt, dass man ihr offen widersprach. Tom hatte sich lange an ihre Regeln gehalten, doch nun drängte die Zeit.

»Doch, bitte. Es gibt da etwas, was du nicht weißt, was ich dir noch nicht erzählt habe ...«

»Genau wie bei mir, Bernie. Ich habe dir noch nicht erzählt, was das Ganze soll. Aber damit du es weißt, es gibt kein Zurück. Ende der Diskussion.« Er wollte ihre Begründung nicht hören, ihre Argumente, ihre philosophische Beweisführung, warum sie ihren Sohn nicht am Flughafen abholen sollten.

»Also, warum? Was hast du mir noch nicht erzählt?«

»Ich habe Kathleen gefunden.«

Bernie schnappte nach Luft. Sie blickte ihn mit großen, ungläubigen Augen an.

»Wo denn? Geht es ihr gut?«

»Sie lebt in Newport. Und ich habe keine Ahnung, ob es ihr gutgeht oder nicht. Ich habe sie nur eine Minute lang am Fenster gesehen.« Er sah sie wieder vor sich. So flüchtig das Bild auch gewesen war, er hatte den Eindruck gewonnen, dass sie verzweifelt oder am Ende ihrer Kräfte war. Und er hatte Erfahrung mit diesem Zustand. Beim Anblick von Kathleen hatte er sich nach Dublin zurückversetzt gefühlt, als Bernie den schwersten Kampf ihres Lebens austrug, mit ihren eigenen Dämonen rang.

»Tom, du hast sie wirklich gefunden?« Ein Anflug von Freude schwang in ihrer Stimme mit.

»Ja«, antwortete er stolz. »Ich habe es für Seamus getan. Und ich wollte, dass du bei mir bist. Damit wir es ihm gemeinsam sagen können.«

»Vielleicht ist das unser Geschenk an ihn«, flüsterte Bernie.

Tom nickte. Er verspürte ein Gefühl der Enge in der Brust. Er verkniff sich die Worte, die ihm auf der Zunge lagen, dass es im Grunde sein Geschenk für Bernie war. Mit dem sie ihrem Sohn zeigen würden, wie sehr sie ihn liebten. Sie hatten einen Großteil seines Lebens verpasst, doch nun konnten sie für ihn da sein, ihm vor allem bei diesem Unterfangen helfen. Tom hatte Seamus an den Augen abgelesen, dass die Liebe zu Kathleen für ihn das Wichtigste auf der Welt war. Sie bestimmte sein Leben, nahm ihn gefangen, gab ihm jeden Morgen einen Grund, aufzustehen.

Tom kannte das Gefühl. Bernie an seiner Seite zu wissen war alles, was er sich jemals auf dieser Welt gewünscht hatte. Ihre Gegenwart, der Klang ihres Atems, der Gesichtsausdruck, der sich stetig wandelte. Sie kannten sich nicht von Geburt an, aber seit frühester Kindheit. Tom hatte sich in sie verliebt, als er ihr das erste Mal begegnete. Er sah sie wieder vor sich in ihrem gelben Kleid, beim Picknick auf Star of the Sea, und wie sie Fangen gespielt hatten und über Stock und Stein gesprungen waren.

»Tom, ich kann es kaum erwarten, ihn wiederzusehen«, gestand Bernie.

»Ich weiß. Mit geht es genauso.«

»Fahren wir ihn gleich zu Kathleen?«

»Das müssen wir.« Tom dachte an Regis und hoffte, dass sie

in der Lage war, den ihr zugedachten Teil der Aufgabe zu erledigen. »Sie reist heute Abend ab.«

Oakhurst war in jeder Hinsicht bombastisch und auf den äußeren Schein bedacht. Das Gleiche galt auch für die Bewohner, sogar in noch höherem Maß. Als Mirande am Samstagnachmittag mit Regis an der Eingangstür stand, beide in Beth' Reserve-Dienstkleidung – leichtes schwarzes Wollkleid mit gestärkter weißer Schürze –, hätte man aus Mrs. Wells' Reaktion schließen können, Bewohner eines fremden Planeten wären auf der Erde gelandet.

»Madam«, sagte Beth, die in den Plan eingeweiht war, »darf ich Ihnen meine Schwester Mirande und ihre Kollegin Regis vorstellen?«

Mrs. Wells, die gerade auf dem Weg in den ersten Stock die Eingangshalle durchquerte, starrte sie entgeistert an. Ihre blonden Haare waren wie immer perfekt frisiert. Sie trug einen marineblauen Hosenanzug mit großen Messingknöpfen, Slipper aus Goldbrokat und jede Menge Diamanten an Fingern und Handgelenken. »Und, was wollen die beiden?«, fragte sie.

»Beim Packen helfen«, meldete sich Regis zu Wort. In Anbetracht des Gesprächsverlaufs war sie froh, dass Monica und Juliana im Wagen warteten – und dafür sorgten, dass das Fluchtauto auf Anhieb einsatzbereit war.

»Aber ...« Mrs. Wells hätte gewiss die Stirn gerunzelt, wäre diese nicht chirurgisch lahmgelegt worden. »Ich erinnere mich nicht, weiteres Personal angefordert ...«

Beth hatte Mirande erzählt, dass die Familie oft Aushilfen beschäftigte, zusätzliche Dienstmädchen, Butler, Bedienungen, die den Gästen bei Tisch aufwarteten, Nagelpflegerinnen, Friseure und Masseure für Partys, Bälle und andere besondere Anlässe. Sie bedienten sich dabei einer Arbeitsvermittlungsagentur in der Spring Street, und gelegentlich kam es vor, dass man ihnen zu viel oder zu wenig Personal schickte.

Mrs. Wells pflegte ihren Unmut dann an Beth oder Kathleen auszulassen, sie für einen Fehler verantwortlich zu machen, der eindeutig nicht auf ihr Konto ging. Sie neigte zur Vergesslichkeit, wusste zum Beispiel oft nicht mehr, wie viele Bedienungen sie angefordert hatte oder an welchem Tag sie kommen sollten.

»Eine kleine Aufmerksamkeit des Hauses«, sagte Regis lächelnd. »Weil Sie unsere Dienste in diesem Sommer besonders häufig in Anspruch genommen haben.«

»Sie meinen, diese Dienstleistung ist kostenlos?«, hakte Mrs. Wells argwöhnisch nach.

»Ja«, bestätigte Regis. Beth hatte gesagt, die Familie sei abartig reich, aber auch furchtbar geizig. »Wir pflegen die Beziehungen zu unseren Stammkunden und hoffen, dass Sie uns nächstes Jahr wieder beehren.«

»Deshalb haben sie sich erboten, mir zu helfen, den Rest für Sie zu packen, Ma'am«, erklärte Beth. Regis kannte sie nur vom Hörensagen, merkte aber, dass sie angesichts der Lüge nervös war. Hals und Wangen waren feuerrot, und sie schien kurz davor, loszulachen. Doch ihre Sorge erwies sich als unbegründet. Mrs. Wells war viel zu sehr mit sich selbst beschäftigt, um dem Gedanken nachzuhängen, warum man ihr kostenloses Hilfspersonal ins Haus schickte.

»Mir soll es recht sein«, befand Mrs. Wells. »Ich brauche ohnehin eine Pediküre.«

»Wir sind hier, um beim Packen zu helfen«, warf Regis ein und spähte die Treppe hinauf. Sie konnte es kaum erwarten, ins Dachgeschoss zu laufen, um mit Kathleen zu sprechen.

»Darum sollen sich die beiden anderen kümmern. Sie kommen mit mir. Meine Füße brauchen Pflege vor der anstrengenden Fahrt nach New York.« Sie eilte die breite Freitreppe voran, mit frustrierter Miene, als wäre die junge Frau in ihrem Schlepptau ein Ärgernis, aber wenigstens waren ihre Fußnägel lackiert, bevor sie die Strapazen der bevorstehenden Reise auf sich nahm.

Regis prägte sich beim Gehen die Lage der Räume ein. Der Korridor im ersten Stock war lang und so breit, dass ein Rolls-Royce hindurchgepasst hätte. Sie spähte in die offenen Türen und sah mehrere geräumige Schlafzimmer mit Himmelbetten aus Mahagoni, Wände, die mit blassem Seidenmoiré bezogen waren, Deckenleisten und Deckenschalungen, Marmorkamine mit kunstvoll verzierten Simsen und Porträts von mürrischen Vorfahren.

In einem der Schlafzimmer, an denen sie vorüberkamen, sah sie einen Mann, der auf dem Rücken lag und schlief, in Laken verheddert, einen Arm zur Seite gestreckt. Er schnarchte, und eine Alkoholfahne wehte vom Bett herüber, eher ein Wirbelsturm, der Katzenjammer, Niedergeschlagenheit und Bedauern mit sich bringen würde. Regis konnte sie selbst auf die Entfernung wahrnehmen.

»Wach auf, Andrew«, rief Mrs. Wells barsch im Vorbeigehen. »Du hast den Brunch bei Eloise Craven verpasst. Sieh zu, dass du in zwei Stunden fertig bist. Steh auf, und zwar schnellstens!«

»Ihr Sohn?«, fragte Regis. Beth hatte erzählt, Kathleen habe sich mit einem der Söhne des Hauses eingelassen, doch dieses bedauernswerte Häufchen Mensch konnte einem Sohn von Tom und Tante Bernie mit Sicherheit nicht das Wasser reichen.

Mrs. Wells warf ihr einen Blick zu, als könnte sie nicht

glauben, was für ein verheerender Fauxpas ihr soeben unterlaufen war. Unaufgefordert das Wort ergreifen? *Quelle horreur!* Regis senkte den Kopf wie eine bußfertige Sünderin und ermahnte sich, sich am Riemen zu reißen, um die Sache hinter sich zu bringen.

Als Mrs. Wells ihr Schlafzimmer betrat, hob sie gerade rechtzeitig den Blick, um eine schmale Tür am schattigen anderen Ende des Korridors zu erspähen. Regis war im Star of the Sea aufgewachsen, im Hauptgebäude, ursprünglich der Wohnsitz der erfolgreichsten irischen Familien in Connecticut. Sie wusste, wie die Räumlichkeiten in solchen Häusern angelegt waren – in den Schlafgemächern der Herrschaften gab es breite Türen und große Fenster, während die Türen in den Kammern der Dienstboten schmal und die Fenster winzig waren.

Die Tür am Ende des Korridors war offenbar der Dienstbotenaufgang ins Dachgeschoss. Regis' Haut prickelte, denn nun wusste sie, wo sie Kathleen finden würde. Doch zunächst folgte sie Mrs. Wells in ihr Boudoir. Es war in Blassblau und Gold gehalten, mit Kristalllampen und ovalen Spiegeln in vergoldeten Rahmen. Mrs. Wells nahm auf einer mit Quasten verzierten Chaiselongue Platz, lehnte sich zurück und deutete auf ihre Frisierkommode.

»Dort auf dem Tablett finden Sie alles, was Sie brauchen«, wies sie Regis an. »Ich möchte, dass Sie den Lack ›Elegante Rose‹ benutzen.«

»Alles klar«, erwiderte Regis, während sie Hunderte von Flaschen mit Make-up und Nagellack inspizierte.

»Entschuldigung?«

»Ich sagte: ›Gewiss, Madam.‹«

Als Regis sich der Chaiselongue näherte, war ihr keineswegs klar, wo sie sitzen sollte. Mrs. Wells bedeutete ihr, sich die zierliche antike Sitzbank vor der Frisierkommode heranzuziehen. Regis nahm Platz, hörte sie knarren und hoffte, dass sie nicht unter ihrem Gewicht zusammenbrach. Sie wusste, was bei einer Pediküre zu tun war – ihre Schwestern und sie hatten sich schon oft gegenseitig die Fußnägel gemacht. Nachdem sie den alten Nagellack entfernt hatte, musste sie an sich halten, um nicht Schmetterlinge, Herzen und lachende Gesichter auf die Fußnägel der Frau zu pinseln. Dabei lauschte sie auf Geräusche, die aus dem Dachgeschoss kamen.

»Ich möchte Ihnen ein Geschenk machen«, sagte Mrs. Wells plötzlich.

»Oh, das ist aber nicht nötig«, erwiderte Regis, obwohl sie als College-Studentin glücklich über ein Trinkgeld gewesen wäre, zumal für eine Tätigkeit, die nicht im Plan vorgesehen war.

»Ich weiß, aber ich gebe gerne. Ich möchte Ihnen etwas schenken. Sie bekommen einen guten Rat von mir, kostenlos. Lassen Sie sich regelmäßig eine Pediküre machen.«

»Entschuldigung?«

»Wenn Sie älter sind. Sie tun sich selbst etwas Gutes. Das ist ein Geschenk, das ich Ihnen als Erste gebe.«

»Äh … danke«, erwiderte Regis verwirrt.

»Und benutzen Sie gute Produkte für die Haut. Das Gesicht ist der kostbarste Besitz einer Frau.«

Regis glaubte zu ersticken. Sie lackierte schneller, wohl wissend, dass sie sich in der Gesellschaft einer Verrückten befand. Und abgesehen davon, als sie den Pinsel in das Nagellackfläschchen tauchte und das Handgelenk drehte, verriet ihr ein Blick auf die Uhr, dass inzwischen zwanzig Minuten vergangen waren. Sie hatte ein flaues Gefühl im Magen, als sie daran dachte, was vor ihr lag.

»Sie haben eine gute Knochenstruktur«, sagte Mrs. Wells anerkennend mit zusammengekniffenen Augen.
»Danke, Ma'am.«
»Meiden Sie die Sonne. Das ist mein letztes Geschenk an Sie. Ich sage es allen jungen Mädchen, aber hören sie auf gute Ratschläge? Selten. Ich hoffe, Sie tun sich selber einen Gefallen und achten auf eine pflegliche Behandlung Ihres Gesichts.«
»Hm«, machte Regis, während sie dachte, wie gerne sie Mrs. Wells' Gesicht eine pflegliche Behandlung angedeihen lassen würde; sie würde sämtliche Nähte auftrennen, damit sie wieder in der Lage war zu lachen. Doch sie riss sich zusammen, wedelte mit der Hand über die frisch lackierten Nägel und sagte nur: »Voilà! Zeigt her eure Füßchen ...«
»Sie besitzen offenbar eine überbordende Persönlichkeit«, unterbrach sie Mrs. Wells angewidert. »Sie können gehen, Ihrer Kollegin helfen. Schicken Sie Beth zu mir herauf, und sagen sie ihr, dass sie Kathleen Beine machen soll. Dieses Mädchen drückt sich schon den ganzen Tag vor der Arbeit, und das dulde ich nicht! Sie fährt im ersten Wagen mit, bei Bobby und Mr. Wells, und sie sollte zusehen, dass sie bis dahin mit dem Packen für Mr. Pierce und Mr. Andrew fertig ist.«
»Sehr wohl, Madam«, erwiderte Regis und schickte sich an, den Raum zu verlassen, rückwärts, wie es sich für das Gesinde geziemte.
Plötzlich stieß sie mit jemandem zusammen, Hände umfingen ihre Taille und verhinderten einen Sturz. Sie erschrak, fuhr herum und sah sich einem braungebrannten eleganten Mann gegenüber, einem Ebenbild des Filmschauspielers George Hamilton, wenngleich er einer jüngeren Generation angehörte. Er trug Chinos, lässig und chic, dazu ein schwar-

zes Lisle-Hemd. Seine Augen waren dunkel, die Nase hakenförmig, und er war ungeheuer attraktiv, auch wenn er vage an ein Reptil erinnerte.

»Nanu, wen haben wir denn da?«, fragte er.

»Hände weg von den Dienstboten«, fauchte Mrs. Wells. Sie verzichtete darauf, Regis beim Namen zu nennen, da sie diesen nicht kannte.

»Warum habe ich Sie noch nie zu Gesicht bekommen?«, fragte er und sah ihr begehrlich in die Augen.

»Weil ich neu bin. Und ich bin nur heute da.«

»Kommen Sie doch mit uns nach Palm Beach.«

Regis schüttelte den Kopf.

»Pierce, lass sie ihre Arbeit verrichten«, sagte Mrs. Wells. »Und geh deinen Bruder wecken, bevor ich ernsthaft böse werde. Wir haben um halb neun einen Tisch im Union Club zum Dinner reserviert, Sophia Stillwater wird auch da sein, und wenn wir wegen Andrew zu spät kommen, kann ich sehr unangenehm werden.«

»Soll ich Beth Bescheid sagen?«, fragte Regis Mrs. Wells beim Hinausgehen.

»Ja, bitte, und zwar umgehend«, erwiderte Mrs. Wells.

Pierce beobachtete Regis mit Adleraugen. Am liebsten hätte sie ihm die Tür vor der Nase zugeschlagen und wäre ins Dachgeschoss hinaufgerannt, um ihm zu entkommen. Doch in diesem Moment zitierte seine Mutter ihn herbei, damit er ihr half, das Badezimmer zu erreichen, ohne ihre frisch lackierten Nägel zu ruinieren. Dass sie ihren Sohn ablenkte, war für Regis das beste Geschenk von allen.

Als sie endlich im Korridor war, blieb keine Zeit mehr, nach unten zu laufen und Beth Bescheid zu sagen, und so holte sie ihr Handy aus der Tasche der geborgten Dienstkleidung und schrieb Mirande eilends eine SMS: »Majestät braucht Beth!«

Dann blickte sie nach links und rechts, als gälte es, eine gefährliche Hauptverkehrsstraße zu überqueren. Die Luft war rein. Sie lief zu der schmalen Tür am Ende des Gangs, drehte so leise wie möglich den Knauf und stieg die dunkle steile Treppe hinauf.

Oben angekommen, spürte sie, wie eisig es im Dachgeschoss war. Hier gab es offenbar keine Heizung. Während sie durch den Gang eilte, spähte sie in jede Kammer. Sie waren klein und armselig, mit altersschwachen schmalen Betten und nackten Glühbirnen an den Decken. Nach der üppigen Pracht in den unteren Stockwerken schienen die Unterkünfte der Dienstboten einem Roman von Dickens entsprungen zu sein, und Regis kochte vor Wut bei dem Gedanken, dass Menschen auch heute noch so abscheulich behandelt wurden.

Alle Räume waren leer, Kathleen war nicht oben. Hatte sie sich getäuscht oder etwas missverstanden? Hielt sich Kathleen gar nicht mehr im Haus auf, sondern war bereits auf dem Weg nach New York? Nein, Mrs. Wells hatte soeben gesagt, dass Kathleen sich für die Abfahrt bereithalten solle, im Wagen mit Mr. Wells und Bobby, wer immer das sein mochte.

Regis warf einen Blick in einen weiteren Raum und wusste instinktiv, dass es Kathleens Kammer war. Eine Postkarte von Irland war in den Spiegelrahmen geklemmt, vom romantischen Sandstrand des North Beach in Courtown in der Grafschaft Cork. Regis betrachtete sie und spürte Kathleens Heimweh. Sie sah sich im Raum um. Das Bett war abgezogen, und am Fußende der fleckigen Matratze lag eine sorgfältig zusammengefaltete blaue Decke.

Der Raum enthielt weder Nachttisch noch Bücherregal, nur einen weißen Schreibtisch und einen Stuhl mit gerader Lehne. Die einzige »Lampe« war die nackte Glühbirne an der

Decke. Regis' Kehle war wie zugeschnürt. Der Gedanke, dass Kathleen hier lebte und in Florida vermutlich in einer ähnlichen Kammer untergebracht war, tat ihr in der Seele weh.

Aber wo steckte Kathleen? Hatte sie das Weite gesucht, die Flucht ergriffen angesichts solcher Arbeitsbedingungen und Arbeitgeber? Regis war einer Panik nahe. Sie wusste, dass sich Bernie und Tom auf dem Weg zum Flughafen befanden, um Seamus abzuholen.

In diesem Augenblick vernahm Regis ein Rascheln, das vom anderen Ende des Korridors kam. Sie stand wie angewurzelt da, hielt den Atem an und lauschte. Das Geräusch war so leise, kaum hörbar, dass man meinen könnte, es stamme von Mäusen, die in den Wänden nisteten.

Regis' Blick fiel auf eine alte Tür. Sie hatte früher einen grünen Anstrich besessen, doch die Farbe war abgeblättert. Sie war mit Brettern vernagelt. Das morsche Holz wirkte bedrohlich, schien vor dem Betreten des Raums zu warnen.

Regis' Mund war trocken, ihre Handflächen schweißnass, als sie näher trat. Jemand hatte eine der Latten herausgerissen und gerade so viel Platz geschaffen, dass man darunter hindurchkriechen konnte. Die abblätternde grüne Tür, die sich dahinter befand, war aufgestemmt worden.

Regis ließ die Hand über das rauhe Lattenholz gleiten. Sie lauschte, das Ohr an die Tür gepresst, hörte aber nichts. Wer immer sich dahinter bewegt hatte, stand nun reglos da und wartete darauf, dass sie ging. Ihr Puls raste, als sie der Tür einen heftigen Stoß versetzte. Sie quietschte in den verrosteten Angeln. Dann duckte sie sich und trat ein.

24

Der Flug war von Anfang bis Ende ein Erlebnis gewesen. Seamus hatte keine Ahnung gehabt, was ihn erwartete. Mit dreiundzwanzig Jahren noch nie geflogen zu sein, das war beinahe eine Schande. Zumal er so viel Zeit am Flughafen verbracht und Hotelgäste, die in ferne, exotische Länder reisten, dort abgeholt oder abgeliefert hatte. Deshalb konnte er es kaum erwarten, endlich an Bord zu gehen.

Sobald er seinen Platz eingenommen hatte, sah er sich um. Es war, als befände man sich in einem langen Schlauch aus Kunststoff, in dem kleine Fernsehbildschirme alle paar Meter von der Decke herabhingen. Die Sitze waren bequem, wenngleich ein wenig zu dicht hintereinander angeordnet, was nicht weiter schlimm war, wenn es einem nichts ausmachte, die Knie bis zur Brust hochzuziehen. Zugegeben, der Raum, der jedem einzelnen Passagier zur Verfügung stand, war ziemlich beengt, doch da er im St. Augustine's aufgewachsen war, war er daran gewöhnt, Raum mit anderen zu teilen.

Die Frau neben ihm brauchte Unterstützung beim Verstauen ihres Handgepäcks in dem Fach, das sich über ihren Köpfen befand. Seamus erbot sich, ihr zu helfen, und sie war sehr dankbar, als er ihren Handkoffer zwischen seinen eigenen und den eines anderen Passagiers quetschte. Es gefiel ihm, ein Reisender unter anderen Reisenden zu sein. Es spielte keine Rolle, ob sie Chauffeur oder Richter waren, sie saßen alle im selben Flieger. Er lehnte sich zurück, froh darüber, dass er einen Fensterplatz gewählt hatte.

Der Start war atemberaubend. Seamus wusste eine erstklassige technische Ausrüstung zu schätzen und konnte sich nicht genug darüber wundern, wie viel Gas der Pilot geben musste, damit das Flugzeug vom Boden abhob. Als es über die Startbahn raste, blickte er zum Fenster hinaus, um nichts zu verpassen. Und dann – wow! Dieser Schub, den er im Kreuz spürte, als die Maschine steil aufstieg, nach rechts und dann nach links abdrehte, um geradeaus über die Dublin Bay zu fliegen. Nach einem weit ausholenden Schwenk in Richtung Westen erblickte Seamus Clontarf.

Seine Kehle war wie zugeschnürt. Es war eine seltsame, unverhoffte, ihm völlig fremde Empfindung. Eine Gefühlsaufwallung, so mächtig wie die Beschleunigung der Flugzeugmotoren. Sie erschütterte ihn bis ins Mark, wie er sich eingestehen musste. Denn wenn er darüber nachdachte und sah, wie Clontarf im Kondensstreifen verschwand, den sie nach sich zogen, wurde ihm bewusst, dass dieses Gefühl mit Sixtus Kelly zu tun hatte – Tom Kellys Cousin.

Es war nett von dem Mann gewesen, ihm zu helfen, seine Verbindungen spielen zu lassen, um ihm auf schnellstem Weg einen Reisepass zu verschaffen. Darum ging es bei diesem sonderbaren Gefühl, Dankbarkeit gegenüber einem Fremden, wenn man davon absah, dass es sich um Tom Kellys Verwandten handelte. Er hatte ihm jedenfalls geholfen, etwas zu bekommen, was er dringend brauchte. Und ihm nicht das Gefühl gegeben, ein Idiot zu sein, weil er keinen Reisepass besaß. Weltgewandte Männer wie die Kellys hatten in seinem Alter längst einen Reisepass gehabt und sich den Wind um die Nase wehen lassen.

Bei dem Gedanken sah er Tom wieder vor sich, in seiner abgetragenen Tweedjacke, den alten Stiefeln und den Hosen, die dringend gebügelt werden mussten. Er wirkte alles andere als weltläufig. Sixtus eigentlich auch nicht, wenn man bedachte, wie mächtig der Mann war. Er hatte ihn herzlich empfangen, sich für das Gespräch alle Zeit der Welt genommen und ihm etwas über Clontarf und das Meeresungeheuer der Kellys erzählt. Er war sehr locker gewesen, überhaupt nicht überheblich.
Als die Maschine nun nach Westen flog, ließ Seamus seine Hand in die Hosentasche gleiten. Ja, der Ring war da. Er konnte immer noch nicht glauben, dass Sixtus ihm dieses Kleinod zum Geschenk gemacht hatte, und fand es nach wie vor nicht richtig, ihn zu tragen. Aber ihn bei sich zu haben war ein gutes Gefühl. Die Gefühle drohten ihn abermals zu übermannen, als er an den Ring dachte. Und plötzlich, aus dem Nichts, tauchte das Bild einer Frau mit roten Haaren auf. Keine rabenschwarzen Haare wie Kathleens, sondern goldrot wie die seiner Mutter.
Er hatte eine Mutter. Allein der Gedanke bewirkte, dass er den Ring umklammerte. Er hatte sich lange für eine Vollwaise gehalten, und dann hatte er Bernadette und Tom gegenübergestanden, von Angesicht zu Angesicht, im Innenhof des Hotels. Es war zu viel über ihn hereingebrochen, um es auf Anhieb zu verarbeiten.
Dieser Brief, den er geschrieben hatte – nicht, dass er es bedauerte, denn es standen viele Dinge darin, die er loswerden musste, auch wenn ein gemäßigter Ton unter Umständen besser gewesen wäre. Vielleicht hätte er hinzufügen sollen, dass sie sich eines Tages – nicht sofort, er musste sich erst von dem Schock erholen, aber irgendwann in Zukunft, möglicherweise nicht einmal in allzu ferner Zukunft – treffen

könnten. Treffen und – was? Reden, vielleicht. So in der Art.
Die Wahrheit, der er ins Gesicht sehen musste, war, dass er ohne Bernadette und Tom nicht hier wäre. Es wäre ihm mit Sicherheit auch ohne sie gelungen, Kathleen in Newport ausfindig zu machen. Schwester Anastasia hätte gewiss einen Weg gefunden, ihm die Postkarte zukommen zu lassen. Aber die Reise nach Amerika hätte er nie ernsthaft in Erwägung gezogen, sie als unrealistisch betrachtet, wenn Tom ihn nicht zu Sixtus geschickt hätte.
Die Stewardess näherte sich und bot Getränke an. Seamus bat um ein Bier. Er trank es mit Genuss und schaute dabei zum Fenster hinaus. Irland wirkte so grün aus dieser Höhe. Er hatte diese Bemerkung oft von Touristen aus den USA gehört, unmittelbar nach der Landung, und sie für eine Übertreibung gehalten. Aber es stimmte, davon konnte er sich jetzt selbst überzeugen – weit und breit nichts als smaragdgrüne Flächen, manche durch Straßen oder niedrige Steinmauern zweigeteilt.
Da drüben, die Felsvorsprünge, das musste Kerry sein. Mächtige lange Finger aus Stein, die ins Meer hineinragten. Und dort, gleich nördlich davon, das musste Clare sein, die Klippen von Moher. Sonderbar, sie aus der Luft zu betrachten. Das Licht fiel unmittelbar auf die schroffen Felsen, die majestätisch und atemberaubend aussahen.
Er schaute hinunter, bis sie seinem Blick entschwanden, und dann waren sie plötzlich über dem offenen Meer, nun wirklich auf dem Weg über den Atlantik, auf dem Weg zu Kathleen. Ob er sie finden würde? Er hatte sich von den Touristen-Websites Karten und Informationsmaterial auf den Computer des Hotels heruntergeladen. Die Ausdrucke lagen im Koffer, zusammen mit einem Reiseführer

von Rhode Island und einem Straßenatlas von Neuengland.
Er hatte im Lauf der Jahre viel gearbeitet und eisern Geld auf die Seite gelegt. Obwohl geplant war, die Ersparnisse für sein Studium zu verwenden, hatte er einen Großteil von seinem Konto abgehoben und in Reiseschecks umgetauscht. Er musste Kathleen Murphy finden, koste es, was es wolle. Er wusste, dass Newport eine wohlhabende Stadt war, mit vielen Herrenhäusern, Jachten und Luxushotels. Die Lebenshaltungskosten waren vermutlich sehr hoch, aber wenn er eine anständige preiswerte Pension fand, würden seine Mittel eine Weile reichen, lange genug, um sie zu suchen und nach Hause zurückzubringen.
Vorausgesetzt natürlich, dass sie mitkommen wollte. In manchen Nächten, wenn er wach lag, betrachtete er die Postkarte mit dem feinen braunen Schleier, den Toms Blut hinterlassen hatte, die riesigen Paläste am Meer, und stellte sich vor, dass Kathleen in einem von ihnen lebte. Vielleicht waren ihre Eltern gut situiert und hatten sie in eine Prinzessin verwandelt. Die Männer, die sie kennenlernte, waren vermutlich gleichermaßen vermögend und sehr erfolgreich. Bestimmt lebten sie in Häusern, die noch größer waren als das Anwesen ihrer Eltern.
Es war durchaus möglich, dass sie bereits verheiratet war. Er konnte den Gedanken nicht ertragen, aber so schön, intelligent, einzigartig und humorvoll, wie sie war, mussten die Amerikaner mit Blindheit geschlagen sein, wenn es ihnen nicht gelungen war, sie einzufangen.
Doch tief in seinem Herzen, an dem Platz, an dem er die Wahrheit hinter allem erkannte, was wichtig war, wusste er, dass sie nicht verheiratet war. Sie konnte nicht verliebt oder verlobt sein, konnte mit niemand anderem zusammen sein

als mit ihm. Hier, im Flugzeug, das nach Westen flog und sich ihr zusehends näherte, glaubte er ihre Anziehungskraft zu spüren – sie war der Vollmond, er die Flut, sie gehörten zusammen.

Während die übrigen Passagiere schliefen oder sich den Film ansahen, umklammerte er den Ring und blickte zum Fenster hinaus, erspähte durch die hohen dünnen Schleierwolken den schieferfarbenen Ozean tief unter ihm. Winzige Schaumkronen, Frachter, Tanker, dann eine Insel, eine weitere Insel, eine Landmasse.

»Amerika«, flüsterte er.

Er sah, wie die endlose Weite Nordamerikas ins Blickfeld rückte. Massiv und unantastbar breitete sie sich in Braun- und Grünschattierungen vor ihm aus, streckte ihm die Arme entgegen, um ihn willkommen zu heißen. Er machte Anstalten, seine Tasche aus der Ablage zu holen, um in der gleichen Sekunde, in der die Maschine landete, von Bord gehen zu können, doch die Stewardess erklärte ihm, sie hätten noch annähernd eine Stunde Flugzeit vor sich.

Mein Gott, war das Land so groß? Auf seinem Sitz auszuharren war eine Herausforderung für ihn, vor allem, nachdem der Kapitän angekündigt hatte, dass sie nun mit dem Landeanflug beginnen würden. Seamus kam aus dem Staunen nicht mehr heraus. Er sah, wie einige Passagiere in den Waschraum eilten, um sich frisch zu machen. Seine Sitznachbarin erzählte ihm, dass sie von ihrem Mann abgeholt werde. Das Paar vor ihm unterhielt sich, und er bekam zufällig mit, dass ihr Sohn am Gate auf sie wartete.

Plötzlich glaubte Seamus einen eisigen Hauch zu verspüren. Das Land draußen vor dem Fenster rückte näher. Es war nicht grün, die Bäume waren in ein Flammenmeer getaucht – scharlachrot, orange, gelb. Alles kam ihm mit einem Mal fremd und sonderbar vor. Worauf hatte er sich da eingelassen? Seamus Sullivan, der noch nie im Leben in einem Flugzeug gesessen hatte! Er hatte keine Ahnung, was die Transportmöglichkeiten in Amerika betraf. Er würde sich erkundigen müssen, ob ein Bus oder Zug nach Newport ging, oder vielleicht konnte er per Anhalter fahren.

Was war, wenn er Kathleen fand und sie ihn zurückwies? Oder sich überhaupt nicht mehr an ihn erinnerte? Mein Gott, inzwischen waren zehn Jahre vergangen. Wie war er jemals auf die Idee gekommen, dass sie ihn wiedererkennen würde? Unsinn – er dachte an die Postkarte. Sie hatte ausdrücklich nach ihm gefragt und seinen Namen genannt – James. Dann kam ihm ein neuer Gedanke. Was war, wenn er sie nicht ausfindig machen konnte? Wenn er die Häuser abklapperte und sie nicht mehr in Newport lebte?

Doch in diesem Augenblick war ihm, als hätte er einen elektrischen Schlag erhalten, und er wusste, Kathleen brauchte ihn. Er spürte es bis ins Mark, mit allen Sinnen. Sie rief ihn, klar und deutlich. Er hatte das Gefühl, ein unbekanntes Kraftfeld zu betreten. Hier an den Gestaden Amerikas spürte er ihre Gegenwart so stark wie nie zuvor – oder zumindest nicht mehr seit der Zeit in St. Augustine's.

Er war so in Gedanken vertieft, dass er kaum etwas von der Landung mitbekam. Die Maschine holperte mit ohrenbetäubendem Lärm die Landebahn entlang. Dann rollten sie zum Gate, und alle Passagiere sprangen gleichzeitig auf, schalteten ihre Handys ein und riefen ihre Angehörigen an. Wenn Seamus ihre Telefonnummer gehabt hätte, hätte er sie jetzt angerufen. Sie ahnte nicht, dass er sich ganz in ihrer Nähe befand und ihn nichts davon abhalten konnte, zu ihr zu gelangen. Sein Herz war schwer. Er konnte sich des Gefühls nicht erwehren, dass sie in Not war, vielleicht sogar in

Gefahr. Verzweiflung überkam ihn wie kalter, dunkler Nebel und schürte seine Angst.
Während sich die Passagiere in den Gängen drängten, um ihr Gepäck aus der Ablage zu holen, saß Seamus regungslos auf seinem Platz und versuchte sich zusammenzureißen. Er befand sich in einem fremden Land – in dem Kathleen lebte. Er ließ die Hand in seine Tasche gleiten und umfasste den Ring. Er erinnerte sich an Sixtus' Worte, wenn er Kathleen finden wolle, werde er einen Talisman brauchen. Obwohl er sich bisher nicht dazu durchringen konnte, streifte er ihn jetzt über den Finger.
Umgehend fühlte er sich selbstsicherer, als besäße der Ring magische Kräfte. Er stand auf und wuchtete sowohl sein eigenes Handgepäck als auch das seiner Sitznachbarin herunter. Sie bedankte sich, wünschte ihm alles Gute, und er wünschte ihr das Gleiche. Der Ring fühlte sich schwer an seinem Finger an; er war es nicht gewohnt, Schmuck zu tragen. Er war aus massivem Gold, das Wappen eingeprägt. Seamus verspürte einen Stich – offenbar fing er an, sich den Kellys zugehörig zu fühlen. So wie er Tom behandelt hatte, war er sich nicht sicher, ob er das Recht dazu besaß.
Nach Betreten der Ankunftshalle eilte er seinen Mitreisenden voraus. Einige mussten auf ihre Koffer warten, doch Seamus reiste mit leichtem Gepäck, einem einzigen Handkoffer. Er hastete weiter, seine Angst wuchs. Wie sollte er sie finden? Er spürte, dass sie ihn brauchte, aber er hatte keine Ahnung, wie er zu ihr gelangen sollte.
Der Flughafen schien sich endlos auszudehnen. Doch schließlich gelangte er an den »Immigration«-Schalter, vor dem eine lange Schlange stand. Er kam nur schrittweise vorwärts, was ihn zur Weißglut trieb. Er blickte sich um und überlegte fieberhaft, ob er jemandem etwas sagen sollte –

aber was? Dass es sich um einen Notfall handelte und er das dumpfe Gefühl hatte, ein Mädchen, das er seit zehn Jahren nicht mehr gesehen hatte, bedürfe dringend seiner Hilfe?
Er unterdrückte das Bedürfnis und brachte problemlos die Einreiseformalitäten hinter sich, vor allem, weil der Inspektor Ire war, T. C. Devlin, wie aus dem Namensschild hervorging.
»Grund Ihres Besuches?«, fragte er.
»Liebe«, sagte Seamus.
»›Geschäftlich‹ oder ›Urlaub‹ hätte gereicht«, erwiderte der Mann lächelnd. Aber er stempelte Seamus' Reisepass ab, nickte ihm zu, und das war's.
Jetzt noch U. S. Customs – Seamus hatte nichts zu verzollen –, und schon lief er in Richtung Ausgang. Er traf einige seiner Mitreisenden wieder, die es nun eilig hatten. Einige kehrten nach Hause zurück, andere kamen, um Land und Leute kennenzulernen. Die Doppeltüren gingen auf, und die Familien begrüßten sich mit lautem Hallo. Seamus überflog die wartende Menschenmenge, beinahe gewohnheitsmäßig, doch dieses Mal befand er sich auf der anderen Seite statt in der Reihe der livrierten Fahrer, die ein Schild mit den Namen der Hotelgäste in großen schwarzen Buchstaben hochhielten.
Überall Familien – Menschen, die wieder vereint waren, sich begrüßten, überglücklich über das Wiedersehen. Seamus schluckte; seit Kathleen hatte sich niemand mehr gefreut, ihn zu sehen, wie ihm die Ankunft in Amerika bewusst machte. Er hörte, wie seine Sitznachbarin »Frank!« rief und sich in die Arme ihres Mannes stürzte. Die beiden küssten sich, sie schienen glücklich miteinander zu sein. Seamus blieb einen Moment stehen und sah sich nach dem Ausgang um.

Als er seinen Blick von dem Paar löste, entdeckte er eine Nonne. Wie schön – sie gehörte dem Orden Notre Dame des Victoires an. Er würde den Habit überall erkennen – das lange schwarze Gewand, den weißen inneren Teil des Schleiers, der ihr Gesicht umrahmte, und den schwarzen äußeren Teil, der über ihre Schultern fiel. Bei dem Anblick war seine Kehle wie zugeschnürt. Es war wie eine Heimkehr, und er sah darin ein gutes Omen für Kathleen und ihn. Als er ihren Blick suchte, um sie zu grüßen, sah er, dass sie ihn anschaute.

Die blauen Augen der Nonne strahlten, sie lächelte, und er hatte mit einem Mal das Gefühl, als würden sie sich kennen. Er stutzte, dann ging er auf sie zu. War sie eine seiner Lehrerinnen gewesen? Oder im St. Augustine's? In diesem Moment rief sie seinen Namen.

»Seamus.«

Aber sie hatten ihn dort als James gekannt …

»Schwester«, erwiderte er höflich.

Und dann sah er die roten Haarsträhnen, die sich aus dem Schleier gelöst hatten. Und neben ihr einen hochgewachsenen Mann mit glänzenden Augen, die Nase krumm und schief, doch ansonsten abgeheilt.

»Tom.« Seamus streckte die Hand zur Begrüßung aus. Tom tat desgleichen, und ihre Ringe stießen klickend aneinander – die beiden Kelly-Wappenringe mit dem Emblem des Meeresungeheuers.

»Willkommen in Amerika«, sagte Tom.

»Ja, Seamus, willkommen«, fügte Schwester Bernadette hinzu. Und als könnte sie nicht länger an sich halten, breitete sie die Arme aus. Vielleicht lag es daran, dass er vom Flug erschöpft war oder sie den Habit trug, den er so lange mit Liebe, Fürsorge und Mütterlichkeit in Verbindung gebracht

hatte – er öffnete ebenfalls die Arme und ließ sich umfangen.
Dann war der Augenblick vorüber. Er löste sich von ihr, und sie trat einen Schritt zurück, und alle standen da und sahen sich an. Seamus war verlegen, aus tausend Gründen, die er nicht einmal benennen konnte.
»Verreisen Sie?«, fragte er. »Ich möchte Sie nicht länger aufhalten, ich bin selbst in Eile.«
»Seamus, wir sind hier, um dich abzuholen.«
»Ich verstehe nicht.« Er runzelte verwirrt die Stirn. »Woher wussten Sie von meiner Ankunft?«
»Tom hat es erfahren«, antwortete sie. »Von Sixtus …«
»Oh.« Hatte er Sixtus gegenüber die Abflugzeit erwähnt oder dass er nach Boston flog? In seinem Kopf drehte sich alles. Litt er unter dem, was man als Jetlag bezeichnete? Er wollte ihre Gefühle nicht verletzen; obwohl er nicht halb so wütend war wie bei der ersten Begegnung in Dublin, hatte er keine Ahnung, was sie von ihm wollten. Abgesehen davon musste er nach Newport zu Kathleen. »Es tut mir leid, aber ich muss los.«
»Wir bringen dich zu ihr«, sagte Tom.
»Aber Sie wissen doch gar nicht, was ich vorhabe, wohin ich will … Es tut mir leid, dass ich beim letzten Mal so unhöflich war, und dieses Mal schon wieder, aber es ist dringend …«
»Er weiß, wohin du willst.« Schwester Bernadette legte ihre Hand auf Seamus' Arm und sah ihm in die Augen. »Er hat Kathleen gefunden, für dich.«
»Kathleen?«, fragte Seamus ungläubig, mit versagender Stimme.
»Ja.« Tom nahm Seamus' Reisetasche. »Aber wir müssen uns beeilen, wir haben nicht viel Zeit.«
»Ich weiß. Kathleen braucht mich.«

»Ich fürchte, du hast recht.« Tom eilte voraus, als verstünde er Seamus auch ohne Worte.

Bernie nahm zwischen Tom und Seamus in der Fahrerkabine des Pick-ups Platz. Der linke Arm berührte Tom, der rechte Seamus, und sie fühlte sich beiden nahe. Nicht nur physisch. Seamus' Augen hatten aufgeleuchtet, als er ihrer ansichtig geworden war, als hätte er sie auf Anhieb wiedererkannt. Vielleicht nicht als seine Mutter, ja, nicht einmal als Schwester Bernadette Ignatius, sondern als Angehörige des Ordens Notre Dame des Victoires. Sie hatte seine Reaktion auf den Habit als tröstlich empfunden, denn sie sagte ihr, dass er den Schwestern zugetan war, die ihn großgezogen hatten.
Das machte alles ein wenig leichter. Der heutige Tag war reich an Wundern, wenngleich nicht im üblichen Sinn. Sie wusste, dass die meisten Menschen mit diesem Begriff Augenblicke höchsten Glücks verbanden – eine Genesung, ein Heilverfahren, eine »Auferstehung«. Und in vieler Hinsicht wäre das Wort Glück zutreffend, um den Tag zu beschreiben. Das Wiedersehen mit ihrem Sohn, die physische Nähe, als sie nun zwischen ihm und Tom, seinem Vater, saß. Sie spürte die Kraft, die von beiden ausging, ihren Körper durchströmte und zurückfloss.
Und nicht zu vergessen die Geschehnisse in der Blauen Grotte. Es war mehr als zwei Jahrzehnte her, seit sie vor der Statue der Jungfrau Maria gekniet hatte und diese von ihrem Sockel herabgestiegen war, um ihre Tränen zu trocknen und sie mit Worten der Liebe und Barmherzigkeit zu trösten. In der Sprache der Gläubigen wurde ein solches Wunder Marienerscheinung genannt.
Doch für Bernie hatte es sich nicht um eine Erscheinung gehandelt. Maria war real für sie gewesen, sie hatte ihre Berüh-

rung gefühlt, ihre Worte vernommen, Zeit mit ihr verbracht, ihre Gegenwart gespürt. Und an diesem Morgen war es abermals geschehen.
Ihre Haut prickelte noch immer. Da sie auf der Sitzbank des Pick-ups in der Mitte saß, erhaschte sie im Rückspiegel einen flüchtigen Blick auf ihr Gesicht. Auf ihrer rechten Wange befand sich ein kaum sichtbarer Abdruck, hellrot, wie ein Insektenstich oder ein Brandmal, genau an der Stelle, an der Marias Hand sie berührt hatte. Er fühlte sich empfindlich an, schmerzte aber nicht. Sie spürte nur die liebevolle Präsenz Gottes, die sich darin offenbarte.
»Sei bereit«, hatte Maria gesagt. Was hatte sie damit gemeint, und warum hatte Bernie ein flaues Gefühl im Magen, wenn sie nur daran dachte? Noch vor wenigen Stunden hatte sie in die gütigen, liebevollen Augen der Muttergottes geschaut und gefragt, was die Worte zu bedeuten hätten, doch Maria hatte nur wiederholt: *Sei bereit.*
Tom fuhr so schnell er konnte. Der Pick-up wechselte ständig auf die Überholspur. Seamus blickte aufmerksam aus dem Fenster, vermutlich in Gedanken bei Kathleen. Tom konzentrierte sich darauf, Zeit zu gewinnen, so schnell wie möglich nach Newport zu gelangen. Keiner sprach.
Bernie war froh darüber. Sie brauchte Zeit, um nachzudenken und zu beten. Als der Pick-up in die Kurve ging und sie gegen Tom geschleudert wurde, spürte sie, wie er sich fragte, ob sie sich angesichts der drangvollen Enge unbehaglich fühlte. Doch gleichzeitig wusste sie, was es für ihn bedeutete – nicht nur, dass ihr Sohn mit ihnen im Auto saß, was überwältigend war, sondern die schlichte Tatsache, dass Tom und sie sich berührten. Sie sah ihm an, wie glücklich es ihn machte; die Lachfältchen an seinen Augenwinkeln vertieften sich, und ein Lächeln spielte um seinen Mund.

Bernie musste die Augen schließen; sie war unsäglich dankbar für diese Zeit. Sie betete, dass Tom um die Tiefe ihrer Liebe wusste und ermessen konnte, wie sehr sie das Geschenk schätzte, das er seit jeher in ihrem Leben darstellte. Sie bat inständig, ihr mögen die richtigen Worte einfallen, wenn es an der Zeit war, ihm zu sagen, was sie empfand. Und sie dankte Gott für alles, was Er ihr gewährt hatte, allen dreien, insbesondere aber für die Zeit, die sie miteinander verbringen durften, hier und jetzt.

Es gab kleine und große Geschenke im Leben. Vor einigen Jahren, als bei Schwester Felicity Multiple Sklerose diagnostiziert wurde, hatte sie alles gelesen, was ihr über bahnbrechende Fortschritte bei der Erforschung dieser Krankheit in die Hände fiel. In einem Artikel hieß es zu ihrer großen Verwunderung, dass bei einer Frau, die ein Kind geboren hatte, noch Jahre nach der Entbindung Zellmaterial des Embryos nachweisbar sei. Die Zellen lebten im Körper der Mutter fort. Während man in dieser Entdeckung einen Hoffnungsschimmer für die Medizin sah, weil diese Zellen noch nach Jahrzehnten regenerationsfähig waren und den Müttern bei der Überwindung der Krankheit helfen konnten, leitete Bernie daraus eine wesentlich einfachere Schlussfolgerung ab.

Sie hatte die medizinische Fachzeitschrift beiseitegelegt und war in Tränen ausgebrochen. Sie hatte sich ihrem Sohn immer nahe gefühlt, hatte seine Gegenwart gespürt und ihn seit seiner Geburt in ihren Gebeten umfangen. Doch zu erfahren, dass seine Zellen in ihr weiterlebten, dass sie immer noch miteinander verbunden waren, Mutter und Kind, war das wundervollste Geschenk, das sie sich vorstellen konnte. Sie waren nicht wirklich zusammen, nicht auf der physischen Ebene – bei Spaziergängen, Gesprächen, Interaktionen.

Doch ein Teil ihres Sohnes begleitete sie auf Schritt und Tritt, wie sie nun wusste. Als sie an jenem Abend im Bett saß und las, hatte sie geweint, weil Tom diese innige Beziehung versagt war. Er hatte das Baby nicht ausgetragen wie sie. Und er litt doppelt, weswegen sein Kummer in vieler Hinsicht schwerer wog als ihrer.

Denn Tom hatte keine Wahl gehabt. Zumindest nicht wirklich. Als sie beschlossen hatte, das Kind wegzugeben und ins Kloster einzutreten, war Tom gezwungen gewesen, sich ihrer Entscheidung zu fügen. Darüber hatte Maria an jenem Morgen zu ihr gesprochen. Darüber und über andere Dinge.

Als sie nun in Richtung Süden brausten, betete Bernie um Kraft. Sie spürte die Anspannung, unter der Tom und Seamus standen, weil sie befürchteten, nicht rechtzeitig anzukommen, um Kathleen abzufangen. Sie hätte die beiden gerne beruhigt und ihnen erzählt, was sie wusste. Aber sie traute ihrer eigenen Stimme nicht.

Und so betete sie den Rosenkranz, bewegte lautlos die Lippen. Als sie die Newport Bridge erreichten, die hoch über der Narragansett Bay aufragte, sahen sie die ganze Stadt zu ihren Füßen ausgebreitet. Seamus presste das Gesicht gegen die Scheibe. Er spürte vermutlich, wie nahe sie Kathleen waren. Die Liebe ihres Sohnes war wie ein Leuchtfeuer, das ihnen den Weg wies.

»Wir sind gleich da«, sagte sie, als sie Seamus' Blick gewahrte.

Er nickte, und seine Augen strahlten.

»Nur noch ein paar Minuten«, fügte Tom hinzu.

Seine Worte klangen wie eine Prophezeiung, und sie drangen in Bernies Herz. Zeit mit ihrem Sohn zu verbringen, einander so nahe zu sein war ein überwältigendes Gefühl.

Dass sie Ordensfrau war, spielte in diesem Moment keine Rolle. Sie ergriff Toms Hand und hielt sie fest. Er sah sie beinahe erschrocken an, doch dann begann er vor Glück zu strahlen, ein Anblick, den sie kaum ertragen konnte. Die Perlen des Rosenkranzes in ihrer rechten Hand, setzte sie ihr stummes Gebet fort, doch mit ihrer Linken hielt sie Toms Hand und machte keine Anstalten, sie loszulassen.

25

Kathleen kauerte, in eine Decke gehüllt, auf dem Fußboden des verborgenen, mit Brettern vernagelten Bereichs im Dachgeschoss, am anderen Ende des Ganges, in dem sich ihre Schlafkammer befand. Ein für diese Jahreszeit ungewöhnlich kalter Wind drang durch die Risse im Mauerwerk und die nackten Bodendielen. In diesen spartanisch eingerichteten überzähligen Räumlichkeiten des Herrenhauses, in dessen unteren Stockwerken fast jede Handbreit vergoldet, versilbert, marmoriert oder mit kunstvollen Schnitzereien versehen war, fühlte sie sich beinahe heimisch. Und nicht nur das, sie waren ein ideales Versteck. Hier würde sie niemand finden. Die Familie würde zu dem Schluss gelangen, sie habe sich aus dem Staub gemacht. Ihren Koffer hatte sie hinter einem alten gesprungenen Drehspiegel verstaut, der in der Ecke stand. Wenn sie keinen Muckser von sich gab, würden sie annehmen, sie sei sang- und klanglos durch die Hintertür verschwunden. Sie bedauerte nur, dass sie sich nicht mehr von Andrew verabschieden konnte, doch sie hoffte, dass er sie verstehen oder seinen Kummer wie gehabt in Alkohol ertränken würde.

Sie konnte hier oben bleiben, im Dunkeln, damit die Nachbarn nichts von ihrer Anwesenheit bemerkten, bis sie sich ihren nächsten Schritt überlegt hatte, wobei es weniger um sie als vielmehr um das Baby ging. Bei jeder Entscheidung galt es, seine Interessen zu bedenken. Das war das Einzige, was zählte. Sie konnte ihr Kind nicht im Stich lassen, keine einzige Sekunde, nicht einmal jetzt, im Frühstadium der Schwangerschaft. Ungeachtet der Schwierigkeiten, denen sie sich gegenübersah, konnte sie keinen Tag länger bei den Wells bleiben, so viel stand fest.

Pierce würde das egal sein. Er würde keinen einzigen Gedanken an sie verschwenden. Kathleen hatte ihr Geheimnis zu hüten gewusst. Ihre schwellenden Brüste hatten ihn erregt, aber er war nicht auf die Idee gekommen, nach dem Grund zu fragen. Sie verspürte keinerlei Schuldgefühle, weil sie ihm nichts von ihrem Zustand verraten hatte. Er verdiente es nicht, davon zu erfahren.

Dieser verborgene Bereich des Dachbodens war angefüllt mit alten Überseekoffern, Kleiderschränken und Gemälden, Familienporträts in prachtvoll verzierten Rahmen, die stapelweise an den grob verputzten Wänden lehnten. Seit sie zum ersten Mal die Nägel mit Hilfe eines Schraubenziehers entfernt und sich den Weg hinter die Holzlatten gebahnt hatte, war sie an ihren freien Nachmittagen einige Male hier oben gewesen, um den Verschlag zu erkunden.

Es war ein Museum, das Aufschluss über die Familienchronik der Wells gab. Alte Ballroben aus Samt, Seide und Satin hingen in den staubigen Kleiderschränken. Uralte vergilbte Spitzenunterröcke, die bei der leisesten Berührung zerfielen. Hutschachteln, die Bowler, Homburgs, flache Hüte und seltsame geblümte Hauben enthielten, die man trug, wenn man sich zu Ostern neu einkleidete, einige von ihnen über hundert Jahre alt.

Die Brautkleider waren getrennt voneinander in Schutzhüllen aufgehoben. Die Palette reichte von üppig bis bescheiden. Sie stammten aus dem Modehaus Worth in Paris, von

Balenciaga oder Bonwit Teller, manche waren mit Perlen bestickt, andere aus schlichter weißer Seide. Doch es gab nur einen einzigen Schleier, der drei Jahrhunderte lang von jeder Braut in der Familie getragen wurde – von Mrs. John Quincy Adams III. bis hin zu June und Wendy. Die älteste Tochter ausgenommen. Louise …

Unten in der Bibliothek wurden Sammelalben von jeder Hochzeit in der Familie Wells aufbewahrt. Kathleen hatte gesehen, wie Beth die roten Lederbände behutsam abstaubte, denn sie waren genauso unschätzbar wertvoll wie das silberne Teeservice, das Porzellan aus Kanton und die Figurinen aus Limoges. Doch die Zeitungsausschnitte, die Louises Hochzeit erwähnten, befanden sich hier oben, im Dachgeschoss verborgen, in eine Schachtel gestopft, zusammen mit alten Kassenzetteln aus Lebensmittelgeschäften und Essens- und Getränke-Bons des New York Yacht Club – vergilbt und dem Zerfall preisgegeben. Sie waren so lieblos außer Sichtweite geschafft worden, gleichsam entsorgt wie Müll, dass Kathleen sich fragte, warum Mrs. Wells sie überhaupt aufbewahrt hatte.

Louise Wells hatte einen Schwarzen geheiratet. Sie hatten sich in Harvard kennengelernt. Er war Mediziner, stammte aus Mississippi und hatte eine Gastvorlesung an der Universität gehalten. Louise hatte dort Soziologie studiert. Die Zeitungsausschnitte gaben nicht besonders viel her. Aus den Seiten mit den Klatschspalten herausgerissen, war darauf ein hübsches Mädchen mit dunklen Augen und einer Ausstrahlung zu sehen, die noch heute, fünfzehn Jahre später, spürbar war. Kathleen fiel auf, dass sie den Familienschleier nicht trug.

Dieser Dachboden war also ein perfektes Versteck. Sie dachte an Louise, die ihrer grässlichen Familie die Stirn geboten hatte, der Liebe wegen, und fühlte sich ihr nahe, betrachtete sie als Engel oder Beschützerin. Sie zog die Decke enger um ihre Schultern, zitternd und bemüht, reglos sitzen zu bleiben. Die ständige Übelkeit und der Drang, Wasser zu lassen, waren ein Fluch. Doch sie musste sich zusammenreißen, bis die Familie abgereist war.

Es würde nicht mehr lange dauern. Sie wusste, dass sie geplant hatten, sich mit Freunden im Union Club in New York zum Abendessen zu treffen. Sie würden das Haus flüchtig nach ihr absuchen und annehmen, dass sie auf und davon war, die Familie im Stich gelassen hatte wie so viele andere undankbare Dienstboten. Sie hatte gehört, dass sich Vivian, die letzte Köchin, während einer Dinnerparty für dreißig Personen die Schürze heruntergerissen und das Haus verlassen hatte, und das alles wegen eines Schokoladensoufflés, das zusammengefallen war. Glaubte Mrs. Wells zumindest …

Obwohl sie Vivian nie begegnet war, hatte Kathleen das Gefühl, sie zu kennen. Pierce hatte ihr von ihrer Vorgängerin erzählt, während er sich in ihr bewegte. Er hatte ihr ins Ohr geflüstert, dass er sie erregender, feuchter und netter finde als Vivian, williger, eifriger und sexuell aufreizender. Ihr irischer Akzent gefalle ihm besser als Vivians französischer, und ihre Brüste seien größer und die Brustwarzen hübscher.

Kathleen hatte ihn innerlich ausgeblendet. Sie dachte an Vivian, während Pierce in ihr war, und fragte sich, ob sie ihn geliebt hatte, ob er ihr Märchenprinz war oder ob sie genau wusste, worauf sie sich eingelassen hatte. Kathleen hatte sich keine Illusionen gemacht. Sie hatte es nie der Mühe für wert befunden, sich etwas vorzumachen. Sie hatte sich nie eingeredet, dass Pierce sie liebte – und dass sie ihn nicht liebte, war so sicher wie das Amen in der Kirche.

O Gott, der Drang, Wasser zu lassen, wurde zunehmend schlimmer, doch das sei in den ersten drei Schwangerschaftsmonaten gang und gäbe, wie es in dem Babybuch hieß, das sie gekauft hatte. Sie hätte es auch so bemerkt – ihre Blase schrie geradezu nach Erleichterung. Sie sah sich auf dem Dachboden nach irgendeiner Möglichkeit um, ihre Notdurft zu verrichten.

Da, ein Nachttopf. Es war ein Produkt der ungarischen Porzellanfabrik Herend und genauso unbezahlbar wie die Entsprechungen in den unteren Räumen, nur war dieses Exemplar schadhaft – es hatte einen haarfeinen Sprung entlang der Goldkante – und deshalb auf den dunklen Dachboden verbannt. Kathleen griff in ihrer Verzweiflung danach. Ihr Körper ließ sie im Stich, ihr blieb keine Wahl. Das Bedürfnis, sich zu erleichtern, war so groß, dass sich ihre Augen mit Tränen füllten.

Auch das noch, aber es war ja kein Wunder, dass sie in Tränen ausbrach. Sie war am Ende ihrer Kräfte. Wenn James in diesem Sommer nur gekommen wäre, um sie zu holen. Sie hatte die Hoffnung im Grunde ihres Herzens nie aufgegeben. Doch nun war alles verloren. Sie war nahe daran, den Verstand zu verlieren in ihrem Unterschlupf, der sich in einem Verschlag des Dachgeschosses einer Familie befand, die Millionen besaß, aber keinen Funken Verstand oder Liebe. Sie zitterte, ihre Zähne klapperten. Sie zog die Hosen runter, hockte sich auf den abgeblätterten ungarischen Nachttopf, dachte an James und begann wieder zu weinen.

In diesem Augenblick knarrten die Bodendielen.

Großer Gott, wer konnte das sein? Die unverhoffte Störung gab ihr den Rest. Unfähig, sich vom Fleck zu rühren, gelang es ihr nicht, jeden Laut zu unterdrücken, und sie schluchzte auf. Das Spiel war aus. Vermutlich war es Pierce, der ihr einen letzten Besuch abstatten wollte, bevor er sich auf den Weg nach New York begab. Er hatte sie nicht in ihrem Zimmer vorgefunden und war dem Geräusch des Wasserlassens gefolgt. Sie biss sich auf die Lippe, während die Tränen weiter über ihr Gesicht liefen.

»Kathleen?«, hörte sie jemanden flüstern. Es war eine Frauenstimme.

Eine Welle der Erleichterung überkam sie. Es war nicht Pierce. Doch sie konnte keinen klaren Gedanken mehr fassen. Vielleicht war es Louise oder Vivian, oder Schwester Anastasia, oder die Jungfrau Maria, eine Seelenverwandte, die gekommen war, um sie zu erretten, sie zu James zu bringen.

»Hilf mir«, schluchzte sie. »Heilige Muttergottes, hilf mir …«

O Gott, ihr Gebet war erhört worden.

Eine junge Frau steckte den Kopf durch die zersplitterte grüne Tür und quetschte sich unter den Holzlatten durch, die Kathleen an Ort und Stelle gelassen hatte, um die Familie zu täuschen. Sie hatte braune Haare, wache, einfühlsame Augen und trug die schwarz-weiße Tracht eines Zimmermädchens oder einer Nonne.

»Kathleen Murphy?« Ihre Blicke trafen sich.

Kathleen nickte benommen, und in diesem Moment sah sie an der Miene der jungen Frau, dass sie die Situation erfasst hatte.

»Oh, tut mir leid.« Sie drehte ihr rasch den Rücken zu, um sie nicht in Verlegenheit zu bringen.

»Mach bitte die Tür hinter dir zu«, flüsterte Kathleen.

Die braunhaarige junge Frau tat, wie geheißen, trat lautlos in den Raum und wartete. Als Kathleen ihre Hosen hochgezogen und den Nachttopf außer Sichtweite gestellt hatte, räusperte sie sich.

»Wer bist du?«, fragte sie, als sich die junge Frau umdrehte und auf sie zukam.
»Regis Sullivan. Wir müssen sofort weg.«
»Was soll das heißen, weg? Was machst du hier?«
»Ich bin gekommen, um dich zu holen.«
»Mich holen? Großer Gott! Lass mich in Ruhe, bitte!« Kathleen fühlte sich einer Panik nahe. Wer war die Unbekannte? Sie trug die gleiche Tracht wie Beth. Offenbar arbeitete sie im Dienstleistungsgewerbe und war gerade erst eingestellt worden. »Und du solltest auch schauen, dass du dich in Sicherheit bringst«, fügte sie hinzu. »Geh schon, Regis. Lauf, vergiss das Ganze ...«
»Nein. Ohne dich gehe ich nirgendwohin.«
»Mein Gott, du hast keine Ahnung, worauf du dich einlässt. Sie dürfen uns nicht hier finden, sonst schleppt uns die Familie mit. Und ich denke nicht daran, sie nach Palm Beach zu begleiten. Eher bringe ich mich um.«
»Das musst du nicht.« Regis ergriff ihre Hand. »Komm einfach mit mir ...«
Kathleen schloss die Augen, ihr schwindelte. Sie war nahe daran, den Verstand zu verlieren, und dazu kam die Befürchtung, sich gleich übergeben zu müssen. Normalerweise hatte sie die morgendliche Übelkeit einigermaßen im Griff, aber diese Regis hatte sie dermaßen aus der Fassung gebracht, dass sie für nichts garantieren konnte. »Hör zu«, sagte sie so beherrscht wie möglich, »ich weiß nicht, wer du bist oder warum du hier bist. Ich bin verzweifelt, siehst du das nicht? Ich flehe dich an ...«
»Kathleen, ich erkläre dir alles, sobald wir draußen sind«, versprach Regis. Ihre Augen waren lebendig, funkelten. Offenbar fiel es ihr schwer, ihr Geheimnis auch nur eine Minute länger zu bewahren.

»Nein, jetzt.«
»Ich kann nicht. Sonst würde ich die Überraschung verderben.«
Kathleens Augen füllten sich erneut mit Tränen. Überraschung? In was für einer Welt lebte dieses Mädchen? Kathleen konnte nichts mehr überraschen. Es gab Dinge, die sie schockierten, das ja, die sie verblüfften, entsetzten, aber Überraschungen waren für Kinder, für Erwachsene, die im Herzen jung geblieben waren, oder für Verliebte.
»Es gibt keine Überraschungen«, sagte Kathleen.
»Glaubst du an gar nichts mehr? Haben dir die Schwestern überhaupt nichts beigebracht?«
»Woher weißt du von den Schwestern?«, rief Kathleen und packte Regis in einer gewalttätigen Anwandlung an der gestärkten weißen Schürze, ließ sie aber umgehend wieder los. Was war nur in sie gefahren? War Regis möglicherweise ein Engel, den ihr der Himmel schickte? Doch die graublauen Augen wirkten überaus menschlich, und Kathleens Widerstand brach zusammen.
»Ich habe meinen Glauben verloren. Zusammen mit …«
Plötzlich brach ein Tumult im ersten Stock aus. Sie fuhr zusammen und wollte fliehen, doch Regis umfing sie mit beiden Armen und hielt sie davon ab. Sie wehrte sich und versuchte Regis in ihr Versteck zu ziehen. Sie mussten mucksmäuschenstill sein, in einem der Schränke Zuflucht suchen, um zu verhindern, dass man sie entdeckte.
»Wie können Sie es wagen!«, kreischte Mrs. Wells. »Andrew, Pierce, ruft die Polizei!«
»Aus dem Weg!«, donnerte eine Stimme mit irischem Akzent, die einen Schauer über Kathleens Rücken jagte.
»Wir sind hier oben!«, rief Regis.
»Sei ruhig!« Kathleen hielt ihr den Mund zu, doch Regis ließ

sich nicht zum Schweigen bringen. Offenbar hatte die Familie sie geschickt. Auch wenn sie vorgab, der rettende Engel zu sein, sie war mit ihnen im Bunde.
Regis schüttelte sie ab und packte sie an den Schultern. Als wüsste sie, dass Überraschungen gleich welcher Art nicht mehr zählten, sah sie Kathleen mit einem liebevollen, beschwichtigenden Lächeln an. »Das ist *Seamus* …«
»Seamus?« Kathleen, die jetzt unkontrolliert zitterte, hatte keine Ahnung, wen um alles in der Welt sie meinte.
»Hier sind wir, hinter der grünen Tür!«, rief Regis.
»Nein!«, schrie Kathleen. Alles war aus, sie hatten sie aufgespürt. Sie würde um nichts auf der Welt mit ihnen nach Palm Beach fliegen, dann lieber auf der Straße leben, ohne Plan, wie es weitergehen sollte, ohne ein Dach über dem Kopf, mit einem Baby, das in ihr wuchs. Sie schluchzte auf.
Schritte näherten sich auf der Treppe und im Gang, Lärm, offenbar ein Handgemenge – das Krachen zersplitternder Bretter, Nägel, die mit Getöse aus den Wänden gerissen wurden. Kathleen hörte, wie Mrs. Wells kreischte, jemand solle endlich die Polizei anrufen, dann ertönte abermals die Stimme, die mit irischem Akzent »Aus dem Weg!« brüllte und in der jede Hoffnung und jeder Traum, die sie jemals gehabt hatte, einen grausamen Widerhall fanden.
Ihr Herz klopfte zum Zerspringen. Sie ergriff Regis' Hand und umklammerte sie mit letzter Kraft. War das Ende der Welt gekommen, lief ihr Leben wie ein Film vor ihrem inneren Auge ab? Schwere Schritte polterten über die rauhen Dielenbretter des Dachgeschosses, und dann sah sie jemanden um die Ecke biegen. Das konnte nicht sein …
»James!«, keuchte sie.
Und dann trat Regis einen Schritt zurück und beiseite, und er kam auf sie zu.

Er war erwachsen, hatte sich in einen attraktiven Mann verwandelt, bei dessen Anblick ihr wieder die Tränen über die Wangen liefen – die roten Haare und Sommersprossen, die lachenden blauen Augen. Doch in diesem Moment war kein Funken Humor in ihnen zu entdecken, nur abgrundtiefe Liebe und Sehnsucht, die auch Kathleen jeden Tag nach ihm gehabt hatte.

»Kathleen.« Er umfing sie mit beiden Armen und drückte sie an sich. Ihre Herzen verschmolzen miteinander, schlugen im Gleichtakt wie zwei Hälften eines Ganzen, die endlich wieder eins waren. Sie hatte das Gefühl, aus einem tiefen Schlaf erwacht und wieder lebendig zu sein.

»James, bist du es? Bist du es wirklich?«

»Ja. Ich habe dich gefunden.«

»Wenn du wüsstest, wie oft ich von dir geträumt habe.« Sie schluchzte auf und legte den Kopf zurück. Inmitten der Dunkelheit des verborgenen Dachgeschosses, der Kälte und drangvollen Enge der ausrangierten Objekte, in Gesellschaft der Geister einer unannehmbaren Liebe hatte sie endlich das Gefühl, wieder die Sonne auf ihrem Gesicht zu spüren – die vor zehn Jahren aus ihrem Leben verschwunden war, an jenem Tag am Strand in der irischen Grafschaft Wexford.

»James, ach James.« Ihre Augen waren weit aufgerissen. Sie traute sich nicht zu blinzeln, aus Angst, es könnte sich um eine Erscheinung handeln, die sich in Luft auflösen oder verschwinden würde.

»Ich liebe dich, Kathleen«, flüsterte er und wischte ihr die Tränen fort, während seine eigenen ungehindert flossen. Mit der einen Hand umfing er ihre langen Haare, küsste ihre Wangen, ihre Lippen, ihre Haare. Sein Blick verriet ihr, woran er dachte.

»Du hast sie immer zu Zöpfen geflochten«, flüsterte sie.

»Komm, lass uns gehen, Liebste,« sagte er und hob sie auf seine Arme. An seine Brust gedrückt, trug er sie an Regis vorbei. Er trat über die Schwelle. Die zersplitterte grüne Tür stand weit offen, die Holzlatten waren heruntergerissen, Nägel standen heraus, aber er trug sie vorsichtig um jedes Hindernis herum.

Sie kamen an den Wells vorbei, die sich zusammendrängten, und James brachte sie wortlos die Treppe hinunter. Kathleen hatte ihre Arme um seinen Hals geschlungen. Sie hörte die Familie reden, doch die Worte schienen einer fremden Sprache anzugehören.

Der einzige Mensch, den sie verstehen konnte, war James, der ihr etwas ins Ohr flüsterte.

»Wir werden uns nie wieder trennen, Kathleen. Nie wieder.«

Er trug sie die breite, gewundene Freitreppe an der Vorderseite des Hauses hinunter, vorbei an Beth und einem Mädchen mit einem schwarzen Barett, das neben einer anderen jungen Frau stand, strahlte und in einer Siegesgeste die zur Faust geballte Hand in die Höhe streckte. Vorbei an einer Nonne im Habit der Ordensfrauen von Notre Dame des Victoires und dem Mann mit den blauen Augen – James' Augen –, den sie gestern vom Mansardenfenster aus in seinem grünen Pick-up gesehen hatte. Die Nonne streckte ihr mit Tränen in den Augen die Hand entgegen, und Kathleen ergriff sie instinktiv. Die kurze Berührung war wie ein Stromschlag, der ihren ganzen Körper erfasste, und als sie über James' Schulter spähte, sah sie, wie die Nonne an der Brust des blauäugigen Mannes weinte.

Kathleen zitterte in James' Armen, unfähig, ihn loszulassen, auch dann, als er sie auf den Vordersitz des grünen Pick-ups hob, der dem blauäugigen Mann gehörte und in der Halte-

bucht an der Bellevue Avenue parkte. Und sie hatte auch dann noch die Arme um seinen Hals geschlungen, ihr Gesicht tränenüberströmt, als er sie küsste.
Als sie in seine Augen blickte, war ihr, als wären sie mehr als ein Menschenleben getrennt gewesen, doch zugleich schien die Zeit stehengeblieben zu sein. James war noch derselbe, den sie seit jeher geliebt und dem sie vertraut hatte. Solange sie denken konnte.
Der Gedanke ließ sie erglühen, und sie lächelte. Das Lächeln war ansteckend, übertrug sich auf James' Augen, seinen Mund. Sie hielten einander umfangen, berührten das Gesicht des anderen, vergewisserten sich, dass es kein Traum war, dass sie nicht aufwachen und wieder alleine sein würden, ohne den anderen, wie so viele Male zuvor.
»Kathleen Murphy«, sagte er.
»James Sullivan«, flüsterte sie.
»Wir haben es geschafft«, sagte er. Und sie wusste, dass es stimmte, obwohl sie in einem Kleintransporter auf einer Straße saßen, die sie nicht schnell genug verlassen konnten, obwohl sie schwanger war, und obwohl nun Streifenwagen vorfuhren, mit heulenden Sirenen und blinkenden Lichtern.
Polizisten eilten herbei. Die Wells stürzten aus der Eingangstür von Oakhurst. Mrs. Wells zeigte mit dem Finger auf James und kreischte wie eine irische Todesfee: »Das ist er, das ist der Mann, der in unser Haus eingedrungen ist ...«
Andy, immer noch im Pyjama, versuchte sie zu beschwichtigen, während sich Pierce und Mr. Wells im Hintergrund hielten. Regis und die anderen Mädchen rannten herbei, und die Nonne und der Mann mit den blauen Augen redeten auf die Polizisten ein. Doch einige der Ordnungshüter waren immer noch auf der Hut, umkreisten James und Kathleen,

die im Wagen saßen, und zwei von ihnen hatten ihre Waffen gezogen.

»Ja, wir haben es geschafft«, flüsterte Kathleen James zu. Sie schloss die Augen, in vollkommenem Frieden mit der Welt, trotz des Lärms und der hektischen Aktivitäten, die ringsum herrschten, denn sie war bei ihm, bei James.

26

Die Wells entschieden, auf eine Anzeige zu verzichten. Sie zogen es vor, die unerfreuliche Angelegenheit ad acta zu legen und Newport umgehend zu verlassen. Abgesehen davon räumte Mrs. Wells bei der Befragung ein, man könne Seamus schlimmstenfalls vorwerfen, dass er unbefugt den Dachboden betreten und einige morsche Holzlatten beschädigt habe. Sie war wütend auf Kathleen, weniger wegen ihrer Rolle in dem Drama, sondern weil sie sich geweigert hatte, die Familie nach Palm Beach zu begleiten. Nun musste sie sich nach einer neuen Köchin umsehen und diese anlernen. Und zu Beginn der Saison anständiges Personal zu finden, das würde schwierig sein.

Und so stellte die Polizei die Ermittlungen ein, und alle beschlossen, ins Star of the Sea zu fahren. Seamus zögerte zunächst. Er war nicht nach Amerika gekommen, um seine Eltern zu sehen, er hatte sich ausschließlich zum Ziel gesetzt, Kathleen zu suchen und nach Hause zu holen. Doch sie hatten ihn zu seiner Überraschung am Flughafen in Empfang genommen, und ihre Hilfe hatte sich als unschätzbar wertvoll erwiesen. Dafür war er ihnen zumindest dankbar. Abgesehen davon wirkte Kathleen erschöpft, und Bernie hatte ihnen eine gute Mahlzeit und bequeme Betten in Aussicht gestellt.

Da der Pick-up für alle vier zu klein war, wurde beschlossen, dass Tom und Bernie vorausfahren und Seamus und Kathleen mit Regis und ihren Freundinnen folgen sollten. Mirande klappte eilends die dritte Sitzbank im Heck des Volvo-Kombis heraus, und Kathleen und er stiegen ein.

Mit Mirande und Regis vorne, Juliana und Monica hinten und Kathleen und Seamus im Heck – dazu ein Sammelsurium an Rucksäcken, Übernachtungstaschen plus Kathleens Koffer – platzte das Auto aus allen Nähten. Doch das war Seamus egal. Er hielt Kathleen, die er für kein Geld der Welt mehr losgelassen hätte, im Arm und genoss es, dass ihr Kopf an seiner Schulter ruhte.

»Alles in Ordnung dahinten?«, rief Mirande.

»Alles bestens«, sagte Seamus, für sie beide antwortend. Kathleen wirkte wie erstarrt. Sie kauerte neben ihm, die Augen geschlossen.

»Wir müssen nur noch kurz bei mir zu Hause vorbeifahren«, verkündete Mirande. »Es dauert nicht lange.«

»Lass dir ruhig Zeit«, erwiderte Seamus.

Kathleen und er saßen mit dem Rücken zur Fahrtrichtung und blickten aus dem Heckfenster des Kombi, als sie durch Newport brausten. Er spürte die Nähe des Meeres, und der Gedanke, dass Kathleen in einem Land lebte, das wie Irland von Wasser umgeben war, stimmte ihn froh. Als sie den Hafen erreichten, betrachtete er die schiefergraue, mit weißen Schaumkronen gesprenkelte Oberfläche. Die berühmte Hibernian Hall befand sich an einer Stelle, wo sich zwei Hauptstraßen kreuzten, die irische Fahne flatterte im Wind. Bei ihrem Anblick drückte er Kathleen an sich und deutete auf die Fahne.

»Extra für dich aufgezogen, auf mein Betreiben hin«, sagte sie lächelnd.

»Wirklich?«

»Ich hätte es zumindest versucht, wenn ich auch nur die leiseste Ahnung gehabt hätte, dass du kommst. Wie hast du mich gefunden, James? Oder Seamus? Wie nennst du dich jetzt?«
»Du kannst mich nennen, wie du willst. In den letzten Jahren habe ich den Namen Seamus benutzt.«
»Irisch für James. Das macht Sinn, und der Name passt zu dir. Also dann – Seamus. Wie hast du mich gefunden?«
»Ach Kathleen. Ich habe sämtliche Engel, Heiligen und Dämonen in Irland mit der Suche nach dir betraut.«
»Aber ich war seit Jahren nicht mehr in Irland«, erwiderte sie traurig.
»Das habe ich erst vor kurzem herausgefunden.«
»Ich wollte mich von Anfang an mit dir in Verbindung setzen. Aber es ist so viel passiert. Zuerst habe ich versucht, im Heim etwas über dich in Erfahrung zu bringen, aber du warst nicht mehr dort. Meine Eltern bekamen Wind davon und …« Sie verstummte, und ihr Blick trübte sich. »Sagen wir einfach, sie wollten, dass ich den Kontakt zu Leuten aus meiner Vergangenheit abbreche.«
»Sie dachten wohl, wir wären nicht gut genug für dich«, sagte Seamus scherzhaft.
»Oh, das war es nicht. Sie hatten ihre Gründe. Sie waren Diebe, Seamus, Taschendiebe, ständig auf der Suche nach Beute, und es spielte keine Rolle, wie sie sich diese beschafften.«
»Aber sie haben dich doch nach Hause geholt«, sagte er stirnrunzelnd. »Deine leiblichen Eltern … Du warst so glücklich. Sie müssen dich geliebt haben, sonst hätten sie das nicht getan. Und das ist alles, was zählt.«
»Sie haben mich nur als Lockvogel benutzt. Um leichter an ihre Opfer heranzukommen.«

»Kathleen, nein.«

»Doch.« Sie nickte. »Sie hatten Ärger mit der Polizei in Dublin. Deshalb mussten wir aus Blackrock weg ...«

»Ich war dort, um dich zu suchen. Nachdem ich Schwester Anastasia überredet hatte, mir deine Adresse zu geben.«

»Wirklich?« Ihre Augen blitzten.

»Ja, aber du warst nicht mehr da.«

»Wir zogen nach Cork, und dann ging es ab nach Boston. Wir wechselten mehrmals den Aufenthaltsort, und schließlich gelangten sie zu dem Schluss, New York wäre ein ergiebigeres Pflaster. Das war der Punkt, an dem ich entschied, ihnen zu entkommen. Ich entdeckte eine Anzeige im *Irish Echo,* in dem eine Köchin gesucht wurde, und bewarb mich.«

»Bei den Wells?«

»Nein, vor ihnen gab es andere Familien.«

»Sie konnten von Glück sagen, eine Köchin wie dich zu haben. Deine Mahlzeiten in St. Augustine's waren unübertroffen.«

»Dort habe ich ja auch kochen gelernt. Die Schwestern sagten immer, dass Kochen eine Möglichkeit darstellt, Liebe zu zeigen, und das habe ich stets versucht. Aber einige meiner Arbeitgeber ...«

»Du hast eine Menge durchgemacht«, sagte er. Er dachte daran, wie sehr er sich getäuscht hatte, als er glaubte, sie habe ein liebevolles Zuhause gefunden oder wohne in einem der hochherrschaftlichen Häuser von Newport, wenngleich nicht als Köchin.

»Das Schlimmste war, dass ich keine Ahnung hatte, wo du steckst«, entgegnete sie. »Und mich fragte, ob ich dich jemals wiedersehen würde. Wie hast du mich überhaupt gefunden?«

»Mit Hilfe von Schwester Bernadette Ignatius und Tom

Kelly. Er brachte mir die Postkarte, die du Schwester Anastasia geschickt hast – vom Cliff Walk. Alles, was ich wusste, war, dass du in Newport lebst und dass ich hier mit der Suche beginnen muss.«

»Und du hast mich tatsächlich gefunden.« Sie lächelte verwundert.

Seamus hatte den Arm um sie gelegt und strich ihr über die Haare, als Mirande in die Einfahrt eines kleinen Hauses einbog. Regis und sie sprangen aus dem Wagen und liefen zur Eingangstür, um die schwarze Dienstmädchentracht wieder gegen ihre normale Kleidung einzutauschen. Kathleen sah unruhig zur Tür und erklärte, sie hätten eine lange Fahrt vor sich, und es sei besser, wenn sie kurz im Haus verschwinde. Er öffnete die Heckklappe und sah ihr nach, als sie den Weg zum Haus entlangeilte.

Wenige Minuten später saßen alle wieder im Auto. Mirandes Mutter kam heraus, um sich zu verabschieden. Sie küsste ihre Tochter, Regis, Monica und Juliana. Dann schüttelte sie Seamus die Hand und sagte, wie unglaublich es sei, dass er Kathleen gefunden habe.

»Ich finde es wunderbar, wenn eine Liebesgeschichte gut ausgeht«, meinte Mrs. St. Florent.

»Gut anfängt, genauer gesagt«, erwiderte Regis lächelnd.

»Stimmt.« Seamus legte den Arm um Kathleen. »Wir haben unser Leben noch vor uns. Das Beste kommt erst.«

Bei diesen Worten verzog Kathleen das Gesicht und begann zu weinen. Alle waren bestürzt, und der Anblick ihrer Tränen traf Seamus wie ein Messerstich ins Herz. Was war mit ihr? Hatte er etwas Falsches gesagt?

»Tut mir leid«, meinte sie schluchzend. »Das ist die Aufregung. Ich bin so glücklich, völlig außer mir vor Freude. Aber ich habe einfach nicht damit gerechnet …«

»Schon gut.« Seamus hielt sie in den Armen und versuchte sie zu beruhigen.
»Warte, bis wir in Star of the Sea sind«, sagte Regis. »Dann hast du hinreichend Gelegenheit, dich auszuruhen, Zeit mit Seamus zu verbringen und den Dachboden zu vergessen.« Sie schauderte. »Ich fand es schrecklich dort oben. Das Zusammenleben mit diesen Leuten muss ein Alptraum gewesen sein.«
Plötzlich spürte Seamus, wie Kathleen am ganzen Körper zu zittern begann. Sie presste die Hände auf ihren Magen, als wäre ihr übel. Regis und ihre Freundinnen sahen besorgt aus, und Mirandes Mutter trat näher und blickte Kathleen in die Augen.
»Alles in Ordnung?«, fragte Mrs. St. Florent. »Können wir etwas für Sie tun?«
»Ist schon wieder gut.« Lächelnd wischte Kathleen die Tränen fort. »Die Gefühle spielen verrückt, mehr nicht. Alles in Ordnung, es ist nur … Die Fahrt dauert ziemlich lange, und wir müssen unter Umständen ein- oder zweimal anhalten. Ich werde leicht reisekrank …«
»Sag einfach Bescheid, dann fahre ich sofort rechts ran«, meinte Mirande.
Monica und Juliana erboten sich, zu tauschen und auf die hinterste Sitzbank entgegen der Fahrtrichtung überzuwechseln, und Seamus folgte Kathleen in die mittlere Sitzreihe. Mirande küsste ihre Mutter zum Abschied, dann stiegen Regis und sie ein, und sie fuhren los.
»Wie schade, dass wir keine Besichtigungstour mit dir machen können, da du doch das erste Mal in Newport bist«, rief Mirande zu Seamus hinüber. »Dabei ist die Stadt so schön. Und glaube bitte nicht, bei uns wäre alles und jeder wie Oakhurst und die Wells …«

»Das denke ich nicht.«

»Hier gibt es unberührte felsige Küstenabschnitte am Atlantik, riesige schlossähnliche Häuser, die hoch über abgeschiedenen kleinen Buchten aufragen, wobei jedes Haus unzählige Schornsteine hat, wilde Rosen überall – die letzten blühen noch – und schroffe Klippen am Meer …«

»Der Cliff Walk«, sagte Seamus, wobei die Worte einen Funken in ihm entzündeten.

»Genau«, erwiderte Mirande. »Der spektakulärste Fußweg in Amerika. Er führt zehn Meilen an einer atemberaubenden Küste entlang. Unterwegs findet man zahlreiche Sehenswürdigkeiten – Paläste, einen Tunnel quer durch Felsgestein, ein chinesisches Teehaus, Forty Steps und Rosecliff, das Haus, in dem der Film *Der große Gatsby* gedreht wurde …« Mirande klang aufgeregt, während sie die Touristenattraktionen aufzählte, die den Cliff Walk zu einem wichtigen Teil Newports machten.

Für Seamus hörte sich das alles interessant an, aber für ihn war der Cliff Walk aus einem anderen Grund von Bedeutung. Er war auf der Postkarte abgebildet, die Kathleen geschrieben und die ihm einen Hinweis auf ihren Aufenthaltsort geliefert hatte.

»Sollen wir einen Abstecher dorthin machen, bevor wir nach Connecticut weiterfahren?«

Seamus' Herz schlug schneller bei dem Gedanken, den Ort zu sehen, der für Kathleen und ihn so große symbolische Bedeutung besaß. Es hätte ihm gefallen, auf den Klippen zu stehen, auf den Atlantik hinauszublicken, in die Richtung, in der Irland lag, und laut hinauszuschreien, dass er sie gefunden hatte. Doch Kathleen war kreidebleich, als hätte die Reisekrankheit bereits eingesetzt, und so schüttelte er den Kopf, als Mirande in den Rückspiegel blickte und auf seine Reaktion wartete.

»Ich glaube, das lassen wir lieber«, sagte er.
»Finde ich auch«, meinte Regis mit Blick über die Schulter, als sie Kathleens Blässe und Unwohlsein bemerkte.
»Kein Problem«, erklärte Mirande. »Unsere nächste Station ist also Star of the Sea.«
Mirande fuhr rückwärts aus der Einfahrt. Sie waren kaum einen Straßenblock weit gekommen, als Kathleen ein leises Stöhnen von sich gab. Sie sah Seamus so hilfesuchend und kläglich an, dass er ihre Hand ergriff. Er kannte sie durch und durch, auch noch nach so vielen Jahren. Er spürte, dass sie Höllenqualen litt, die sich nicht auf die Reisekrankheit beschränkten.
»Was ist mit dir?« Er hielt ihre Hand.
»Das kann ich dir nicht sagen.« Ihre Augen füllten sich mit Tränen.
»Kathleen, ich bin's«, flüsterte er. »Wenn du es mir nicht sagen kannst, wem dann?«
Sie waren nicht alleine im Wagen, doch Mirande hatte das Radio eingeschaltet, und Monica und Juliana hinter ihnen waren in eine angeregte Unterhaltung vertieft. Seamus sah Kathleen in die Augen und wusste, dass es nichts gab, was sie trennen konnte, selbst in der Zeit, als sie geglaubt hatten, alleine auf der Welt zu sein.
»Ach Seamus, du wirst mich hassen ...«, flüsterte sie.
»Das könnte ich nicht, ganz gleich, was auch geschehen mag.«
»Trotzdem, Seamus ...«
»Niemals.« Er sah sie durchdringend an.
»Ich bin schwanger.« Ihre Stimme versagte, sie blickte wild um sich und schlug die Hände vor den Mund. Seamus schrie Mirande zu, sie solle anhalten, sofort, und das tat sie auch, gerade rechtzeitig für Kathleen, um die Autotür auf-

zureißen und sich in hohem Bogen am Straßenrand zu übergeben.

Bernie rief unterwegs Schwester Ursula an und bat, zwei Räume in der Academy herzurichten, einen für Seamus, den anderen für Kathleen. Kathleen sollte im Schlaftrakt der Mädchen übernachten und Seamus auf der Gästeetage, wo Priester und männliche Besucher untergebracht wurden, die hier in Klausur gingen oder die klösterliche Stille suchten. Auf diese Weise waren sie in entgegengesetzten Flügeln des Gebäudes einquartiert, aber nicht allzu weit voneinander entfernt. Sie konnte sich vorstellen, wie sehr sich Seamus und Kathleen danach sehnten, nach Möglichkeit jede Minute miteinander zu verbringen. Schwester Ursula erstattete noch kurz Bericht über den neuesten Stand der Weinlese, die problemlos über die Bühne ging, bevor sie das Gespräch beendeten.

»Es ist dir tatsächlich gelungen, Tom«, sagte sie, als sie die Bellevue Avenue entlang und durch Newport fuhren. »Du hast Seamus und Kathleen zusammengebracht.«

»Wir, Bernie.«

»Nein, das ist allein dein Verdienst. Danke, dass du an mich gedacht hast.«

»Wie soll ich das verstehen?«, fragte Tom, die Hände am Steuer, und blickte sie an.

»Du hättest ihn auch alleine am Flughafen abholen und zu Kathleen bringen können.«

Tom schüttelte den Kopf. »Du scheinst es einfach nicht zu begreifen.«

»Ich begreife sehr wohl. Ich brauche nur an die Mühe zu denken, die du dir gemacht hast – Sixtus' Hilfe bei der Beschaffung des Reisepasses sichern, Chris dazu bringen, seine

Beziehungen bei den hiesigen Einreisebehörden spielen zu lassen, um Kathleen ausfindig zu machen, den Plan ausarbeiten, in dem Regis eine wichtige Rolle spielte … Du hast alles im Alleingang bewältigt.«

»Heißt das, ich hätte Seamus ohne dich abholen sollen, um die Lorbeeren ganz alleine zu ernten?«

Sie schüttelte den Kopf. So wie er es darstellte, hätte man meinen können, sie sei engstirnig. Doch davon konnte keine Rede sein. Ihr Herz war schwer, weil sie wusste, wie sehr sie ihn verletzt hatte. Die vergangenen Wochen waren grauenvoll gewesen – sie hatte ihn jeden Tag vermisst und sich auf Schritt und Tritt nach ihm gesehnt. Sie konnte sich vorstellen, was er empfunden hatte. »So habe ich es nicht gemeint«, entgegnete sie.

»Bernie, ich sage es dir noch einmal: Du begreifst es einfach nicht.«

»Dann erklär es mir.«

»Für mich ist nur das von Bedeutung, was wir gemeinsam tun.«

»Ach Tom.«

»Seamus und Kathleen zu helfen, wieder zusammenzukommen, war ein Kinderspiel«, sagte er. »Ich habe phantastische Cousins, die mich voll und ganz unterstützt haben. Die Voraussetzungen für das Wiedersehen zu schaffen, meinem Sohn bei der Suche nach der Frau zu helfen, die er liebt, ihm den Weg zu ihr zu ebnen, das alles hat mir das Gefühl gegeben, wieder lebendig zu sein. Aber ich habe es nicht nur für ihn getan, sondern auch für mich.«

»Für dich?«

Tom nickte. »Weil ich weiß, wie es ist, wenn man jemanden unsäglich liebt.«

»Ach Tom …«

»Ich habe dich geliebt, seit ich denken kann, mit Leib und Seele, mit jeder Faser meines Seins.«
Bernies Herz war schwer. Sie blickte aus dem Fenster, Tränen in den Augen. Ohne Seamus glich der Raum zwischen ihnen einer tiefen, unüberbrückbaren Kluft.
»Komm zurück ins Star of the Sea«, flüsterte sie. »Wir werden eine Lösung finden.«
»Hältst du das wirklich für möglich?«
»Es muss möglich sein.«
»Bernie, es kann nicht so weitergehen, es muss sich etwas zwischen uns ändern.«
Bernie schloss die Augen. Ihre Gedanken überschlugen sich und kehrten dann zu der Begebenheit heute Morgen in der Grotte zurück. Sie war Maria begegnet, hatte die Liebkosung der Muttergottes gespürt und klar und deutlich ihre Worte vernommen: *Sei bereit* … Im Lauf des Tages hatte die Botschaft für sie immer wieder eine neue Bedeutung erhalten. Anfangs war sie überzeugt, dass sie sich auf Seamus' überraschende Ankunft bezog, dann glaubte sie, dass es um die Suche nach Kathleen ging. Und nun …
Plötzlich bog Tom von der Bellevue Avenue auf den Memorial Boulevard ab, der zum Easton's Beach führte statt in die entgegengesetzte Richtung, zu den Piers und dem Brückenhaus. Zuerst dachte Bernie, er hätte sich verfahren. Sie wollte ihn schon darauf hinweisen, doch dann sah sie die Entschlossenheit in seinen Augen und wusste, dass er ein bestimmtes Ziel anstrebte: *Es kann nicht so weitergehen, es muss sich etwas zwischen uns ändern.*
Am Fuß des steilen Hügels fuhr ein Kleinbus mit Surfern an den Straßenrand und parkte in der Haltebucht. Easton's Beach erstreckte sich halbmondförmig zwischen den Landzungen von Newport und Middletown; lange Wellen

brandeten an den Strand, Gischt sprühte von den Kämmen. Tom stieg aus, dann hielt er Bernie die Tür auf.

»Ich habe nicht damit gerechnet, dass wir einen Zwischenstopp einlegen«, sagte sie.

»Ich weiß. Bitte hab Geduld mit mir, Bernie.«

»Tom …« Sie dachte an Seamus, der sich mit Kathleen, Regis und den Mädchen auf dem Weg ins Star of the Sea befand. Sie wollte vor ihnen da sein und sie gebührend in Empfang nehmen. Doch ein Blick in Toms Augen verriet ihr, wie ernst und wichtig sein Vorhaben war. Er hatte gesagt, es müsse sich etwas ändern, und plötzlich kam ihr die Botschaft wieder in den Sinn: *Sei bereit …* Bernie nickte und stieg aus.

Die Luft war kühl, und ein starker, stetiger Wind wehte vom Meer herüber. Sie stiegen den Hügel etwa bis zur Hälfte hinauf, überquerten eine grüne Rasenfläche und passierten ein Tor, hinter dem ein schmaler Schotterpfad begann. Sie befanden sich auf einer Klippe. Bernies Haut prickelte. Sie sah Tom an.

»Ein Spaziergang auf der Klippe?«, sagte sie.

Er lächelte schweigend und ging voraus.

Zu ihrer Rechten, auf der Landseite, führte der Weg an Häusern, weitläufigen Anwesen und den imposanten Gebäuden der Universität Salve Regina vorbei. Auf der meerwärts gelegenen Seite linker Hand fiel er steil zu den Klippen, zum Meer ab. Wellen brandeten mit voller Wucht gegen die Felsen, die weiße Gischt spritzte meterhoch auf. Bernie riskierte einen Blick in die Tiefe und hielt die Luft an.

»Atemberaubend!«

»Das ist der Cliff Walk.« Tom ergriff ihre Hände.

»Ich weiß. Ich war schon mehrmals hier …«

»Aber nie mit mir.«

»Das Panorama erinnert mich an Irland.«

»An einen ganz bestimmten Tag, Bernie. Ich weiß.«
Eine Gruppe Touristen ging vorüber. Falls sie es merkwürdig fanden, dass sich eine Nonne und ein Mann an den Händen hielten, ließen sie es sich nicht anmerken.
»Es gibt so vieles, was ich mit dir zusammen anschauen möchte«, fuhr er fort. »Doch bei dem Leben, das wir führen, war das nie möglich. Ich habe nachts oft wach gelegen und mir ausgemalt, wohin wir reisen würden. Zum Beispiel nach Paris, Bernie. Ich möchte mit dir einen Spaziergang an der Seine machen ... Und nach Florenz. Ich weiß, wie sehr du Kunst liebst, und wir könnten dort die Museen besuchen.«
»Tom«, murmelte sie.
»Oder New York City. Ich möchte mit dir ins Baseballstadion, zu einem Spiel der Yankees, und anschließend machen wir eine Kutschfahrt im Central Park. Oder wir fahren auf die oberste Plattform des Empire State Building, um festzustellen, wie viele Bundesstaaten wir sehen können. Und nicht zu vergessen Ellis Island, um einen Blick auf die Schiffe zu werfen, mit denen unsere Vorfahren aus Irland kamen. Und ich möchte noch einmal mit dir nach Irland. Dieses Mal, ohne etwas zu suchen. Nur um mit dir zusammen zu sein.«
»Weißt du, wie wunderbar das klingt?«
»*Ich* weiß es.« Er berührte ihr Gesicht mit seiner rauhen Hand.
»Ach Tom, das haben wir doch schon alles besprochen.«
»Nicht unter diesen Voraussetzungen.« Er schüttelte beharrlich den Kopf. »Hast du den Blick in seinen Augen gesehen, als er aus dem Haus kam, Kathleen auf den Armen? Er war verrückt vor Liebe zu ihr, aber völlig in Frieden mit sich und der Welt – beides zugleich. Und genau das empfinde ich, wenn ich mit dir zusammen bin, Bernie. All die Jahre in der Academy ...«

Sie stand reglos da und nahm seine Worte in sich auf. Sie sah, wie erregt er war – Tom, der seine Gefühle in all den Jahren so geschickt verborgen hatte, der einen Weg gefunden hatte, sich mit der Situation zu arrangieren und mit ihr zusammenzuarbeiten, der alles unterdrückt hatte, was soeben aus ihm herausgebrochen war –, und bemühte sich, ruhig zu bleiben, ihn wenigstens ausreden zu lassen.

»Ich war genau wie Seamus – verrückt nach dir, aber zufrieden damit, jeden Tag bei dir zu sein, an deiner Seite in der Academy zu arbeiten, deine rechte Hand zu sein.«

»Das warst du und das bist du. Es war heute Morgen so schwer, die Weinlese ohne dich zu beginnen. Ganz zu schweigen von den letzten Wochen, seit du weg bist ... Ich hatte das Gefühl, als würde ein Teil von mir fehlen.«

»Mir ist es genauso ergangen.«

Sie versuchte einen klaren Gedanken zu fassen. Was hatte sie getan? Die Hoffnung geschürt, dass sie ernsthaft ein gemeinsames Leben in Betracht ziehen könnten?

»Ich wollte, es wäre möglich, zwei Leben zu haben«, sagte sie.

»Deine Reaktion zeigt mir, dass du noch über ein Zusammenleben mit mir nachdenkst. Sonst würdest du mir sagen, dass ich dich in Ruhe lassen soll. Willst du es nicht wenigstens versuchen, nach allem, was wir durchgemacht haben? Und sehen, ob wir es schaffen? Gib uns eine Chance, Bernie ...«

»Ich habe das ewige Gelübde abgelegt, Tom. Du warst an dem Tag dabei, in der Kapelle. Du weißt, dass ich es nicht brechen kann.«

»Bernie, bitte ...«

»Was für ein Mensch wäre ich, wenn ich es täte?« Sie blickte ihm in die Augen. »Woher willst du wissen, dass ich mein

Treuegelöbnis dir gegenüber nicht genauso breche? Dass du mir vertrauen kannst?«
»Ich weiß es. Ich kenne dich.«
»Doch nur deshalb, weil du mich in einer bestimmten Lebenssituation kennst ... als Nonne, die mit der feierlichen Profess unauflöslich an die Ordensgemeinschaft gebunden ist.«
»Weißt du, warum ich hierherkommen wollte, zum Cliff Walk?«, fragte er bebend.
»Wegen der Klippen von Moher«, flüsterte sie.
»Erinnerst du dich, Bernie? Dort habe ich dich in den Armen gehalten.«
Sie nickte, während sie das Gefühl aufs Neue durchlebte.
»Für mich war es ein Zeichen, als ich die Postkarte sah, die Kathleen geschickt hatte. Genau dieses Panorama war darauf abgebildet – Klippen, Bernie. Seamus folgte ihrer Karte wie einem Leuchtfeuer, den ganzen Weg von Irland. Sie lieben sich, Bernie, aber uns beide verbindet die größte Liebe, die es gibt. Seit Anbeginn der Zeit. Weißt du das nicht?«
Bernie spürte, wie ihr Widerstand erlahmte. Sie ließ den Tränen freien Lauf, und ihr leises Weinen wurde vom kalten Meereswind davongetragen. Liebe überflutete sie, aus dem Herzen kommend, strömte durch ihre Adern. Sie blickte Tom an und wusste, wenn sie jetzt nicht ihre Gefühle offenbarte, würde sie nie mehr den Mut dazu finden.
»Ich weiß es, Tom.«
»Wirklich?«
Sie nickte. »Natürlich. Ich wusste schon bei unserer ersten Begegnung, dass es nie einen anderen Mann für mich geben könnte. Ich bin dir auf Schritt und Tritt beim Picknick deines Großvaters auf Star of the Sea gefolgt ...«

»Und dann habe ich mich umgedreht und bin dir gefolgt.«
»Ich habe immer gespürt, dass du bei mir bist, ganz gleich, wo auf der Welt«, sagte Bernie und ergriff seine Hände.
Er nickte und senkte den Kopf, so dass sich seine Stirn und ihre berührten. Ihr Schleier flatterte zwischen ihnen im Wind, doch seine Augen waren nur eine Handbreit entfernt.
»Ich habe es versucht«, sagte er.
»Es gibt niemanden, der mir mehr bedeutet als du.« Ihre Stimme brach. »Weißt du nicht, wie schwer das ist?«
»Das sagst du jetzt, Bernie, aber ist das wirklich so? Du lebst im Konvent, abgeschottet von der Welt. Du hast deine religiösen Überzeugungen, dein Gelübde, hast dich hinter Klostermauern verschanzt, wo du vor irdischen Versuchungen gefeit bist.«
»Das ist ein Trugschluss«, flüsterte sie, und ihr Blick wanderte über den gefährlichen Rand der Klippe. Sie stand in unmittelbarer Nähe und wusste, dass ein einziger Schritt in den Abgrund führen konnte und dass sie jeden Tag eben dieses Gefühl verspürte.
»In Dublin hatte ich den Eindruck, dass du nahe daran warst, aus dem Kloster auszutreten. Ich konnte deine Zweifel spüren, konnte spüren, dass du darüber nachgedacht hast.«
»Das stimmt. Ich habe jeden Tag um Erleuchtung gebetet ...«
»Dann sag mir, Bernie, sag mir ein für alle Mal, welche Antworten du auf deine Bitten um himmlischen Beistand erhalten hast«, flehte er sie an, sich mühsam jedes Wort abringend.
Sie musste all ihren Mut aufbieten, um zu antworten. Sie zitterte, die Worte gingen ihr abermals durch den Kopf. Sie sah die Jungfrau Maria wieder vor sich, am heutigen Morgen, als sie vor ihr gekniet und sie um eine Antwort angefleht hatte.

»Tom, meine Sehnsucht nach dir ist genauso groß. Ich bete jeden Tag, von meinem Gelübde entbunden zu werden.«
»Wirklich?« Er sah sie erschrocken an.
Sie hatte sich ihm gegenüber niemals so deutlich geäußert. Sie hatte diesen Teil in sich verschlossen. Er sollte niemals erfahren, wie qualvoll die Situation für sie war. Tränen liefen über ihre Wangen.
»Ich bitte flehentlich darum«, flüsterte sie, »im Gebet, in der Kapelle, auf Knien. Ich bete von ganzem Herzen, entbunden zu werden … um mit dir zusammen sein zu können, Tom. Du bist der einzige Mann, den ich jemals geliebt habe, du bist der Vater meines Kindes. Ich habe von einem Leben mit dir geträumt …«
»Bernie!«, stieß er aus, fassungslos über ihr Bekenntnis. Erleichterung trat in seine Augen und ein seit langem nicht mehr vorhandenes Glücksgefühl. Er ergriff ihre Hand und zog sie an seine Brust.
»Es ist ein unsägliches Opfer«, erklärte sie weinend. »Ich sehne mich nach dir. Wenn ich zu den Sternen emporblicke, stelle ich mir vor, dass wir sie gemeinsam betrachten. Die Konstellationen, die am Firmament ihre Bahnen ziehen. Star of the Sea, Tom … Es ist unser Zuhause, deines und meines. Aber es ist auch der einzige Ort, an dem ich bei dir sein kann … Wenn ich zum Himmel blicke, habe ich dich in meinem Herzen. Ich leide so sehr, ohne dich sein zu müssen … Ich wünschte, ich könnte dich heiraten, Tom.«
»Wirklich?«
Sie nickte, tränenüberströmt, und dachte an die Blaue Grotte, an den Morgen, als das strahlende Licht den kleinen steinernen Raum erfüllt und sie Maria gebeten hatte zu verstehen, dass sie Seamus' Mutter und Toms Frau sein wollte. Doch Maria hatte ihr eröffnet, dass sie noch gebraucht wurde

in dem von ihr gewählten Leben, dass sie auf etwas vorbereitet sein sollte, was folgen würde.

»Bernie, das wusste ich nicht«, sagte er. »Warum hast du nie ein Wort darüber verlauten lassen?«

»Weil ich es nicht ertragen konnte, dich auch nur noch ein einziges Mal zu verletzen.«

»Ich danke dir.«

»Wofür?«

»Dass du es mir gesagt hast.« Seine Augen waren klar, sein Blick stark. Sie sah den Tom vor sich, den sie kannte und liebte, ihren geliebten Tom ... »Dass du mir dieses Geschenk gemacht hast. Es bedeutet mir unendlich viel, Bernie.«

»Ach Tom ...«

»Du hast bewirkt, dass wir wieder eins sind, zwei Hälften eines Ganzen. So fühlt es sich für mich an. Du hast sie zusammengefügt, hast gekittet, was zerbrochen war.«

»Obwohl wir nie zusammenleben können?«

Er nickte. »Es reicht mir aus zu wissen, dass du bei mir sein möchtest. Dass es dich genauso schmerzt wie mich, dass wir beide nicht Mann und Frau sein können. Ich würde dich niemals verletzen wollen, Bernie. Lieber leide ich selbst, als dich leiden zu sehen. Doch allein das Wissen ...« Er verstummte und küsste die Knöchel ihrer Hand. Seine Augen waren klar und von einem tiefen Blau. In ihnen spiegelte sich die Tiefe des Meeres und des Himmels wider. »Meine Bernie.« Toms Blick schweifte über den mit Steinen übersäten Weg, über die steilen Felsenklippen. »Seamus hat uns hierhergeführt. Er hätte alles getan, um zum Cliff Walk zu gelangen, um Kathleen wiederzufinden. Ich habe ihm dabei geholfen, weil ich dachte, ich hätte diese Chance bei seiner Mutter verpasst. Doch nun weiß ich, dass ich dich wiedergefunden habe ...«

»Du hast mich nie verloren«, flüsterte sie. »Das könntest du gar nicht, niemals.«
»Es bedeutet mir unendlich viel, allein, zu wissen, dass du darüber nachdenkst.« Seine Stimme war kraftvoll und fest. »Dass du gerne meine Frau geworden wärst ... Ich liebe dich, Bernie.«
»Und ich liebe dich, Tom«, flüsterte sie. In diesem Moment vernahm sie abermals die Worte, so deutlich, dass sie zusammenzuckte: *Sei bereit.*
Die Farbe wich aus seinem Gesicht. Er ließ ihre Hand fallen. Seine Finger krallten sich in den schwarzen Pullover, über dem Herzen, seine Miene war schmerzverzerrt. Sie standen auf dem steinigen Pfad, auf der Klippe hoch über dem aufgewühlten Meer. Der Himmel war wolkenlos, strahlend blau. Bernie sprang vor und fing ihn auf, als er gegen sie taumelte und zu Boden sackte.
»Tom, nein!«
Ein Zittern lief durch seinen Körper, dann lag er reglos da.
»Hilfe!«, schrie sie. »Ist da jemand? Hilfe! O Tom ... bleib bei mir ...«
Doch weit und breit war keine Menschenseele zu sehen, niemand, der helfen konnte. Sie waren allein auf der Klippe an diesem kühlen Oktobertag unter dem strahlend blauen Himmel. Bernie umklammerte ihn und küsste seine Stirn, während unter ihnen die Wellen gegen die Felsen brandeten und die salzige Gischt so hoch spritzte, dass sie spürte, wie sie ihr Gesicht netzte, sie auf seiner Haut schmecken konnte. Ihre Lippen bewegten sich unablässig in lautlosem Gebet, als sie ihn wiegte, ihn an sich drückte, als Tom Kelly in ihren Armen starb.

27

Die Beisetzung fand im Star of the Sea an einem bitterkalten Morgen statt. Schon bei Tagesbeginn war der Himmel bedeckt, dunkle Wolken ballten sich über dem Sund zusammen. Obwohl erst Oktober, war eine kanadische Kaltfront in die Region vorgedrungen; die Temperatur war über Nacht um zwanzig Grad gefallen, so dass sich der Regen, der im Morgengrauen niederging, in Eisregen verwandelte.

Um sechs Uhr morgens war alles mit einer dünnen Eisschicht überzogen, die Gebäude der Academy, der Kirchturm, der Weinberg, die Steinmauer, die kreuz und quer auf dem Anwesen verlief, die Sträucher und Bäume.

Honor war seit Stunden wach. John litt unter Schlaflosigkeit, seit er von Toms Tod erfahren hatte. Sie hatten sich so nahe gestanden wie Brüder, und die Nachricht war ein Schock für ihn gewesen. Tom, der bei Wind und Wetter draußen gewesen war, vor Kraft strotzte und eine unverwüstliche Gesundheit besaß, war einem Herzanfall erlegen.

»Warum musste es ausgerechnet dort passieren?« John lag auf dem Rücken im Bett und starrte zur Decke, als das graue Licht des anbrechenden Tages durch die regennassen Fensterscheiben sickerte. »Auf diesem Weg, wo weit und breit keine Menschenseele war, niemand, der ihren Hilferuf gehört hätte? Warum hatte sie ihr Handy nicht dabei?«

»Keine Ahnung«, erwiderte Honor, die neben ihm lag. »Sie trägt es nicht ständig mit sich herum. Sie muss es im Auto gelassen haben, als sie losgegangen sind.«
»Wenn er sofort medizinisch versorgt worden wäre ...«
»Ich weiß.«
»Er war erst siebenundvierzig.«
»Unfassbar.« Honors Augen füllten sich mit Tränen.
»Ich kann es immer noch nicht glauben, es kommt mir wie ein Alptraum vor.«
»Das geht mir genauso. Ich schaue ständig aus dem Fenster und bilde mir ein, dass ich ihn den Hügel hinaufkommen sehe ...«
»Mir graut vor dem heutigen Tag.«
»Mir auch.« Sie beugte sich zu ihm und gab ihm einen Kuss, dann stand sie auf. Da an Schlaf nicht mehr zu denken war, konnte sie genauso gut Kaffee kochen, um in die Gänge zu kommen. Der Tag würde für alle hart werden. Die Mädchen schliefen noch.
Regis' Freundinnen waren ins College zurückgekehrt. Seamus und Kathleen wohnten in der Academy, doch die Situation war angespannt. Sie wusste von Regis, dass Kathleen schwanger war, und Seamus wirkte seit der Ankunft geistesabwesend und distanziert. Sie konnte es ihm nachfühlen, er musste zu viel auf einmal verkraften. Kathleens Schwangerschaft und Toms Tod waren Erfahrungen von ungeheurer Tragweite, dazu angetan, die Grundfesten des Lebens zu erschüttern.
Gestern Abend hatte sie zufällig gesehen, wie er alleine zum Strand hinunterging, die Hände in den Taschen vergraben. Er wirkte einsam und verloren, doch seine Haltung hatte auch eine unbändige Wut auf Gott und die Welt ausgestrahlt. Sie hatte ihn gerufen, aber er war einfach weitergegangen.

Entweder war er so in Gedanken vertieft, dass er sie nicht gehört hatte, oder er hatte keine Lust gehabt, ihr gegenüberzutreten. Den Empfang, den sie ihrem Neffen bereiten wollte, um ihn im Schoß der Familie willkommen zu heißen, hatte sie sich anders vorgestellt.

Bernie kapselte sich ab, war für niemanden zu sprechen. Sie konzentrierte sich auf die Vorbereitung des Begräbnisses. Honor sah, wie sich ihre Freundin ganz und gar in Schwester Bernadette Ignatius verwandelte, die Ordensfrau, die alles im Griff hatte. Als sie gestern zum Konvent hinübergegangen war, um nach ihr zu sehen, telefonierte sie gerade mit Irland, sich vergewissernd, dass Sixtus, Billy und Niall Kelly mitsamt ihren Frauen bereits auf dem Weg waren. Honor hatte ihr gegenüber am Schreibtisch Platz genommen und das Gespräch zwangsläufig mit angehört. Als Bernie aufgelegt hatte, hatte sie sich Honor zugewandt.

»Ich wollte nur sichergehen, dass sie noch vor Beginn des Eissturms eintreffen.«

»Wann landen sie denn?«

»In zwei Stunden, laut Auskunft von Sixtus' Sekretärin.«

»Sollen John und ich sie am Flughafen abholen?«

Bernie hatte den Kopf geschüttelt und sich Notizen auf dem Schreibblock gemacht. »Nein, das haben die Kellys schon alles erledigt. Chris hat den gesamten Transport organisiert.«

»Was ist mit Seamus?«

»Seamus …« Bei der Erwähnung seines Namens ließ Bernie den Stift fallen und schüttelte den Kopf.

»Wie geht es ihm?«

»Ich mache mir Sorgen, dass er das Weite sucht. Tom und Kathleen, beides zusammen ist schwer zu verkraften.«

»Hat er das gesagt?«

»Er geht mir aus dem Weg. Tom war derjenige, der einen guten Draht zu ihm aufgebaut hat. Ich habe das Gefühl, dass Seamus mir kaum in die Augen schauen kann.«
»Bernie.« Den Kummer ihrer Freundin mit anzusehen hatte ihr das Herz gebrochen. »Ich kann mir vorstellen, was in dir vorgeht – Seamus ist hier, während Tom …«
»Tom hat es ermöglicht, dass er hier ist. Beide, Kathleen und er … O Gott, Honor.«
»Bernie«, hatte Honor leise gesagt und die Hand ihrer Freundin ergriffen.
Bernie schien aus sich herauszugehen, als sie von Seamus sprach, doch dann hatte sie sich wieder in ihr Schneckenhaus zurückgezogen und den Kopf geschüttelt. Ihre Hand hatte sich steif und hölzern angefühlt.
»Ich weiß, was du empfindest, Bernie. Bitte sprich mit mir …«
Bernie hatte reglos dagesessen, wie erstarrt. Ihr Blick war in die Ferne gerichtet, voller Qual, als würde sie abermals vor sich sehen, wie Tom starb. Als sie merkte, dass Honor sie beobachtete, war sie zusammengezuckt.
»Ach Bernie«, hatte Honor geseufzt, Tränen in den Augen.
»Honor, bitte nicht.«
»Er war auch mein Freund. Ich habe ihn wie einen Bruder geliebt. Und du bist Johns Schwester, meine Schwester. Bitte, Bernie, lass deine Gefühle zu …«
»Wenn ich damit anfangen würde, könnte ich das, was jetzt auf uns zukommt, nicht durchstehen.« Bernie war unfähig gewesen, Honors Blick zu erwidern. »Bitte, Honor … lass mich erst einmal die Vorbereitungen treffen, dann sehen wir weiter.«
»In Ordnung«, hatte Honor eingelenkt. Sie hatte Bernie genau beobachtet – die zusammengebissenen Zähne, den

stocksteifen Oberkörper, die zitternden Hände, die Tränen, die in ihren Augen schimmerten. Sie hatte Verzweiflung darin entdeckt, mühsam verhalten, wie ein Vulkan, der jeden Moment auszubrechen drohte. Diese Gefühle zu unterdrücken erforderte übermenschliche Kraft, und die Anspannung machte sich in ihrem Gesicht und Körper bemerkbar. Honor kannte Bernies Einfühlsamkeit, ihre Fähigkeit, anderen Menschen in Zeiten des Kummers und Verlusts beizustehen. Doch angesichts dessen, dass ihre Freundin nun versuchte, den eigenen Kummer zu unterdrücken, hatte sie sich machtlos gefühlt. Das Beste, was sie für Bernie tun konnte, war vermutlich, sie gewähren zu lassen, sie den letzten Vorbereitungen für das Begräbnis des Mannes zu überlassen, den sie über alles geliebt hatte.

Als Honor nun in der Küche stand, die Kaffeekanne mit Wasser füllte und die Kaffeemenge abmaß, betete sie um Kraft für Bernie, um den Tag durchzustehen. Sie drehte den Thermostat der Heizung auf und zog den Bademantel enger um sich. Der Temperatursturz war ungewöhnlich, es war viel zu kalt für die Jahreszeit, und der Tag schien grau in grau zu werden – in Einklang mit der Tragödie, die über ihre Familie hereingebrochen war.

»Hallo, Mom.« Regis betrat die Küche.

»Guten Morgen, Liebes. Wie hast du geschlafen?«

»Nicht besonders gut.« Regis trug einen Pullover mit irischem Muster über ihrem gelben Nachthemd. Sie blickte sie mit hilflosen Augen an wie ein Kind, das einer Ermutigung bedurfte. Honor ging zu ihr und schloss sie in die Arme. »Ich kann es einfach nicht glauben«, sagte Regis. »Wir waren doch gerade noch mit ihm zusammen. Er hat sich so gefreut wegen Seamus und Kathleen … und weil Tante Bernie bei ihm war …«

»Ich weiß, Liebes.«

»Wie konnte das geschehen? Und *warum?*«

»Das weiß niemand«, erwiderte Honor. Keine ihrer Töchter hatte sich auf diese Weise mit dem Tod auseinandersetzen müssen – bei einem Menschen im gleichen Alter wie ihre Eltern, der so energiegeladen, lebendig und gesund wirkte, der ihnen so nahestand. Honors Eltern waren tot, genau wie die Eltern Johns. Die Großeltern der Mädchen gehörten einer früheren Generation an, was ihren Tod in gewisser Hinsicht verständlicher und die Trauer erträglicher machte. Tom zu verlieren, der mitten aus dem Leben gerissen wurde, war für alle unbegreiflich und grausam.

»Ich hoffe, dass niemand sagt ›Seine Uhr ist abgelaufen‹ oder dergleichen.« Regis trocknete sich die Augen.

»Ich auch.«

»Oder ›Gottes Wege sind unerforschlich‹ oder ›Er ist nun bei Gott‹. Ich schwöre, ich bringe jeden um, der so etwas von sich gibt.«

»Du hast recht.« Honor errötete angesichts der Banalitäten, die ihr durch den Kopf gegangen waren, als sie krampfhaft überlegte, wie sie Regis, Agnes und Cece trösten könnte. Wie erklärte man das Unerklärliche? Brendan hatte es gestern Abend treffend zum Ausdruck gebracht. Er hatte seinen jüngeren Bruder Paddy verloren, der an Leukämie gestorben war. Honor hatte gehört, wie er, als sie zusammen am Kamin gesessen hatten, sich mit Agnes über Tom unterhalten hatte. Agnes hatte gefragt: »Aber was für einen Sinn hast du darin gesehen? Was soll man dazu sagen?« Brendan hatte sie an sich gezogen, den Kopf geschüttelt und in die Flammen gestarrt. »Dazu kann man nur eines sagen: Es ist schrecklich. Das ist alles, Agnes. Es ist schrecklich.«

Als sie nun mit Regis in der Küche stand, wusste Honor, dass Brendan recht hatte, dass es keine Worte gab, die über den Verlust hinwegtrösten konnten. Sie beobachtete, wie der Kaffee in die Kanne lief, roch das würzige Aroma und war glücklich, dass ihre Tochter aus dem College heimgekommen war. Sie hörte, wie der Brennofen ansprang und Wärme durch die Rohre leitete. Das Wetter war grauenvoll, doch morgen würde vielleicht wieder die Sonne scheinen. Das Leben würde weitergehen – nein, korrigierte sie sich selbst, es ging bereits weiter, auch ohne Tom. Ein Gedanke, der ihr beinahe unerträglich war.

»Morgen, Dad«, sagte Regis und wischte sich über die Augen, bevor sie ihren Vater umarmte. John betrat die Küche in einem grauen T-Shirt und verwaschenen Jeans, die Augen trüb; die kurzen braunen Haare, von grauen Fäden durchzogen, standen in alle Richtungen ab, weil er sich die ganze Nacht schlaflos im Bett herumgewälzt hatte.

»Hallo, Liebes. Wie geht es dir?«

»Ich weiß nicht. Und dir?«, erwiderte Regis.

Johns Augen verengten sich. Er antwortete nicht. Seine Schultern waren gebeugt, als wäre die Last zu schwer für ihn. Tom und John waren durch dick und dünn miteinander gegangen. Freunde in allen Lebensphasen, von der Schulzeit bis ins Erwachsenenalter, als er sich in Honor und Tom in Bernie verliebt hatte. Tom war Johns Trauzeuge und Regis' Patenonkel gewesen. Sie hatten in der Steinmauer, die sich über das Anwesen zog, die gemeinsame Geschichte ihrer Familien entdeckt, die sie auf getrennten Wegen nach Irland führte, wo sich ihr Leben nachhaltig geändert hatte.

Tom war maßgeblich an Johns Haftentlassung beteiligt gewesen, und viele Jahre zuvor hatte John ihm beigestanden, als er wegen Bernies Wunsch, ins Kloster einzutreten, am

Boden zerstört war, oder vor wenigen Wochen, als sie beschlossen hatte, in der Ordensgemeinschaft zu bleiben. Honor wusste also, dass Regis' Frage nach dem Befinden ihres Vaters einfach schien, die Antwort für John aber tiefgründig war.

»Es wird schon wieder, Regis«, sagte er nach einigen Minuten. »Doch im Moment ist es schlimm für mich.«

Regis' Augen weiteten sich. Obwohl sie schon zwanzig war und die Situation kannte, konnte sie den Gedanken nicht ertragen, dass es ihrem Vater schlechtging. Honor nahm sie in die Arme.

»Es ist für uns alle schlimm«, sagte Honor. »Ich bin sicher, dass alles gut wird, aber der heutige Tag ist eine Qual. Wir werden ihn gemeinsam durchstehen.«

»Hast du mit Tante Bernie gesprochen?«, fragte Regis.

»Sie hat noch viel zu erledigen«, antwortete Honor ruhig und dachte an den gestrigen Tag, an den Ausdruck in Bernies Augen.

»Sie geht jedem Gespräch aus dem Weg«, berichtete John. »Ich bin zu ihr in den Konvent gegangen, kurz nachdem es passiert ist, und gestern habe ich nochmals einen Anlauf unternommen. Sie bat mich beide Male, ein andermal wiederzukommen, sie habe zu tun.«

»Wie ich bereits sagte, sie hat noch viel zu erledigen«, erklärte Honor beharrlich.

»Wenn sie so weitermacht, wird sie noch den Verstand verlieren«, meinte John.

»Was soll denn das heißen?«

»Genau das, was ich sagte. Sie ist völlig aufgelöst, doch das würde sie nie zugeben. Wenn sie aufhören würde, sich mit tausend Dingen zu beschäftigen, und zum Nachdenken käme, würde sie in Scherben zerspringen. Ich kenne meine

Schwester. Ich hoffe, dass sämtliche Engel und Erzengel ihr beistehen, denn die wird sie brauchen. Toms Tod ist ein unsäglicher Verlust für uns alle, besonders aber für Bernie.«

»Und ausgerechnet jetzt ist Seamus auf Star of the Sea, nach so vielen Jahren«, sagte Honor. »Wie glücklich Tom gewesen wäre … O Gott.«

»Seamus geht im Moment durch die Hölle«, erklärte John.

Honor blickte Regis an. Sie zitterte, als würde sie wieder das Bild vor sich sehen, wie ihr Vater Mirandes Wagen entgegengeeilt war, als sie ins Star of the Sea einbogen. Bernie hatte ihn aus Newport angerufen und ihm mitgeteilt, was geschehen war. Es war Johns erste Begegnung mit Seamus, und er musste ihm sagen, dass sein Vater gerade gestorben war.

»Armer Seamus«, seufzte Regis. »Er war am Boden zerstört, als er von Kathleens Schwangerschaft erfuhr. Ich habe sein Gesicht gesehen, als sie es ihm sagte. Er war schweigsam, hat während der ganzen Fahrt kaum ein Wort geredet. Und als ich Dads Gesicht sah … Ich schwöre, ich wusste im selben Moment Bescheid …«

»Wie geht es jetzt mit Seamus und Kathleen weiter?«, fragte Honor.

»Mom, lass ihnen Zeit, ein Problem nach dem anderen in Angriff zu nehmen. Heute müssen wir Tom zu Grabe tragen.« Als sie Honors Miene sah, umarmte sie ihre Mutter. »Es tut mir leid, dass ich dich angefahren habe. Aber es ist alles ein bisschen viel auf einmal. Ich denke, dass Seamus uns verlassen wird, sobald die Beerdigung vorüber ist.«

»Wie kommst du darauf?«

»Er sah so ausgelaugt aus, als er gestern zum Strand ging«, antwortete Regis. »Kein Wunder, wenn man eine Frau ein Leben lang liebt und dann erfährt, dass sie ein Kind von einem anderen erwartet.«

»Ich habe ihn auch unten am Strand gesehen«, sagte John. »Ich habe noch überlegt, ob ich zu ihm gehe, aber er hat mir einen derart finsteren Blick zugeworfen …«

»Er hat viel durchgemacht«, meinte Honor eingedenk dessen, was Bernie ihr über Seamus' bisheriges Leben erzählt hatte. Würde es ihm gelingen, das alles zu verkraften? Sie dachte daran, wie sehr er Kathleen liebte und wie verzweifelt er sein musste, dass sie ein Kind von einem anderen erwartete. Bernie hatte befürchtet, dass er das Weite suchen würde. Sie betete nur, dass er damit bis nach der Beerdigung wartete. Um seiner selbst und um Bernies willen.

»Dieser Eisregen ist grauenhaft«, sagte Regis, die zum Fenster gegangen war und hinausblickte, entrüstet. »Dabei haben wir erst Oktober. Die Kälte ist völlig untypisch für die Jahreszeit. Regen wäre schon schlimm genug, aber Eis macht alles noch schlimmer. Grauenvoll, dieses trübsinnige Wetter!«

»Stimmt«, pflichtete Agnes ihr bei, die gerade die Küche betrat.

»Ich spüre dieses nasskalte Wetter in den Zehen und Fingern«, sagte Cece, die ihr unmittelbar folgte. Cece war erst zwölf und begann zu weinen. »Onkel Tom hätte diesen Tag gehasst.«

»Wie kommst du darauf?« Honor umarmte sie. »Er war Landschaftsgärtner. Ihm war jedes Wetter recht. Regen, Sonne, für ihn spielte das keine Rolle. Er sagte immer, die Kälte sei unabdingbar für die Pflanzen, Zwiebelgewächse und Sträucher. Er sagte: ›Einen guten Winterschlaf wünsche ich euch in der kalten Erde; wir sehen uns im nächsten Frühjahr …‹« Honors Kehle war plötzlich wie zugeschnürt. Sie würden Tom nicht wiedersehen, weder im nächsten Frühjahr noch sonst wann.

»Und dennoch hat Cece recht«, meinte John. »Den Eisregen mochte Tom nicht. Er war zu schwer für die Pflanzen. Nach jedem Eissturm machte er sich Sorgen, dass die Äste der Bäume und Sträucher unter dem Gewicht nachgeben könnten.«
»Trotzdem ist das Eis schön«, entgegnete Agnes, die den Arm um Regis gelegt hatte und aus dem Fenster blickte. Ein zarter silberner Schimmer bedeckte alles, was sich in Sichtweite befand: jeden Grashalm, jedes Blatt, jeden Stein in der Mauer. »Wie traurig, dass Onkel Tom es nicht mehr sehen kann … nie mehr …«
Honor blickte zu John hinüber, um zu sehen, wie er die Worte aufnahm. Seine Augen waren vor Kummer verhangen, als er sich nun auf die Bank setzte und Socken und Stiefel anzog. Auch ohne Worte wusste sie, was er vorhatte – fotografieren. Er war Künstler mit Leib und Seele und konnte dieses außergewöhnliche Schaupiel der Natur nicht ignorieren. Er schlüpfte in seine Jacke, setzte eine Mütze auf und griff nach seiner Kamera.
»Wann kommst du zurück?«, fragte sie.
»Rechtzeitig«, erwiderte er.
Sie sahen sich an. Honor wusste, er meinte, rechtzeitig zur Beisetzung. Sie nickte, dann küsste und umarmte sie ihn. Obwohl sie wusste, wie stark er war, verspürte sie den Wunsch, ihn zu beschützen, zu verhindern, dass er durch die Tür trat. Doch die Kunst war für ihn die einzige Möglichkeit, seine Trauer zu verarbeiten. Und das galt auch für sie. Sie würden ihr Leben fortsetzen müssen, auch wenn Tom Kelly, ihr bester Freund, gestorben war.
Honor hielt die Tür auf, als John in die Kälte hinaustrat. Dann drehte sie sich um, kehrte in die Wärme ihrer Küche und in die Umarmung ihrer Töchter zurück.

Während John ausschritt, machte er Fotos. Star of the Sea hatte bei einem Eissturm etwas Stilles und Zerbrechliches, als wäre es in einen hundertjährigen Schlaf versunken oder in einen gläsernen Sarg gebettet. Er ging zielstrebig zur Mauer und nahm sie von allen Seiten auf, aus verschiedenen Winkeln, hielt den Einfall des Lichts fest, die Eiskristalle, die das Gestein mit funkelnden Diamanten überzogen. John ging zu der Stelle, an der Tom und er die Kassette gefunden hatten – versteckt von Cormac Sullivan, Johns und Bernies Vorfahren.

Sie hatte Schätze aus der irischen Vergangenheit der Familie enthalten, Zeichen der harten Arbeit als Steinmetze und des Wunsches, ein besseres Leben für die Menschen zu schaffen, die sie liebten. Für John hatte sie jedoch Schätze anderer Art enthalten – Erinnerungen, Ziele und Träume, die er mit einem Mann teilte, den er wie einen Bruder liebte.

Als er mit weit ausholenden Schritten an der Mauer entlangging, spürte er, wie der Eisregen seinen Nacken durchnässte, gegen sein Gesicht prasselte. Er hob die Kamera, um auf den Auslöser zu drücken, doch dann hielt er inne. Das Wetter war bewegte Kunst. Er konnte ein Bild nach dem anderen aufnehmen, doch das Fotografieren lenkte ihn von sich selbst ab, von den Gefühlen für seinen Freund.

Er nahm auf der Mauer Platz, als wäre es ein sonniger Morgen, ein der Jahreszeit entsprechender milder Oktobertag statt eines heftigen Eissturms. Und als säße Tom neben ihm.

John blickte die Anhöhe hinab, über das Anwesen rund um die Academy – den Weinberg, in dem gerade die Lese stattgefunden hatte, die Gärten, in Rechtecken angelegt, die niedrigen Hügel, die zum Strand führten, wo der Sand bereits einen Großteil des Labyrinths bedeckte, eine Installation, die er letzten Monat geschaffen hatte. Tom hatte dafür gesorgt, dass hier alles wie am Schnürchen lief, während John in Irland im Gefängnis saß. Tom hatte dieses Fleckchen Erde geliebt, weil es seiner Familie gehört hatte, doch vor allem Bernies wegen.

Gib gut auf sie acht.

John hätte schwören mögen, dass er die Worte gehört hatte, klar und deutlich.

»Das werde ich«, gelobte er laut. »Du weißt ja hoffentlich, was du mir damit aufbürdest. Auf meine Schwester achtzugeben ist genauso leicht, als würde ich versuchen, einen Wirbelwind zu bändigen.«

Er konnte beinahe hören, wie Tom stillvergnügt in sich hineinlachte. Sie hatten im Lauf der Jahre oft darüber gesprochen, wie frustriert Tom über das Verhalten von Schwester Bernadette Ignatius war. Sie hatte nicht nur ihren eigenen Kopf, sondern war *starrköpfig.* Spirituell aufgeladen, mit einer Energie, die für zehn gereicht hätte, und einem direkten Draht zu keinem Geringeren als dem Herrgott persönlich, mit der Jungfrau Maria als Sprachrohr.

Als er ein Krachen über sich hörte, dachte er einen Moment, es hätte gedonnert, doch es war ein Ast, der von einer nahe gelegenen Kiefer abbrach. John konnte die frische Wunde im Stamm ausmachen, rissig und der Witterung preisgegeben, während der Ast unheilvoll herabbaumelte. Er eilte hinüber. Cece hatte recht, Tom würde diesem Wetter nicht viel abgewinnen können.

Als er an der Kiefer hinaufblickte und die von einer Eisschicht umhüllten Nadeln betrachtete, spürte John, wie ihn abermals eine Welle der Traurigkeit überkam. Tom hatte jeden einzelnen Baum auf dem Anwesen gekannt und geliebt, jede einzelne Kiefernnadel. Er hatte das Land mit Hingabe

gehegt und gepflegt, ohne etwas anderes von Bernie zu verlangen als die Chance, ihr seine Liebe zu beweisen.
Honor hatte recht, Tom wäre überglücklich zu wissen, dass sein Sohn auf Star of the Sea weilte. Die Vorstellung barg für John eine solche Tragik, dass ihm die Tränen kamen. Bei dem Gedanken, was Tom versäumte, schüttelte er den Kopf. Ganz gleich, ob Schicksal oder was auch immer, es war unfair. Seamus war endlich hier, und Tom durfte es nicht mehr erleben, lag tot in einem Sarg. Als der Junge geboren wurde, hatte Tom ihn aus dem Krankenhaus in Dublin angerufen.
»Ich habe einen Sohn«, hatte er gesagt.
»Gratuliere!«
»Er ist gesund und munter, und Bernie auch.«
»Prima, Mann.« John hatte kurz innegehalten. Ihm graute vor der nächsten Frage. »Steht ihr Entschluss immer noch fest?«
»Bisher hat sie ihre Meinung noch nicht geändert, aber ich sehe, wie sie ihn anschaut. Es kann nicht mehr lange dauern, bis sie sich eines Besseren besinnt.«
»Wirklich? Du glaubst, sie wird ihn behalten?«
»Ja. Sie hat gar keine andere Wahl! Du solltest die beiden sehen, John. Wie sie ihn in den Armen hält, stillt, ihn anschaut. Er hat meine Augen, hat sie gesagt …«
»Der Ärmste.«
»Finde ich auch. Aber er hat ihre Haare als Ausgleich. Zarter roter Flaum, zum Anbeißen. Mein Gott, er ist so hübsch, der kleine Kerl. Ich möchte, dass du sein Pate wirst.«
»Tom, liebend gerne …«
»Das heißt, zuerst muss Bernie die ganze Geschichte rückgängig machen, der Klinik und den Nonnen mitteilen, dass sie ihre Meinung geändert hat, dass wir ihn behalten werden. Ich bin hundertprozentig sicher, dass es so kommen wird.

Sie bringt es nie im Leben übers Herz, ihn wegzugeben. Du solltest die beiden sehen.«

Ach Tom, dachte John. Sie hatten sich alle in Bernie getäuscht. Sie war ihrer tiefsten Berufung gefolgt. Tom hatte seine Beziehung zu ihr aufrechterhalten, auf eine rein platonische Freundschaft beschränkt, hatte die Liebe zu ihr unterdrückt. John würde Bernie gegenüber kein Wort verlauten lassen, aber er fragte sich, ob ihn nicht das Leugnen seiner stärksten Bedürfnisse am Ende das Leben gekostet hatte.

Plötzlich hörte er ein Klirren, ein heftiges und dennoch zartes Geräusch, das von einer tiefer gelegenen Stelle des Hügels heraufdrang. Als er hinunterspähte, sah er Bernie in schwarzem Habit und Schleier zwischen zwei riesigen Stechpalmen stehen. Sie hielt eine lange Holzstange in der Hand und schlug damit ein einziges Mal auf jeden Baum ein, so dass die Eisschicht auf den glänzenden grünen Blättern und traubenförmig angeordneten roten Beeren zersplitterte wie zerbrochenes Glas, das auf sie herabregnete.

28

John eilte den Hügel hinunter, von der Steinmauer zum Stechpalmengehölz. Bernie blickte auf, als sie ihn kommen sah, stumm, ohne Gruß. Sie fuhr einfach fort, das Eis von den größten Ästen der kunstvoll gewundenen und knorrigen alten Stechpalmen zu schlagen.

»Was tust du da, Bernie?«

»Die Stechpalmen brechen unter dem Eis zusammen.«

»Nein, keine Sorge.« Sie hielt mit bloßen Händen die Holzstange umklammert. Die Finger waren rot vor Kälte und sahen aus, als wären sie festgefroren. »Lass es gut sein. Geh rein und wärm dich auf.«

»Du verstehst nicht. Diese Gewächse sind sehr alt. Sie wurden von Toms Urgroßvater gepflanzt. Die Äste sind so zerbrechlich, ich muss sie schützen.«

»Bernie«, sagte John sanft, erschüttert von dem Ausdruck in ihren Augen, »das Eis schmilzt, sobald sich der Eisregen in Regen verwandelt. Die Stechpalmen werden keinen Schaden nehmen.«

»Tom ist immer bei schlechtem Wetter hinausgegangen. Wenn zu viel Schnee auf den Ästen lag, schüttelte er ihn herunter. Und bei einem Eissturm kümmerte er sich persönlich um sie, als würde er jede Stechpalme kennen und lieben. John, wusstest du, dass die Blüten zweihäusig sind, also weiblich oder männlich sein können? Damit sie Beeren hervorbringen? Das hat mir Tom erzählt. Er wusste so viel über das Land, über jede einzelne Pflanze, die hier wächst.«

»Er wusste eine Menge. Er hat Star of the Sea geliebt.« John konnte sich gerade noch verkneifen, hinzuzufügen: Und dich am allermeisten.

»Francis X. Kelly hat diese Bäume und Sträucher gepflanzt oder anpflanzen lassen. Was er wohl davon gehalten hätte, dass sein Urenkel hier Landschaftsgärtner war?«

»Er wäre mit Sicherheit stolz gewesen.« Die Worte hallten in Johns Ohren nach. Er sah Bernie an, ihr Gesicht war angespannt.

»Wie sollen wir nur ohne ihn zurechtkommen?«, fragte Bernie mit rotgeränderten Augen. »Woher wissen wir, welche Gartenarbeiten im Wechsel mit den Jahreszeiten anfallen?« Und als wäre John nicht vorhanden, hob sie abermals die Stange und stieß damit gegen einige vereiste Blätter; aber sie war nicht mehr mit dem Herzen dabei. »Er wusste genau, wann die Rosen beschnitten oder die jungen Buchsbäume mit Rupfen zugedeckt werden müssen oder welche Art der Pflege die ältesten Gewächse auf dem Anwesen brauchen, die Stechpalmen und Kalmien, die Francis X. Kelly noch zu seinen Lebzeiten gepflanzt hat. Er hielt sie in Ehren, weil sie ein Bindeglied zu seiner Familie darstellten.«

»Wir waren auch seine Familie.«

»Aber diese Sträucher sind alt und selten«, entgegnete Bernie, als hätte sie Johns Worte nicht gehört, und runzelte die Stirn. »Was tun wir, wenn der Sturm sie beschädigt?«

»Bernie, darüber sollten wir uns jetzt nicht den Kopf zerbrechen«, erwiderte John sanft und griff nach der Holzstange.

»Aber das müssen wir!«, rief sie und wich zurück. »Weil das Eis heute darauf lastet! Wenn ich mich nicht gleich darum kümmere, könnte die Stechpalme splittern und bersten, und dann ist es zu spät! O John, das kann ich nicht zulassen! Ich habe Tom auch so schon genug angetan!«

John nahm seiner Schwester die Holzstange aus der Hand, ließ sie krachend zu Boden fallen und zog Bernie an sich.

»Bernie, das darfst du dir nicht antun.«

»Ich glaube, er starb an gebrochenem Herzen«, schluchzte sie.

»Es war ein *Herzanfall*«, entgegnete John. »Unverhofft und schrecklich, aber es war nicht deine Schuld. Denk doch, Bernie, er starb in dem Wissen, dass er Seamus nach Amerika gebracht und ihm geholfen hat, Kathleen zu finden. Alle waren zusammen – genau das hat sich Tom immer gewünscht.«

»Ja«, ertönte eine Stimme hinter ihnen.

Bernie im Arm, drehte John sich um. Es war Seamus unter einem schwarzen Regenschirm. Er trat einen Schritt vor und hielt den Schirm schützend über Bernie.

»Seamus.« Bernie sah ihn erschrocken an.

»Dein Bruder hat recht, genau das hat Tom sich gewünscht.«

Bernie beeilte sich, die Tränen wegzuwischen. Sie riss sich zusammen, sammelte Kraft aus dem Nichts, für Seamus. Sie zitterte noch, aber ihr Blick war unverwandt auf Seamus gerichtet. So gerne John ihr auch eine Stütze gewesen wäre, ihr geholfen hätte, ihre Fassung wiederzugewinnen und in den Konvent zurückzukehren, er konnte geradezu hören, wie sein alter Freund Tom ihm zuflüsterte, die beiden alleine zu lassen.

»Hallo, Seamus«, sagte er.

»John«, erwiderte Seamus.

»Bernie, ich muss jetzt gehen. Honor braucht mich im Haus.«

Bernie nickte. Sie hatte kaum einen Blick für ihn übrig.

John sah, wie Seamus sie vor dem Eisregen schützte. Seine Kehle war wie zugeschnürt, als er daran dachte, wie oft er Bernie und Tom bei einem Spaziergang im Regen unter einem schwarzen Schirm gesehen hatte. Tom hätte sich über die Aufmerksamkeit seines Sohnes gefreut. Und er hörte abermals, wie Tom Kelly ihm sagte, er solle Bernie endlich mit ihrem Sohn alleine lassen.
Eine Aufforderung, der er umgehend Folge leistete.

»Seamus«, sagte Bernie, »geh ins Haus. Es ist eisig draußen.«
»Ich habe vom Fenster aus gesehen, wie du auf den Baum losgegangen bist. Ich wollte wissen, was du da machst.«
»Ich habe nur das Eis heruntergeschlagen. Der Baum ist alt, und Tom hat ihn gehegt und gepflegt.« Sie sah Seamus an. Die Stechpalme war ihr wichtig erschienen, doch es gab Wichtigeres. »Lass uns hineingehen.«
Sie kamen nur langsam auf dem schmalen gewundenen Weg voran. Der Boden war glatt, und Bernie rutschte immer wieder aus. Seamus hielt den Schirm über sie. Nach ein paar Minuten trat er näher zu ihr und schob ihren Arm durch seinen.
»Damit du nicht ausrutschst«, sagte er.
»Gibt es in Irland auch solche Eisstürme?«
»Nein. Das Klima ist im Allgemeinen gemäßigter. Aber die Eiskristalle sind wunderschön.«
»Das sind sie wohl.« Bernie blickte sich auf dem Campus um und versuchte ihn mit Seamus' Augen zu betrachten. Überall glitzerte es, auf den hohen Blautannen, den Schieferdächern, auf dem weitläufigen Zufahrtsweg und den Eibenhecken. Sie zitterte innerlich, bemühte sich jedoch, sich nichts anmerken lassen. War er gekommen, um sich zu ver-

abschieden? Sie hatten kaum ein Wort miteinander gewechselt. Und sie hatte ihn auch nur selten in Gesellschaft von Kathleen gesehen. Seine Welt war aus den Fugen geraten, und sie wusste nicht, was sie ihm sagen oder wie sie ihm helfen sollte.

»Seamus«, begann sie.

»Es ist schwer«, erwiderte er.

»Ich weiß.« Ihr Herz klopfte.

»Ich habe gehört, was dein Bruder gesagt hat. Bei den Stechpalmen.«

»Was hat er gesagt?«

»Über Tom. Dass es so war, wie er es sich immer gewünscht hatte ... am letzten Tag, als wir alle für eine kleine Weile zusammen waren.«

»Glaubst du?« Bernie sah ihn an. Während sie auf seine Antwort wartete, lauschte sie dem Eisregen, der auf den Schirm prasselte.

»Du warst nicht dabei, als er mich in Dublin aufgesucht hat«, erklärte er brüsk.

»Nein. Er hat mir nicht verraten, was er vorhatte.«

»Er hat mir einiges erzählt.«

»Ich weiß, es gab vieles, was er dir sagen wollte.«

»Dazu hatte er kaum Gelegenheit. Ich bin mit Fäusten auf ihn losgegangen.«

»Ich weiß, dass er dich geliebt hat.« Sie blickte in Seamus' Augen. »Von Geburt an. Und vorher. Er wollte ...« Sie holte tief Luft. »Er wollte dich behalten.«

»Wirklich?«

Bernie nickte und senkte den Kopf, so dass der Schleier über ihr Gesicht fiel und ihre Augen verdeckte. »Unbedingt, mehr, als du dir vorstellen kannst.«

»Und du wolltest nicht?«

»So war das nicht«, flüsterte sie. »Ich war berufen, Seamus.«
»Berufen, mich wegzugeben?«
»Nein. Gott zu lieben und zu dienen, ins Kloster einzutreten.«
Seamus schloss die Augen. Woran mochte er denken? Bernies Herz klopfte. Die Worte kamen aus tiefstem Herzen, aber wie mochten sie in den Ohren ihres Sohnes klingen?
»Tom und ich mussten all die Jahre mit meiner Entscheidung leben. Es stellte sich heraus ... nun, dass es für uns beide nicht einfach war. Wir haben nie aufgehört, an dich zu denken, zu beten, dass du glücklich und geliebt sein würdest.«
Ein heftiger Wind kam auf, die Böen drohten den Schirm umzuschlagen. Seamus schwieg, damit beschäftigt, ihn wieder unter Kontrolle zu bringen.
»Seamus, ich weiß, es war schrecklich für Tom. Das ist etwas, womit ich leben muss. Doch darüber hinaus tut es mir unsäglich leid, dass auch du unter meiner Entscheidung leiden musstest. Ich habe nie gewollt, dass du in einem Heim aufwächst. Ich dachte, du hättest Aufnahme in einer liebevollen Familie gefunden ...« Sie verstummte, als sie daran dachte, wie Schwester Eleanor Marie diese Möglichkeit vereitelt hatte. Sie hatte einen Brief von Schwester Theodore erhalten, in dem es hieß, Eleanor Marie sei von ihrem Amt als Äbtissin entbunden und vor die Untersuchungskommission des Ordens zitiert worden.
»Eine liebevolle Familie?«, sagte Seamus. Bernie verkrampfte sich. Würde er ihr nun eröffnen, dass er Star of the Sea verlassen wolle? Sie hatte die Qual in seinen Augen gesehen – und verhaltenen Zorn, noch immer, selbst jetzt, während er mit dem Regenschirm kämpfte. Sie dachte an alles, was er im Lauf der Jahre durchgemacht hatte – keine Mutter,

keinen Vater, keine unbeschwerten Weihnachtsfeste im Kreis der Familie … Sie dachte an die Kindheit, die Kathleen und er gehabt hatten … Die Enttäuschung, die er bei ihr spürte, wirkte wahrscheinlich auch in ihm bis zum heutigen Tage nach.

»Seamus«, flüsterte sie.

Er blickte sie an, und ihr Herz klopfte. Sie hätte gerne seine Hand ergriffen und ihn zum Bleiben überredet. Wenn er Star of the Sea vor der Beisetzung seines Vaters verließ, würde dieses Kapitel für ihn nie abgeschlossen sein. Ihre Liebe zu ihm war unendlich groß, aber sie wusste, dass sie ihn gehen lassen musste, wenn es sein Wunsch war.

»Es gibt verschiedene Arten von liebevollen Familien«, erwiderte Seamus leise.

»Was meinst du damit?«

»Ich hatte die Schwestern.«

»Und du hast dich von ihnen geliebt gefühlt?«

Er nickte und machte ihr damit das größte Geschenk.

»Von ihnen und von Kathleen.«

Bernie schluckte. Sie hätte ihn gerne gefragt, welche Pläne er in Bezug auf Kathleen hatte, aber sie war sich nicht sicher, ob sie das Recht dazu besaß. Sie hatte die beiden in Räumen untergebracht, die sich in verschiedenen Flügeln befanden, durch den Innenhof der Academy voneinander getrennt – genau wie Schwester Anastasia damals im Kinderheim St. Augustine's. Vielleicht hatten sie sich über den »Graben« hinweg zugewunken, der sie voneinander trennte, doch möglicherweise hatte Kathleens Schwangerschaft die Beziehung zerstört, noch bevor eine Chance bestand, sie wieder aufzubauen.

»Wie geht es Kathleen?«, fragte Bernie.

»Sehr gut«, antwortete Seamus zu Bernies Verwunderung.

»Ich habe euch selten zusammen gesehen«, fuhr Bernie zögernd fort.
»Wir haben uns bemüht, niemandem im Weg zu sein. Angesichts all dessen, was geschehen ist …«
»Ich habe dich immer nur kurz gesehen, im Refektorium oder bei einem Spaziergang, aber ich hatte den Eindruck, als wärst du völlig außer dir …«
»Es war ein Schock zu erfahren, dass sie schwanger ist«, gestand Seamus.
»Ja.« Bernie dachte an die Zeit zurück, als sie es Tom gesagt hatte.
»Das hatte ich nicht erwartet, aber … ich bin mir nicht sicher, ob es wichtig ist. Wir sind füreinander bestimmt.«
»Heißt das … du bleibst bei ihr, so oder so?«
»Ich liebe sie«, sagte Seamus mit hitzigem, stolzem Blick. »Und ich möchte, dass wir zusammenbleiben.«
»O Seamus.«
»Egal, was geschieht.«
»Hast du es ihr schon gesagt?«
»Natürlich. Ich könnte es nicht ertragen, dass sie sich Sorgen macht.«
»Du bist ein Mann, wie man ihn sich nur wünschen kann. Tom wäre stolz auf dich.«
Er zuckte mit den Schultern. Seine Miene war weicher geworden, doch sein Blick war stetig und fest. Gegen den Wind ankämpfend, hatten sie einen großen Bogen von der meerwärts gelegenen Seite der Academy zum Innenhof geschlagen. Die von Francis X. Kelly aus Belgien importierten Pflastersteine glitzerten unter der Eisschicht. In dem Moment trafen die ersten Autos mit den Trauergästen ein. Bernie, die mit Seamus das Geschehen aus einiger Entfernung verfolgte, hätte sich am liebsten verkrochen. Sie wünschte, sie könnte

hinten in der Kirche stehen, Toms Sarg auf den Friedhof folgen und dann still und heimlich verschwinden.
»Du hattest eine Vision, ist das richtig?«, fragte Seamus plötzlich.
Sie nickte. »Ja.«
»Und Maria sagte dir, was du tun sollst? Dass du mich weggeben und ins Kloster eintreten sollst?«
»Ich dachte, das hätte sie damit gemeint. Ihre Anwesenheit schien zu bestätigen, was ich tief in meinem Inneren empfand. Ich hatte den brennenden Wunsch, Gott zu lieben und ihm zu dienen. Aber ihre Worte könnten auch eine andere Bedeutung gehabt haben. Das wurde mir erst beim zweiten Mal klar, an dem Tag, als Tom starb.«
»Ich verstehe nicht.«
Bernie schluckte. Sie hatte niemandem von ihrer letzten Marienerscheinung erzählt. Sie wusste, wie schnell solche Neuigkeiten die Runde machten, wie sich eine tiefgreifende persönliche Erfahrung in eine Begebenheit verwandelte, zu der die ganze Kirche Stellung nahm. Doch die Art, wie Seamus sie ansah – mit Toms blauen Augen –, machte ihr bewusst, dass sie ihn einweihen musste.
»Maria erschien mir an jenem Morgen, bevor Tom mich im Star of the Sea abholte, um mit mir zum Flughafen zu fahren, wo wir auf deine Ankunft warteten.«
»Was hat sie gesagt?«
»Sie sagte: ›Sei bereit.‹« Bernie sah ihn an. Sie dachte an den Cliff Walk. Tom hatte seinen letzten Atemzug an einem Ort getan, der den Klippen von Moher glich, wo sie ihren Sohn gezeugt hatten. Die Erinnerung hatte sie so gefangen genommen, dass sie die Gegenwart vergessen hatte. »Aber ich war nicht bereit …«
In diesem Augenblick trafen die Kellys ein. Schwarze Lin-

coln-Limousinen und Cadillacs strömten auf den Parkplatz, und die schwarz gekleideten Mitglieder der Familie begaben sich auf den Weg zur Kapelle. Chris aus Hartford, Sixtus, Niall und Billy aus Dublin. Sixtus entdeckte Seamus und Bernie, und die Brüder aus Dublin eilten herbei.

»Er hatte das typische Kelly-Herz«, sagte Sixtus mit Tränen in den Augen und umarmte Bernie.

»Daran kann es keinen Zweifel geben«, erwiderte Bernie. »Er war so stark und mutig.«

»Und es hat versagt«, meinte Niall. »Viel zu früh ...«

»Unser Vater starb auch viel zu jung«, ließ sich Billy vernehmen. »Ohne ersichtlichen Grund. Eine unsägliche Tragödie.«

»Herzliches Beileid, mein Junge«, sagte Sixtus und umarmte Seamus. »Niall, Billy – das ist Seamus. Tom war sehr stolz auf ihn.«

Daraufhin schlossen alle Kelly-Cousins Seamus in die Arme und sagten ihm, er solle nicht vergessen, dass er eine Familie in Dublin habe, die sich freuen würde, ihn zu sehen, er sei stets willkommen am Merrion Square und möge sich dort wie zu Hause fühlen. Bernie beobachtete, wie er die Worte aufnahm – mit aufrechtem Körper, um Zurückhaltung bemüht, doch seine Augen leuchteten vor Stolz. Sixtus ging seinen Brüdern in die Kapelle voran und sagte Seamus, er wolle später noch etwas mit ihm besprechen.

Seamus wandte sich Bernie zu. Seine Miene verriet, dass er zwischen Freude und Kummer hin- und hergerissen war.

»Sie sind nett«, sagte er.

»Sie haben Tom geliebt. Und sie werden dich ins Herz schließen.«

»Ihr Vater starb an einem Herzanfall?«

»Ja.«

»Vielleicht hat Tom das schwache Herz geerbt.«
»Möglich wäre es. Wir dachten immer, er wäre kerngesund. Er arbeitete an der frischen Luft, hatte eine gute Kondition … Doch das war ein Trugschluss. Ich hätte es besser wissen müssen. Ich war gewarnt worden.«
»Deine Vision?«
Bernie nickte. Sie schloss die Augen und dachte daran, wie Maria neben ihr gestanden hatte, die Hand an ihrer Wange, wie sie ihr liebevoll etwas zuflüsterte …
»Sie meinte, du solltest auf Toms Herzanfall vorbereitet sein?«
Bernie nickte erneut, innerlich ausgebrannt.
»Das glaube ich nicht. Zugegeben, du als Nonne weißt es vermutlich besser als ich, aber ich denke, du hast die Worte falsch gedeutet.«
»Was könnte denn sonst damit gemeint sein?«
Plötzlich ergriff Seamus ihre Hände. Seine Augen, die sie eindringlich anblickten, brannten. Sie hätte schwören können, Tom vor sich zu haben, und ihre Knie wurden weich.
»Das Geschenk.«
»Das Geschenk?«
»Ja, das Geschenk, das man am wenigsten erwartet. Sei dafür bereit, jeden Tag. Es ist die einzige Art, das Leben zu meistern …«
»Wovon sprichst du?«
»Von einer Gewohnheit, die ich in St. Augustine's angenommen habe. Sie half mir auch später, als ich das Heim verließ und … nun ja, auf der Straße lebte. Sie war die Antriebskraft, die mich bewog, meine Suche nach Kathleen fortzusetzen.«
Bernies Haut prickelte, ein Schauder lief über ihren Rücken. Seamus sprach über den Glauben – Überzeugung in Ermangelung hieb- und stichfester Beweise, Erleuchtung, die durch

Gebet erlangt wurde, Erkenntnis, dass es sichtbare und unsichtbare Kräfte gab. Sie dachte an den steilen Saumpfad in Newport und jene anderen Klippen in Irland.
»Und dann kamt ihr beide. Tom und du. Ich hatte nie damit gerechnet, dass ihr mir helfen würdet oder dass ich eure Hilfe annehmen würde. Aber ich nahm sie an. Und ließ mir auch von Sixtus helfen. Und deswegen …«
»Hast du Kathleen gefunden.«
Seamus nickte. »Es ist nicht perfekt. Ich behaupte nicht, ich hätte mir je träumen lassen, dass sie schwanger sein könnte, aber im Grunde spielt es keine Rolle. Ich liebe sie. Es kommt jeden Tag vor, dass Leute Kinder großziehen, die nicht die leiblichen Eltern sind. Kathleen und ich wissen das besser als jeder andere.«
»Danke, Seamus.« Bernie dachte an die Muttergottes, die von dem kleinen Altar in der Blauen Grotte herabgestiegen war. Sie hatte ihr ein Geschenk gemacht, sie an ihren Glauben erinnert, sie in der Stunde tiefster Dunkelheit zum Licht geführt. Sie dachte an Toms Cousins, die den weiten Weg von Dublin gekommen waren und Seamus im Schoß der Familie aufgenommen hatten – wobei sie keinen Zweifel an der Bereitschaft dieser vier wunderbaren Iren hegte, Vaterstelle an ihm zu vertreten. »Danke, dass du mir geholfen hast, mir über einiges klarzuwerden.«
»Du wusstest es bereits«, sagte er.
»Vielleicht. Vielleicht habe ich es nur vergessen.«
Er nickte, und sie sahen sich schweigend an, da es in diesem Augenblick keiner Worte bedurfte.
»Du siehst gut aus«, sagte Bernie schließlich. Er hatte den schwarzen Anzug an, den er als Fahrer des Greencastle Hotels getragen hatte.
»Ich habe den Anzug aus Irland mitgebracht. Ich dachte,

dass sich vielleicht eine Situation ergibt, wo ich ihn brauche, aber ich hätte mir nie träumen lassen …«

In dem Moment bog der Leichenwagen in den Hof ein. Bernies Kehle war wie zugeschnürt, als sie sah, wie der Leichenbestatter ausstieg und durch den eisigen Regen zu den Hecktüren ging. Honor, John und die Mädchen waren eingetroffen, und sie hörte ihre Nichten leise weinen. Honor sah zu ihr herüber, und ihre Blicke trafen sich, dann geleitete sie Regis, Agnes und Cece in die Kapelle.

Die Nonnen traten nacheinander aus dem Kloster und dem Kreuzgang und durchquerten den Innenhof mit dem Kopfsteinpflaster. Kathleen war bei ihnen, sie ging neben Schwester Gabrielle. Als sie Seamus entdeckte, kam sie herüber, umarmte und küsste ihn, dann sah sie Bernie an.

»Es tut mir so leid«, flüsterte sie.

»Danke, Kathleen.«

»Ich gehe jetzt hinein.« Kathleen drückte Seamus' Hand. »Wir sehen uns drinnen.«

Seamus nickte.

»Das habe ich gemeint«, sagte er und sah ihr nach. »Das Geschenk …«

Bernie stand schweigend da und wartete darauf, dass er den Satz beendete, während die Sargträger hinter dem Leichenwagen Aufstellung nahmen – John und die Kellys. Sixtus, Niall und Billy sahen ernst zu Seamus herüber. Er erwiderte ihre Blicke.

»Dass Kathleen und ich wieder zusammen sind, das ist ein Geschenk meines Vaters«, sagte er.

»Ach Seamus.« Bernies Augen füllten sich mit Tränen. Sie hörte zum ersten Mal, dass er Tom sò nannte.

»Und von dir, meiner Mutter …«

Bernie nickte, und Tränen liefen über ihre Wangen. Seamus

ergriff ihre Hand. John hatte recht gehabt – es taute, das Eis hatte sich in Regen verwandelt, ein kalter Nieselregen, der ihre Gesichter netzte. Er drang bis zu den Wurzeln der Pflanzen vor, die Tom liebevoll gehegt und gepflegt hatte. Der Regen roch nach Salz, das vom Meer herüberwehte.
»Bist du bereit?«, fragte Seamus nun.
Sei bereit …
»Ich denke schon«, flüsterte Bernie.
In der Kapelle hatte die Orgel zu spielen begonnen. Die Klänge drifteten durch die geöffnete Tür in den kalten Regen hinaus, der die Trauergäste zusammenrücken ließ. Die Träger hoben den Sarg auf ihre Schultern. Er enthielt den Leichnam von Tom Kelly, und Bernie hatte Mühe, sich auf den Beinen zu halten. Seamus drückte ihre Hand. Als sie hinunterblickte, sah sie den Wappenring der Kellys an seinem Finger. Und noch mehr Tränen liefen über ihre Wangen.
»Er wartet auf uns«, sagte Seamus leise. »Komm, geben wir ihm das letzte Geleit.«
Seamus' Hand war genau wie die Toms geformt. Sie durchquerten den Innenhof von Star of the Sea, sein Zuhause, das er so sehr geliebt hatte. John, Chris und die Dubliner Kellys blickten ihnen entgegen.
Bernie sah in Seamus' Augen. Es war, als wäre es Tom, der ihren Blick erwiderte, mit all der Liebe, die er seit jeher für sie empfunden hatte, für ihren gemeinsamen Sohn, für die Familie, die sie immer waren, auch wenn sie einander aus den Augen verloren hatten. Schwester Bernadette Ignatius atmete tief ein. Dann hakte sie sich bei ihrem Sohn unter, und langsam folgten sie dem Sarg seines Vaters in die Kapelle.

Epilog

Das Baby war vier Monate alt. Es schmiegte sich in die Arme seiner Mutter, als sie den schmalen Saumpfad hoch über dem Meer entlanggingen, während unten die Wellen gegen die Felsen brandeten und die salzige Gischt aufspritzte. Es war wieder Oktober, ein Tag, so strahlend und sonnig, wie der Tag, an dem Tom Kelly beigesetzt wurde, eisig und lichtlos gewesen war.

»Endlich haben wir es geschafft, herzukommen«, sagte Kathleen und wiegte das Baby in ihren Armen.

»Einen besseren Tag hätten wir uns nicht aussuchen können.«

»Ich bin Tom leider nie begegnet«, sagte Kathleen leise. »Ich kannte ihn nur vom Sehen, an dem Tag, als du mich aus Oakhurst gerettet hast. Aber ich konnte mich nicht mehr bei ihm bedanken.«

»Das war genau heute vor einem Jahr«, erwiderte Seamus. Er ging am Außenrand des schmalen Weges, damit Kathleen und das Baby dem Abgrund nicht zu nahe kamen. Im September hatte an der Küste ein verheerender Wirbelsturm gewütet und schwere Schäden angerichtet. Der Saumpfad war stellenweise erodiert, mit tiefen Rinnen, die zum Rand der Klippe abfielen.

»Kaum zu glauben, dass wir noch nie hier waren«, sagte Kathleen und blickte auf die endlose Weite des blauen Meeres hinaus.

»Ja. Dieser Ort ist von großer Bedeutung für uns, in vieler Hinsicht.«
Er holte die Postkarte aus seiner Tasche. Mit Toms Blut gesprenkelt, war darauf haargenau die Szenerie abgebildet, in der sie sich jetzt befanden – pompöse Herrenhäuser und schroffe Klippen, die Wellen des Atlantiks, die sich an den Felsen unter ihnen brachen. Seamus hatte sich schon vor langer Zeit geschworen, einmal hierherzukommen. Er dachte an Dublin, an all die Tage, als er die Karte betrachtet und Kathleens Anziehungskraft gespürt hatte.
»Was meinst du, warum ist Tom wohl an jenem Tag hierhergekommen?«, fragte Kathleen.
Seamus antwortete nicht gleich. Sie gingen langsam, spürten die Sonne auf ihren Gesichtern, die hoch aufspritzende salzige Gischt, die der Wind mit sich trug. Er dachte an den Tag vor einem Jahr zurück. Die Luft war eisig gewesen, ein Sturm braute sich hinter der Kaltfront zusammen, als wäre das Wetter ein unheilvolles Omen gewesen.
»Vielleicht unseretwegen«, erwiderte er zweifelnd, weil ein anderer Gedanke an ihm nagte. »Wegen der Postkarte, weil er wusste, welche Bedeutung sie für mich besaß.«
»Ist er deshalb mit Bernie hierhergefahren?«
»Ich denke schon. Ich glaube, das war für ihn eine Möglichkeit, sich uns allen verbunden zu fühlen.«
»Hat sie dir jemals erzählt, worüber sie gesprochen haben? Die beiden fuhren ja voraus und kamen schnurstracks hierher, oder? Er hatte ihr vermutlich etwas Wichtiges zu sagen, sonst hätte er sie nicht an einem so kalten Tag auf die Klippen gebracht.«
Seamus blickte auf das Wasser. Er dachte daran, was Bernie ihm erzählt hatte, an die Vision, die sie am Morgen von Toms Tod gehabt hatte. Seamus hatte ihr sein Wort gegeben, die-

sen Teil der Geschichte niemandem zu erzählen – Kathleen eingeschlossen –, und er stand dazu. Aber Bernie hatte ihm noch andere Dinge gesagt. Er sah Kathleen an.
»Tom war am Boden zerstört über ihre Entscheidung, im Kloster zu bleiben, aber sie hatte das Gefühl, er habe Frieden damit geschlossen. Zum allerersten Mal.«
»Das freut mich. Es ist ein Jammer, wenn zwischen Menschen, die sich lieben, Unfrieden herrscht.«
Er nickte, zitternd. Sie spielte teilweise auch auf sie beide an. Das vergangene Jahr war nicht einfach gewesen – keine Spur von der Leichtigkeit und Glückseligkeit des Beisammenseins, die er sich erträumt hatte. Sosehr er sich auch bemüht hatte, die Tatsache hinzunehmen, dass sie ein Kind von einem anderen erwartete, es war, Gott steh ihm bei, eine Herausforderung gewesen. Sie hatten sich im Lauf der Monate im Star of the Sea eingelebt. Bernie hatte Kathleen ein Gästezimmer im Kloster überlassen, und Seamus hatte sich in Toms Cottage einquartiert. Es dauerte gleichwohl nicht lange, bis Kathleen jede Nacht bei ihm verbrachte, gewissermaßen zu ihm zog. Obwohl sie noch nicht verheiratet waren und es sich um ein katholisches Internat handelte, sprach niemand sie darauf an. Bernie tat einfach, als wüsste sie nicht, was vor sich ging.
Seamus wurde als Mitglied der Gartenbaumannschaft aufgenommen. Er stellte fest, dass ihm die Arbeit Spaß bereitete, obwohl er sie nicht für den Rest seines Lebens machen wollte, aber sie bot ihm die Möglichkeit, Geld für die Hochzeit zu sparen. Er hatte sich nie besser in seinem Leben gefühlt als an dem Tag, als er in Black Hall einen Aquamarinring gekauft und Kathleen einen Heiratsantrag gemacht hatte.
Sie hatte ja gesagt, unumwunden. Obwohl die Gefühle zwischen ihnen wechselhaft waren, fielen sie einander in die

Arme, in dem Wissen, dass sie zueinander gehörten. Kurz vor Weihnachten heirateten sie. Father Quinn, derselbe Priester, der die Begräbniszeremonien für Tom abgehalten hatte, traute sie. Bernie war anwesend und John, Honor, ihre Töchter Regis, Agnes und Cece sowie Regis' Zimmergenossinnen und Brendan McCarthy. Sixtus war per Flugzeug von Irland angereist.

Sie lebten im Cottage, und Seamus hatte das Gefühl, als würde Tom über sie wachen. John hatte einen Teil der Sachen zurückgebracht, die Tom nach seinem Auszug mitgenommen hatte, seine Bücher und abgetragenen alten Stiefel und eine ganze Sammlung von Postkarten aus Irland, die überwiegend die Klippen von Moher zeigten. Seamus hatte sie an der Wand aufgehängt. Er erinnerte sich, wie sie vom Flugzeug aus ausgesehen hatten, als sie über Irland geflogen waren, und hatte sich gefragt, was sie seinem Vater bedeutet haben mochten.

Und Bernie war immer für sie da, umsorgte sie wie eine Mutter. Sie schickte Cece mit frisch gebackenem Brot hinüber, noch heiß aus der Küche des Refektoriums, oder bat Agnes und Brendan, Seamus und Kathleen ins Kino einzuladen. Wenn Regis vom College nach Hause kam, brachte sie Bücher und CDs mit, von denen sie dachte, sie könnten Kathleen gefallen. Die ganze Familie trug ihren Teil dazu bei, dass sie sich heimisch fühlten.

Was für Seamus zutraf, meistens jedenfalls. Doch manchmal tat sich ein dunkler Abgrund in ihm auf, tief und unergründlich. Er reagierte wütend und verwirrt, weil er nicht wusste, wie er sich in diese glückliche Familie einfügen sollte, und hegte einen heimlichen Groll wegen der Jahre, die er bereits versäumt hatte.

Kathleen half ihm, diese Phasen durchzustehen. Sie hatten

viel Zeit verloren und blieben manchmal die ganze Nacht bis zur Morgendämmerung wach und erzählten sich, was in der Zwischenzeit geschehen war. Oder die Sprache kam auf jemanden aus St. Augustine's; dann schwelgten sie in Erinnerungen und lachten, dass sie kaum noch aufhören konnten.

Mit dem Baby wuchs auch Kathleens Leibesumfang. Manchmal versuchte Seamus den Blick abzuwenden oder sich einzureden, dass es ihm nichts ausmachte. Seine Frau trug das Kind von Pierce Wells in sich, einem hirnlosen Playboy, der Palm Beach und Newport unsicher machte. In manchen Nächten lag Seamus hellwach im Bett und malte sich aus, wie er ihn umbringen würde. Wie konnte dieser Mistkerl Kathleen auf diese Weise benutzen? Und sie Nacht für Nacht wegwerfen?

Schweißgebadet wälzte er sich im Bett hin und her, bis die Laken auf dem Boden landeten. Er stand auf, leise, um Kathleen nicht zu wecken, deckte sie behutsam zu und legte sich zum Schlafen ins Wohnzimmer. Seine Gedanken überschlugen sich, er nährte seinen Hass auf den reichen Müßiggänger, dieses Arschloch, das ihm zum Glück noch nie über den Weg gelaufen war. Kathleen rief manchmal, er solle ins Bett zurückkommen, und machte es dadurch noch schlimmer. Er musste an sich halten, um sie nicht anzuschreien, sie zu fragen, wie sie so etwas zulassen konnte. Dann stürmte er aus dem Haus und lief und lief, bis die Wut verrauchte.

In einer dieser Nächte hatte er sich auf eine niedrige Steinmauer vor Toms Hintertür gesetzt. Über ihm funkelten die Sterne. Er dachte an Irland und wusste, dass man in Dublin dieselben Konstellationen sah. Es stand ihm frei, jederzeit nach Hause zurückzukehren. Sosehr er sich in all den Jahren nach Kathleen gesehnt hatte, er war sich nicht sicher, ob er seine Wutanfälle in den Griff bekommen würde. Er ertrug das Gefühl der Ohnmacht nicht und hasste es, dass Kathleen ihn so sah. Er hatte Heimweh nach Irland, nach allem, was ihm vertraut war, blickte zum Himmel empor und betete um Erleuchtung.

Einmal, im letzten Mai, einige Wochen vor der Geburt des Babys, hatte er zum Himmel emporgeblickt, auf seine Bitte konzentriert, und geglaubt, eine Stimme zu hören.

»Ich weiß, es ist nicht leicht, mein Junge.«

»Wer ist da?« Er war aufgesprungen und herumgefahren, hatte sich vor lauter Schreck um die eigene Achse gedreht. Niemand hatte geantwortet, aber er hätte schwören mögen, dass jemand da war. Plötzlich kam ein Wind auf, obwohl sich vorher kein Lüftchen geregt hatte. Die jungen Blätter der Bäume raschelten, und die Luft fühlte sich wie Wasser an, das über die Haut strich.

Hatte er geträumt, Toms Stimme zu hören? Er hätte den Rat und die Ansichten eines älteren Mannes weiß Gott gut gebrauchen können, vor allem, wenn dieser die Irrungen und Wirrungen der Liebe aus eigener Erfahrung kannte. Tom hatte sich in eine Nonne verliebt und Seamus in eine Frau, die das Kind eines anderen erwartete.

Nach jener Nacht hatte er, wenn auch nie mehr hörbar, Toms Stimme, Gedanken und Ratschläge vernommen – nicht mit den Ohren, sondern mit dem Herzen. Obwohl er ihm nur dreimal begegnet war, begann er seine Gegenwart zu spüren. Das half ihm sehr, vor allem was seine Liebe zu Kathleen betraf. Er hörte auf, mit seiner Wut auf Pierce Wells zu ringen, und sobald er die Tatsache akzeptiert hatte, dass er den Mann hasste und ihn vermutlich umbringen würde, wenn er ihm je unter die Augen käme, gelang es ihm, ihn in einen relativ entlegenen Winkel seines Gedächtnisses zu verbannen.

Danach blieb Seamus nur noch die Aufgabe, sich zu gestatten, Kathleen zu lieben. Und das war leicht. Wenn sie neben ihm im Bett lag, wenn er den Duft ihrer Haare wahrnahm und ihre weiche Haut spürte, hatte er bisweilen das Gefühl, im Paradies zu sein. Von Leidenschaft übermannt, umarmten sie sich mit nie versiegendem Verlangen und Sehnsucht, und ihre Körper fanden neue Wege, einander Geheimnisse anzuvertrauen, für die ihnen die Worte fehlten.

Seamus wusste, dass er nichts getan hatte, um dieses Glück zu verdienen, dieses überwältigende Gefühl der Freude und Zugehörigkeit. Es erfüllte Herz und Verstand und weckte in ihm den Wunsch, es möge ihm alles gelingen, um ein guter Ehemann und Vater für sein Kind zu sein.

Denn das war Thomas.

Sixtus' Cousin Chrysogonus »Chris« Kelly hatte die Formalitäten erledigt. Vielleicht lag es daran, dass er bei der Erzdiözese einen Stein im Brett hatte oder es einfach die Art der Kellys war, auf Teufel komm raus ihre Ziele zu erreichen – doch auf der Geburts- und Taufurkunde stand Seamus' Name. Der Taugenichts war nirgendwo erwähnt. Nur Kathleen als Mutter, Seamus als Vater und Thomas Sullivan Kelly, der neue Erdenbürger.

Seamus hatte vor dem Gesetz seinen Namen geändert, rechtzeitig zur Hochzeit und Geburt. Kathleen und er hatten beschlossen, das Kind nach Tom zu nennen. Eigentlich gab es keine andere Wahl.

Als sie nun, an dem warmen Oktobertag, an dem sich Toms Tod jährte, den Cliff Walk entlanggingen, hatte Seamus einen Kloß im Hals.

»Ich glaube, hier ist es.« Er sah sich um. Bernie hatte die Stelle, an der Tom gestorben war, beschrieben, und er hatte sich jede Einzelheit gemerkt. Er spähte die steile Klippe hinab, blickte zum blauen Himmel empor und versuchte die Gegenwart seines Vaters zu spüren.

»Alles in Ordnung, Liebster?« Kathleen ergriff seine Hand. Seamus nickte, obwohl es nicht stimmte. Seit besagtem Abend im Garten im vergangenen März hatte er stets das Gefühl gehabt, sein Vater sei bei ihm. Doch hier und jetzt, an diesem Ort, der Tom Kelly heilig gewesen war, spürte er nicht das Geringste von ihm. Es war, als hätte er den Schauplatz der Tragödie und Trauer gewählt, um sich von ihm zu verabschieden. In diesem Augenblick wachte Thomas auf. Er stieß einen leisen Schrei aus, hob den Kopf und blickte sich um.

»Hallo, mein Süßer«, murmelte Kathleen. »Hast du gut geschlafen?«

Seamus nahm ihr das Baby ab und hielt es in den Armen. Das Sonnenlicht funkelte auf dem Wasser der weitläufigen blauen Bucht, und Thomas kniff die Augen zusammen. Seamus lächelte, küsste das Kind auf den Kopf und spürte, dass ihn Kathleens Arm umfasste. Seine Empfindungen waren bittersüß – einerseits war er glücklich, mit seiner Familie hier zu sein, andererseits fühlte er sich verloren und traurig, weil ihm Toms Gegenwart fehlte.

»Wir sollten aufbrechen«, sagte Kathleen. »Ich glaube, er hat Hunger.«

»Ja, du hast recht.« Seamus blickte sich ein letztes Mal um.

»Ich weiß, wir sind hergekommen, um uns vor der Rückreise nach Irland den Cliff Walk anzusehen.« Kathleen legte ihren Arm um seinen Hals. »Aber ich habe das Gefühl, du hältst nach etwas anderem Ausschau.«

»Kann sein«, gestand Seamus, ihren Blick erwidernd.

»Du wolltest dich von deinem Vater verabschieden, oder?«

Seamus nickte und küsste erneut Thomas' Köpfchen, während sein Blick unverwandt auf Kathleen ruhte. Sie hatte ihn seit jeher verstanden. Sie schien zu wissen, was die Begegnung mit seinen Eltern für ihn bedeutete, obwohl er nie ein Wort darüber verloren hatte.

»Man muss sich nicht verabschieden«, sagte Kathleen.

»Wie meinst du das?«

»Er ist bei dir, Seamus, so wie wir beide miteinander verbunden waren, auch in der Zeit der Trennung.«

Seamus blickte in ihre Augen und entdeckte darin eine Eindringlichkeit, die er selber verspürte. Er wusste, was sie meinte, und dennoch ... Er hatte seinen Vater so kurz gekannt, dass es ihm grausam schien, wie Hohn, ihm überhaupt begegnet zu sein.

Ihn schauderte, als wäre jemand über sein Grab gelaufen. Er hatte Respekt vor Geistern, wie alle Iren, und ihm war, als würde ihn ein eisiger Hauch streifen. Vielleicht handelte es sich um eine atmosphärische Störung, obwohl die Sonne schien. Er wandte den Kopf und erblickte einen Spaziergänger in einem alten Tweedjackett mit Hut, der gerade um die Ecke bog. Er schritt zügig aus, doch da der Pfad durch das Unwetter schmaler und unwegsamer geworden war, galt es, sich auf engstem Raum aneinander vorbeizuschieben. Der Gedanke machte Seamus nervös, doch Kathleen schien sich der Gefahr nicht bewusst zu sein. Er trat einen Schritt zurück, und in diesem Moment schob sich der Mann zwischen Kathleen und ihn.

Er blieb abrupt stehen, mitten auf dem Weg. Sein Gesicht war vom Hut überschattet, doch Seamus spürte seinen Blick. Als er das alte Tweedjackett in Augenschein nahm, sah er, dass der rechte Ärmel ausgefranst war. Er schnappte nach Luft; aus diesem Blickwinkel hatte er keine gute Sicht, aber er versuchte zu erkennen, ob sich am linken Aufschlag des Jacketts Blutflecken befanden.

»Sag deiner Mutter, dass sie schön ist«, bat der Fremde. Seine blauen Augen leuchteten unter der Hutkrempe. »Und sag ihr, dass ich auf dem Klippenpfad in Doolin auf sie warte.«

»Tom«, keuchte Seamus.

Der Mann blickte Seamus unvermittelt in die Augen. Er schien ihn zu begutachten und sich gleichzeitig jede Einzelheit einzuprägen. Seamus schauderte – das Gesicht des Mannes befand sich im Schatten, doch seine Augen waren unverkennbar.

»Es ist wichtig«, sagte Tom Kelly. »Wirst du ihr das ausrichten?«

»Doolin?«

»Ja, mein Sohn. Sie kennt den Ort. Sag ihr, sie möge der Musik folgen. Und ich werde sie auch nach Tir na Nog bringen. Sie weiß, was damit gemeint ist.«

Seamus nickte stumm. Tom meinte offenbar nicht die Insel der Gesegneten, das mystische Elfenland, sondern einen bestimmten Ort hier auf der Erde.

Der Gesichtsausdruck des Geistes war von Liebe erfüllt. Langsam schwand sein Lächeln, und er wich zurück, Bedauern in den Augen. Er drehte sich um und setzte seinen Weg fort, den anderen Klippenpfad nehmend, der bergab führte, wobei er noch schneller ausschritt. Dann fiel ein Schatten über die Küste, wanderte weiter, und die Sonne schien heller als zuvor. Kathleen drehte sich weder um, um dem Mann nachzusehen, noch reagierte sie auf andere Weise, und Seamus merkte erschrocken, dass sie ihn offenbar überhaupt nicht wahrgenommen hatte.

»Warum hast du gerade ›Tom‹ gesagt? Und ›Doolin‹?«, fragte sie mit einem sanften Lächeln.

»Du hast nicht zufällig gerade gesehen …«, fragte Seamus, nur um sicherzugehen. Sein Herz klopfte. Er wäre dem

Geist am liebsten nachgelaufen, aber er fühlte sich wie erstarrt.
»Alles, was ich sehe, sind mein Mann und mein Sohn. Es wird Zeit, Liebster ...«
»Du hast den Mann mit dem Hut nicht gesehen?«
Lächelnd schüttelte sie den Kopf. »Du bist müde. Komm, lass uns gehen. Wir können nächstes Jahr wieder herkommen, wenn wir Bernie besuchen.«
»Bernie ...«, murmelte Seamus. Er brauchte dringend ein Telefon, er musste sie umgehend anrufen. Er küsste Kathleen und ging mit ihr, das Baby auf dem Arm, denselben Weg zurück, den sie gekommen waren. Als sie an eine Biegung gelangten, an der sich der Pfad noch mehr verengte, erspähte er einige Wolltweed-Fäden, die sich an den vorstehenden Zweigen eines Gestrüpps aus Myrte und Wildrosen verfangen hatten – Tweed von einem Jackett.
Seamus verlangsamte seinen Schritt und streckte die Hand aus. Er wusste, noch bevor er die Fäden berührte, was er sehen würde – eingetrocknetes rostbraunes Blut, Spuren einer Reise nach Irland, die von einem Kampf zwischen Vater und Sohn stammten.
Sein Herz drohte auszusetzen. Toms Geist war seinem Blick entschwunden. Was blieb, war eine leichte Brise, die das Gebüsch bewegte und über seine Haut strich. Sie kräuselte Kathleens Zopf und den weichen Flaum auf dem Köpfchen des Kindes.
»Alles in Ordnung?«, erkundigte sich Kathleen mit besorgter Miene.
»Kathleen, ich bin gerade einem Geist begegnet«, flüsterte er.
»Dem Geist deines Vaters?«
Seamus nickte. »Woher weißt du das?«

»Ich glaube, ich habe ihn im Star of the Sea gesehen«, flüsterte sie. »Eines Morgens, als ich die Schwestern zur Laudes begleitet hatte und mich im Chorraum umschaute, stand er direkt hinter Bernies Chorstuhl.«

»Warum hast du mir nichts davon erzählt?«

Kathleen errötete. »Es ging nur die beiden etwas an. Ein intimer Augenblick zwischen Bernie und Tom. Ich ... ich wandte den Blick ab, ich wollte nicht stören. Und später ist es mir einfach entfallen.«

»Was war das für ein Augenblick?«

»Oh, du hättest das Lächeln auf ihrem Gesicht sehen sollen ...«

»Sie ... sie wusste, dass er da war?«

»Natürlich«, flüsterte Kathleen.

Seamus hielt Kathleen umschlungen, das Baby zwischen ihnen. Irische Geister waren machtvolle Wesen. Er dachte an Sixtus und fühlte sich vom Geist seines Ahnherrn Tadhg Mor O'Kelly beschützt, der sich jeden Tag aufs Neue aus dem Schattenreich hinter den Wellen erhob. Und er dachte an Toms Liebe zu Bernie, die so stark war, dass er immer wieder zu ihr zurückkehrte oder vielleicht niemals fortgegangen war.

Kathleen und Thomas im Arm haltend, wusste Seamus, dass er nicht nur die beste Familie der Welt, sondern auch wahre Liebe gefunden hatte. Oder umgekehrt, dass die Liebe ihn gefunden hatte. Die Einzelheiten, wie es dazu gekommen war, spielten kaum noch eine Rolle. Er hielt die blutgetränkten Fäden von Toms Jackett in der Hand wie einen kostbaren Schatz und sann darüber nach, was er Bernie über ihre Vision gesagt hatte, über die Worte: *Sei bereit*.

Er blickte in Kathleens Augen, in denen sich Liebe, ein wacher Verstand und Schmerz spiegelten, und wusste, er war zu allem bereit, komme, was da wolle, solange sie zusammen waren.

Die Welt war angefüllt mit dem Geschenk der Liebe, und sie hatten ihr ganzes Leben noch vor sich, um es auszukosten.

Die Wellen brandeten gegen den Fuß der Klippe, und er war überwältigt von ihrer Gewalt und Schönheit. Seine Haut prickelte, er wusste, er musste eine Nachricht überbringen. Bernie war in Connecticut, im Star of the Sea, und er konnte es kaum erwarten, ihr zu erzählen, dass Tom auch ihm erschienen war. Doch fürs Erste drehte er sich auf dem Cliff Walk zu seiner Frau und seinem Kind um und küsste beide.

»Ich liebe dich«, flüsterte er.

»Ich liebe dich«, flüsterte Kathleen zurück, während die Worte im Wind nachhallten.

Und dann war es Zeit, heimzukehren.

Danksagung

Ich danke allen Mitarbeitern von Bantam Books: meinem Verleger Irwyn Applebaum, meinen Lektoren – der stellvertretenden Verlagsleiterin Nita Taublib und Tracy Devine sowie Kerry Buckley. Dank schulde ich auch Betsy Hulsebosch und Carolyn Schwartz für alles, einschließlich der *What Matters Most*-Website, Cynthia Lasky, Barb Burg, Gina Wachtel, Melissa Lord, Christian Waters, Sarah Elliott, Kenneth Wohlrob, Quinne Rogers, Sarah Smith, Jordana Schlisser, Stacey Levitt, Igor Aronov, Mark Brower, Kathleen Baldonado, Ruth Toda, Deb Dywer, George Fisher, Phil Canterbury, Lane Rider und der gesamten Außendienstmannschaft. Danken möchte ich ebenfalls Paolo Pepe für die phantastische Gestaltung des Buchumschlags und Virginia Norey für die kunstvolle Innengestaltung. Ein besonderes Dankeschön geht an Susan Corcoran, meine Pressesprecherin, die vom ersten Tag an mit von der Partie war.

Ich bedanke mich bei meiner Agentin und Freundin Andrea Cirillo und allen Mitarbeitern der Jane Rotrosen Agency: Jane Berkey, Don Cleary, Meg Ruley, Peggy Gordijn, Annelise Robey, Kelly Harms, Kelli Fillingim, Christina Hogrebe, Trinity Boscardin, Lindsay Klemas, Kathy Lee Hart und Penelope Bussolino.

Dank gebührt auch Blair Brown, der den Roman gelesen

hat, und Sherry Huber aus der Produktion von Random House Audio.

Unendlichen Dank schulde ich meinen Geschwistern und ihren Familien: Rosemary, Roger, Kate, Molly und Emily Goettsche sowie Maureen, Olivier und Amelia Onorato, meinen Eltern und Mim.

Danke, Robert und Joan Arrigan für die Informationen aus Irland und Rhode Island.

Mia und BDG, ich werde immer an euch denken.

Und an Maggie, Mae-Mae und Maisie.

Ich danke meinen Freunden, allen Menschen, die mir nahestehen, meinen Geistern, Schutzheiligen und den himmlischen Mächten, die mich leiten, dass sie mich erkennen ließen, was am meisten zählt.

Luanne Rice

Wenn du mir vertraust

Roman

»Die Vergangenheit lässt sie nicht los«

Neve, Galeristin und geschieden, lebt mit ihrer vierzehnjährigen Tochter in der Nähe eines idyllischen Naturschutzgebietes. Dort führt auch der Ranger Tim O'Casey ein zurückgezogenes Leben. Tim und Neve teilen die Liebe zur Natur und fühlen sich bald unwiderstehlich zueinander hingezogen, doch Tim wagt es nicht, Neve seine Gefühle zu gestehen. Er leidet noch immer unter den Folgen eines bitteren Verlusts ...

Knaur Taschenbuch Verlag

Luanne Rice

Wie Sand in meinen Händen

Roman

Vor elf Jahren noch glaubte Honor Sullivan, ein perfektes Leben mit dem perfekten Ehemann und dem perfekten Heim zu haben. Doch dann brach ihr ebendieser Ehemann das Herz und zerstörte ihre kleine Welt und die ihrer drei Töchter. Gerade als sich Honor eine glückliche Existenz an der Ostküste der Vereinigten Staaten aufgebaut hat, tritt John wieder in ihr Leben. Doch wird sie ihm jemals verzeihen können?

Knaur Taschenbuch Verlag

Luanne Rice

Zeit der Rosenblüte

Roman

Um ihrer schwerkranken Großmutter beizustehen, kehrt Lily Malone mit ihrer kleinen Tochter Rose in jenen kleinen Küstenort zurück, in dem sie einst aufgewachsen ist. Lily sieht ihrer Heimkehr mit Sorge entgegen, denn Edward, ihr Ex-Ehemann, will sich an ihr rächen, weil sie einst hochschwanger vor ihm geflohen ist. Lily ist verzweifelt, und nur ihre Freundin Marisa, ebenfalls ein Opfer von Edward, steht ihr zur Seite. Was aber können sie gegen einen Menschen ausrichten, der alles daransetzt, Lilys Leben zu vernichten?

Knaur Taschenbuch Verlag